中华人民共和国年鉴
志鉴系列

本书获中国作协网络文学理论评论支持计划项目资助

中国网络文学年鉴

·2022·

欧阳友权◎主编

NET LITERATURE

新华出版社

图书在版编目（CIP）数据

中国网络文学年鉴. 2022 / 欧阳友权主编. —北京：
新华出版社，2023.5
ISBN 978-7-5166-6819-1

Ⅰ.①中…　Ⅱ.①欧…　Ⅲ.①网络文学—中国—
2022—年鉴　Ⅳ.①I207.999-54

中国国家版本馆 CIP 数据核字（2023）第 081796 号

中国网络文学年鉴. 2022

作　　者：欧阳友权

责任编辑：徐文贤　　　　　　　　**封面设计：知库文化**

出版发行：新华出版社
地　　址：北京石景山区京原路 8 号　　**邮　　编**：100040
网　　址：http：//www.xinhuapub.com
经　　销：新华书店、新华出版社天猫旗舰店、京东旗舰店及各大网店
购书热线：010-63077122　　　　**中国新闻书店购书热线**：010-63072012

照　　排：北京人文在线文化艺术有限公司
印　　刷：三河市龙大印装有限公司

成品尺寸：185mm×260mm　1/16
印　　张：28.5　　　　　　　　**字　　数**：575 千字
版　　次：2023 年 7 月第一版　　**印　　次**：2023 年 7 月第一次印刷

书　　号：ISBN 978-7-5166-6819-1
定　　价：398.00 元

目　录

第一章　年度综述 ································ 1

一、总貌描述 ································ 1

二、年度聚焦 ································ 14

三、问题与趋势 ································ 30

第二章　文学网站 ································ 37

一、文学网站发展总览 ································ 37

二、不同类型网站平台 ································ 47

三、重要文学网站举隅 ································ 56

第三章　活跃作家 ································ 73

一、网络作家年度总貌 ································ 73

二、网络作家年度重要活动 ································ 76

三、年度活跃作家举隅 ································ 81

第四章　热门作品 ································ 100

一、年度作品概观 ································ 100

二、热门作品一览 ································ 114

三、网络创作新趋势 ································ 133

第五章　网络文学阅读 ································ 151

一、网络文学阅读与 IP 消费总貌 ································ 151

二、网络文学阅读的年度热点 ································ 163

三、网文读者粉丝表现举隅 ································ 166

四、网络文学阅读的特点与趋势 ································ 173

第六章　网络文学产业 ································ 179

一、网络文学线上产业 ································ 179

二、网络文学线下出版 ································ 193

三、网络文学跨界运营产业链 ································ 198

第七章　研讨会议、社团活动和重要事件 ································ 242

一、网络文学年度会议 ································ 242

二、网络文学年度社团活动 ································ 252

三、网络文学年度重要事件 ………………………………………… 266

第八章　网络法规与版权管理 ……………………………………… 277

一、网络文学版权管理年度现状 …………………………………… 277

二、网络文学相关政策法规梳理 …………………………………… 287

三、网络文学版权管理相关报告及学术文献 ……………………… 293

四、网络文学版权管理相关会议 …………………………………… 301

五、网络文学版权管理相关行动 …………………………………… 306

六、年度网络盗版侵权典型案例 …………………………………… 313

第九章　理论与批评 ………………………………………………… 320

一、理论与批评年度总貌 …………………………………………… 320

二、年度成果代表作及代表性学者 ………………………………… 321

三、刊载成果的主要期刊、报纸及公众号 ………………………… 336

四、年度硕博论文和科研项目 ……………………………………… 343

五、年度理论批评点评 ……………………………………………… 352

第十章　中国网络文学海外传播 …………………………………… 363

一、网络文学海外传播年度概况 …………………………………… 363

二、网络文学海外传播的主要业绩 ………………………………… 376

三、网络文学海外传播的贡献与局限 ……………………………… 390

附录：2022 年网络文坛纪事 ……………………………………… 396

第一章　年度综述

2022 年的网络文学在变革与转型中迎来了新征程。中国共产党第二十次全国代表大会的胜利召开，为全国文艺工作者如何繁荣社会主义文化、铸就新时代中国文艺新辉煌指明了方向。网络作家在二十大精神指引下，坚持社会主义核心价值观和以人民为中心的创作路线，校准社会主义文艺根本方向，书写新时代山乡巨变与中国式现代化新篇章，以民族凝聚力和原创力讲述生动鲜活的中国故事，通过本土文化特色展现中国形象、中国精神与中国气派。党和政府着力引导网络文学生态转型发展，把网络综合治理上升到国家战略的高度，制定数字化升级战略以驱动网络新基建与产业转型，打造政府引领、行业自律、社会监督的多主体共建的生态格局。网络作家的代际更迭加速，Z 世代网文作品以数值化系统、"开盲盒"奖赏机制、倒计时模式与"副本"空间等多元化创意注入创作新活力。网络文学活动多面开花、多方联动，以合作新模式推动了"产、学、研"纵深化发展。网络文学产业多核驱动升级，IP 破圈化趋势加速。随着中国网络文学加快布局海外市场，"网文出海"生态体系建构开始呈现出规模化成效，国家与地区间的文化交流互鉴效能显著提升。

一、总貌描述

1. 网络作家喜迎二十大，礼赞新时代新征程

高举中国特色社会主义伟大旗帜，为全面建设社会主义现代化国家、全面推进中华民族伟大复兴而团结奋斗，是党的二十大会议的核心主题。在向社会主义现代化国家建设新征程、第二个百年奋斗目标迈进的关键时刻，习近平总书记在党的二十大报告中对未来党和国家事业发展的大局方针和目标任务进行了战略部署，其中许多重要内容对于如何繁荣社会主义文化、铸就新时代中国文艺新辉煌指明了方向。中共中央及各地区各部门组织网络文学界积极参加党的二十大会议相关活动，网络作家通过主题创作与联展、专题培训和宣讲活动、媒体访谈与研究阐释等多样化方式学习贯彻党的二十大精神，展现"国之大者"的文学担当。

在党的二十大会议召开前期，网络文学界举办了"喜迎二十大 青春著华章"主题征文、"礼赞二十大 书香励初心"主题阅读活动、"喜迎二十大"优秀网络文学作品联展、新时代十年百部中国网络文学作品评选等系列活动，从网络文学的创作、

阅读、传播、评介方面进行全链条式铺展，为党的二十大会议胜利召开提前做好了准备。10月16日，习近平总书记在党的二十大报告中对过去5年的工作和新时代10年来中国的伟大变革进行了全面总结："高举中国特色社会主义伟大旗帜，全面贯彻新时代中国特色社会主义思想，弘扬伟大建党精神，自信自强、守正创新，踔厉奋发、勇毅前行，为全面建设社会主义现代化国家、全面推进中华民族伟大复兴而团结奋斗。"① 在党的二十大会议召开后，中共中央发布关于认真学习宣传贯彻党的二十大精神的决定，中国作协等各部门开展宣讲活动，"党的二十大精神宣讲报告会""中国作协学习贯彻党的二十大精神第一期培训班"、2022"把青春华章写在祖国大地上"大思政课网络主题宣传和互动引导活动等陆续举办。网络作家积极学习贯彻二十大精神，呼吁以国家发展和民族复兴的使命来提升网络文学创作的格局和境界。网络文学界以访谈、专栏、专题形式展现学习二十大报告的成果。《文艺报》、中国作家网等机构通过访谈、采写集中反映网络作家学习二十大精神的感想和体会，《心系人民 讴歌时代 谱写网络文学发展新篇章》② 《网络文学界热议党的二十大报告：心有光明，笃行致远》③ 等相关文章陆续发表。重点文学网站及各大网络平台也成为二十大精神的重要传播阵地，网络作家与网民读者学习反响热烈。

党的二十大报告对如何推进文化自信自强、繁荣社会主义文化建设做了详细阐述，为广大文艺工作者指明了方向和道路。网络作家们在党的领导下，始终坚持以社会主义核心价值观为引领，牢记以人民为中心的社会主义文艺根本方向，把满足人民日益增长的精神文化需求、提振人民的精神力量作为文艺创作的目标，扎根现实生活土壤，书写各行各业的改革者、奋斗者、奉献者等时代新人形象，集中展现了近年来我国在社会主义现代化建设中取得的发展成就。总的来看，2022年的网络文学创作以党的二十大精神为中心，呈现出以下新的面貌：

网络文学聚焦新时代山乡巨变，以本土特色展现中国精神与中国气派。新时代10年来，中国共产党领导人民以中国式现代化推进中华民族伟大复兴，打赢了人类历史上规模最大的脱贫攻坚战，我国经济总量稳居世界第二位，谷物总产量稳居世界首位。这一系列的发展巨变成为网络作家的创作养料。许多网络作家积极投身新时代乡土写作，在2022年中国作家协会公布的40项网络文学重点扶持作品中，新时代山乡巨变主题达18项。雾外江山的《十月缨子红》、舞清影的《谁不说俺家乡美》、囧囧有妖的《月亮在怀里》、姚璎的《野马屿的星海》等作品聚焦脱贫攻坚、

① 习近平：《高举中国特色社会主义伟大旗帜 为全面建设社会主义现代化国家而团结奋斗——在中国共产党第二十次全国代表大会上的报告》，http://www.gov.cn/xinwen/2022-10/25/content_5721685.htm，2022年10月25日。
② 刘鹏波、程天翔：《心系人民，讴歌时代，谱写网络文学发展新篇章》，《文艺报》2022年11月28日，第5版。
③ 虞婧：《网络文学界热议党的二十大报告：心有光明，笃行致远》，http://www.chinawriter.com.cn/n1/2022/1104/c404023-32559100.html，2022年11月4日。

乡村振兴、农业种植技术、岛屿经济与海底电缆建设等主题，通过回乡企业家、驻村扶贫干部、农学院高材生、供电所技术员等人物建设乡村的经历展现新时代山乡巨变。这些作品有的饱含了中国传统文化心理与情感结构中对于乡土的那一份眷恋和热爱，有的将青春爱恋、成长奋斗的故事与新时代乡村发展同频共振，许多人物不仅具有时代精英感和知识气息，同时又富含烟火气和泥土气，走出了传统乡土书写的刻板模式。许多网络作家的创作思想从"要我写"到"我要写"转变，有意识地挖掘具有中国本土文化特色的素材，寻找具有民族文化原创力的故事。冰天跃马行的《敦煌：千年飞天舞》、三生三笑的《粤食记》、画骨师的《蔚蓝盛宴》、童童的《洞庭茶师》等作品分别从敦煌舞派、地域饮食文化、茶艺等中华传统文化入手，以地方性为中国传统文化赋魅，提升中华文明的传播力。如何推进中华优秀传统文化的创造性转化和创新性发展，激发全民族文化创新创造活力，使更多具有中国精神、中国智慧、中国气派的网络文学作品走向世界，这对网络作家提出了更高的要求。中国的武术文化、戏剧戏曲艺术以及陶瓷、印染、刺绣、制茶工艺等在世界文化中都具有较高地位，越来越多的网络作家开始选择这些领域进行创作，巧妙处理地域性、民族性与世界性之间的关系问题，让世界走进中国、了解中国、爱上中国，不断提升国家文化软实力和中华文化影响力。

网络作家描绘新时代新征程，以"强国文"书写中国式现代化新篇章。党的二十大报告集中反映了我国在社会主义现代化建设过程中取得的发展成就。目前，我国的制造业规模、外汇储备稳居世界第一，建成了世界最大的高速铁路网、高速公路网，机场港口、水利、能源、信息等基础设施建设取得重大成就，战略性新兴产业发展壮大，载人航天、探月探火、深海深地探测、超级计算机、卫星导航、量子信息、核电技术、新能源技术、大飞机制造、生物医药等取得重大成果。一大批以技术发展与产业腾飞为素材的"强国文"涌现，成为2022年网络文学创作热点。伴虎小书生的《苍穹之盾》、匪迦的《关键路径》、飞天的《万里黄河第一隧》、何常在的《奔涌》、唐墨的《当分子原子起舞时》等作品分别从反导弹系统、国产大飞机、隧道建设、人工智能、光子科学领域书写科技强国新篇章。人间需要情绪稳定的《破浪时代》、赢春衣的《丝路繁花》在电子通信业、棉纺织业发展的二十年历史中展现现代化产业成就。荆泽晓的《巨浪！巨浪！》、和晓的《上海凡人传》、本命红楼的《风华时代》则从大湾区、国际化都市和三四线城市等不同地域展现年轻人的奋斗历程。这一系列作品将目光投向中国式现代化建设中的重要行业与疑难问题，展现了中国式现代化的历史进程。与此同时，网络作家在行业发展的故事中塑造了许多可圈可点的时代新人形象。譬如，志鸟村的《国民法医》、王鹏骄的《党员李向阳》、风晓樱寒的《逆行的不等式》、暗香的《小城大医》、黑天魔神的《虎警》、竹正江南的《桃李尚荣》等，通过法治、医疗、教育等行业领域的现代化发展，采用典型环境中的典型人物创作方式，塑造出不同行业工作者正义勇敢、爱岗敬业、敢于创新的形象，其中法医、核医、排爆专家、边检警察等人物职业不仅极具知识专精度，而且细节描摹真实生动。可以说，"强国文"多维度地展现了中国式现代化的历史进程，以"强国有我"的人物故事提升民族的向心力与凝聚力，彰显出新时代文艺创作者的历史使命与责任担当，同时也构筑了新时代网络文学的精神风貌和审美特色。

2. 综合治理与数字化升级战略政策齐发，引导网文生态转型发展

2022 年，国家将网络综合治理上升到国家战略的高度，以国家法制体系为网络安全保驾护航，开展"清朗""净网""剑网""护苗"等专项治理行动，净化与优化网络生态环境，以数字化升级战略驱动网络新基建与产业转型，引导网络文学由环境的"最大变量"向产业的"最大增量"发展。具体来说，可以分为以下几个方面：

其一，建立健全网络综合治理体系，为网络文学生态文明建设保驾护航。构筑网络安全屏障，是我国向网络强国迈进的基石。政府部门以总体国家安全观为指导，不断完善网络安全保障体制机制和体系建设，以法律法规、治理活动等多套组合拳出击，整顿网络空间乱象。2022 年，国家陆续制定并施行《网络信息内容生态治理规定》（3 月 1 日）、《互联网信息服务算法推荐管理规定》（3 月 1 日）、《互联网用户账号信息管理规定》（8 月 1 日）、《数据出境安全评估办法》（9 月 1 日）等政策法规，重新修订《网络安全审查办法》（2 月 15 日）、《移动互联网应用程序信息服务管理规定》（8 月 1 日）、《中华人民共和国网络安全法》（9 月 14 日）、《互联网跟帖评论服务管理规定》（12 月 15 日）。这一系列政策法规更为精准地对有突出问题的网络平台、网络信息和出版物亮剑出击，对网络运行安全、信息安全等加大了管理与处罚力度，进一步提升网络空间的安全治理能力。数据安全是网络时代产业升级转型的保障。为了提升数据安全法的实施成效，中国网络安全产业联盟数据安全工作委员会于 2022 年 4 月发布《〈数据安全法〉实施参考（第一版）》，对于大数据"杀熟"、网站过度收集个人用户信息等不当行为起到了规范作用，同时也对企业如何合理利用与激发数据和信息效能具有借鉴意义。在治理活动方面，打造清朗网络生态和保护网络文学版权是 2022 年的重要工作内容。中央网信办、国家广电总局等部门开展了针对网络暴力、网络水军、网络算法、网络生态、饭圈乱象、网络微短剧等方面的专项治理行动，在净化网络生态上取得了显著成效。据统计，2022 年中央网信办处理了重点网站平台的网暴、谣言等信息 6541 万余条，以及违法违规账号近 8 万个，清理和查处了水军引流与网络黑公关等信息 1627 万余条，以及违法违规账号超 528 万个，处置群组、贴吧 45 万个。① 浙江网信关停"龙的天

---

① 中共中央网络安全和信息化委员会办公室：《已拦截网暴信息 6541 万余条 处置账号 7.8 万个》，http：//www.cac.gov.cn/2022-08/26/c_ 1663135452340457.htm，2022 年 8 月 26 日。

空"网站1个月，永久关闭宝书网等网站，注销"写作文稿"等网站备案。网络微博用户"填坑的蒙面裁缝"制造贩卖网络淫秽小说被批捕，微博平台主动处理利用低俗低劣低质量内容引流的高粉丝用户约60个。网络治理行动对网络文学的论坛发言管理、算法安全与滥用、泛娱乐化、三俗内容、流量造假、高额打赏、畸形审美以及脱离有效监管等问题进行有效整治，建构了网络文学清朗生态。国家版权局、工业和信息化部、公安部、国家网信办联合开展"剑网2022"行动，重点查处网络文学侵权盗版违法行为，显示出政府对于矫治网络文学盗版乱象、版权维权问题的决心和魄力。总的来看，国家已经建立了一套囊括网络内容生态管理、网络安全、信息化发展、网络版权管理等多个领域，以国家法律、行政法规、部门规章、专项行动、实施参考为一体的网络综合治理体系，形成了"法制-决策-执行-监督"全过程化管理机制，对于整治网络文学违法违规行为、营造网络文学积极健康生态以及保障国家意识形态安全具有重要作用。

其二，制定和实施数字化升级战略，驱动网络文学生态转型与产业融合发展。自互联网时代以来，数字技术的发展对我国各行业的生产经营方式、人民的生活方式以及整个社会的治理模式带来了深刻的变革。近年来，我国加快推进"数字中国"与"网络强国"建设，提出了一系列数字化升级战略。在《中共中央关于制定国民经济和社会发展第十四个五年规划和二〇三五年远景目标的建议》《"十四五"国家信息化规划》等国家数字化战略部署的基础上，中共中央办公厅、国务院办公厅2022年5月出台《关于推进实施国家文化数字化战略意见》，制定了文化数字化发展的重点任务与保障措施。国家文化数字化战略从顶层设计出发，为网络文学的数字化建设与数字生产力提升指明了方向。发展网络"新基建"，是实现数字化升级的首要工作任务。国家不断加大网络基础建设的投入力度，5G基站、千兆光网、IPv6的覆盖面明显提升，为网络文学的数字化转型升级提供了保障。截至2022年6月，中国的5G基站已有185.4万个，5G移动用户超4.5亿，全国范围内的地级市均完成光网城市建设，建成了全球规模最大、技术领先的网络基础设施。[1] 与此同时，我国加快推进互联网协议第6版（IPv6）的部署与应用工作，确定了22个综合试点城市和96个试点项目。当前我国IPv6活跃用户数达6.97亿，固定网络IPv6流量占比达10%，移动网络IPv6流量占比达40%，有效缓解了网址的数量规模限制以及网络接入设备的制约问题。[2] 2022年2月，国家发展改革委等部门启动"东数西算"工程，建构数据中心、云计算、大数据一体化的新型算力网络体系，京津冀、长三角、粤港澳大湾区、成渝、内蒙古、贵州、甘肃、宁夏多地开始进行国家算力

① 王思北、白瀛：《努力把我国建设成为网络强国》，《瞭望》2022年第35期。
② 中共中央网络安全和信息化委员会办公室：《2022年全国深入推进IPv6规模部署和应用工作推进会议在京召开》，http://www.cac.gov.cn/2022-08/26/c_1663136482920061.htm，2022年8月26日。

枢纽建设。网络基础建设的更新迭代赋能网络文学，不仅有效促进了网络文学与有声阅读、影视、短视频、动漫、游戏、音乐等领域的跨界联动和产业融合，扩大了网络文学业态与范畴，而且释放了文学生产力，逐渐形成了网络文学"文-艺-娱-产"联动的生态体系。此外，区块链、数据库、云计算、人工智能等新技术应用技术加快了网络文学的创新发展步伐。2022年，以区块链技术为主导的数字藏品（NFT）掀起了数字资产风潮，阿里巴巴、腾讯、百度、网易等互联网企业纷纷涌入投资市场。NFT能够在网络生成唯一的、永久的数字加密凭证，为网络文学作品的盗版侵权问题提供了技术解决路径，推动了网络文学的数字资产化进程。大数据与云计算技术在网络文学领域应用广泛，每个文学网站都拥有自己的数据库，它以数据效能释放生产力、优化资源配置，同时也带来了新的商业模式。在未来，国家还将加快数据资源整合，激发全要素生产力，形成关联性、共享性的网络文艺数据库。不过，随着技术的不断进步，网文行业在实施数字化升级战略时也要警惕新技术与伪技术的滥用、误导问题，防范技术决定论、唯数据论等思想偏误，以新发展理念来适应网络的新特点与新规律。

其三，网络文学多方合力互通互助，打造政府引领、行业自律、社会监督的多主体共建的生态格局。网络文学的多主体共建，是网络文学发展的必然选择。一方面，网络空间的互通互联属性和数字化技术的升级迭代让网络文学的主体覆盖面不断扩大，主体之间的互动共融加强。另一方面，网络空间的瞬息万变、匿名机制、监管漏洞也带来了更多的不确定性和风险性，更需要多主体联合，共同谋求行业发展和应对风险挑战。政府机构对网络文学的思想与文明风向引领发挥了重要作用。2022年，中国作协举办了全国重点网络文学网站联席会暨加强职业道德建设座谈会、全国网络文学工作会议等重要活动，压实文学网站和网文企业的主体责任，建立风清气正、文明健康的网络生态。行业自律和社会监督是网络文学生态净化的主动力。例如，阅文集团建立网络有害信息举报专栏和巡查员制度，设立评论举报、作品举报和侵权举报3项入口，对涉嫌低俗内容、暴力血腥、违法违规、广告欺诈、恶意营销、抄袭侵权等问题累计处理的举报及投诉达1086614宗。[1] 2022年，网文行业联合社会各界发起净化网络文学版权环境的倡议和全民反盗版联盟，打响版权保护集结号。这一系列举措表明，网络文学多主体共建的生态正在朝着人人参与、人人共享、人人尽责、人人监督的网络空间命运共同体迈进。

3. 网文Z世代来临，多元化题材彰显创新活力

近年来，网络文学迎来了Z世代崛起浪潮。据统计，我国的网民规模达10.51

---

① 数据来源：阅文集团网络有害信息举报，https：//jubao. yuewen. com/？ qd_ dd_ p1 = 38709，2022年12月8日查询。

亿，手机网民规模 10.47 亿，10—29 岁网民占比为 30.7%。[1] 数字阅读用户 5.06 亿，其中 25 岁以下数字阅读用户占比达 71.88%。在 14 至 17 岁的青少年读者中，数字化阅读的使用率达 74.8%。[2] Z 世代网民读者已成为网络文学的主要用户群体。与此同时，Z 世代网络作家也跃升为网络文学的创作主力。目前，全国 45 家主要网络文学网站新增注册作者 150 多万人，新增签约作者 13 万人，新增作者大多为 Z 世代。[3] 网文行业很快洞察到 Z 世代的创作优势和潜力，从题材倾向和新人培育方面加大了扶持力度。阅文集团 2022 年初推出科幻"启明星奖""星光奖"以及科幻征文活动，对科幻题材的扶持实现了年度、季度、月度的全覆盖，Z 世代以"数字土著"的独创力为网络科幻文注入新活力。截至 2022 年 5 月，起点科幻平台新作家作品数量较 2021 年同比增长超 112.5%，其中 90 后、95 后占比超 70%，近 7 成的科幻新人作者是首次创作，起点科幻品类的用户量较去年同期增长 18.89%。[4] 在起点读书与上海图书馆以及 100 家出版单位发起的"全民阅读月"活动中有 133 万人参与网上阅读，卖报小郎君的《大奉打更人》被评为最受欢迎网文 TOP10 的榜首，阅读量近 1500 万次，Z 世代网络作家作品人气火热。[5] 纵观 2022 年的 Z 世代网文创作，主要呈现以下新特点：

一是采用数值化系统和"开盲盒"奖赏机制来改造网文修炼升级模式。Z 世代网文的主角不论身处现实社会还是幻想世界，一般大脑都会自带系统装置或者因缘际会获得系统。这一设定使得修炼历练等具身体验转化为经验值加成，以往玄幻、修真小说形成的练功升级模式逐渐演变为一套数值化升级系统，从数据思维和系统思维上赋予小说人物以预设化的升级逻辑。与此同时，数值化系统具有内置性与隐藏性，只有主角视角可获知，而小说中的其他人物在世界架构和角色设定下都拥有不同的升级路线。这就让原本作为公设型的"炼气-筑基-结丹-元婴-化神"等修炼升级路线转化为"怼人升级""气运升级""C 语言修仙"等私设型升级路线。而作品因私设型升级成为市场爆款后，又被其他网络作家效仿和改造，转化为新的公设型升级路线，降低了类型升级的爽感固化风险。而且，系统的数值度量方式将传

①　数据来源：中国信息网络互联中心《第 50 次〈中国互联网络发展状况统计报告〉》，2022 年 8 月 31 日，https：//www. cnnic. net. cn/NMediaFile/2022/0926/MAIN1664183425619U2MS433V3V. pdf，2022 年 12 月 17 日查阅。

②　数据来源：根据中国音像与数字出版协会、中国新闻出版研究院调研数据综合整理，具体详见中国音像与数字出版协会《2021 年度中国数字阅读报告》，2022 年 6 月 8 日，http：//www. cadpa. org. cn/3277/202206/41513. html，2022 年 12 月 8 日查阅；中国新闻出版研究院《第十九次全国国民阅读调查》，2022 年 4 月 23 日，http：//www. 199it. com/archives/1423794. html，2022 年 12 月 8 日查阅。

③　刘江伟：《〈二〇二一中国网络文学蓝皮书〉发布》，《光明日报》2022 年 8 月 11 日，第 9 版。

④　魏沛娜：《网文科幻平台新作家新作品数量大幅增长，"网文+科幻"跑出新赛道》，《深圳商报》2022 年 7 月 7 日，第 A08 版。

⑤　数据来源：起点中文网《"全民阅读月"收官：年轻人最爱读推理和科幻》，2022 年 5 月 24 日，http：//www. chinawriter. com. cn/n1/2022/0524/c404023-32429064. html，2022 年 12 月 1 日查阅。

统的阶段式升级精细化，拉长了作品的体系设置空间，也形成了网文创作的超长篇现象。更具创意的是，主角升级成功后的随机性奖赏机制暗合"开盲盒"心理，这种未知奖赏为小说人物的冲关行为增加了动能，也强化了读者的代入感。譬如，贰更的《我在斩妖司除魔三十年》设置了一套小说主人公通过斩妖获得奖励的升级体系，每次斩妖后得到的技能都不相同，并且这些技能也并非毫无缺陷，比如像故事主角第一次使用"望气之术"后就导致双目短暂性失明。这类"开盲盒"奖赏机制将小说情节与时下流行的游戏文化、消费文化紧密联结，切合 Z 世代群体的爱好与需求，从行为心理学上给网络文学制造了新的爽点。

二是以倒计时模式与"副本"空间为成长叙事提供创意。网络文学区别于传统文学的一大亮点，是时空设定的独特性，这在穿越、重生、架空等小说的中体现得尤为明显。Z 世代网文不仅延续了这一特色，而且将时空设定装置化，增强了故事叙事的张弛度和情动效能。卖报小郎君的《灵境行者》在现实世界虚构出灵境空间，该空间将悬疑探险、场景沉浸、游戏冲关结合，拥有多个类似于游戏副本的独立空间构件。故事主角在灵境空间来回穿梭时增加了系统倒计时提醒的描述，强化了叙事的紧迫感。像《灵境行者》这类倒计时模式和"副本"空间设定在《夜的命名术》《轮回乐园》等异界穿越小说中非常火爆。与以往的穿越小说相比，倒计时模式的穿越不再是自由穿越，而是具有明确任务目标的穿越，故事主角的能动性增强。由倒计时产生的时空节点打破了叙事线路的流畅度，在带来高密度成长体验的同时，也让成长叙事呈现出更为鲜明的张弛感。实际上，网络作家设置倒计时模式与"副本"空间并不仅仅是为了提高阅读代入感。倒计时模式作为一种隐喻性的功能装置，它反映了现代社会中人们普遍的时间焦虑，对于文学虚构如何映射现实具有启迪意义。这种时间焦虑的映射早在 10 余年前《斗破苍穹》"3 年婚约"的经典桥段便已显露端倪，经由末日文、灵气复苏流、废土流的倒计时设定，再到系统文、位面流、异界流的穿越倒计时装置，时间的装置化趋势折射出青年群体工作与生活压力处于不断加码的状态。这种倒计时模式加速了时间的断裂，导致了异质化空间的产生。在 Z 世代网文中，与倒计时装置化一同创生的是空间的副本化。这一现象说明，Z 世代正是以"玩压力"的挑战心态来应对时间焦虑和"内卷"状态。在加速时代如何化压力为动力，倒计时模式与"副本"空间以反躺平和反倦怠的姿态开辟出逃逸性、主体性、游戏性等多样化生命状态，为网络文学的成长叙事提供了新路径。

三是以本土文化特色建构 Z 世代文化话语体系。Z 世代网络作家带火了科幻、二次元、轻小说等门类，使得网络文学的题材结构品类不断优化，创作主题和内容日趋多元化，故事原创力进一步增强。网络科幻小说成为本土化科幻创作的主力军。与传统的科幻文学相比，网络科幻小说没有照搬和套用西方硬科幻的路线，而是将科技知识、赛博朋克、废土、机甲等流行元素与中国网络小说类型流派融合，形成了"科技强国""赛博修仙""星际种田"等具有本土特色的科幻文体范式和话语体系。譬如，九月酱的《大国科技》通过设置"科技人生模拟器"，让主角在模拟系统中攻克人工智能、芯片、量子计算等领域技术难题，推动科研成果落地实践，实现科技强国的崛起之路。火中物的《复活帝国》、新手钓鱼人的《走进不科学》、红刺北的《砸锅卖铁去上学》、空长青的《我写的自传不可能是悲剧》以黑科技、复活设定、机甲流、时空流等吸引读者，增强了科普知识的趣味性和潮流感。Z世代网络科幻文的崛起还带动了我吃西红柿、辰东、远瞳等12位白金大神作家在2022年转向科幻题材创作。他们把未来科幻与长生、武道修炼等融通，探索了一条本土化的赛博修仙之路。他们笔下的远古凶兽、方士、武术等古典仙侠元素与宇宙文明遇合，为科幻创作如何处理新与旧的问题树立了典范。正基于此，2022年科幻创作的热度进一步提升，科幻小说成为阅文集团增速最快的题材品类。在题材创新方面，裴不了、轻泉流响、百分之七等网络作家开创剑神流、御兽流等类型流派，以反套路等设定打破创作的模式化窠臼。譬如，裴不了的《我不可能是剑神》将热门影视剧、小说、相声等大众流行文艺和社会文化现象以玩梗方式开辟"无敌剑神流"新写法，通过反转和反差塑造了"十里坡剑神"李楚这一开局即躺赢的爆笑人物，打破了以往玄幻、修真小说苦大仇深的修炼升级模式。此外，网络作家还积极探索"甲骨文+网文"等内容创新写法，加快中华传统文化创造性转化。2022年1月，阅文集团与国家图书馆举办古文字微小说征文、"甲骨文+网文跨千年展"等公益推广活动，将甲骨文的文字艺术通过生动鲜活的网文故事传递给大众。在活动征集的2500多件文学作品中，有70%的作品出自90后和00后网络作者之手，Z世代成为故事创意的主力军。[①] 他们有的将甲骨文赋予古代神话和传奇色彩，有的以现代生活日常与亲情重新激活古老的文化传统，还有的在甲骨文的前世今生中展现社会发展变化，这一系列创作不仅拓宽了网络文学内容题材，而且也提升了网络文学的文化底蕴。

4. 网文活动提振行业信心，产业发展多核驱动升级

2022年，网文界举办了多种有影响力的活动，助推网络文学高质量发展。在网络文学作品活动方面，政府与网文行业以作品推优、创作大赛、作品阅读活动、网文节庆等多样化形式激发业态活力。《十月缨子红》《七色堇》等40部作品入选2022年中国作家协会网络文学重点作品扶持项目，《蹦极》《出路》《天圣令》等7部作品入选国家新闻出版署2021年优秀现实题材和历史题材网络文学出版工程。第六届现实题材网络文学征文大赛、第三届泛华文网络文学金键盘奖、七猫中文网第三届现实题材征文大赛、石榴杯创作大赛、第二届天马文学奖、第四届辽宁网络文

---

① 虞婧：《"甲骨文+网文"，Z世代作家焕发传统文化新活力》，http://image.chinawriter.com.cn/n1/2022/0106/c404023-32325650.html，2022年1月6日。

学"金梭杆"奖、第四届"金熊猫"网络文学奖等创作活动的成功举办，为网络文学输送了新的创作力量。从这些推优和获奖作品来看，网络文学创作在反映时代、贴近现实、深入生活方面的力度加大，在表现人民精神凝聚力和民族向心力方面的作品增多。网文企业还举办了"全民阅读月""网文填坑节"等节庆活动，参与人数均在100万级以上。在"网文填坑节"中，许多读者在线喊话网络作家更新番外章节，为完结之作"填坑"。爱潜水的乌贼、蝴蝶蓝、南派三叔、唐家三少、萧鼎等作家积极回应，有效拉动了阅读与创作的互动。

多部热门IP改编作品加速网络文学的破圈化趋势。《开端》《余生，请多指教》《打火机与公主裙》《请叫我总监》《风吹半夏》等都市题材小说改编成电视剧收视火爆，《星汉灿烂，幸甚至哉》《苍兰诀》《驭鲛记》《我的锦衣卫大人》等作品再次带动古言小说IP改编风潮。在中国经济信息社发布的《新华·文化产业IP指数报告（2022）》中，IP价值榜前50名的网络文学作品占80%以上。

从2022年IP改编的成绩来看主要呈现以下特点：一是IP价值分布呈倒金字塔结构，网文头部IP的改编成功率较高，并通过改编热度进一步刺激网络文学内容生产。以《斗破苍穹》为例，这部小说于2011年完结，经过阅文多年的IP培育，已完成了出版、有声、动漫、影视、游戏等形式衍生改编；二是网络古风言情IP迎来爆发期，且长尾效应明显。《庶女攻略》《君九龄》等小说再次通过IP估值爆火，以传统文化为主题的小说在新华·文化产业IP价值榜中占比超6成；三是网络文学的跨媒介叙事转化率提升，在线阅读与短视频、影视、动漫作品的联动性加强，其中抖音、B站等网络平台展示出较高的引流优势。

作协系统、高校科研机构、网文企业多方联动，以合作新模式推动了产学研纵深化发展。2022年，中国作协网络文学中心举办首届网络文学研究班、网络文学青年创作骨干培训班等活动，与中国人民大学合作进行为期2年的网络作家专业教育活动，提升网络作家的专业素养。在2022年全国网络文学工作会议上，中国作协及地方作协组织、文学网站、网络作家、高校学者齐聚一堂，从顶层设计、产业经营、文学创作、理论批评方面共同探讨网络文学的发展路径。在校企合作方面，南京师范大学与阅文集团签订战略合作并举办"网络文学节"，围绕读、评、写开展网络文学系列校园活动。这一系列活动不仅让网络作家获得了高校专业教学资源，而且有利于在校大学生更加深入地了解网络文学发展，同时还有效促成政府引领、行业经营、研究决策与优化建议之间形成网络文学产学研互动生态圈。

网文研究活动以年度研究报告与年鉴、理论评论支持计划与评论大赛、作品导读、研讨会等形式多面开花。中国作协网络文学中心发布的《2021中国网络文学蓝皮书》、中国社科院发布的《2021中国网络文学发展研究报告》、中南大学编撰出版的《2021中国网络文学年鉴》、山东大学出版的《中国网络文学理论评论年选》等，勾勒了网络文学年度发展概貌与总体态势。2022年网络文学理论评论支持计划、第三届网络文艺评论优选汇、第三届白马湖全国网络文学评论大赛、五校联合发布网文青春榜等活动，为网络文学理论批评培育新力量。作家出版社推出肖惊鸿主编的《网络文学名家名作导读丛书》第三辑与第四辑，欧阳友权、陈定家、肖惊鸿、夏烈等学者和评论家对萧鼎、耳根、蒋胜男、天蚕土豆等10位网络大神的代表作进行导读分析，引领网络文学创作更好地朝主流化与精品化发展。在学术研讨活动方面，"技术革新与艺术开拓：中国网络文艺这十年"论坛、中国文艺理论学会网络文学研究分会第七届学术年会、"中国现当代通俗小说与网络小说"学术研讨会、中国网络文学发展史研讨会、"网络文学研究现状与学科建设"学术研讨会等相继举办，专家学者们就新时代以来网络文学的发展现状、历史溯源、评价体系、产业经营等问题集中探讨、论道亮剑。这些网络文学研究活动不仅有利于推动网络文学研究朝纵深化、学科化发展，而且还对网络文学创作及产业发展发挥了评论引导和智力支持作用。

5. "生态出海"规模化效应显现，多方助力中国网络文学走出去

2022年，中国网络文学的海外传播呈现生态多元化态势，文化传播力与影响力进一步增强。据统计，截至2021年底，中国网络文学海外市场规模超30亿元，读者规模达1.45亿人，向海外输出网文作品10000余部。其中，实体书授权超4000部，上线翻译作品3000余部。① 我国数字阅读出海作品总量超40万部，作品类型以都市职场、玄幻奇幻、武侠仙侠为主，输出地区主要为北美、日韩、东南亚等地，展现出多地区、多语种、多题材、多类型、多模式的特点。② 掌阅科技、点众科技、畅读科技、中文在线、安悦等网文企业多次进入2022年中国非游戏厂商出海收入月榜前30名。"网文出海"是全球文化软实力竞争的一个重要赛道。中国网络文学在世界文化市场已获得可观的产业效应与文化影响力。基于此，越来越多的国外互联网巨头和文学传媒机构纷纷入局网文行业。美国亚马逊的kindle-vella、德国Inkitt的GALATEA、韩国Naver旗下的Wattpad以及Kakao公司的Radish等网文平台都试图从市场中分一杯羹。复杂多变的海外经济环境和逆全球化趋势给"网文出海"带来了新的阻力，因而，中国网络文学在2022年的"出海"赛道中迎来的是机遇和挑战并存的局面。如何将风险转化为优势，成为中国网络文学走出去亟须解决的问题。对此，政府、网文行业与网络作家多方努力，不断拓展和巩固网络文学海外传播成效，提升国家文化软实力和中华文化影响力。

其一，国家出台多项鼓励政策，促进网文行业建立国内国际双循环发展格局。近年来，政府机构加强对外贸易扶持政策，制定与施行了《区域全面经济伙伴关系协定》《"十四五"对外贸易高质量发展规划》《国务院办公厅关于加快发展外贸新

---

① 刘江伟：《〈二〇二一中国网络文学蓝皮书〉发布》，《光明日报》2022年8月11日，第9版。
② 舒晋瑜：《〈2021年度中国数字阅读报告〉发布》，《中华读书报》2022年4月27日，第2版。

业态新模式的意见》《数字经济对外投资合作工作指引》《关于支持国家文化出口基地高质量发展若干措施的通知》《国家税务总局关于跨境电子商务综合试验区零售出口企业所得税核定征收有关问题的公告》《关于进一步优化跨境人民币政策支持稳外贸稳外资的通知》等一系列有利于数字文化企业跨境贸易的鼓励政策。① 2022年，政府机构进一步优化对外贸易环境，发布《"十四五"数字经济发展规划》《关于推进对外文化贸易高质量发展的意见》等文件，从加强国际合作与自由贸易、培育产业链和生态圈、发展新业态与新模式等多方位助推网文企业开拓海外市场，培育和巩固网络文学的出口竞争优势。

其二，互联网企业加快布局海外网文市场，建立"创作-翻译-阅读-视听-消费"生态矩阵产品体系。在网络文学海外市场布局中，除了起点中文网、掌阅科技、中文在线、晋江文学城等老牌企业，新陌科技、掌中云、字节跳动、无限进制、新阅时代、畅读科技、推文科技、触宝、点众科技、小米、IGG、大犀角科技等公司，近年也纷纷入局网文行业，研发网络文学海外移动平台占领用户市场。许多新兴出海公司大力培育海外创作新人，囤积资源，争夺海外市场主导权。与此同时，许多网文企业意识到，面对不同海外地区的读者仅依靠单一平台进行推广具有较大局限性。加快建立"网文出海"的生态矩阵产品体系，创新数字化生产与营销手段，便成为网文行业海外市场布局的新策略。一些网文企业研发针对不同语种和多样化类型功能的网文平台供网文出海企业以及海外读者使用。譬如，在 AI 翻译方面，推文科技的出海平台 SaaS 具备多语种翻译、全球渠道分发、版权交易、网文海外热度数据等多项功能，全国有 90 多家文学网站与推文科技合作，向海外输出7000 多部中文作品。② 无限进制通过 AI 翻译技术赋能网文出海，推出了 Dreame（多语言聚合）、Innovel（印尼语）、Yugto（菲律宾语）等 15 种语言阅读功能的平台，并推出 Ringdom 男频阅读平台、Wehear 有声阅读平台、Stary Writing 多语种写作应用等产品，形成一套集合多语言阅读、听书和写作的矩阵化产品体系。阅文集团发布 2022 全球作家孵化项目、举办 Webnovel Spirity Awards 征文比赛，旗下 Web-Novel 已有 2600 部作品翻译到海外，平台访问用户累计约 1 亿，新推出女性向网文平台 Chereads，与 Webnovel 一同打造以男频、女频为类型区分的平台特色。③ 掌阅科技通过 iReader、Storyroom、Storysome、Storyholic、Novelful、Lovel 等海外平台，连成了充满活力的阅读生态矩阵。畅读科技推出 Moboreader、Monobook、Read Now等 9 款面向海外的网文 App。由此可见，打造多平台、多功能阅读平台已成为网文

① 艾瑞咨询：《2022 年 MeetBrands 中国出海品牌价值榜单报告》，https：//www.iresearch.com.cn/Detail/report? id＝4099&isfree＝0，2022 年 11 月 10 日。
② 数据来源：推文科技官网，https：//funstory.ai/%e6%8e%a8%e6%96%87%e7%bd%91%e6%96%87%e5%87%ba%e6%b5%b7%e8%a7%a3%e5%86%b3%e6%96%b9%e6%a1%88/，2022 年 12 月 18 日查询。
③ 许旸：《中国故事海外走俏，网文作品首次收入大英图书馆》，《文汇报》2022 年 9 月 18 日，第 1 版。

出海企业的发展趋势。网文企业根据网文平台后台数据，通过算法推送技术进行用户个性化推荐，以软件功能优化、沉浸式场景应用等，不断提高网络文学的创作灵活性、阅读体验感与支付便捷性。与此同时，许多网络平台通过数字化引流手段在Facebook、TikTok（抖音海外版）、Kwai（快手海外版）等平台进行营销，拓展网络文学 UGC 内容生态。

其三，网络作家推动国家与地区间的文化交流互鉴效能显著提升。一方面，中国网络作家着力加强中国故事的讲述能力，网络文学的国际传播力与影响力由量变走向质变。2022 年，大英图书馆从起点中文网选取了 16 本中国网络小说进入馆藏。这些作品中既有《赘婿》《大宋的智慧》《贞观大闲人》等具有中国历史文化特色的小说，也有《大国重工》《复兴之路》《大医凌然》等体现中国现代化发展和行业进步的小说，还有《画春光》《掌欢》等以展现中国瓷器、美食等传统文化魅力的小说。这 16 部网文作品既涉及了科幻、历史、现实、奇幻等多个网络文学题材，也涵盖了中国网络文学 20 余年从初期到当下的经典作品。据统计，2019—2022 年间，大英图书馆已陆续收录了中国网络文学作品 154 部。[①] 这说明中国网络文学在精品化和经典化过程的国际传播效能已显著提升，逐渐成为极具时代意义的内容产品和文化现象，受到越来越多海外国家的认可。另一方面，海外网络作者平台入驻率大幅提升，为海外市场提供了原生动力。网文"生态出海"的关键是网文平台因地制宜培育出适合不同国家和地区的网络文学品类，实现内容资源的多样化和可持续性生长。据统计，起点国际目前已有海外作者 20 万人，海外原创作品近 37 万部。海外网络作者入驻比率一年内提升 3 倍，其中以东南亚和北美地区的网络作者居多，Z 世代在整个海外网络作者群中占比达 80%。[②] 海外网络作者的大批进驻不仅丰富了网络文学的题材品类，而且还搅动国内外内容生产竞争格局，狼人文、吸血鬼文、巫师文等更符合国外不同地区文化审美的网络小说类型流派涌现。许多海外作者除了学习中国武侠、修仙小说的专业术语，还将网文出海中比较热门的系统流、无限流设定运用于作品中，增加了海外原生网络文学创作活力。与此同时，一些专门挖掘海外网络作者的中介机构也开始出现。这一系列现象表明网文生态出海正在走向产业细分化、专精化、成熟化轨道。

---

① 罗昕：《大英图书馆收录〈赘婿〉〈大国重工〉等 16 部中国网络文学》，https：//www.thepaper.cn/newsDetail_ forward_ 19878722，2022 年 9 月 13 日。

② 康岩：《疫情期间海外网络文学作家增 3 倍 "Z 世代"成 "洋写手"主力》，《人民日报（海外版）》2022 年 4 月 4 日，第 7 版。

二、年度聚焦

1. 网文版权保护治理体系亟待建立

（1）侵权易维权难，网文行业深受盗版之"苦"

2021年，中国网络文学产业规模达358亿元，同比增长24.1%；用户规模5.02亿，占网民整体的48.6%，同比增长9.1%。中国数字文化产业规模达到7841.6亿元，同比增长14.7%，网络文学的IP全版权运营影响了游戏、影视、动漫、音乐、音频等合计约3037亿元的市场，影响范围占整个数字文化产业的近40%。[①] 然而，网络文学在产业发展的快车道中却深受版权之苦。2021年，中国网络文学盗版损失规模为62亿元，同比上升2.8%，保守估计侵占网络文学产业17.3%的市场份额。多数网络文学平台每年有80%以上的作品被盗版；82.6%的网络作家深受盗版侵害，其中频繁经历盗版的比例超过四成。层出不穷的盗版行为背后，是规模化、体系化、产业化的盗版利益链。盗版泛滥，直接造成作家的收入损失，严重打击创作热情。96.6%的作家认为盗版会影响创作动力，其中受到严重影响的作家高达64%。据阅文集团数据显示，仅2021年因为盗版受影响的作家达到6万名，近万部作品因为盗版不得不断更。违法成本低，维权成本高是网络文学版权问题难以根治的重要原因。网络文学自身具有网络性、消费性、即时性、传播速度快、范围广、商业化程度高等特点，这些为盗版侵权行为提供了极大的生存和发展空间。与此同时，网络文学消费者付费阅读的观念比较弱，这样就形成了对盗版网络文学的巨大市场需求。互联网技术的不断发展，极大降低了网络文学的侵权成本，而网络文学权利主体的维权成本在不断增加。网络文学盗版侵权问题已经严重破坏了原创内容生态，动摇了网络文学行业的发展根基。

（2）5.26网络文学反盗版倡议

2022年5月26日，中国版权协会发布《2021年中国网络文学版权保护与发展报告》。报告指出，网络文学在高速发展的同时，也面临着盗版侵权的"三座大山"——盗版平台、搜索引擎和应用市场。同期，上海市网络作家协会、广东省网络作家协会等20地省级网络作协，晋江文学城、阅文集团、番茄小说、纵横文学等12家网络文学平台，爱潜水的乌贼、烽火戏诸侯、猫腻、priest、唐家三少、吱吱等522名网络作家联名响应倡议，呼吁加强知识产权保护，反盗版侵权。这份倡议书剑指技术治理、搜索引擎和应用市场，是网络文学行业发起最大规模的一次反盗版倡议。《倡议书》指出，目前网络文学作品以及其衍生IP已经占据了国内数字文化市场的40%，但有约8成的作者认为盗版问题猖獗，且各类搜索平台降低了盗版小

[①] 光明日报客户端：《〈2021年中国网络文学版权保护与发展报告〉发布》，2022年5月27日，https://baijiahao.baidu.com/s? id=1733951915319979529&wfr=spider&for=pc，2022年12月8日查询。

说的获取途径。对此，作协、平台、作家联合发出倡议，一是呼吁科技向善，将技术应用于版权治理，社会各界联合起来对网络文学侵权盗版行为予以曝光、公示，共同保护网络文学的原创内容生态；二是呼吁搜索引擎严格履行平台责任，及时清理、屏蔽"笔趣阁"等盗版站点，开放权利人直接投诉盗版站点的权限，不为侵权盗版行为提供"转码阅读"等产品优化功能，停止侵权行为；三是呼吁应用市场提升版权意识，主动强化对开发商的证照资质、主体真实性、权属证明等方面的审查义务，及时清理有侵权盗版行为的阅读 App，停止侵权行为。

（3）全行业推动网文版权保护迈上新台阶

为加强网络安全建设，营造风清气正的网络环境，2022 年国家相关部门陆续出台了一系列政策，开展版权保护专项行动。行业机构及广大网民群策群力，共同推动了网络文化健康发展，为网络文艺提质增效提供了有力保障。1 月 19 日，中宣部在京召开 2022 年全国出版（版权）工作会议。会议强调，要高举思想旗帜，把习近平新时代中国特色社会主义思想的出版宣传作为出版战线的首要政治任务。要坚持和加强党对出版工作的全面领导，严格出版内容质量管理，净化网络出版生态，建强守好出版阵地。4 月，国内首个盗版举报公示平台"全民反盗版联盟"成立，自上线以来，"全民反盗版联盟"已收到超百位作家提交的信息，累计曝光 2000 多条盗版线索。5 月 18 日，国家网信办发布 2022 年 4 月全国受理网络违法和不良信息举报受理总量情况。截至 2022 年 4 月，全国各级网络举报部门受理举报 1602.9 万件，环比增长 27.4%、同比增长 7.2%。广大网民积极参与网络综合治理，共同维护清朗网络空间。7 月 6 日，中国作家协会在北京召开全国重点网络文学网站联席会议，近 50 家重点网络文学平台负责人、全国省级网络文学组织负责人、知名网络作家和评论家共同发起《网络文学行业文明公约》，呼吁加强网络文明建设，优化网络文学行业生态，推动网络文学高质量发展。同时，中国网络文艺知识产权纠纷人民调解委员会于 7 月 6 日在中国作家协会挂牌成立，这是全国首家网络文艺知识产权纠纷人民调解委员会，主要开展普法教育、法律咨询、纠纷调解、维权诉讼等工作。9 月，国家版权局、工业和信息化部、公安部、国家互联网信息办公室四部门，联合启动打击网络侵权盗版"剑网 2022"专项行动，行动于 9 月至 11 月开展，其中针对文献数据库、短视频和网络文学等重点领域开展专项整治，对文献数据库未经授权、超授权使用传播他人作品，未经授权对视听作品删减切条、改编合辑短视频，未经授权通过网站、社交平台、浏览器、搜索引擎传播网络文学作品等侵权行为进行集中整治。11 月 16 日，据中国版权协会称，阅文旗下"起点中文网"运营方上海玄霆娱乐信息科技有限公司针对"UC 浏览器"和"神马搜索"中存在的大量侵犯《夜的命名术》信息网络传播权的盗版链接，并向用户推荐、诱导用户阅读盗版的行为，向海南自由贸易港知识产权法院申请诉前行为保全，获得法院支持。此案作为网络文学领域的首例诉前禁令，突破了漫长的诉讼周期限制，及时制止了搜索引擎、浏览器传播盗版内容的侵权行为，对保护权利人的合法利益起到了及时止损、便捷维权的效果，为网络文学版权保护提供了新的思路。

2. 网文微短剧迎"下海"热潮

（1）多家网络平台"加码"微短剧赛道

疫情之下，各大消费产业受到不同程度的影响，娱乐产业紧急做起了减法，投资小、见效快、风险低的微短剧，成为视频平台争先入局的火热赛道。据国家广播电影电视总局备案的电视剧数据显示，2020年以来微短剧数量急速上升，2022年1-9月间，短剧备案量已达2792部64192集，约为2021年全年备案量的2倍。凭借着"短、平、快"的优势，微短剧迎来增长机遇期，长视频平台、短视频平台、音频平台相继入局，一时之间，微短剧场风起云涌，呈现多家争鸣格局。2022年抖音短剧专业重点短剧汇总267部，快手星芒短剧汇总207部。而长视频平台在今年也快速跟进。优、爱、腾、芒、B五大平台首播的短剧共计148部，其中优酷57部，腾讯46部，芒果TV41部，B站4部。[①] 2022全年快手星芒短剧全年播放量破亿的项目超100个，总播放量超500亿。截至2022年12月，快手短剧日活用户超过2.6亿，过去一年爆款短剧数量增长近40%。其中，2022年暑期快手上线了50多部独播短剧，家庭共情类内容的供给量增长2倍，校园青春类则增长了6倍。[②] 2022年上半年，芒果TV单部微短剧播放量超6亿，腾讯视频单部剧累计分账超3000万元，再创微短剧领域分账新高。[③] 短视频平台、长视频平台以及多元化平台先后启动了一批微短剧扶植计划，短视频平台抖音发起了"新番计划"，快手2022年推出了全新的"扶翼计划"；长视频平台爱奇艺在2011年上线小逗剧场主打类型化喜剧，腾讯视频发布微短剧品牌十分剧场进入微短剧精品化探索新阶段，优酷先后发布了"扶摇计划"和"好故事计划"两大内容招募活动，芒果TV致力于打造芒系中短视频内容矩阵的"大芒计划"；除了爱、优、腾、芒、B站、抖音、快手等平台之外，喜马拉雅、知乎等内容平台也加入了微短剧赛道，另外，还有致力于打造原创短剧连载视频平台的快点TV，以及后起之秀百视TV也在主打各种新奇特题材的微短剧。微短剧市场竞争将愈加激烈，伴随竞争而来的是微短剧数量的爆棚式增长。

（2）网文IP微短剧开启新风向

网络文学与短视频的"影文联动"造就了微短剧的兴盛，火爆的市场反响彰显

---

① 数据来源：北京视协和中国传媒大学戏剧影视学院、中国电视剧制作产业协会短工委、青工委：《短剧产业现状、问题与发展趋势研究报告》，2022年11月18日，https://baijiahao.baidu.com/s? id = 1750007986592405960&wfr=spider&for=pc，2022年12月17日查询。

② 界面新闻：《快手公布短剧业务成绩单：2022全年播放量破亿项目超100个》，12月13日，https://www.jiemian.com/article/8562479.html，2022年12月17日查询。

③ 数据来源：猫眼研究院：《2022短剧洞察报告》，2022年6月21日，https://lmtw.com/mzw/content/detail/id/215679/keyword_ id/-1，2022年12月17日查询。

网文 IP 微短剧巨大的发展潜力。网络文学和短视频在生态位争夺中形成了一种新型"共生"模式。近年来，微短剧中网络文学 IP 改编作品占比逐年提高，2021 年新增授权超 300 个，同比增长 77%，网络文学 IP 微短剧数量占比由上一年的 8.4% 提升至 30.8%。[①] 网文与短视频联手，一定程度上解决了网文 IP 孵化成功率低、试错成本高、渠道门槛高的问题，非科班网红演员的启用不仅带动了网红经济的兴起，而且还可以反哺网文，实现数字阅读领域引流的双赢效果。从"赘婿文""霸总文""虐文"到赘婿短剧、霸总短剧、虐文短剧，诸多设定、元素和叙事原理都来自网络文学的文本创意。在网络文学庞大的资源库中，微短剧有偏好性地挑选着自己的脚本，诸如快穿文、言情文、重生文、复仇文、悬疑文、武侠文等文体设定新奇简单、故事剧情紧凑，是微短剧改编或借鉴的主要类型。据统计，2021 年全年与 2022 年 1—8 月的重点短剧，有 70% 以上都集中在都市和古装题材中，分布极为不均衡。由于短剧下沉式观剧的模式，社会话题和乡村题材正成为新热点。[②] "爱优腾"积极探索内容新颖的微短剧，以都市、传奇、科幻、武打、农村、公安、古装等多元题材，通过流量供给、资金奖励、IP 资源共享等方式扶持新人创作者，留住优质创作者，激发了创作者的热情。"短内容+"的文娱生产模式，正在形成一个新的流量漩涡，其旺盛的内容生产能力和广阔的消费前景，诱惑着摩拳擦掌的资本，吸附着新一轮的投注。

（3）精品内容成微短剧发展"痛点"

微短剧"抱团"网络文学获得了高流量与高热度，但内容却存在套路化趋势，精品之作较少。一般来说，网文微短剧创作有以下要求：一是语言日常化、生活化、口语化，有画面感；二是选题吸睛，有强情绪、强代入感；三是内容以第一人称叙事为主，有较强的结构意识；四是故事字数在 8000—15000 字之间。如何在短短几分钟内迅速吸引观众，是微短剧创作面对的首要问题。目前市场上微短剧的主流仍是霸道总裁爱上我、王爷的落跑甜心等老套古早爱情故事。虽然这些短剧不少因短平快、又爽又甜、魔性土味的特性吸引了不少观众，但始终未出现高品质的出圈爆款，其主要原因是文学语言要让渡于影像语言，存在硬剪辑拼贴的问题。由于微短剧有时间限制，图像修辞、细节暗示、心理延展和景别转场等电影叙事手法都难以在微短剧中充分实现。部分微短剧故事俗套、情节离奇，在价值导向上存在一定的误区，有的还存在侵犯经典作品版权的现象，这些问题都不利于网络文学和微短剧产业的健康发展。2022 年的网文微短剧正在朝提升内容质量方向努力。在口碑层

① 数据来源：中国作家协会网络文学中心：《2021 中国网络文学蓝皮书》，2022 年 8 月 10 日，http：//www. chinawriter. com. cn/n1/2022/0822/c404027-32507921. html，2022 年 12 月 8 日查询。

② 数据来源：北京视协和中国传媒大学戏剧影视学院、中国电视剧制作产业协会短工委、青工委：《短剧产业现状、问题与发展趋势研究报告》，2022 年 11 月 18 日，https：//baijiahao. baidu. com/s？id＝1750007986592405960&wfr＝spider&for＝pc，2022 年 12 月 17 日查询。

面，评分超 6 分合格线的微短剧达到了 9 部，由 B 站出品、暴走漫画联合出品的爆梗迷你喜剧《片场日记》，以豆瓣 8.3 分，荣膺 2022 年度至今豆瓣评分最高——这也是"微短剧"概念诞生以来的豆瓣最高分。还有如《虚颜》《念念无明》豆瓣评分也都超过 7 分。与此同时，微短剧的时长也在发生变化。2021 年，1—2 分钟的微短剧数量最多，达 83 部，其次是 2—3 分钟的微短剧为 53 部；2022 年，6—10 分钟的微短剧更加主流，达 34 部，其次才是时长更短的微短剧。① 这种变化一定程度上说明，微短剧正走上逐步建立行业标准的发展轨道。

3. 网文阅读助推全民阅读思潮

（1）网文用户数量创历史新高

据《2021 中国网络文学发展研究报告》的数据，截至 2021 年 12 月底，我国网络文学用户总规模达到 5.02 亿，较上年同期增加 4145 万，占网民总数的 48.6%，读者数量达到了史上最高水平。网络文学在文学阅读和数字阅读市场占有绝对优势，是全民阅读的重要组成部分。2022 年 4 月 23 日，首届全民阅读大会在京开幕，大会发布的《2021 年度中国数字阅读报告》显示，全国数字阅读市场规模达 415.7 亿元，其中大众阅读 302.5 亿元，专业阅读 27.7 亿元，有声阅读 85.5 亿元。数字阅读用户规模达 5.06 亿，其中 18 岁以下、19—25 岁、26—35 岁、36—60 岁、60 岁以上用户占比分别为 27.25%、44.63%、18.49%、8.51%、1.13%。统计表明，有96.81% 的用户偏好电子阅读，人均阅读电子书 11.58 本，用户阅读 2 小时以上的占比为 57.97%；29.5% 的用户偏好有声阅读，人均阅读有声书 7.08 本，用户阅读 2 小时以上的占比为 7.27%。有 92.17% 的用户曾为数字阅读付费，其中付费最多的阅读形式为电子阅读，占比 60.07%；分别有 53.03%、52.63%、20.17% 的用户愿为电子阅读、网络文学阅读、有声阅读付费。全网上架作品总量达 3446.86 万部，其中网络文学作品 3204.62 万部，电子书 180.54 万部。② 网络文学是年轻人爱看的中国故事，它们有效拓展了社会数字阅读的广泛性、精品化和可能性，在全社会精神文化生活中发挥着重要作用。

（2）免费阅读与付费阅读博弈加剧

免费阅读的兴起，是近年来网文行业变革的重要现象。前期的"流量争夺战"已经告一段落，目前市场上共有番茄、七猫、米读、飞读等在线综合阅读产品 523

---

① 数据来源：北京视协和中国传媒大学戏剧影视学院、中国电视剧制作产业协会短工委、青工委：《短剧产业现状、问题与发展趋势研究报告》，2022 年 11 月 18 日，https://baijiahao.baidu.com/s?id=1750007986592405960&wfr=spider&for=pc，2022 年 12 月 17 日查询。

② 中国音像与数字出版协会：《2021 年度中国数字阅读报告》，2022 年 6 月 8 日，http://www.cadpa.org.cn/3277/202206/41513.html，2022 年 12 月 8 日查询。

种。① 2019 年至 2021 年，免费阅读的活跃用户规模从 8140 万增至 1.52 亿，月人均使用时长也从 395 分钟提升至 863 分钟。也就是说，平均每天有上亿用户会花费 30 分钟在阅读免费网文。番茄小说的 MAU 在 2021 年年末就已达到 9300 万以上，且同比增长率高达 51.4%，七猫免费小说 6346 万位列第二。② 阅文 2021 年在线阅读业务月付费用户下降 14.7% 至 870 万人，用户付费收入也稍减至 38.38 亿元。③ 2022 年上半年，阅文集团腾讯产品自营渠道的月活跃用户从 1.181 亿人同比增加 22.7% 至 1.449 亿人，并且主要是免费阅读内容的用户数增长。阅文逐渐开放 QQ 阅读、起点等旗下平台免费阅读权限，付费阅读用户数量开始走低。2022 年 6 月，阅文月付费用户 810 万人，相较于 2021 年上半年减少 12.9%，免费阅读平均日活用户 1400 万人，相较于 2021 年上半年增长至 7.7%。④ 在收费阅读疲软的同时，免费阅读吸纳了数以亿计的用户，并将他们变为作者创作的目标读者。原来的"盗文读者"构成了网络文学庞大的底座。免费阅读为读者提供了更多的阅读选择，为网文行业引进了新的增长点，也打破了 VIP 收费阅读单一的商业模式。免费阅读的变现模式以"广告+付费增值"为主，但仅仅依靠"免费+广告+付费增值"的模式开拓数字阅读市场是不够的。免费网文能否成为 IP，怎样释放 IP 潜力，是免费阅读新的发展方向。付费模式的真正竞争对手并不是免费模式，而是动漫游戏、直播、短视频等网络时代"更受宠"的文艺形式。随着网络的快速发展，任何商业模式都无法一直支撑网络文学发展，网络文学商业模式只会随着网络技术的发展和用户需求的变迁而变化。

（3）网文 IP 产业链谋求新突破

2022 年，网络文学 IP 产业链逐渐完善，网络文学作品从针对固定群体输出到进入大众视野，"圈地自萌"的格局被打破。AI 技术推进加速了网文的可视化呈现，VR 和元宇宙技术实现网络文学的世界观构建，网络文学的改编正在从文本表达向视觉呈现，再到沉浸体验突破与转变。5G、VR、AR 等技术对"沉浸式阅读"的赋能，令公众无比期待网络文学"未来的打开方式"，但于 IP 开发的核心仍是优质内容，数字技术永远都是为好内容、好故事、好 IP 服务。8 月 5 日，首届扬子江网络文学最具 IP 潜力榜发布。《人间大火》（缪娟）《长乐里：盛世如我愿》（骁骑校）《从红月开始》（黑山老鬼）《北斗星辰》（匪迦）《我们生活在南京》（天瑞说符）

---

① 数据来源：中国版权协会《2021 年中国网络文学版权保护与发展报告》（精简版），《版权理论与实务》2022 年第 5 期。

② QuestMobile：《2021 中国移动互联网年度大报告》，2022 年 2 月 22 日，https：//baijiahao. baidu. com/s? id=1725445934006926745&wfr=spider&for=pc，2022 年 12 月 8 日查询。

③ 阅文集团：《阅文集团公布 2022 年中期业绩》，2022 年 8 月 15 日，https：//ir-1253177085. cos. ap-hongkong. myqcloud. com/investment/20220815/62fa3c3cc93db. pdf，2022 年 12 月 8 日查询。

④ 阅文集团：《阅文集团公布 2021 年年度业绩》，2022 年 3 月 22 日，https：//ir-1253177085. cos. ap-hongkong. myqcloud. com/investment/20220325/623d863901ab4. pdf，2022 年 12 月 8 日查询。

等 10 部作品入选本届榜单。11 月 2 日，由中国经济信息社编制的《新华·文化产业 IP 指数报告（2022）》在北京发布。该指数选取了 2021 年 1 月至 2022 年 6 月，有过文学、漫画、动画、影视、游戏、实体衍生等形态改编的作品或该时段的热门新 IP 共 100 个，从消费端、传播端、开发端和拓展端四个维度构建综合评价体系，最终公布了表现前 50 位的 IP，《斗罗大陆》《人世间》《王者荣耀》《斗破苍穹》和《梦华录》位列综合价值榜单前 5。

4. 现实题材持续崛起，网文创作进一步彰显活力

（1）网络文学现实题材实现突破

在政府倡导、内容平台积极响应和网络作家的共同努力下，现实题材网络文学整体性崛起，成为用情用力书写中国故事的重要载体。据中国作家协会数据，2021 年全国主要文学网站新增现实题材作品 27 万余部，同比增长 27%，存量作品超过 130 万部。2022 年 9 月 1 日，由阅文集团主办的第六届现实题材网络文学征文大赛公布了大赛的 14 部获奖作品名单。其中，展现中国科技企业崛起的《破浪时代》获特等奖，书写平凡人生活史诗的《上海凡人传》获一等奖。奇幻作家荆泽晓转型现实题材创作的首部作品《巨浪！巨浪！》斩获大赛二等奖。展现敦煌壁画修复技艺的《他以时间为名》，为粤北茶商立传的《茶滘往事》，记录非洲援建的《在阳光眷顾的大地上》等 10 部作品获奖。自 2015 年首届大赛举办以来，阅文集团现实题材作品 7 年复合增长率达到 37.2%，增速位列全品类第二，现实题材作品授权开发的数量同比增长 300%。现实题材年轻化趋势显著，90 后创作者成长为中坚力量，占比达 43.5%，本届大赛优胜奖获得者"时不识路"（1992 年）、第五届大赛特等奖获得者"眉师娘"（1998 年）等是其中的佼佼者。与创作队伍的年轻化相呼应，在累计 6000 万名读者中，Z 世代占比约 4 成。① 9 月 17 日，第二届"石榴杯"征文活动公布获奖作品，共有 10 部网络文学作品获得"优秀作品奖"。现实题材作品表现优异，如讲述扶贫干部在豫西山区带领村民种植连翘脱贫致富故事的《谁不说俺家乡美》；有围绕"龙"话题，用人物成长蜕变历程书写中华民族奋斗精神的历史题材作品《黜龙》；有科幻题材作品《7 号基地》等，作品被收入中国民族文化资源库。11 月底，国家新闻出版署公布了 2021 年"优秀现实题材和历史题材网络文学出版工程"名单，此次 7 部入选作品聚焦现实题材和历史题材，分别是李时新的《重生——湘江战役失散红军记忆》、骁骑校的《长乐里：盛世如我愿》、蒋胜男的《天圣令》、马慧娟的《出路》、鱼人二代的《故巷暖阳》、卢山的《蹦极》、离月上雪的《投行之路》。入选作品聚焦现实题材和历史题材，以一个个温暖感人的故事、生动鲜活的形象，反映中华民族的千年巨变，展现伟大时代的万千气象，抒写中国

---

① 数据来源：上海市新闻出版局、阅文集团：《2022 现实题材网络文学发展趋势报告》，2022 年 9 月 1 日，https：//App. gmdaily. cn/as/opened/n/36fc6c8171704063a261a378ece43ea7，2022 年 12 月 8 日查询。

人民奋斗之志、创造之力、发展之果，体现了当前我国网络文学创作出版的较高水准。11月25日，第二届七猫中文网现实题材征文大赛公布获奖33部现实题材作品名单，大赛共收到来自全国的投稿作品3000余部，投稿量是上届的4倍，签约的优秀作品达到105部，较上一届的72部提高了46%。最终33部作品脱颖而出。其中，《苍穹之盾》摘得本届大赛最高奖项，《关键路径》和《奔涌》获"最佳IP价值奖"。

（2）"金字塔型"作家梯队迎来创作新高峰

2022年上半年，阅文集团的网络文学平台新增了约30万名作家和60万本小说，新增字数160亿。网络作家队伍组织化程度不断提高，凝聚力、向心力显著增强。全国45家主要网络文学网站新增注册作者150多万人，新增签约作者13万人，新增网络文学作者大多为"Z世代"。6月23日，阅文集团公布了2022年新晋白金大神作家名单，共有16名网络文学作家得到晋升，其中卖报小郎君、千桦尽落、闲听落花、言归正传等4位作家晋升白金，饭团桃子控、佛前献花、南之情、七月未时等12位作家成为新晋大神作家。12月4日，会说话的肘子作品《夜的命名术》完结，《夜的命名术》于2021年4月18日上线，2022年12月4日正文完结，连载了近一年八个月，总字数约为392万字。《夜的命名术》既是奇幻的"群穿文"，又是科幻的"赛博朋克"，讲述了一个关于两个平行宇宙来回穿梭的故事，曾入选"网文青春榜"2021年度榜单。《夜的命名术》成为全站第四本粉丝数破千万作品，另外三部分别是《圣墟》《大奉打更人》《诡秘之主》。11月25日，起点读书App"网文填坑节"活动首批书单出炉。《斗罗大陆》《盗墓笔记》《凡人修仙传》《诡秘之主》《全职高手》《诛仙》等50余部经典完结作品于12月1日在起点读书再更新番外，供全站读者免费阅读。

（3）网文排行榜与征文大赛精品频出

2022年5月27日，由《青春》杂志社联合北京大学网络文学研究中心、中南大学网络文学研究基地、山东大学网络文学研究中心、安徽大学网络文学研究中心共同发起的"网文青春榜"2021年度榜单正式发布。南方赤火《女商》、天瑞说符《我们生活在南京》、沉筱之《青云台》、跳舞《稳住别浪》、祈祷君《开更》、她与灯《观鹤笔记》、云住《霓裳夜奔》、黑山老鬼《从红月开始》、伪戒《第九特区》、会说话的肘子《夜的命名术》、高级鱼《逃脱记录》等网络文学作品上榜。"网文青春榜"以青春之眼发青春之声，对网络文学批评的发展和打通网络文学创作的代际壁垒具有重要意义，有力助推了青年学生更广泛地参与到网络文学阅读、创作与评论过程中来。8月22日，第二届"中国·襄阳岘山网络文学奖"暨"喜迎二十大、永远跟党走、奋进新征程"主题网络文学创作征集工作圆满结束。参赛作品题材涵盖了军事、科幻、玄幻、仙侠、都市、古言、悬疑等。篇幅上作品字数最长的单部537万字，最短的20多万字。单部200万字以上的长篇48部。10月28日，第四届辽宁网络文学"金榧杆"奖公示，产生了《敦煌：千年飞天舞》《锈蚀花暖》《生命之巅》《人间大火》18部作品入围优秀作品奖，张芮涵（张芮涵）、商行（东城白小生）、孙涛（惊蛰落月）、尚启元（尚启元）4位作家入围新人奖。11月7日，第三届泛华文网络文学金键盘奖公布，共收到推荐及申报作品482部，评选产生14个类别24部获奖作品。获奖作品呈现出作品精品化、风格多元化、题材细分化的趋势。11月30日，番茄小说现实题材征文活动获奖作品公示，征文活动前三名作品为李朵的《甜蜜事业》、奔走红尘的《收纳你的冠军梦》和狂人邵的《程万山的创业梦》。

5. 网络文学理论与批评热点纷呈

（1）网络文学溯源研究持续升温

中国网络文学的起源界定是2022年网络文学界热议的学术话题之一。这一问题早在2021年已引起网络文学研究专家们的激烈辩论。《南方文坛》2022年接连推出争鸣文章，将这一学术问题的讨论持续推向深入。1月，《南方文坛》发表了贺予飞的《中国网络文学起源说的质疑与辨正》一文，文章认为，"网生"起源说是一种目前最为恰切的中国网络文学起源判断。"网生"起源说以生态系统的思维来阐释文学的历史发展演变，打破了以作家作品、事件效应、平台功效等起源说的单点或单面思维，将网络文学与其所在环境作为整体进行观照。由此，网络文学不再是被静观的对象，而是一个不断运动变化的生命体。① 7月，《南方文坛》发表了王金芝《早期互联网技术驱动和当代文学虚拟空间拓展——论中国网络文学的缘起》一文，该文在明确互联网与网络文学的界定的基础上，提出早期互联网技术和应用驱动网络文学诞生，电子邮件、电子邮件列表、新闻组等早期互联网应用成为中文网络媒体建设的中坚力量，蓬勃发展的各类汉语网络媒体成为早期网络文学的载体和呈现形式，诞生于互联网的中国网络文学，如果从1991年算起，历经了30年的发展，已经蔚为壮观。② 9月，《南方文坛》发表了吉云飞《类型小说是网络文学的主潮——从中国网络文学的起源论争说起》一文，吉云飞延续了《为什么说中国网络文学的起始点是金庸客栈？》《不辨主脉，何论源头？——再论中国网络文学的起始问题》和《制作起源：中国网络文学的五种起源叙事》三篇文章的观点，认为网络类型小说不是通俗文学网络版，以《华夏文摘》为起点的北美华文网络文学仍是把互联网作为新的便捷的传播渠道，带有从纸媒到网络的过渡性，只能说是网络文学的前史。互联网根本的媒介特性是去中心化，是自下而上的由大众主导的媒介，人人可说话的公共论坛是它最初也是最核心的应用场景，因此，以金庸客栈为起点或

---

① 贺予飞：《中国网络文学起源说的质疑与辨正》，《南方文坛》2022年第1期。
② 王金芝：《早期互联网技术驱动和当代文学虚拟空间拓展——论中国网络文学的缘起》，《南方文坛》2022年第4期。

有可商榷之处，但中国网络文学的起源理应落在论坛模式中。① 此外，许苗苗、黎杨全、王婉波、贺麦晓等学者也参与了网络文学起源的讨论，提出了鲜明的观点。许苗苗指出谈论新媒介文化现象的生成，不能离开媒介转型的语境。基于此，她提出了以 2000 年为网络文学起点的观点，这一年，网络文学的媒介属性充分显露，在公众认知中也由一个陌生的新词变成一种相对稳定的现象，拥有相当数量的作品对象和区别于其他文化形式的可供分辨的特点。② 黎杨全指出中国网络文学的源头正是在海外华文网络文学中，1993 年的 ACT 构成了中国网络文学的起点，其特征是形成了文学交往场域；这种交往性对创作及文本产生了相应影响；在这种交往场域中形成了读者群体、作家群体。③ 王婉波、贺麦晓认为，网络文学起源"网生说""现象说""论坛起源说"三个说法都可以成立。④

（2）网络文学评价体系与批评标准建设

网络文学评价体系研究是 2022 年网络文学理论研究的另一个热点。欧阳友权主持的国家社科基金重大项目——网络文学评价体系与批评标准研究取得了丰硕成果，2022 年年初，《吉林大学社会科学学报》刊载了一组网络文学研究笔谈，其中欧阳友权指出网络文学评论要"迈过作品阅读屏障、突破观念认知屏障、突破网络文学评论标准屏障"三道屏障。⑤ 之后，欧阳友权在《网络文学亟待建立自己的评价体系和标准》一文中提出，网络文学亟需文学批评家入场，补齐评价标准"短板"。网络文学评价要兼顾"文学"品格与"网络"特点，基于网络语境的 5 个维度，构建网络文学评价体系核心层、中间层、外围层三个层级的逻辑结构。7 月，《中国文学批评》刊发了一组网络文学批评系列文章。⑥ 欧阳友权提出，线上与线下"二元结构"构成了我国网络文学批评的整体格局。基于网络媒体强大的整合力，两大批评空间的互动与融通有其必要性，也具有必然性，未来的网络文学批评尤其需要建强线上批评阵地，以更好地贯彻"以读者为中心"的文学理念，增强网络文学批评的朝气和锐气，让人民大众成为网络文学审美及其评判的真正主体。⑦ 9 月，欧阳友权、游兴莹发表《网络文学思想性评价的标准及语境规制》一文，从思想性评价的角度提出网络文学作品时需从社会历史、人文伦理和价值立场等方面去设定评价维度，以实现思想性评价的传承与开新，同时评价网络文学作品的思想性不可脱离网

---

① 吉云飞：《类型小说是网络文学的主潮——从中国网络文学的起源论争说起》，《南方文坛》2022 年第 5 期。

② 许苗苗：《如何谈论中国网络文学起点——媒介转型及其完成》，《当代文坛》2022 年第 2 期。

③ 黎杨全：《从网络性到交往性——论中国网络文学的起源》，《当代作家评论》2022 年第 4 期。

④ 王婉波，贺麦晓：《中国网络文学的起源及其经典化》，《长江学术》2022 年第 4 期。

⑤ 董学文，黄也平，欧阳友权，马驰，赵炎秋，单小曦：《新时代文艺发展与文艺评论（笔谈）》，《吉林大学社会科学学报》2022 年第 1 期。

⑥ 欧阳友权：《网络文学亟待建立自己的评价体系和标准》，《社会科学辑刊》2022 年第 2 期。

⑦ 欧阳友权：《网络文学批评："线上与线下"识辨》，《中国文学批评》2022 年第 3 期。

络背景。① 11月25日，由欧阳友权主持的国家社会科学基金中重大招标项目"我国网络文学评价体系的理论与实践研究"顺利结项，该项目原创性地提出网络文学评价体系的"树状"结构等创新性理论成果，项目组完成了《网络文学评价体系论》《网络作家作品评价实践》《文学网站评价研究报告》《网络文学批评史论——中国网络文学十大批评家》等4部书稿，解决了中国网络文学评价体系和批评标准建设的一系列理论与实践问题，对推动中国网络文学的健康发展与保障国家意识形态安全，具有较大的理论价值和学术影响力。此外，还有诸多学者对网络文学评价体系与批评标准建设进行了卓有成效的探究。周兴杰提出，网络文学批评内部存在线上与线下的形态区隔，为突破区隔，网络文学批评应进行线上批评的"出圈"和专家学者"入场"线上的和融建构。② 吴长青认为，网络文学批评要线上与线下批评相融合，建立和谐的批评话语空间、凸显网络平台的"中介"作用、发挥媒体批评的调节与补充作用、扩大网络文学批评公共空间建设，则是探究网络文学批评线上线下融合发展的有效路径。③ 汤哲声认为文学批评标准的科学性建立在对象的适合性上，如此，对网络文学的创作机制、运作机制和传播机制就有了科学合理地解释，网络文学的批评标准也就能科学合理地构建。④ 吴俊认为在文学或写作领域，网络文学、网络写作已经取代了传统纸媒文学的社会影响力和地位，相对于传统文学批评，需要为网络文学另建基本范畴、理论体系和价值观，使之从传统纸媒文学中获得解放，获得独立的主体地位。⑤ 任杰认为，在文学生产方式发生巨大变化的电子媒介时代，文学批评出现了多种新的形态，21世纪兴起的"网络批评"，是网民们对文艺创作的一种随感式评论。⑥ 周志雄、江秀廷指出，网络文化时代，读者是"阅评族""产消者""传受人"，因此，以接受为唯一性的传统读者已经消失，融合体借网而生。这一结论为我们推动文学理论发展、建构网文评价体系带来了很大启示。⑦ 张永禄提出按照类型学的原则和方法，研究其一般叙事成规和具体文本差异等艺术形式，进而探索艺术形式背后的价值一般和价值具体及其辩证逻辑的新人文科学研究与批评。⑧ 邱明丰提出探索构建融合式网络文艺批评是网络文艺理论话语生成的"主体性"路径。⑨

---

① 欧阳友权，游兴莹：《网络文学思想性评价的标准及语境规制》，《中南大学学报（社会科学版）2022年第5期。

② 周兴杰：《网络文学批评形态的区隔与和融》，《中国文学批评》2022年第3期。

③ 吴长青：《构建网络文学批评融合发展机制》，《中国文学批评》2022年第3期。

④ 汤哲声：《网络文学发生机制的关联性研究与批评标准的构建》，《小说评论》2022年第1期。

⑤ 吴俊：《文学的流变和批评的责任》，《中国文学批评》2022年第2期。

⑥ 任杰：《文学批评的类型指向与范式演变》，《中国文学批评》2022年第2期。

⑦ 周志雄，江秀廷：《"阅评族""产消者""传受人"——数字媒介时代读者的身份叠合与融合体的生成》，《社会科学战线》2022年第11期。

⑧ 张永禄：《建构网络小说的类型学批评》，《当代文坛》2022年第6期。

⑨ 邱明丰：《中国网络文艺理论话语多维生成路径》，《社会科学研究》2022年第6期。

（3）网络文学创作题材与艺术价值研究

贺予飞撰文提出，我国网络小说创作有四大走向，即"现实题材不断崛起""新生代作家迅速成长""历史、军事小说稳健发展""'网文出海'开启'高光'时刻"。① 2022 年在网络文学创作题材研究方面，女性题材研究成果丰富。李玮研究发现，女频网络文学叙事结构体现出从显性结构中场景化"美貌"叙事的消失、表层结构中主体行动元的"位移"、深层结构中对于纯爱逻辑的超越三个方面的新变。② 金方廷指出随着"厌女"批评的兴起，女性主义渗透进大众阅读，一些女性主义者所期待的"觉醒的"读者，正在尝试通过读者的权力来改造浪漫小说的意识形态功能。③ 许苗苗指出，女性网络作家"借网出道""隐匿网后""因网而强""与网相生"，与其自身媒介身份的认知、定位和评价紧密相关。④ 马婧指出，新世代女性告别了建构性别气质和自我认同的初级阶段，觉醒的女性意识小径分岔。网络女性文学在精神面向及其话语表达上分别表现为：对个人渺小感的体认和天命难违的顺应，崇尚生存至上、叙写丛林竞争的暗黑趣味，颠覆性别气质及其话语秩序的叛逆戏仿，以及重建启蒙理想和现代价值认同的全新尝试。⑤ 在网络文学文本形态与叙事研究方面，学者们在研究角度和研究方法上不断推陈出新。韩模永提出网络文学作为"新文类"，包括超文本、多媒体文本、互动文本和机器文本四种类型，"新文类"从"人工制品"走向"机器诗意"，审美体验从"意识独占"走向"感觉独占"。⑥ 唐伟认为，从遵循文学载体网络化逻辑的"文学+网络"，到以长篇连载类型小说样式呈现的"文学+网络"，两种不同表现形态的网络文学在互竞中融合。⑦ 周冰总结了网络文学以关键词聚类为特征的类型"方言"与"行话"书写，指出网络文学通过修辞幻象建构想象性现实，将人们导向了语言的"元宇宙"，以语言开启了人们的虚拟生存体验。房伟⑧认为网络小说的长度问题表现在时空拓展、功能转换、媒介变革三个方面。⑨ 张斯琦指出，网络文学的叙事类型与题材丰富，叙事结构以情节为中心，相对随意的即时性写作模式代表了很大一批网络文学的共

① 贺予飞：《我国网络小说创作的四大走向》，《当代作家评论》2022 年第 2 期。

② 李玮：《论女频网络文学叙事结构的新变（2020—2021 年）》，《江苏社会科学》2022 年第 4 期。

③ 金方廷：《数字阅读时代的批评与审查：以豆瓣"小说打分器"小组所见"厌女"批评为样本的观察》，《中国图书评论》2022 年第 7 期。

④ 许苗苗：《新媒介时代的"大女主"：网络文学女作者媒介身份的转变》，《扬子江文学评论》2022 年第 2 期。

⑤ 马婧：《社会代际视域中的网络女性文学精神图谱及话语表达》，《深圳大学学报（人文社会科学版）》2022 年第 6 期。

⑥ 韩模永：《从"意识独占"到"感觉独占"——论网络文学"新文类"的存在形态及沉浸式体验的嬗变》，《南京社会科学》2022 年第 4 期。

⑦ 唐伟：《从"文学+网络"到"网络+文学"——"网络文学"辨析》，《当代文坛》2022 年第 6 期。

⑧ 房伟：《时空拓展、功能转换与媒介变革——中国网络小说的"长度"问题研究》，《文学评论》2022 年第 4 期。

⑨ 周冰：《网络文学的"方言"书写、言语社区与修辞幻象》，《语言战略研究》2022 年第 3 期。

性，叙事框架的多元整合与互动。① 王婉波一指出，网络文学多样叙事机制下生成的"后情感"表征背后隐藏着复杂的深层文化心理与情感疗慰，彰显着创作群体与阅读群体的情欲追求与精神内蕴，展现了网络文学的独特魅力。② 张春梅分析《浮士德》与中国网络文学"穿越"共谋，指出歌德时代穿越文与当下网络文学书写在主体"穿越者"对"美好生活"的希望、多元化的现实情境以及文体之间的通约等方面提供了将二者平行比较的可能，提供了从一种现实位置看经典的新视角和认识网络文学的新视点。③

（4）网络文学审美新态势与审美文化研究

网络文学审美理论研究呈现出新的态势。2022 年 3 月，《文学评论》刊发了欧阳友权《网络文学评价的美学律令与历史逻辑——兼论恩格斯"美学观点和历史观点"之于网络文学评价的有效性》一文，将马克思主义文论的经典理论命题恰当地运用于网络文学批评，重申恩格斯关于"美学观点和历史观点"对于网络文学评价标准的必要性和有效性。欧阳友权认为，恩格斯将"美学观点和历史观点"视为文学批评的最高标准，既表明文学作为意识形态的普遍规律，也体现文学作为审美意识形态的特殊机制，是文学批评的"学术语法"。④ 禹建湘总结了别现代审美特征，指出网络文学在别现代语境中制造了多维的时间空间化现象，塑造了多元凡俗的英雄化人物，营构了乐感与戏仿的"爽"点叙事。⑤ 张春梅认为对网络文学"现实"的寻踪，实为透过文本和文化现象观审大众美学。⑥ 她进一步指出网络文学围绕文本的各方处在共同搭建的"现实"世界，体现出丰富的当代文化内涵、当代人情感结构和大众惊奇美学。⑦ 韩传喜、郭晨指出，媒介化的社会现实与构想共同导向了网络文学的全新样态，表现为更加多元化的创作主体，更加强调互动性的文本形态以及注重多重感官享受的审美体验。从表现形式来看，网络文学的结构特点、语言风格及辅助手段等有效承载了相应的审美内容，形成多样化的审美文化特征。⑧ 孙晶指出，中国网络文学已经溢出文学圈，成为一种万众瞩目的社会文化现象，无法

---

① 张斯琦：《中国传统与时代烙印——网络文学叙事模式的继承与新变》，《当代作家评论》2022 年第 6 期。

② 王婉波：《网络文学叙事机制下的"后情感"表征及心理症候》，《文艺理论研究》2022 年第 5 期。

③ 张春梅：《"对话地图"：当经典《浮士德》与中国网络文学共谋"穿越"》，《江苏社会科学》2022 年第 6 期。

④ 欧阳友权：《网络文学评价的美学律令与历史逻辑——兼论恩格斯"美学观点和历史观点"之于网络文学评价的有效性》，《文学评论》2022 年第 2 期。

⑤ 禹建湘：《网络文学的别现代审美特征》，《社会科学辑刊》2022 年第 2 期。

⑥ 张春梅：《网络文学"现实"的多重变异、未来性与大众美学》，《中国文艺评论》2022 年第 3 期。

⑦ 张春梅：《网络文学现实主义的理论问题、当代经验与大众惊奇美学》，《南京社会科学》2022 年第 9 期。

⑧ 韩传喜，郭晨：《嵌入、联结、驯化：基于可供性视角的网络文学媒介化转向考察》，《学习与探索》2022 年第 8 期。

脱离网络文化来单独讨论网络文学，也无法脱离网络来讨论文化。① 孟隋指出，网络小说以充满幻想的大众文化文本为主，但它呈现的幻想既是对现实匮乏的满足和补偿，也是对读者所处的现实秩序和情感结构的参照。② 汪永涛指出 Z 世代网络文学的阅读方式呈现出亚文化转向，互联网平台资本及其所附加的算法、大数据等高科技，正在全面强势渗入青年的日常生活中，进而重塑青年的文化趣味与生活方式。③ 侯瞳瞳等认为中国网络文学最根本的特质是"网络性"与"跨文化性"重叠，构筑了一个独一无二的跨文化空间。④ 金方廷提出 20 世纪八九十年代香港的女频网络小说"港风文"以"港风"续写"香港传奇"，一系列结构化、符号化的故事元素给独特的香港灌注进充足的罗曼蒂克想象。⑤ 李明霞阐述了数字网络媒介技术对文学世界的颠覆，技术赋予"读者"权力，大数据、算法推荐技术对文学"作品"的挑选，在技术变革中重塑文学"把关人"权力。⑥

（5）网络文学产业与版权研究

网络文学产业研究聚焦产业发展现实困境，以 IP 为基础，探索产业升级发展路径。陈家定《祛魔与返魅：网络文学的技术迷思与市场境遇》一文指出，随着网络文学的迅猛发展，网络文学的"野蛮生长"态势，在圈内圈外引起了普遍的不满与批评，网文"赋魅"之声渐渐转向"祛魅"。现阶段随着网文产业开发屡创"文化奇观"，又开启了新一轮的"返魅"。⑦ 吴亮芳指出，网络文学融合经历了单向融合转至传统出版、双向融合加速发展、多元融合走向泛文化娱乐生态圈三个阶段。⑧ 韩传喜，范晓琳指出，网络文学改编剧实现可持续发展需专注于调整内外因素的双重影响，在内容和形式方面实现突破性进展。⑨ 崔海教等通过对网络文学网站编辑队伍现状的调研，指出现阶段我国网络文学编辑队伍还存在编辑年龄、学历偏低，内容审核流水线化等问题，要从思想教育、政策引导、人才培养等多方面加强网络文学网站编辑队伍建设。⑩ 朱春阳、毛天婵研究发现，平台与产业积极关系的建立

---

① 孙晶：《全民写作时代的网络文学与网络文化——从〈2020 年度中国网络文学发展报告〉说起》，《上海文化》2022 年第 4 期。

② 孟隋：《网络小说的"情感现实主义"及其"情感支持"功能》，《贵州社会科学》2022 年第 3 期。

③ 汪永涛：《Z 世代网络文学的阅读方式：以注意力经济为视角》，《中国青年研究》2022 年第 10 期。

④ 侯瞳瞳，鄢楚茜，单世联：《跨文化空间中的网络文学经典化》，《江西师范大学学报（哲学社会科学版）》2022 年第 4 期。

⑤ 金方廷：《"港风文"：网络文学中的香港想象与城市书写》，《南方文坛》2022 年第 6 期。

⑥ 李明霞：《数字网络媒介技术对文学世界的颠覆——兼论文学"把关人"的权力重塑》，《上海文化》2022 年第 4 期。

⑦ 陈定家：《"祛魔与返魅"：网络文学的技术迷思与市场境遇》，《中南大学学报（社会科学版）》2022 年第 5 期。

⑧ 吴亮芳：《中国网络文学融合的演化进程与特征》，《湖南师范大学社会科学学报》2022 年第 2 期。

⑨ 韩传喜，范晓琳：《媒介融合时代网络文学改编剧的坚守与突破——以〈隐秘的角落〉为个案》，《江苏大学学报（社会科学版）》2022 年第 3 期。

⑩ 崔海教，王飚，毛文思：《网络文学网站编辑队伍现状研究》，《出版发行研究》2022 年第 4 期。

必须解决当前面临的 IP 创新失灵问题，需要让 IP 重返创新激励的价值领地，形成对作为创新者的生产者利益的优先保护。① 冯硕、陈丹指出，随着免费阅读的迅速扩张，"读者—平台"的付费行为逐渐替代了"读者—作者"的模式，消解了付费阅读以"内容生产为王"的粉丝化阅读语境。② 陆朦朦指出，网络文学 IP 价值开发需要关注受众的转化率和持续性问题。③ 王鹏涛、朱赫男提出，以用户为中心构建网络对话体小说 IP 价值链。林磊、冯应谦④通过调查和数据分析得出，相对于传统的劳动来说，网络文学创作者拥有了更多的主体意识和抵抗意识。⑤ 陈海燕认为，网络文学和短视频在生态位的争夺呈互动发展而非此消彼长的替代关系。⑥ 李天指出，基于研究对象的质料性，结合文化产业带来的受众导向，使得算法评价介入文学接受领域。在网络文学版权研究方面，应该将版权研究与行业治理同向同行，共同发力，推动网络文学版权产学研相结合，营造积极向好的版权保护生态。⑦ 杨昆总结了我国网络文学出版管理制度发展的四个阶段，指出网络文学出版逐渐实现了从注重行业监管到规范管理和鼓励扶持并重，并初步形成了较为有效的法律制度体系。⑧ 吴君霞发表了《网络文学盗版案件刑事诉讼中的代位求偿制度研究》一文，提出了创设网络文学盗版案件刑事诉讼中的代位求偿制度的基本构想。⑨ 邢赛兵、俞锋认为网络文学平台版权合同争议根本原因在于我国版权产业尚未完成向"内容为王"的转型，掌握流量资源的平台方长期处于版权合同的主导地位，应当从立法等方面推进网络文学版权格式合同的综合规制。⑩

（6）"网文出海"研究

受疫情和国际局势动荡影响，中国网文出海的趋势有所放缓，但是整体上网络文学出海依然在向纵深推进，海外影响力持续攀升，国内外学者从网文出海的现状及提升路径等方面开展了卓有成效的探索。何弘在《"网文出海"的现状、问题及对策》一文中指出，中国网络文学的商业模式已在海外落地，开始网络文学的海外本土化传播，形成从线上到线下、从 PC 端到移动端、从文本阅读到 IP 开发的多元

---

① 朱春阳，毛天婵：《数字内容生产平台化进程中的创新网络治理现代化研究——以 IP 为关系协调枢纽的考察》，《学术论坛》2022 年第 3 期。

② 冯硕，陈丹：《免费 VS 付费——网络文学产业阅读模式发展困局》，《出版广角》2022 年第 12 期。

③ 陆朦朦：《面向跨媒介消费的网络文学 IP 价值开发优化策略》，《编辑之友》2022 年第 10 期。

④ 林磊，冯应谦：《自由、自主与抵抗：作为创意劳动的网文创作》，《新闻记者》2022 年第 10 期。

⑤ 王鹏涛，朱赫男：《文本与媒介融合共生：网络对话体小说 IP 价值链构建路径研究》，《编辑之友》2022 年第 10 期。

⑥ 陈海燕：《博弈与共生：网络文学与短视频产业联动的内在机制》，《贵州师范大学学报（社会科学版）》2022 年第 5 期。

⑦ 李天：《数字人文方法论反思》，《中国文学批评》2022 年第 2 期。

⑧ 杨昆：《我国网络文学出版管理制度的历史与现状》，《出版发行研究》2022 年第 5 期。

⑨ 吴君霞：《网络文学盗版案件刑事诉讼中的代位求偿制度研究》，《出版发行研究》2022 年第 4 期。

⑩ 邢赛兵，俞锋：《网络文学版权利益分配失衡成因与规制——基于版权格式合同的分析》，《中国出版》2022 年第 20 期。

化国际传播生态。目前，中国网络文学海外传播还存在没有建立起系统化的国际传播机制、缺乏统筹规划、行业国际生态欠佳等问题，应尽快成立中国网络文学国际传播协调统筹机构。① 陆前进指出，中国网络文学企业的海外平台建设日益成熟，输出模式从简单的文学作品内容输出向文化输出转变。但是，我国网络文学"走出去"未形成集群优势，要加快形成集群效应，以构建"网络文化共同体"。② 德国学者沃尔夫冈·顾彬基于德国网络文学的现状，提出网络文学对大众来说就是满足他们要听的、信的、比较长的、完不成的故事，从德国市民社会的构成及需求看，网络文学不一定是真正的文学，更多是一种社会现象。③ 孙乔可、李琴在指出，随着中国网络文学与国际阅读市场的日益对接，在受众圈层、内容供给与翻译模式等方面暴露出相应的发展局限。针对这些掣肘，中国网络文学的出海之路急需构建以国家引导、业界带动、企业主动、学界联动、产业互动的国际传播新格局。④ 赵礼寿、马丽娜从共创驱动因素、共创互动过程和共创生态系统三个维度提出了中国网络文学海外市场开发机制。⑤ 2022 年，网文出海与在地关系研究更加深入，陈洁、陈企依指出，网络文学要在"中国性"和"世界性"之间进行协调，超越跨不同文化带来的陌生感，搭建自我循环的清晰产业链模式。⑥ 张允、卢慧也指出，要实现中国网络文学海外传播"在地化"发展，就不能再将强关系和弱关系放在二元对立的位置，而是需要寻求两者的协同优势，发展强关系，重回弱关系。⑦ 年度内，网文出海区域特色研究有新的亮点，高佳华分析了中国网络文学在法国的传播，研究发现中国网络文学在法国主要以线上网文法译形态传播，显示出站点数量多、法译题材广、受众影响深、传播效果好、综合效益高等特点。⑧ 郭瑞佳、段佳总结了中国网络文学在泰国的传播历程，认为它经历了基于"个体"联结式接触、社交媒体上阅读趣缘群体聚集、网文商业化市场形成三个阶段。随着泰国读者对中国网文的接受程度持续加深，其接受形式从对中国网文已有成就的学习借鉴，逐步转变为对网文内容的消化、吸收和再创新。⑨

① 何弘：《"网文出海"的现状、问题及对策》，《人民论坛》2022 年第 16 期。
② 陈前进：《"十四五"时期中国网络文化"走出去"：构建"网络文化共同体"》，《出版广角》2022 年第 4 期。
③ 沃尔夫冈·顾彬：《当代的读者与今天的网络文学》，《社会科学辑刊》2022 年第 2 期。
④ 孙乔可，李琴：《网文出海何以"走进去"：发展困境与未来想象》，《出版发行研究》2022 年第 3 期。
⑤ 赵礼寿，马丽娜：《读者参与视角下中国网络文学海外市场开发机制研究》，《出版广角》2022 年第 4 期。
⑥ 陈洁，陈企依：《国际传播视角下网络文学自出版内容筛选机制研究》，《编辑学刊》2022 年第 3 期。
⑦ 张允，卢慧：《中国网络文学海外传播的在地关系建设研究》，《中国编辑》2022 年第 7 期。
⑧ 高佳华：《中国网络文学在法国的传播研究》，《中国出版》2022 年第 17 期。
⑨ 郭瑞佳，段佳：《"走出去"与"在地化"：中国网络文学在泰国的传播历程与接受图景》，《出版发行研究》2022 年第 9 期。

三、问题与趋势

1. 网络文学发展反思

（1）大众创作、全民阅读呼吁网络文学提质进阶

2022 年，网络文学在创作与阅读的良性互动中迎来新气象。据中国互联网信息中心《第 50 次中国互联网络发展状况统计报告》显示，截至 2022 年 6 月，我国网民规模为 10.51 亿，互联网普及率达 74.4%。网络文学用户规模首次超 5 亿，增至 5 亿 159 万，网民使用率为 48.6%。尽管相较以前增速有所放缓，网络文学在快速增长的潮水褪去后，仍是众多网民青睐的文化产品，数量庞大的读者与作者通过网络文学实现了互联网幻境中的逆赛博格化。因网络文学而发展的虚拟趣缘社区滋养了大众创作和全民阅读，而后者也反过来在形塑网络文学，具体有以下几个方面：一是反思网络文学的"套路"与"油腻"操作。网络文学已经发展出包括玄幻、奇幻、都市、仙侠、游戏、科幻、武侠、历史等多种具有深厚根基的主流类型，在自己的"看家本领"之外，也在题材与创作上形成突破。除了惯常的男女频分类外，网络文学的一些"冷频"也吸引着人们的注意，为网络文学开拓了转型发展的创作空间。网络文学的突破在于站在既有类型和"套路"的肩膀上更进一步，不再爽点频出而是舒缓平淡，惯常的"油腻"操作被强制"去油"，性别视角的转换暗合女性意识的觉醒，小众题材如职场、古典、悬疑、科幻类作品开始吸粉增流。大水漫灌后的精耕细作已成为网络文学发展的优化策略与适者生存的必经之路，而网络文学的创新突破也将成为构建网络文学多维生态系统的"前奏曲"。二是呼吁网络文学与主流价值观同频共振。网络文学诞生之初走的是主动疏离主流价值观的幽静小路，彼时的网络文学降格气息浓郁，文学广场熙熙攘攘，充斥着小微叙事与细碎文本。在光着脚丫狂奔的时期结束后，网络文学凭借商业化手段开疆拓土，跻身最受关注的文化和文学现象之列。商业化在助推网络文学的过程中也成了一项无形的"紧箍咒"。在政府引导、行业自律的前提下，网络文学力图实现价值观的"反商业化"，与主流价值观进行多方位的结合、契合与融合。网络文学近几年深挖现实的多个维度，主动将优秀文化历史因素融入创作，在增加作品文化"厚度"的同时提升了作品的价值"深度"。二十大报告指出，社会主义文化要"以社会主义核心价值观为引领，发展社会主义先进文化，弘扬革命文化，传承中华优秀传统文化，满足人民日益增长的精神文化需求"。在自律与他律的环境下，网络文学对价值观与艺术性势必呈现出更高追求。以 95 后网络作家为例，人们惯常将其称之为"Z 世代"或"网生代"，在数字环境成长起来的 Z 世代网络作家很容易给人不问世事、醉心虚拟的错觉。但这些网络作家却打破了刻板印象，他们关注历史、紧跟国事，创作出了有深度、有厚度的作品。生于 1998 年的网络作家眉师娘在《奔腾年代——

向南向北》中记述了 20 世纪 90 年代几个小人物为了生存和理想，从浙中小城出走而挣扎奋斗，像荒草那样野蛮而又倔强生长的故事。还有，95 后网络作家历史系之狼在《捡到一本三国志》中大量使用文言文行文，读者虽叫苦不迭，这仍是作者传递古典意识，提倡传统文化的可贵尝试。以上述两位作家为代表，越来越多的网络作家在生活的基础上提炼出了高于生活的文艺创作，而他们在搜集资料采风调研的时候又进一步了解到个人与国家之间的血脉关联，对国家发展的艰难历程和社会发展的丰富多彩有了更多个性化的解读，这对于网络文学契合主流价值观，发扬优秀传统文化有着极大的促进作用。三是促进网络文学自觉成为我国文化走向世界的"先锋"与"先导"。"网文出海"已有十余年历史，历经作品出海、版权出海、实体出海等阶段后，网络文学在文化企业的助推下有了更充足的出海"弹药"。网络文学是我国文化历史的天然承载体，历史变迁、文化习俗、器皿物件、价值观念都能通过文字得到生动体现。网络文学将文化历史元素与可读性强的情节融合在一起，着眼于文化软实力的建设，具有自觉的文化传播意识，是提升我国文化影响力的重要路径。除了作品中出现的人物、事件、器具、城市等"硬性"存在，我国作者创作的作品还自带"柔性"传播的功能。这种"柔性"传播超出作者自己的设计和预期，是一种全方位且持续性强的"对话"方式。凭借网络文学的吸引力和感召力，读者在阅读过程中和阅读结束后都会不由自主产生对作者和所属国家的好感，读者与我国的潜在性关联随之建立起来。也就是说，优秀的网文作品能够参与海外读者对世界的建构和中华文化认知的更新，这个过程由浅入深、由表及里，体现了我国的创造力、亲和力和文化吸引力，是我国从文化被动到文化主动的缩影。网络文学在海外传播越广、影响力越大，它就越有可能获得其他国家和地区的共享意义与共享价值。

（2）网络文学批评亟需"破圈""入心"

网络文学批评是网络文学生态系统的重要组成，它犹如网络文学这棵大树的"啄木鸟"，紧贴树干、啄食害虫，为网络文学的持续发展保驾护航。网络文学批评可按批评主体分为学界批评、媒体批评、网生批评三类，而学界批评因较强的专业性、前瞻性与学理性是上述三者的重中之重。学界批评的引领、矫正作用自不必说，但在发展的过程中，也不时呈现"门户紧闭"的状态，这在某种程度上阻碍了批评活动发挥更大的作用。究其原因，网络文学批评面对的是日新月异且内容庞杂的网络文学，而学界批评犹如一艘排水量巨大的船舶，掉头转向等动作不如小型船只灵活机动。网络文学每天更新总字数可达几亿汉字，而学界批评的跟进速度则与研究对象可能有数月甚至数年的"时差"。这种"时差"并非可指摘之处，学术研究需要时间进行梳理与思考，但如果学界能适当缩小与研究对象的"时差"，批评活动也就能够进行更快的传播，影响力也能够随之增加。另外，学界批评所构建的学术场颇有些"生人勿近"的气息，学术场从接收端到输出端都局限在理论光芒闪烁的云端，曲调越是高深，能够唱和应对的人也越少。有鉴于此，有些学者与学术机构已经开始有意识地入驻社交平台和内容平台，积极分享学术研究和学术动态，在传播学术的同时，加强了学术场域与社会场域的联系。比如，北京大学网络文学论坛推出了微信公众号"媒后台"，致力于提供新媒体与网络文学领域的学术探索和实践。中南大学网络文学研究基地注册了公众号"网文界"，与网络文学相关的研究成果、学术活动、业界新闻都可在此寻得踪迹。南京师范大学的公众号"扬子江网文评论"一直关注网文前沿的热点作品，发表了许多有影响力的网文评论。山东大学网文研究会推出了公众号"山宇网文研究所"，呈现以山东大学文学院师生为主体的相关学术活动。此类举动有效扩大了网络文学学术成果的社会影响力，有助于提升社会公众对相关成果的理解和运用。但是，就整体的学术氛围而言，网络文学批评仍需破除学术圈的"傲慢与偏见"，达到以平视的目光看待网络文学的目标，实时在场地进行更具针对性的评论。值得注意的是，这个过程不可走向另一个极端，有些学者提倡将传统经典理论放在一边，建立具有鲜明特色的网络文学批评理论。这样的尝试固然有可取之处，但一定要处理好新的批评理论与传统经典理论的关系。完全依赖传统理论是典型的"本本主义"，无法体现网络文学蕴含的时代精神和自身特点；而全然摒弃传统理论无异于买椟还珠，将婴儿与洗澡水一同冲掉了。传统理论并不应该被视为建立新理论的阻碍，相反，如果能够适时贴切地运用传统理论，于网络文学批评理论而言，这既是对传统理论的当代阐释，亦是对它的奠基与促进。因此，网文研究者的批评不仅是解释行为，它也是建构行为。此外，网络文学的特殊性要求研究者肩负多种角色亲临现场，成为更活跃的参与者。传统意义上的学术批评有意适当拉开与研究对象的距离，以便开展更加客观公正的研究。网络文学的特别之处在于，批评话语权的来源是对作品、作家、网站、运营者等各方因素的深入浅出，网络文学批评领域因此还诞生了"学者粉丝"的概念。这一概念自提出之后便获得业内学者的普遍认可，其内涵是网络文学批评既能以粉丝角度的好奇与热情发掘新内容，又能以专家角度的严谨与科学地保证其专业性。随着网络文学的深入发展，"学者粉丝"有可能脱胎为"学者KOL"（意见领袖），在学界和社会同时发挥影响力。最后，网络文学批评若想"破圈""入心"，学界批评势必要从媒体批评与网生批评处习得一些妙方。网生批评一方面是读者网民最直接的言论"广场"，另一方面也是学界批评除了作品观察之外绝佳的"二次"观察之地。作品是第一环节，读者的网生批评是第二环节，而学界批评可以建筑于二者之上，回应作品与读者的关切，将其作为网络文学批评的有机组成。在此基础上，网络文学批评有理论存在，但理论会变得更加鲜活；网络文学批评也有现场的声音，现场的加入让批评活动更加立体。

（3）期待网络文学重"利益"更重"效益"

网络文学与利益的挂钩并非"原罪"，事实上，追求利益让网络文学站在市场角度进行专业操作，扩展了网络文学的生存空间，也丰富了网络文学的作品形态。网文企业将对利益的追求细化成一个个具体的数字，如总收入、在线业务、版权业务与其他收入、经营盈利、经营利润率等等，这些数字代表了网文企业的经营状况和市场表现，对判断企业的发展和潜力具有参考意义。比如，阅文集团2022年中期业绩报告发布后，多家证券公司都对阅文的长线运维持看好态度。阅文的减本增效、长线发展使其在低迷环境下脱颖而出，经营的各个维度都颇有亮点。阅文的发展愿景为网络文学的前行提供了可资借鉴的思路和实证，"利益"与"效益"是网络文学可持续发展的"硬币"两面，逐利弃本之举，眼前来看无所损伤，对网络文学的长远发展却贻害多多。另一方面，"效益"也不可离开"利益"，建筑在"利益"基础之上的"效益"追求才扎实可行，否则网络文学将如镜中水月，一旦失去经济支撑，就将失去可持续发展的可能。事实上，网文企业的经济功能与社会功能并不对立，它们相互补充，属于企业社会责任的广义范畴。从宏观角度来看，网络文学对"效益"的重视可体现在企业、作者与读者三方的作为之上。企业作为网络文学的市场主体，必须明确对效益的追求，将其放在发展愿景与年度发展目标之中，体现在市场操作和导向之中。具体来说，网文企业对用户、员工、股东或投资人、监管机构、行业协会、合作伙伴、供应商及社区等多个主体都负有不同维度的社会责任。这个20世纪发端于美国的概念意味着一种积极的关系责任，如今在我国也有着深刻且紧迫的现实意义。除了网文企业，网文作者在作品创作和传播过程中，需要牢牢把握社会效益主线，主动承担社会责任，为读者和社会创造优质精神文化产品。对读者而言，阅读和"用眼投票"的过程也是反向筛选作品的过程。如果读者将鼠标和注意力持续停留在缺乏审美和文学性的作品上，在作品中会形成"劣币驱逐良币"的恶性循环，优秀作品无法发挥影响力，网络文学的社会效益也就无从谈起。除了以上三方，以政府部门为主导的社会层面需要建立切实有效的网络文学社会效益评价体系，对网络文学生态各方实施评测并将评测结果与其后续发展的资源支持等直接挂钩。在具体执行过程中，业界可以参考企业管理中"关键否决点"或"一票否决权"的设置和使用，对违反社会效益的从业者予以提醒与警示，对严重违反社会效益的实施一票否决，让资源配置根据社会效益的变化而适时调整。对网络文学社会效益的强调具有很强的现实逻辑，这点已经成为各界共识。社会责任可能无法在短时间内迅速实现业绩产出，但它的指向是长时间的全方位发展。如何引导、践行、评判网络文学的社会效益则需要进一步的智慧与改变。

2. 网络文学发展趋势

（1）网络文学积极参与"元宇宙"布局

2021年3月10日，Roblox公司在纽交所上市。Roblox是多人在线3D创意社区，以虚拟世界、虚拟身份、虚拟经济体等元宇宙元素为发展方向，业内将其视为

"元宇宙第一股"。元宇宙这一概念随之风靡全球，各大企业纷纷入局抢占先机。早在 1992 年，尼尔·斯蒂芬森便已在科幻小说《雪崩》中想象元宇宙的场景，只要戴上耳机和目镜，找到终端，人们就能以虚拟身份进入平行时空。斯蒂芬森在小说中描绘的虚构之地并不是怡然自得的美丽新世界，但借由小说的流行与巨大影响力，在科技巨头的助推下，元宇宙已成为近几年大热的世界观新概念，并被激活了创造与颠覆的权力。虽然元宇宙概念显得十分抽象宏大，它在文学中的存在早已有迹可循。不管是想象"六合之间，四海之内"的《山海经》，还是构建黑影幢幢莫都大地的《魔戒》，均表明文字具有创造虚拟世界的先天优势。网络文学与元宇宙的渊源自不必说，不管是架空历史的异世界设定，还是与技术结合的第二空间，网络文学已在积极探索布局元宇宙的可行之道。元宇宙的特点可以总结为世界的建构与技术的支持，网络文学通过文字构建的虚拟世界正是可供元宇宙开发的基础，而网络社群中读者与作者共建共享的新型创作关系与元宇宙所追求的用户开发者合为一体的角色定位不谋而合。此外，由网络文学衍生的网络游戏，尤其是"沙盒游戏"已成为元宇宙扬帆起航的现实依托。沙盒游戏的核心玩法是利用游戏中提供的物件制造出玩家自己的独创世界。在"沙盒游戏"这类开放式且玩家具有自主权的实践中，元宇宙的愿景初见雏形。中文在线在网文企业中率先布局元宇宙，其牵手清华大学成立了"元宇宙文化实验室"，还举办面向全球作家的"元宇宙征文大赛"，搭建起元宇宙 IP 库。中文在线设想"借助 5G、AI、AR/VR 等技术的发展，公司的沉浸式互动阅读将会借助技术的赋能加速延展，构建一个互动性更强的平行世界。"搭乘元宇宙东风，掌阅科技推出了虚拟数字人"元壹梦"，在掌阅科技的多平台账号中进行阅读推广活动。这是掌阅推进全民阅读、拓宽阅读边界、丰富阅读场景、探索阅读推广表达的新的尝试。元宇宙究竟是多方热炒的伪概念，还是大有可为的明日星辰尚有待时间的检验，不可否认的是元宇宙展示出的科技想象在网文创作中完全可以大展拳脚。平行现实的虚拟空间在 20 世纪 90 年代甚至更早时期的文艺作品中已有体现，元宇宙在此基础上更进一步，创造出不受现实逻辑支配的、与现有意义体系迥异的平行世界。网文企业面对元宇宙趋势所作的回应更多着眼于内容的丰富和资源库的建构，而就其发展而言，元宇宙将会在技术的助力下实现怎样的颠覆还未可知。可以肯定的是，技术的发展速度可能比人类的设想更快更激烈，《雪崩》中出现的"激进快递系统""随你存"货仓乃至"超元域"（元宇宙的首词）等，已经在现实世界——实践。除了通过技术赋能实现文字功能与场景的拓展外，网络文学反过来能在元宇宙可能带来的数字拜物教浪潮中重申"彼岸"的重要性，以文字与人类精神深度绑定来对抗数字世界的新的精神形态。

（2）深耕精品成为网络免费文创作的新方向

网络文学从前几年的免费付费"之争"演变成了免费付费之"焦虑"，焦虑不仅降临在付费模式的头上，免费模式也难以作壁上观。从横空出世到暗流涌动，免费模式面临作品质量和流量变现等挑战，而愈发激烈的文娱市场很难给到免费平台充足的转身时间，部分免费平台的母公司甚至推出了付费阅读软件以对冲市场风险。当免费趋势日渐低迷，付费势头重回视野，这是否意味着网络文学的发展理念再次得到了更新？时也势也，免费模式抬头之时正是网络文学流量见顶之时，为了扩大市场份额，深挖潜力人群，免费模式通过"以广告换阅读"的方式获得了两位数的增长。但自2021年开始，免费平台的高速用户规模增速开始放缓，月人均使用时长增速也在放缓，资本在前期的大量撒钱行为也随之收敛，如果免费模式无法在流量和质量两端形成平衡，那么前方等待这些平台的不会是巨幅广告和超高人气，而是凛冽的寒冬。深耕精品、提升质量已经成为免费文的明确方向。那么，如何提升作品质量呢？作品是微缩的世界，它牵涉到各方多种因素，其成功与失败取决于方方面面的作用。从作品的源头谈起，作者是网络文学的直接创造者，作者的价值观、文学素养、生活阅历、艺术追求乃至周边环境对作品创作都将施加直接影响。有鉴于此，各级作协、文学组织、文学网站纷纷通过线上线下等方式培训网络作家，引导作家群体的创作以凝聚共识、提升质量。网络作家内部也形成了向上向善的群体认知，对作品质量提出了更高要求，倡导网络作家承担时代责任，抵制"三俗"，不跟风写作，以创作新时代新人物为写作目标。从更宏观的社会环境来看，大环境也在期待网络文学出产更多精品佳作。虽然近几年市场表现略有波动，网络文学作为精神文化生活重要内容这一事实早已被广泛接受。由网络文学串联起的大文娱诸产业开始"反哺"前者，上中下游在市场互动中不断调试角色和定位，网络文学不断提升的作品质量将为大文娱发展增加更多的可能性。我国网络文学走的道路并没有现成的经验可资借鉴，在摸着石头过河的过程中，精品是业界不变的追求。只有精品才能打开更广阔的生存空间，只有精品才能打破数字时代"灵韵"消失的"诅咒"，并且，也只有精品才能对抗技术的轰隆前行。免费模式与付费模式都在渴望精品，免费模式的理念与打法更倾向流量和算法，因此精品的产出难度会更大。有学者判断，免费平台的小说落后于付费平台至少十年以上。这里的"落后"既有作品类型、架构、价值观的对比，也体现为小说与读者关系的不同阶段。如果想把这场关乎市场的战役从"闪电战"发展为"持久战"，精品便是各大平台的武器库，供应越加充分就越有取胜的可能。只要坚守精品意识，只要将精品意识贯彻到网站经营者、网络作家与网文读者的理念和行动中，各方就能"求同存异"，站在同一战线，共同促成网文精品力作的诞生。

（3）后疫情时代"网文出海"挑战升级

"网文出海"一直是业界关心的议题，它不仅关系网络文学的全球布局和持续增长，也对我国文化走出去、讲好中国故事具有重要意义。我国网络文学驶向国际"海域"离不开先天的优势。相比其他国家的阅读行业，我国已经建立了巨大的作品储备库，其中不乏高质量有创新的佳作。只要将翻译这一技术环节妥善处理，我国优秀的网文作品便可直达海外读者身边。此外，我国网络文学在 20 多年的发展过程中积累了许多成功的市场经验，其中包括付费制、排行榜、新客获取、作者产出等已接受市场考验且行之有效的"打法"，这无疑可以助力网络文学开拓海外市场。中国作协 2021 年 10 月发布的《中国网络文学国际传播发展报告》指出，我国共向海外传播网文作品 10000 余部。其中，实体书授权超 4000 部，上线翻译作品 3000 余部；网站订阅和阅读 App 用户 1 亿多，覆盖世界大部分国家和地区。在成熟的市场机制和进取的网文企业的助推下，海外刮起的"中国风"会形成常态化的风尚，想象力无穷的网文作品有希望打破刻板印象，展现立体多元的中国形象。除了取得的进步，网络文学海外传播在"后疫情时代"的 2022 年也面临诸多挑战。首先，网文出海的挑战并不在于疫情的直接影响，事实上，在某种程度上说，疫情对线上阅读的增长还具有促进作用。人们受限于更小范围的活动空间，线下被压缩的需求在线上得到了更多的兑现。在后疫情时代，海外网文市场出现了更多的入局者和搅局者，市场注意力也从欧美大市场细分为不同语种的涵盖各个国家地区的小型市场。网文企业 STARY 就推出了适合不同国家和语言的"小而美"的网文软件，除了面向英语受众的 Dreame，还有印尼语的 Innovel 和 Allnovel，葡萄牙语的 Portreader，菲律宾语的 Yugto，西班牙语的 Sueñovela 和俄语的 ЧитРом。STARY 的珠玉在前，网文企业必须拿出更加精细化的应对不同国家、题材和人群的差异化方案，这样才能在竞争中成功突围。其次，网文出海的生态建设仍在艰难进行中，海外网文作者与我国网文作者在创作意愿、创作心理、创作环境、更新能力等方面存在较大差异。海外作者大多处于靠兴趣创作的初始阶段，职业化写作并不常见，于是，海外作者的创作会更显随意和"任性"。当然，硬币的另一面是海外作者的创造和想象力还未走入"套路"的圈套，这有利于作品的百花齐放。总而言之，海外本土创作并非仅靠常规征文比赛或短时间的作者扶持就能规范产出，在创作这棵大树成长之前，需要的是年复一年的浇灌和培育。因此，本土化"产能不足"可能会在相当长时间内困扰出海企业。最后，现阶段的"出海"网文同质化严重，主流题材为霸总文，虽有幻想类作品作为补充，甜宠和虐恋仍是最受平台青睐和最受读者欢迎的内容。霸总类作品具有全球普适性，不需要进行读者教育，可以与读者心理无缝对接。另外，霸总题材属于同时代叙事，没有过多深邃晦涩的词汇概念，在翻译过程中准确度和效率都能得到更好的保障。用女频的霸总题材打开市场无疑是明智之举，但持续泛滥的同类作品无法在注意力经济时代长久留住用户。用户心理与作品呈现是身体与影子的关系，随着各国女性地位的提升和女性意识的觉醒，网络文学应朝着展现"她时代"力量的多维方向发展。

（谢日安、罗亦陶、贺予飞　执笔）

第二章 文学网站

　　文学网站是专门收揽、存储和发布文学信息的网络节点，是文学在网络虚拟空间的聚散地，也是网络文学的具体承载体，一般由文学机构、文学社团、文化公司或者文学网民个人建立。2022 年的网络文学站点平台，面对新的技术条件与社会语境带来的新挑战，积极推进自身的转型升级、提质进阶，交出了不错的成绩单，助力网络文学这一文学新军行稳致远。

一、文学网站发展总览

　　2022 年 8 月 31 日，中国互联网络信息中心（CNNIC）在京发布 第 50 次《中国互联网络发展状况统计报告》。报告显示，截至 2022 年 6 月，我国网民规模达 10.51 亿，较 2021 年 12 月增长 1919 万，互联网普及率达 74.4%，较 2021 年 12 月提升 1.4 个百分点。[1] 随着互联网基础建设的持续推进，网民规模持续增长，数字阅读日渐普及开来，成为人们日常阅读的新选择：中国新闻出版研究院于 2021 年 10 至 12 月组织实施了第 19 次全国国民阅读调查；调查显示，2021 年我国成年国民数字化阅读的接触率持续稳定增长，直达 79.6%；其中成年国民数字化阅读倾向明显，中青年人成为数字化阅读的主体。[2] 这也为网络文学行业带来了更多的潜在消费者：截至 2022 年 6 月份，网络文学用户规模已突破了 4.93 亿，较去年同期增长 3195 万，网民使用率达 46.9%。[3]面对复杂严峻的社会环境和消费市场的诸多风险挑战，各大网络文学平台因时而变、随事而制，不断调适平台措施，为广大网络文学读者群体输送许多更加优质的网络文学作品，也为推动网络文学健康良性发展做出了积极的努力。

---

　　[1] CNNIC 中国互联网信息中心：《第 50 次中国互联网络发展状况统计报告》，http：//cnnic.cn/n4/2022/0916/c38-10594.html，2022 年 12 月 15 日查询。
　　[2] NPPA 国家新闻出版署：《第十九次全国国民阅读调查主要发现》，https：//www.nppa.gov.cn/nppa/contents/280/103913.shtml，2022 年 12 月 17 日查询。
　　[3] CNNIC 中国互联网信息中心：《第 50 次中国互联网络发展状况统计报告》，http：//cnnic.cn/n4/2022/0916/c38-10594.html，2022 年 12 月 15 日查询。

1. 市场竞争激烈，经营形态多样

（1）网站数量与市场竞争格局

2022 年的网络文学网站面临着诸多风险挑战，其发展环境的严峻性、复杂性与不确定性上升，也呈现出值得关注的发展趋势。据站长之家（Chinaz.com）统计，截至 2022 年 12 月 11 日，中文网站共有 56144 家，而其中小说阅读网站共有 1126 家，均较去年同期稍有减少，足可见数字消费市场竞争压力之大。① 疫情防控新形势下，人民生活逐步回归常态，各大网络文学网站积极背负起满足大众读者精神文化需求的使命，承担社会责任、助力社会发展。同时，自媒体平台兴起、免费阅读发展势头强劲，丰富了人们在宅家时期的多样化文娱活动，也进一步加剧了网络文学市场的洗牌，给文学网站的发展带来了新的机遇与挑战。

当下，互联网行业发展逐步深化、数字阅读势头正劲，我国网络文学网站面临着激烈而严峻的市场竞争格局；与此同时，各大文学网站积极调适平台经营策略以适应网文阅读市场的新需求、新潮流，整体发展态势稳中向好，彰显出转型提质的稳健势头，为网络文学行业的良好发展蓄势赋能。纵观艾瑞数据提供的 2022 年度电子阅读行业月独立设备数的相关数据，不难发现不少文学网站平台均在坚守与调整中继续蓬勃发展，交出了不错的成绩单。

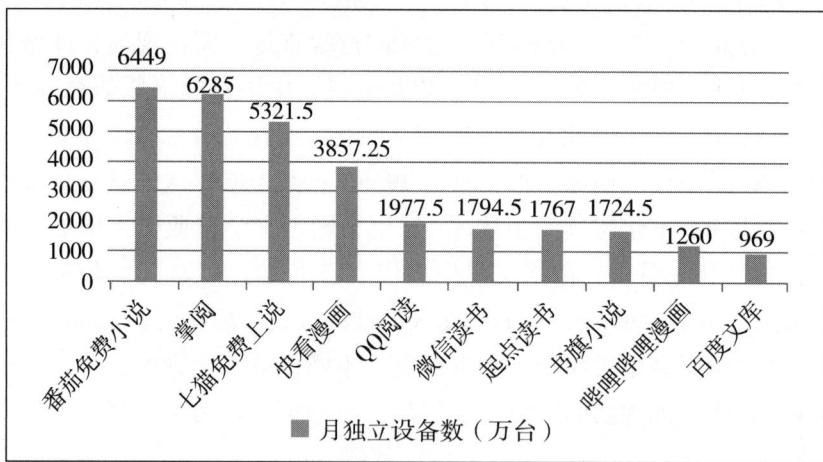

图 1　2022 年度月独立设备数排名前 10 的移动阅读 App①

总体观之，2022 年我国网文阅读行业发展整体势头良好，但分层现象明显。首先值得注意的是，免费阅读来势迅猛、表现亮眼。作为免费文学网站领跑者的番茄免费小说 App 与七猫免费小说 App 分别以 6449 万台、5321.5 万台的成绩，在 2022

① 站长之家：https://top.chinaz.com/hangye/index_ yule_ xiaoshuo_ 38. html，2022 年 12 月 16 日查询。

② 艾瑞咨询：https://index.iresearch.com.cn/new/#/App/list? cId = 20&csId = 0，2021 年 12 月 17 日查询，整理 8-11 月数据而得。

年度月均独立设备数排行榜上位列第 1、第 3，在一众移动阅读 App 中拥有绝对优势。免费文学网站在严峻的市场竞争之中开辟出一条发展的新道路且初见成效，已在网文阅读市场中圈定了一定体量的忠实读者群体。由此可见，作为网络文学网站的新生力量，免费网站的实力不容小觑。其次，背靠大型企业、大型文学网站的移动阅读 App，依靠其雄厚的资本力量与优质丰富的作家作品资源，依旧在数字阅读行业中拥有难以撼动的领先地位，在免费阅读的强势围攻下坚守住了大量的用户流量和资源：掌阅科技旗下的掌阅移动阅读 App 月均独立设备数以 6235 万台的绝对优势排名第 2，腾讯文学旗下的 QQ 阅读与微信读书也表现不凡、列居第 5 和第 6，起点中文网旗下的阅读软件起点读书和阿里文学旗下的书旗小说则紧随其后，分别列居第 7、第 8。最后，不同于大型网络文学网站的稳固市场席位，中小型网络文学网站却面临着严峻的生存困境，很难挤进榜单排行前 10，足见网文市场竞争之激烈。其中，阅友免费小说（月均独立设备数为 956 万台）、樊登读书会（月均独立设备数为 837.25 万台）、疯读小说（月均独立设备数为 613.5 万台）等以微弱的差距与榜单失之交臂，仍然有较大的发展潜力空间。

根据以上图表数据可以发现，当下网络文学市场格局呈现出几大特征。一是免费阅读趋势日益强劲、免费文学网站日益崛起。免费文学网站以低成本阅读的方式吸引了大量网络文学的潜在读者，聚集起一批新用户，从而极大地扩张了数字阅读市场；其对移动阅读经营模式的新探索，无疑为网络文学的健康良性发展提供了一个新的可能性。二是在泛娱乐化的大背景下，漫画、游戏、动漫、短视频等种类多样的线上娱乐方式也给网络原创类型文学带来了一定的考验。因此，也有不少的文学网站积极探索网络小说与其他线上娱乐方式相结合的新兴内容形态，尝试将文学作品与种类多样的泛娱乐文艺产品互相渗透、互利共赢，以全面优化读者的线上阅读体验，推动了基于互联网的多领域共生成为当代文娱产业新的发展趋势。三是大中小文学网站之间分级明显，头部文学网站依靠其雄厚的资本力量与早期积累的平台资源，凭借先发优势在数字阅读市场的用户流量"抢夺战"中占据绝对优势，并持续产出种类丰富、数量庞大的优质网文作品，用户黏性得以增强。一方面，如此良性循环必然有助于网络文学的长远持续发展；另一方面，则也在一定程度上加大了中小型网站的生存难度。因此，中小型网络文学网站亟需把握市场新需求、打造自身新特色、探索经营新路径，以谋求更快更好发展。

（2）免费付费双线并进

面对变幻莫测的互联网市场竞争形势，数字阅读行业愈加注重文学网站平台的精细化经营模式和差异化竞争战略，即深入细分读者市场、继续推动用户分流，从而满足不同读者的多样化阅读需求。在此基础上，网络文学网站付费阅读和免费阅读并行交错发展的新态势得以加强，构建起网络文学良性发展的新格局。

免费网站通过多渠道投放广告、精准营销的方式，找准市场定位、吸引目标人群、培养用户习惯，成功把握住了消费价值观相对保守的读者群体的心理，聚集起一批热衷于低成本阅读网文作品的忠实用户，有效地激活了互联网数字阅读的增量用户，极大地扩张了网文市场。QuestMobile 于 2022 年下半年发布的数据显示，番茄免费小说以 12682.98 万的用户体量，成为在线阅读行业 2022 年 9 月月度活跃用户规模排名第 1 的 App；北京得间科技新推出的七读免费小说则以 1483.69 万的用户体量，同比增长率高达 2807.49%，成为在线阅读行业 2022 年 9 月月度活跃用户规模增长率排名第 1 的 App。[①] 据此可见，免费阅读模式成为带动网络文学行业增长的重要推动力。根据 QuestMobile 发布的 2022 年上半年在线阅读 App 行业月活跃用户规模前 10 榜单，抖音旗下的番茄免费小说、百度旗下的七猫免费小说两大免费阅读 App 稳稳占据榜单前 2，与其他阅读软件拉开较大差距，持续领跑在线阅读；多款新兴免费阅读类移动应用增速亮眼，如七读免费小说、阅友免费小说均增长显著，以超 1200 万月活跃用户规模跻身 TOP10 行列。[②] 免费文学网站凭借独特优势在网络文学激烈的市场竞争中占据了一席之地，使得数字阅读用户的分布与结构出现了新变，以差异化竞争的方式拓宽了网络文学网站发展的新道路。

免费文学网站以低成本的阅读方式吸引读者群体，一直以来都存在着作品质量参差不齐、用户留存率相对低下等劣势。2022 年，免费文学网站积极推动自身的提质升级，持续性保证优质内容的供给，促进平台规范健康发展。以长期稳居在线阅读行业月活跃用户规模榜首的番茄小说网为例。一是创造性地推出一系列各具特色的征文活动：如借力其他企业平台，共同举办联合征文活动（包括 6 月底与冷湖天文观测基地联合征稿科幻小说、11 月底与芒果 TV 联合影视征文等）；积极举办各项征文比赛（如 5 月推出现实题材征文活动、整年持续进行第二届网络文学大赛）；旨在把握"她经济"浪潮、圈定女性读者，推出"她·悬疑""她·星动"等一系列主题征文活动。二是稳步推行优质作品创作激励计划，如 2022 年继续实施的"星火计划"就旨在为作家提供新书期创作保障。以上种种举措都旨在提升平台创作氛围、打造精品内容，争取以优质作品留住现存读者流量。

在免费文学网站持续发力的同时，付费文学网站也不遑多让、方兴未艾。2022 年 3 月，中国信通院发布的《中国信息消费发展态势报告（2022 年）》显示，在全球错综多变的经济形势下，信息消费以强劲的发展韧性推动我国经济持续稳定恢复、消费市场强劲增长，成为拉动内需的重要动力。在网络文学领域，订阅付费逐渐成为主要盈利模式，付费网络文学用户超 2 亿，2020 年网络文学领域订阅付费营

① QuestMobile：《QuestMobile2022 中国移动互联网秋季大报告》，https：//www.questmobile.com.cn/research/report/1595862859576872962，2022 年 12 月 18 日查询。

② QuestMobile：《QuestMobile2022 中国移动互联网半年大报告》，https：//www.questmobile.com.cn/research/report/313，2022 年 12 月 18 日查询。

收占比达 74%。① 由此可见，网文用户的内容付费意愿增强、付费习惯逐步养成、付费群体延伸扩展、付费观念不断升级。随着各大平台内容产品不断细分、多元化发展，早期就积累了大量作者、作品资源的付费文学网站坚定不移走专业化、精品化之路。如以数字阅读为基础、以 IP 培育与开发为核心的网络文学巨头厂商阅文集团，秉持着"让好故事生生不息"的理念，以雄厚的资本力量汇聚起强大的创作者阵营和丰富的内容储备，平台海量作品覆盖 200 多种内容品类，触达数亿用户，旗下多个文学网站在免费阅读模式的冲击之下也依旧有着不容小觑的市场竞争力：2022 年 6 月，起点中文网推出的阅读软件起点读书就以 1321 万的月活跃用户规模跻身在线阅读 App 行业前 10。②

近几年来，随着免费网站的重新崛起，网络文学行业迎来了"免费 vs 付费"的经营模式之争。目前看来，双方都得以存活，联合构建起网络文学新格局、形成了数字阅读新动能。为进一步满足全方位不同读者群体的不同阅读需求、丰富人民群众精神文化生活，免费阅读与付费阅读共存的差异化数字阅读新格局是网络文学长久发展的可行道路。毕竟，只有网络文学网站的内容生产机制日趋完善，才能以更坚实的底蕴迎接动漫、游戏、短视频等这类网络时代"更受宠"的文艺形式带来的挑战。付费网站学习免费网站的普惠性，免费网站看齐付费网站的精专化，双方取长补短、择善而从，助推自身的健康良性发展："目前付费和免费模式共存的态势是好的，但光共存还是不够的，还要共生。只有彼此互动，'小众'才不致孤绝，'大众'也不致枯竭。"③ 无论网站选择何种经营模式，都应承担起文学作品所应该承担的社会责任，打造自身特色、展现独特优势，共同绘出网络文学的美好明天。

（3）经营模式多样共存

在网络文学发展至今的三十多年中，伴随着新媒介、新技术、新接受群体的出现，市场竞争日趋激烈，其创作实践也逐步朝着多元化的方向发展。在强调"内容为王""故事至上"的理念下，网络文学网站积极适应市场变革、调整衍生模式、转变发展战略，多样化的经营模式就成了网络文学拓展文化消费市场的有效路径。其中，多媒体平台协同参与的跨媒介表达给网络文学网站的发展注入了新的活力。

泛娱乐背景下，面对动漫、游戏、电影等带来的冲击，有部分文学网站平台选择了一条融合发展之路：如互动阅读平台橙光、易次元、闪艺；对话体小说 App 快点、迷说、话本；有声书平台喜马拉雅、阅文听书、番茄畅听……目前，国内网络

---

① 中国信通院：《中国信息消费发展态势报告（2022 年）》，http：//www.caict.ac.cn/kxyj/qwfb/bps/202203/t20220311_ 397757. htm，2022 年 12 月 19 日查询。

② QuestMobile，《QuestMobile2022 中国移动互联网半年大报告》，https：//www.questmobile.com.cn/re-search/report/313，2022 年 12 月 19 日查询。

③ 中国作协：《2020—2021 中国网络文学概貌提要》，http：//www.chinawriter.com.cn/n1/2022/0721/c404027-32481948.html，2022 年 12 月 20 日查询。

文学的跨媒介表达已经初具规模,在跨界互动、挖掘存量受众的市场策略上初见成效,呈现出欣欣向荣的发展态势,为网络文学网站的发展开拓了新的空间。其中,表现最为亮眼的是有声书热度的接连上涨。作为中国领先的音频分享平台,喜马拉雅持续领跑耳朵经济。喜马拉雅以 PGC(专业生产内容)、PUGC(专业用户生产内容)、UGC(用户生产内容)三种模式共同打造平台丰富的音频内容生态;同时拓展出丰富便利的终端应用场景,进一步提升平台内容渗透和用户黏性,2022 年 10 月份的全景生态去重活跃用户规模就已突破 3 亿,比去年同期增长 6.4%。① 通过举办 423 听书节、上线"喜马播客原创激励计划"等形式,喜马拉雅积极扩增平台内容品类、丰富平台音频储备,确保高质量内容的多元化、持续性供给。目前,平台涵盖广播剧、有声书、相声、新闻资讯等多个内容类型。2022 年年末,喜马拉雅发布了"挚爱声音盘点"。其中在"破亿爽听"内容盘点中,喜马拉雅"上亿俱乐部"内容丰富。《大奉打更人》收听量超 30 亿,《万族之劫》收听量超 10 亿,《剑仙在此》和《夜的命名术》收听量超 7 亿。由此可见,有声小说依然是平台用户的首要选择。② 大型文学网站也积极跟进,如阅文集团于 2018 年全新推出了有声阅读品牌"阅文听书",依托于阅文集团强大的创作阵营、海量的内容储备、立体的运营渠道和领先的 IP 运营生态,为国内主流听书平台提供了丰富、多元的优质内容。

在用户和市场的双重驱动以及技术与政策日趋完善的情况下,中国泛娱乐行业呈现出四大主要发展方向:视频化、沉浸式、IP 化、社交化。③ 这在网络文学网站的多样化经营模式中也有所体现。一是网站的宣传渠道上注重短视频引流,通过在各个网络平台投放热门微短剧,直接链接文本内容、视频内容、播放渠道三个层面,从视觉入手给予潜在读者以更强的吸引力。二是模糊线上线下渠道区别,给予读者更真实、更具沉浸性的娱乐体验,如喜马拉雅积极布局全场景生态和线下有声图书馆,以期实现不同读者群体的宽范围覆盖与沉浸式体验。三是更加注重对热门作品的 IP 开发改变,以扩大平台受众群体。四是注重社群生态的营造,提升网站平台的社交功能,通过增强用户之间的互动来提高黏性,如晋江文学城的在线论坛分为作品评论区和网友留言区,读者不仅可以分享自己的读后感,更可以分享自己的日常生活体验。

除去专门的网络文学网站平台,散见于知乎、微博、豆瓣等各大自媒体平台的文学创作也日渐活跃,进一步推动网络文学深入大众、拓宽受众。以知乎为例。以

---

① QuestMobile:《QuestMobile2022 全景生态年度报告》,https://www.questmobile.com.cn/research/report/1600414717700050946,2022 年 12 月 22 日查询。

② 中国网:《用声音回顾 2022 喜马拉雅发布挚爱声音盘点》,http://business.china.com.cn/2022-12/21/content_42211325.html,2022 年 12 月 22 日查询。

③ 艾媒咨询:https://www.iimedia.cn/c400/80630.html,《2021 年中国泛娱乐行业体验共享专题报告》,2022 年 12 月 22 日查询。

"有问题，就会有答案"为宣传口号，知乎 App 最开始将自身定位为国内最大的问答型知识社区。在布局网络文学时，知乎充分把握平台的自身特点，为网络文学产业带来了一种新的生态模式。知乎平台上设有盐选专栏，内容分为"知识""故事"两大类型，其中故事类文章以不超过 10 万字的短篇作品为主要收稿对象。创作者可以向栏目投稿，也可以直接在热门问题的讨论区发布作品。如现已实体结集出版的反宫斗言情小说《宫墙柳》，原本是知乎用户梦娃在"为什么后宫中嫔妃们一定要争宠"这个问题下的一篇回答，因其不落俗套的情节、细腻清新的文笔而火爆知乎、成功出圈，成为知乎网文的代表作品之一。

随着数字阅读行业发展的逐步成熟，行业竞争也进一步加剧。各大网络文学网站要坚持精品战略，以优质作品给读者更多文化滋养；也要坚持创新驱动，主动适应网文市场日新月异的新需求，为多样化的经营模式为读者提供更加多元化的服务内容，让网络文学真正惠及更多读者。

2. 提升管理水平，构建网站新生态

（1）强化自我管理，加强队伍建设

依托于开放、包容的互联网空间，文学网站在经营时的首要责任与义务是严格坚守政治红线、不断筑牢思想防线，自觉承担起紧跟新时代、弘扬主旋律的责任与使命，坚持以社会主义核心价值观为引领、讲好中国故事，努力推出有思想、有温度、有品质的文学作品。近几年来，各大文学网站开始重视平台自我管理和队伍建设，多管齐下、内外兼修，始终坚持正确政治方向，激涌起澎湃的创作热情，为自身发展提供源源不竭的强大精神动力。2022 年 7 月 6 日，中国作家协会在北京召开全国重点网络文学网站联席会议，近 50 家重点网络文学平台负责人、全国省级网络文学组织负责人、知名网络作家和评论家共同发起《网络文学行业文明公约》，呼吁加强网络文明建设，优化网络文学行业生态，推动网络文学高质量发展。

鲜活、良性的网络文学生态空间的构建，离不开各大文学网站的行业自律与自我管理。大型网络文学网站发挥带头作用，党建工作扎实有效。2022 年 11 月 30 日，中共阅文集团委员会第一次党员大会在上海召开，会上正式揭牌成立阅文集团党委。中国作家协会在《贺信》中指出，阅文集团在党的二十大胜利召开后成立党委，是网络文学企业党建工作迈入新阶段的重要标志；阅文集团则表示，将以此次党委成立为契机，肩负弘扬主流价值、传播中华文化的时代使命，让更多描绘时代厚重的中国故事温润人心、扬帆出海，为中国式现代化注入文化力量。除此之外，许多文学网站针对平台作品中出现的"三俗""不良亚文化""历史虚无主义"等现象开设了举报专区，清理不良内容，充分发挥自我监管效能；同时加强社会主义核心价值观教育，净化网络空间。在文学网站的积极作为下，各大平台均涌现了许多主题健康、审美精良的网络作品。

在党和国家的领导下，作为互联网时代文艺工作者的网文作家群体成为文化传播中的重要一环，承担起了新时代赋予的新使命。建设平台作家队伍，无疑是各大文学网站提升平台整体作品质量、努力打造原创精品的必经之路。许多网络文学网站平台内均专门设有专门的作家板块，通过定期直播培训、举办写作训练营等活动，以文章、视频、音频等多种形式，邀请大神作家、资深编辑线上传授写作技巧，直击新人作家的创作痛点，激发其创作信心与热情，并持续为作家群体提供创作保障和原创激励。在多重努力下，各大文学网站的作家队伍均得到了质与量的双重提升。阅文集团 2022 年上半年新增约 30 万名作家和 60 万本小说，新增字数达 160 亿，内容生态继续蓬勃发展，并呈现多元化趋势。番茄小说网致力于挖掘和培育优秀的原创网络文学作家，创造性推出作家课堂、高阶写作训练营等多种作家培训方式，2022 年入驻作者数较去年增长 300%，为平台扩充优质原创内容储备打下了坚实的基础。网络文学作家作为网络文学建设的重要力量，理应坚守人民立场、心系民族复兴、强化社会责任，努力创作更多精品力作。

（2）严管内容导向，输出高质量作品

当前，网络文学已成为推动全民阅读的重要力量。它不仅拥有庞杂的读者群体，而且以日益经典的优质作品产出，越来越受到主流的认可，更是为全民阅读注入了新的活力。网络文学网站平台应严管内容导向、扶持优质作品，推动网络文学产业健康发展，让网络文学朝着主流化、精品化方向继续前进，满足人民多样化的精神文化需求，以文艺精品奉献新时代。

一是发挥优秀网文作品的表率作用，树立先进典型、施展榜样力量。阿里巴巴旗下的书旗小说网举办了"喜迎二十大"优秀网络文学作品展示，其中包括何常在的《浩荡》、晨飒的《大国重桥》和《重卡雄风》等多部力作，均着眼于书写宏大历史背景下普通人的酸甜苦辣，透视出一个时代的激荡风云。二是积极举办征文活动，动员大众力量，鼓励精品内容的创作。2022 年 9 月，阅文集团和天成嘉华文化传媒主办的"民族文化网络文学创作论坛暨第二届石榴杯征文颁奖典礼"在京举行。本届石榴杯以"籽籽同心 字字传情"为主题，旨在把各民族情同手足的历史和现实的书写引入至网络文学作品的创作之中，共同谱写共奔中华民族伟大复兴明天的伟大史诗，讲好民族故事、彰显文化自信。《月亮在怀里》《谁不说俺家乡美》等10 部网络文学作品获得"优秀作品奖"，并将被收录入中国民族文化资源库。三是深入推行优质原创作品的激励、扶持机制。阅文集团旗下女生阅读平台潇湘书院于2022 年 6 月重磅发布"紫竹计划"，以"她故事，她力量"为口号，宣布将投入一亿元资金与资源扶持女性创作者，聚焦精品女频作品原创和 IP 孵化，打造反映新时代女性精神的新经典。

2022 年 10 月，包括《赘婿》《赤心巡天》等 16 部作品在内的中国网络小说首次被收录至世界最大的学术图书馆之一——大英图书馆的中文馆藏书目之中。从中折射出来的是，中国网络文学创作具有不容小觑的发展潜力，并正成为极具时代意义的内容产品和文化现象。各大文学网站作为网络文学作品在互联网虚拟空间里的主要聚散地和承载体，理应发挥主体作用，主动承担社会责任，推动平台作品质量管理的精品化与高端化，为网络文学的健康发展创造良好的条件。

（3）聚焦现实题材创作，助推网络文学主流化进程

社会生活是文学创作的唯一源泉，文学表现的是以人为中心的社会生活。在文学创作中能反映出广阔的社会现实，网络文学也不例外。鼓励网络作家在创作中关照现实，让文学创作回归最广大人民的日常生活本身，是引导网络文学健康发展的题中应有之义。近几年来，在政府积极倡导、网站平台积极响应、网络作家积极创作的共同努力之下，现实题材网络文学快速崛起，成为用心用情用功、讲好中国故事的重要载体。据中国作家协会数据，2021 年全国主要文学网站新增现实题材作品27 万余部，同比增长 27%，存量作品超过 130 万部。

近年来，各个文学网站主动聚焦现实主义题材的创作，助推网文主流化，网络文学的现实主义转向逐步成为创作新潮流。如今，现实题材作品已成为网文界一道靓丽的风景线，异彩纷呈、颇为壮观。2022 年 9 月，阅文集团主办的第六届现实题材网络文学征文大赛颁奖典礼在上海举行，上海市新闻出版局、阅文集团联合发布了《2022 现实题材网络文学发展趋势报告》。自 2015 年以来，阅文集团连续举办了6 届征文大赛，现实题材作品 7 年复合增长率达到 37.2%，培育近 10 万部作品，增速位列全品类第 2，吸引了逾 23 万人参与创作。[①] 现实题材作品创作的持续繁荣，为 IP 的全链路开发储备了充足的文化势能。各大文学网站充分发挥现实题材 IP 的联动效应，让优质现实题材作品的潜力最大限度上得以发掘，推动中国好故事以多元化的内容形态走向世界。以阅文集团为例，2021 年现实题材作品授权开发的数量同比增长 300%；在 2022 年 9 月举办的第六届现实题材网络文学征文大赛中，已有《中心主任》《警探长》等 5 部获奖作品授权 IP 开发。历届获奖作品中，累计已有13 部授权影视开发。

以人民为中心、以现实为底色，承续文化根脉、记录奋斗征程，是当下网络文学创作的时代使命与历史责任。随着现实题材在网络文学创作中影响力的持续扩大，众多优秀的网文作家主动背负起传承中华文脉、书写伟大时代的责任，致力于将当下的社会环境、时代背景、人物境遇纳入作品所描写的范围中去，体现出鲜明的现实关照性。这也就推动了网络文学在保持叙事活力的同时，逐步向主流文化、主流审美靠拢。

---

① 光明日报：《网络文学直面时代命题，逾 23 万人书写中国当代故事》，https：//App. gmdaily. cn/as/opened/n/36fc6c8171704063a261a378ece43ea7，2022 年 12 月 23 日查询。

3. IP 开发与产业化发展

为迎接网络文学市场新的机遇与挑战，各大文学网站积极将数字阅读与纸质出版、听书、漫画、短视频等相结合，覆盖多种娱乐方式，以新兴的内容形态助力网站精品 IP 衍生，以产业化力量助推网络文学的创造性转化和创新性发展，全内容聚合及全产业链深化价值持续凸显。根据中国版权协会发布的《2021 年中国网络文学版权保护与发展报告》显示，网络文学的 IP 全版权运营影响了游戏、影视、动漫、音乐等合计约 3037 亿元的市场，占数字文化产业市场规模的近 40%，IP 衍生的多元化趋势日益明显。

三家大型网站在 IP 开发及产业化发展领域表现依旧出色，交出了令人满意的答卷。2022 年 3 月，阅文集团公布了 2021 年全年业绩报告。财报显示，2021 年阅文集团版权运营及其他业务收入达 33.6 亿元，毛利同比增长 15.5%，其中自有版权运营及其他业务收入达到 21.4 亿元，同比增长 30.0%，可见"大阅文"战略下，阅文集团的 IP 运营能力水平显著提升，IP 生态链为未来长期发展奠定坚实基础，IP 可视化、IP 商品化、IP 跨代际流传三大模式初见成效。2022 年春节，由腾讯影业发起并出品主控，阅文和新丽传媒共同出品的电视剧《人世间》上映，创下了央视一套黄金档收视率近 8 年来新高，猫眼热度累计 53 次日冠。10 月 30 日，《人世间》入选中央宣传部第十六届精神文明建设"五个一工程"奖。这一文学与影视破圈互动的优秀案例，不仅成功创造了全民共鸣，更是展示出了温暖向上的社会精神风貌，是中国文化产业创新模式的一个缩影。掌阅科技则以微短剧改变作为 IP 开发的主要着力点，积极打造短视频内容矩阵。2022 年，掌阅科技入局微短剧领域已有一年时间，包括《我的西装新娘》《爱在午夜降临前》在内的 42 部改编或原创的微短剧作品在抖音平台独家热播，播放总量已经超过 10 亿。值得注意的是，元宇宙也成为 IP 开发的着力点。依托于海量的优质作品积累和庞大的读者群体，中文在线拥有极具竞争力的 IP 储备；在此基础上，中文在线探索出"网文连载+IP 轻衍生"同步开发的创作新模式，同时着手元宇宙布局，探索 IP 价值开发新可能。除去这三家上市公司，另一家大型文学网站阿里文学，对于 IP 衍生的庞大资源及其开发也有着极大的热忱。阿里文学以阿里矩阵资源为基础，发扬在内容、渠道、技术以及生态上的优势，结合全面丰富的多渠道资源，助推全产业链 IP 开发，以阿里大文娱体系为依托打造网络文学的全新增量市场。《第五名发家》是作家多一半连载在阿里文学的都市类小说作品，大学生返乡创业的题材让其一举获得第四届橙瓜网络文学奖最具潜力十大影视 IP。2022 年 10 月，由这部作品改编的现实主义乡村振兴励志剧于四川开机，阿里文学、阿里巴巴影业、优酷影视等联手打造，赢得了各界人士的期待。

为迎接网络文学市场新的机遇与挑战，各大免费文学网站积极将电子阅读与纸质出版、听书、漫画、短视频等相结合，覆盖多种娱乐方式，以新兴的内容形态助力网站精品 IP 衍生。近几年来，随着社会经济的腾飞，网络文学的发展日趋成熟，IP 衍生多元化趋势明显，全内容聚合及全产业链深化价值凸显。以产业化力量助推网络文学的创造性转化和创新性发展，是网络文学行业的时代新机遇。近几年来，免费文学网站的 IP 改编在不断尝试中已经初具孵化路径雏形，将免费网文内容作者上传至平台的作品以动漫化、电视剧化、电影化的方式进行改编分发，其内容覆盖了古代言情、现代言情、悬疑推理等多个类型，并进一步探索出游戏化、实物周边的变现方式，从中获取版权收入分成。2022 年，为最大限度帮助作家发挥全版权价值，番茄原创大力推进版权开发工作，超过 1000 部作品完成多项版权开发合作，65 部作品出版签约，包括《我的右眼是神级计算机》《他的小炙热》等在内的多部作品被改编为有声书、动漫、长剧、游戏、海外翻译、短剧等多种形式，持续产出、深入推广优质原创内容。

二、不同类型网站平台

1. 大型网站发挥主力优势，做好行业领跑

（1）三家上市公司的年度业绩

尽管疫情不断反复，下游影视动漫制作受到一定阻碍，但受国家"数字经济"政策助力、数字阅读大环境形成、网文 IP 改编繁荣、知识产权保护体系有所完善等多重因素影响，网络文学行业发展稳步向好。与此同时，三家网络文学上市公司——阅文集团、中文在线、掌阅科技也纷纷披露年度财报。

先看阅文集团。阅文集团是一个整合腾讯文学与盛大文学成立的全新出版公司，拥有中文数字阅读最强大的原创品牌矩阵。2022 年 8 月 15 日，阅文集团发布了 2022 年中期业绩报告①。报告显示，阅文集团上半年实现总收入 40.8 亿元，同比减少 5.9%；业务方面，在线业务收入 23.1 亿元，同比减少 9.2%，版权运营及其他收入为 17.8 亿元，同比减少 1.2%；利润方面，从非国际财务报告准则看，阅文 2022 年上半年的经营盈利同比增长 8.2% 达 6.94 亿元，经营利润率从 2021 年同期的 14.8% 提升至 17.0%。与去年同期相比，阅文在 2022 年上半年营收微降。

上半年，阅文集团采取了一系列控制成本举措，更加聚焦关键业务和长期目标，使得其运营效率得以提升。阅文集团副总裁孙文戬在阅文半年报业绩交流会上表示："今年上半年，公司实施了降本增效举措。营销费的投放更加注重 ROI 和效率，对各类管理费用的支出也进行了严格的控制。"这是阅文在当前市场环境变化下所做出的应对举措。阅文集团总裁侯晓楠亦表示，尽管上半年宏观环境不明朗，加之疫情的不确定性因素，但阅文集团管理层仍保有乐观心态。"今年下半年，公司将继续推行降本增效，注重业务的高质量发展和运营效率。"

---

① 阅文集团，https：//ir.yuewen.com/sc/financial-reports.html，2022 年 12 月 20 日查询。

在线业务方面，阅文的付费阅读生态得到进一步夯实。截至2022年6月，阅文的月活跃用户数达2.65亿，阅文自有平台和自营渠道的平均月付费用户从去年上半年的930万减少12.9%至810万，但在线阅读整体用户的增长和单个付费用户贡献的收入上升，平均月活跃用户从截至2021年上半年的2.33亿增长至2.65亿，另外，每名付费用户平均每月贡献的营收从去年上半年的36.4元增长到今年的38.8元，同比增长6.6%。2022年上半年，阅文在线业务实现收入23.1亿元，MAU达2.65亿；平台期内新增约30万名作家和60万本小说，新增字数达160亿。

从用户的变化可以推测，一方面阅文由于成本控制，拉新所用营销费用减少，上半年的付费用户增长受限；另一方面，整体用户增长而付费用户下滑，可见免费阅读仍然吸引了一部分读者，这部分用户从1300万增长到1400万。与此同时，阅文在线业务海外市场继续保持增长。截至2022年6月30日，海外阅读品牌Webnovel向海外用户提供了约2600部中文翻译作品和约42万部当地原创作品。从发展策略上看，阅文仍以其核心的付费内容为主，持续夯实网络文学IP生态；平台发展策略将重点从优先考虑当期收入增长转向运营效率和成本结构的长期优化，并夯实付费阅读业务。

版权运营方面，阅文集团版权运营及其他收入达17.8亿元，同比表现稳定，环比增长14.3%。阅文在财报中表示，电视剧、网络剧、电影、版权授权和动画的收入仍在稳定增长，该板块收入下滑主要被自营网络游戏和纸质图书销售收入减少影响。IP影视化改编仍是阅文上半年工作的重点。从具体作品来看，阅文在今年上半年推出了《人世间》《心居》《风起陇西》《请叫我总监》等热播剧集，电影《这个杀手不太冷静》，以及《星辰变》《武动乾坤》等多部动漫作品。《庆余年》《赘婿》《大奉打更人》等精品IP剧集的长线系列化也正在推进中。阅文首席执行官程武表示："优质内容尤其是爆款的持续产出，印证了阅文在产业链视觉化方面的体系化能力，也有力支撑了IP视觉升维的长线打法。"此外，IP商品化将是阅文的另一增长发力点。今年上半年，阅文授权推出的《斗破苍穹》美杜莎单款雕像GMV已达到500万，阅文表示，未来还将围绕更多的IP开发多种形态的衍生品，并配合相关影视、动漫、游戏等内容的上线，进行联动推广。

内容生态方面，阅文的内容生态继续蓬勃发展，并呈现多元化趋势。报告期内，如前所述，阅文集团新增约30万名作家和60万本小说，新增字数达160亿，内容生态呈多元化趋势发展。以科幻题材为例，在阅文针对潜力题材的扶植机制和运营活动调优影响下，科幻品类成为增长最快的题材，孵化作品约两万部。阅文还在持续加大版权保护力度，利用多种技术手段提升反盗能力，利用诉讼打击各类盗版站点及侵权盗版行为，进一步推进完善内容生态，积极维护创作者权益。程武表示，"作为完善内容生态的重要组成部分，今年阅文加大推进反盗版力度，并收获了作家极大的信任和认可，阅文将继续坚守长期主义战略，专注于好故事的孵化、开发和运营。"

再看掌阅科技。掌阅科技成立于 2008 年 9 月，于 2017 年 9 月在上海证券交易所主板上市，是全球领先的数字阅读平台之一，目前月活跃用户超 1.2 亿。2022 年 10 月 28 日，掌阅科技发布了 2022 年三季报公告①。根据三季度财报数据显示，掌阅科技三季度营收 6.78 亿元，同比增长为 34.89%，增长主要原因在于免费阅读及海外业务的增长。但与此同时，三季度公司归母净利润亏损 143.08 万元，同比减少 109.58%。而从前三季度整体情况来看，掌阅科技录得营收 18.63 亿元，同比增长 16.68%，归母净利润 3828.53 万元，同比减少 74.26%。掌阅科技在财报中分析称，亏损扩大主要为加大营销推广力度、持续推进组织建设和技术基建所致。报告期内，掌阅销售费用同比增加 144.36% 至 6.49 亿元，一定程度上也导致净利润的下降。

随着七猫小说、番茄小说等大量免费阅读平台的上市，主打收费模式的掌阅 App 开始持续受到流量挑战。为此掌阅科技陆续推出得间、七读等免费小说阅读平台进行平衡。公司绝大部分亏损正是来源于为这些 App 持续投放买量，销售费用成为掌阅科技增速最快的成本支出。财报数据显示，前三季度，公司销售费用高达 10.95 亿元，同比增长 142.98%。研发费用、管理费用则分别为 1.5 亿元、1.05 亿元，同比增长 17.37%、45.75%。

掌阅科技的公司董事长、总经理成湘强调："掌阅科技已经从主要通过终端预装获取流量成功转型成为通过互联网市场化获取流量并精细化运营的数字阅读平台。"作为应对策略，掌阅科技正持续向免费阅读转型，通过丰富的数字内容资源，以及在投放效率、运营效率及商业化等方面的探索，最终形成"付费+免费"融合发展的模式。

最后看中文在线。中文在线于 2000 年创立于清华园，是国内最大的正版数字内容提供商之一，2015 年 1 月 21 日，中文在线在深交所创业板上市，成为中国"数字出版第一股"。2022 年 10 月 26 日，中文在线发布了 2022 年三季报公告②。

中文在线 2022 三季报显示，公司主营收入 9.09 亿元，同比上升 6.86%；利润方面，报告期内归属于上市公司股东的净利润为-1.23 亿元，同比下降 314.5%；扣非净利润-9298.12 万元，同比下降 824.01%。2022 年第三季度，公司单季度数字阅读产品、数字出版运营服务和数字内容增值服务收入 4.25 亿元，同比上升 32.2%；单季度归母净利润-6261.29 万元，同比下降 310.74%；单季度扣非净利润-4825.13 万元，同比下降 343.37%。

---

① 掌阅科技，http://static.sse.com.cn/disclosure/listedinfo/announcement/c/new/2022-10-29/603533_20221029_1_AlI0dQDP.pdf，2022 年 12 月 20 日查询。

② 中文在线，http://static.cninfo.com.cn/finalpage/2022-10-26/1214904608.PDF，2022 年 12 月 20 日查询。

2022 年上半年，中文在线积极挖掘新媒体付费市场机会，针对性开展新媒体付费内容的推广及潜在市场机会的探索。其利润下降的主要原因为开拓新媒体渠道，营业成本激增所致。

报告期内，中文在线持续贯彻并实施"夯实内容、服务产业、决胜 IP"，国内国际双轮驱动的发展战略。中文在线的 IP 衍生业务以文学 IP 为核心，向下游延伸进行 IP 培育与衍生开发，着力打造"网文连载+IP 轻衍生同步开发"的创作模式，并且通过文学积累和受众基础孵化，已实现了从单一网文的生产和经营向文学 IP 全生命周期生产和经营的进化，形成了对优质网文在音频、中短剧、视频漫剧、动漫、影视以及文创周边等衍生形态的一体化开发模式。中文在线的子公司鸿达以太拥有版权作品和原创文学两方面有声内容库，截至 2022 年 9 月，鸿达以太的合作主播超过 2000 名，月产量超 4000 小时，每年新增时长超 5 万小时，转化超 7 亿字。原创内容方面，公司一方面通过中文在线自有平台的 17 小说网、四月天和汤圆创作等平台，储备百万量级的版权；另一方面，公司与其他小说平台签约，引入优质版权，包括网易云阅读、书旗小说、咪咕阅读等头部平台。

（2）跨界合作，多维发展

数字阅读在国内兴起已有二十年历史，行业发展不断走向纵深，围绕用户的精耕细作成为竞争关键，行业也从量的增长逐步发展到质的突破，网文和出版、软件和硬件、阅读和有声、原创与衍生不断融合。随着科技对数字阅读不断赋能，平台发展更智能化、用户体验更便捷化，同时内容推荐更个性化，呈现出千人千面的阅读风格。在竞争日趋激烈的大环境下，对于涉足其中的公司而言，IP 改编、版权运营、业务出海以及当下市场关注度较高的"元宇宙"，或都将成为其突破重围，差异化发展的机遇。

平台和市场对网文 IP 的开发愈发多元，较新的开发渠道有微短剧，有声开发愈加普遍，从一些已较为常规的网文 IP 开发路径来看，改编游戏的"营收"天花板或更高，虽然投入往往较大，且充满不确定性，但也有网文 IP 改编游戏能够实现规模营收。还有部分网文 IP 布局剧本杀，并且在衍生品和更多线下实景消费等方面进行发力。

关于 IP 开发，阅文版权业务负责人邹正宇曾在去年解释过阅文的"三级开发体系"：有声和出版为第一级推动力，可以通过丰富阅读场景为 IP 巩固粉丝基础；影视内容和游戏是第二级推动力，它们可以为 IP 提供视觉基础，兼具放大器效应；IP 商品化和线下消费是第三级推动力。

从阅文在两年半里的实践来看，影视内容是产生爆款最多的 IP 运作方式。阅文出品的《人世间》《风起陇西》等影视剧也备受好评，前者更是央视的开年大戏。

2021 年初，阅文成立了"IP 增值中心"，表示将基于优质 IP，在消费品、潮流玩具和线下实景消费等领域，与产业上下游伙伴积极合作与联动。2022 年上半年，其授权推出的《斗破苍穹》美杜莎的单款雕像上线40分钟即售罄，GMV达到人民币500万元。未来其还将围绕如《庆余年》《诡秘之主》《全职高手》《鬼吹灯》等更多IP开发多种形态的衍生品，并配合相关影视、动漫、游戏等内容的上线，进行联动推广。

以动漫为例，阅文在2022年上半年上线了《星辰变》和《武动乾坤》的新番，动画系列总播放量分别达到了40亿和30亿，位列腾讯视频上半年新上线动画集均播放量第一位。除此之外，阅文与腾讯动漫合作的300部网文漫改计划已有《大奉打更人》《第一序列》《开局一座山》等170多部阅文IP改编的优秀漫画作品在腾讯动漫上线，IP漫改可视化进程持续加速。

腾讯是国内的游戏龙头，将IP改编为游戏，进行IP可视化和IP商品化，也是一个可行的方向。在今年二季度的财报电话会上，阅文总裁侯晓楠就公布了一个数据，《斗罗大陆》改编的游戏流水已经过百亿元，这是阅文首次披露《斗罗大陆》游戏改编总数据。

2021年，在微短剧方面，掌阅投资了短视频短剧制作公司等闲，依托公司IP优势和等闲制作优势，推出数百部微短剧拍摄计划，打造短视频内容矩阵MCN。掌阅近期发布数据显示，其入局微短剧领域一年时间，已有42部改编或原创的微短剧作品在抖音平台热播，播放总量超过10亿。

中文在线也看好篇幅较短的真人剧集，在中短剧方面，公司与快手、优酷、芒果TV、抖音、B站等平台合作，多部根据公司四月天平台IP改编的中短剧取得了单部播放量过亿的成绩，如《别跟姐姐撒野》《每天都在拆官配》《就想和你谈恋爱》《皇妃在娱乐圈当顶流》《特工房东俏房客》等，其中《别跟姐姐撒野》全网话题播放量破20亿，猫眼全网热度TOP 5。此外，公司储备数十部作品正在积极制作中，未来将在各大视频平台陆续播出。

影视方面，中文在线与《隐秘的角落》《无证之罪》等剧集的制作拍摄单位万年影业合资成立了海南中文万年影视文化传媒有限公司，以真人影视开发制作等为主营业务，持续推进优质IP影视化改编。

动漫方面，中文在线与腾讯、B站、爱奇艺等平台开展合作。由公司与企鹅影视联合出品、原力动画制作的动画《修罗武神》首发预告片已发布，将在腾讯视频独家播出；由公司头部IP改编、《天台上的百事灵》原班人马制作的视频漫剧《妖怪公寓》及视频漫剧《喜欢你我是狗》在全网粉丝超过800万，定期在抖音、快手、B站同步播出。

在音频领域，中文在线子公司鸿达以太是全国最早的有声内容制作、有声内容提供商之一，拥有超45万小时的音频资源，内容涵盖原创文学、传统文学、影视、教育、曲艺、管理、少儿等音频版权。中文在线着力打造的是"网文连载+IP轻衍生同步开发"的创作模式。通过对优质网文进行音频、中短剧、视频漫剧、动漫、影视以及文创周边等衍生形态的同步开发，升级 IP 衍生孵化链条。

（3）助力全民阅读，打造精品 IP

2022 年 4 月 23 日下午，首届全民阅读大会数字阅读分论坛暨第八届数字阅读年会在京召开。大会以"阅读新时代，奋进新征程"为主题，旨在以数字化手段创新全民阅读工作，更好地在全社会营造爱读书、读好书、善读书的浓厚氛围，以实际行动迎接党的二十大胜利召开。

在首届全民阅读大会数字阅读分论坛暨第八届数字阅读年会上，中国音像与数字出版协会发布了《2021 年度中国数字阅读报告》①。《报告》显示，2021 年，我国数字阅读用户规模为 5.06 亿，增长率为 2.43%；人均电子阅读量为 11.58 本。数字阅读用户已经养成了成熟的付费习惯。在全民阅读的大背景下，数字阅读正在以创新的技术手段和广泛的用户基础，为全民阅读源源不断带来新增量，助力建设书香社会。

网络文学已是全民阅读精品内容消费的重要组成部分。网络文学二十余年的发展里，诞生了《庆余年》《诡秘之主》《大医凌然》等众多入藏国家图书馆的"经典佳作"。据程武介绍，现实题材是 2021 年阅文增速最快的品类之一，五年复合增长率超 30%。以《大国重工》《与沙共舞》等作品为代表，各行各业一线从业者正涌入创作队伍，用网文描写中国当代的经济腾飞与科技发展。"阅读中国，正成为网络文学的'新主流'"。

2022 年 4 月 22 日至 5 月 21 日，阅文集团旗下起点读书 App 开启"全民阅读月"，阅文集团联合国家图书馆、上海图书馆以及人民文学出版社、人民邮电出版社、北京大学出版社、中国青年出版总社等百家出版单位共推全民阅读。在"全民阅读月"活动期间，由阅文、上海图书馆以及百家出版单位共同精选 200 多部精品好书，覆盖文学、小说、传记、经济等 20 余大品类，用户可在起点读书免费阅读。截至活动收官，有 133 万人一起线上读好书，总阅读量超过 1 亿。平均每天约有 75 万人在线阅读，每天人均阅读时长约 105 分钟。

2. 中小网站持续输出，开辟发展空间

（1）中小网站发展概况

2022 年的网文市场主要部分仍由大型文学网站占据。迄今为止，晋江文学城、飞卢小说网、潇湘书院、红袖添香、言情小说吧、塔读文学网、米读小说网、小说阅读网、酷匠网、逐浪小说网、17K 小说网、书海小说网、天下书盟网、红薯中文网等知名度相对较高的文学网站仍旧保持活跃，拥有规模庞大且日益增长的读者群，从深度及多元化两方面对网络文学内容作出重要补充，作为我国文学

---

① 中国音像与数字出版协会：《2021 年度中国数字阅读报告》，http：//m.cadpa.org.cn/3277/202206/41513.html，2022 年 12 月 20 日查询。

网站的重要组成部分，在网络文学中发挥独特作用。除此之外，平治信息、触宝、趣头条、恺兴文化等网文平台公司也声势渐大，在网文市场中开辟出独具特色的市场空间。

平治信息的主营业务以智慧家庭业务为主，5G 通信业务和移动阅读业务为辅。关于其移动阅读业务，一方面，平治信息与出版机构、媒体和个人作者等版权方合作，聚合海量优质的文字和有声阅读内容，并通过自身的阅读平台、第三方平台以及通信运营商的阅读平台向用户提供全方位阅读服务。另一方面，平治信息以移动阅读为核心，通过 IP 衍生品开发等方式，构建泛娱乐新生态，推出相关影视、动漫、有声等关联产品。

触宝是一家快速发展的全球移动互联网公司，最早主要做工具类产品，在海外市场发力。目前，触宝致力于打造综合性网络文学平台，不断发掘网络原创优质作品和原创作者，为全球用户提供高品质免费原创内容。同时全面拓展自有 IP 的强生命力，形成强拓展性的内容产业 IP 生态。

趣头条是一站式泛娱乐内容平台，是国内移动聚合内容第一股。凭借出色的内容创新与阅读体验，成为移动内容聚合 App 独角兽。趣头条旗下的米读小说成立于2018 年 6 月，首创网络文学免费阅读模式，为读者提供海量正版文学作品，极大地降低了读者的消费门槛，受到用户好评。除了对平台创作者的扶持，趣头条也在积极打造 IP 短剧。在对受众需求的细致分析下，选择平台内优质原创 IP 进行改编，以 3 分钟以内的自制短剧形式快速推向市场，精准把握方向并定制创作，探索网络文学和短视频平台的创新合作模式。

恺兴文化是一间网络文学知识产权运营公司，主要专注于物色及发展网络文学作品以改编成各种娱乐形式，如电影、电视及网络剧、动漫、个人计算机及手机游戏，以及向网上阅读平台授出公司的文学作品许可。恺兴文化通过自有的网上阅读平台创别书城，共与 41 个网上阅读平台订立合作协议，包括公司的主要合作网上阅读平台，比如掌阅、书旗小说及咪咕文学等。

在 China Webmaster "站长之家" 网站排行所提供的 "小说网站排行榜" 中①，截至 2022 年 12 月 29 日，位列前 50 名的网站数据如下。其中，除起点、晋江、纵横等大型网站外，其他都属于中小型文学网站。

---

① 网站查询：https://top.chinaz.com/hangyetop/index_yule_xiaoshuo.html，数据时间：2022 年 12 月 29 日。

小说网站排行榜

排名	站　名	Alexa 周排名	百度权重	PR	综合得分
1	起点中文网	290	9	7	4601
2	晋江文学城	1318	9	6	4575
3	飞卢中文网	3145	8	5	4224
4	简书	103	8	0	4174
5	纵横中文网	6855	8	7	4146
6	潇湘书院	20135	8	7	4117
7	红袖添香	15929	8	7	4115
8	腾讯读书	6	8	6	4092
9	言情小说吧	71145	8	7	4039
10	豆瓣读书	54	7	7	3976
11	飞卢小说网	3145	6	6	3865
12	话本小说网	19955	8	0	3864
13	起点女生网	58343	7	5	3826
14	塔读文学网	23526	7	5	3812
15	小说阅读网	81544	6	6	3639
16	17k 小说网	94104	6	7	3576
17	懒人听书官方网站	37861	6	0	3554
18	QQ 读书	6	7	6	3551
19	美文阅读网	34088	6	0	3499
20	八一中文网	21361	4	2	3493
21	笔趣阁	121411	5	0	3470
22	鬼故事	117880	5	3	3435
23	红袖添香小说	15929	8	3	3412
24	看啦又看小说网	508816	7	2	3394
25	连城读书	285048	4	5	3345
26	新浪读书	22	4	8	3339
27	逐浪网	672055	6	6	3337
28	多看阅读	56206	4	5	3328
29	雨露文章网	5419799	4	4	3325
30	燃文小说	126978	6	0	3314
31	书香电子书	255414	6	5	3299

排名	站名	Alexa 周排名	百度权重	PR	综合得分
32	红薯中文网	339180	6	5	3292
33	笔下文学	318511	7	0	3282
34	书旗网	196079	6	3	3275
35	倚栏轩文学网	1293747	4	3	3271
36	55小说网	158474	4	0	3270
37	雨枫轩	327480	5	6	3269
38	磨铁中文网	555877	6	6	3257
39	飞卢同人小说网	3145	6	4	3250
40	书海小说网	2446551	4	6	3231
41	顶点小说	6135455	6	0	3227
42	网易云阅读	20	6	7	3225
43	书包网	1098114	4	0	3206
44	飞卢女生网	3145	6	5	3184
45	万卷书屋	2227431	4	4	3181
46	龙的天空	1003862	3	3	3178
47	书阁网	43906	2	2	3144
48	言情库	7822996	4	0	3144
49	58小说网	2070473	7	4	3138
50	名著小说网	810762	4	0	3127

这些中小型网站在输出优质内容的同时，不断推进内部管理方式的改革，在积极完善作者福利，加大扶持力度的同时，实现对资源最大限度的充分利用，力图在与大型网络平台竞争时能够形成自身的优势与特点，在迎合读者内容消费需求的同时，也为内容合作商持续提供高质量原创作品资源。

（2）传统网站圈定受众群体，发挥独特优势

2022年，网络文学主流化、精品化进程加快，现实题材创作进一步深化；网络作家队伍组织化程度不断提高，凝聚力、向心力显著增强；理论评论发挥价值引导、精神引领、审美启迪作用，评论生态更趋健康；行业转型升级发展势头延续，IP改编更加多元；网络文学国际传播更受重视，网文出海形式更加丰富多样。同时，当前网络文学行业发展也面临诸多问题。如，精品力作依然相对偏少，整体质量有待提高，同质化、模式化仍然严重；部分作品存在洗稿、融梗、跟风写作等现象，呈现出一定的庸俗创作倾向；部分作品标题、广告较为低俗，有碍网络文学声誉等。

在这样的市场背景下，传统的中小网站，如塔读文学网、晋江文学城、飞卢小说网等仍保持内容导向策略，在吸引流量、满足用户诉求、构建网站生态的同时，将内容建设摆在至关重要的位置，不断完善推荐机制和作者福利政策保障。塔读运营阿亮说："如果只依靠智能推荐，而没有个性化的运营扶持，新人和中小作者很难与一呼百应的头部作者进行流量争夺。"塔读文学网的算法推荐，不以流量为单一维度，而是同样重视试读率、追读率、评论等数据，对刷阅读量的行为严格管控，注重维持内容生态建设，保障创作者的合法权益。

（3）新兴网站独辟蹊径，做专做精

随着短视频的爆发，微短剧市场再次被燃爆，微短剧正成为各大平台和机构的新宠。从 MCN 机构到影视公司再到网文平台，微短剧迎来了大量的入局者。作为影视内容产业链的源头，网文平台拥有最为核心的储备 IP，这是内容行业进一步实现迭代升级和跨界合作的基础，在短视频成为各行各业新基建的背景下，网文江湖开辟了微短剧"新战场"。

以米读文学为例，作为较早尝试短剧开发的网文平台，米读将超 30 部原创小说改编成 IP 短剧，全网播放量超 30 亿，单集最高播放量超 1 亿。在微短剧产业链上，作为一家网文平台，米读文学、疯读文学等网站平台既是短剧内容创作者，又是 IP 供应方。米读通过和快手的独家战略合作，双方发挥各自平台的内容和资源优势，探索网络文学和短视频平台的创新合作模式。目前米读在快手平台上开设了 8 个短剧账号，覆盖甜宠、悬疑、古风等不同题材，米读短剧在快手上首轮播出后，二次发行到芒果 TV、微视、腾讯视频等其他视频平台。

"比起 MCN、影视制作公司，免费网文平台不仅拥有大量的原创 IP，从源头上降低了内容制作成本，还为微短剧提前积累了一批小说原著粉。另外，网文平台能根据平台用户数据，预判哪一部 IP 容易获得用户青睐，更精准地把握用户偏好。"在米读内容营销总监雷爱琳看来，作为免费网文平台，米读做短剧的初衷是孵化平台上的 IP，当米读的短剧在短视频平台上获得认可，短剧会反哺米读原创小说，为小说带来更大的曝光和声量，最终助力米读的内容生态更加丰富和多样化。

米读、疯读等新型网站不断探索网文改编微短剧的商业化空间，不论是 MCN、影视制作公司，还是以米读为代表的免费网文平台，都在积极探索平台分账、付费点映、广告植入等主要商业模式。随着用户付费意愿不断加强，IP 短剧在付费点映上也释放出巨大的商业发展空间，加之短剧长度一般在几分钟内，商业植入更加灵活多样，微短剧有望成为继网络电视剧、网络大电影后又一可规模化发展的新品类。

三、重要文学网站举隅

1. 重要文学网站代表（30 家）

起点中文网（www.qidian.com）：创立于 2002 年 5 月，是国内最大的原创文学门户网站，隶属于国内最大的数字内容综合平台——阅文集团旗下，2003 年首创"在线收费阅读"服务，真正意义上开创了网络文学赢利模式。起点长期致力于原创文学作者的挖掘和培养工作，旨在推动中国原创文学事业的发展。近几年来，起点积极寻求商业模式新突破，涉足实体出版、影视改编、动漫改编等多个领域，并积极拓展海外市场，致力于进一步扩大读者群和作者群，拓展海外商业模式的发展空间，打造全球最大的华文文学创作与阅读平台。

创世中文网（chuangshi. qq. com）：成立于 2013 年，由阅文集团精心打造的新一代全开放网络文学平台，以网络小说为主要经营内容，集阅读、创作、互动社区、版权运营于一体。创世中文网拥有业界完善的作家体系，标准可靠的签约计划和奖励计划。拥有最为资深的编辑和运营团队；同时也是目前中国网络文学从核心商业模式、行业标准到具体通用功能的主要创造者，逐渐建立完善了网络文学运营机制、作家作品编辑制度、版权运作制度等网络文学产业主要运作机制。2022 年 12 月 23 日，创世中文网发布改版公告：2023 年 2 月 6 日起，创世中文网不再支持用户登录和付费。用户可在创世中文网免登录阅读免费内容，付费内容则转移至 QQ 阅读。

小说阅读网（www. readnovel. com）：成立于 2004 年 5 月，现隶属于阅文集团。成立之初，就以其独特的风格和丰富的内容受到广大文学小说爱好者的推崇。小说阅读网是国内优质文学版权运营商，网站拥有海量原创作品、签约作家、签约编剧及用户群。为更好服务读者，已与多家出版机构建立合作关系，出版质量高、反响好的作品，进一步扩大作者和读者之间的联系。

潇湘书院（www. xxsy. net）：始建于 2001 年，是最早发展女生网络原创文学的网站之一，也是最早实行女生原创文学付费的网站之一，隶属于阅文集团。经过多年的辛勤耕耘，潇湘书院已发展成国内领先的女生原创网站，用户数量与日俱增，访问流量在国内文学类网站中名列前茅。潇湘书院的出现，为女性原创网络文学作品提供了一个更好的平台。2022 年 6 月 23 日，潇湘书院宣布全新移动客户端在全网上线，推出全新 Slogan "她故事，她力量"，并启用新 Logo。

红袖添香（www. hongxiu. com）：创办于 1999 年，是全球领先的女性文学数字版权运营商之一，现隶属于阅文集团。红袖拥有完善的投稿系统和个人文集系统，为用户提供涵盖小说、散文、杂文、诗歌、歌词、剧本、日记等体裁的高品质创作和阅读服务，在言情、职场小说等女性文学写作及出版领域具有巨大影响力。红袖添香在数字内容版权运营及行业技术方面，一直保持业界领先地位，拥有技术领先的在线阅读、创作、投稿、签约、夏动、稿酬结算系统，通过付费阅读、移动阅读、实体图书出版、影视版权输出等多形态文化产品打造立体化版权运营。

云起书院（yunqi. qq. com）：组建于 2013 年，现为阅文集团旗下知名原创文学品牌。云起书院是集阅读、创作、版权运营为一体的全新网络开放平台，有完善的运营机制、作家制度、编辑制度、版权运作制度。目前云起书院精耕与女性文学这一细分市场，是引领行业的女性文学创作基地，成就了无数平民作者的文学梦想。2022年12月23日，云起书院发布改版公告：2023年2月6日起，云起书院不再支持用户登录和付费。用户可在云起书院免登录阅读免费内容，付费内容则转移至QQ阅读。

起点女生网（www. qdmm. com）：成立于2009年11月，其前身是"起点女生频道"，隶属于阅文集团。起点女生网依托起点中文的成熟运作机制，成功实现了女性网络原创文学的商业化发展模式。起点女生网首创阶梯型写作全制度，在针对知名作者进行全方位宣传和包装的同时，兼顾对新晋作者的培养。起点女生网依托领先的电子原创阅读平台，引入移动阅读、实体出版、影视改编等多元拓展渠道，建立海量版权交易库，形成一个集版权运作、原创阅读为一体的综合性女性原创文化品牌。

言情小说吧（www. xs8. cn）：成立于2005年，属于阅文集团旗下品牌。言情小说吧一直秉承着为用户提供优质的言情小说阅读体验平台、打造全球华语言情小说阅读基地的理念，在网络文学界走出了一条专业化的独特发展道路。言情小说吧拥有人气超高的论坛、方便快捷的网游及站内家园等，能给用户提供读书、休闲、娱乐的多方位体验。

掌阅小说网（yc. ireader. com. cn）：成立于2015年4月，是北京掌阅科技有限公司旗下全资大型原创小说网，拥有专业的核心内容团队，以引领原创文学潮流为目标，以推动网络文学健康发展为己任，致力于打造集多媒体阅读、实体出版、影视、漫画、游戏等一体的文学平台，为作者提供广阔的文学舞台、为读者提供多元化、多类型、多内容的丰富阅读空间。

17K小说网（www. 17k. com）：创建于2006年，原名一起看小说网，是中文在线旗下集创作、阅读于一体的在线阅读网站。作为中文在线核心的原创内容生产平台，17K小说网以"阅读分享世界，创作改变人生"为使命，拥有海量网络作者，签约多位知名作家，爆款作品畅销各大渠道。17K小说网专注于提高作者服务，以"让每个人都享受创作的乐趣"为使命，以"成就与共赢"为价值观，专注于提高作者服务，成立了第一家专业的网文编辑训练营和第一家专业的作者培训机构"商业写作青训营"，为网络原创文学行业培养了大量人才。

四月天小说网（www. 4yt. net）：于2020年9月10日上线新站，是中文在线旗下古风女频原创小说网。四月天小说网从其创建伊始就一直致力于搭建传统出版与网络文学创作之间的平台，同许多出版社均有良好稳定的合作关系；率先推出行业领先的"网文连载+IP轻衍生同步开发"内容创作新模式，全力打造古风特色站。网站还自主开发了一套完整的集即时阅读、在线创作、投稿签约、手机下载、稿酬实时结算以及编辑后台管理等功能于一体的管理系统，致力于为用户提供最完善的阅读写作与交流体验，在其服务所涵盖的网络平台，运营作者经纪代理、跨区、跨国、版权贸易等方面。此外，四月天扩大版权运营范围，已与多家移动服务商达成手机阅读协议，营造多方共赢局面。

纵横中文网（www.zongheng.com）：成立于 2008 年 9 月，是纵横文学旗下的大型中文原创阅读网站，坚持原创精品的建站理念，致力于本土优秀文化的传承革鼎、激扬与全球化扩展，力求打造最具主流影响力与商业价值的综合文化平台，扶助并引导大师级作者与史诗级作品的产生，推动中华文化软力量的崛兴。纵横中文网深入贯穿线上阅读、线下出版、动漫改编、游戏改编、影视改编等整条文化产业链。

晋江文学城（www.jjwxc.net）：创立于 2003 年 8 月，原名晋江原创网，是福建省晋江市的一家文学网站，2010 年 2 月晋江原创网正式更名为晋江文学城。晋江文学城以建设全球最大女性文学基地为宗旨，经过多年发展，已经成为具备相当规模女性网络文学原创基地，吸引了众多女性文学创作者与读者。晋江以爱情、耽美题材等原创网络小说而著名，主要提供由网友独立创作的小说，发展稳定，在业界有良好口碑。

逐浪网（www.zhulang.com）：逐浪网成立于 2003 年 10 月，是连尚文学旗下集阅读与创作为一体的原创文学平台。拥有逐浪小说网、新小说吧和逐浪小说 App 等原创网站和移动渠道，一直秉承着"坚持做最好的原创小说"的发展理念，以丰富的优质内容，充分结合移动终端的阅读特性，为广大用户提供精彩的数字阅读服务。

书旗小说网（www.shuqi.com）：是阿里巴巴旗下阅读平台。书旗小说网平台提供种类丰富、质量上乘的网络作品，可以满足不同用户的多样化阅读需求。近几年来，书旗小说网致力于原创 IP 开发，网站专设"版权推荐"栏目，助力平台优质 IP 孵化。

爱奇艺小说（wenxue.iqiyi.com）：成立于 2016 年，是爱奇艺进军文学界的产物，拥有爱奇艺庞大的资金链与资源支持。平台积极举办征文大赛，以丰厚的奖金吸引了大量作者，创造了无数优秀作品。2021 年 11 月，爱奇艺小说推出了"2022 作家培养黄金升级计划"，以优渥的保障条件吸引优秀网文创作者的加入。爱奇艺文学作为爱奇艺 IP 生态系统的起点，发挥着培育开发优质 IP 内容的重要作用。

点众书城（ssread.cn）：隶属于北京点众科技股份有限公司。站内书籍主要分为文学、社科、经管、生活四大门类，拥有海量的文学内容和较为稳定的活跃用户。成立以来，点众书城积累和传播有益于经济发展、社会进步的科学技术和文化知识，弘扬民族文化，推动文化传播，丰富和提高人民群众的精神文化生活。

酷匠网（www.kujiang.com）：隶属于南京地平线网络科技有限公司，成立于 2013 年 10 月 24 日，本着免费、无弹窗、全文字、更新快的宗旨，为读者提供各种类型的免费小说，是一家专注于提供网络小说推荐服务的平台，提供各类轻小说，原创轻小说，玄幻小说，武侠小说，校园小说，青春小说，网游小说，奇幻小说，科幻小说，恐怖小说等各类原创小说。

火星小说网（www. hotread. com）：是创立于 2014 年的免费小说阅读网站，隶属于北京金影科技有限公司。火星小说网拥有近万部全版权作品，涵盖网络文学的各个类型，专注于移动互联网和创新文化产业，致力于发掘、培育阅读、影视、游戏、动漫、出版和有声等全领域的优质 IP。至今已获得 SIG（海纳亚洲）、云峰基金、头头是道、小米、复星联合投资。

铁血网（book. tiexue. net）：隶属于北京铁血科技股份公司，创立于 2001 年，是一个能够提供社区、电子商务、在线阅读、游戏等产品的综合平台。以"中国原创军文的摇篮"为定位，铁血网的业务主要分为四大板块：广告业务、内容产品业务、军品销售和军事 IP，包括铁血社区、铁血军事、铁血读书、铁血君品行等旗下产品，企业理念为"在共赢的基础上把全心全意为军民服务作为首要任务"。

红薯中文网（www. hongshu. com）：于 2009 年 12 月创立，是一家集创作、付费阅读、作品加工、版权贸易于一身的中文小说阅读网站，拥有完善作品管理系统和高创作水准的原创书库，力图打造集创作、阅读、作品加工和版权贸易为一体的综合性中文小说门户网站。

盛世阅读（www. s4yd. com）：创建于 2016 年，是重庆盛世悦文网络文化有限责任公司旗下的大型原创青春文学门户网站，励志成为国内一流的青春原创文学类专业网站。以"进入盛世，爱上阅读"为口号，盛世阅读网坚持打造原创文学精品，为华语网文学在文化传承、文学创作和创新上发挥核心价值，致力于为每位作者的文字创作提供全方位的服务，将作品推广到所有的平台、媒体，使每本作品能够得以发光发亮。

磨铁中文网（www. laikan. com）：创建于 2010 年 12 月，是国内唯一的轻博客类阅读网站，由北京磨铁图书有限公司投资设立，致力于向用户提供集"微博、博客、阅读和写作"的四位一体的图书类网站。磨铁中文网励志打造国内领先的文学阅读与创作平台，注重原创作者的挖掘与培育，构筑自由的文字家园，汇聚各个领域、不同创作题材的华语优秀作家和原创作者，允许作者创作各种形式的作品，极大地激发作者的创作热情。集合了国内顶级知名作家，如麦家、萧鼎、当年明月、李承鹏、罗永浩、流潋紫、陆琪、一心寸君等。

不可能的世界小说网（wenxue. bkneng. com）：是成立于 2014 年的北京晨星盛世网络文化有限公司旗下的二次元小说平台。网站平台主要面向年轻群体，打造网文创作者的发布及交流平台，立志于为年轻人提供更为丰富、新鲜的阅读体验。

书海小说网（www. shuhai. com）：成立于 2011 年 9 月，是陕西出版集团数字出版基地旗下的大型中文原创小说阅读网站。其致力于广大原创文学作者的挖掘与培养，力求打造最具行业影响力的文学殿堂，为推进中国文学原创事业的崛兴扎扎实实的做贡献，成立之初就以其独特的风格和丰富的内容受到广大文学及文章爱好者的推崇，是极具潜力的新锐小说网站。

塔读文学（www.tadu.com）：于 2010 年 7 月 12 日正式上线，是北京易天新动化平台网络科技有限公司在无线阅读领域发力的基础平台和手机无线互联网原创文学先锋。塔读文学现已展开全平台运营，包括电脑读书、手机读书、客户端应用等，致力于为读者创造完美的阅读体验。

国风中文网（guofeng.yuedu.163.com）：网易文学旗下网站，旨在弘扬中华文化，提供有品质的原创文学。国内最优质的原创文学版权运营商之一，引领行业的原创文学门户网站和写作平台，海量原创作品与签约作家、丰富的用户基础、数百家内容合作方。致力于弘扬中华传统文化，为用户提供顺应时代潮流的原创文学作品，为实现文化强国的理想而努力。

采薇书院（caiwei.yuedu.163.com）：网易文学旗下网站，是国内领先的女性原创网络文学创作基地与阅读平台。采薇书院致力于对优质文学作品及作者的培养和挖掘，为用户提供优质海量的言情小说阅读体验。基于网易强大的资源平台和运营体系，成熟的市场与商业机制，用心讲好故事，深耕原生 IP，不断提升原创文学的品质阅读和全版权孵化运营，为女性原创文学提供巨大的市场想象空间。

神起中文网（shenqiwang.cn）：成立于 2016 年 1 月，是杭州趣阅信息科技有限公司旗下网站。神起中文网以开发精品内容为目标，致力于打造集网络文学、出版、漫画、影视、游戏为一体的泛娱乐内容生产基地，立志成为行业领先的网络文学内容生产商与版权运营商。

趣阅小说网（www.quyuewang.cn）：于 2015 年 6 月成立，属杭州趣阅信息科技有限公司，是掌阅文学重要组成部分。网站围绕着"趣阅最精品"的品牌理念，旨在培养最优秀的网络原创作者，以"精耕细作、敢破敢立"为口号，同时深入发掘和提炼适合移动阅读需求的精品原创内容，打造明星作家和明星作品。

2. 移动阅读 App

掌阅：掌阅科技旗下的一款专注于手机阅读领域的经典阅读软件。支持 EBK3/TXT/UMD/EPUB/CHM/PDF 全主流阅读格式。功能强大，个性时尚，界面简约，与各大出版社进行深度战略合作，拥有广阔图书资源，一直稳坐中国阅读 App 榜首，专注于引领品质阅读。

QQ 阅读：QQ 阅读是阅文集团旗下手机阅读 App，拥有旗下各平台海量资源，1000 万部作品储备，作者多达 400 万，是目前市面上最受用户欢迎的移动读书软件之一。其愿景是"让年轻享受阅读带来的乐趣"，致力于打造一款海量原著，想读就读的移动阅读 App。

书旗小说：是阿里文学旗下的一款内容以免费小说书旗网为基础的在线阅读器，除了拥有传统阅读器的书籍同步阅读、全自动书签、自动保存阅读历史、点击翻页、全屏文字搜索定位、自动预读、同步更新等功能外，更有离线书包、增强书签及资讯论坛等扩展内容，还可以阅读 SD 卡中 TXT/UMD/EPUB 内容，使阅读更丰富更自由。

咪咕阅读：咪咕数媒推出的数字阅读产品。产品集网络文学、数字出版和有声阅读内容与于一体，通过 AI 智能语音朗读功能，打造看听一体的沉浸式阅读场景，为用户提供数字阅读内容消费和互动服务。2021 年，咪咕阅读正式推出咪咕文学四大厂牌，围绕天玄宇宙、奇想空间、她力量、浮生世界，持续挖掘内容。

搜狗阅读：搜狗阅读是搜狗公司依托于搜狗搜索的丰富资源，同时接入高品质版权内容，为用户打造的移动阅读应用产品。搜狗阅读拥有丰富的小说资源、优质的小说内容和全面的小说类型，依托搜狗搜索，海量小说资源即搜即得，多种阅读主题、夜间模式、翻页效果等功能一应俱全，同时还支持个性化的精准推荐、离线缓存、更新提醒等功能，力求打造最舒适的阅读体验。

追书神器：追书神器是上海元聚网络科技有限公司推出的一款资源丰富、更新迅速的小说阅读软件，专注于用最快的速度为用户提供各大网站最受欢迎的连载小说更新。软件在小说更新后的 10 分钟内会及时发送更新提示，支持国内各站热门小说阅读，还有个性细分的小说榜单，并独家提供"追书人数"和"留存率"数据来帮助读者挑选读物。

百度阅读：百度阅读是百度搜索旗下的阅读器，是百度为了满足用户阅读类需求而推出的产品，于 2014 年上线。图书资源覆盖小说、人文、科技、经管、娱乐等多个类别，与数百家主流出版机构合作，直接授权正版资源，打造的是个人作者写作平台、纸书电子书出版物、原生电子书等多种资源的数字阅读生态圈。

宜搜小说：宜搜小说，是由深圳市宜搜科技发展有限公司开发的一款手机软件，全免费阅读千万本的海量图书、最新最热网络小说追更神器，最专业的电子书阅读软件，全网小说图书一网打尽。全本缓存只需一键，没有网络也可随时随地阅读，本地阅读功能，全网图书轻松阅读，连载小说迅速更新。

微信读书：2015 年 8 月 27 日微信读书 App 正式上线，这是微信团队推出的第一款基于微信关系链的官方阅读应用，拥有为用户推荐合适书籍，并且可查看微信好友的读书动态，以及和好友讨论正在阅读的书籍、好友读书时间排行榜等功能，微信读书最大的特色就在于其呈现的社交关系。

多看阅读：隶属于多看科技，现属于小米公司旗下。多看阅读包含丰富精品阅读资源，提供多达上万种图书，在阅读的同时，用户可以对图书进行云备份，随时随地享受多看阅读体验，依托其 10 年专业排版积累及其强大的图书编辑团队，使读者拥有超越纸书的良好阅读体验。

熊猫看书：熊猫看书是纵横文学旗下的手机看书客户端，支持听书、全本离线下载、本读阅读等功能，作为一款老牌移动阅读 App，从塞班时代就与读者风雨共度，一直致力于提供最好的阅读体验。

起点读书：又名起点看书，是起点中文网推出的一款阅读软件，集聚了大量网络文学大神，有丰富的正版原著资源，玄幻、仙侠、武侠、奇幻、言情、历史、游戏、科幻……全类别热门图书随心挑选，还有活动中心、用户书单、智能推荐、云端同步等功能丰富用户体验。

网易蜗牛读书：一款于 2017 年 3 月 9 日正式上线的全新阅读软件，推出了"每天免费阅读 1 小时"的营销新策略，付费模式也有别于其他阅读软件的按章、按字收费，而是让阅读开始按时收费。

塔读小说：塔读小说拥有海量精品图书和强大阅读功能的手机软件。塔读小说拥有海量的热门书籍和原创作品，精美独特的界面，强大的操作管理功能，旨在为读者创造"随身随心，乐享阅读"的完美体验，其目标是要做到"随身随心、乐享阅读"，是深受移动阅读用户喜爱的 App 之一。

当当云阅读：当当云阅读的前身是当当读书，于 2017 年 10 月更名为当当云阅读。得益于当当本身的优势，当当云阅读的图书资源十分丰富，为用户提供 50 万本热门好书，并推出"租阅"的新型阅读收费方式，让利读者又激励了阅读，更名同时还上线了当当听书频道，50 万好书任性"阅听"，满足读者的不同需要，和当当纸书一起形成"纸、电、听"一站式的"全品类"全媒云阅读生态，成为万千读者"随身携带、随心阅听"的"掌上云书房"。

红袖读书：北京红袖添香科技发展有限公司开发的一款专为女性打造的移动阅读 App，内容涵盖豪门、校园、宫斗、江湖、快穿、纯爱、悬疑、推理等各个分类，拥有千万本正版图书资源。

豆瓣阅读：2012 年上线，是豆瓣旗下优秀数字作品的阅读、出版平台，提供个人作者原创作品和出版社精品电子书，豆瓣阅读拥有 8000 多部独家授权作品，数万种经过精细排版的正版授权图书电子书，近 3000 个原创专栏和连载，涉及情感、文化、理财、心理、科幻、历史、悬疑等多种主题，包含大量免费文章，另支持国内主流期刊电子版，以及知乎周刊、虹膜、简书周刊等互联网精选优质内容。

懒人听书：深圳市懒人在线科技有限公司研发并运营的移动音频 App，懒人听书支持多种客户端平台，产品目前由有声书城、听吧社区、开放平台三部分组成，文学名著、有声小说、曲艺戏曲、儿童文学、外语学习、时事新闻、搞笑段子等海量资源应有尽有，上传节目、下载收听、交流社区、云端同步、文本同步等功能一应俱全。懒人听书仅用 3 年时间用户突破 2 亿规模，渗透率、启动频次、在线时长等核心考核数据领跑行业，是国内最受欢迎的有声阅读应用。

快看小说：北京点众科技股份有限公司出品的一款阅读软件。该 App 号称全方位听书看书专用神器，专注网络小说，300 万册精品图书，每周 2000+新书上架，男频女频应有尽有，全网图书免费畅读，海量小说，完全免费，无限量下载，绿色清新无广告。

快点阅读：北京天桐互动科技有限公司于 2017 年发行的一款移动端阅读 App，向用户提供原创对话小说阅读，在快点阅读 App 上读小说就像看微信＼QQ 一样，点击手机屏幕就能弹出对话，还融入时下最流行的表情包，点击阅读就能弹出对话，颠覆了传统的阅读方式。

米读小说：安徽掌端网络科技有限公司于 2018 年 5 月推出的一款免费网络文学阅读 App，米读小说覆盖安卓和 IOS 端，采用免费+广告模式打响了网络文学免费模式第一枪。

追书神器免费版：上海元聚网络科技有限公司上线的免费阅读软件，保留了"追书神器"各项功能的基础上拥有海量丰富的正版图书资源提供给用户免费阅读，书库内各类题材小说、热门书籍都无限制开放阅读。

七猫免费小说：上海七猫文化传媒有限公司于 2018 年 6 月推出的提供免费阅读服务的软件，小说内容覆盖了总裁豪门小说、言情小说、穿越架空小说、玄幻小说、青春校园小说、修仙小说、悬疑小说、同人小说、名著等各种类型。现已接入 50 多家版权合作方的数万册网络小说供读者阅览。

连尚免费读书：南京大众书网图书文化有限公司推出的全品类正版免费网络文学阅读 App，于 2018 年 8 月正式上线。连尚免费读书为读者提供正版免费小说的同时保留付费渠道及其他增值服务，免费阅读所产生的收益也会和作者共享。

飞读免费小说：阅文集团旗下的免费阅读 App，于 2018 年 12 月上线，引进集团旗下知名小说平台的百万正版热门小说。收录唐家三少，猫腻，打眼，鱼人二代，辰东，天衣有风，柳暗花溟，安姿莜，吱吱等诸多人气大神作家经典小说，更有大量影视原著免费畅读。

爱奇艺小说：北京爱奇艺科技有限公司推出的移动阅读 App，目前采取在安卓端广告免费模式，IOS 端付费模式。其内容覆盖了出版文学、影视原著、网络小说、轻小说等丰富品类海量图书资源，致力为用户提供爱奇艺旗下海量电子书阅读服务，旨在打造有趣、轻松、互动的娱乐化阅读体验。

3. 代表性门户网站的文学频道

凤凰网书城（book. ifeng. com）：2008 年正式上线，是凤凰新媒体公司下三大主要平台之一、综合门户凤凰网的子频道。凤凰读书定位在"以高尚的人文阅读品位，引领全球精品阅读"，不仅积极向广大用户提供海量读书内容及个性化书评文摘，同时还坚持深入探讨和研究文史、政治等学科领域等相关精深话题。

网易云阅读（https：//yuedu. 163. com/）：网易云阅读是网易旗下主要内容频道之一，也是集资讯、书籍的一站式电子阅读平台。秉承精品化的电子书运营策略，网易云阅读提供了大量的经典作品，坚持"打造全平台、发展全内容"的路线，从内容、性能、体验等多个维度还原阅读本质。为读者和用户提供良好的互动生态系统。网易云阅读涵盖图书、小说、资讯等丰富内容，强力打造新书独家首发基地，是业界首先提出"开放平台"概念的移动阅读产品。

搜狐读书（book.souhu.com）：搜狐网站的一个子频道，旨在为服务读者阅读，丰富网友文化生活，其立足于"更好的阅读"。搜狐读书频道于 2004 年 8 月上线，是门户网站中较早开设读书频道的网站。搜狐读书下设连载、资讯、书评、书见风云、访谈、读书会、图集、好书榜、原创、专题汇总等子栏目，为网民提供优质深度的阅读平台。

360 小说网（www.360xs.com）：360 导航旗下的文学网站，它集合多家小说网站作品，首发小说新章节免费小说阅读。下设热门小说、有声小说、原创小说、我要写书等数个子频道，并分别有男频女频的推荐榜单，为读者提供便利的阅读体验。

腾讯读书（http：/book.qq.com）：腾讯读书是腾讯公司的网络平台之一——腾讯网（QQ.com）的一个子频道，是腾讯公司 2012 年公布实施的"泛娱乐"战略中的重要一环，腾讯读书的内容丰富多样，不仅拥有原创的网络文学作品，也拥有很多传统作家的作品，以及一些已经出版的网络文学书籍，目前腾讯读书已经以"QQ 阅读"为名独立存在。

铁血读书（book.tiexue.net）：创建于 2001 年，是铁血网下辖的读书频道，是国内最大的军事小说互动平台，铁血读书频道建站之初即以军事类原创网络小说轰动互联网，是中国原创军文的摇篮。铁血读书现有原创、图书、书库、排行榜、VIP 专区、作者专区等子栏目，其中原创栏目下有军事小说、历史小说、玄幻、仙侠、都市、情感、推理、悬疑、中短篇小说、新书、完本等子栏目。另有编辑推荐排行榜和名家访谈等子频道。

新华悦读（www.xinhuanet.com/book）：2013 年 1 月 11 日正式上线。新华悦读是新华网联合中文在线共同开发的数字阅读平台，也是新华网首次推出的面向数字阅读和移动阅读市场的专业平台，是新华网旗下的子频道。新华悦读以"思想点亮中国，阅读温暖人生"为理念，定位于严肃阅读、品质阅读与经典阅读，下设新书首发式、读家对话、悦读汇、书影、号外、影响力书榜等子栏目，期冀为读者展示更多的网络阅读资源。

新浪读书（book.sina.com.cn）：创立于 2002 年，是我国最早的门户网站的文学频道，其隶属于新浪网站。新浪读书下设原创、书评、书摘、资讯、好书榜、专题、动漫、今日热点等频道，而其中原创频道包含男生分类、女生分类、出版分类三个板块，涵盖都市校园、奇幻玄幻、科幻末世、穿越重生、浪漫青春、流行小说、时尚生活等数个网络文学类型创作门类，是多元化与多样化的门户网站文学平台。

大佳阅读（dajianet.com.cn）：于 2011 年 5 月创办，中版集团数字传媒有限公司负责建设，联合全国出版发行集团和大型出版机构，聚合全国出版资源，共同建设的一个公益性和商业性相结合的中国数字出版第一门户网站。强调读者至上，为读者提供优质的资讯和图书内容，开创互动分享的全新阅读体验，采用读者喜闻乐见的形式，满足市场需求；开放出版社自助宣传与自主经营的平台，实现正版图书网络同步发布，以开放的心态打造一个全产业链的数字出版第一平台高作。

4. 网络诗歌网站

东方诗风论坛（df. xlwx. cn）：网站分为诗歌创作、诗歌理论、诗友沙龙和论坛事务几个主要板块。诗歌创作板块集合了格律体新诗、自由体新诗、国诗、诗歌翻译几个主要的诗歌分区，同时也有东方文苑板块来供各位网友进行其他文学形式的交流，诗歌理论板块既包括诗歌鉴赏也涵盖了理论探讨，共同促进发现好诗，写作好诗。

诗歌报（www.shigebao.com）：是一家专注于诗歌交流、评论的网站，并办有面向网站会员的内部刊物—《诗歌报月刊》，网站版主、编辑会从网站上发表的网络诗歌中精选、推荐部分优秀内容刊登到《诗歌报月刊》进行印刷出版，诗歌报是主要为诗歌报论坛会员服务的网站。

诗生活网（www.poemlife.com）：由莱耳、小西、白玉苦瓜、桑克于2000年2月28日创建。诗生活是中国互联网诗歌网站的先行者，第一个拥有自己独立的域名和空间，第一家拥有专业的服务器，设计了第一个基于WEB页面专业的新诗论坛、翻译论坛和儿童诗论坛，第一家向诗人开放的专业的自助式专栏，建立了第一家网络诗歌通讯社、第一家网络诗歌书店等。

中国诗歌网（www.zgshige.com）：2015年月18日，由中国作家协会、中国作家出版集团主办的中国诗歌网上线，是目前中国第一款整合写诗、读诗、听诗等多项功能于一体的诗歌类客户端，设有"每日好诗""读典""听诗""诗影中国"等多个频道，推送文字、音频、视频、摄影、绘画等多种类型产品。

中国诗歌学会网（www.zgsgxh.com）：是中国诗歌学会的官方网站，旨在贯彻党的文艺方针，广泛团结全国诗人和各界人士进行国内外学术交流，传播创作信息，培养文学新人，为繁荣社会主义诗歌而开展多样的学术活动。

中国网络诗歌网（www.zgwlsg.com）：是由中国网络诗歌学会主办的大型文学网站，秉承"高远、纯粹、关注、发展"的理念，全力打造一流的文学创作、活动交流、理论研究平台，助力中国网络文学，特别是网络诗歌的创新和发展。网站内容主要以网络诗歌为主，包括现代诗、旧体诗新歌词、散文诗、诗赛、诗译、诗论等，同时设有小说、故事、杂文、散文、剧本、童话、文评等多种文学体裁，另还设有《中国诗》《中国网络文学精品年选》、名家诗谈、文坛动态、文集出版、获奖诗星、优秀编辑、文集人气、最新作者、本站编辑、征文约稿等综合讯息栏目。

中国微型诗（www.zgwxsg.com）：是一家专注于中国微型诗发展的网站，网站宗旨是"高雅、精微、华风"。整个网站分为微型诗天地、投稿区、中微活动区、中国微型诗社管理区四个分区，其中微型诗天地是网站的主要分区，该区将网站作品分类为微型诗、微型组诗、中微优秀作品展、微型散文诗、理论与点评五个类别，网站分类鲜明、内容丰富。

中华诗词网（www.zhsc.net）：创立于 2003 年，是一个提供中国古诗词资料的网站，有古代诗歌大全、词曲名篇、经典名句和文言文等，还附有古诗文翻译、注释和赏析，以供诗词爱好者阅读和学习。是收录最全的诗词网，有近十万首诗词，包括中华诗词精简版、大全版、国外名诗、成语大全、汉字大全等板块。

中诗网（www.yzs.com）：是中国诗歌网络最大的官方网站，是所有诗人的家园，诗歌的前沿高地。截止到 2020 年 11 月 29 日，中诗网论坛共有会员 4405219，帖子 6613062 篇，包括现代诗歌、风雅诗词、散文诗苑、诗歌评论、中诗翻译等不同的模块。

5. 代表性散文网站

99 文章网（www.99wenzhangwang.com）：网站于 2012 年正式上线运行，是一个纯公益的文学网站，倾力为广大的文学爱好者提供一个表现自己、交流文学、互帮进步的温馨家园。网站主打抒情散文、爱情散文、伤感散文、诗歌散文等风格的散文，还有诗歌、故事、小说、杂文等文学类别来满足不同读者的阅读需求。

当代散文网（www.sdswxh.com）：由山东省散文学会主办，在学会带领下，以发展山东散文事业为宗旨，以培养人才推出作品为己任，推动散文创作。当代散文网综合了学会动态信息发布、《当代散文》杂志在线阅读、佳作欣赏和散文评论等方面的内容。

九九文章网（www.jj59.com）：是提供各类好文章美文，爱情小说故事，散文诗歌等在线欣赏阅读的网站，网站成立于 2008 年月 22 日。九九文章网下设文章、故事、散文、诗歌、日记、小说等子频道，是一个专业的绿色文学在线阅读网站，致力于打造绿色健康文学阅读环境。

散文吧（www.sanwenba.com）：隶属青岛广易通网络科技有限公司，2009 年上线。是一个以原创散文为特色的在线诗歌散文文章网站。有各种经典散文诗歌文章，爱情散文、哲理散文、伤感散文在线等，下设散文、诗歌、杂文、随笔、小小说等子频道。

散文在线（www.sanwenzx.com）：成立于 2008 年 9 月属于杭州众书文化创意有限公司属下的文学网站，网站是以原创散文为主的散文精选阅读平台，内容包括抒情散文、爱情散文、伤感散文、经典散文、哲理散文、散文诗等优美散文。

中国散文网（www.sanwen.net）：始建于 2006 年，是北方联合传媒有限公司推出的公益性散文文学交流平台，是一个以散文为主题的短文学文章阅读网站。内含有各种经典好文章，爱情散文，诗歌散文，优美哲理抒情散文，经典短文学等。

西部散文网（www. cnxbsww. com）：由中国西部散文学会主办。2007 年，中国西部散文学会在内蒙古鄂尔多斯正式成立，会员现已超过 500 人，其中有中国作协会员 28 名，各省作协会员 400 余名，中国散文学会会员 145 名。会员中有著名作家史小溪、许淇、刘志成、淡墨等人。中国西部散文网内容丰富、名家荟萃，网站中提供《西部散文选刊》的在线阅读，还有美文欣赏、学会主编书籍、散文排行榜等文学欣赏板块，以及名家书画收藏、书籍购买、收藏馆等盈利板块。

6. 政府机构的文学网站（各省市区作协的文学网站）

河北作家网（www. hbzuojia. com）：由河北省作家协会主办。河北作家网是中共河北省委领导下的全省各民族作家组成的专业性人民文学网站平台，是联系广大作家、文学工作者的桥梁和纽带。网站开设百年红色文脉、作家作品、作协工作、文学讲堂、名家新作、送文学下基层等子栏目；组织开展作家在线交流活动、引导网络作家的创作；开展网上作品研讨，是繁荣文学事业、加强社会主义精神文明建设的重要线上平台之一。

山西作家网（www. sxwriter. com）：由山西省作家协会主办。山西作家网是山西省委、省政府联系广大作家与文学工作者的重要文学网站平台。网站下设组织机构、信息动态、会员新书、文学期刊、文学奖项等子栏目，发布山西作协最新新闻动态，推广作协会员优质文学作品，收录《黄河》、《山西文学》等重要期刊，连续多年举办赵树理文学奖，致力于为广大人民群众提供优质精神食粮。

辽宁作家网（www. liaoningwriter. org. cn）：由辽宁省作家协会主办，以"脚踏坚实大地，眼望浩瀚星空；头顶复兴使命，书写时代华章"为口号，是"文学辽军"开展在线交流活动的重要平台。网站开设机构介绍、文学奖项、会员服务、公告公示等子栏目，积极组织党史学习教育，连年开展专题活动，扶持重点作品，引导作家创作。网站还收录有辽宁文学奖、曹雪芹华语文学大奖等多个文学奖项历年获奖作品，是繁荣文学事业、加强社会主义精神文明建设的重要力量。

吉林文艺网（www. jlpflac. org. cn）：由吉林省文学艺术界联合会主办，开设有文联概况、文艺资讯、文艺评奖、文艺论坛、艺苑风采、云展馆、文艺视野等子栏目。网站坚持"二为方向"和"双百方针"，依法行使联络、协调、服务职能。通过团体会员加强同全省文艺家的团结，扩大文艺统一战线；沟通党、政府、社会各界同文艺家之间的民主协商及对话渠道；维护文艺家的合法权益；发展文艺生产力，促进同全国文学艺术界及国际间的文化交流，繁荣社会主义文艺。

黑龙江作家网（www. hljzjw. gov. cn）：由黑龙江省作家协会主办，是在中国共产党黑龙江省委员会领导下，由全省各民族作家、作者及文学工作者自愿结合的专业性文学网站。网站以"造就北方文艺劲旅，创造文学艺术精品"为口号，采取多种形式提高作家的思想艺术素质，解放思想，不断提高全省作家文学创作的思想艺术水平。现有作协概况、新闻动态、作家书情、作家动态、评论争鸣、文学评奖、签约作家、北方文学、作家博客、作家辞典、团体会员等子栏目，致力于为广大人民群众提供文艺前沿动态与优质文艺作品。

江苏作家网（www.jszjw.com）：由江苏省作家协会主办。网站以"政治引领、团结引导、联络协调、服务管理、自律维权、推动创作"为工作宗旨，下设机构概括、作协动态、作家沙龙、新书速递、文学期刊、文学奖项、会员辞典等子栏目，提供包括小说、诗歌、散文、报告文学等在内的种类丰富、质量上乘的文学作品，收录《钟山》《扬子江诗刊》等文学期刊以及紫金山文学奖等重要文学奖项作品，团结了一大批全国著名的作家，形成了一支由老中青构成的、在全国有重要影响的文学创作队伍。

浙江作家网（www.zjzj.org）：由浙江省作家协会主办。网站下设作协信息、文学动态、文学批评、文学奖项、地市动态、少年作协、内刊联盟、期刊前沿、作家访谈、作家瞭望、作家博客等多个子栏目，坚持"民主、团结、服务、倡导"的原则，紧跟省内各地市及海外文学动态，尤其关注青少年作家的创作成长。网站设有中国作协第十次代表大会、郁达夫小说奖及茅盾文学奖、《浙江通志·文学卷》等专栏，收录《小说月刊》《萌芽》等期刊的前沿动态与过往旧刊，是全国重要的线上文学园地之一。

安徽作家网（www.ahwriter.com）：由安徽省作家协会主办。网站以"牢记嘱托、积极作为，加快推进安徽文艺事业高质量发展"为口号，"八皖传承，润字入心"，开设安徽作协、文学皖军、网络作协、在线阅读、期刊联盟、安徽作家辞典等子栏目，重点助力儿童文学、网络文学的发展繁荣，以小说、诗歌、散文的在线阅读为特色，为安徽省加快实现文化大省向文化强省的跨越发挥了重要作用。

江西文艺网（www.jxflac.com）：由江西省文学艺术界联合会主办。网站下设有文联概括、协会概括、重要新闻、市县简报、通知公告、文艺现场、万名文艺家下基层、评论与研讨、艺术培训、会员工作、版权登记等多个子栏目。网站成立以来，在中共江西省委和江西省文联党组的领导下，积极组织开展谷雨诗会、文学采风、重点作品研讨与扶持等各种文学活动，服务江西文学作者，壮大江西文学队伍，促进江西文学事业的繁荣与发展。

山东作家网（www.sdzj.org）：由山东省作家协会主办。网站下设作协机构、新闻动态、热点专题、文学奖项、签约作家、作品扶持、作家维权、精品展台、新作看台、作家在线、文学期刊、文学评论等多个子栏目。网站积极团结、服务作家，扶持培养文学新人，推出优秀作品，增进文学交流；加强对会员的服务联络工作，更好地组织作家深入生活，投身实践，开阔视野，积累素材；注重导向性、权威性，充分发挥优秀作品的示范作用，促进文学创作的进一步繁荣和发展。

河南作家网（www.igoker.com/hnwriter）：是经河南省文联、河南作家协会批准，于 2010 年开始筹建的河南省最大的文学网站。现有新闻中心、作协机构、协会工作、中原作家、文学作品、博客、论坛等栏目。截至目前已整理文学作品百万字，上传文学活动图片上千张。网站将以促进文学发展为主要目标，建成一个不同风格、不同流派"百家争鸣"的信息交流平台。

湖北作家网（www.hbzjw.org.cn）：由湖北省作家协会主办。网站下设湖北作协、文坛进行时、文学鄂军、文学批评、作家茶馆、在线期刊、网上笔会、通知公告、作家零距离、网络文学、作品研讨、新书看台、书评序跋、新作快读等多个子栏目。网站首页有文艺头条、动态信息、市州文讯、理论政策专题专栏等，繁荣湖北文学，推出经典力作。

湖南作家网（www.frguo.com）：湖南作家网是由湖南省委宣传部主管，湖南省作家协会主办的湖南省唯一官方专业文学网站，网站创办于 2005 年 5 月。作为网络新媒体，湖南作家网立足湖南，服务作家，以"展示名家力作、扶持新人新作"为己任。网站栏目包括文坛新闻、小说、诗歌、散文、评论、作家推荐、嘉宾访谈、推荐长篇等。

广东作家网（www.gdzuoxie.com）：由广东省作家协会主办。网站下设新闻、评奖、粤评粤好、粤读粤精彩、网络文学、会员系统、机构、服务、专题、公告下载、报刊中心等多个子栏目，以及粤行粤辽阔、粤派沙龙等等。网站坚持求真务实、团结创新，出实招、办实事、求实效，全省文学事业蓬勃发展，文学队伍不断壮大，文学创作异常活跃，呈现出整体推进、亮点频现、人才辈出的喜人态势。

海南作家网（www.hainanzuojia.com）：由海南省作家协会主办，下设文讯、机构、原创、批评、采风、新海岸、南海潮等子栏目，更是依据作品文体形式的不同分为小说、诗歌、散文、书画等专栏。网站鼓励蕴含海南地域文化特色的文学创作，采取多种形式对优秀的创作成果和优秀作家给予资助和奖励，繁荣海南文学事业；积极组织和推动文学评论和研究活动，促进文学事业的健康发展；加强各民族及中外文化交流，致力于营造良好的文学创作与交流氛围。

四川作家网（www.sczjw.net.cn）：四川作家网是四川省作家协会主办的唯一官方网站，也被誉为"四川第一文学类的门户网站"。本网站旨在服务作家，发掘新人，传承文化，凝聚文明。四川作家网开设有作家辞典、作家博客、精品力作、最新写作等栏目以及四川作家书屋、全稿基地等特色板块，是四川作家获取文学信息，发表文学作品，扩大对外文学交流，发现文学新人的网络平台，是四川省最大的文学类门户网站。除总站外，还设有成都、德阳、绵阳等 20 多个分站。

贵州作家网（www.gzszjxh.com/portal.php）：贵州作家网是在贵州省委、省政府和省相关部门领导讲话精神的指导下，由数位贵州作家和诗人筹资建设，于 2013 年 8 月正式上线运行，是贵州的原创网络文学门户网站。网站坚持原创精品的建站理念，设有"资讯、原创、策划、风采、阅读、文艺、书刊、签约、社团"等板块，栏目众多、内容丰富，适合各类文化、文学、艺术用户群体 i，旨在为写作者提供创作、出版、交流等平台，是挖掘文学新星、培育潜力作者、推出知名作家和艺术家的强大阵地。

福建文艺网（www.fjwyw.com）：由福建省文学艺术界联合会主办。网站开设组织机构、政务公开、名家讲坛、报刊、各文艺家协会、地市文联等子栏目，旨在为全省性文艺家协会及其会员、各设区市文联以及全省性行业文联做好团结引导、联络协调、服务管理、自律维权工作，组织开展文艺创作、文艺评论、学术交流、文艺人才培训、对台对外文艺交流等工作，促进福建省文艺事业的繁荣和发展。

云南文艺网（www.ynwy.org.cn）：由云南省文学艺术界联合会主办，网站开设文联概况、文联工作、文艺要闻、文艺专题、志愿服务、文艺热评、团体会员、网上展厅、文艺评论等子项目，完成中国作家协会、中共云南省委宣传部、云南省文联交给的各项文学工作，组织各项文学活动、组织文学评奖、开展文学研究和评论、发现和培养各民族文学人才、推进国内外的文学交流等。网站坚持以人民为中心的创作导向，深入推进云南文学事业的繁荣发展。

陕西作家网（www.sxzjw.org）：由陕西省作家协会主办。网站开设作协介绍、文学资讯、政务公开、作家作品、作协刊物、互动交流等子栏目。网站致力于推动全省文学队伍建设，发现和培养陕西文学创作、评论、编辑、翻译的新生力量，培养社会主义文学新人，促进陕西文学的全面发展；组织开展各种文学活动，组织作家深入基层采风锻炼；组织各类学术研讨和文学理论研究，开展文学评论活动，推动陕西省文学事业的发展繁荣。

甘肃文联网（www.gsarts.org.cn）：由甘肃省文学艺术界联合会主办。网站开设文联概况、文艺资讯、文艺志愿、地域文化、文化交流、党的建设等子栏目，其下开设文学版块。网站立足甘肃实际，挖掘地方特色，紧跟时代步伐，创造性地开展各项工作。坚持"出作品、促精品"，通过各种渠道鼓励作家避免浮躁、潜心创作。

青海文艺网（www.qhwyw.org.cn）：由青海省文学艺术界联合会主办。网站开设文联资讯、网上展馆、名家·人物、基层文联等子栏目，自觉树立"举旗帜、聚民心、育新人、兴文化、展形象"的使命任务，努力培养有信仰、有情怀、有担当的文艺工作者队伍，推动青海文艺事业迈出新步伐、展现新作为。

内蒙古文艺网（www.imflac.org.cn）：由内蒙古自治区文学艺术界联合会主办。网站开设文艺动态、文艺评论、文艺评奖、文艺志愿、文艺讲堂、文艺视频、文艺维权、文艺名家、文艺精品、网上展厅、机关党建、通知公告等子栏目，其下设有内蒙古文联、文学、评论等板块。网站为党和政府联系自治区文艺工作者提供桥梁和纽带，是繁荣社会主义文艺、发展先进文化，建设民族文化强区，打造祖国北疆文化繁荣亮丽风景线的重要力量。

广西文联网（www.gxwenlian.com）：由广西壮族自治区文学艺术界联合会主办。

网站开设文艺资讯、人才名录、志愿服务、文艺资源数据库、文联工作、文联概况、机关党建等子栏目，其下开设文学、文艺评论板块。网站重点鼓励实力作家向长篇小说、儿童文学、影视文学三大块长篇精品创作发展，关注文学工作重心"由山到海"的转变，即由封闭到开放的发展思路，实现文艺的可持续发展和人才培养的可持续发展。

宁夏文艺网（www.nxwl.org.cn）：由宁夏回族自治区文学艺术界联合会举办。网站开设文联概况、新闻动态、文代会、文艺评奖、文联工作、宁夏文艺资源库等子栏目，其下开设文学和文艺评论板块。

新疆文艺网（www.xinjiangwenyi.cn）：由新疆维吾尔自治区文学艺术界联合会主办，网站开设文艺宣传、文联概况、文联工作、文艺家协会、文艺活动、文艺展厅、文艺刊物等子栏目。

北京作家网（www.bjwl.org.cn）：由北京市作家协会主办，网站开设通知通告、新闻、协会工作、理论评论、作家辞库、新书推荐、北京作家、小作家分会、征文等子栏目。

天津文学网（www.tjwriter.cn）：由天津市作家协会举办，网站开设组织机构、作家动态、文学评论、文学期刊、创联工作、网络文学、文学馆等子栏目。

上海作家网（www.shzuojia.cn）：由上海市作家协会主办，开设组织机构、会员辞典、作协动态、文学信息、会员服务、会员新作、文学期刊等子栏目。网站本着出精品、出人才、促繁荣为己任的理念，团结带领上海作家积极创作，遵循文学规律，尊重作家创作。

重庆作家网（www.cqwriter.com）：由重庆市作家协会主办，其下有作协介绍、新闻动态、时代新篇、文学天地、文学奖项、新书推荐、专题专栏等子栏目，搭建了重庆文学的信息交流平台，成为文学创作的窗口和重庆作家的文学家园。

香港特别行政区文学艺术界联合会官方网站（www.xgwl.hk/hk）：由香港特别行政区文学艺术界联合会举办，其下开设作家协会栏目，包括新闻、小说、武侠、散文、杂文、诗歌、网络、言情、魔幻等子版块。

澳门笔会网（penofmacau.com）：澳门笔会成立于1987年，宗旨是为了促进作者联系，交流写作经验，研究文学问题，辅导青年写作，积极建立和加强与国际及其他地区文学组织之间的关系。其下开设澳门笔会、澳门作家、活动及出版、澳门作品、我读澳门文学、儿童文学、新苗、澳门笔汇、其他刊物等子版块。

（黎姣欣、米若兰 执笔）

第三章　活跃作家

　　《文心雕龙》云："才难然乎，性各异禀。一朝综文，千年凝锦。余采徘徊，遗风籍甚。无曰纷杂，皎然可品。"① 确实，写作是一种各骋性情、各展文采的自由活动，留下的华彩篇章总会为后代人所景仰。就当下网络文学而言，每年留下的作品数百万部，文字体量达数百亿字，有多少能入高人法眼？又有多少能留存后世？对它的回答，只能留给时间，只有时间能够给出我们公正的答案。尽管如此，本章还是准备赶在时间之前，就本年度的网络作家们的行状表现做一简要回顾。

一、网络作家年度总貌

　　2022 年是中国人过得十分艰难的一年，疫情持续肆虐祖国大地，上海、北京、深圳、广州、重庆、石家庄、乌鲁木齐、呼和浩特……一应大中城市相继封控静默管理，疫情在某种程度上得到了控制，但百姓正常生活受限，出现各种恐慌与危情。年底的突然放开，又在短时间内使 60% 以上的人新冠感染，很多年纪大的人终究没有挺过来，在新年即将到来之时，离开了他们难以忘怀的家人与朋友。网络文学是一个特殊的行业，它需要人们更多地宅在家中伏案临屏。所以，甚至有人认为 2003 的非典成就了网络文学发展，因为封控在家将有更多的时间阅读，作者们也更能静下心来写作。到目前为止，很少听到网络作家的噩耗，它既说明网络作家生命力旺盛（年轻），也说明他们和全国人民一样，经受住了今年疫情的风雨大考。

1. 网络作家的基本组成

　　网络写作是一个零门槛的几无限制的行业，年龄无限制，职业无限制、出身无限制，白发、垂髫可任性挥毫，高官、民工亦可尽情表达，豪门、杂役皆可随性发挥。作文无阻滞，有意即可为之。当然，这只是一种理想与理论可能，实际上不可能人人成为作家。从传统写作来说，成为作家并非易事，它虽没有学历年龄职业贵贱的限制，但却有写作能力的规制，有文字水平的要求。网络写作是一个自我管理的职业，名义上虽有编辑把关，但他们并不对文字水平进行多少管控，更多是对内容是否违规的监控。因此，网络写作的门槛相对较低，成为作家的限制性较小，也因此导致网络作者的写作水平参差不齐，彼此间差距很大。

---

　　① 刘勰《文心雕龙·才略》。

据阅文集团半年报显示，2022 年上半年，阅文集团新增作家 30 万，而阅文 2021 年的作家人数约为 970 万左右，这也就意味着 2022 年上半年阅文集团作家人数在 1000 万左右。据上年数据，2021 年全国共有网络作家约 2000 万，阅文集团占 48%，由此推断，2022 年全国约有网络作家 2200 万左右。当然，这只是在文学网站注册写手的人数，并不代表每天就有这么多的人在进行原创写作，因为有的写手远不止注册一个账号，或注册以后未必能都能持续坚持写作，真正能坚持续更的作者能有实际注册人数的一半就不错了。

关于作家的专业情况，2022 年的网络作家画像还没有出炉，我们沿用上一年的数据。在阅文发布的网络作家画像里，阅文的白金、大神作家中，大学以上学历的占 75%，而理工科占 60%。其中尤以计算机专业、电子信息工程专业、自动化专业为最。如爱潜水的乌贼、囧囧有妖、叶非夜、血红等都是计算机专业出身。公子衍与言归正传则出身于电子信息工程专业。这些学霸结合自己的专业背景与职业经历，创作了许多"硬核"故事，兼具专业性与趣味性。天瑞说符，其最新获奖作品《我们生活在南京》被称为"完成硬核科幻成就唯美故事的'新科幻'实验"。大神作家晨星 LL 的"硬核学霸文"——《学霸的黑科技系统》，不少读者在其书评区召开"数理化研讨会"，围绕"周式猜测""孪生素数猜想""角谷猜想"等展开讨论，主角的科研热情也鼓舞了无数人，有读者留言："很感谢这本书让我重新燃起了学习的兴趣，从未想过看科研类的小说能看得如此心潮澎湃。""这本书改变了我对数学的态度，它让我能够静下心来研究透每一个命题，每一列算式，努力地寻找背后所隐藏的逻辑关系……"

作家们的职业更是无所不包。2021 年有统计表明，网络作家中共有 188 类不同的职业。2022 年应该不会有太大的变化。医生是一个非常忙的职业，我们很难看到一个专业的医生有时间写作。但近年来医学类网文的迅速崛起，清楚表明，有医学背景的人士参与到了网络写作中来。象志鸟村、手握寸关尺等就是其中的代表。

另外，很多大学生、研究生课堂学习之余，在接受简单的网络写作培训后也来到网络写作中来淘金。他们因为文化功底好，接受能力较强，很多人很快上手，在网络上写套路文来赚取生活费。还有一些初中毕业、高中毕业的学生，因为没有考上大学，又不愿意去从事体力劳动，于是也涌入网络写手的行列。这些人有些文化底子可能不是太好，但脑子并不笨，经过一段时间的摸索后，写起套路文来，也能够驾轻就熟。

庞大的写作队伍情况复杂，良莠不齐。由于这两年经济衰颓，就业形势不好，有年轻人想当然地认为网络写作既赚钱，又轻松，还自由，于是纷纷加入网络写作队伍，从事网文创作。这些人既为网络创作带来活力，也闹出了一些笑话，如有创作者写某人"由于高考发挥不佳，只打了 211 分，只能勉强上个 211 大学。"另一个人"高考的时候超常发挥，打了 985 分，所以上了 985 大学。"这反映出网络写作门槛低，但要真正迈入这个门槛并站稳脚跟并不是一件容易的事。

2. 网络作家的生活质量

网络作家的生活一直是很多人关注的话题。因为媒体对头部作家的宣传，世人的印象是网络作家过得很好，很多发了大财，个个百万富翁、千万富翁，也因此导致许多不明真相的年轻人纷纷涌入该行业。而实际情况是绝大多数网络作家过着苦逼的生活，收入既不高，也没时间参加社交，天天宅在家中冥思苦想，可离自己理想中的"作家"生活还相当遥远。事实上，网络作家的生活质量并不高，催更的压力、阅读市场的压力、经济收入的压力、艺术创新的压力等等，让许多创作者长期处于生存焦虑之中，基本上属于"亚历山大"群体。

想在网文界淘金还真不容易。传统的收费市场，只有签约作者才可能有收入，而签约作者的比例大约只有 4% 左右，如果按 2200 万网络作者算，4% 是 88 万人。这个数字绝对值也不小，但你怎么保证自己能够进入到 4% 里面呢？要知道 4% 是非常拔尖的前列。即使进入了 4%，如果你的作品没有订阅量，收入仍是非常有限，只有一点可怜的全勤奖之类的收入，生活费都不够。

现在的免费市场倒是给一些不能签约的作者提供了收入的可能。免费市场主要是靠广告流量赚取收入，然后分成给作者。在中国这个庞大的阅读市场，说不定你一个很一般的作品突然走运而吸引部分读者，有一定的广告流量，也就有了一定的收入分成。因此，免费市场的存在为大量新手进入这个市场提供了可能。另一方面，免费市场为大众化流行作品提供了无限可能。因为是免费阅读，绝大多数读者都会去尝试一读，如果符合口味就会读下去，这个时候流行性作品就会占很大优势。近年来的涌现的年轻写手青鸾峰上就是典型，他创作的《无敌剑域》《一剑独尊》《我有一剑》等作品可能并非是创新之作，但非常符合大众口味，阅读量奇高，虽只是广告分成，其收入也很客观。因此，免费制使网络创作收入向两个方向发展，一方面是将流量收入向流行性作品集中；另一方面是将流量收入向所有人摊平。

当然，网络作家也并不都是那么清苦。实际上，跟传统作家相比，网络作家的收入还是与其水准相匹配甚至偏高的。纵横中文网 7 月份公布了高端作家收入情况：7 月最高分成 300 万，最高买断稿费 90 万。七月稿费过 10 万的纵横作者有 15 人，过 5 万的 22 人，过两万的 40 人，过万的 65 人。纵横中文网当然是一个知名网站，但与起点这样的老牌大站相比，还不是收入最高的网站，不过单月最高分成达 300 万，这跟传统作家相比已经是一个非常高的数字了。起点是中国网络作家收入最高的网站，但很少公布作家个人收入情况，笔者有一个朋友在起点写作，他的一个作品均订 3000，月收入在 2.5 万元左右，这个收入在工薪阶层中也是不错的了。

与此同时，免费制的七猫也公布了 7 月稿费的情况：大于 2 万的 158 人，大于 1 万的 336 人。女频单品收入前三分别为 148099.23 元，145772.18 元，140066.79

元，男频单品前三分别为：1175579.52元，212735.23元，194494.74元。从七猫的数字我们发现几个问题：一是七猫收入过万的作者比老牌纵横中文网多得多，大概是其5倍，说明免费制的市场比收费制的市场大得多；二是男作家的收入比女作家多得多，大概是其8倍，说明男性读者市场比女性读者市场大得多。所以，目前文学市场还是男性市场主导，不过对于晋江这样的老牌女频网站来说另当别论。

二、网络作家年度重要活动

因为疫情的原因，本年度网络作家的各类线下活动相对较少，很多活动改在线上进行，活动的精彩性、互动性、生动性大大受限。尽管如此，在各级政府、各级作协的精心组织下，网络作家见缝插针，还是开展了许多精彩的活动，为2022年留下一些可圈可点的剪影。

1. 学习与培训

2022年3月14日，由中国作家协会与中国人民大学共同举办的首届网络文学研究班在北京开班，来自全国各地的35名知名网络作家成为首批学员。据介绍，首届学员经过严格的筛选，平均年龄34岁。他们当中既有"70后"知名网络作家何常在，也有"80后"作家蝴蝶蓝、希行、柳下挥，还有"90后"作家洛城东、浮屠妖，更有出生于"Z世代"的"95后"网文新秀。他们在各自的网络文学题材类型上都取得了很好的创作成绩。

据悉，中国作家协会高度重视对网络作家的培训，此前举办的"网络文学主题创作改稿培训班""网络文学青年创作骨干培训班""全国网络作家在线学习培训班"，都取得了很好的效果。此次举办的研究班既注重理论性又注重实践性和针对性，学制两年，授课教师由中国作协与中国人民大学文学院共同选派，采用集中授课方式，通过系统的专业学习，提升学员综合素养，增强学员认识新时代的能力，提高创作水平，推出更多精品力作。

开班式上，教师代表刘震云、学生代表柳下挥作了发言。学员们纷纷表示要珍惜学习机会，严格遵守教学规定，系统学习理论知识，不辜负网络文学界的期望，以更多更好的精品展示新时代网络作家的新形象。网络文学是当下文化产业的热点，全国数百万网络作家创作了上千万部作品，构成了当代中国文学的亮丽景观。同时，网络作家急需提升内功，助推网络文学的主流化、精品化。中国作家协会顺应广大网络作家要求，联合中国人民大学文学院，面向一线网络作家，举办了这次网络文学研究班，其意义不可低估。

4月29日，鲁迅文学院第二十一期网络文学作家培训班结业典礼在京举行，来自全国各地的115名学员以线上形式圆满完成了两周学习任务，顺利结业。中国作家协会党组成员、副主席吴义勤出席结业典礼并讲话。

8月15日，湖南网络文学现实题材高级研修班在长沙正式开班，68名来自全国各地的网络作家在长沙集中"充电"，将接受为期5天的培训学习。

本次培训班由湖南省人力资源和社会保障厅主办，湖南省作家协会、湖南省网络作家协会承办，旨在围绕"培养文学人才、打造文学精品、提高服务能力"三大目标，充分发挥湖南网络文学自身优势，加快网络文学事业建设，加强湖南省网络作家队伍人才建设，培养有信仰、有情怀、有担当的新时代拔尖文艺工作者。

开班仪式上，湖南省作协副主席、湖南省网络作协主席余艳向学员们介绍了湖南省网络作家协会的基本情况。余艳指出，时代赋予现实主义创作的光荣使命，就是让文艺家们把眼光投向现实生活，看到时代发展的方向，感知时代主题，点燃创作的激情。她寄语参加此次培训的网络作家要积极拓展视野宽度、锤炼思想深度、提升艺术高度，珍惜来之不易的学习机会，与名家大咖多探讨交流，创作出更多的精品力作。开班仪式后，杨金鸾为学员们做了题为《文艺的担当、传承和创新》的主题授课，中南大学网络文学基地欧阳友权教授等网络文学研究专家为学员们带来了急需的专业知识。

8月29日由共青团贵州省委主办的"青春闪光"青年培训工程——2022年"青社学堂"网络作家骨干培训班在贵州省团校开班。团省委统战部、贵州省网络作协、贵州省团校相关人员出席开班式，来自全省各地的30余名青年网络作家骨干参加此次培训。

9月23日至25日，山西省委统战部、团省委、省作协联合主办的"第三届山西网络作家培训班"在太原举办。全省38名网络作家代表参加。

此次培训旨在加强对网络作家的思想引导，提高政治素养，增强文化自信，鼓励他们站在党、国家、民族发展的高度，思考和创作出更具影响、更高质量、更有价值的文学作品，为中华民族伟大复兴凝聚精神力量。

11月27日，长沙青年网络作家文学创作高级研修班开班。该研修班旨在深入学习贯彻落实习近平新时代中国特色社会主义思想和党的二十大精神，学习马克思主义文艺观和习近平总书记关于文艺工作的重要论述，落实市委建设文化强市的战略任务，充分发挥长沙网络文学自身优势，加快网络文学事业建设，加强长沙青年网络作家队伍建设，培养有信仰、有情怀、有担当的新时代拔尖文艺工作者，坚持以人民为中心的创作导向，推出精品力作，挖掘长沙历史，讲好长沙故事，加强重大主题创作指导和调度。

2. 交流与互动

2022年11月5日，由中国文艺理论学会网络文学研究分会和山东理工大学主办、山东理工大学文学与新闻传播学院承办的中国文艺理论学会网络文学研究分会第七届学术年会暨"中国网络文学三十年的历史反思与未来发展"学术研讨会，以线上与线下结合的方式在山东淄博隆重召开，主会场设在山东理工大学，来自北京、湖南、上海、广东、天津、浙江、安徽、湖北、贵州、四川、江苏、广东、陕西、江西、重庆、广西、福建、等地的专家学者代表 130 余人参加了此次会议。会议开幕式由中国文艺理论学会网络文学研究分会会长、中南大学教授欧阳友权主持，山东理工大学副校长陈胜伟，中国文艺理论学会秘书长、华东师范大学传播学院院长王峰，山东省作协主席、山东大学文学院常务副院长黄发有，山东理工大学文学与新闻传播学院院长张艳梅为会议开幕式致辞。

11 月 28 日由苏州大学文学院主办、高等教育出版社协办的"中国现当代通俗小说与网络小说"学术研讨会暨同名新书发布会在苏州举行。苏州大学教授汤哲声、杭州师范大学教授夏烈分别主持开幕式与主题报告会。复旦大学教授陈思和、北京大学教授邵燕君、作家马伯庸、《今古传奇》"武侠版"原主编郑保纯做主题报告。西北大学教授冯鸽做会议总结。会议探讨了新时代背景下中国现当代通俗小说与网络小说的创作发展、传播特点、美学特征等前沿热点研究问题，并举办了《中国现当代通俗小说与网络小说》新书发布会，来自全国的 300 余名专家学者通过线上线下方式参加会议。

11 月 12 日上午，上海网络作家协会第三届会员代表大会在上海市作家协会召开。中共上海市委宣传部副部长、市电影局局长高韵斐，上海市作家协会党组书记、副主席王伟，上海市作家协会专职副主席、秘书长马文运，市委宣传部文艺处副处长孙雅艳以及来自全国十多所文学网站的会员代表参加了本次会议。中国作家协会网络文学中心以及 20 多个兄弟省市的网络作家协会发来贺电贺函。

11 月 24 日，为推进文化自信自强，传播优秀网络作品，阅文集团与南京师范大学战略合作签约仪式暨 2022 年"网络文学节"日前于南京师范大学仙林校区正式启动。

在活动现场，阅文集团与南京师范大学签署共建协议，揭牌"阅文—南京师范大学文学院网络文学产学研合作基地"，成为全国首个开启网络作协、高校、企业三方共建的合作新模式，旨在为大学生搭建起一个能够分享、交流、阅读、评论精品网络文学的平台，促进大学生群体积极参与网络文学写作及生产过程，共同丰富校园文化与校园生活、推进书香校园建设。阅文集团副总裁杨晨在致辞中表示，此次南京师范大学和阅文集团的合作，双方将共同致力于建立生生不息的校园阅读生态，倡导主流价值导向的阅读风尚，让新时代大学生的青春智慧引领网络文学新风尚，让理性青春成为网络文学传播的重要价值新导向。

开幕式结束后，"2022 网络文学节"以校园嘉年华的形式开展，活动现场设置了多个既宣扬社会主旋律又与网络文学主题密切相关的摊位，学生们对网络文学主题的摊位充满兴趣。以"时代·文化"主题展现中国文化在网络文学中所注入的文化自信，以"玄奇·幻想"主题展现网络文学重塑古朴神话、演绎奇幻元素的史诗笔法，以"古史·今谈"主题展现历史的波澜壮阔以及传统文化的前世今生，以"现实·科幻"主题展现纷繁现实中的潮流涌动以及对未来时空的热切展望，以"女性·青春"主题展现网络文学多姿多彩的想象特征与青春活力。

此外，此次活动还有众多时间跨度长、趣味性强、内容丰富的校园文化项目，包括"'书香社区'建设——阅读进公寓""有声书配音大赛""30 天阅读打卡挑战赛""超'阅'自己——日常读书分享活动""江苏省首届网络文学创作大赛""'阅文杯'——我是评阅人大赛"等。

据介绍，未来阅文集团将展开形式丰富的校企合作模式，与更多高校开启合作，进一步将优秀的网络文学在青年中传播开来，倡导全民阅读，共享网络文学的乐趣，发挥出更多的社会价值，持续推动网络文学的健康繁荣发展。

3. 竞赛与评奖

2022 年 2 月 11 日，由阅文集团联合新加坡滨海湾金沙举办的"2022 全球作家孵化项目启动仪式暨 WSA2021 颁奖典礼"在狮城举行，阅文旗下海外门户起点国际联合新加坡国立大学、新加坡南洋理工大学发起的 2022 全球作家孵化项目（Global Author Incubation Project 简称 GAIP）正式启动。同时，Webnovel Spirity Awards（简称 WSA）2021 年度优秀作品及各奖项也于现场揭晓。

3 月 4 日，2022 年度中国作家协会网络文学选题指南暨重点作品扶持征集选题正式开始，选题要求从以下五个方面展开：

（1）新时代山乡巨变主题　紧紧围绕新时代山乡巨变，表现乡村振兴新气象、农业农村现代化新成就，描绘新时代农民新面貌以及美丽乡村、农民富足、城乡协调发展、共同富裕的时代画卷。

（2）科技创新和科幻主题　面向世界科技前沿、面向经济主战场、面向国家重大需求、面向人民生命健康，书写我国科学研究的重大突破及应用实践；以科幻方式探索人类和世界发展的可能性和多样性，弘扬科学探索精神。

（3）中华民族复兴主题　展现新时代中华民族伟大复兴进程中各行各业取得的巨大成就，表现当代中国发展的新气象、新面貌，通过人民群众的日常生活反映新时代的巨大变迁。

（4）人类命运共同体主题　以天下大同的视角，书写"一带一路"相关故事和人物，沿途工程建设给当地带来的福祉；反映国际文化交流、文明互鉴；书写易于为国外读者接受的中国故事，体现中国精神和中国价值。

（5）优秀历史传统主题　书写揭示中华文明、中华文化起源和特质的故事，中华文明发展历程中的重要历史人物和历史事件，体现中国精神、表现真善美的幻想类故事等。

6 月 17 日，中国作协网络文学中心正式公布了入选扶持的 40 部作品，为这一工作画上了圆满的句号。

2022 年 4 月 6 日，由中共昆明市委网信办、昆明市文联主办的"第八届（2022）滇云网络文学大赛"正式开始，本届大赛以"展示中国文艺新气象、铸就中华文化新辉煌"为宗旨，号召广大参赛者创作出更多反映时代、贴近生活、内涵丰富、健康优质的作品，共同打造具有昆滇特色的网络文学家园，献礼党的二十大。大赛作品截止日期为 2022 年 9 月 30 日。

5 月，由广西壮族自治区新闻出版局、自治区互联网信息办公室、自治区文学艺术界联合会、广西出版传媒集团有限公司主办的"第八届（2022）广西网络文学大赛"正式起跑，截稿时间为 2022 年 10 月 15 日。

7 月 15 日，由辽宁省作家协会主办、辽宁作协网络文学研究中心承办的网络文学专项奖——金桅杆奖作品开始征集。此次设优秀作品奖与新人奖两大奖项。此次评奖范围有较大改变，往届评奖对象限辽宁本省，此次评奖省内外作家皆可参加。

优秀作品奖对象：凡在具有网络出版服务许可证或互联网出版许可证的文学网站首发的网络原创小说均可参评，参评作品原则上为 2020 年 9 月 1 日至 2022 年 8 月 31 日内已完结作品。字数不低于 20 万字，有较高的订阅量，男频不低于 3000，女频不低于 1000。

新人奖对象：1987 年 1 月 1 日（以身份证为准）以后出生，至少在具有网络出版服务许可证或互联网出版许可证的文学网站完结 2 部网络文学作品，且创作势头良好，未获得过辽宁网络文学"金桅杆"奖等省级以上文学奖项的。

12 月 30 日，第四届辽宁网络文学"金桅杆"奖颁奖典礼以线上线下相结合的方式举行。

本届共评出"金桅杆"奖（优秀作品奖）8 部，"金桅杆"奖（新人奖）2 人。

7 月 31 日，由深圳市作家协会、香港作家联会、澳门基金会共同主办的"第四届（2022）大湾区杯（深圳）网络文学大赛"正式开赛。大湾区杯（深圳）网络文学大赛是深圳市作家协会于 2018 年发起的一项重要网络文学赛事。大赛旨在引导广大网络作家坚持以人民为中心的创作导向，传承中国精神，讲好中国故事，为展示新时代网络文学发展成果、构建多元蓬勃的大湾区文学版图发挥了积极作用。截稿日期为 2022 年 9 月 30 日。

11 月 28 日，2022 第二届七猫中文网现实题材征文大赛颁奖典礼暨第四届作者大会在上海圆满落幕。本届大赛由上海市作家协会指导，七猫主办，华语文学网协办，上海张江（集团）有限公司、上海浦东文学艺术界联合会、上海文学创作中心、上海故事会文化传媒有限公司作为支持单位，于 2021 年 9 月 1 日启动，截至 2022 年 1 月 31 日，共收到来自全国的投稿作品 3000 余部。

由于疫情原因，原定于五月的颁奖典礼推迟到了年末。为了与更多作者和读者共庆这场年度盛会，活动全程同步直播，线上线下并行，让屏幕前的大家与现场专家、学者、行业大咖以及众多优秀作者一同见证本届征文大赛最终获奖作品。

12月2日，由人人文学网人人头条·人人号中国网络作家协会主办的"2022年度中国网络诗人作家评选活动"通过文学网站平台、互联网平台、移动平台，评选出中国2022年20位优秀网络诗人、20位优秀网络作家。

6月28日由成都市互联网文化协会主办的第四届"金熊猫"网络文学奖开始启动征集，12月14日该项奖终评结果出炉，颁奖晚会在成都追花城市音乐现场举行。

12月17日，由湖北省作家协会、湖北省网络作家协会指导，襄阳市委宣传部、襄阳市委统战部、襄阳市委网信办、襄阳市文学艺术界联合会、共青团襄阳市委员会联合主办，襄阳市作家协会、襄阳市网络文学学会承办的第二届"中国襄阳·岘山网络文学奖"云颁奖典礼在隆中举行，现场揭晓"中国襄阳·岘山网络文学奖"的10个奖项和10个提名奖。

年度内的网络文学竞赛与评奖还有许多，以上所列并非年度内竞赛与评奖的全部。它们彰显了网络文学的活力和影响力，是新时代网络文学不断蓬勃发展的象征。我们的网络作家就是在各种竞赛和评奖活动中显山露水，不断成长壮大起来的。

三、年度活跃作家举隅

年度活跃作家的遴选每次都是一个较为困难的工作，因为网络作家实在是太多了，年度有成就的作家也是一个惊人的数字，要从这么多人中选出百余位实至名归的有实在贡献者实在不容易，很多人难以割舍，但限于篇幅与视野，只能挂一漏万。好在网络作家们高风亮节，没太在意这个事情。今年我们主要的依据是：中国作协扶持作品创作者、中国小说协会推荐作品的作者，有名的网络文学奖得奖者、阅文集团新晋白金大神作者，以及其他一些关注度高的作者。对已成名多年的各路大神，如果今年没有特殊贡献，我们暂且割舍，没有收录，敬请原谅。下列年度活跃作家的排列方式是按名字（多为笔名）首字母为序。

阿彩　女，原名徐彩霞（阿彩），别名彩、小彩。中国作协网络文学委员会委员，中国作协会员，顶级大神作家，中国移动"咪咕阅读"明星作家，2015年中国移动"咪咕阅读"征文大赛导师之一。阿彩擅长写爱情小说，文笔细腻，故事架构千回百转，深受读者喜爱。主要作品《冷王宠妃》《假面王妃》《替身王妃》《和亲王妃》《凤凰错：替嫁弃妃》《帝凰之神医弃妃》《下一站天后》《权妃之帝医风华》《孤凰》《下堂王妃》等，其中《神医风轻尘》（即《帝凰之神医弃妃》）《凤凰错》《帝医风华》等多部作品已出售影视版权，并出版发行。2018年5月，在第三届"橙瓜网络文学奖"评选中位列百强大神，《盛世天骄》荣获年度十大作品，并以橙瓜评分8分的优异成绩入选百强作品。《孤凰》获第四届（2022）辽宁网络文学金桅杆奖。

暗香　女，本名尚成敏，河南焦作人。焦作市政协常委、中国作家协会会员、影视编剧、专栏作家、自由撰稿人。曾于《意林》《文苑》《妇女》《女友》《北京晚报》等全国各大期刊报纸发表过百万文字。著有长篇小说《瓷惑》《闷骚》《闷骚 II》《盛雪》《原味的村庄》；古诗词解析《愿得一心人：诗词中的红颜往事》《桃花得气美人中》；散文集《人生若无香水惑》《放慢脚步，等等自己的魂灵》等。其中《闷骚》被中国书刊发行协会评选为"2011 年畅销品种"，并被改编为电视剧《盛宴》。《瓷惑》荣获第 26 届梁斌小说奖，同名电视剧本为南京电视台定制项目。电视剧有《那年小米正芬芳》《爱我，你别走》《盛宴》《冲出迷雾》《向南有小雨》，公益微电影《风雨燕归来》等，其中《那年小米正芬芳》荣获山东台年度收视冠军，《爱我你别走》获湖南台收视贡献奖。新作《小城大医》入选中国作协 2022 网络文学重点扶持作品。

八匹　女，阅文集团大神作家，起点女生网畅销作者。代表作品有《重生奋斗农村媳》《恶女从良》《女配是重生的》《炮灰姐姐逆袭记》《重生之女配的富贵人生》《天师打假协会》《尚书大人易折腰》《婚姻生活的微分定理》《穿书后我活成了戏精女配》。新作《小山恋》入选中国作协 2022 重点扶持网络作品。

本命红楼　男，原名张启晨，90 后。江苏省作协签约作家，淮安青年文艺家协会副主席，涟水作协副主席，鲁迅文学院学员。作品有《我为读书狂——一个 90 后的读书笔记》《信中书》《玉堂酱园》《博弈：伪钞风云》《流动的历史——图说中国大运河》等。其中《玉堂酱园》入选北京市艺术基金项目，并被中国"网络文学+"大会遴选为首批海外输出作品，翻译为阿拉伯文；《信中书》入选江苏淮安市第十届精神文明建设"五个一工程"奖。《风华时代》入选中国作协 2022 年网络文学重点扶持作品。

冰可人　原名王敏，河南人。中国作协会员，广东省网络作家协会理事兼副秘书长，广东省作家协会网络文学委员会副主任，鲁迅文学院学员，广东长篇报告文学创作签约作家。先后创作《你若一直在》《爱你若如初相见》《我们复婚吧》《下堂将军》《乞丐皇妃》等作品。2020 年，《华强北：深圳奇迹的创造者》入选获得广东重大现实题材和红色文学创作题材扶持，新作《女检察官》入选中国作协 2022 网络文学重点扶持作品。曾用笔名度寒发表多部古代言情作品，《未经安排的青春》《强宠豪门小萌妻》《怪力少女虐爱记》等，有的改编为电视剧，有的改编为漫画。《生命之巅》获第四届（2022）辽宁网络文学金桅杆奖。

辰东　男，原名杨振东，北京人，出生于 1982 年，毕业于中国石油大学，现为阅文集团起点中文网白金作家，中国作协会员。辰东崛起于网络文学青铜时代，在首届网文之王评选中位列五大至尊之一和十二主神之一。其代表作品有《不死不灭》《完美世界》《遮天》《长生界》《神墓》《深空彼岸》等。以作品《神墓》一文扬名立万，开创了太古战争流和玄幻悬念流。其后的《完美世界》荣登"2016 中国泛娱乐指数盛典"中国 IP 价值榜—网络文学榜榜首。目前正在连载中的《圣墟》

一直占据着起点中文网人气排行和收藏榜的第一名，并入选 2018 年中国作家协会重点作品扶持选题名单。辰东的行文如天马行空，超脱不羁，能够最大限度地调动读者的代入感和心理欲求，以亦庄亦谐、纤秾合度的笔法让读者们欲罢不能。2018 年，高居速途研究院 "2018 中国网络文学男作家影响力 TOP50 榜" 第二。新作《深空彼岸》位列起点 2022 年度榜前 10。

陈词懒调 男，原名徐孟夏，湖北武汉人，阅文集团起点中文网大神作家。笔力雄厚，人物塑造强大，主要作品有《星级猎人》《回到过去变成猫》《原始战记》《未来天王》。已出版《回到过去变成猫》实体书全套。《原始战记》于 2018 年 1 月 23 日入选国家新闻出版广电总局和中国作家协会联合发布的 "2017 年度优秀网络文学原创作品推介名单"。新书《未来天王》在起点平台累积获得二十万个收藏、一百多万总点击和三百多万总推荐。获得 2017 年首届 "茅盾文学新人奖·网络文学新人奖" 网络作家提名。2021 年晋升阅集团文白金作家。

晨星 LL 男，阅文集团大神作家，著有《星界游民》《学霸的黑科技系统》《这游戏也太真实了》等作品。《学霸的黑科技系统》2019 年 6 月 7 日累计获得五十万个收藏，入选第四届橙瓜网络文学奖百强作品。2019 年，荣获第四届橙瓜网络文学奖暨见证·网络文学 20 年十佳科幻大神提名奖，获得第四届橙瓜网络文学奖暨见证·网络文学 20 年百强大神提名。《这游戏也太真实了》位列起点 2022 年度榜前 10。

仇若涵 女，80 后，网络作家，尘世爱情歌者，擅长用细腻温柔的文字写情感，用一颗 "初心" 来讲述俗世红尘中的感人故事。主要作品有：《婆媳拼图》《猫猫来了》（网络名《小三敢死队》）《首席女设计师》《亲爱的，不如裸婚吧》《几个忘了爱的词牌》《婚前房后》《就算世界无童话》《父母的解放》等，其中多部出版实体书或改编电视剧。新作《儿孙绕心》入选中国作协 2022 重点扶持网络作品。

楚清 女，1985 年 8 月 27 日出生于陕西省延安，作家，陕西省作家协会会员。红袖添香言情小说吧顶级人气作家，北京鲁迅文学院第五届网络作家班学员，首届 "华策杯" 编剧班学员，红袖添香 2012 华语言情小说大赛总决赛季军，2013 华语言情小说大赛总决赛优秀作者。作品有《穿越康熙：福晋要出逃》《帝王惑：皇后，再嫁朕一次!》《冷皇戏凤》（原名《寡妃待嫁：媚后戏冷皇》）《绝色太监：妖后诱冷皇》《鸾凤错：袖手天下》《袖枕江山：杠上克妻驸马》《首席老公，先婚厚爱》《豪门前妻，总裁你好毒》《凤残妃，锦绣天下》《第一皇妃》《凤长歌，媚乱江山》等等，其中多部出版实体书。新作《人间有微光》入选中国作协 2022 重点扶持网络作品。

楚清 女，陕西延安人，85 后。陕西省作家协会会员。红袖添香旗下言情小说吧顶级人气作家，北京鲁迅文学院第五届网络作家班学员，首届 "华策杯" 编剧班学员，红袖添香 2012 华语言情小说大赛总决赛季军，2013 华语言情小说大赛总决赛优秀作者。主要作品：《鸾凤错·袖手天下》《冷皇戏凤》《凤长歌》《寡妃待嫁》《妖后诱冷皇》《帝王惑》《袖枕江山》等。多部著作签约简繁体出版。《龙图骨鉴》在第二届（2022）中国襄阳·岘山网络文学奖中获最佳女频作品奖。

纯洁滴小龙 男，江苏南通人。起点中文签约作家，阅文集团大神作家。著有《魔临》《深夜书屋》《明克街13号》，他的书不多，但每本都精彩，深受读者喜爱。其中《深夜书屋》获第四届橙瓜网络文学奖年度百强作品，《明克街13号》荣登2022年起点年度榜前十。

堵上西楼 中年男人，17K签约作家，历史向大神，擅长人物刻画和权谋争斗描写，代表作为《公子凶猛》。这是一个成长较为特殊的文青。2005年即在17K中文网注册，但没怎么写，2013年左右开始写些东西，总字数达300万左右，但无一例外被各网站拒签。2020年开始写《公子凶猛》，被17K中文网看中并签约，然后爆红，月收入超百万。该书获中国小说协会2022年度网络好小说奖。

耳根 男，原名刘勇，阅文集团白金作家，网络文学代表性人物之一，中国作协第九届全委会委员。代表作有《仙逆》《天逆》《求魔》《我欲封天》《一念永恒》《三寸人间》《光阴之外》。2018年5月，耳根在第三届"橙瓜网络文学奖"评选中位列五大至尊，在第三届"橙瓜网络文学奖"评选中荣获"年度最受欢迎作家"之"年度仙侠作家"。获第二届中华文学基金会茅盾文学新人奖·网络文学新人奖提名奖。2020年，入选橙瓜见证·网络文学20年十佳仙侠大神、百强大神。2021年12月，获得第四届茅盾新人奖·网络文学奖。新作《光阴之外》入选起点2022年度榜前10。

飞天 男，山东人，本名徐清源，中国作协会员，山东省作协网络文学委员会副主任，济南市作协副主席，济南市首批签约作家。2005年以来，创作总字数超过3000万字，出版长篇小说35部。长篇小说《走出军营还是兵》荣获济南市第十一届精神文明建设"文艺精品工程"奖。长篇小说《大观园》入选"海右文学"精品工程扶持项目并已出版。主要作品有《盗墓之王》《佛医古墓》《法老王之咒》《大炼蛊师》《伏藏》《敦煌密码》《蚩尤的面具》《噬魂藤》《月神之眼》《蛊苗部落》《天骄》《捡漏》《大观园》《无解之谜》等等。2012年获得首届"海峡两岸文学创作网络大赛"最佳人气奖及长篇赛区二等奖。新作《万里黄河第一隧》入选中国作协2022网络文学重点扶持作品。

飞天鱼 本名张伟，阅文集团大神作家，中国作家协会会员。代表作品有《万古神帝》《天帝传》。2018年5月，荣获第三届"橙瓜网络文学奖"百强大神，2019年7月，任四川省网络作家协会常务理事。2019年其作品《万古神帝》入选第四届橙瓜网络文学奖百强作品。2020年《万古神帝》入百度十大热搜。2021年晋升阅文集团白金作家。

风晓樱寒 女，原名李宇静，广东江门人。晋江原创网签约作者，中国作协会员，广东省作协会员，江门市作家协会网络文学创作委员会主任。已出版小说十余部，并售出海外繁体、有声和广播剧等衍生版权。著有《你给的甜》《沉睡的方程式》《精灵与冒险》《非卿不可》《仲夏夜旋律》《时光也倾城》《千金宠妃》《仙萌奇缘2》《仙萌奇缘1》《一剑钟情》《祸水倾城》《学长，弄错了！》《网游之大神，请上钩》《网游之大神扛回家》《网游之来呀来呀来追我呀》等作品。其中多数出版为简、繁中文实体书，部分改编为网游作品。《沉睡的方程式》获第二届泛华文网络文学"金键盘"奖、"庆祝中国共产党成立100周年"网络文学主题征文大赛三等奖。个人获"马栏山杯·网络文学影响力榜"网络文学影响力新人十佳。《逆行的不等式》获第二届"中国·襄阳岘山网络文学奖"最佳现实主义题材作品奖，并获第四届（2022）辽宁网络文学"金桅杆"奖，《沉睡的方程式》入选中作协"喜迎二十大"优秀网络文学作品联展。入选中国作协2022年网络文学重点扶持作品。

风御九秋 男，原名于鹏程，1979年12月3日生，山东文登人，退伍军人，中文在线旗下17K小说网大神作家，中国作协会员，山东省作协会员，第七届鲁迅文学院网络文学作家培训班学员，天涯鬼话十大牛人，人称"玄幻修真界的金庸"，灵异、仙侠类双料写手，中国道术探险小说领跑者。语言文字幽默，故事逻辑严谨。主要作品有：《气御千年》《残袍》《紫阳》《太玄战记》《参天》《归一》等。《紫阳》获得"第二届网络文学双年奖"优秀奖，《参天》入选中国作协"2017年度全国网络文学重点园地工作联席会议重点作品扶持选题名单"。2018年1月23日，《太玄战记》入选国家广播电视总局和中国作家协会联合发布的"2017年度优秀网络文学原创作品推介名单"。获得2017年首届"茅盾文学新人奖·网络文学新人奖"网络作家提名。作品《归一》入选中国小说学会2021年度好小说。《山河》入选中国作协2022重点扶持网络作品。

烽火戏诸侯 男，原名陈振华，出生于1986年，浙江淳安人，毕业于浙江工商大学，现为纵横中文网"大神"作家，中国作家协会会员，浙江省网络作家协会副主席。主要作品包括《陈二狗的妖孽人生》《雪中悍刀行》《老子是癞蛤蟆》《剑来》《天神下凡》《桃花》等。其中《陈二狗的妖孽人生》被改编为网剧，由腾讯视频独播，点击量破20亿，荣获腾讯视频年度惊喜网剧荣誉。《雪中悍刀行》荣获2015首届"网络文学双年奖"银奖，入选中国作家协会2016年"中国网络小说排行榜"年榜。作品《剑来》入选首届中国网络文学周2017年"中国网络小说排行榜"年榜。2018年10月，再次凭借《雪中悍刀行》在玄幻仙侠类获奖作品中获首届泛华文网络文学"金键盘"奖。2018年，在第三届"橙瓜网络文学奖"评选中位列五大至尊，其作品《剑来》荣获年度十大作品奖。

佛前献花 男，江西南昌人。阅文集团大神作家。主要作品有《聊斋大圣人》《神秘复苏》。据说以前有作品《穿越到聊斋世界》《驾驭鬼湖》《穿进聊斋后我无敌》，但都湮灭在网络中。《神秘复苏》还在连载中，网友认为是媲美《大奉打更人》的玄幻作品，目前已获 50 万收藏，作者凭此作品晋身 2022 年阅文集团大神。

高楼大厦 男，原名曹毅，山东淄博人。中国作协会员，淄博网络作家协会主席，阅文集团白金作家，网络作家富豪榜上榜作家。代表作品有《武帝》《天地龙魂》《叱咤风云》《寂灭天骄》《兵人》《貌似高手在异界》《极限杀戮》《僵尸医生》《钢铁惊龙》《混混忽悠在异大陆》《玩转天下的道士》《太初》等。2019 年，获得第四届橙瓜网络文学奖见证·网络文学 20 年百强大神提名。新作《每个人的人生总会燃烧一次Ⅱ》入选中国作协 2022 网络文学重点扶持作品。

海胆王 男，原名张耀元，90 后知名网络作家，种田文年轻一代代表作家，咪咕长约作家，江苏省网络作家协会会员，连云港市作协网络文学分会副主席。2017 年开始网络创作，作品有《悠闲修仙生活》《桃源山村》等。《桃源山村》位列咪咕阅读畅销榜前茅，咪咕作家榜第一，新锐榜第一，月票榜第一，长居各大平台畅销榜前列。新作《高阳》入选中国作协 2022 年网络文学重点扶持作品。

黑山老鬼 男，阅文集团大神作家，中国作家协会会员。主要作品有《掠天记》《九天》《从红月开始》等。《从红月开始》更新仅七十万字时，已经稳居月票榜、畅销榜前十，2021 年 2 月，成为科幻频道月票榜第一名，连续三个月蝉联。这一小说包含科幻、悬疑、精神分析等元素，在数以万计的网络文学中让人耳目一新，获推阅文集团 2021 年度好书，2022 年获中国小说协会年度网络好小说。

黑天魔神 男，云南昆明人，原名赵伦，阅文大神作家，云南省作家协会会员、中国作家协会会员，昆明网络文学协会副主席，以科幻为主。黑天魔神从事创作很早（2010 年），作品众多，主要有：《星官赐福》《欲魔录》《寄生体》《失界》《丐魔》《末世猎杀者》《末世狩猎者》《霸龙传说》《翔龙传说》《叛逃者》《废土》《罪军》《都市伪仙》《黑色纪元》《宿主》等。作者的封神之作是《废土》，该书描绘了人类在末世生存中的残忍和残酷，引得一帮爱好者疯狂追逐，因而封神。新作《虎警》入选中国作协 2022 网络文学重点扶持作品。

横扫天涯 男，原名杨汉亮，阅文集团白金作家，中国作协会员，中国作家协会第十次全国代表大会参会代表。其创作作品海外站点双榜推第一，起点月票榜前五。著有《无尽丹田》《天道图书馆》《造化图》《有请小师叔》等。2018 年 5 月，第三届"橙瓜网络文学奖"评选中位列百强大神。2019 年，在第四届"橙瓜网络文学奖"评选中，作品《天道图书馆》荣获第四届橙瓜网络文学奖年度百强作品；2020 年入选"2019 年度中国网络文学排行榜"之"中国网络小说排行榜"。2021 年获中华文学基金会第四届茅盾新人奖·网络文学奖。《镜面管理局》入选中国作协 2022 网络文学重点扶持作品。

蝴蝶蓝 男，原名王冬，阅文集团白金作家，中国作家协会会员，网络原创游戏类小说代表写手。作品以网游题材为主，被誉为"网游文神级大师"。代表作有《全职高手》《独闯天涯》《星照不宣》《网游之近战法师》《网游之江湖任务行》

《天醒之路》《全职高手番外之巅峰荣耀》等。2019 年 8 月，改编自其小说《全职高手》的动画大电影《全职高手之巅峰荣耀》在全国上映。2019 年，荣获第四届橙瓜网络文学奖暨见证·网络文学 20 年十佳游戏大神提名奖，获得第四届橙瓜网络文学奖暨见证·网络文学 20 年百强大神提名，获第二届中华文学基金会茅盾文学新人奖·网络文学新人奖提名奖。2021 年获第四届茅盾新人奖·网络文学奖获奖。

会说话的肘子　男，阅文集团白金作家。代表作有《英雄联盟之灾变时代》《我是大玩家》《大王饶命》《第一序列》《夜的命名术》等。2019 年 6 月至 11 月，其连载作品《第一序列》于起点中文网稳居男频月票榜前七名，累计已获得五十万个收藏。获得第四届橙瓜网络文学奖暨见证·网络文学 20 年百强大神提名；2020年凭《大王饶命》晋身起点白金作家。2020 年《第一序列》入选中国小说学会2020 年度网络小说排行榜；本人入选橙瓜见证·网络文学 20 年十佳二次元大神、百强大神。《夜的命名术》入选阅文集团 2021 年年度好小说，并入选中国作协 2022网络文学重点扶持作品，入选起点 2022 年年度榜榜首。

姬叉　男，起点签约作者，阅文集团大神作家。代表作品有《肆虐韩娱》《韩娱之光影交错》《娱乐春秋》《问道红尘》（原名《仙子请自重》）《这是我的星球》《女主从书里跑出来了怎么办》等。新书《乱世书》正在起点中文网连载。姬叉作品本本畅销，《问道红尘》《这是我的星球》《女主从书里跑出来了怎么办》都是 50 万以上的收藏量。2022 年作者凭《女主从书里跑出来了怎么办》晋身阅文大神作家。

季灵　女，中国作家协会会员，上海市作协会员，上海市作家协会签约作家，每天读点故事 App 驻站作者，悬疑推理小天后。文章笔触锋利，善于用巧妙的构思和细腻的描写营造紧张的氛围，引人入胜、欲罢不能。作品有《京城情报司》《京城刑狱司》《工科女生》《桃花渡》。新作《沪漂媳妇》入选中国作协网络文学 2022年重点扶持作品。

锦沐　女，原名王娟，曾用笔名夏千叶、安妮娃娃。作家兼编剧。代表作品有《不错帅哥偶象团》《花样美男萌学院》《薄荷味的 SD 娃娃》《麻雀狂想曲》《会有恶魔替我爱你》《华丽的 C 小调》《秦淮喜事》《有瘾》《运河天地之策马春风堤上行》《90 后的三十岁》等。其中《运河天地之策马春风堤上行》入选北京市新闻出版广电局"大运河" 主题重点扶持项目，北京影视出版创作基金 2018 年度扶持项目，第二届泛华文网络文学"金键盘"奖古代言情类获奖作品，影视版权已售出，影视改编进行中。小说《秦淮喜事》获得"奋斗中国梦" 全国网络文学现实题材大赛"金陵特色文学奖"。编剧作品：《一级仙女养成记》《冰球进行时》等。新作《琉璃朝天女》入选中国作协 2022 能网络文学重点扶持作品。

静夜寄思　男，本名袁锐，湖南常宁市人，阿里文学签约作者。现定居重庆，重庆市人大代表，全国青联委员，第四届重庆市青联常委，全国青联十二届委员会常务委员会委员，中国作家协会会员，重庆市网络作家协会主席，代表作《警神》《吞天》《药神》《仙界归来》等。橙瓜码字"网络文学薪火计划"网文学堂第12期荣誉讲师。2016年11月参加中国作家协会第九次全国代表大会。2017年2月，在第二届网文之王评选中位列百强大神并获得最具正能量作家称号。2017年11月，获得第二届"中华文学基金会茅盾文学新人奖"中的"网络文学新人奖"提名。2018年5月，第三届"橙瓜网络文学奖"评选中位列百强大神，并荣获"年度最受欢迎作家"之"年度正能量作家"。12月7日，全国青联十二届四次常委（扩大）会议在北京召开，当选为全国青联十二届委员会常务委员会委员。2021年12月，任中国作家协会第十届全国委员会委员。新作《新英雄湾村》入选中国作协2022网络文学重点扶持作品。

囧囧有妖 女，原名周燕，出生于1989年，现居北京，阅文集团云起书院人气作家，现代网络文学言情作家代表。著有《家有囧妻》《纯禽老公不靠谱》《萌妻甜甜圈：亿万暖婚第7天》《恰似寒光遇骄阳》《许你万丈光芒可好》等作品。其中《恰似寒光遇骄阳》现收藏已突破300万，总订阅量超过1亿，曾4次蝉联女频月票榜榜第一，数次创下2018年女生原创作品日销新纪录。此外，作品《许你万丈光芒可好》英文版在海外的成绩也一直领跑，稳居Power Ranking（海外月票榜）与Popular（人气榜）亚军，并率先实现海外影视版权授权。2018年，凭借作品《恰似寒光遇骄阳》位列速途研究院"2018中国网络文学女作家影响力TOP50"第6位。新作《月亮在怀里》入选中国作协网络文学重点扶持项目。

骷髅精灵 男，原名王小磊，出生于1982年，山东烟台人，毕业于华东政法大学，阅文集团起点中文网白金作家，第十届中国文艺家联合会版权保护委员会委员，上海青年文联副会长，上海网络作家协会副会长，上海视觉艺术学院客座教授。骷髅精灵于2004年开始从事网络小说创作，处女作《猛龙过江》成为网游类小说的扛鼎之作，作者本人也凭借该部作品进军网络文学一线人气作家的行列。随后陆续创作《海王祭》《机动风暴》《武装风暴》《雄霸天下》《圣堂》《星战风暴》《机武风暴》等。其中多部作品都已签约出版、网游和漫画改编等多种形式进行IP开发，2018年12月1日，首部官方授权电竞小说《英雄联盟：我的时代》正式上线，同步在掌阅、QQ阅读和起点等平台火热连载。2018年，在第三届"橙瓜网络文学奖"评选中位列十二主神，并荣获"年度最受欢迎作家"之"年度科幻作家"，同年，以3900万元的年度版税收入高居"第12届作家富豪榜之网络作家榜"第6位，凭借《斗战狂潮》位列速途研究院"2018中国网络文学男作家影响力TOP50"第35位。新作《机武风暴》入选起点2022年度榜前10。

老鹰吃小鸡 男，起点中文网都市类新锐作家，阅文集团大神作家，2018年度金键盘奖作家，著有《都市大高手》《都市灵仙》《重生之财源滚滚》《全球高武》《万族之劫》《星门：时光之主》等。2019年，其作品《全球高武》获第四届橙瓜网络文学奖十大作品，获得第四届橙瓜网络文学奖最具潜力十大有声 IP。2019 年，老鹰吃小鸡被评为第四届橙瓜网络文学奖最具成长力大神。2021 年 9 月，入选"中国网络文学影响力榜：新人新作榜"；作品《星门：时光之主》入选阅文集团年度好书，该书 2022 入选中国小说协会年度网络好小说。

　　李子谢谢　女，起点中文网女频作家。自称为写作而生为写作而死。著有《申老师》《重生欢姐发财猫》《筝爱一心人》《长公主饶命》《浪花与姥姥的漂亮房子》《珠玉长安》《哑女医经》《良妻》《医品娇娘》《养媳有毒》《筝途》等作品。新作《澄碧千顷》入选中国作协 2022 网络文学重点扶持作品。

　　李子燕　女，原名李凤艳，肢残一级，中国作家协会会员，榆树市作家协会主席，吉林省残疾人作家协会主席，首届金榆树文艺奖得主。十八岁时意外导致高位截瘫，腰椎需要两根一尺多长的钢板支撑，双下肢无知觉，但却没有放弃轮椅上的文学梦。自幼酷爱文学，2008 年开始从事文学创作。2010 年进修于鲁迅文学院第二届网络文学作家班。出版有网络长篇小说《左手爱》；散文集《向往天空》；报告文学集《奋斗的青春》《喝彩中国》等。散文集《向往天空》获"第五届长春文学奖"。纪实文学入选"2016 年中国作家协会定点深入生活项目"。新作《七色堇》入选中国作协 2022 重点扶持网络作品。

　　历史系之狼　男，原名艾力塔姆尔·排尔哈提，维吾尔族，新疆人，95 后。起点签约作家，阅文集团大神作家，新疆作家协会网络作家分会第一届理事会理事。主要作品《捡到一本三国志》《捡到一只始皇帝》《家父汉高祖》。其作品风格幽默诙谐，笔下角色刻画生动，并形成了独特的"翻译体"文风，备受读者喜爱。《家父汉高祖》一经上网，立即风靡网络，均订破 5 万，作者月收入破百万，长期霸占历史向榜首。作者凭此作晋身阅文 2022 年大神。

　　凉城虚词　女，原名屈琪，甘肃省作家协会会员，甘肃省网络作协副秘书长、团支部书记、理事，平凉市作协理事、会员，平凉市网络作协副主席兼秘书长，鲁迅文学院 21 期学员。著有长篇小说《万里敦煌道》《夜宿人》《双重游戏》等十余部；短篇小说《脊梁》《时光之刃》等五部；广播剧剧本《撕裂大脑》《游园惊梦》等八部，累计创作字数超过六百万字。其中《夜宿人》《阎王喊你去打工！》已售出有声版权，作品《万里敦煌道》已入围 2022 年中国作家协会网络文学作品重点扶持项目，纳入甘肃省委宣传部 2022 年"重大历史和现实主义题材创作工程"。

　　刘金龙　笔名胡说，甘肃平凉人。作家、编剧，中国作家协会会员，鲁迅文学院第三十八届高研班学员，中国人民大学首届网络文学研究班学员，甘肃省网络作家协会党支部书记、常务副主席，网络文学 20 年百强大神作家，甘肃省作家协会副秘书长，平凉市作家协会副主席，甘肃省优秀青年文化人才，首届甘肃省网络文学八骏，甘肃省"五个一百"网络正能量榜样人物，网络作家"禾苗"助学公益活动发起人。著有长篇小说《山根》《浪潮》《宸汐缘》《少年侠物语》《反恐特战队之天狼》《凤袍不加身》《扎西德勒》等。小说《凤袍不加身》荣获 2018 年第三届网文之王年度百强作品，长期位列爱奇艺文学畅销总榜前三十；小说《山根》入选 2019 年度中国作家协会重点扶持作品，获选首届大湾区杯（深圳）网络文学大赛入围作品，入选荣获第四届橙瓜网络文学奖年度百强作品。作品《扎西德勒》荣获 2021 年第一届七猫中文网现实题材征文大赛最高奖项"金七猫"奖。2022 年 7 月，《扎西德勒》入选 2022 年数字阅读推荐作品，11 月，获得第三届泛华文网络文学金键盘奖现实题材类优秀作品奖，并荣获第四届（2002）辽宁网络文学"金槁杆"奖优秀作品奖。新作《穿越星河热爱你》荣获首届火星杯创作大赛总亚军，入选中国作协 2022 网络文学重点扶持作品。

榴弹怕水 男，阅文历史大神作家。又一个一本封神之人。已完成的作品《韩娱之影帝》《覆汉》《绍宋》。《覆汉》2018 年上线，作品背景真实，人物逼真，结构严密，故事真切，上线即受到读者追捧。2020 年完本时获 200 多万推荐，30 万收藏，晋身大神。《绍宋》继承了前书风格，继续大受欢迎，读者评分达 9.9 分，目前已获 250 万推荐，50 万收藏，势头超过了《覆汉》。新作《黜龙》正连载中也是人气爆棚，被无数网友追更。2021 年被华东师范大学主办的"未来文学家"大奖遴选为十大未来作家之一。

龙渊 男，掌阅文学签约作家，专业编剧出身，后改创作网文。2018 年掌阅历史新人王，2019 年掌阅历史新晋大神，历史类最畅销作者之一，第四届橙瓜网络文学家百强作品的作者。曾创作过《玉簪花》《凤舞镖局》等银幕电影与网络剧的剧本；开始创作网文后，有《猎魔仙师》《东北寻宝往事》《南宋第一卧底》等畅销佳作。新作《大明第一狂士》获中国小说协会 2022 年度网络好小说奖。

陆月樱 女，网络作家，可能为湖北人，具体情况不详。著有《樱花依旧开》《弃妃嚣张：养个儿子当皇帝》《富起来吧，神农架》等作品。2021 年 8 月，《樱花依旧开》入选 2020 年"优秀现实题材和历史题材网络文学出版工程"；《富起来吧，神农架》入选中国作协 2022 网络文学重点扶持作品。

麦苏 女，原名甘海晶，河南人。中国作家协会会员，河南省网络文学学会副会长、副秘书长，鲁迅文学院第八期网络作家班学员。著有《生命之巅》《刺猬小姐向前冲》《归时舒云化春雪》《我的黄河我的城》《生命之巅》《荣耀之上》等作品。其中《刺猬小姐向前冲》入选河南省委宣传部 2019 年度中原文艺精品创作工程重点目，获连尚文学"庆祝新中国成立 70 周年"首届全国网络文学现实题材主题征文大赛完结组二等奖，入选了郑州市第二十二届文学艺术优秀成果奖。《归时舒云化春雪》，入选河南省直文艺创作人员"深入生活、扎根人民"创作扶持和河南省作家协会重点扶持，入选郑州市第二十五届精神文明建设"五个一工程"作品。《荣耀之上》获 2020 年度河南省精神文明建设"五个一工程"重点项目。

卖报小郎君 男，居上海。2017 年开始在网上发表作品。主要作品有《九州经》《我的姐姐是大明星》《原来我是妖二代》《古妖血裔》《大奉打更人》《灵境行者》等。其作品语言风趣幽默，荤段子较多，网友谓之开车文，深受部分读友喜爱，但在净网行动中受到一定影响。《大奉打更人》集穿越、修真、推理、爽文于一身，大受追捧，取得起点新书订阅第一、一周评论破 10 万好成绩。成为 2020 年最受欢迎小说之一。本人也凭此文晋身阅文 2020 年十二天王之仙侠探案爆梗王，晋身大神。《大奉打更人》被阅文集团推为 2021 年度好书。今年《灵境行者》的位列起点年度榜榜眼，并让作者成功晋升阅文集团白金作家。

缪娟 女，原名纪媛媛女，本名纪媛媛，80 年代出生在沈阳，现居阿尔卑斯山谷小城，原为专业法语翻译。主要作品有：《翻译官》《掮客》《迷情太平洋》《堕落天使》《我的波赛冬》《丹尼海格》《智斗》《将军与玫瑰》《浮生若梦 1：最后的王公》等。其中《翻译官》被改编为《亲爱的翻译官》，引发收视狂潮。《最后的王公》入选中国作协 2016 网络小说半年榜完结作品榜，名列第五。2018 年入选橙瓜见证·网络文学 20 年百强大神作家。新作《人间大火》获第四届（2022）辽宁网络文学金桅杆奖。

柠檬羽嫣 女，90 后新人作家，北京市作协会员，爱奇艺原创签约作者，医学在读博士，主写医学专业与言情。2021 年 9 月，入选中国网络文学影响力榜（2020 年度）新人新作榜。代表作《大催眠师》《池医生他没我不行》《综上所述我爱你》《治愈者》《顾北城，我还是喜欢你》《终身大事》《此生不顾》《可惜我还爱着你》《对不起，爱上你》《九重歌》《柳叶刀与野玫瑰》。新作《中轴》入选中国作协 2022 网络文学重点扶持作品。

七月新番 男，原名李云帆，云南普洱人。阅文集团大神作家，著名架空历史作家，云南省作家协会会员、昆明网络文学协会副主席。著有《秦吏》《汉阙》《春秋我为王》《战国明月》《新书》等作品。《秦吏》在起点中文网获得高达 353 万的总推荐，凭借此书的巨大人气，成为起点中文网新兴大神作家。2021 年 8 月，《秦吏》入选 2020 年"优秀现实题材和历史题材网络文学出版工程"，12 月，作者获得第四届茅盾新人奖·网络文学奖提名奖。2022 年 9 月 2 日入选中国作家协会会员。新作《赤壤》入选中国作协 2022 年网络文学重点扶持作品。

青鸾峰上 男，纵横中文网签约作家。中国作家协会会员。贵州省作协会员，贵阳市网络作协副会长，遵义市网络文学学会副会长。代表作品有《无敌剑域》《一剑独尊》《我有一剑》等。橙瓜"网络文学薪火计划"网文学堂第 74 期荣誉讲师。2020 年，首期全国网络作家在线学习培训班学员。2021 年，纵横中文网年终盘点年度畅销作者。第四届橙瓜网络文学奖最具成长力大神。《一剑独尊》获中国小说协会 2022 年度网络好小说奖。其作品主人公热血、昂扬、不屈、一往无前，深受读者喜爱，阅读量非常大。新作《我有一剑》改编的同名有声剧在喜马拉雅连载中，目前播放量破亿。

轻泉流响 男，1999年出生。2017年开始网络写作。代表作品有《宠物小精灵之庭树》《精灵掌门人》《不科学御兽》。还在连载中的作品《不科学御兽》，上架之后，就一直稳定在起点月票榜、畅销榜前十，目前均订成绩四万七，创造了起点御兽文的最高纪录。也因此获阅文集团2021年十二天王之"95后玄幻新锐爆款王"，是一个非常有潜力的作家。《不科学御兽》2022年位列起点年度榜前10，并让作者成功晋身阅文集团大神作家。

燃冷光 男，起点签约作者。主要作品有：《戏精的诞生》《碾压诸天》《魔改全世界》《从火影开始做主神》《超凡从撕剧本开始》。主要创作无限流为主，市场欢迎度中上，没有大红也没有扑街。最好的《超凡从撕剧本开始》最高订2万，该书在第二届（2022）中国襄阳·岘山网络文学奖中获最佳男频作品奖。

阮德胜 男，1971年出生安徽池州，1991年入伍，2012年转业，现任池州市文联专职主席。先后就读于第二炮兵指挥学院、鲁迅文学院第十四届高研班、解放军艺术学院艺术硕士。1987年开始创作，先后在《人民日报》《中国青年报》《解放军报》《中国作家》《清明》《解放军文艺》《作品》《山花》《飞天》《青年作家》等报刊发表作品千余件。主要作品有长篇小说《大富水》《一二一》《父子连》《傩神》《昭明太子》《羊毛人》《东风擎》等。中短篇小说集《靓嫂》，随笔集《血的方向》，散文诗集《红太阳永不落》，长篇非虚构《党校日记》，文化读本《文化池州》等20部。先后获中国当代小说奖、全国梁斌小说奖、浩然文学奖等。《东风擎》获第四届（2022）辽宁网络文学金槺杆奖。

三生三笑 女，1984年生，广东省作家协会会员，鲁迅文学院第十三期网络文学高级研修班学员，文学创作三级职称，代表作《粤食记》《我不是村官》《甘霖》《白衣暖阳》（原名《我们都是天使》）等。擅长现实题材创作，关注基层工作者，擅长把文化文旅、民俗风土融入故事，刻画富有人情味的民间百态风情画。《我不是村官》入选国家新闻出版署2021年"优秀现实题材和历史题材网络文学出版工程"。《粤食记》入选2022年中国作家协会网络文学重点作品扶持项目。

尚启元 男，山东人，曾用笔名"浪子行者""小七"。中国大陆90后作家代表人物之一，编剧，导演。山东省网络作协第一届秘书长。多家杂志专栏作家，多次获文学艺术大奖，曾一度被评为"90后最有人情味的作家"和"传统文学的最后一道防线"称号。主要作品有小说《帝国宝藏》《大门户》《芙蓉街》等，散文随笔《你若不伤，岁月无恙》等，影视剧《少年范仲淹》《乱》等。其中《芙蓉街》获2018—2020年度英国普利茅斯文学奖。网络小说《微风吹拂过的时光》《刺绣》《长安盛宴》《川藏玄镜》等。其中《刺绣》获第三届（2021）辽宁网络文学"金槺杆"奖。2022年获第四届辽宁网络文学"金槺杆"奖新人奖。

水边梳子 男，原名唐国政，湖南长沙人，现居广东。现为中国作协会员，广东省作协会员，广东省网络作协理事，深圳市作家协会会员，湖南省永州市网络作协顾问。2003 年开始文学创作,2008 年《中国教父》获搜狐原创小说一等奖;2019 年,签约咪咕阅读,创作长篇小说《伪装死亡》,获 2019 年咪咕杯文学大赛二等奖。后签约起点中文网,创作长篇军事题材小说《全勤安保》。另有作品《中国保镖》《先行者》《集火攻击》《海外安全官》《最终反击》等。作品《伪装死亡》入选 2021 年"广东现实题材网络文学精品项目"。新作《贾道先行》入选中国作协 2022 网络文学重点扶持作品。

睡觉会变白 男,神秘低调,因为常常腰疼请假被书友称之为少妇白,但写文常与社会热点事件挂钩,被称为老司机。起点中文网作家,阅文集团大神作家,都市文娱向作家。作品多变,有文艺,有仙侠,也有读书。代表作品有《文艺时代》《顾道长生》《从 1983 开始》《这不是娱乐》《重生之我要冲浪》,真正开始火是《从 1983 开始》,给我们还原一个八十年代,绝对是最经典的年代文了。

唐墨 女,文学博士,中国影视文学协会会员,上海市作家协会会员。从 1998 年至今,在《少年文艺》《读友》《中国儿童画报》等杂志上发表过二十多篇儿童文学作品,其中包括《黑皮老鼠和长脚猫》《我的同桌》《想当奥特曼》等。在《新民晚报》《文汇报》上发表过 20 多篇散文和时评。著有《卑尔根的阳光》《欧罗巴的清香》《云之舞》《亲爱的,二进制》《百分之二》等小说和散文作品,被多位文学评论家关注并在中国日报、光明日报、中国青年报、中华读书报、人民网重要媒体刊发书评或推介,称其作品有着弥足珍贵的理想主义和浪漫情怀。新作《当分子原子起舞时》入选中国作协 2022 网络文学重点扶持作品。

天蚕土豆 男,原名李虎,出生于 1989 年,四川德阳人,原起点中文网白金作家,现纵横中文网签约作家,浙江省作协委员会主席团委员。主要作品有《魔兽剑圣异界纵横》《斗破苍穹》《武动乾坤》《大主宰》《元尊》等。其中,成名作《斗破苍穹》一经发表就凭借超高的人气成为各大榜单的荣宠,随后被改编为网游和漫画,日前由其改编的电视剧已经在腾讯视频播出。《武动乾坤》发布后稳居百度搜索风云榜小说榜前三名,位列《2017 猫片.胡润原创文学 IP 价值榜》第 15。新作《元尊》位列手机百度"2017 小说年度最强 IP 榜"第 2,并于 2018 年 5 月,在第三届"橙瓜网络文学奖"评选中荣获年度百强作品。2018 年以 10500 万元的年度版税收入高居"第 12 届作家富豪榜之网络作家榜"第 2 位,在第三届"橙瓜网络文学奖"评选中进入名人堂,位列速途研究院"2018 中国网络文学男作家影响力 TOP50"第 7 位。

天瑞说符 男,网络小说作家,科幻小说作家。代表作品有《死在火星上》《泰坦无人声》《佛说不可曰》《我生活在南京》等。2019 年 11 月,《死在火星上》荣获第 28 届中国科幻银河奖"最佳网络文学奖"。2020 年 9 月,《死在火星上》又荣登"2019 年度中国网络文学排行榜"之"中国网络小说排行榜"。2021 年《我生活在南京》被阅文推为年度好书,同时晋升大神作家,该书 2022 年获中国小说协会年度网络好小说奖，同时入选中国作协 2022 网络文学重点扶持作品。

听日 男，起点签约作家，阅文集团大神作家。2018 年开始网络小说创作，主要作品有《日娱浪人》《日娱假偶像》《小世界其乐无穷》《新手村村长》《你很强但现在是我的了》《术师手册》等。还在连载中的《术师手册》是一本爆梗奇幻轻喜剧，上架即受热捧，等起点月票榜前 10，连续 6 个月居起点品类榜前 10，稳居品类畅销榜前列，获 50 万收藏。作者也凭此书获阅文 2021 年十二天王之"奇幻轻小说最强新秀"，2022 年凭此晋身大神作家。

童童 女，原名童敏敏。2006 年起从事网络文学创作，长期霸占新浪风云榜、销售榜前三，腾讯收藏榜前十，中国移动读书榜前十，至今累计共创作千余万字，累计点击过百亿，平均微博数十万阅读量和关注度，擅长青春纯爱，都市言情，热血校园。十余年写作创作，笔耕不辍，有固定庞大书友群支持，累计出版简体、繁体言情小说 38 册，影视改编七部。《不爱我，别伤我》获 2018 掌阅年度盛典最具商业价值奖，《一不小心恋上你》获 2018 翻阅最具改编价值 IP。新作《月球之子》获 2022 年中国小说协会年度网络好小说。

王鹏骄 男，本名王强，中国作协会员，东南大学附属中大医院核医党务及科研工作者，中华医学会核医学分会全国优秀技师。江苏省紫金文化优青，三江学院特聘教授，连尚文学作家，江苏省网络作协理事兼副秘书长，南京市江宁区文联签约作家。工作之余，一直致力于核医科普与医学人文传播，致力于传递医界正能量，弘扬医界新风尚。因成绩突出，荣获 2021 "荣耀医者·科普影响力奖"。迄今为止，创作各类核医科普及医疗文创作品逾千万字。独立主持国家级省级市（厅）级医学文创项目 4 项。核医科普及医疗文创作品，多次入选中国作协网络文学中心重点扶持项目及省协重大题材项目，入选新华社·瞭望东方周刊《2019—2020 报告》全网 46 部潜力影视 IP，入选江苏省委宣传部 2021—2022 "迎接庆祝党的 20 大胜利召开主题创作"选题计划。获国家新闻出版署与中作协联合推优奖、南京艺术基金项目、第十届金陵文学奖等。代表作：核医荣系列三部曲《核医荣光》《核医荣誉》《核医荣耀》，抗疫共和国系列三部曲《共和国医者》《共和国战疫》《共和国天使》，及《八四医院》《遇见山茶花》等。所著作品多次获人民日报海外版、学习强国主平台、新华社、文艺报、中国青年报及 CCTV3 "中国文艺报道" 等官方媒体报道。新作《党员李向阳》入选中国作协 2022 网络文学重点扶持作品。

王熠 女，笔名冰天跃马行，1988 年生。甘肃省作协秘书长、网络作协秘书长，甘肃省优秀青年文化人才，鲁迅文学院第 36 期少数民族文学创作班学员。散文《送光的人》获得第六届甘肃省少数民族文学奖。网络小说代表作《黄河谣》《南楼棠开》《敦煌：千年飞天舞》等。《敦煌：千年飞天舞》入选中国作协 2022 年网络文学重点作品扶持项目，并荣获第四届（2002）辽宁网络文学"金椇杆"奖优秀作品奖。

我本纯洁 男，原名蒋晓平，阿里文学签约作家，广西作协理事会员，玉林市作协会员，鲁迅文学院学员，超人气玄幻网络作家。著有《神控天下》《妖道至尊》《我是霸王》《第一战神》《天荒》《正义辩权》等作品，2017年2月，在第二届网文之王评选中位列百强大神，2018年5月，在第三届"橙瓜网络文学奖"评选中位列百强大神，其作品《第一战神》荣获年度十大作品奖。新作《沧海归墟》入选中国作协2022年网络文学重点扶持作品。

我吃西红柿 男，原名朱洪志，出生于1987年，江苏人，2009年肄业于苏州大学数学系，现阅文集团起点中文网白金作家。著有《星峰传说》《寸芒》《星辰变》《盘龙》《九鼎记》《吞噬星空》《莽荒纪》等十余部作品。其中部分作品被改编为漫画，此外尚有多部作品被改编为网络游戏。《星辰变》荣膺金翎奖年度最受期待游戏称号。《飞来剑道》创新仙侠品类世界观，并上榜手机百度发布的"2017小说年度最强IP榜"TOP10。2017年，荣获第二届"中华文学基金会茅盾文学新人奖网络文学新人奖"。2018年，在第三届"橙瓜网络文学奖"评选中成为"网文之王"，位列速途研究院"2018中国网络文学男作家影响力TOP50"第4位。

雾外江山 男，中国辽宁铁岭人，是一名网络作家，起点中文网长期签约作家。作品有《道岳独尊》《皇道》《无上降临》《唯我巅峰》《大道独行》《神剑永恒》《仙道之主》《仙傲》《红顶位面商人》等。橙瓜码字"网络文学薪火计划"网文学堂第76期荣誉讲师。2017年2月，他在第二届网文之王评选中位列百强大神。2018年5月，荣获第三届"橙瓜网络文学奖"百强大神。2018年5月，第三届"橙瓜网络文学奖"评选中，《道岳独尊》荣获年度百强作品奖。新作《十月缨子红》入选中国作协2022重点扶持网络作品。

西门瘦肉 男，湖北人，居武汉。阿里文学签约作家。著作有灵异小说《剪灯诡话》，搞笑小说《我把桃花切一斤》，悬疑小说《罚罪》，探案小说《天师神探之旌阳案》《神探江湖》，科幻小说《三杯侠》，另有灵异小说《午夜麻将馆》《胡易道李木子》《世界异化物语》等。还有很多短篇故事：《怪谈》《采风》《江城故事》《回光者》《婚葬歌手》《怪谈协会》等。作品诡异多变，语言干净利落。其作品《怪谈协会》在第二届（2022）中国襄阳·岘山网络文学奖中获最佳类型作品奖。

闲听落花 女，现居于上海，阅文集团大神作家。2010年出道网文创作，入驻起点女生频道，后有短暂时间入驻纵横女生网，不久回归起点中文。主要作品有《九全十美》《花开春暖》《秾李夭桃》《玉堂金闺》《锦桐》《神医嫁到》《盛华》《名门贵妻》《墨桑》《暴君小心点》等。作者文学功底较深厚，作品文字优美飞扬、精致细腻，内容清新有趣、不流俗，得到众多女频读者的喜爱。其中《墨桑》入选阅文集团2021年度好书。

闲听落花 女，现居于上海，阅文集团大神作家。2010年出道网文创作，入驻起点女生频道，后有短暂时间入驻纵横女生网，不久回归起点中文。主要作品有

《九全十美》《花开春暖》《秾李夭桃》《玉堂金闺》《锦桐》《神医嫁到》《盛华》《名门贵妻》《墨桑》《暴君小心点》等。作者文学功底较深厚，作品文字优美飞扬、精致细腻，内容清新有趣、不流俗，得到众多女频读者的喜爱。其中《墨桑》入选阅文集团2021年度好书，并荣获第三届（2022）泛华文网络文学金键盘奖古代言情类优秀作品奖。新作《吾家阿图》入选中国作协2022能网络文学重点扶持作品。

湘竹 MM　女，原名张汉丽，海南东方人，85后，厦门大学新闻学系硕士。现任海南省网络作协副秘书长。2014年开始发表作品，2021年加入中国作家协会。文学创作三级，著有长篇小说《重生国民女神：冷少宠妻宠上天》《毒医家小娘子》《萌杀亿万爱情》，现实题材作品《医心者》《齿情不移》等。新作《琼音缭绕》入选中国作协2022年网络文学重点扶持作品。

小九徒　男，江西人。曾以笔名游三玩水创作长篇悬疑小说《邪鱼》，以笔名左临道创作《阴山大掌门》。以小九徒创作的小说有《寻宝相师》《我爸叫鬼眼，我妈叫佛手》《天下藏局》。《天下藏局》在17K小说网连载后，迅速走红，长期霸占17K订阅榜TOP10，并在各大平台引起热烈反响，引发阅读热潮，该作品在第四届（2022）"金熊猫"网络文学奖中荣获长篇金奖。

徐江小　男，原名徐向南，辽宁人，毕业于辽宁大学中文系及辽宁文学院新锐作家班。中国校园文学研究会会员、沈阳市作协会员、沈阳市铁西区作协副秘书长，曾任辽大诗社社长。诗歌发表于《诗潮》《中国诗人》《当代诗人》《人才周刊》《南方都市报》等。新作《锈蚀花暖》获第四届（2022）辽宁网络文学金桅杆奖。

言归正传　男，阅文集团大神作家。2017年开始网络小说创作，目前共有四部作品。它们是《洪荒二郎传》《地球第一剑》《我师兄实在太稳健了》《这个人仙太过正经》。言归正传作品思维谨密，语言平实，出道即受欢迎。第一部作品获10万收藏，第二部作品获20万收藏，这在新作家中是很少见的。凭《我师兄实在太稳健了》作者晋身2020阅文新大神，该书被中国小说学会推为2021年度好小说；而作品《这个人仙太过正经》被阅文推为2021年度好书。2022年晋升阅文集团白金作家。

阎 ZK　男，起点签约作家。2017年开始网文创作。主要作品有《我的师父很多》《我在幕后调教大佬》《巡狩万界》《镇妖博物馆》等科幻、修仙类作品，他作品的收藏量、推荐量、订阅量都不错。2021年是其收获的一年。作品《镇妖博物馆》连续5个月居起点品类月票榜第一，悬疑类收藏第一，稳居品类畅销榜前列，也因此入选阅文集团2021年度好书，作者同时荣获阅文2021年十二天王之"悬疑幻想精品王"。2022年晋身阅文集团大神作家。

姚璎　女，网络言情小说写手，曾是晋江文学网、四月天、17K、新浪读书、网易、爱奇艺文学等知名文学网站的驻站作家，拥有大批女性读者群，作品影响力广泛。主要作品有《赤橙黄绿青蓝紫》（《繁花过寂的妖娆》）《调戏淑女》《娇妻万岁》《魂消曳影酥红骨》《欢喜若如菩提》《左上角的心跳》《第四眼，爱的迷迭香》《39度2，轻微撒点野》《褪粉梅梢青苔上》《梅廿九》《情暖三坊七巷》等。其多部作品获出版与改编。其中《情暖三坊七巷》入选2020年"优秀现实题材和历史题材网络文学出版工程"，新作《野马屿的星海》入选中国作协2022年网络文学重点扶持作品。

懿小茹 女，青海人，90后网络作家。鲁迅文学院网络培训班学员，青年骨干培训班学员，首届（2022）人民大学网络文学研究班学员。作品有《永不言弃的麦小姐》《我的草原星光璀璨》《我的西海雄鹰翱翔》《雪域密码》等。2021年9月，入选中国网络文学影响力榜（2020年度）新人新作榜。2022年9月2日入选中国作家协会会员。其作品《我的草原星光璀璨》获"新时代的中国"第二届网络文学现实题材主题征文大赛（未完结组）二等奖。新作《大河之源有人家》入选中国作协2022重点扶持网络作品。

幼儿园一把手 男，起点签约作家，阅文集团大神作家。主要创作都市文娱类作品。代表性作品有《这号有毒》《掌门低调点》《黑夜玩家》《调戏文娱》《这个明星很想退休》。他每本书的阅读量都不错，收藏量都在20万以上，均订破万。《这个明星很想退休》均订破2万，凭此作者入选阅文集团2021年都市类榜样天王，2022年晋身阅文集团大神。

郁雨竹 女，阅文集团大神作家，以种田文为主。主要作品有《农家小福女》《终归田居》《林氏荣华》《从现代飞升以后》《魏晋干饭人》《正良缘》《童养媳之桃李满天下》《重生玉缘》《农家小地主》《重生娘子在种田》等。2021年6月3日，第六届阅文原创IP盛典在上海揭晓了年度重磅原创IP榜单，郁雨竹《农家小福女》入选年度女频人气十强，也因此作者在2022年晋身阅文集团大神作家。

远瞳 男，原名高俊夫，阅文集团新晋白金作家，河北省网络作家协会理事。擅长恢宏壮阔世界的搭建，代表作有《异常生物见闻录》《希灵帝国》《黎明之剑》，后两部作品正在连载中。2019年1月21日，《黎明之剑》于起点中文网累积获得三十万个收藏，入选第四届橙瓜网络文学奖年度十大作品。7月25日，《希灵帝国》于起点中文网累积获得二十万个收藏。2019年，荣获第四届橙瓜网络文学奖暨见证·网络文学20年十佳科幻大神提名奖，第四届橙瓜网络文学奖暨见证·网络文学20年百强大神提名。《黎明之剑》获中国小说协会2022年年度网络好小说奖。

月下狼歌 男，17K中文网签约作家，著有《异闻工作笔记》《紫龙山下》《九州：断剑长锋》等作品。擅长科幻写作。在2021掌阅"笔尖下的5G故事"活动中，其作品《宠物江湖》获第一名。新作《安得广厦》入选中国作协2022网络文学重点扶持作品。

宅猪 男，原名冯长远，阅文集团白金作家，网络文学知名作家，文笔老道，故事精彩，深受读者喜爱。著有《野蛮王座》《独步天下》《帝尊》《人道至尊》《牧神记》《临渊行》《择日飞升》等。《临渊行》2019 年 12 月 16 日于起点中文网累积获得十万个收藏。2019 年，所著《牧神记》获得第四届橙瓜网络文学奖最具潜力十大动漫 IP，入选第四届橙瓜网络文学奖百强作品，荣获第四届橙瓜网络文学奖暨见证·网络文学 20 年十佳玄幻大神提名奖，第四届橙瓜网络文学奖暨见证·网络文学 20 年百强大神提名。《择日飞升》位列起点 2022 年度榜探花。

张芮涵 女，辽宁人。超人气畅销书美女作家，资深言情小说编辑，擅长以温暖又欢萌的治愈系文风，写跌宕起伏的大故事。师从茅盾文学奖获奖作家格非，有扎实的文字功底和思想深度。代表作品：《大旗袍师》《钦天监里有咸鱼》《在残酷的世界里骄傲地活着》《讨好世界，不如取悦自己》等。2022 年获第四届辽宁网络文学"金桅杆"奖新人奖。

吱吱 女，阅文集团白金作家，女生网顶级大神。她笔下的故事，总是精致而考究，又带有人文关怀。情节细腻而环环相扣，角色形象鲜明，衣食住行等细节都值得细细揣摩和品味。代表作品有《庶女攻略》《好事多磨》《穿越以和为贵》《花开锦绣》《九重紫》《金陵春》《慕南枝》《雀仙桥》等，其中《庶女攻略》在起点女生网书友推荐榜上雄踞第一长达六年。2019 年，作品《花娇》于起点女生网连载中，2019 年 6 月至 8 月均居女频月票榜前七名，2019 年 6 月 13 日累计获得十万个收藏，吱吱凭借《花娇》位列艺恩咨询 2019 阅文女频"年度好书"榜单第 3 位。2019 年，荣获第四届橙瓜网络文学奖暨见证·网络文学 20 年十佳言情大神提名奖，第四届橙瓜网络文学奖暨见证·网络文学 20 年百强大神提名。新作《登堂入室》入选中国作协 2022 能网络文学重点扶持作品。

竹已 女，晋江文学城签约作家，言情小说新代表之一。2016 年开始网络创作，主要作品有《声声引你》《总有一颗星星跟踪我》《她病得不轻》《多宠着我点》《奶油味暗恋》《败给喜欢》《偷偷藏不住》《难哄》《折月亮》等。《奶油味暗恋》获晋江文学城 2018 年现代言情年度盘点十佳作品，《偷偷藏不住》获晋江文学城 2019 年现代言情年度盘点十佳作品，《难哄》获晋江文学城 2020 年现代言情年度盘点十佳作品，并入选中国网络文学影响力榜（2020 年度）IP 改编影响力榜。其作品多有出版和改编。新作《折月亮》获中国小说协会 2022 年度网络好小说奖。

竹正江南 七猫中文网签约作家，上海市作家协会会员；鲁迅文学院第十八届网络文学作家班学员，网络作家党史学习教育在线培训班优秀学员；专注于现实题材网络文学写作，致力于红色文化抒写。著有《丹心摇篮》《一带一路种梦》《筑梦·百老梦》《海上雅韵》《望志路》《二京流韵》等十多部诗文小说集。其中，现实题材长篇网络小说《丹心摇篮》进入中国作家协会网络文学中心"庆祝中国共产党成立 100 周年"优秀网络文艺作品展示；《望志路》获得中国作家协会网络文学中心举办的"党在我心中"短征文优秀作品奖。新作《桃李尚荣》入选中国作协

2022 网络文学重点扶持作品。

卓牧闲　男，原名段武明，江苏南通人，网络文学流行作家，擅长现实主义题材的写作，引领了现实主义写实派的热潮，文笔老到，有超高的文字驾驭能力。主要作品有《超级警察》《江山皇图》《韩警察》《朝阳警察》等。其中《朝阳警事》多次获得起点首页推荐，在社交平台上受到广泛热议，短短半年时间，即获得月票全站排名第 158 名，推荐票全站排名第 188 名的好成绩，为网络文学现实主义题材内容起到强力补充的作用，以真实接地气的叙事风格树立起现实主义题材的标杆式作品。2018 年，更是凭借该部作品成功跻身于速途研究院"2018 中国网络文学男作家影响力 TOP50"榜单，并位列最具影响力 TOP5 网文男作家。新作《老兵新警》，获 2022 年中国小说协会年度网络好小说。

（聂庆璞　执笔）

第四章　热门作品

伴随互联网技术一次又一次迭代升级，在国家有关政策支持（包括评奖、评职称、加入国家和省市作家协会及相关宣传推介等）以及资本、平台、网络作家和 IP 改编等多方力量的共同推动下，中国网络文学主流化、精品化进程加快，产业规模增势强劲，国际影响力日益扩大，目前已发展成为新世纪大众文化中最具影响力的新锐文学。在当前推进文化自信自强的历史进程中，网络文学不仅成为世界视野下彰显中国风格、中国气派的时代亮点，而且在与世界文学的对话中有着无可限量的光明前景。

从总体上看，2022 年，中国网络文学的创作特点和发展实绩可以概括性表述为：自觉承担起展现新时代的使命任务，积极推动现实题材网络文学的快速崛起，主动拓展元宇宙叙事，充分挖掘青年文学力量，既接续传统文学的精神血脉，又积极开拓网络文学的美学风格，已成为新时代社会主义文学的重要组成部分。

一、年度作品概观

1. 网络小说年度概况

（1）现实题材：彰显中国力量，书写凡人故事

与玄幻、奇幻、武侠等网络文学类型小说相比，现实题材在网络文学领域虽然起步较晚，却在近几年飞跃成为一匹"黑马"。在新的时代语境中，网络现实题材创作持续增质增量的背后，离不开国家和各个网文平台组织工作的扎实推进和扶持力度的不断增强。2022 年，国家新闻出版署开展"优秀现实题材和历史题材网络文学出版工程"；由中国作家协会网络文学中心发布的《2022 年度中国作家协会网络文学选题指南暨重点作品扶持征集通知》明确将新时代山乡巨变、科技创新和科幻、中华民族伟大复兴、人类命运共同体、优秀历史传统等主题作为扶持重点①，中国作协推出"新时代山乡巨变创作计划"；七猫中文网启动"注目家园，书写时代荣光与梦想"的现实题材征文大赛；中文在线的网文公开课聚焦现实题材；阅文集团"起点讲堂"重视现实题材热点创作技巧方法；番茄小说启动"回首峥嵘过

---

① 《2022 年度中国作家协会网络文学选题指南暨重点作品扶持征集通知》，中国作家网，2022 年 3 月 3 日。http：//www.chinawriter.com.cn/n1/2022/0303/c403937-32364892.html，2023 年 1 月 14 日查询。

往，续写时代华章"现实题材征文等等，价值观念的提升为网络文学注入了新的动力和能量，现实题材作品几乎占据 2022 年网络文学总体数量的半壁江山，这也标志着在中国作家协会强力推动和各种力量的积极参与下，中国网络文学渐入佳境，已经由最初的草根化、混沌化、自生自灭化发展成为足以与传统文学媲美的主流化、精品化的新阶段。与此同时，网络作家们主动把握时代脉搏、呼应时代所需，从时代之变、中国之进、人民之呼中提炼主题、萃取题材，以满足人民文化需求，增强人民精神力量为创作指南，主动担负起了讲好中国故事的时代使命。以上两股相互交织的有生力量共同构筑起当前现实题材网络文学的新格局。

第一，弘扬时代发展的中国力量。在新的伟大征程上，文艺创作迎来了新的历史方位，在文学政策的引导与鼓励下，越来越多的网络文学作家投身现实题材创作。以乡村振兴与体育竞技为背景《月亮在怀里》（囧囧有妖）讲述了天才击剑少女祁月与全能射击少年顾淮互相治愈、并肩努力的热血青春故事，该文作者表示希望通过自己的作品传递给女孩们"不要去追光，要成为光"的价值观。中国作协 2022年网络文学重点作品扶持项目《敦煌：千年飞天舞》（冰天跃马行）是作者第一次尝试现实题材写作的成果，她将文化传承的核心价值观念融入理想青年为敦煌而战的书写中，在牵动人心的故事和人物命运中，敦煌乃至甘肃的巨变如画卷般徐徐展开。入选 2022"喜迎二十大"优秀网络文学作品的《慷慨天山》（奕辰）是连载于纵横中文网的都市小说，讲述的是以刘振华为首的战士们响应祖国号召，就地转业，放下钢枪，拿起铁锹，在西北边疆屯垦戍边的劳动生产故事。来自电力行业的姚璎以"大情怀、正能量"为宗旨，根据现实经历创作了国内首部展示海洋电力建设发展的优质作品《野马屿的星海》，文中涵盖了新农村建设、扶贫致富、海底电缆建设等时代元素，是一部鼓舞人心的好作品。姚璎认为主人公的小情小爱和家国情怀并不冲突，现实主义题材出发点在于如何把现实生活的亮点升华到艺术人生。知名奇幻作家荆洚晓，以港珠澳大桥建设为背景描写大湾区发展，推出了转型现实题材首部作品《巨浪！巨浪!》。银月光华擅长将青年的成长历程放在国家发展背景中，旨在激励新时代的青年人投身最有发展潜力的领域奋斗。《大国重器 2 智能时代》讲述了人工智能第三次浪潮中，中国青年受惠于临港自贸区的新政策，在临港国际人工智能产业研究院试行混合所有制的扶持下重新崛起的故事。同样呼应科技强国战略的还有唐墨的《当分子原子起舞时》，这部"现实+科技"小说以科技工作者为国奉献、为科学奉献的追求为基调，生动展现了重大科学项目研究的场景，描摹了全球顶尖科学家合力开展科研项目的情形，记录了科学神殿里的人们奋力筑梦的艰辛与喜悦。这一系列以时代变迁为命题的作品接续表达着精彩纷呈的中国故事。

第二，书写平凡人的奋斗故事。平凡人的奋斗是成就伟大时代的基石，网络文学创作者为了更好地洞悉生活本质、把握时代脉动、倾听人民心声，纷纷走进生活、沉入生活、体验生活，从普通人的生活实践中获取现实题材的丰沛资源，书写出一批具有烟火气、人情味的网文作品，反映出一批平凡人不甘平凡、勇于拼搏的感人故事。《外卖老哥》作者东妹为了更加贴近外卖员的真实生活和工作日常，亲身体验送外卖，并将扎根生活的心得和经历融入创作，塑造了有血有肉的外卖员鲜活形象，挖掘出外卖员曾被忽视的真实生活，传递出新时代城乡巨变背景下的奋斗精神。《亲爱的雷特宝贝》（阿顺）《卧牛沟》（风圣大鹏）《逆火救援》（流浪的军刀）均取材于真实故事，分别讲述了罕见基因病患者家庭与苦难命运不断对抗的故事、马铭山依托于驻村第一书记这项制度的优势，帮助卧牛沟的群众致富奔小康的变化历程和陈智所在的专业户外救援队伍在各种危险情况下实施救援的英勇事迹，三个真实的故事既体现了中国力量的逐渐壮大、人民至上的治国理念，同时彰显了平凡人的家国情怀和奋斗品格。

此外，还有《许你万里星海》的作者梓涵取材姑姑与姑父的航天工作经历，以"航天+医学"为背景，通过对新、老两代航天人的描写，展现了航天精神的延续。时音创作的《嗨，我的环保大叔》灵感来源于新闻消息，讲述了一位藏着秘密过去的环保大叔和一位勇敢聪慧的警校实习生合作打击环境污染犯罪的故事，这些聚焦大时代中的小人物的生活，不仅反映了社会发展，也记录了家国变迁中普通人的品格与情怀。

第三，拓展现实题材创作领域，优秀作品聚焦众多行业。第 50 次《中国互联网络发展状况统计报告》显示，我国网民规模较 2021 年 12 月新增网民 1919 万，互联网普及率较 2021 年 12 月提升 1.4 个百分点。阅文集团发布的 2022 年关键词的第一个词是"副业"，认为 2022 年网文作家成为最热门的副业之一，仅上半年就新增约 30 万名作家，大部分兼职作家来自教育、卫生、互联网和相关服务等 57 个国民经济行业大类。网络文学强劲的生命力助推网络小说题材类型以及创作风格更加多元化，形成了都市、历史、游戏等 20 余个大的题材类型，200 余种小分类。现实题材创作的专业化水平持续提升，很多网络作家同时拥有各领域专业背景和文字工作者的双重身份，行业内的亲身经历和独具特色的个体经验，不仅大大拓宽了网络题材的多样化，而且让众多行业的人进入网络小说创作，由于熟悉自己行业生活，作者创作这些作品时更容易贴近实际，少有虚脱或胡编乱造的现象。据统计，年度内新增的网络原创作品涉及的职业多达 188 种，各个行业都有自己特定的读者群，数量众多的行业作品引起读者更大范围的关注。例如，《关键路径》的作者匪迦曾在航空航天领域从业多年，参与了国产大飞机项目等国家工程。他用细腻写实的笔触书写了个人命运与时代经验结合的经历，为读者揭开了航空航天业"神秘"的面纱，实现了现实题材与高科技接轨。《破浪时代》的作者"人间需要情绪稳定"曾在大型高新企业从事营销工作，先后在欧洲、东南亚等地开拓市场，小说根据作者的亲身经历讲述了 2002 年到 2017 年 15 年间，多家民族科技企业的兴衰故事，反映了中国制造崛起的艰辛和不可阻挡，描摹了民族科技企业从寂寂无闻到誉冠全球的不朽生涯。此外《老兵新警》（卓牧闲）《小城大医》（暗香）《警探长》（奉义天涯）《与云共舞》（令狐与无忌）《智游精英》（荷风细语）等网文贴近现实的创作笔调共同呈现了当代中国的真实风貌，作品的灵感无一不是来自创作者的亲身经历和行业经验。

在政府主导、资本推动、平台作为和作家响应的多方努力下，现实题材网络文学创作渐入佳境，日益成为用情用力书写中国故事的重要载体，一些现实题材的重大赛事也已成为当下大众文化的现象级事件。例如，由上海市新闻出版局支持、阅文集团主办的 2022 年第六届现实题材网络文学征文大赛，参赛作者多达 29152 人，同比增长 51.3%；参赛作品达 34804 部，同比增长 65.1%，再创新纪录。《2022 现实题材网络文学发展趋势报告》（下称《报告》）显示，党的十八大以来，加强现实题材创作、优化内容生态结构，成为推动网络文学转型升级的新引擎。① 现实题材发展呼应了网络文学的整体发展趋势，作家年轻化趋势显著，其中以眉师娘（1998 年）、时不识路（1992 年）、离月上雪（1990 年）为代表的 90 后作家占比达 43.5%，成为中坚力量，为现实题材创作注入了新鲜血液。与此同时，以花潘、徐婠为代表的 80 后作家占比 36.1%，以齐橙、卓牧闲为代表的 70 后作家占比 12.5%，② 他们将丰富的阅历写入小说之中，引发了众多年轻读者的共鸣，在累计数千万名读者中，Z 世代占比约 4 成。《报告》指出，自 2015 年首届现实题材网络文学征文大赛举办以来，累计有 23 万名创作者创作了现实题材网文作品。相较于 2015 年，2022 年现实题材网络作家数量增长 4.85 倍，7 年复合增长率达 25.3%。现实题材作品也迎来飞速增长，7 年复合增长率高达 37.2%，增速位列全品类第二，超越奇幻、历史、悬疑等传统大众题材③，成为新世纪网络文学发展最大的亮点。

当前，越来越多的网络文学作品致力于书写中国人民奋斗之志、创造之力、发展之果，这批现实题材的"爆款"作品无疑有助于丰富网络文学的时代内容，提升网络文学的精神境界。值得注意的是，现实题材的"热"度有可能造成形式单一、创作跟风或思想性缺失等问题。因此，未来的网络现实题材创作仍然需要作家真正下沉社会、观察生活，注重作品的艺术性与可读性的统一，争取社会效益与经济效益的双赢。

（2）"元宇宙"主题创作趋热，网文平台各显神通抢先机

"元宇宙是以区块链为核心的 Web3.0 数字生态"，其加速发展的现实基础是人类

---

① 李佳佳：《现实题材发展趋势报告发布：作品增速全品类第 2 近八成获奖作品已授权开发》，中国新闻网，2022 年 9 月 1 日。http：//www.chinanews.com.cn/cul/2022/09-01/9842338.shtml，2023 年 1 月 14 日查询。

② 舒晋瑜：《网络文学现实题材年轻化趋势显著 90 后成创作中坚力量》，《中华读书报》2022 年 9 月 7 日，第 1 版。

③ 康岩：《现实题材网络文学飞速发展 立足广阔天地 书写当代生活》，《人民日报》（海外版）2022 年 10 月 10 日，第 7 版。

认知与技术迭代。如果说 Web3.0 代表了技术发展方向的未来，元宇宙则代表了应用场景和生活方式的未来。① 网络文学与元宇宙有着天然的血亲关系，在这场关乎未来的角逐中，网络文学平台纷纷走上行业风口，提前谋划产业布局，通过举办"元主题"的相关赛事，参与内容生态变革，开启了书写"元宇宙文学"的崭新一页。

中文在线率先吹响了进入元宇宙赛道的号角，他们兵分四路雄心勃勃地展开多样化的产业布局：一是与清华大学联合成立"元宇宙文化实验室"，加速了商业化进程和应用场景扩张；二是深耕数字人文领域，与武汉两点十分公司（曾为《英雄联盟》《阴阳师》等多部国内外游戏提供高品质数字 CG 服务）签订《虚拟数字人联合开发合作协议》，在虚拟数字人应用场景搭建及商业变现模式等方面展开合作；三是基于腾讯平台开展数字商品销售服务，持续探索合作新模式；四是举办"元宇宙征文大赛"，致力于搭建"元宇宙"IP 库，参与内容生态变革。与此同时，掌阅科技不甘人后，他们独辟蹊径，推出了阅读推广虚拟数字人——"元壹梦"。虚拟数字人是元宇宙的核心交互载体，在元宇宙世界中以各种不同的职业身份与人类社会产生交互。据悉，"元壹梦"拥有自己的工作证，并在掌阅科技的微信、微博、抖音等多个社交平台讲述小说经典台词。"元壹梦"的出现拓宽了掌阅科技内容 IP 的传播路径，一方面，相比原来单调且单向度的文字输出，"元壹梦"的动画形象更加生动，她在各类虚拟场景中推荐不同题材的小说，还可以根据不同的内容实现不同小说场景的切换，给用户带来更多沉浸感和体验感，视频制作成本相对人工主播也大幅降低。另一方面，"元壹梦"拥有鲜明的个性，经过长期多平台、高频次的输出，或将成为掌阅科技的标志性形象，对加大用户群体的黏性具有不可忽视的作用。

此外，数字藏品也是网络文学与元宇宙联姻的结晶之一。2022 年 1 月 5 日，起点读书旗下现象级网文 IP《大奉打更人》首款数字藏品《大奉打更人之诸天万界》开启预约，这是国内网络文学界的第一款数字藏品。预售界面显示，该数字藏品是基于区块链技术发行的加密数字商品，限量 2000 份，藏品内容除衔接《番外一：劫后》《番外二：一统天下》《番外三：庆功宴》前三部番外，还随机附有作者手写签名、寄语等神秘彩蛋。数字藏品通过技术手段将文学的音乐、建筑、绘画等元素的动能量化出来，既赋予了文本永恒的独特性，又让创作者的个性得到展示，更延伸了网文 IP 的生命价值。

随着"元宇宙"网络信息技术的持续推进，网络文学开始与"元宇宙"网络空间以意想不到的方式碰撞在一起。2022 年 11 月 21 日晚，国内首个网络文学（类型文学）奖——"致未来文学奖"第二届颁奖活动在元宇宙网络虚拟空间里完成，获奖作家纷纷通过账号，以虚拟形象进入搭建好的元宇宙领取奖项，并通过视频的形

---

① 战钊：《看！这群定义元宇宙内容的人》，光明网，2022 年 8 月 29 日。https：//m.gmw.cn/baijia/2022-08/09/35942283.html，2022 年 12 月 26 日查询。

式"真人现身"分享获奖感言。诗人商震、蓝野,作家骑桶人等多位颁奖嘉宾也以虚拟身份进入该空间,并以视频的形式"真人现身"发布获奖名单和评奖词。此次征文活动共收到稿件5781篇,最终评选出了4部作品获奖:"主奖"作品是抱南楼的小说《始龀之宴》,"奇幻奖"获奖作品是寸君的《千杯序·扬舟记》,"科幻奖"获奖作品是池洪波的《发光的人》,"悬疑奖"获奖作品是叶输的《虚构之书》。除此之外,本届"致未来文学奖"还公布了六位获得提名奖的作家,分别是阿拾、刘十五、陈也、文心凋零、郝明、鸬。

张艳梅教授认为,文学为元宇宙提供了基本构想和叙事拓展,元宇宙为文学叙事创建了与现实社会平行的异质生活空间和虚拟文化生态。元宇宙时代的文学艺术具有此在性、交互性、具象性和共时性特征,以跨媒介、多载体方式融合文字语言和视听语言,实现创作的多主体参与、文本的多形态呈现以及全链条传播。[①] 2022年11月10日,"首届全球元宇宙征文大赛"颁奖典礼在澳门举行,该项赛事是由中文在线首次发起的以"元宇宙"为主题的全新概念征文大赛,获得了科幻内容创作者、网络文学创作者、业界大咖等创作群体的广泛响应,收到了超过11000部作品。科幻赛区《铁镜》《面孔》《卞和与玉》等11部作品荣获"奇想奖"、文学赛区《永生世界》《我是剑仙》《最终序列》等10部作品荣获"开元奖","最佳人气奖"被《永生世界》摘得,90后科幻作家东心爱凭借《卞和与玉》摘得百万奖金的"元宇宙奖",引发业内外讨论关注。《卞和与玉》围绕一起命案,以巧妙的叙事视角,从两个不同的时代分别讲述元宇宙技术对世界各阶层人群的影响,通过物理算法锚定虚拟世界,"以数学的确定性赋予虚拟世界的物品以价值的大胆设想,给予了现实中元宇宙技术的发展方向有价值的启示"[②],具有强烈的人文精神。

作为第一个走向元宇宙的内容公司,中文在线已经成为国内最大的元宇宙内容储备和创始平台之一。中文在线发起的首届元宇宙主题征文大赛,其开创性内涵和奠基性意义不容小觑,无论是在中国文学史上,还是中国网络文学发展史上都具有首创、示范和引领意义。这一批元宇宙文学作品的涌现,不仅激发了网文题材的创新活力,还促进了元宇宙产业创新发展,甚至在世界性视野中,对完善元宇宙全产业链都具有重大意义。

(3)发青春之声,展现新时代青春风貌

网络文学具有创作队伍年轻化、题材青春化、读者青年化、书写方式时尚化等特点,青年学生被认为是网络文化和网络文学生产、传播、接受中最为活跃的群体。2022年,中国网络文学发青春之声,实现了以青春为旗帜的组织形式的创举和突

---

① 张艳梅:《对现实的突破与想象重置——元宇宙时代的叙事拓展》,《传媒观察》2022年第6期。

② 战钊:《看!这群定义元宇宙内容的人》,光明网,2022年8月29日。https://m.gmw.cn/baijia/2022-08/09/35942283.html,2022年12月26日查询。

破，将表达新时代青年人的成长经验与青春记忆的作品推选到大众的阅读视野之中。

为了充分挖掘青年文学力量，引导青年网络作家守正创新，2022 年 5 月 27 日，北京大学网络文学研究中心、中南大学网络文学研究基地、山东大学网络文学研究中心、安徽大学网络文学研究中心和南京师范大学扬子江网络文学评论中心，联合南京出版集团《青春》杂志社，共同主办"网络文学青春榜"2021 年度榜单发布暨 2022 年度五大高校网络文学研究机构联合主办"青春榜"的启动仪式。这一活动聚焦青年、聚合网络文学的"青春力量"和网络文学研究中的"学院声音"，对推动网文研究与创作共同发展具有十分重要的意义。为了更好地扶持青年写作者，《青春》杂志开发的"青春文学网"于 2022 年 10 月正式上线，网站以一系列新媒体账号矩阵为两翼，以全国高校大学生文学爱好者、阅读者、写作者为主要服务对象和定位人群，以原创投稿、在线编辑、写作分享、读者互动、版权交流为主要内容，旨在持续储备原创人才，积累产品资源。

从 2022 年 6 月起，"网文青春榜"由全国五大高校网络文学研究机构轮流推选发布当月值得关注的月榜作品，五份榜单展现了推荐主体不同的审美观念：

第一期由南京师范大学推荐的作品，突出一个"新"字。首先是将爱潜水的乌贼的《诡秘之主》作为评论对象，从时代背景特征和风格、繁复的设定和细节，以及限制性叙事三个方面评述这部近年网络文学新变的标志性作品，爱潜水的乌贼的最新"实验性"作品《长夜余火》也出现在榜单之中。聚焦叙事设定的新奇特点，则推荐了"网游+悬疑"的《大宋 Online》（居尼尔斯）和一部"超级群穿"作品《遍地都是穿越者》（路七酱）。此外，榜单中具有现实性指向的《金迷》（御井烹香）、以"雪人"为主角实则表达女性关怀的《了了》（哀蓝）和起点老牌作家囧囧有妖的突破性作品《月亮在怀里》等作品都体现了类型创新的特征。

第二期由北京大学网络文学研究中心主推，其中 4 部女频小说和 3 部男频小说，彰显一个"强"字。女作者们开始跳出窠臼，塑造出更为多元的"大女主"形象，逐渐走向更加辽阔的世界和历史，"女强"逐渐成为网文创作的新"密码"，例如本期推荐作品中的《穿进赛博游戏后干掉 BOSS 成功上位》（桉柏）和《女寝大逃亡》（火茶）都打破了传统文学对于女性固有的文学想象，无论世界设定、人物架构，还是叙事节奏上都有相当高完成度，前者将流行文化中大热的赛博朋克与克苏鲁元素融合在一起，作品中兼具果决、睿智等性格特征的女主隗辛是近年"女强"主角的代表形象之一。《女寝大逃亡》将女性情谊和女性互助作为叙述重点，呈现了当代大学生的真实面貌，展现了新时代的审美经验。此外，日常风格的《汴京生活日志》（清越流歌）和《无何有乡》（Twentine）分别通过现代女性沈丽姝和胡绫的现实生活书写，引发了读者对现代女性身份认同的思考。如果说女频的作品是在精微之后寻求广大，男频则是在致广大后尽精微，以扎实绵密的细节和恰到好处的分寸来成就宏大主题。例如《演员没有假期》（关乌鸦）不以成功为目标，却在"爽"

之中见证个人在社会的成长；《我的治愈系游戏》（我会修空调）不仅以恐怖悬疑故事来净化内心的杂质，更用与恶搏斗后，以强克强，最终取胜的善来治愈读者。

第三期山东大学主推的作品，强调"无CP""新女性""新科幻"三个面向。首先是无"CP"探索，无论是围绕悬疑叙事和玄幻世界设定展开的《山海之灰》（七英俊），还是重视悬疑推理、运用的类型资源的《寄生之子》（群星观测），抑或将"系统""基建"与西幻类型元素整合在一起的《如何建立一所大学》（羊羽子）都展示了女频作者们引导读者实现独立意识觉醒的雄心壮志。其次是"新女性"形象，《女主对此感到厌烦》（妖鹤）刻画了"女性乌托邦"一般的角色群像，《我想在妖局上班摸鱼》（江月年年）和《我来自东》（苏他）中或积极自洽，或不断成长的"大女主"都呈现出新一代女作者们的叙事倾向和女性形象。科幻题材与脑洞模式是近年来网络文学发展的主要潮流，榜单中的《星谍世家》（冰临神下）《造神年代》（严曦）《寄生之子》（群星观测）和《夜行骇客》（机器人瓦力）等科幻作品分别引入了新的思考命题。

由安徽大学主推的第四期榜单作品"专中求博"，呈现出来源多样、题材多元的特点。上榜作品来自起点中文网、晋江文学城、咪咕阅读、番茄小说网、微信读书等多个平台。多元的主题选择，围绕现实问题，《特工易冷》（骁骑校）描述的社会问题引发了读者的共鸣和深思，《寰宇之夜》（麦苏）表达了新时代传统文化艺术的巨大变迁、探讨了新旧两种教育模式碰撞。以架空体裁为例，《天之下》（三弦）展现了关于人、关于侠的无限可能性，《灵境行者》（卖报小郎君）将都市异能与无限恐怖流相结合，构筑了一个庞大、惊险的灵境世界，《我的公公叫康熙》（雁九）描绘了上至庙堂皇帝、下至市井仆妇的生活细节，用古老的民俗文化再现出曾被尘封的历史。

中南大学主推的第五期榜单由中国作协中南大学研究基地主推，见证"Z世代"的精气神。这一期以"Z世代"为代表的评选主体，为网络文学整体青春叙事带来了新气象，呈现出多元化的审美特点，入选作品包含了历史争霸、异界重生、江湖武侠、都市灵异和职场现实等多个类型：《贞观悍婿》（丛林狼）是体现白金大神作家实现自我超越，走出舒适圈创作的一部佳作；《重生：回到1983当富翁》（恩怨各一半）兼具"种田""基建"，还糅杂了爽文属性，带领读者进入了80年代的沉浸式人生体验；《第一战场分析师》（退戈）轻快幽默，层次叠起，节奏顺畅，在温情的氛围中刻画出励志向上的价值基调；《穿成女Alpha之后》（鹿野修哉）不仅是一部ABO世界观的言情穿越小说，更是超脱于两性语境、针对女性成长与解放问题的一次严肃讨论。

2022年由全国网络文学研究重镇和热门平台一共推出的五期"网文青春榜"传递着一种属于新时代的现实经验与想象力。扬子江网络文学评论中心联合《青春》杂志，调整网络文学"青春榜"模式，扩展至"五校平台"，不仅延续了传统文学的价值传统，还构建了网络文学阅读和评论的新生态，激发了新时代青年的创造力，并在鼓励创作和合理批评的张力中、在创作者、读者与评论者的互动中，为网络文学注入了新鲜血液。此外，网文集团也震动了青春的脉搏，展开了形式丰富的校企合作模式，2022 年 11 月 16 日阅文集团与南京师范大学签署共建协议，揭牌"阅文—南京师范大学文学院网络文学产学研合作基地"，成为全国首个开启网络作协、高校、企业三方共建的合作新模式，为大学生搭建起了一个能够分享、交流、阅读、评论精品网络文学的平台，旨在让新时代大学生的青春智慧引领网络文学新风尚，让理性青春成为网络文学传播的重要价值新导向。

2. 网络诗歌年度概况

在大数据时代的发展背景下，诗歌传播方式不断拓宽，呈现出从传统纸媒向网站、微博、微信公众号及各类短视频平台跨越的趋势。值得注意的是，由于网络诗歌品格的不断提升，从 2022 年 7 月开始，中国诗歌网的精品栏目"每日好诗"以精选专辑的形式在《诗刊》推出，并形成长期的推选机制，实现了传统媒体和新媒体双向融合发展。这不仅让诗人与读者彼此呼应，也让诗歌得以"出圈"。

（1）基层诗人唱响"劳动者之歌"，书写"中国经验"

吴思敬在《新时代与诗人角色的定位》[①] 一文中阐述道：这些年来的诗坛，对诗人角色的认定存在着形形色色的不同主张，其中影响较大的，有如下两类：一类是强调私人空间，认为写诗纯属自己的事，与国家、民族、他人无关，他们或者是热衷于身边生活现象的叙述，或是形形色色的语言实验中自得其乐；另一类是强调公共空间，主张诗人要关注现实、关注人生，面对社会问题、社会变革，发出自己的声音。从社会学、历史学的角度观察 2022 年的中国诗坛，"中国经验"丰富了诗歌的内容和主题，诗人们运用隐喻性的语言与中国现状、人类现实建立了链接，将中国经验与人类历史紧密地结合在一起，呈现出从个人经验上升到时代关怀、从经验书写上升到生命思索转换的特点。

从诗歌创作的大众化、平民化甚至是全民化的趋势来看，媒介发展让所谓的"快递诗人""外卖诗人"等新时代带有强烈职业特点的打工诗人/草根诗人有了更多被看见的机会。从最初的电子论坛、个人博客、门户网站，到如今的微博、微信公众号以及各类短视频平台，高效、便捷的传播渠道的不断涌现，推动着诗歌的创作主体、内容和形式都发生了改变，每个人都拥有了写诗的权利和发表的渠道，网络成为籍籍无名的草根诗人梦寐以求的舞台，白连春、杨键、谢湘南、郑小琼、刘年、笨水、郭金牛、曹利华、王单单等草根诗人借助互联网登上了诗坛，以诗歌获得精神自由，借由诗歌提升自我、表达自我，在新的时代又有了新的表达与展示。2022 年 9 月 6 日，由《诗刊》社选编、中国言实出版社推出的系列丛书"新时代诗

---

① 吴思敬：《新时代与诗人角色的定位》，《中国文学批评》2021 年第 4 期。

库"第七本《快递中国》正式出版发行。这本国内首部"快递"主题的诗集分为"奔跑者""分拣线""万物生"三辑，收录了王二冬近年来创作的近百首快递主题诗歌：辑一"奔跑者"以一线从业者为原型，展现每一个独一无二的快递小哥努力奋斗、干事创业的风采；辑二"分拣线"主要围绕快递行业的基础设施建设、促进区域经济发展发挥的积极作用进行创作；辑三"万物生"则通过鲜明的故事、任务、事件，以抒情的方式，讲述快递对每一个人生活的改变、对产业的促进等。王二冬用诗歌的方式让读者从一个崭新的角度走进与每个人息息相关的快递行业——"我的分拣线日夜不息地运转/你永远不会知道，你的梦参与了/一个快件的分拣、运输和投递前的所有准备/如同你不会记得在梦中许下的承诺/奔赴一场跨越山海的约"等诗句表达了当代青春诗人的新思考，开拓了当代诗歌的新主题，是对现实生活的呈现，更是对新时代"快递中国"的诗意表达。网络不仅让诗歌创作散发着活力，而且诗歌创作本身也发挥着抚慰心灵的作用。2022年7月20日，"诗人、资深媒体人陈朝华先生在微博上分享了一首由王计兵创作的诗歌《赶时间的人》，引发了2.7万人转发，1700多人评论，7万多点赞。"[1] 这首诗源于54岁的外卖员王计兵的一次外卖配送经历，现实的劳苦与无奈让他写下了"从空气里赶出风/从风里赶出刀子/从骨头里赶出火/从火里赶出水"的诗句。据了解，王计兵创作的诗歌已有3000余首，其中多篇于《诗刊》发表，即将出版的诗集《追赶时间的人：一个外卖员的诗》共收录187首诗。[2] 王计兵表示，出版诗集是他从一开始写作的终极梦想，今后会从生活中汲取营养和灵感，继续写诗，外卖员这份工作，也会坚持做下去。王计兵在庸常和奋斗中保持着"诗和远方"的浪漫情怀，在与诗歌为伴的人生中坚守着对人性最美好的期盼，他将送外卖与写诗相结合，不仅仅在单调、重压的现实生活中实现了自我精神的升华，还将平凡者的积极乐观传递给每一位读者。

（2）以诗为媒，彰显中国价值

随着互联网的发展，"各种艺术门类互融互通，各种表现形式交叉融合"[3]，诗歌类短视频为网络诗歌注入了新鲜血液。近年来以诗歌诵读为基础形态的短视频在抖音、快手、B站、微博、微信视频号等平台上层出不穷，积累了数量可观的短视频文本。为迎接党的二十大，将诗意穿越千山万水送达千家万户，2022年2月15日，《诗刊》社与快手、中国诗歌网等联合举办的"快来读诗·春天送你一首诗"诗歌朗诵活动在北京《诗刊》社宣布启动。此次活动主题为"新时代、新征程、新气象"，共收到来稿近18000件，其中现代诗13000余件，旧体诗4000余件。据统计，由《诗刊》社发起的"快来读诗，一起读《诗刊》"（2021）和"快来

---

① 《外卖骑手一首诗获千万网友关注》，《南国早报》2022年8月7日，第8版。
② 唐伟：《于平凡中书写生活的诗意》，《吉林日报》2022年9月14日，第7版。
③ 习近平：《在中国文联十一大、中国作协十大开幕式上的讲话》，《中国文艺评论》2022年第1期。

读诗·春天送你一首诗"（2022）十佳朗诵作品征集活动，短视频累计播放量破两亿，快手科技政府事务部总监张鹏和盛煜表示，短视频内容传播需要诗歌，广大诗人和热爱朗诵的快手用户，提升了平台的内容质量，这次合作将是一次大众传媒与诗歌文化的牵手。① 诗人李少君在谈及《诗刊》社和快手合作的系列活动时表示，希望通过立体形象的短视频"建立起诗歌朗诵、诗人形象的线上博物馆"——这无疑是技术为文学本身带来的巨大变革。② 随着新媒介的参与，诗歌从静态文字转换为动态形象，将在时间和空间上建构更加立体的中国文化记忆。

从时代的关怀性来看，各类传递中国价值的诗歌活动共同奏响了时代主旋律。2022 年 11 月 15 日开展的"自贸港的春天——2022 首届海口文旅诗歌季"活动是一场推动文化旅游共同融合的诗歌之旅，向世界展现出海口美好的自然人文生态和诗意的旅游目的地形象。2022 年 11 月 24 日，首届中国·霞浦海洋诗会暨新时代海洋诗歌论坛以海为题、以诗为媒，为新时代海洋诗歌繁荣发展搭建了良好交流平台。2022 年 11 月 29 日，"徐志摩国际青年诗歌论坛"围绕"情感、诗歌与人类命运共同体"，探讨诗歌如何构建人类的命运，既是对徐志摩诗歌精神的传承，也是对新时代诗歌及中国诗歌现代化的一次有益探索。在"2022 两岸青年文学之旅"启动仪式暨两岸诗歌朗诵会上，诗歌不仅促进了海峡两岸同胞心灵契合，还引起两岸同胞同属中华文脉的思想共鸣。

从诗歌"走出去"的新路向来看，虽然受到疫情影响，诗歌线下活动无法如常进行，但互联网为诗歌的创作和交流提供了广阔和自由的平台。诗歌活动的组织者本着"以诗为媒"的发展理念，积极推动各类诗歌节活动的持续开展。而广大诗歌爱好者本着"以诗会友"的目的，非常热情地参与各类线上线下的诗歌活动。2022 年 9 月 9 日，第七届世界朋友节国际诗歌（网络）大会在辽宁抚顺朋友部落隆重举行，来自中国、斐济、马来西亚、尼日尔、坦桑尼亚、西班牙、法国、美国、澳大利亚、加拿大等多个国家和地区的诗人朋友在线上参与了此次活动。自 2016 年起，世界朋友节活动已先后在斐济、津巴布韦、马来西亚、澳大利亚和中国曲阜、抚顺成功举办了六届，用友情和友爱凝聚力量，用诗歌鼓舞士气，为人们的生活注入更多的活力和动力。

诗歌与音乐有如传统意义上的孪生姐妹，这对孪生姐妹在互联网时代联系得更加紧密，无论是写作方式还是主题内容抑或是表达形式以及传播载体、接受形式等，都发生了深刻的变化。诗歌与音乐的深度融合不仅有利于深入推动中华优秀传统文化创造性转化、创新性发展，还能借此更好地通过强化音乐元素的诗歌方式讲好中国故事，感受新时代诗歌在新的科技和音乐助推下所散发出来的艺术魅力。2022 年

---

① 《"快来读诗·春天送你一首诗"诗歌朗诵活动启动》，中国作家网，http：//www.chinawriter.com.cn/n1/2022/0218/c403994-32354916.html，2022 年 2 月 18 日。

② 谢雨新：《诗心点亮时代——诗歌类短视频的媒介特征和文化内涵》，中国文艺评论网，https：//www.zgwypl.com/content/details2408_62178.html，2022 年 12 月 3 日。

10 月 5 日晚，音乐诗剧《大河》①（交响乐版）在北京中山公园音乐堂首演，奏响了一个伟大民族的生命和天地融合的旋律，展开了宏伟辽阔、磅礴激荡的历史画卷。音乐诗剧《大河》文本来自诗人吉狄马加的同名长诗，通过音乐方式，诗歌原文本中的中华文明和中华民族精神在跌宕起伏的剧情和饱含深情的咏唱中得以更加直观地呈现、延展和升华。吉狄马加认为："伟大的诗歌和音乐传统告诉我们，诗歌与音乐是密不可分的，诗歌的声音无疑是它最迷人的部分，而真正神奇的音乐其本质就是诗。"《大河》作曲郭文景谈及创作过程时表示"首先是诗歌文本立意高远，意象万千，令我灵感泉涌；其次是去青藏高原和黄河源头的采风，壮丽的景象和高原的神奇色彩激发了我的想象；最后，伟大的河流，伟大的文明给了我的写作深厚的文化底蕴和坚实的立足之地。"② 中南大学聂茂诗人创作出版的万行长诗《共和国英雄》，不仅被长沙市委宣传部和潇湘诗会摘其精华，制作成 20 期音频、视频在学习强国、党建网和央视网等主流媒体连载，还被他们举办了三次大型诗歌演诵会，主旋律音乐一直回响在整个晚会中，引起社会强烈反响。长沙市委宣传部和潇湘诗会又根据诗歌内容，做出另一个系列音频、视频《诗颂红色湖湘》，共 10 期，这是诗歌纪录片，每期 12 分钟左右，也在学习强国、党建网、芒果 TV 和凤凰网等播出，音乐催化了诗情，催生了诗意，催发了诗的艺术新生命。类似的配音诗朗诵、以乐助诗的例子还有不少，特别是在传统节日里如春节、清明、"七一"和国庆节等，各地的文艺会演中，诗歌总会占一席之地，而这些活动，都有不同形式的音乐元素参与其中。可以预见，未来诗歌与音乐的结盟将会来越紧密，也越来越催生出更多更好的艺术样式，大大满足了广大群众日益增长的精神需求。

3. 网络散文年度概况

一直以来，散文这种文学体裁都拥有庞大的写作群体，在各大文学网站中，散文展现出十分丰富、十分全面的精神底色与情感原态，直观地展示了现代社会生活在当下各行各业的众生相，传递了时代经验、个人情绪和整个国家跳动的真实脉搏。2022 年网络散文整体延续了 2021 年良好发展的趋势，散文作家越来越多，表达手法越来越丰富，反映主题也越来越多样化。与此同时，散文网站优质作品的持续更新，各类散文赛事的举办，正持续为网络文学注入新的活力。

（1）自然散文创作热度递增

习近平总书记在《关于〈中共中央关于全面深化改革若干重大问题的决定〉的说明》中提出"山水林田湖是一个生命共同体，人的命脉在田，田的命脉在水，水的命脉在山，山的命脉在土，土的命脉在树"③。在推进生态文明建设的新时代，自

---

① 张欣：《音乐诗剧〈大河〉为黄河精神注入时代元素》，《中国文化报》2022 年 11 月 22 日，第 5 版。
② 乔燕冰：《音乐诗剧〈大河〉（交响乐版）在京首演》，《中国艺术报》2022 年 10 月 10 日，第 1 版。
③ 习近平：《关于〈中共中央关于全面深化改革若干重大问题的决定〉的说明》，《求是》2013 年第 22 期。

然文学创作在题材内容、语言形式及意蕴内涵上寻求着新的审美新质与生态表达，逐渐发展成一种独特的文学现象。中国散文网开设的"青年散文"和"女性散文"专栏和散文在线网站中的"写景散文"和"游记散文"专栏不断涌现出自然散文的佳作。从题材来看，植物是网络生态散文书写的母题。植物原本就是中国传统文化的精华所在，《萝卜花礼赞》（虞蕾英）《剑兰花开》（魏忠建）《青杠树》（宋啸）《梅花颂歌》（杨朝云）等散文中的花草树木在作者笔下超越了一般的物性，形成一种有特殊意义的书写，透射出强劲的生命力。从时间维度来看，《心酸的旅行》（辛爱伟）写道："啊，好一条没有狂波巨浪的鸭绿江，你象征着和平安宁，爱好和平的人们绝不容许再有如同六十几年前那样的炮火，破坏你的静谧！"这样的表达明显具有生态意识，同时也饱含时代阵痛。韦利平在《刘三姐故乡的河》中追忆龙江河的历史，找寻中国民族精神和文化自信，通过古今对照，形成血液般的流动与生命关联。此外，在中国作家网原创频道中，李相奎的"山居笔记"系列引发热议，被认为堪比梭罗的《瓦尔登湖》。李相奎穿越森林，跋涉沼泽，感受大自然生命的活力，见证个体生命的涅槃重生，以独特的角度，对长白山各种鸟类追踪观察、认真梳理，创作出《长白山的明珠——天池》《森林的味道》《老家的鸟儿》《离别夏候鸟》等一系列散文佳作，来自长白山的灰头鸫、大山雀、柳莺、金腰燕、黑尾蜡咀雀、太平鸟、寿带鸟等天空中的精灵走进了读者的视野。作者在文中感慨："我几乎不停歇地在森林漫步，看着郁郁葱葱的花草树木，听着不同鸟儿的欢歌笑语，心生很多感慨。我想象自己的文字，也会带着长白山的气息走进读到它的人对大自然的感觉里。"彭程的《金海湖的来去》《远处的风声》《枯叶的预约卡》是写景之作，其从容不迫的笔调、诗意盎然的歌吟，有一种大海般的明朗广阔，读后让人感慨不已。作品写道："大自然里各个物种的存在都有自己的理由，都是生物链条中的一个不可缺失的环节。这些无人过问的果实，实际上也加入了大自然生灭成毁的无限循环，那些挂在枯枝上的，会成为漫长冬日中飞鸟的食物，那些坠落泥土中腐烂的，则会给土壤增加养料。"

（2）散文赛事频频，发展空间不断拓宽

为了进一步激发文学写作者的创作活力，提升原创散文作品的整体品质，挖掘"新发现、新体悟、新表达"的创作新风，2022 年的散文赛事如火如荼，如期收获了踊跃投稿，众多有温度、有质感的作品全面展示了中国深厚的文化底蕴，描绘了中华大地的自然之美和人文之美。

"中国散文网"是集文化资讯、散文报道、佳作交流、名家推广、网上展厅、团体宣传、散文比赛、编辑翻译等于一体的大型文学网站。2022 年，中国散文网联合华夏博学国际文化交流中心主办了多场文学大赛：8 月 20 日，2022 年"最美中国"当代诗歌散文大赛开始面向全国征稿，本次大赛旨在以诗文为媒介，以创作为桥梁，讴歌伟大祖国朝气蓬勃的新时代、新发展、新未来，全面展示最美中国深厚的文化底蕴,描绘中华大地的自然之美和人文之美,讲好中国故事。① 据组委会介绍,不到1个月的时间,大赛共收到全国各地和港澳地区11758位作家、诗人的作品。经过严格的评选,彰显柳州厚重的历史、坚韧自强的品格和源远流长的山水人文情怀的《龙城记》②(甘草)、书写赛珍珠对中国的热爱与思念的《青山祭》(范德平)以及麦和幸的《东坡亭上忆东坡》③ 和孙德明的《生命中的仁青菜》④ 等作品以较高的文学水准脱颖而出,荣获一等奖。截至2022年12月1日,第二届"三亚杯"全国文学大赛评选工作已结束,此次大赛旨在激发全国作家的创作热情,推动当代文学事业的繁荣与发展,鼓励诗意美文写作,并传承优雅古典汉语,展现中文独特魅力。在第一届赛事高质量的成果基础之上,本届大赛拓宽宣传渠道,赛事初始就同步在《散文选刊》《散文诗世界》《西部散文选刊》《诗词报》《诗词世界》等全国多家网站进行推广宣传,收获了来自全国各地和港澳地区的7679位作家的作品,彰显了大赛的全国性、时代性,真正反映出当代文学的最新成就。其中,中国作家协会、中国诗歌学会、中国散文学会和各省市作家协会、诗歌学会、散文学会等会员的踊跃投稿,成为大赛的中坚力量,同时还有高校教授以及多个市(县)级文联作协主席、副主席投稿参赛,为大赛树立了标尺。⑤ 12月28日,第十届"相约北京"全国文学艺术大赛在北京发出文艺创作邀请,主办方表示,希望通过举办一场和谐文化同放异彩的艺术盛宴,展示我国文艺工作者与时俱进的精神风貌,丰富人民精神文化生活,推动我国文学艺术的发展,唱响社会主义主旋律。据悉,该项赛事定于2023年3月20日截稿。⑥ 此外,中国作家网原创频道自开办以来,得到了广大文学写作者的大力支持,目前注册会员近6万人。2022年3月22日至5月22日,中国作家网举办原创频道征文(散文)大赛,共收到稿件1303篇。散文大赛的举办,为散文创作提供了更为广阔的发展空间,获奖作品中,各类题材的散文均出现了令人耳目一新的佳作,其中乡村题材占较大比重,以乡村歌谣为主题的《在尘世歌唱》(杨秀廷)将乡村精神与歌谣相连,认为"乡村有魂,萦系着村魂寨胆的是遍地生长的歌谣"。红山飞雪在《瓦楞草》中以乡间植物"瓦楞草"比拟母亲等乡村人的坚韧与倔强。李慧在赞美诗《农具的秘密》中运用春耕、夏收、秋

---

① 《2022年"最美中国"当代诗歌散文大赛征稿启事》,中国散文网,https://www.cnprose.com/article -detail-copy/B3P6O7oN,2022年8月20日。

② 《喜报!〈龙城记〉荣获2022年"最美中国"当代诗歌散文大赛一等奖》,柳州市文学艺术界联合会网站,http://lzwl.yun.liuzhou.gov.cn/xwzx/wldt/202208/t20220817_3120323.shtml,2022年8月17日。

③ 《作家麦和幸获"最美中国"当代诗歌散文大赛一等奖》,鹤山人民政府网,http://www.heshan.gov.cn/zwgk/ztzl/wmlssbb/content/post_2710050.html,2022年10月8日。

④ 丁兆云:《临淄作家孙德明作品蝉联中国散文网一等奖》,《淄博日报》2022年11月5日,第3版。

⑤ 《第二届"三亚杯"全国文学大赛评选》,中国散文网,https://www.cnprose.com/article - detail - copy/BdQ3PpnN,2022年12月1日。

⑥ 《第十届"相约北京"全国文学艺术大赛征稿通知》,中国散文网,https://www.cnprose.com/article -detail-copy/bLAJwDGB,2022年12月28日,2023年1月19日查询。

种、冬藏结构全篇，通过描写农具向劳动者致敬，将一个历史性和当代性融合视角下的多维乡村呈现在读者面前。同样令人引人注目还有历史题材，曹凌云的《同学少年》、朱湘山的《天涯苦旅》等是对唐湜、赵瑞蕻、莫洛、林斤澜等重要历史人物的书写与怀想。此外，再现陕北建筑的《耳窑：河流生长的耳朵》（曹洁）、摹写自然的《漫步长白山》（李相奎）和书写脱贫攻坚背景下乡村变化的《内湖简章》（冷梅）都各具特色。①

二、热门作品一览

1. 网络作品年度榜单

（1）2021 十大网文作者排行榜

2022 年 1 月 6 日，阅文集团发布了 2021 年度网络文学榜样作家"十二天王"榜单，"十二天王"承载了亿万读者的肯定，也反映着当下网文最前沿的风向和趋势，创作了一个又一个记录着时代变化与更迭的好作品、好故事。

2021 年度网络文学榜样作家"十二天王"榜单

天王称号	作者	作品
95 后玄幻新锐爆款王	清泉流响	《不科学御兽》
2021 轻小说反套路王者	百分之七	《我就是不按套路出牌》
2021 都市娱乐题材王者	幼儿园一把手	《这个明星很想退休》
2021 古典仙侠新生代领军者	贰更	《我在斩妖司除魔三十年》
2021 都市生活人气王	朕有话要说	《弃婿当道》
2021 悬疑幻想精品王	阎 ZK	《镇妖博物馆》
2021 奇幻轻小说最强新秀	听日	《术师手册》
95 后爆笑仙侠新人王	裴不了	《我不可能是剑神》
2021 游戏创意网	更从心	《末日拼图游戏》
2021 都市畅销王	茗夜	《穿越八年才出道》
2021 武侠题材第一人	徍男	《金刚不坏大寨主》
2021 历史新媒体卖座王	背着家的牛	《从今天开始做藩王》

（2）"网文青春榜"2022 年度榜单

2022 年 5 月 27 日，《青春》杂志社联合北京大学网络文学研究中心、山东大学网络文学研究中心、中南大学网络文学研究基地、安徽大学网络文学研究中心、南京师

---

① 赵瑜：《散文是最具大众审美的一种创作方式——中国作家网原创频道征文（散文）大赛阅稿手记》，《文汇报》2022 年 7 月 18 日，第 6 版。

范大学扬子江网络文学评论中心共同发起的"网文青春榜"2022年度榜单正式发布。

"网文青春榜"2022年度榜单

作者	作品
南方赤火	《女商》
天瑞说符	《我们生活在南京》
沉筱之	《青云台》
跳	《稳住别浪》
祈祷君	《开更》
她与灯	《观鹤笔记》
云住	《霓裳夜奔》
黑山老鬼	《从红月开始》
伪戒	《第九特区》
会说话的肘子	《夜的命名术》
高级鱼	《逃脱记录》

（3）第二届石榴杯十部获奖作品

2022年9月17日，"民族文化网络文学创作论坛暨第二届石榴杯征文颁奖典礼"在北京民族文化宫举行。本次活动由国家民委所属的中国少数民族文化艺术促进会和中国纪实文学研究会指导，阅文集团等单位主办。第二届石榴杯以"籽籽同心 字字传情"为主题，经专家顾问团、影视平台推荐及严格评审，共有10部网络文学作品获得"优秀作品奖"，并被收录入中国民族文化资源库。

第二届石榴杯榜单

作者	作品
净无痕	《7号基地》
囧囧有妖	《月亮在怀里》
意千重	《画春光》
志鸟村	《国民法医》
榴弹怕水	《黜龙》
舞清影	《谁不说俺家乡美》
牛莹	《擎翼棉棉》
青铜穗	《合喜》
月下无美人	《小千岁》
Hera轻轻	《乘风相拥》

（4）2022年第二届七猫中文网现实题材征文大赛

2022年11月25日，由上海市作家协会指导、上海七猫文化传媒有限公司主办、华语文学网协办的"2022年第二届七猫中文网现实题材征文大赛"颁奖典礼在上海举行。大赛通过评选优秀作品的方式，推介了一批用情用力书写中国故事，呈现青年一代风貌特质的现实题材小说。本次大赛于2021年9月1日启动，共收到来自全国的投稿作品3000余部，经过初评、复评、终评三轮评选，最终33部作品脱颖而出。

第二届七猫中文网现实题材征文大赛获奖名单

奖项		作者	作品
金七猫奖		伴虎小书童	《苍穹之盾》
最佳IP价值奖		匪迦	《关键路径》
		何常在	《奔涌》
最佳IP潜力奖		慕十七	《蜀绣》
		谷甘	《遇见品牌官》
		陆肆儿	《冰冠之上》
分类一等奖	青春奋斗	嬴春衣	《思路繁华》
	青春风貌	岑小沐	《如果文物会说话》
	青春成长	六十七	《正值当年》
	青春探索	红胜	《地星危机》
分类二等奖	青春奋斗	春笋	《焊花耀青春》
	青春奋斗	轻雨初晨	《天山的炊烟》
	青春风貌	林听禾	《你好动物学家》
	青春风貌	苁林	《你好，义肢师》
	青春成长	舍予	《奔向太阳的彩虹》
	青春成长	乔薇安	《直挂云帆济沧海》
	青春探索	琅翎宸	《人类落日》
	青春探索	翡翠青葱	《记忆陷阱》
优秀作品奖		棠花落	《蔬果香里是丰年》
		猫小彤	《她山之石》
		范剑鸣	《野庙碑》
		竹正江南	《桃李尚荣》
		伊朵	《糖心主播》
		李珂	《文化秘藏》

续表

奖项	作者	作品
优秀作品奖	君天	《一卷封神》
	林淮岑	《纸上问青》
	一言	《出狮》
	冬青丸子	《冰刃上的天鹅》
	达庸	《军魂永不褪色》
	梦春秋	《步履不停》
	慕温颜	《黑洞移民》
	关中闲汉	《芯青年》
	陌上人如玉	《交往吧，外星人》

（5）2022年第六届现实题材网络文学征文大赛

2022年9月1日，由上海市新闻出版局支持，阅文集团主办的第六届现实题材网络文学征文大赛颁奖典礼在上海举行。本届大赛以"平凡铸就伟大，致敬了不起的每个人"为主题，共14部作品获奖。颁奖典礼上，《2022现实题材网络文学发展趋势报告》发布，《报告》显示，自2015年首届大赛举办以来，阅文集团现实题材作品7年复合增长率达到37.2%，增速位列全品类第二。

第六届现实题材网络文学征文大赛获奖名单

奖项	作者	作品
特等奖	人间需要情绪稳定	《破浪时代》
一等奖	和晓	《上海凡人传》
二等奖	靳泽晓	《巨浪！巨浪！》
	花潘	《都市赋格曲》
优胜奖	李慕江	《茶滘往事》
	奉义天涯	《警探长》
	卓牧闲	《老兵新警》
	时不识路	《塌房少女重建指南》
	殷寻	《他以时间为名》
	鱼人二代	《一抹匠心瑶琴传》
	令狐与无忌	《与云共舞》
	阿加安	《在阳光眷顾的大地上》
	荷风细语	《智游精英》
	衣山尽	《中心主任》

（6）第三届泛华网络文学"金键盘"奖

2022年11月7日，第三届泛华文网络文学"金键盘"奖在泰州颁奖。泛华网络文学金键盘奖是由中国作协网络文学中心、江苏省委宣传部和江苏省作家协会指导，江苏省网络作协于2018年设立，国内首个面向全国，以网络文学创作题材、IP改编形式进行细分的网络文学专业奖项，每两年评选一次。本届评奖于2022年6月启动，共收到推荐及申报作品482部，获奖作品呈现出创作精品化、风格多元化、题材细分化等趋势。

第三届泛华网络文学"金键盘"奖获奖名单

奖项	作者	作品
现实题材类	骁骑校	《长乐里：盛世如我愿》
	胡说	《扎西德勒》
	行如	《2.24米的天际》
	红九	《扫描你的心》
玄幻仙侠类	我吃西红柿	《沧元图》
	横扫天涯	《有请小师叔》
都市幻想类	关外	《重回1990》
	更俗	《非洲酋长》
军事历史类	流浪的军刀	《血火流殇》
	知白	《长宁帝军》
现代言情类	含胭	《寂寞的鲸鱼》
	尼卡	《烈焰》
古代言情类	闲听落花	《墨桑》
	寸寸金	《穿成极品老妇之后只想当咸鱼》
悬疑科幻类	火中物	《千年回溯》
	红刺北	《砸锅卖铁去上学》
优秀影视改编作品	清闲丫头	《御赐小仵作》
	尾鱼	《半妖司藤》
优秀有声改编作品	青鸾峰上	《一剑独尊》
优秀动漫改编作品	洛城东	《绝世武魂》
优秀翻译输出作品	童童	《冬有暖阳夏有糖》
优秀实体出版作品	卢山	《蹦极》
最佳故事创意作品	伪戒	《第九特区》
优秀网络文学评论作品	王玉玊	《编码新世界：游戏化向度的网络文学》

（7）2022 年网络文学重点作品扶持选题名单

2022 年中国作家协会网络文学重点作品扶持项目共收到 235 项有效申报选题。经重点作品扶持项目论证委员会论证，报中国作家协会书记处书记办公会审核，确定 39 项选题入选。

2022 年网络文学重点作品扶持选题名单

主题	作者	作品
新时代山乡巨变	雾外江山	《十月缨子红》
	李子燕	《七色堇》
	楚清	《人间有微光》
	仇若涵	《儿孙绕心》
	懿小茹	《大河之源有人家》
	八匹	《小山恋》
	风御九秋	《山河》
	王熠	《千年飞天舞》
	囧囧有妖	《月亮在怀里》
	本命红楼	《风华时代》
	季灵	《沪漂媳妇》
	海胆王	《高阳》
	姚璎	《野马屿的星海》
	湘竹 MM	《琼音缭绕》
	三生三笑	《粤食记》
	静夜寄思山涧清秋月	《新英雄湾村》
	李子谢谢	《澄碧千顷》
科技创新和科幻	柠檬羽嫣	《中轴》
	唐墨	《当分子原子起舞时》
	月下狼歌	《安得广厦》
	天瑞说符	《我们生活在南京》
	会说话的肘子	《夜的命名术》
	王鹏骄	《党员李向阳》
	横扫天涯	《镜面管理局》

续表

主题	作者	作品
中华民族复兴主题	飞天	《万里黄河第一隧》
	暗香	《小城大医》
	冰可人	《女检察官》
	高楼大厦	《每个人的人生总会燃烧一次Ⅱ》
	黑天魔神	《虎警》
	刘金龙	《穿越星河热爱你》
	竹正江南	《桃李尚荣》
	水边梳子	《贾道先行》
人类命运共同体主题	凉城虚词	《万里敦煌道》
	我本纯洁	《沧海归墟》
	风晓樱寒	《逆行的不等式》
优秀历史传统主题	七月新番	《赤壤》
	闲听落花	《吾家阿囡》
	锦沐	《琉璃朝天女》
	吱吱	《登堂入室》

（8）第二届"致未来文学奖"

2022年11月21日晚，第二届"致未来文学节"在元宇宙空间举办本次活动由西部国家版权交易中心、北京捧读文化传媒有限公司、陕西致未来文学研究有限公司（以下简称陕西致未来）、青岛市科幻艺术协会、西安文理学院等机构联合主办，陕西致未来文学研究有限公司承办。广大用户通过虚拟角色，在元宇宙世界中自由穿梭，享受文学与科技融合的魅力，尽情体验了元宇宙世界的文学魅力和丰富趣味。

第二届"致未来文学奖"获奖名单

奖项	作者	作品
主奖	抱南楼	《始龀之宴》
科幻奖	池洪波	《发光的人》
奇幻奖	寸君	《千杯序·扬舟记》
悬疑奖	叶输	《虚构之书》
年度十佳作家	抱南楼　阿拾　叶输　刘十五　池洪波 寸君　陈也　文心凋零　郝明鸝	

（9）首届全球元宇宙征文大赛

由中文在线主办的"首届全球元宇宙征文大赛"是首次全球范围内，以元宇宙为主题的全新概念征文大赛，无论是赛事规模、科幻硬度和前瞻定位，都令人眼前一亮。据了解，本次大赛有超 11000 部作品参加初赛、60 部作品入围，最终 20 部作品分别斩获"奇想奖""开元奖"，1 部作品获得"元宇宙奖"。

首届全球元宇宙征文大赛获奖名单

奖项	作者	作品
元宇宙奖	东心爱	《卞和与玉》
奇想奖	谭钢	《铁镜》
	杨健	《面孔》
	东心爱	《卞和与玉》
	碳基处理器	《世界族漫游指南》
	凉言	《唯有死者能说话》
	其他	《我们》
	美菲斯特	《元宇宙无间风云》
	钟推移	《二元》
	红糖橙子	《算法人生》
	九伏	《赛博遗产》
开元奖	伪戒	《永生世界》
	失落叶	《我是剑仙》
	黑米饭	《最终序列》
	道听途说的他	《全球惊悚：诡秘世界玩嗨了》
	只吃三文鱼	《奴役全人类》
	左耳	《元宇宙：最后防线》
	灵茶树	《元宇宙：重生进化路》
	不语浪人	《元宇宙：我从现实挑演员》
	精神队长	《我的 NPC 不可能这么萌》
	天剑收容	《元宇宙管理局》

（10）中国作家网原创频道征文（散文）大赛

为了进一步提升中国作家网原创散文作品的整体品质，中国作家网于 2022 年 3 月 22 日至 5 月 22 日举办原创频道征文（散文）大赛。此次征文共收到稿件 1303 篇，其中符合征文要求的稿件 995 篇，经过公正、严格的评选审议，最终确定作品 64 篇，并从中评选出一等奖作品 5 篇，二等奖作品 8 篇，三等奖作品 15 篇，优秀作品 36 篇。

中国作家网原创频道征文（散文）大赛获奖名单

奖项	作者	作品
一等奖	山飞雪	《瓦楞草》
	李慧	《农具的秘密》
	杨秀廷	《在尘世歌唱》
	梦蝶书生	《远去的村河》
	曹洁	《耳窑：河流生长的耳朵》
二等奖	朱湘山	《天涯苦旅》
	李相奎	《漫步长白山》
	何喜东	《白鸽与少年》
	冷梅	《内湖简章》
	范庆奇	《命如微尘》
	郭苏华	《长河》
	曹凌云	《同学少年》
	钱金利	《虫子的忧伤》
三等奖	王善让	《一个人的家国》
	长平有雪	《野茵》
	许杰	《黑田铺老街》
	杨亦頔	《妈妈骨头是黑的》
	张秀娟	《父亲的青山绿水》
	郑玉忠	《落雪无声》
	孟宪春	《谁在故乡揉捏石头的灵魂》
	秦挽舟	《路过一场雨》
	徐春林	《那夜极其寒冷》
	萧忆	《凤凰漫笔》
	菡萏	《程集往事》
	清影	《夜行，星火可亲》
	鲁北明月	《生死守候》
	蔡欣	《梦有 81 斤重》
	黎落	《往事如烟》

续表

奖项	作者	作品
优秀奖	山野流云	《风雪》
	马曰	《我的老街我的河》
	支禄	《我们村》
	火引	《写在黎明前》
	田夏	《碎裂的月影》
	朱慧彬	《杏红梨白春且去》
	庄生	《绿的草黄的花》
	刘井刚	《从苏拉宫到榆树沟》
	刘汉斌	《玉米》
	刘晓利	《又见梨花开》
	刘雪韬	《我开始在傍晚时数数》
	安蓝	《旷野之歌》
	许星	《双廊,在安静的阳光下温暖成一朵花》
	孙同林	《棉花月令》
	孙剑波	《青山何处藏义骨》
	牟海静	《住院记》
	花盛	《淫羊藿》
	李子燕	《太奶的慢时光》
	杨建业	《中轴线情缘》
	汪知寒	《最后一只白鳍豚》
	张卫华	《一瓢饮》
	陈礼贤	《生活的样子》
	周火雄	《老街,哦,老街》
	周雅洁	《青冢》
	赵建平	《住在人世间》
	南风子	《心灵风景沉思录》
	保定许城	《我和小羊一起飞》
	贺亮	《此心安处》
	骆浩	《故乡》
	烨水珠华	《草绿在旷野的山坡》
	黄劲松	《忘言在雁荡的峰影》
	紫藤晴儿	《从秋天到冬天》

奖项	作者	作品
	鄢依涵	《风起的一瞬》
	韶融	《香河听水》
	翟敬之	《平阳年画》
	李沙	《总有春梦在人间——品秦观在处州所作词〈好事近·梦中作〉》

（11）2022年《散文百家》首届全国优秀散文征文大赛

2022年由邢台市文学艺术界联合会主办、《散文百家》杂志社承办的《散文百家》首届全国优秀散文征文大赛共收到征文5366篇，最终评选出一等奖2名，二等奖3名，三等奖5名，优秀奖30名。

2022年《散文百家》首届全国优秀散文征文大赛获奖作品名单

奖项	作者	作品
一等奖	叶耳	《说话的鸟立于枝头》
	于晓	《被风吹走的父亲》
二等奖	乔洪涛	《寂静的大地》
	辛茜	《杏花与二月兰》
	周蓬桦	《白山帖》
三等奖	梁亚军	《寂静之音》
	指尖	《找井》
	皖心	《天使在天堂的隔壁》
	菡萏	《生命的香气》
	孔淑茵	《落雨声》
优秀奖	刘兴花	《傻娘阿红》
	多鱼	《念葵》
	付春生	《满地庄稼》
	徐春林	《不被遗忘的私人历史》
	沈荣均	《形而上的竹》
	钟倩	《雷公藤的夏天》
	刘梅花	《隐秘的暗示》
	张金凤	《村子里的风》
	冯渊	《寻找馨香的嫩叶和露水》

续表

徐琦瑶	《天上有雪》
古保祥	《赶场》
李治本	《浅吟的花瓣》
张强勇	《一条河流的记忆》
李 坤	《胡塞尔公园》
赵会宁	《滋饶村庄的灯盏和铃音》
吕敏讷	《究竟清凉》
丁迎新	《蔡家冲的母亲》
罗瑞花	《山涧百合》
寇 洵	《南窑记》
曹春雷	《一块土地的史记》
何文生	《怀乡（三章）》
豆春明	《清白的鸟窝》
曹文生	《农具里的故乡》
刘腊梅	《拆迁》
孙继泉	《须》
祁云枝	《草木甘甜》
张学明	《那个秋天我走进沈园》
胡启涌	《梨花屯一直下着雨》
徐必胜	《我的傻父亲》
陈 纸	《回家种田》

（12）首批 45 项网络数字版本入藏中国国家版本馆

2022 年 12 月 29 日，中国国家版本馆正式收录了 45 项来自腾讯公司、阅文集团、腾讯音乐娱乐集团的网络文学、网络视频、网络游戏、数字文保和数字音乐五大类网络数字版本。其中阅文集团选送的 10 部优秀文学作品成功入选。

阅文集团 10 项网络文学作品目录

作者	作品
wanglong	《复兴之路》
齐橙	《大国重工》
卓牧闲	《朝阳警事》
吉祥夜	《写给鼹鼠先生的情书》

续表

作者	作品
七月新番	《秦吏》
猫腻	《庆余年》
天蚕土豆	《斗破苍穹》
独一无二	《全职高手》
舞清影	《他从暖风来》
唐家三少	《斗罗大陆》

（13）中国小说学会 2022 年度好小说

2022 年 12 月 30 日，由中国小说学会主办、江苏省兴化市委宣传部承办的"中国小说学会 2022 年度好小说"评议会在线上举行。来自全国各地的 40 位评委，在前期长达几个月的小说推荐和阅读的基础上，经过认真、细致地遴选和充分、深入的讨论，遵循公平、公正、民主的评议原则和投票程序，最终评出 45 部作品，其中网络小说作品 10 部。

中国小说学会 2022 年度好小说·网络小说

作者	作品	来源
卓牧闲	《老兵新警》	起点中文网 2022 年 1 月完结
青鸾峰上	《一剑独尊》	纵横中文网 2022 年 7 月完结
黑山老鬼	《从红月开始》	起点中文网 2022 年 1 月完结
堵上西楼	《公子凶猛》	中文在线 2022 年 10 月完结
老鹰吃小鸡	《星门：时光之主》	起点中文网 2022 年 5 月完结
竹 已	《折月亮》	晋江文学城 2022 年 4 月完结
远 瞳	《黎明之剑》	创世中文网 2022 年 3 月完结
天瑞说符	《我们生活在南京》	起点中文网 2022 年 3 月完结
龙 渊	《大明第一狂士》	掌阅小说网 2022 年 3 月完结
童 童	《月球之子》	番茄小说网 2022 年 5 月完结

（14）2022 "云+" 奖年度榜单

2022 年 12 月 30 日，云合数据主办的 2022 "云+" 奖年度榜单正式揭晓，奖项分为 "非申报型" 和 "申报型" 两大方向。其中 "非申报型"（项目奖）以云合数据正片有效播放为基础，客观呈现全年剧集、综艺、网络电影等视频内容的播放情况，"申报型"（人物/公司奖）基于所有参与申报的内容，综合作品的播放表现、市场反响、口碑热度等，嘉奖本年度的优秀创作者和公司。"年度经典剧集" 奖，选取的是 2021 年 1 月 1 日前上线的剧集，统计它们在 2022 年的全网正片有效播放；其他项目均来自 2021 年 11 月—2022 年 10 月 31 日期间。

2022 "云+" 奖获奖榜单

奖项	作品
年度剧集·电视剧	《大考》
	《底线》
	《欢乐颂 3》
	《警察荣誉》
	《玫瑰之战》
	《人世间》
	《少年派 2》
	《特战荣耀》
	《天才基本法》
	《心居》
	《幸福到万家》
	《雪中悍刀行》
	《余生，请多指教》
年度剧集·网络剧	《苍兰诀》
	《沉香如屑·沉香重华》
	《罚罪》
	《开端》
	《猎罪图鉴》
	《梦华录》
	《请君》
	《三悦有了新工作》
	《尚食》
	《谁是凶手》
	《唐朝诡事录》
	《星汉灿烂·月升沧海》
	《与君初相识·恰似故人归》

奖项	作品
年度剧集·分账剧	《拆案》
	《东北插班生第一季》
	《再见吧就现在》
	《民间怪谈录》
	《明天也想见到你》
	《惹不起的千岁大人》
	《通天塔》
	《我叫赵甲第》
	《一闪一闪亮星星》
	《终于轮到我恋爱了》
年度剧集·微短剧	《拜托了！别宠我》
	《别跟姐姐撒野》
	《念念无明》
	《千金丫环》
	《夜色倾心》
年度经典剧集	《陈情令》
	《楚乔传》
	《父母爱情》
	《琅琊榜》
	《琉璃》
	《亲爱的，热爱的》
	《庆余年》
	《三生三世十里桃花》
	《特种兵之火凤凰》
	《武林外传》
	《香蜜沉沉烬如霜》
	《新三国》
	《雪豹坚强岁月》
	《甄嬛传》
	《知否知否应是绿肥红瘦》

续表

奖项	作品
年度网络电影·年度单片付费	《盲战》
	《目中无人》
	《青面修罗》
	《倚天屠龙记之九阳神功》
	《倚天屠龙记之圣火雄风》
年度网络电影·会员分账	《大话西游之缘起》
	《恶到必除》
	《二龙湖往事·惊魂夜》
	《浩哥爱情故事》
	《开棺》
	《逃狱兄弟2》
	《特级英雄黄继光》
	《阴阳镇怪谈》
	《勇士连》
	《再战江湖》

（15）第四届辽宁网络文学"金桅杆"奖

2022年12月30日，第四届辽宁网络文学"金桅杆"奖颁奖仪式以线下线上相结合的方式同步举行。辽宁网络文学"金桅杆"奖是由辽宁省作家协会主办，辽宁省作协网络文学研究中心承办的立足辽宁、面向全国的网络文学专项奖。2022年，辽宁作协共收到参评"金桅杆"奖——优秀作品奖的作品41部，参评新人奖的35岁以下网络作家21人、作品42部，咪咕阅读、七猫中文网、纵横小说等文学网站纷纷参与推荐，参评网络作家来自15个省、自治区、直辖市，作品字数总量达1.14亿。

第四届辽宁网络文学"金桅杆"奖

奖项	作者
优秀作品奖	刘金龙（胡说）
	徐向南（徐江小）
	甘海晶（麦苏）
	徐彩霞（阿彩）
	王熠（冰天跃马行）
	纪媛媛（缪娟）

续表

奖项	作者
	阮德胜
	李宇静（风晓樱寒）
新人奖	张芮涵　尚启元

2. 网络小说年度代表作一百部

本次遴选网络小说年度代表作，参考了 2022 年度内有关网络文学的政府榜单、各大平台发布的小说排行榜等各类年度榜单，兼顾多平台和多类型题材创作，选出 50 部男频小说代表作和 50 部女频小说代表作作为 2022 年度网络小说代表作。这些作品以 2021 年年中之后开书，并且在 2022 年持续更新，或者 2022 年内完结的作品为主，重点考察作品的价值和在 2022 年度的影响力。作品按照男频小说和女频小说分类列出，排序方式以作品的首字母为序。

（1）男频小说年度代表作

《7 号基地》，净无痕，起点中文网

《保卫南山公园》，天瑞说符，起点中文网

《奔涌》，何常在，七猫中文网

《卞和与玉》，东心爱，中文在线—奇想宇宙

《茶滘往事》，李慕江，起点中文网

《长宁帝军》，知白，纵横中文网

《长生仙游》，四更不睡，17K 小说网

《重回 1990》，关外西风，17K 小说网

《黜龙》，榴弹怕水，起点中文网

《大道朝天》，猫腻，创世中文网

《大国科技》，九月酱，起点中文网

《大国重器 2 智能时代》，银月光华，七猫中文网

《大明第一狂士》，龙渊，掌阅文化

《当分子原子起舞时》，唐墨，逐浪小说网

《地火》，韩太明，逐浪小说网

《第一序列》，会说话的肘子，起点中文网

《复活帝国》，火中物，起点中文网

《关键路径》，匪迦，七猫中文网

《党员李向阳》，王鹏骄，红薯中文网

《国民法医》，志鸟村，起点中文网

《技术宅推理之真相的精度》，后觉，咪咕阅读

《金牌学徒》，晨飒，书旗小说

《警探长》，奉义天涯，起点中文网

《镜面管理局》，横扫天涯，起点中文网

《巨浪！巨浪!》，荆泽晓，起点中文网

《绝世武魂》，洛城东，掌阅文化

《慷慨天山》，奕辰辰，纵横小说

《老兵新警》，卓牧闲，起点中文网

《灵境行者》，卖报小郎君，起点中文网

《面孔》，杨健，中文在线—奇想宇宙

《逆火救援》，流浪的军刀，番茄小说网

《破浪时代》，人间需要情绪稳定，起点中文网

《人皇纪》，皇甫奇：中文在线

《赛博正义》，赖尔，咪咕阅读

《上海凡人传》，和晓，起点中文网

《深海余烬》，远瞳，起点中文网

《神工》，任怨：掌阅文化

《铁镜》，谭钢，中文在线–奇想宇宙

《外卖老哥》，东姝，咪咕阅读

《万里敦煌道》，凉城虚词，番茄小说网

《我们生活在南京》，天瑞说符，起点中文网

《卧牛沟》，风圣大鹏，咪咕阅读

《仙穹彼岸》，观棋，17K 小说网

《夜的命名术》，会说话的肘子，起点中文网

《一抹匠心瑶琴传》，鱼人二代，起点中文网

《永生世界》，伪戒，17K 小说网

《有请小师叔》，横扫天涯，起点中文网

《与云共舞》，令狐与无忌，起点中文网

《月球之子》，是童童吖，番茄小说网

《在阳光眷顾的大地上》，阿加安，起点中文网

（2）女频小说年度代表作

《奔向太阳的彩虹》舍予，七猫小说网

《冰冠之上》，陆肆儿，七猫小说网

《苍穹之盾》，伴虎小书童，七猫中文网

《乘风相拥》，Hera 轻轻，起点女生网

《登堂入室》，吱吱，起点女生网

《第九农学基地》，红刺北，晋江文学城

《冬有暖阳夏有糖》，童童，番茄小说网

《都市赋格曲》，花潘，云起书院

《敦煌：千年飞天舞》，冰天跃马行，咪咕阅读

《富起来吧，神农架》，陆月樱，点众文学网

《合伙之路》，木木言，豆瓣阅读

《合喜》，青铜穗，起点女生网

《花娇》，吱吱，起点女生网

《画春光》，意千重，起点女生网

《江湖夜雨十年灯》，关心则乱，晋江文学城

《开更》，祈祷君，晋江文学城

《看不见的向日葵》，康情宝贝，掌阅文化

《来到你的身边》，葵田谷，火星女频

《琉璃朝天女》，锦沐，点众文学网

《蜜语记》，红九，晋江文学城

《墨桑》，闲听落花，起点女生网

《能源之路》，小辉，火星女频

《你好，义肢师》苏林，七猫小说网

《你好动物学家》，林听禾，七猫小说网

《盘秦》，春溪笛晓，晋江文学城

《璞玉记》，半夏谷，掌阅小说网

《亲爱的雷特宝贝》，阿顺，掌阅文化

《亲爱的请入剧》，吉祥夜，潇湘书院

《青云台》，沉筱之，晋江文学城

《擎翼棉棉》，牛莹，起点女生网

《冉冉似朝阳》，林潇潇，火星女频

《人类落日》，琅翎宸，七猫小说网

《谁不说俺家乡美》，舞清影，起点女生网

《蜀绣》，慕十七，七猫小说网

《丝路繁花》，赢春衣，七猫小说网

《他以时间为名》，殷寻，红袖读书

《塌房少女重建指南》，时不识路，起点中文网

《忘南风》，周板娘，豆瓣阅读

《蔚蓝盛宴》，画骨师，掌阅文化

《无二无别》，沐清雨，晋江文学城

《吾家阿囡》，闲听落花，云起书院

《相逢少年时》，亲亲雪梨，纵横文学

《小城大医》，暗香，番茄小说网

《小千岁》，月下无美人，起点女生网

《小山河》，北斗二娘，番茄小说网

《小山恋》，八匹，起点女生网

《野马屿的星海》，姚璎，火星女频

《遇见品牌官》，谷甘，七猫中文网

《月亮在怀里》，囧囧有妖，云起书院

《直挂云帆济沧海》，乔薇安，七猫小说网

三、网络创作新趋势

在政府机构的扶持、主流媒体的引导、互联网和信息技术的发展、作者的努力、读者的推崇等因素的共同作用下，网络文学显示出强大的生命力，可谓生逢其时。2022 年上半年，仅阅文集团一家网络文学阅读平台月付费用户就已达 810 万人，阅文 MAU（月活跃用户数）达 2.65 亿，且平台期内新增约 30 万名作家和 60 万本小说，新增字数达 160 亿。[①] 网络文学的繁荣发展促使网文创作呈现出诸多新的变化、新的特点和新的景象。2022 年，我国网络文学创作保持健康有序的发展态势，作品质量不断提升，并逐渐向类型融合创新的方向迈进，青年创作队伍不断壮大且更具现实性与专业性，IP 改编的精品化意识增强。

1. 现实题材整体性崛起，后劲十足

政府机构和相关平台更加注重引导、激励现实题材创作。习近平总书记在党的二十大报告中明确提出，"繁荣发展文化事业和文化产业。坚持以人民为中心的创作导向，推出更多增强人民精神力量的优秀作品，培育造就大批德艺双馨的文学艺术家和规模宏大的文化文艺人才队伍。"[②] 这为文艺工作者传播正能量、反映新时代人民心声指明了方向。在中央高层文艺主管部门的价值引领和网络文学精品化、经典化创作旨归的感召下，各大媒体、文学创作平台越来越重视现实题材的创作。2022 年，国家新闻出版署开展"优秀现实题材和历史题材网络文学出版工程"；中国作协开展网络文学重点作品扶持工作。各地作协和网站，也都通过重点作品扶持、征文等方式，引导网络文学反映新时代、书写中国故事。江苏作协主办的第三届泛

---

① 数据来源：《阅文集团 2022 年中期业绩报告》，阅文集团，2022 年 8 月 15 日。

② 《（受权发布）习近平：高举中国特色社会主义伟大旗帜 为全面建设社会主义现代化国家而团结奋斗——在中国共产党第二十次全国代表大会上的报告》，新华网，2022 年 10 月 25 日，http://www.news.cn/politics/cpc20/2022-10/25/c_1129079429.htm，2023 年 1 月 14 日查询。

华文网络文学金键盘奖、辽宁作协主办的辽宁网络文学金桅杆奖、成都市互联网络文学化协会主办的第四届金熊猫网络文学奖都包含了现实题材作品，例如骁骑校的《长乐里：盛世如我愿》、胡说的《扎西德勒》、纪媛媛的《人间大火》、张芮涵的《大旗袍师》、洛明月的《沉默之觉醒》等。2022 年 9 月阅文集团举行第六届现实题材网络文学征文大赛颁奖典礼，共计 14 部作品获奖：人间需要情绪稳定的《破浪时代》展现了民族科技企业艰辛而辉煌的振兴之路，斩获特等奖；和晓的《上海凡人传》以朱家的岁月速写展现上海普通人在 30 年城市变迁史中的现实与梦想，摘得一等奖；花潘的《都市赋格曲》和荆泽晓的《巨浪！巨浪！》获得二等奖，前者从女性视角观察都市家庭生活的真实困境，后者以港珠澳大桥建设为背景描写大湾区发展；展现敦煌壁画修复技艺的《他以时间为名》（殷寻），为粤北茶商立传的《茶滘往事》（李慕江），记录非洲援建的《在阳光眷顾的大地上》（阿加安）等 10 部作品，获得优胜奖。在主管部门和主流媒体的引导下，现实题材胸怀社会民生，日益倾向于围绕奋斗创业、科技创新、人民生活等社会热点问题，积极反映读者关切。

现实题材增速越来越快，已成为网络文学的生力军和主力军之一，持续为网络文学注入活力。对比阅文集团数据可知，2016—2021 五年现实题材复合增长率达 34%，位于全类目第二，是 2021 年增速 TOP5 的品类；第五届现实题材网络文学征文大赛参赛人数达 19256 人，同比增长 40.6%，参赛作品达 21075 部，同比增长 42.4%。[①] 2022 年，这一数据攀至新高。阅文集团发布的《2022 现实题材网络文学发展趋势报告》显示，现实题材呈现出加速度、年轻化、精品化、IP 开发多元化的趋势。自 2015 年首届大赛举办以来，阅文旗下现实题材作品复合增长率为 37.2%，增速居全品类第 2，第六届大赛参赛作者为 29152 人，同比增长 51.3%，参赛作品达 34804 部，同比增长 65.1%，再创新纪录。[②] 参赛作品的增多和增速的上升从一个侧面反映出现实题材的繁盛。实际上，"至迟自 2012 年起，网络文学现实题材创作的活跃就引起了社会关注"，[③] 如今，现实题材创作热潮有增无减，呈现飞速发展之态势。

现实题材创作朝着"品质化""精品化"的方向迈进。《2021 中国网络文学发展研究报告》指出："当前网络文学对现实的关切程度达到前所未有的高度，网络文学成为反映当下时代生活和社会思潮的一面镜子"[④]。现实题材作品贴近现实、贴近生活、贴近人民，聚焦亿万人民的伟大奋斗和共和国的峥嵘岁月，成为记录时代风貌、社会变迁、人民生活的重要载体。政府主管部门和官方媒体以评奖评优等方

[①] 数据来源：《2021 中国网络文学发展研究报告》，中国社会科学院，2022 年 4 月。

[②] 数据来源：《2022 现实题材网络文学发展趋势报告》，阅文集团，2022 年 9 月 1 日。

[③] 桫椤：《网络文学现实题材创作的兴起与发展》，《文艺报》2022 年 9 月 26 日，第 6 版。

[④] 数据来源：《2021 中国网络文学发展研究报告》，中国社会科学院，2022 年 4 月。

式所表现出的对网络现实题材作品的支持与肯定，促使网络文学日渐摆脱"玄幻满屏、一家独大"的偏狭视野，改变了大众将网络文学与"快餐文化""零散化""碎片化""虚幻"等负面评价相联系的刻板印象，大大激励了作者的创作热情，使其能够自觉主动地创作出既符合主旋律思潮又具有较高审美性、文学性的作品。众多现实题材优秀之作的不断涌现，已经成为网络文学创作转型的重要标志，昭示着现实题材这一网络文学品类的蓬勃发展态势。例如冰可人的《女检察官》入选2022年中国作协中华民族复兴主题重点扶持名单，作品通过描写一个女检察官从公诉科人员成为未检办负责人的过程，展示一个女检察官真正的成长史，旨在全方位地展现我国女检察官对梦想的坚持、对律法的热情、对未成年人的爱心和耐心，号召更多人参与到保护未成年人的工作中来。暗香的《小城大医》同样入选中华民族复兴主题，作品中的年轻外科大夫石碚，婉拒了一线大城市医院开出的优渥条件，坚忍地留在小城，坚守底线，主动抵制行业内的不正之风，和偏僻的乡镇建立医联体，展现出难能可贵的医者仁心。雾外江山的《十月缨子红》入选新时代山乡巨变主题，作品以铁岭为背景，描写了三里村村民孙连奎返乡创业、竞选支书、带领村民共同富裕的故事，以幽默诙谐的笔触塑造了孙连奎这一农村新人形象，展现了新时代乡村的创业奋斗图景。

现实题材通过一系列优秀作品增强了自身的精品意识，提高了作品质量，"被纳入文艺工作心系民族复兴伟业、描绘新时代新征程恢宏气象的主要方向，成为网络文学进入新时代后的重要遵循。"① 在政府倡导、内容平台积极响应和作家与读者的共同努力下，现实题材网络文学快速崛起，佳作频出，其境界和艺术成就已经达到新的高度，推动着网络文学迈入高质量发展阶段。

与此同时，网络作家借助互联网的发展和智能设备的普及，他们在创作诉求上有了更多的社会期待和更高的艺术追求，涌现出一大批高质量、高品位、热题材作品，这些作品以其对社会生活的精准把握，引发"Z世代"的强烈共鸣，在唤醒家国情怀、进行正向价值引导方面发挥着日益重要的作用。

第一，随着互联网和信息技术的进步，"Z世代"作为"伴网而生"的一代，能够熟练运用互联网，乐于接受交互式的网络文学阅读模式，正逐渐成长为网络文学阅读增量的主力。据阅文集团数据，2021年，起点读书App"95后"新增用户占比超60%。② 2022年现实题材网络文学读者累计突破6000万，读者比例同比增100%，其中"Z世代"读者约占4成。③ "Z世代"的活跃一方面为网络文学阅读注入了活力和新生力量，另一方面也为现实题材提供潜在而庞大的受众基础。

---

① 桫椤：《网络文学现实题材创作的兴起与发展》，《文艺报》2022年9月26日，第6版。
② 数据来源：《2021中国网络文学发展研究报告》，中国社会科学院，2022年4月。
③ 数据来源：《2022现实题材网络文学发展趋势报告》，阅文集团，2022年9月1日。

第二，高质量的现实题材作品涵盖社会现实的诸多方面，满足"Z世代"对于抒发爱国热忱、张扬社会责任、努力求知探索等多层面的精神需求。"Z世代"的成长于崛起后的中国，民族自豪感强、爱国热情高涨，具有强烈的正义感和社会责任感。他们通过阅读现实题材作品，或表达对美好事物和正义、热血的向往；或表达家国情怀、爱国热忱；或进行知识交流、开阔眼界，体现出现实题材文学正向引导的社会效益。据阅文集团旗下起点读书App统计，仅2021年，"中国"一词在读者评论中累计出现超30万次，过去3年累计近百万次。"爱国"出现1.5万次，"物理"出现7万次，"化学"出现1.6万次，"高数"出现超5000次。例如书友"就随便翻翻书"通过阅读奉义天涯的《警探长》，对警察的工作更为了解，并切身体会到了警察这一职业的意义："《警探长》是个不错的故事，逻辑很缜密，在案子有趣味性的同时给我们展现了一个警察的日常、职责以及这个职业的意义"，同时还表明通过作品进行了知识学习："看这书确实能学到一些东西，对于公安系统、对于法律、对于现在多发的一些案件（比如电信诈骗）有了一些认知。"[①] 书友"浮生乱世无痕之风"在阅读靳泽晓的《巨浪！巨浪！》后，以学生的身份出发，借助人物成长经历，表达对社会、现实的思考："毕业便面临相恋多年的男友分手，找不到想要的工作以及亲人带来巨大压力。一个刚从象牙塔走出来的女大学生该何去何从呢？""那样的时代环境，那样的家庭背景。让林静雯怎样甘愿就那样躺平呢？""没有石朴的林静雯走到这一步，会需要多经历多少呢？"[②] 由此可见，"Z世代"阅读网络文学并不止于娱乐消遣，也有着具有现实意义的思考和感悟。

现实题材网络文学作者规模不断扩大，创作队伍更加多元，兼具现实性和专业性，主要表现在以下四个方面：

第一，青年作家队伍持续壮大，逐渐成为现实题材创新求变的主导力量。2021阅文新增作家中"95后"超八成，2021网络文学榜样作家"十二天王"中近半数为"95后"，2021作家指数TOP 1000的新面孔中"95后"占三成，2021新晋大神作家中四分之一是"95后"。[③] 2022年，"90后"创作者成长为中坚力量，占比达43.5%，第六届现实题材网络文学征文大赛优胜奖获得者"时不识路"（1992年）、第五届大赛特等奖获得者"眉师娘"（1998年）等是其中的佼佼者。[④] 这些数据表明现实题材创作队伍年轻化趋势更为显著。2022年9月7日，中国作协网络文学中心面向40位"90后"网络文学作家开设"网络文学青年创作骨干培训班"，可见

① "就随便翻翻书"发表在《警探长》（奉义天涯）书友圈的书评，起点读书App，2022年8月29日，2023年1月18日查询。
② "浮生乱世无痕之风"发表在《巨浪！巨浪！》（靳泽晓）书友圈的书评，起点读书App，2022年4月24日，2023年1月18日查询。
③ 数据来源：《2021中国网络文学发展研究报告》，中国社会科学院，2022年4月7日。
④ 数据来源：《2022现实题材网络文学发展趋势报告》，阅文集团，2022年9月1日。

对"90 后"网络作家的重视。

第二，在主流价值观的引领下，作者自觉转向现实题材创作的倾向越来越明显。《奔涌》的作者何常在就曾指出："现实题材不能只停留在意淫和想象之上，真实的社会潮流和时代脉搏，要投身于时代之中才能切身感受到历史的洪流。"[①] 网络作家人间需要情绪稳定凭借现实题材作品《破浪时代》荣获第三届大湾区杯（深圳）网络文学大赛金奖、第六届现实题材网络文学征文大赛特等奖，她提出："现实生活对我的刺激比较大，所以我自己很喜欢去写跟现实有关系的内容，平时把每天看到的事情和经历的事情写下来是很有意义的……我希望《破浪时代》可以帮助在这些企业链条上的人——他们一开始有点失望，但是最终还是能够有勇气地走下去。"[②] 作品与时代同频共振已经成为网络文学创作的重要价值取向与艺术追求。

第三，现实题材的蓬勃发展吸引越来越多的网络文学作家转而关注时代、关注社会、关注民生，实现创作转型。第六届现实题材网络文学征文大赛吸引了玄幻、历史等各种题材的作家转型创作，知名奇幻作家"荆泽晓"转型现实题材创作的首部作品《巨浪！巨浪！》，获得二等奖；网络作家冰天跃马行坦言："在最初尝试网文写作的两年时间里，我试过写热门的女频言情，也探索过悬疑刑侦，却始终对现实题材望而却步……在文学政策的引导与鼓励下，越来越多的网络文学作家投身现实题材创作，这也激起了我想要尝试现实题材创作的热情。"[③] 她随后创作出的《敦煌：千年飞天舞》，将传统文化的厚重感与网络文学的爽感结合，展现新时代新青年坚守大漠、甘于奉献的精神，该作品已成功入选中国作协 2022 年网络文学重点作品扶持项目。

第四，现实题材作家涵盖的职业种类增多，各行各业的工作者纷纷进行现实题材创作，增强了作品的现实性和专业性。截至 2022 年 5 月 31 日，仅阅文集团中的作家就涉及教育、卫生、互联网和相关服务等 57 个国民经济行业大类，从专注家国叙事到通过更多元的角度观察个体与时代进程之间的关联，"奋斗""职场""乡村""时代""婚姻"成为阅文平台现实题材创作排名前五的关键词。[④] 网络作家虽然是兼职创作，但深入行业一线的宝贵经历和充满"烟火气"的个体感受，带来了层次更丰富的观察视角。他们根据自身经历进行的创作，内容真实可信，也更容易激发读者共鸣。来自各类行业的网络作家促使现实题材作品专业性增强。很多网络作家本身就从事某一行的工作，或者生活在作品所提及的社会环境中，所以他们的

---

① 只恒文：《网络作家与时代"同频共振"》，《中国青年报》，2021 年 6 月 8 日，第 16 版。
② 《她和她的〈破浪时代〉，一个深圳作家的现实题材网络文学情怀》，读创，2022 年 9 月 2 日，https：//baijiahao. baidu. com/s？id=1742808014495503052&wfr=spider&for=pc，2023 年 1 月 18 日查询。
③ 《王熠：厚重和爽感，共同绘就"数字敦煌"》，中国作家网，2022 年 7 月 29 日，http：//www. chinaw-riter. com. cn/n1/2022/0729/c441011-32488825. html，2023 年 1 月 18 日查询。
④ 数据来源：《2022 现实题材网络文学发展趋势报告》，阅文集团，2022 年 9 月 1 日。

作品能够反映真实的生活，甚至在某些方面因其真实而具有一定的建设性。网络作家本就来自现实的各行各业不同阶层，所以当他们涉足现实题材的时候，能够更接地气，更与人民群众紧密结合。阅文集团"白金""大神"作家中，大学以上学历的人数超过75%，其中理工科占比超60%，包括教授、技工、律师、法官、军人、医生、编剧、白领等各类职业技术要求较高的种类，行业技术含量十分"硬核"。他们在作品中塑造了上百种职业形象，如《警探长》中的警察、《与云共舞》中的通信工程师、《智游精英》中的互联网运营、《规培医生》中的医生等，无一不是来自创作者的亲身经历，因此更为真实感人。现实题材网络文学，以个体的温情和时代的细节，共同汇聚起了人民眼中真实的社会生活。各行各业的工作者，把创作的触角延伸向宽广的生活现场，使网络文学成为人民奋斗和时代进步最即时地记录者，成为讲好"中国故事"最直接的载体。

2. 类型交叉融合，多元化特征明显

网络文学类型的分野不再泾渭分明，创作内容的多元化发展趋势日益明显，不同题材和艺术元素、叙事手法之间已出现交叉融合的倾向，网络文学风格更为丰富多样。

在男频创作方面，玄幻仙侠等多种题材元素融合，风格更趋多元多变。在类型融合的大势之下，作品类型的边界变得模糊，常常表现为"既是、也是"。例如会说话的肘子的新作《夜的命名术》入选2022年网络文学重点作品扶持选题名单科技创新和科幻主题，该作品既是奇幻的"群穿文"，又具备科幻的赛博朋克风格，通过多种题材元素的结合，讲述了一个关于两个平行时空之间来回穿梭的故事；阅文集团白金作家卖报小郎君的《大奉打更人》，既有悬疑探案因素，又属于幻想修仙题材，将俗世朝堂背景，百家文化与仙侠修炼结合起来，并设计了一个个精妙的案件作为引线，一步步展现出了一个波澜壮阔的全新世界，为仙侠题材的创作开辟了新的方向；阅文集团白金作家爱潜水的乌贼在《诡秘之主》中将克苏鲁元素、魔幻元素、蒸汽朋克元素与西方幻想题材相融合，曾获评"第四届橙瓜网络文学奖年度十大作品""最具潜力十大游戏IP"，并被国家图书馆永久典藏，同作者的另一作品《长夜余火》，用游记的方式建构对异世大陆的幻想，描绘出一个昏暗荒诞，却又蕴含着希望的"新世界"，在连载期间荣获"第六届阅文原创IP盛典·年度科幻畅想作品""2021阅文年度好书榜单男频TOP2"等多个奖项，并入围"第32届中国科幻银河奖—最佳网络科幻小说奖"；目前正连载于起点中文网的《盖世双谐》，以评书式的叙事和相声式的对白为武侠带来了新声，用男频中少见的双男主视角展开双男主的人设对应现实中的两位游戏解说，将跨界的ACG文化融入武侠创作，用幽默的语言和情节将各种元素同为一体，拓展了武侠的意义空间；《大宋Online》（居尼尔斯）不再局限于带有基建要素的"第四天灾流"，将网游文从单纯的"打怪

升级"和"工会团战"等模式中解放出来，转而与悬疑结合、侧重解密，开辟网游文的全新创作方向。为了鼓励多元创作，激励新人作家勇于创新，2022 年度阅文集团发布网络文学榜样作家"十二天王"榜单（以下简称"十二天王"），"十二天王"的评选十分注重品类的拓展或题材的创新。2022"十二天王"在创作素材上殊途同归——历史的沉淀成为创作的富矿，将传统文化中的经典元素进行创新融合成为 2022"十二天王"的重要趋势之一。网络作家"狐尾的笔"被评为"2022 现象级破圈王"，作品《道诡异仙》创造性地拓展了"东方克苏鲁"风格，将克苏鲁与东方民俗完美结合；同样入选"十二天王"榜单的作家还有南腔北调和出走八万里，前者在《俗主》中将民俗与科幻创意交织，探讨人类与文明关系的拓展，后者在《我用闲书成圣人》中将家喻户晓的神话人物与"儒道流"设定结合，引领了"儒道流"的重新崛起。由此可见，男频作家不约而同地达成了类型交叉、融合的创作共识，不断拓展男频文学的创作空间，为读者带来了一系列优秀的作品。

随着近年"套路"文中各种类型的"元素化"与"泛化"，男频网络文学在类型融合趋势下产生了反套路的新类型。男频网络文学与"反套路、日常生活书写、'稳健流'及快节奏、大脑洞"有关的"飞卢风"网络文学兴盛，这种类型的文本"注重交互式体验，更加重视人物心理活动的呈现。"[①] 例如被阅文集团评为"2022 年度网络文学榜样作家十二天王"之一的网络作家"头顶一只喵喵"，在起点中文网上连载的《大秦：不装了，你爹我是秦始皇》就是一篇另辟蹊径的历史反套路升级文，为读者带来了全新的阅读体验，书友圈中随处可见对于情节反套路的正面评价："这就进去修仙体系了啊，脑洞不是一般的大，继续追跟"[②] "这个故事很完整，能感觉到越写越好。"[③] 同样位列阅文集团"十二天王"的网络作者南瞻台，凭借作品《当不成赘婿就只好命格成圣》被评为"2022 玄幻反套路王者"，该作品可谓玄幻题材年度"黑马"，上架当月即登新书月票榜第二，并长期位列起点品类月票榜前十，成绩斐然，可见反套路文在读者群中十分受欢迎。以《我师兄实在太稳健了》为代表的一批稳健流文，一反修仙小说一贯激情昂扬的格调，选择"躺平"，在这个充满不确定性和"内卷"的世界中"苟"住，将求稳放在首位，先求生存再谋发展。但实际上，反套路的套路仍是套路，只不过从正剧变为喜剧，也用设定的方式编织了一个最好的梦，例如平层的《视死如归魏君子》，魏君确认自己死后将转世为天帝，因此迫不及待想要赴死，好实现早死早超生的愿望。于是，他选择不再忍耐，决定要为正义而死，但可惜天不遂人愿，最终总是没有达到目的。有

---

① 中国作家协会网络文学中心：《2021 中国网络文学蓝皮书》，《文艺报》，2022 年 8 月 22 日，第 3 版。
② "书友 20211223224608873"发表在《大秦：不装了，你爹我是秦始皇》（头顶一只喵喵）书友圈的帖子，2022 年 11 月 2 日，2023 年 1 月 18 日查询。
③ "凌乱的风 ty"发表在《大秦：不装了，你爹我是秦始皇》（头顶一只喵喵）书友圈的帖子，2022 年 5 月 22 日，2023 年 1 月 18 日查询。

了这个不怕死的"引领者",于是其他好人受到鼓舞团结起来,最终合力制服了对方。青衫取醉的《亏成首富从游戏开始》中表达得更含蓄:主角还只是在心里默默期盼,行正义之事会有福报,而《视死如归魏君子》则时刻铭记这种理想主义的信条,他想象一位君子可以激发出许多尚怀良知的人们,并引导人们坚守正道。小说以诙谐而非严肃的方式在真空中完成,但作者也不得不有意逃避人性中复杂和幽暗的一面。除此之外,《仙人消失之后》(九方烨)《怪物被杀就会死》(阴天神隐)《我就是不按套路出牌》(百分之七)《我真没想出名啊》(巫马行)《最强反套路系统》(太上布衣)等都属于典型的反套路文,一定程度上丰富了网络文学的题材和风格。

在女频小说创作方面,作品突破性别壁垒、写作壁垒,向男频叙事结构靠拢,"言情+"模式为女频文学开拓了广阔的空间,在言情之外加入修仙、奇幻题材,使作品更具深度。将男频的爽文机制渗透进女频的写作中,这种转变是对灰姑娘式被动女性形象的反叛与革新,具有一定的积极意义。

女频中的女性形象由别动变为主动,独立性、主体性增强,创作主体的审美态势主要表现在以下两个维度上:

第一,场景化美貌叙事逐渐淡化甚至消失。以往女频文中备受欢迎的作品,常常会对"美貌"做出场景化的呈现,浓墨重彩的场景化描绘,"即放慢叙事时间,暂停转喻,延伸隐喻。如墨的长发、如烟的长眉、凝脂般的肌肤……这时叙事时间不在文本内部流淌,而是勾连外部的历史和现实。"① 这种刻意将女性外貌"柔"化的手法使女性的美貌变为一道凝结着男性目光的景观,有的宫斗、宅斗文中甚至将"美貌"用于女人世界里的霸权斗争,作为女性之间相互倾轧、通过取悦男性博取权力地位的武器。由美貌叙事引发的女人间的斗争和男人间的评价,不会只在女性同性范围内展开,一定会有男性评价的介入,把女人隔断,将"颜值即正义"这一几乎约定俗成的信条和准则不断深化,这就加深了女性形象的客体化。这一创作共性成为此前女频写作的显著特征。反观近期的女频文学,很多作品在塑造女性形象时,已不再为外貌过多着墨,而是一笔带过,主要通过神态、行动等展现人物性格,增强了女性的主体性。例如入选 2022 年第四届"金熊猫"网络文学奖长篇单元复评名单的《早安!三国打工人》(蒿里茫茫),其中的女主陆悬鱼在穿越时就主动选择了降低"魅力值",穿越后"生得寻常,堪称貌不惊人""身材并不高挑,也不健壮""嗓子喑哑,如同沙子摩擦一般的粗粝难听""愣头愣脑"②,在外在形象上已毫无"女主光环"加持;退戈的《第一战场分析师》中的女主乘风,出场时的

① 李玮:《论 2020—2021 年女频网络文学叙事结构的新变》,《江苏社会科学》,第 12 期。
② 蒿里茫茫:《早安!三国打工人》,晋江文学城 http://www.jjwxc.net/onebook.php?novelid=5276210。

外貌描写仅指出"脸很小",便集中通过眼神"清亮透彻""天真又无辜"① 衬托人物性格特征,除此之外并未对外貌和身体进行过多修饰;侧侧轻寒的《司南》中,女主阿南的出场也不再伴随着朦胧梦幻的仙气,而是充斥着护城河边的喧闹鼎沸,其外貌更是被塑造为"肌肤并不白皙"的平常女子,在旁人看来也"很普通"②,推翻了以往女频文学"外貌至上"的"惯例"。

第二,女频文学更加强调女性形象中的"男性气质",化被动为主动,女频文学中的女性,不再单纯着眼于个人"小爱"的狭窄范围,而是增添了对于国家民族、公理正义等"大爱"的崇高价值追求。众多女性形象已经从被保护者、被拯救者向保护者、拯救者转变,主体性显著增强。她们不再是单纯而毫无心机的"白莲花",而是变为胸有城府、步步为营、足智多谋的"大女主""黑莲花""女强人"等。例如御井烹香的《买活》中的女主谢双瑶,率领"买活军"种植杂交水稻,占领周边地盘,一门心思搞建设,削减文盲率,提高女性地位,书中虽然引用了金手指的设定,但由于小说具有强烈的现实色彩,因而并不显得牵强、突兀;女王不在家《七零之走出大杂院》中的女主顾舜华,性格独立自强,在发现自己处于表妹所设计的书中时,立刻决定把自己的孩子带出来,并凭借自己的努力为孩子成功争取到了北京户口;天下归元的《辞天骄》,女主铁慈胸怀天下,不拘一格降人才,在地方势力纷争中成功平定叛乱,肃清朝府,整饬纲纪,除暴安良,维护一方稳定。这些女主人公都展现出独立自强的优秀特质,使女频呈现出丰富多元的内容与类型。

女频正步入"去女频化"的书写新阶段,"言情+"其他因素的写作模式成为女频未来发展的新方向和新路径。女频文学在面对被认为专属于男频的题材与内容时,采取主动接纳吸收的姿态,有意淡化自身原本所携带的追求纯爱和情感满足、心理细腻、女性内视角等"女频"特征,文本不再仅仅表现为粉红色的爱情牧歌。七英俊在微博上连载的脑洞文《成何体统》开创了网络小说的俄罗斯套娃结构,通过构建多层空间,使故事一再反转;莞尔 wr 的《前方高能》采用"言情+玄幻、异能超术"的模式,塑造了女主宋青小的坚韧倔强又富有人文情怀的性格特征:她心思缜密,抵挡住了神狱中的重重试炼,在掌握了灭神之力后也不自视甚高,蔑视他人,而是平等温和地对待弱势群体,为他们尽一份绵薄之力;沉筱之的《青云台》,通过"言情+武侠、悬疑"的模式,叙述了一桩又一桩悬案,将女侠崔青唯助人时的飒爽坚毅、查案时的认真细致,淋漓尽致地展现了出来;东坡柚的《朋友的那个完美妻子》采用"言情+悬疑"的模式,通过多条线索的推进,加深悬念,抽丝剥茧,"在群像式的刻画中……呈现了人性中的灰色地带、多视角下的迥然面貌,牵引着

---

① 退戈:《第一战场分析师》,晋江文学城 https://www.jjwxc.net/onebook.php? novelid=5214228。
② 侧侧轻寒:《司南》,晋江文学城 http://www.jjwxc.net/onebook.php? novelid=5459487。

读者走进人性的'地窖',并以灯探照"①;微风几许的《薄雾》,兼具"言情+悬疑、恐怖"的特征,在渲染惊悚气氛的同时,利用时空装置制造悬念,引人入胜。

去除情爱结构的无CP小说也是女频性别秩序变动的典型例证。无CP小说是网络女频文学开拓文本空间、向传统性别秩序发起挑战的新方法、新路径。网络文学以性别二元对立为底层逻辑,将男性读者、女性读者的审美取向分别框定在由性别刻板印象建构的"男频""女频"中。"去女频化"的出现,使女频与男频之间出现穿插、越界,不仅使女频中的女性形象变得更为丰满、多样,丰富了女频文本类型,也为女频修正传统的性别秩序,提升女性的主体地位起到了推动作用。例如方便面君《抽奖抽到一座岛》讲述了女主人公李瑶林发展海岛旅游度假的经营之路,文中从头到尾未给女主配CP;有妃的《我在异界求生的那些年》讲述主角斯科特在异世界的冒险征程,包含学院、竞赛、异族等多类升级流要素。除此之外,还有群星观测的《寄生之子》借助新颖独特的儿童科幻视角,书写对真情、自由、友谊的独到见解。

"去女频化"的出现,是女频积极向外寻求与男频的沟通与交流,弥合两个频道间差异的有力尝试。从"女频"到"去女频"的过程,证明了在看待"男频"与"女频"这一分类标准时,需要跨越一直以来横亘在"男频""女频"之间的性别和写作壁垒,为网络文学创新内容、开阔思路、丰富类型提供更为自由、广阔的空间。

3. AI写作加快人机协同新趋势,未来可期

目前诸多与人工智能(Artificial Intelligence,英文缩写为AI)写作相关的系统、软件、网站不断涌现,AI写作渠道丰富、形式多样。清华"九歌"、华为AI诗人"乐府"、微软"小冰"等,能够通过深度学习技术,进行诗词写作,为AI写作提供了技术支持。"九歌"中文诗歌自动生成系统由清华大学计算机系自然语言处理与社会人文计算实验室(THUNLP)孙茂松教授带领的THUAIPoet团队研发,运用超过30万首古人诗作进行训练,支持集句诗、绝句、藏头诗、词等不同体裁诗歌的在线生成。作为目前最有影响的诗歌生成系统之一。自2017年上线至2022年5月,"九歌"已累计为用户创作超过700万首诗词,并于全国计算语言学学术会议(CCL)荣获最佳论文奖(2018)和两次最佳系统展示奖(2017,2019)。② AI诗人"乐府"是华为诺亚方舟实验室新推出的科技产品,基于华为云AI技术和GPT打造而成,通过预训练和微调两个阶段进行模型训练,可以写乐府诗、藏头诗、五律、七律、作词等等。微软亚洲研究院研发的AI"小冰",在2760小时内写了一万多首

---

① 《网络文学·青春榜之春季榜——东坡柚〈朋友的那个完美妻子〉》,《青春》2022年第3期。
② 《捷报!清华孙茂松领导的NLP团队荣获ACL 2022"最佳演示论文奖"》,雷锋网,2022年5月26日,https://www.leiphone.com/category/academic/9tQtmFVPywbid3gA.html,2023年1月18日查询。

诗，其中有 139 首入选了由北京湛庐文化传播有限公司出版的诗集《阳光失了玻璃窗》①，该书在豆瓣上的评分达到了 5.4 分，约有 36.2% 的读者为其打出了三星的评价，此后，它还入选为"中国十大 00 后诗人"，并在《华西都市报》"宽窄巷"专门开设的"小冰的诗"专栏中发表文章。除此之外，互联网上也存在众多自动写诗、写文章的网站和软件，例如"彩云小梦"AI 写作软件、"猎户星免费诗歌自动制作机""Get 写作""WPS 智能写作""易撰""Giiso 智搜""秘塔写作猫""剧本生成器"等，这些 AI 写作工具的上线，使许多有特定表达欲望或阅读期许、却因为各类原因未能得到满足的潜在作者和读者，得以在人工智能的辅助下接触文学创作。

AIGC 的不断突破，引领了网络文学内容生产力的变革。AIGC 全称为 AI Generated Content，指通过 AI 技术来自动或辅助生成内容，可以划分为音频生成、文本生成、图像生成、视频生成及图像、视频、文本之间跨模态生成。2022 年被称为 AIGC 元年，2021 年之前，AIGC 生成主要还是文字，而新一代的模型可以处理的模态大为丰富且支持跨模态产出。2022 年 12 月 16 日，Science 发布 2022 年度科学十大突破，其中 AIGC 作为人工智能领域的重要突破也赫然在列。AIGC 意味着，AI 进军到了此前被视为"人类独占"的领域，如艺术表达、科学发现。在这一趋势下，众多科技公司顺应潮流，生产、开发 AIGC 相关应用，并不断进行迭代升级。2022 年 11 月 7 日，小冰公司宣布对旗下人工智能数字员工（AI Being Employee）产品线启动年度升级，此次升级加强了 AIGC 人工智能内容生成、3D 神经网络渲染等 4 项技术。2022 年 11 月 30 日，明星人工智能公司 OpenAI 发布全新聊天机器人模型 ChatGPT，对用户开放免费使用。该模型不仅可以回答科学问题，生成与各个领域相关的文本，而且文笔华丽、辞藻丰富、情节饱满、逻辑自洽，仅上线 5 天用户数量就突破百万。华人 AI 研究科学家田渊栋和其他几位研究者发布的新的语言模型——Re^3，已经成功入选自然语言处理领域顶级会议 EMNLP 2022。Re^3 将人类写作过程分解为规划、草稿、改写和编辑 4 个模块，相较于 ChatGPT，更符合人类作家的创作过程。2022 年 AIGC 发展速度惊人，迭代速度呈现指数级爆发，其中深度学习模型不断完善、开源模式的推动、大量开发者和用户进行传播和创作、大模型探索商业化的可能，成为 AIGC 发展的"加速度"，将助推 AIGC 向更为多元、成熟的方向不断前进，为人机协同奠定基础。

AI 续写并不是完全由 AI 独立完成的，其中有真人的参与和调整，因而可以说 AI 写作是 AI 和人类共同完成的。AI 写作逻辑连贯但天马行空的各种"神展开"式情节设置具有强烈的反差感，能充分吸引读者阅读兴趣。在各大平台上，众多以"AI 续写"为主题的作品凭借"爽文""同人""反套路"特点和"神展开"吸引

---

① 《〈阳光失了玻璃窗〉：机器人出诗集是对诗歌的鞭策》，《光明日报》2017 年 6 月 1 日，第 2 版。

了大批观众。被续写的对象既有如《蝙蝠侠》这样的知名流行文化作品，也有如《红楼梦》《三国演义》以及《桃花源记》《两小儿辩日》等文学经典，或是见于基础教育阶段教科书的著名古诗文或经典桥段。例如林黛玉葬花之时曹雪芹穿越进入，并与宝玉、袭人发生一场持续千年的世纪大战；孔融让梨引发了一场长达十多年精心策划的阴谋；《桃花源记》中善良淳朴的村民为了保守桃花源的秘密铤而走险；还有诸葛亮驾驶战斗机、庄子研究"三体"等等。这些精彩的 AI 续写大都标注为作者和 AI 续写平台共同创作，而非 AI 技术独立完成。

人机协作现象在网络文学创作领域已经出现。2023 年 1 月 10 日，百度 Create AI 开发者大会（以下简称 Create 大会）正式召开，呈现出基于 AIGC（AI generated content，人工智能自动生成内容）的"人机共创"新模式。会上，百度 AI 数字人歌曲的歌词由文心 ERNIE 3.0 Zeus 创作，这一模型首先能够从丰富多样的无标注数据中学习，包括百科、小说、新闻、戏剧、诗歌等，同时在学习的过程中融入知识图谱，指导模型学习世界知识和语言知识，并提升学习的效率。百度讲解员提出，文心大模型如今已堪称"全能艺术家"，已经可以进行剧本创作。这次大会上，AIGC 和人类设计师共同创作，展示"人机协同"的成功运用，为今后 AIGC 在写作领域的应用开辟了的道路。

人机协同利于增强 AI 写作成果的创新性。AI 写作的基本过程是基于循环神经网络对大量已有诗歌数据的自动分析，通过其内置的注意力机制算出已生成文中每个字的重要性，对产生下一个字的概率进行预测，依此逐字向前推进，写出诗歌。对于这种机制的产物，需重点考量诗句的连贯性和诗歌的整体性、一致性。就现有结果而言，计算机在生成短文本方面的性能可圈可点，例如"九歌"对对子，或者是生成集句诗，即从历史文本中寻找已有语义类似的句子来匹配组合，都有不错的表现。AI 写作成果的创新性，在很大程度上还取决于智能算法是否足够高明，是否可以让计算机通过深度学习的机制习得古人诗歌各种规律所决定的可能生成空间，否则很容易落入已有诗歌的模仿和拼凑的"信息茧房"中，而采用"机生成+人修改"的人机协同写作模式，创新效果更便于发挥出来。

技术的变革必然伴随理念的革新，这就要求人们对现有的文学形式和理论进行审视与反思，开辟人机协同创作的新路径。

第一，人机协同趋势的向好发展有赖于作者对技术的合理认知与使用。AI 写作对于网络文学究竟是机遇还是挑战？"挑战"一说主要是出于对人主体性和文学"独抒性灵"的保护，对"文学是人的文学"这一命题的保护；但不可否认，人类能否持续创作取决于自身，人工智能写作与作者写作并不冲突。人机协同不失为一种新机遇，AI 技术的参与提供了一个激发人的想象力、拓宽网络文学的内涵、展现网络文学包容性、形态多样性的机会。在网络文学领域，已有部分作者利用 AI 写作的特点，拓展思路、节约时间，使用人工智能软件帮助写作。例如在正式进入写作之前，利用智能软件检索读者喜欢的题材和故事是什么类型，以及检索同类作品的内容风格等，为自己的创作提供综合性参考；在写作过程中，创作者也可以利用自动写作软件来协助自己进行景物、人物外貌、地域环境等方面的刻画描写，之后在此基础上进行修改、润色。但 AI 使用者也是一个矛盾的存在——AI 为内容创作提供了一种更加轻松、便利的可能性，但在一些别有用心的人眼中，AI 成为助长抄袭的洗稿工具：输入一段语句，AI 就会对语言结构进行重组，对关键词加以替换，从而在短时间内复制网络爆文……技术虽为中立，但不良的使用意图让技术成了帮凶。若单纯依赖人工智能，只利用 AI 技术对一些现成的语段稍加修改或"一键引用"，或是为了凑字数，不断加入大量重复情节和场景化类型对话，就不能称之为真正的"创作"，只会使 AI 写作对网络文学造成负面影响。

第二，AI 写作需要加强文学性、原创性维度的考量。目前写作型的人工智能还处于初级阶段，写法尚不高明，作品存在瑕疵。的确，从最终呈现的"诗作"来看，微软"小冰"的诗本质上只是对于文字的调动、排序和堆砌。对于现阶段的 AI 写作而言，进行素材组合、词语堆砌和套路句式的诗歌写作方式，正是"小冰"最容易学习、模仿和复制的，而与之相较，诗歌的核心灵魂，比如说对于终极命题的思考，对于感官体验的美学转化，对于情绪、情感以及精神意志的调动呈现，显然是现阶段人工智能所无法掌握的。即便是同一个 AI 平台，同一个题材，AI 续写呈现的内容都有所不同，所以是否能使 AI 续写出精彩内容随机性很强。"九歌"系统研制带头人孙茂松坦言，"实际上，对系统进行稍微细致一点的考察就会发现，'九歌'存在的不足还很多，需要持续改进。"① 当前 AI 在技术层面上还并未臻于完善，基于深度学习的 AI 技术想要超越人类需具备一系列基本条件，包括须是单一任务，任务边界清楚；信息完备，结果判断量化、明确等，目前深度学习方法在不完全具备上述条件的情况下，AI 依靠大数据，有可能比大多数人做得好，但比不过人类的顶尖高手。例如"九歌"系统在生成长文本，如短篇小说、散文等方面的能力还很差。在网络文学领域内部，使用 AI 辅助写作多少还是一件不便宣之于口的事情，众多作者读者对文学性、原创性等理念的讨论还在进行，媒介的视野正亟待引入。面对人机融合的新趋势，网络文学唯有秉持理性开放的态度，将技术的便捷性与人脑的创造性进行结合，最大限度地展现文学的独特性，才能拓宽网络文学的发展空间，真正实现人机协同。

第三，AI 写作的出现，是深刻反思文学创作的警示与契机，作者在享受便利的同时也应注意价值伦理乃至人类的终极思考等多层面问题。AI 写作的横空出世，是压力，更是动力。黄鸣奋教授曾指出，从互联网时代、移动互联网时代到后移动互联网时代，网络文艺的定位经历了从先锋文艺到通俗文艺的转变，正在朝算法文艺

---

① 孙茂松：《诗歌自动写作刍议》，《数字人文》2020 年第 1 期。

的方向发展。① AI 技术是互联网发展的新阶段，照目前的发展态势，AI 与写作的结合将在未来发挥更大作用。与此同时，人们也应调整文学理念，投入更多的智力、灵性和精神力量，重新认真对待文学创作，以正确的价值观、伦理观为指引，妥善处理人机关系，将技术维持在"可控"范围内。AI 写作是在网络文学的基础上对传统文学的纵深变革，在作品生成后，由创作者发送上网到算法生成、算法筛选和推送，特别是网络文学，其中的特点、逻辑容易被人工智能提取，形成人工智能写作的原材料，文学由美的艺术转向计算的艺术，而文学的创作主体则由作者与读者的共创转移为人机交互。在人工智能技术普泛的"后人类"语境下，技术逐渐弱化了人类的身体本能，传统意义上的"肉身"逐步瓦解，取而代之的是融人性、动物性、机器性为一体的"具身"。智能设备一方面为人类创作提供了方便，另一方面也代替人类执行了越来越多的原本需要人的思想才能完成的任务，人类曾以为独一无二的"领地"一个又一个丧失，这给人类自我唯一主体性的意识和实践带来了"挑战"与"威胁"。面对这一现象，网络文学创作者应在聚焦技术突破的同时兼顾可控性的把握，否则便会丧失文学创作的独特性，陷于套路化和同质化的泥淖，被日益进步的 AI 写作所赶超甚至取代。在价值抉择方面，机器只有提取数据的特征，对文本创作并没有价值判断，所以在 AI 生成的故事当中，可以读到讽齐王纳谏的邹忌为了保住权势富贵而出卖小妾、为孩子买橘子的父亲在月台摔倒暴毙……这些离奇的情节不仅与逻辑不符，对正常的价值导向也难以判定，因此，要使 AI 写作发挥积极作用，除了技术进步之外，正确价值观的引领也势在必行。

AI 写作前景广阔，未来可期。在刚刚过去的 2022 年里，AIGC 迅速从科技领域出圈，成为行业和大众最为关注的科技话题：AI 作画、AI 聊天、AI 写作等，在各种场景中拓宽了 AIGC 应用的空间。AIGC 在 2022 年的爆红破圈，开启了这一行业的元年，昭示着未来已来。可以想见，伴随着数字技术在内容生产力上的飞速进步，AI 写作的将会迎来一个更为繁荣、多元的新阶段。

4. 网文 IP 改编热度不减，作品提质大有空间

网络文学对下游行业的辐射带动作用日益凸显，并逐渐形成"下游倚重"趋势。将动漫、影视等后端环节与网络文学在线阅读相结合，能够使文学网站平台进行系统化生产，利用下游延伸产业链形成"长尾效应"，从而实施全链路开发，使 IP 绩效实现最大化，并能提高成功率。《阅文集团 2022 年中期业绩报告》显示，上半年版权运营及其他收入达 17.8 亿元，同比表现稳定，环比增长 14.3%。② 其中，动漫、影视等 IP 视觉化改编作品持续保持一线水准，"爆款频出"印证了 IP 产业链视觉化方面的体系化能力。阅文集团 2022 年度网络文学榜样作家"十二天王"榜

---

① 黄鸣奋：《后移动互联网时代的网络文艺》，《福建论坛》2018 年第 8 期。
② 数据来源：《阅文集团 2022 年中期业绩报告》，阅文集团，2022 年 8 月 15 日。

单展现出了 IP 生态创作融合的趋势——IP 生态链上下游的编剧、游戏策划、剧本杀作者，也是优秀的网络文学作家。例如戏文专业编剧方向毕业的出走八万里就是一名编剧，丰富的网络文学阅读经验为他的编剧工作提供了灵感。2022 年 11 月，一年一度的《新华文化产业 IP 指数报告》发布，文化产业 IP 价值综合榜 TOP50 中不仅有《凡人修仙传》（忘语）《诡秘之主》（爱潜水的乌贼）《大奉打更人》（卖报小郎君）等往年网络文学力作，还有起点 2022 年月票 TOP10 榜首之作《夜的命名术》（会说话的肘子），《灵境行者》（卖报小郎君）则出现在了动漫方向 IP 改编价值潜力榜前三名中，这正表明了网络文学 IP 改编的巨大潜力。网络文学 IP 改编开发重心向下游产业链转移，拓宽行业发展空间，呈现出持续向好的发展态势，这将为后续网络文学 IP 的升维和整个 IP 创造更全面的可能性，带来更多价值。

2022 年，网络文学 IP 形式更加多样，成果更加丰富，在多种题材类型方面呈现"遍地开花"之势。在影视剧方面，知名 IP 不断涌现。例如青春成长、都市情感类剧集《天才基本法》（改编自长洱同名小说）《暗格里的秘密》（改编自耳东兔子同名小说）《余生，请多指教》（改编自柏林石匠同名小说）《点燃我，温暖你》（改编自 Twentine《打火机与公主裙》）《请叫我总监》（改编自红九同名小说）等，古偶剧集《星汉灿烂》（改编自关心则乱《星汉灿烂，幸甚至哉》）《月升沧海》（改编自关心则乱《星汉灿烂，幸甚至哉》）《苍兰诀》（改编自九鹭非香同名小说）《卿卿日常》（改编自多木木多《清穿日常》）等。另外，悬疑探案题材《开端》（改编自祈祷君同名小说）、武侠古装类《雪中悍刀行》（改编自烽火戏诸侯同名小说）、现实题材《幸福到万家》（改编自陈源斌小说《秋菊传奇》）《风吹半夏》（改编自阿耐小说《不得往生》）等，均凭借鲜明的风格和精良的制作成功实现"破圈"，广受消费者欢迎。

在动漫方面，IP 改编持续推进。2022 年，例如阅文集团实施的 300 部"网文漫改计划"，已有 170 多部阅文 IP 漫改作品在腾讯动漫上线。《大奉打更人》（卖报小郎君）上线仅 44 小时平台收藏量就突破 10 万；《第一序列》（会说话的肘子）上线 8 天人气突破 8000 万；《星辰变》（我吃西红柿）《斗破苍穹》（天蚕土豆）等网络文学改编的动漫成为国漫主力；根据任怨的玄幻小说《元龙》改编的同名网络动画片，曾获"第 18 届中国动漫金龙奖—IP 改编奖"，目前已经制作到第 3 期；作品根据蛤蟆大王的《最强山贼系统》系统改编的 2D 国漫《开局一座山》，在改编为动漫之前已经改编为漫画，后又改编为同名微短剧，通过全链路的开发体现网络文学 IP 的商业潜能。

在有声书方面，网络文学强大的原创内容为改编有声阅读提供了基础，中国在线音频行业完善的数字生态为改编有声书提供了平台。艾媒咨询发布的《2020—2021 年中国在线音频行业研究报告》指出，2020 年中国在线音频用户规模达到 5.7

亿人，2022 年有望升至 6.9 亿人，① 数字出版和阅读行业发展进入成熟阶段，作为其中分支的在线音频也在向好的大环境下获得发展机遇。网络小说孵化的有声书内容已经产生大量爆款：《大奉打更人》（卖报小郎君）有声作品上线两个月全网播放量破 4000 万，评分高达 9.6；《仙门走出的男人》全网播放量破 35 亿。

在微短剧方面，节奏快、投资小、风险低、周期短的特点与网络文学和短视频完美适配，使微短剧成为 IP 改编的新增量。仅 2021 年，微短剧新增授权就超 300 个，同比增长 77%。然而，虽然微短剧发展势头强劲，成长迅速，但至今还没有创作出一部兼具收视和口碑的"爆款"作品，而 IP 本身的质量和口碑，才是吸引更多观众的核心因素。在观众、行业和资本的共同推动下，未来微短剧行业有望进一步提质升级，走品质化、精品化路线。

在剧本杀方面，年轻人对剧本杀的日益推崇，使越来越多的网络文学以崭新形式进入大众视野。艾媒咨询发布的《2022—2023 年中国剧本杀行业发展现状及消费行为调研分析报告》显示，48.9% 的受访玩家为 26 至 30 岁，其次是 31 至 40 岁用户，占比 48.9%，25 岁及以下用户占 16.2%，② 可见中青年是剧本杀的核心消费群体。剧本杀产业链上游 IP 授权方包含晋江文学城、阅文集团两家网络文学创作平台，③ 网络文学与剧本杀的合作为 IP 改编注入了活力。之前在网络文学创作界和影视改编领域取得良好成绩并具有一定读者基础的知名 IP，如《步步惊心》（桐华）《鬼吹灯》（天下霸唱）《琅琊榜》（海宴）《庆余年》（猫腻）《元龙》（任怨）等，都已被改编成剧本杀，受到消费者的广泛欢迎。

从题材上看，下游市场越来越关注现实题材作品。现实题材作品创作者众、精品迭出，凭借对社会现实的精准刻画，塑造了符合时代脉搏的人物与情节，得到广大读者的喜爱，也赢得下游市场的青睐。例如电视剧《心居》改编自滕肖澜的同名小说，讲述了以冯晓琴和顾清俞这一对姑嫂为代表的上海普通市民，在现实生活中经历的挫折与成长，该剧创上半年地方卫视黄金档收视率第一、爱奇艺热度榜第二，反响热烈。《2022 现实题材网络文学发展趋势报告》显示，阅文集团历届现实题材征文大赛获奖作品已有近八成授权开发，第六届现实题材征文大赛已有《中心主任》（衣山尽）《警探长》（奉义天涯）等 5 部获奖作品授权 IP 开发。历届获奖作品中，累计已有 13 部授权影视开发。累计 13 部获奖作品授权影视开发，超三成作品有两种及以上 IP 授权，其中，有声、出版和影视是最受欢迎的 IP 开发形式 TOP3，更有多部作品完成多达五种的 IP 授权。

---

① 数据来源：《2020—2021 年中国在线音频行业研究报告》，艾媒咨询，2021 年 3 月 31 日。
② 数据来源：《2022—2023 年中国剧本杀行业发展现状及消费行为调研分析报告》，艾媒咨询，2022 年 7 月 25 日。
③ 数据来源：《2022—2023 年中国剧本杀行业发展现状及消费行为调研分析报告》，艾媒咨询，2022 年 7 月 25 日。

　　借由融媒体平台，IP 开发反哺网络文学的重要作用日益凸显。晋江文学城、番茄小说网、米读等各大文学网站与抖音、B 站等视频网站越来越密切的"文影联动"，显示出 IP 开发的强大动能。网络文学与出版、动漫、影视、游戏、文创、周边、有声书、短视频、微短剧等形式的跨界融合，"打通了线上与线下、文学与泛娱乐的利润通道，成就了网络文学产业链和产业集群的业绩飙升，形成中国独有的'文—艺—娱—产'一条龙营销格局，创造了新型的网络文学产业"①，为网络文学争取到了更广泛的受众。许多经过网络文学市场检验已取得成功的优秀文本被改编为可视化的文艺作品，赢得了大众的广泛赞誉。数量可观的网络文学作品给以影视剧等为代表的文化产业提供了诸多可供借鉴的"源头活水"，在消费方式转向"读屏时代"的当下社会，网络文学的 IP 改编作品已成为大众文化的重要组成部分。网络文学经 IP 改编后，一方面扩大了传播面，增强了自身的影响力，吸引了更多的读者：不少观众都是在观看过经网络文学改编的影视剧等文艺作品后，转而对网络文学原著产生了浓厚兴趣，成为网络文学的理想受众；另一方面，通过舆论将观众的感受与意见反馈给作者，引导规范作者的创作倾向，激励作者按照社会认可和鼓励的价值标尺、审美尺度进行不懈创作，构成了 IP 势能对网络文学作品的转化与反哺。

　　应该看到，网络文学 IP 改编带来了强烈的视觉效应、经济利益和社会关注，客观上推动了网络文学的快速发展，但同时也要看到，网络文学 IP 改编仍存在一些亟待解决的问题，主要体现以下三个方面：

　　第一，有些改编作品缺乏创新力，题材扎堆、同质化现象较为严重。偶像言情、青春校园、历史宫斗、仙侠玄幻等题材的作品，因具有相当大且稳定的读者群体，一直是网络小说 IP 改编的主流。但由于 IP 改编的盛行，部分作者在创作时有意为 IP 改编提供方便，朝着 IP 改编的方向发力。大量写手涌入试图分一杯羹，网络文学市场呈现高度工业化和强竞争状态。不少网文作者为满足低龄用户喜好，作品中人物与情节架构呈现出流水化、脸谱化、同质化特质，产出质量堪忧。而头部 IP 作者的较多作品已完成影视化，或因缺乏精益求精的工匠精神导致制作质量低下，不被市场看好。大部分玄幻小说改编成电视剧时，存在只运用原著 10% 左右的内容，或者只保留人物关系和基本人设，造成套路化、模式化的弊端。2022 年像《开端》《雪中悍刀行》等口碑质量兼具的网络文学 IP 改编作品并不算多，情节悬浮的"玛丽苏""霸道总裁"等"套路剧"依然充斥荧屏。大量同质题材的不断重复只会造成题材泛滥的局面，导致审美疲劳。

　　第二，网络文学 IP 改编质量良莠不齐，存在浅薄轻浮、过于注重商业价值而轻视思想性、艺术性、观赏性的问题。部分改编作品为了博眼球、赚流量，设置过分

---

① 欧阳友权：《网络文学这十年：追风时代，砥砺前行》，《文艺报》2022 年 9 月 26 日，第 5 版。

低俗化、娱乐化的情节，在读者群体中形成了拜金、浮躁的不良导向。有的改编作品通过炒作提升热度，而不关注剧本和制作的精良，造成 IP 资源的浪费，无法发挥应有的艺术价值。部分行业剧存在明显的专业知识错误、逻辑漏洞，部分女性题材剧作剧情悬浮，无法引发读者共鸣。有的剧作囿于流量思维，内容生产水平低下，忽视了故事的完整度、情节的连贯性、人物形象的塑造等方面的重要性……针对这些现象，政府职能部门需要通过确立严格的行业管理规范，培育向上向善的主流价值观，网络文学改编市场的诸多乱象才能得到矫正，这是网络文学 IP 改编走向精品化的必由之路。

第三，剧粉与原著粉之间的争议是 IP 改编引入基础粉丝时必须面临的问题，如何处理原著与剧集的关系，避免"魔改"、粗制滥造，是网络文学 IP 改编需要考虑的重点。以剧作《天才基本法》为例，剧集对儿童时期的改编，加入了"双人穿越"和"霍格沃兹"元素，人物间的碰撞冲突使形象更为丰满，但青少年时期的改编，为了凸显感情线，削减了人物身上关于认知自我主体性的理性色彩，这样塑造出的人物形象虽然在剧中能达到逻辑自洽，但却无法满足"原著党"的期许。由此可见，以原著为基础，改编时注意使逻辑性与思想性兼备，将文本语言转化为生动可感的荧屏形象，才是正确处理剧作与原著关系的关键。

总之，网络文学 IP 改编行业应注重高质量发展。网文 IP 改编，必须把握好"思想精深、艺术精湛、制作精良"三个关键要素，才能开发出优质作品。在国家广播电视总局办公厅公布的"2022 年度优秀网络视听作品名单"中，IP 改编古装剧《星汉灿烂》《月升沧海》《苍兰诀》《卿卿日常》、悬疑题材剧集《开端》、刻画少年侠客形象的《青面修罗》以及冒险题材网络剧《昆仑神宫》均榜上有名，这些作品都是内容精品化的代表。因为，只有高质量的精品内容才是改编剧向好发展的重中之重。中国经济信息社编制的《新华文化产业 IP 指数报告（2022）》显示，我国的网文 IP 价值分布呈倒金字塔结构，头部 IP 改编成功率更高，IP 开发力优势明显，[①] 说明高质量作品在 IP 改编市场更受欢迎。随着网络文学的繁荣发展，网络文学 IP 改编行业应逐渐进入提质上升与创新拓展齐头并进的新阶段。从目前的各类IP 改编作品来看，网络文学 IP 改编在存量与增速方面已卓有成效，但在质量方面，经典化、精品化作品占比较小，好故事的孵化、开发和运营有所欠缺，网络文学 IP改编仍然存在提质进步的空间。未来网络文学 IP 改编的探索应朝着迭代升级的道路前进，始终坚持以原著为基础、内容为核心、市场为导向、质量为重点、主流价值观为引领的原则，推动网络文学 IP 改编作品进入高质量发展阶段，并兼顾经济利益、社会价值和文化价值，以实现 IP 开发绩效的最大化。

（袁铭嵘、崔慧鑫　执笔）

---

① 数据来源：《新华文化产业 IP 指数报告（2022）》，中国经济信息社，2022 年 11 月 2 日。

第五章　网络文学阅读

2022 年是中国坚持抗击新冠疫情的第三个年头，网络文学继续给居家隔离的读者用户提供便捷的愉悦体验。虽然受到诸多因素影响，但网络文学读者规模总体保持稳定。其中，免费阅读成绩喜人，越来越多的银发族加入网络文学读者群体，为 2022 年的网络文学阅读情势增色不少。在 IP 改编作品消费方面，微短剧正值风口，多部根据网络文学改编的剧作热度爆表，不但彰显网络文学在整个文化产业链中的头部地位，而且拓展了网络文学的接受面。

一、网络文学阅读与 IP 消费总貌

1. 年度网络文学读者用户概况

根据中国互联网络信息中心（CNNIC）第 50 次《中国互联网络发展状况统计报告》，截至 2022 年 6 月，我国手机网民规模达 10.47 亿，较 2021 年 12 月增长 1785 万，网民使用手机上网的比例为 99.6%，与 2021 年 12 月基本持平。其中，网络文学读者用户规模达 4.93 亿，较 2021 年 12 月减少 837 万，增长率下降 1.7%。①

2021 年年底 5.01 亿的网络文学用户数量是否能成为较长一段时期内中国网络文学读者用户数量的最高峰值，我们将拭目以待。2022 年网络文学读者用户数量出现微降，原因是多方面的，既有经济因素的影响，也有其他娱乐方式竞争的影响，但总体说来，它仍是网络文学产业发展的正常表现。可以预计，除非网络文学内容生产和营销方式再度形成强大牵引力，否则网络文学读者用户将在较长一段时间内维持 5 亿左右的规模，应该不会出现较大范围的的波动。这一现象最为明确地昭示了中国网络文学产业已经由增量经济形态转向了存量经济形态。曾经的增量经济形态下，利用用户快速增长形成的"人口红利"，并以此推动起的粗放型增长将成为过去式。如今，在存量经济形态下，如何保持用户黏性成为至关重要的问题，而保持、增强用户黏性也将成为网络文学高质量发展最为迫切的内生驱动力。

尽管网络文学用户规模略微出现下降，但是数字阅读的市场规模仍然呈现扩大趋势，这其中，网络文学阅读依然占据最为重要的比重。2022 年 4 月 23 日中国音

---

① 中国互联网络信息中心：《第 50 次〈中国互联网络发展状况统计报告〉》，http：//cnnic.cn/n4/2022/0916/c38-10594.html，2022 年 12 月 3 日查询。

应用	2021.12		2022.6		
	用户规模（万）	网民使用率	用户规模（万）	网民使用率	增长率
即时通信	100666	97.5%	102708	97.7%	2.0%
网络视频（含短视频）	97471	94.5%	99488	94.6%	2.1%
短视频	93415	90.5%	96220	91.5%	3.0%
网络支付	90363	87.6%	90444	86.0%	0.1%
网络购物	84210	81.6%	84057	80.0%	−0.2%
搜索引擎	82884	80.3%	82147	78.2%	−0.9%
网络新闻	77109	74.7%	78807	75.0%	2.2%
网络音乐	72946	70.7%	72789	69.2%	−0.2%
网络直播	70337	68.2%	71627	68.1%	1.8%
网络游戏	55354	53.6%	55239	52.6%	−0.2%
网络文学	50159	48.6%	49322	46.9%	−1.7%

图1　2021.12—2022.6 各类互联网应用用户规模和网民使用率

（图片来源：第50次《中国互联网络发展状况统计报告》）

像与数字出版协会发布的《2021年度中国数字阅读报告》显示，数字阅读已经成为互联网时代的主要阅读方式，数字阅读的整体营收规模达到了415.7亿元，其中广告营收对市场规模增长的贡献率最高，达到47.73%。数字阅读用户规模达到5.06亿，其中有96.81%的用户选择数字阅读，有29.5%的用户选择有声阅读。[①]

该报告还显示，数字阅读用户的人均阅读量和阅读时长均有不同程度增长。并且，报告还统计出2021年度网络文学题材分布的前五位，它们分别是"古言现言、玄幻奇幻、都市生活、武侠仙侠、灵异科幻"，数字阅读出海题材的前三位则是"都市生活、玄幻奇幻、武侠仙侠"，这也从一定程度上反映了海内外不同网络文学读者的阅读偏好。

2022年1月14日发布的《2021年度掌阅数字阅读报告》表明，数字阅读黏性进一步提高，其中人均阅读时长较2020年上涨了23.39%，人均听书时长较2020年上涨了35.71%，最长阅读时长较上年上涨了17.07%。网生代用户在整个数字阅读用户中的占比达56%，已然成为数字阅读主力。在用户的阅读兴趣选择上，有54.56%的用户偏爱网络文学。[②]

---

① 中国音像与数字出版协会：《2021年度中国数字阅读报告》，http：//www.cadpa.org.cn/3277/202206/41513.html，2022年12月17日查询。

② 搜狐网：《【一图看懂】2021年度掌阅数字阅读报告》，https：//www.sohu.com/a/516431676_509769，2022年12月17日查询。

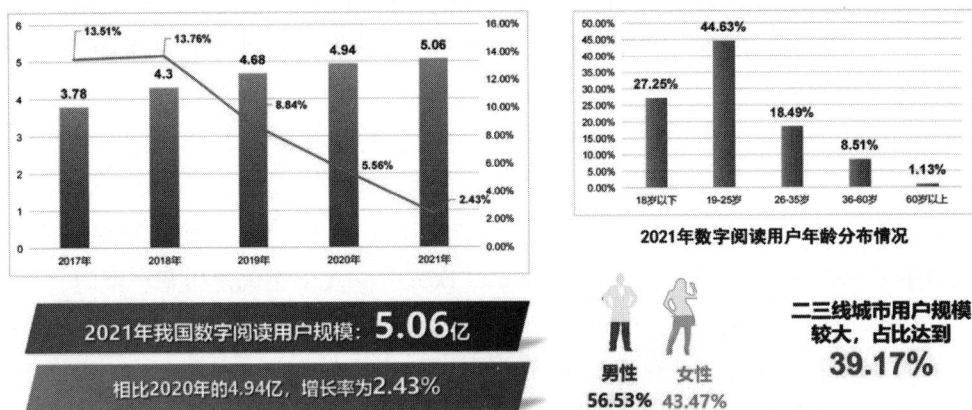

03 用户分析－用户规模

图2 2021年度中国数字阅读用户规模

（图片来源《2021年度中国数字阅读报告》）

综合几家报告的情况来看，目前我国数字阅读用户主要集中在北京、杭州、广州等一线城市，并更趋向于深度阅读。由于网络文学阅读在其中占据主要地位，故而可以说，网络文学阅读用户的分布与此基本一致。

考察网络文学内部情况我们发现，相关数据显示网文付费商业模式稳固，读者粉丝的支持力度仍然不减。例如，起点读书头部作品就打破多项记录。2023年1月3日，阅文旗下的起点读书公布2022年月票年榜前十，《夜的命名术》以225W+票稳居榜首，打破起点单月月票纪录，成为起点全站首部单月百万票作品。《择日飞升》《灵境行者》《不科学驭兽》等热门作品均在榜。与2021年相比，2022年的月票年榜打破了五项记录，《夜的命名术》成为首部单月百万月票作品、《星门：时光之主》和《择日飞升》先后两次打破单月月票记录、《灵境行者》打破24小时首订记录，《灵境行者》打破最快均订破10万记录。月票榜单被行业人士称作"读者真金白银投出的榜单"，真正体现了读者的情感活跃度和作品、作者的号召力，被认为是网文行业最有价值，最具公信力的榜单之一。①

数字阅读规模扩大、网络文学阅读用户体量得以维持的重要原因，在于免费阅读模式的成功。自2018年开启免费阅读模式以来，免费阅读与付费阅读两种运营模式的比较就一直是网文圈内的热门话题。尽管三十年左右的发展给网络文学带来了

---

① 网易：《2022起点读书月票年榜发布〈夜的命名术〉〈择日飞升〉等入选十大人气作品 | 漫画》，ht-tps：//www. 163. com/dy/article/HQ6EHKN80514R9KQ. html，2023年1月3日查询。

亿万"真爱粉",他们始终甘于用真金白银支持自己钟爱的网络文学作品,但是,更多的用户还是诚实地享受起了"白嫖"的快乐。于是,从 2021 年开始,免费阅读逐渐处于领跑地位。到 2022 年,免费阅读仍然保持十分亮眼的数据。根据我们从番茄小说网了解到的信息,在读者的各项阅读行为数据中,被评论最多的是弈青锋的《开局地摊卖大力》,被推荐最多的是十里酒香的《国民影帝暗恋我》,被搜索最多的是烽火戏诸侯的《雪中悍刀行》,被催更最多的是家养了只肥兔的《反派:我的弟弟是天选之子》,被推荐最多的是初一见月的《逆天萌兽:绝世妖女倾天下》,被评论最多的是三凤 11 的《神级选择:这个御兽师有亿点生猛》。读者的阅读偏好方面,男生更偏爱玄幻、穿越、都市、架空、二次元等,女生更偏爱甜宠、豪门、重生、现代言情等。阅读习惯方面,在线用户数量最多的时间段是 12:00—13:00,读者分布最多的地区是广东省,且有超 1000 万书友一年中添加书架书籍超过 100 本。读者的阅读情绪也非常丰富,被逗笑超 8247 万次,被催泪超 1862 万次,被治愈超 97 万次,被虐心超 343 万次,磕糖超 300 万次,表达期许超 2806 万次,获得能量超 147 万次。读者的阅读情绪数据全面超过了 2021 年,可见免费阅读人气之高。

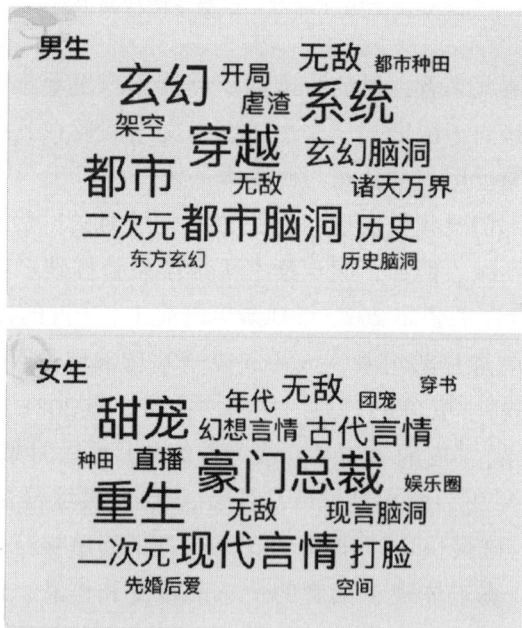

图 3　番茄小说 2022 年度阅读数据报告读者阅读偏好

(图片来源:番茄小说 2022 年度阅读数据报告)

　　顺应网络文学主流化、精品化的发展趋势,也为了引导读者的阅读兴趣,2022 年相关机构和各大网络文学平台推出了各种作品征集和主题征文大赛活动。据 2022 年 11 月 15 日《中国新闻出版广电报》报道,经过严格评选,国家新闻出版署组织实施的 2021 年"优秀现实题材和历史题材网络文学出版工程"最终确定《蹦极》

等 7 部作品入选。① 2022 年 12 月 16 日《辽宁文学微报》报道，根据《辽宁网络文学"金槐杆"奖评奖办法》，经第四届辽宁网络文学"金槐杆"奖终评委员会评委认真审读并投票表决，产生了优秀作品奖 8 部，新人奖 2 名。② 据七猫中文网报道，2022 年 11 月 25 日，2022 第二届七猫中文网现实题材征文大赛颁奖典礼暨第四届作者大会在上海圆满落幕。本次比赛共收到来自全国的投稿作品 3000 余部，"为确保大赛评选结果的公开、公平、公正，组委会特别邀请来自文学领域的著名作家、评论家、学者组成评审委员会。经过初评、复评、终评三轮评选，最终 33 部作品脱颖而出，分获金七猫奖、最佳 IP 价值奖、最佳 IP 潜力奖、分类一等奖、分类二等奖和优秀作品奖，共享奖金超百万元"③。2022 年 11 月 30 日，番茄小说网进行了"番茄小说现实题材征文活动获奖作品公示"："番茄小说现实题材征文活动经过 6 个月的激烈角逐圆满结束，经番茄小说资深编辑打分、专业评委最终评选，本次征文活动前三名作品将获得丰厚的现金奖励，并优先推进包括但不限于有声、长短剧、出版等版权开发。"④ 此外，第四届"豆瓣阅读长篇拉力赛"幻想组、悬疑组、女性组和言情组第二期关注名单陆续公布，关注名单由读者投票最多作品和编辑推荐作品组成，包含众多新上榜作品和新人作品。幻想组上榜作品包括《十年灯》《恋爱复习手册》《美人胭脂铺》等；悬疑组上榜作品包括《招财猫》《雾都夜话》《鼠狗之辈》等；女性组上榜作品包括《自甘上流》《寻我启事》《元元满满》等；言情组上榜作品包括《红泥小火炉》《忘南风》《在春天》等。⑤ 截至 2022 年底，晋江文学城的"奋斗乐章"的年度主题征文活动仍在进行中。综合起来看，这些征集或征文大赛多以现实题材为主，既是顺应网络文学主流化的发展趋势，也有 IP 转化、提前市场布局的考虑在内，这对于读者阅读趣味的现实化转向也无疑会有重要助推作用。

在读者追捧的网络文学类型中，2022 年，科幻题材的表现依然抢眼。从传播与接受的层面来看，2021 年是中国网络科幻小说的强势崛起之年（科幻题材成为与现实、玄幻、仙侠与历史并列的五大"头部文学品类"之一），2022 年的网络科幻小说创作则延续了 2021 年的火热。2021 年在网文圈引发"现象级"跨界改编和话题讨论的科幻小说，在当年即迎来高潮或完结阶段，从而构成了 2022 年网络科幻小说

---

① 中国新闻出版广电报：《2021 年"优秀现实题材和历史题材网络文学出版工程"入选作品揭晓《蹦极》等 7 部作品入选》https：//mp. weixin. qq. com/s/mxzULu6-2zP5zNWRsxpe5g，2022 年 12 月 20 日查询。

② 辽宁文学微报：《第四届辽宁网络文学"金槐杆"奖终评结果公示》，https：//mp. weixin. qq. com/s/TUvvggu89SpZcoEEGomXAQ，2022 年 12 月 20 日查询。

③ 七猫中文网：《重磅！2022 年第二届七猫中文网现实题材征文大赛获奖名单公布》，https：//mp. weixin. qq. com/s/uM2TGuTVgkB55uzK7dK6ow，2022 年 12 月 20 日查询。

④ 番茄小说网：《番茄小说现实题材征文活动获奖作品公示》，https：//fanqienovel. com/writer/zone/article/7171700902011600903，2022 年 12 月 20 日查询。

⑤ 扬子江网文评论：《网络文艺一周资讯：522 位网络作家联名倡议反盗版，七猫纵横非独家签约唐家三少……》https：//mp. weixin. qq. com/s/8W4MoKv2ThEOBvyelvCANg，2022 年 12 月 21 日查询。

创作的别样景观。2022 年度网络科幻小说的主题、题材、内容、文本与思想价值均得以丰富与深化，科幻文体的叙事格局被进一步打开。网络科幻小说创作的持续火热引发了广泛关注。各大网文平台也把科幻题材作为重要类型推广，中文在线成立科幻站，全面启动科幻题材创作；上海浦东新区科幻协会举办科幻小说接龙大赛，读客、咪咕、七猫、百度等网络文学企业均积极参与。各大网站纷纷挖掘"脑洞文"市场，七猫旗下奇妙小说网、纵横旗下脑洞星球上线，均侧重脑洞类、创新类作品①。

首先，是年度重磅科幻作品及其衍生文创现象。2022 年初祈祷君"开"系列的《开端》的网络剧改编，引发了年度网络科幻小说的第一次热潮。紧接着是中国科幻文学银河奖"最佳网络文学奖"获奖者火中物的新作《复活帝国》完结，该书延续前作《我真没想当救世主啊》（也称为《千年回溯》）的"救世主题"，却在叙述方式上向传统文学经典致敬，形成了"文本嵌套"的叙事结构，让人眼前一亮；银河奖"最佳网络文学奖"得主最终永恒在末世背景下描写"亚空间（平行世界）"的"短科幻"《开局一个亚空间》也迎来完结，并开始连载新书《异维度游戏》，再次在主题内容上寻求突破。两届银河奖"最佳网络文学奖"得主天瑞说符在本年度开始连载《保卫南山公园》，延续了他在《我们生活在南京》中的"城市保卫战"与"救世"主题，而且加入了"机甲"的内容，故事的受众面向更加大众化。卖报小郎君继爆款网文《大奉打更人》完结后，也开始尝试科幻题材，本年度上线的《灵境行者》在科幻网文中具有较高的关注度和影响力。除此以外，爱潜水的乌贼跨年度的重磅 IP《长夜余火》开创的"游历散文"式幻想文类的实验也在 2022 年 5 月迎来完结。最后是以"坑"著称的烟雨江南《天阿降临》（2018 年 3 月上线）在本年度迎来故事的后期高潮阶段，预计在 2023 年完结。这部作品不仅包含了烟大对未来"中国式现代化"的想象（放在宇宙宏观视角上以华夏文明为主体的"盛唐王朝"与"英萨联邦"、外星神族、虫族的争霸战争，以及此背景下一个生化克隆人的"成神之路"），故事线多元，叙事张弛有度，人物刻画细腻，具有相当高的观赏性。上述这些作品的完结或创作不仅为"影视漫改编""影游融合"提供了丰富的文本资源，也让科幻题材的 IP 开发、转化与再生产迎来了最好的时代。科幻大神远瞳在完成《黎明之剑》后又创作了《深海余烬》，在"废土"题材中开发了"末日海洋"这一衍生题材，让人眼前一亮。

其次，是科幻网文"破圈"和"出海"再出新高度。2022 年 9 月，有 15 部原创网络文学作品被大英图书馆全文收藏，其中包括《地球纪元》《第一序列》等科幻网文经典作品以及带有科幻（穿越）特征的现实主义网文力作《大国重工》。科幻网文的"出海"不仅提升了中国网络文学的"文化自信"，也是 21 世纪以来我国

---

① 何弘、欧阳友权、马季等：《2022：值得关注的网络文学现象和重磅作品》，《中华读书报》2022 年 12 月 21 日，第 17 版。

科技文明进步实践中所积累的世界性声誉在网文创作实践中的具体表现。网络科幻小说的"出圈"与"出海"还带动了网络科幻文艺（如原创网络科幻大电影与国产科幻动漫剧集等）的发展。2022年几部重磅网络科幻动画剧集播出，引发网文界的震动。其一是人工智能题材的《黑门》，作为原创动画剧集，该作品给网络科幻小说的人工智能题材创作提供了很多启示；其二是超级IP《三体》在年末成功上线流媒体平台（哔哩哔哩），再次勾起了全民对于科幻IP的讨论热潮，《三体》的宏大世界观与超验想象也为立足于自主创新的网络科幻创作提供了启示；其三是原创科幻题材动画《雄兵连3》上线，作为"超神学院"系列的新作，这部动画剧集的上线，再次为我们展示了中国式"宇宙文明史诗"般的未来世界图景，特别是中国人的热血和勇气以及征服星辰大海的宏大世界观，这也为网络科幻小说"太空歌剧IP宇宙"的开发提供了有益的启示。

第三，在网络科幻小说的粉丝接受和呈现的层面，除了各种跨媒介的故事改编深度扩展了粉丝群体的立体性外，也在双方的情感互动和价值认同中向前迈进了一步。从作品内勾勒太空歌剧转向作品外与作者在设定和故事脚本上的交流，令科幻作品有了自指性的深度，无形间促进了科幻文化生态的良好发展。像2021年资深读者在线解读《异数定理》中"科技梗""数学梗"的粉丝互动，在2022年的《复活帝国》评论区中依然是不可忽略的接受现象。《复活帝国》从"熵增""宇宙常量""墟兽芯片原理""宇宙文明世代论""庞加莱回归"等带有很强科学性、技术性的维度讨论了很多硬科幻中常见的科学原理，非科班出身的科幻读者在阅读过程中就需要有专业解读——虽然火中物也偶尔在某些章节中解释这些科学术语，但是更多读者粉丝还是活跃在评论区，他们通过交流互动的形式开展"技术扶贫"，帮助非专业读者理解这些深邃的科学概念。由此可见，科幻作品从一种内容深度扩展到作品深度，逐步完成了作为一种特定作品偏好和流派的体系化和生态化。这种体系化和生态化将构建出一个较为完善的作品衍发的设定基础和叙事背景，令新的创意和故事可以获得成熟的背景前瞻、寻求新的突破可能与创新路径。

科幻类型的持续走红体现了阅读趣味层面网络文学读者内部的重要变化。与此同时，网络文学读者群体的外在结构层次也有变化。一种有趣的现象或许值得留意，那就是中老年网络文学读者群体的扩大。有人发现，和短视频、广场舞一样，霸总、修仙等网络小说已经成为这届爸爸妈妈、甚至爷爷奶奶们的"新欢"。2021年的一档综艺节目中，演员王新军叫完同为演员的老婆秦海璐起床，便熟练的帮她打开了霸总小说《狂妻来袭，九爷早安》，一波操作行云流水，把弹幕里的观众都看傻了。此事毫不意外的冲上了热搜，网络文学读者群向中老年人群扩散的现象受到了广泛社会关注。于是不断有网友爆料父母长辈痴迷网文的事例。秦海璐读书颇为用心，都能总结出"十个总裁九个金融巨鳄、八个不近女色"的写作套路。这其实并非孤例，2022年3月，一度君华的《不醒》完结，演员宁静也发微博："书写得很好，下次不许再写了。"① 但两位演员的痴迷程度只能算一般,我们看到的最夸张的报道是,"七十岁的奶奶从二零年看霸道总裁到现在,看了几百本做了两年笔记,每天看到凌晨,边看边骂"。

中国新闻出版研究院组织实施的第十八次全国国民阅读调查报告显示,从数字化阅读方式的人群分布特征来看,数字阅读的主力依然是 18—49 周岁的中青年群体,同时越来越多的 50 周岁及以上的中老年群体开始加入数字化阅读大军。第十九次全国国民阅读调查报告显示,从数字化阅读方式的人群分布看,越来越多的中青年群体成为数字化阅读的主体。在我国成年数字化阅读方式接触者中,18—59 周岁人群占 92.8%,60 周岁及以上人群占 7.2%。②

另据壹娱观察报道,某免费网文 App 内部工作人员透露,App 用户画像方面,处于 20—30 岁左右的年轻人较少,而十几岁和四五十岁以上的年龄层占了大部分。以"番茄小说"App 为例,如果将阅读偏好设置为"女生小说""50 岁以上",那么你将收获《总裁,夫人偷偷给你生了两个娃》等热门推荐。"总裁""夫人""王妃""带球跑"等均是十分吸睛的关键词。而当我们将阅读偏好调整为男性,玄幻、兵王、赘婿等类型的小说则高居榜首。③

在另外一项相关调查中,在所有的中老年受访者中,超五成受访者表示会读网文,其中超 8 成为女性。综合起来看,银发一族偏爱的网络类型如下:

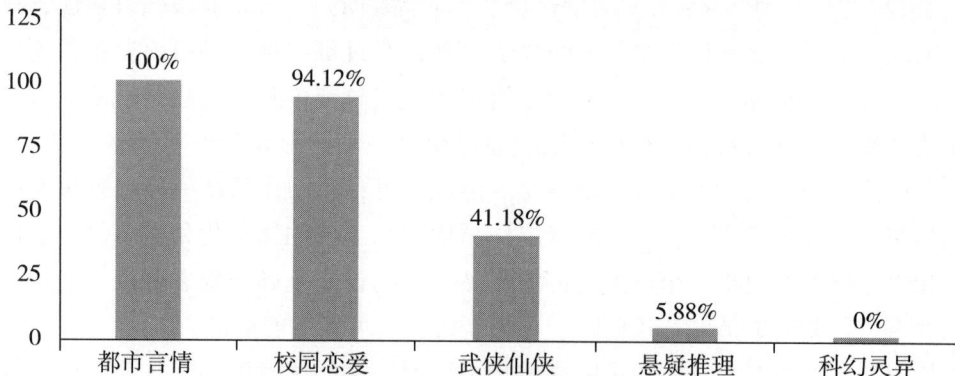

图 4　银发一族钟爱什么类型的网文

(图片来源:《"霸总"勾住中老年人,父母沉迷看网络小说》)

为什么越来越多的银发一族钟爱网络小说阅读?综合各方面的调查研究情况看,大体有如下原因:

---

① 宁静的新浪微博:https://m.weibo.cn/status/4745471397200246?sourceType=weixin&from=10CC295060&wm=9006_2001&featurecode=newtitle,2022 年 12 月 23 日查询。

② 中国新闻出版研究院:《2022 年第十九次全国国民阅读调查报告》,https://accesspath.com/report/5741547/,2022 年 12 月 3 日查询。

③ 蓝鲸传媒:《网文收割中老年:遛弯听的是〈斗罗大陆〉,熬夜看的是"夫人带球跑"》,https://mp.weixin.qq.com/s/mQ56dDByXE9GxRkcArDGwg,2022 年 12 月 3 日查询。

首先，还是免费。有调查者走访发现，中老年读者所喜欢的网文，基本是免费的："免费的鸡蛋都有人排队，互联网大厂们自然敏锐地捕捉到了这一群体的需求。与晋江、起点等老牌网文网站不同，它们的产品诞生之初就打出了'免费'的招牌，也因此吸引了大量下沉市场和中老年用户。"① 当然，因为长辈爱读网文，所以有的晚辈就会购买网络小说实体书"孝敬"长辈，这也增加了网络文学产业的受益，不算完全免费。

中老年读者爱上网络小说阅读，当然也跟作品内容相关。"白发少女"迷上"霸总"，"油腻大叔"仍想当"兵王"，这再一次充分证明，女性"永远都有少女心"和"男人至死是少年"。也有一些年长的女性读者表示，一些网文把时间线放在改革开放前后，或是以乡村生活为故事背景，也符合她们的爱好。

此外，网络小说推广、营销的渠道影响也不容忽视。中老年群体成为新媒体用户的越来越多，网络小说的新媒体营销也对他们产生影响。例如，"番茄有点甜"是番茄小说旗下官方账号，在抖音拥有 312.5 万粉丝，和平台共享一个"爸爸"。小说里的吸睛片段常常被拍成短视频，且往往在最精彩的部分戛然而止，以此吸引用户下载应用或搜索小说。微博、豆瓣、知乎等渠道上的分销商也是以类似"吊人胃口"的方式赚取收益。另外一个很有意思的现象是，时下许多老年人阅读网文都是从看由其改编的电视剧开始。他们或是为通过阅读原作品回味电视剧的剧情，或是为了解热播中剧集的后续走向。②

除了银发书粉的崛起之外，资深书粉的一些特殊举动也让人泪目。2022 年 12 月 3 日，是小说《全职高手》中主人公叶修（化名叶秋）从嘉世电子竞技俱乐部退役的日子。从 2011 年至今，蝴蝶蓝的《全职高手》收获了无数书粉，主人公叶修已成为无数读者心目中的"白月光"。时间线重合，词条"叶秋退役"被刷上微博热搜第一，"嘉世战队官方微博"账号发出宣布叶秋退役的博文，"腾讯电竞"官方账号相继转发，无数粉丝留言"叶神不要退役"，QQ 空间、微信朋友圈出现大量转发、留言，盛况空前，这是继《盗墓笔记》"十年之约"后网文圈的又一大奇观。③

另一件在书粉群内引起关注的事件则是，2022 年 12 月 2 日，浙江网信 11 月执法处置通报，网文老牌论坛龙的天空被通报关闭。在此之前，其实龙的天空已经多次维护了，主要的原因是论坛这种网络生态面临很多的问题，再加上用户举报，所以就出现了这种情况。龙空官方对此很快做出回应，表示关站整改一个月，预计 12

---

① 扒一酱：《"霸总"勾住中老年人，父母沉迷看网络小说》https://mp.weixin.qq.com/s/U1-Bvnv6o7l_2e8KcgOMCg，2022 年 12 月 3 日查询。

② 扒一酱：《"霸总"勾住中老年人，父母沉迷看网络小说》https://mp.weixin.qq.com/s/U1-Bvnv6o7l_2e8KcgOMCg，2022 年 12 月 3 日查询。

③ 扬子江网文评论：《网络文艺一周资讯：番茄小说现实题材征文活动获奖作品公示，《全职高手》小说时间线开启……》，https://mp.weixin.qq.com/s/pExI8SnyNqkxK0PIjkJOvw，2022 年 12 月 21 日查询。

月 28 日恢复。① "龙的天空"是汇聚了众多书友的虚拟社区，它的关闭整改因而也备受关注。

2. 年度网络文学 IP 市场消费状况

存量经济形态下，网络文学的 IP 改编更受重视，其消费状况也值得重视。2022年 11 月 2 日，由中国经济信息社编制的《新华·文化产业 IP 指数报告（2022）》在北京发布。从公布的中国文化产业 IP 价值综合榜 TOP50 来看，网络文学 IP 改编源头的地位稳固，占据榜单的半壁江山，其中《斗罗大陆》排名第一。根据起点中文网数据，截至 2022 年 6 月，《斗罗大陆》相关作品总推荐数最高已达到 1355 万。另一部不遑多让的作品是《斗破苍穹》，经过阅文多年的 IP 培育，已完成了出版、有声、动漫、影视、游戏等形式衍生改编。同为源自网文，光大自动漫，"国漫双斗"现象引人关注。②

IP价值综合指数：2022年新华·文化产业IP价值综合榜TOP50　中国经济信息社

序号	IP名称	原生类型	序号	IP名称	原生类型
1	斗罗大陆	文学	26	凡人修仙传	文学
2	人世间	文学	27	明日方舟	游戏
3	王者荣耀	游戏	28	武动乾坤	文学
4	斗破苍穹	文学	29	诡秘之主	文学
5	梦华录	影视	30	大王饶命	文学
6	赘婿	文学	31	这个杀手不太冷静	影视
7	你好，李焕英	影视	32	大奉打更人	文学
8	庆余年	文学	33	阴阳师	游戏
9	开端	影视	34	君九龄	文学
10	长津湖	影视	35	夜的命名术	文学
11	原神	游戏	36	画江湖之不良人	动漫
12	一人之下	动漫	37	雨不疑	动漫
13	鬼吹灯	文学	38	时光代理人	动漫
14	你是我的荣耀	文学	39	完美世界	文学
15	风起陇西	文学	40	刺客伍六七	动漫
16	狐妖小红娘	动漫	41	山海情	影视
17	唐人街探案	影视	42	叛逆者	文学
18	半妖司藤	影视	43	灵笼	动漫
19	雪中悍刀行	文学	44	恋与制作人	游戏
20	1921	影视	45	心居	影视
21	古董局中局	文学	46	悬崖之上	影视
22	觉醒年代	影视	47	一念永恒	文学
23	庶女攻略	文学	48	余生请多指教	文学
24	星辰变	文学	49	大理寺日志	动漫
25	我和我的父辈	影视	50	扬名立万	影视

"梦华录"等基于优质传统文化IP进行较大改编的作品，以其改编后形成的当代文化IP进行评价。

图 5　2022 年新华·文化产业 IP 价值综合榜 TOP50

（图片来源：新浪网财经头条）

在网络文学延伸的整个 IP 产业链中，微短剧无疑正值风口。2022 年仅快手平台的单部播放量就达 3.5 亿，微短剧日活跃用户增长到了 2.6 亿，其中有超过 50%的用户每天观看的剧集次数超过 10 集。猫眼研究院的《2022 短剧洞察报告》显示，2022 年上半年，芒果 TV 单部微短剧播放量超 6 亿，腾讯视频单部剧累计分账超

---

① 扬子江网文评论：《网络文艺一周资讯：番茄小说现实题材征文活动获奖作品公示，《全职高手》小说时间线开启……》，https：//mp. weixin. qq. com/s/pExI8SnyNqkxK0PIjkJ0vw，2022 年 12 月 21 日查询。

② 新浪财经头条：《2022 年新华 IP 价值综合榜发布：前五十，网文占据过半》，https：//cj. sina. com.cn/articles/view/1653603955/628ffe7302001ede6，2022 年 12 月 23 日查询。

3000 万元，再创微短剧领域分账新高。同样是 2022 年上半年，在国家广播电视总局系统进行规划备案的微短剧达到 2859 部，总集数 69234 集。[①] 另据《2021 中国网络文学蓝皮书》，微短剧中网络文学 IP 改编作品占比逐年提高，2021 年新增授权超 300 个，同比增长 77%，网络文学 IP 微短剧数量占比由上一年的 8.4% 提升至 30.8%。还有诸多微短剧虽然不是直接改编自网络文学，但明显地借鉴和使用了网络文学的内容"套路"，甚至"反套路"。可见，网络文学已经是微短剧内容制作的重要来源。

考察发现，靠奇幻吸引注意力，靠人设反转制造爽感，是微短剧创作的万能法则。而网络文学更是拥有"奇幻""人设""爽感"内容的庞大资源库，因此，短视频平台倾向改编的网文，往往包含奇幻元素或反差感人设。如《河神的新娘》《蛇仙》分别是女主与"河神""蛇仙"男主跨越种族的纠葛；《捡来的少女是大佬》《秦爷的小哑巴》则是给表面柔弱的女主叠加隐藏的强势身份。

另外一些微短剧也取得了良好的市场反响。快手 2022 年 4 月上线的《13 路末班车》，改编自磨铁中文网的惊悚小说，播出后斩获全网 2.2 亿曝光度，付费人数突破两万。故事将追查命案作为主线，利用"公交车"封闭空间放大民间怪谈的惊悚效果，被称为"拉满了中式恐怖的氛围"。米读小说旗下的"米读短剧"厂牌，已在快手设立了"霸道甜心""午夜怪谈"等八大剧场，其中"霸道甜心"账号粉丝已超过 500 万。番茄小说出品的短剧，均由北斗工作室制作，经由抖音账号@番茄有点甜发布，目前账号粉丝已突破 300W。[②]

微短剧的这一改编策略可以说是摸准了当下观众的脾胃。毕竟多数人打开短视频的诉求不是"欣赏"而是"解压"，极致化的情节能促进多巴胺快速分泌，看短剧从来是爽完就走，不会像看长剧和电影那般计较逻辑、价值观是否合理。因此，许多微短剧作品一经推出，就在观众、特别是年轻观众中引起强烈反响就不足为奇了。

情感元素是 IP 改编微短剧的另一个内容突破口。抖快短剧 IP 改编多是从甜宠起家，根据公开数据，快手站内 IP 改编短剧中情感题材占比达 72%，快手星芒发布的追剧片单显示，爱情是观众第一重视的类型元素。

《综艺报》采访了多文影视编剧公司编剧负责人卓小饼。报道内容表明，其公司自去年上半年开始接触微短剧业务，一年时间已完成近 30 部微短剧原创剧本，"微短剧已经成为公司的主营业务，目测今年微短剧的业务量至少翻倍"。卓小饼的亲身体会是，平台过去大多偏爱甜宠、奇幻题材的剧本，但现在单一题材已经"过

---

① 扬子江网文评论：《网络文学是风口中的微短剧的内容源泉》，https://mp.weixin.qq.com/s/J91nTULIKQrCGBWoJuTUFg，2022 年 12 月 21 日查询。

② 葵涌：《微短剧如何"制造"爆款 IP?》，https://mp.weixin.qq.com/s/idPC9IKdCqiOqxDD-4YhLw，2022 年 12 月 5 日查询。

时"，需要在原有热门类型基础上融入更多新鲜元素，建立差异化的内容形式。在众多新兴题材中，她十分看好现实题材微短剧的发展，"其实，从2022年4、5月份开始，微短剧就有回归现实题材的趋势，如讲述家长里短的家庭生活、乡村生活的微短剧很有市场"。眼下，更多与观众生活密切相关的现实题材微短剧陆续开播或进入待播行列。比如，2022年7月4日刚在芒果TV开播的《对方正在输入中》由7个独立的单元故事组成，串联社交、直播、打车、网购等多种应用场景，上线首日便问鼎猫眼专业版短剧实时热度榜单。由创壹科技出品的医疗短剧《仁心》被快手推荐为下半年的重点项目，将通过医院这个载体，讲述医者仁心、人性温暖的故事。①

针对目前的市场状况，《2022短剧洞察报告》认为，网络视听内容统一纳入监管，意味着短剧市场也将进一步规范化，但目前除标杆案例外，无论长短视频平台，都面临短剧内容同质化严重的问题。唯一能够确定的是，品质始终是短剧产品的核心竞争力。②

另一个与网络文学产生关联的有趣现象是，快手平台连载更新的古偶短剧《长公主在上》在播出期间引发热议。该剧由快手短剧联合知竹工作室共同出品，讲述了强势公主与清冷侍卫在朝政中相爱相杀的甜虐情恋。播出后，它收获3.3亿+的正片播放量，话题播放量达到11亿+，竹已大大涨粉100万+，上热搜的话题29个。值得注意的是，该剧并非某部网文的改编制作，但因其更新方式，被一些网友看成另一种形式的"网文小说"，这也成为该剧的一大看点。

图6　2022年2月—5月《长公主在上》网络话题热度
（图片来源：新浪舆情通2022年12月23日检索报告）

的确，受众反映表明，"小而巧"的微短剧正处于一片"蓝海"，但是，随着主流平台媒体的介入，以及受众对这个作为一般影视的补充物与后置空间的视频制作形式的新鲜感的消退，微短剧必然从爆发式增长进入精细运营阶段，其商业模式与市场拓宽仍待观察。

网络文学的其他IP改编作品成绩也非常骄人。以动漫为例，除了上文提到的

---

① 首都广播电视节目制作业协会：《2022年微短剧市场趋势观察》，https://cbbpa.org.cn/Detail/890_5486，2022年12月5日查询。

② 流媒体网：《【报告】2022短剧洞察报告（附全文）》，https://lmtw.com/mzw/content/detail/id/215679/keyword_id/-1，2022年12月21日查询。

《斗罗大陆》《斗破苍穹》"国漫双斗"现象，其他 IP 改编作品成绩也非常不错。《星辰变》和《武动乾坤》新番上线，动画系列总播放量分别达 40 亿和 30 亿。去年根据网络小说改编的《雪中悍刀行》播放量破 60 亿。这些数据充分展示了网络文学 IP 的价值，也充分体现了它们受欢迎的程度。

网络文学 IP 不仅在国内广受欢迎，在海外传播方面也不断取得佳绩。例如，韩国确认买入我国青春校园剧《我的卡路里男孩》播出版权，已禁止韩网非官方资源的传播及字幕使用。《我的卡路里男孩》由贾放执导，翟子路、代露娃等人主演，改编自花清晨原创小说《我有个暗恋想和你谈谈》，讲述了一群 17 岁的高中生在成长过程中，彼此陪伴并共同进步的故事。该剧此前由 WeTV Korea 在韩国播出，此次为韩国本土平台的引进。具体播出时间和韩版分级均待定，播出方式暂定为网播。① 另外，据晋江文学城发布的"港澳台、海外出版最新签约"显示，已经有不少于 200 作品与港澳台及海外出版机构签约出版。②

总体看来，在阅读规模基本已达峰值的情况下，IP 改编是网络文学产业持续发展、并保持价值变现能力的最为重要的方向。网络文学及其相关版权作品的出海传播，不但是中华文化"走出去"的重要途径，而且也有着重要的市场意义。

二、网络文学阅读的年度热点

1. 热门网文 IP 改编剧本杀

剧本杀游戏的持续火热，不仅吸引了一部分网络作家转行"兼职"剧本杀编剧，同时也吸引了一批网文热门 IP 改编成剧本杀游戏，因而，剧本杀游戏与网络文学的联动日趋显著。在 2021 年 11—2022 年 6 月期间，四川省作家协会网络文学中心就开展了四川省网络作家沉浸式剧本创作培训，采用线上线下相结合的方式，帮助网络作家切换到剧本杀游戏的创作思维。随着近年来一些为读者追捧的网络文学 IP 相继改编成剧本杀游戏，读者可以通过线下再度体验 IP 故事世界的魅力，同时也增强了网络文学的 IP 生命力。如表 1 所示，网文圈的大 IP "跨界"还呈现出一定程度的"水土不服"，还需要进一步磨合。以 2022 年 12 月剧本杀票房排行榜为例，③ 前 20 名的剧本仍然都是原创 IP，热门网文 IP 并未在此"杀出一条血路"。

---

① 扬子江网文评论：《网络文艺一周资讯：第二届七猫中文网现实题材征文大赛颁奖典礼落幕，多部 IP 改编剧定档……》，https：//mp. weixin. qq. com/s/N0yQOLXmNpzwsCKSOdoxRQ，2022 年 12 月 21 日查询。

② 晋江文学城：《港澳台及海外出版最新签约》，https：//www. jjwxc. net/copyright. php？ publisherid = 1，2022 年 12 月 21 日查询。

③ 数据来源：黑探有品 App，2022 年 12 月 24 日查询。

部分知名网文 IP 改编剧本杀游戏情况一览表①

游戏名称	网文名称	潜在玩家②	剧本评分	客单价/元
将夜	将夜	1982	/	138
大奉打更人	大奉打更人	2092	/	138
斗破苍穹	斗破苍穹	3.5 万	7.3	168
诡秘之主：倒吊人的审判	诡秘之主	2.4 万	8.5	168
步步惊心之木兰秋狝	步步惊心	/	/	/
成化十四年之暮雨洒江天	成化十四年	3.7 万	8.6	198
庆余年	庆余年	7.4 万	8.6	79
庆余年—夜幕	庆余年	4071	/	248

目前，网络文学 IP 改编剧本杀游戏也存在诸多问题，例如脱离原作，部分作为城限本单价较高但无法给玩家更好体验，男频大热网文 IP，女性玩家对此相对陌生等。此外，不同于网络小说是读者"独自享用的自助餐"，剧本杀游戏需要 DM（即游戏主持人）、NPC 以及其他玩家共同配合完成"故事盛宴"。因此即使是一样的剧本，不同场次玩家体验感也不相同。IP 本需要平衡 IP 元素与原创元素，剧本中 IP 设定过多，可能会对没看过原作的玩家造成阻碍。例如玩家"苏玛丽"评价《诡秘之主：倒吊人的审判》时提到，"因为剧本设计西方玄学，比如塔罗牌和教会等设定，所以对此不太了解，以及没有看过小说的人来说，理解剧本里的设定和一些词汇，是需要时间的"。同样体验过这个剧本的玩家"绪儿"也表示，"没看过原著的玩家感觉看起来还是有点费劲"。

当然，也有一些玩家对这类 IP 本比较感兴趣，愿意"买单"。玩家"西岛东岸"表示，"《庆余年》IP 本，不只是电视剧衍生，它有一整条完整的世界观，帮助玩家更沉浸"。玩家"vonta"也称赞《庆余年》"本子（剧本）良心，比之前看过的长三、四倍，基本是个小说本，但是读起来很顺畅"。剧本是链接玩家与故事的重要节点，也是改编的重中之重。否则空有官方授权、IP 元素堆砌也很难为用户带来沉浸式体验，实现网络文学 IP 的可持续发展。

由此可见，如同近年来乘着短视频之风兴起的"IP 微短剧"一样，网文 IP 的剧本杀游戏改编已然是值得学界、业界共同关注的跨界联动。

2. 非独家签约与多平台阅读

一直以来，网络作家、作品签约模式一般为"独家签约"，即一部作品甚至一个作家只能与一个平台签约。现在则出现头部作家将自己的某部作品授权给多个平

---

① 数据来源：大众点评 App，2022 年 12 月 24 日查询。
② 数据来源：大众点评 App "想玩"用户，2022 年 12 月 24 日查询。

台，而非独家签约，读者可以在多平台阅读到该作家的作品。随着网络文学产业的高速发展，大大小小免费、付费的网络小说 App 如雨后春笋般涌现。以苹果 App 商城为例，检索"网络小说"可以看到百度阅读（47 万评分），QQ 阅读（43 万评分），晋江小说阅读—晋江文学城（7.9 万评分）排在前列，而将检索词替换成"小说"，番茄小说（241 万评分）、七猫小说（31 万评分）一骑绝尘。① 可见"元老"与"新贵"分庭抗敌，已呈百花齐放之势。

随着纵横小说与唐家三少成功签约，自 2022 年 5 月 27 日起，读者可以在纵横小说、七猫免费小说、熊猫看书、手百小说等百度旗下平台上追读唐家三少的最新作品《斗罗大陆 v 重生唐三》。非独家签约早在 2017 年已经萌芽，当时纵横小说就联手掌阅文学、咪咕阅读基地、书旗小说等多家平台，通过联合签约模式签下天蚕土豆的《天尊》，形成网文圈的一次"梦幻联动"。②

诚然，非独家签约是一把双刃剑。对于平台，可以用更少的费用拿到更多、更厉害的 IP 来巩固平台粉丝，打通平台之间的壁垒形成良性互动、合作共赢；对于作者，可以扩大作品与个人的影响力；对于读者，不用为了不同作者"奔波"于不同 App。当然在实际发展中，优势应不仅如此。非独家签约同时也存在一定的风险。对于平台，一些 IP 并不适配每个平台的用户，同时因为缺少"王牌"，平台竞争力降低；对于作者，尤其是新人作者，多平台签约流量得不到保障，收入成为关键性问题。在网络文学用户群体不断发展壮大的当下，非独家签约与此前的免费阅读一样，是一次"试水动作"，具体成效如何，是否能够长期推进，还需要继续跟进观察。

此外，除了晋江中文网、起点中文网等传统长篇网文阅读平台，主打中短篇小说阅读的每天读点故事、知乎等平台，以及主打 IP 改编的豆瓣、爱奇艺文学是否也能加入多平台阅读的布局，值得进一步追踪。

3. 自媒体博主导读

时至今日，自媒体营销策略也被应用于网络文学消费领域，并发挥越来越大的影响力。网络文学的"库存"丰富，但读者的口味也"日趋挑剔"。随着自媒体的发展，微博、抖音、小红书等平台都有自媒体博主进行内容导读，或是推荐某位作家的系列作品，或是推荐某个类型（例如"先婚后爱""复仇重生"等）的作品合集，帮助"书荒"读者进行决策、避雷。自媒体博主也通过为平台导流，赚取佣金。具体流程大致为：自媒体博主选定要推广的网文并设置一个关键词（非文章原名，这样后续官方才能准确结算）→将文章精华内容做成图文或者视频，在各大新

---

① 数据来源：苹果 App 商城，2022 年 12 月 25 日查询。
② 微信公众号：《重磅！纵横小说非独家签约唐家三少，探索全新合作模式》https：//mp. weixin. qq. com/s/Z7h2CE0I9ocQykCCeg_ 6sQ，2022 年 12 月 24 日查询。

媒体平台投放（小红书以图文居多，抖音则以短视频为主，且此类视频制作简单，无需复杂的剪辑）→视频或图文内容在剧情最高点处戛然而止，引导读者去平台自行检索全文阅读→读者去平台注册账号，检索关键词找到作品→自媒体博主每拉新一个用户，会获得5—10元不等的结算。以小红书为例，粉丝数仅几千的推书博主，每个月引流变现数可以达到千元甚至万元。自媒体博主的选书也并非随着喜好的"任意而为"，而是捕捉用户痛点，有一定的"套路"。前期需要热门作品帮助获得曝光、涨粉，为后续引流变现做铺垫。不过，小红书这类平台对站外引流行为管控较为严格，这一类营销感偏重的自媒体博主，有被限流、限制回复消息甚至封号的风险。一些博主在制作图文、视频内容的时候，也会存在素材侵权的问题。

另一类推书博主会比较注重个人IP的打造，而非采用千篇一律的"营销号风格"。例如，小红书博主"了不起的盖茨条"（11.2万粉）2022年7月2日推出了一门付费课程——《一节课了解"网络文学这件事儿"》，课程主体分为五个部分，分别是：网络文学二十年；网文江湖大事记；神仙作家、经典作品；类型文学发展简史；网文出海盛况。课程单价68元，销售306份，且用户反馈极佳。用户"用＊＊销"听课后评价，"听完直播大呼过瘾，6个多小时梳理了网络文学25年的发展历程"，用户"张＊＊n"表示"全称无倍速，认真做笔记"，用户"璐＊＊o"提到"我是从十几岁，大约2003年前后开始读王文德，一直默默看书从没想过去了解王文德历史，今天听了条条的课，仿佛打开了新世界的大门。真心觉得条条是个做事很认真的博主，从推书到专栏，都很喜欢。"① 学界一直在公开发文、免费讲座、会议讨论的话题，在推书博主的实力与魅力加持下，有读者愿意付费学习、了解。未来也可以期待有更多的学者型自媒体博主、编辑等产业型自媒体博主多维度的推书，以推进网络文学阅读的繁荣发展。

三、网文读者粉丝表现举隅

1. 书粉热点话题"三观跟着五官走"

网文读者群体内部总有许多有趣的话题，"三观跟着五官走"就是2022年的热门话题之一。当然，细究起来，这个话题其实在读者粉丝圈内已被热烈讨论了好几年了，它生动地体现了读者粉丝、或者说许多普通人在"三观"问题上的"诚实"态度，因而非常有探究价值。

所谓的"三观跟着五官走"，即由于角色本身具有较高的颜值而导致部分读者在一定程度上忽略了角色的某些"三观"的扭曲表现，让读者的关注重点只放在其"五官"上。这里的五官不仅仅局限外貌，还包括由于人物的性格、智商等而形成的个人魅力。"三观跟着五官走"的现象最常见于对反派人物的认知上，读者被反

---

① 数据来源：小红书App，2022年12月25日查询。

派的高颜值、高智商、深情专一等特质深深吸引，从而不自觉地偏袒反派甚至为其辩护。

近年来将主角人设设定为反派的小说已是屡见不鲜。考察此类小说读者的阅读体验分享我们发现，部分的读者不再注重小说本身所表现的价值观与人生观，而将阅读的重点放在了作者对小说人设的构建以及作者的文笔上。在晋江阅读 App 上搜索书名带有"反派"二字的小说有 501 页，约有 10521 本；在番茄小说 App 上搜索有关"反派"的小说，排名第一的话题"#高质量反派小说 不装逼 不无脑#"有 1183 个帖子，40.9 万观看量；七猫小说 App 搜索"主角是反派的小说"有 291 本，关于反派的话题大约有 150 个。可见，愈来愈多的读者喜欢阅读主角为反派的小说，更有读者发出"不怕反派坏，就怕反派长得帅！"的感叹。以晋江平台来说，2022 年在一众热度比较高的反派小说中，《反派有话说》以高达 9.0 的评分位列第一，其被翻拍成的电视剧《掌中之物》在微博上更是热度不减，微博超话的粉丝高达 11 万，相关帖子的发布量达到 6.4 万。当然，除此之外，热度较高的作品还有《黑莲花攻略手册》《人渣反派自救系统》等。

上文提到的《掌中之物》可谓是"三观跟着五官走"的典型例子。小说男主人公因为有许多违法犯罪的行为，几乎可以说是"十恶不赦"，被读者调侃为"背了半部刑法的男人"，但因其极高的颜值，有部分读者沉迷于此而抛弃了对其三观的评判，甚至出现了"谈恋爱吗？半部刑法的那种""常常因为傅慎行的颜值而觉得何妍不知好歹"的梗。

在阅读小说时，评论区有时会出现"迷人又可爱的反派""不怕反派坏，就怕反派帅"等评论。小说与影视的不同在于，影视作品中，人们可以直观地看到演员的外貌以及所表现出的人物魅力，而小说则是通过作者的文字描写来塑造角色形象的，这就给读者发挥想象力留下了极大空间。读者根据文字将角色"脑补"成自己喜欢的样子，自然而然就会降低对角色恶劣行为的厌恶感，从而下意识帮反派辩护，这时候"三观跟着五官走"现象就出现了。在"知乎"上一个关于"为什么越来越多的人喜欢反派"的话题讨论中，我们发现如下评论："我的三观取决于反派的五官"，"反派可以是各种各样的……当然前提条件是正反派双方颜值对等"，"因为反派有太多不得已……关键是还颜值高、有能力有抱负"，"不可否认，有时候五官带来的好感，会让人们愿意站在他的角度看问题……"① 等等。除此之外，还有部分网友表示喜欢反派是因为其"有野心、专一、坚定、随性"。总的来说，这部分读者之所以会喜欢反派，主要的原因就是反派的颜值以及反派的个人魅力。

越来越多"反派文"的出现真实反映出当前部分读者在价值判断取向上的心理

---

① 知乎：《为什么越来越多的人喜欢反派？》https：//www.zhihu.com/question/358630288，2022 年 12 月 17 日查询。

变化，从原来喜欢"正义、善良"的小说人物变为喜欢看"有野心、有手段"的反派角色。这也侧面反映出当代部分读者自我意识的转变。在前文所述的"为什么越来越多的人喜欢反派"话题讨论中，有网友评论道："小时候，我以为自己是善良的主角。长大后，我觉得自己越来越像炮灰（恶毒）女配。""因为正派没有代入感"等，① 正是由于从反派身上找了共鸣，并被其随性、自信所吸引，使得读者不自觉中为其袒护，再加上反派角色的高颜值、或者说超高的个人魅力，以至于"三观跟着五官走"了。这实际上是价值观发生了偏移，跟着反派走了。从读者们的热烈讨论来看，这一现象诚然表明他们是诚实而可爱的，但是读者群体在世界观、人生观与价值观的偏移也必须引起重视。"颜值即正义"的观念，或者说"颜值至上"的心理，实际是后现代主义式的"削平深度""表象即本质"的具体体现。小说阅读所产生的价值观念上的失重，或多或少会影响到人们在现实社会中的认知，因此，我们还是应审慎看待"三观跟着五官走"现象，避免大众认知被"颜值"一类的表象所支配。

2.《长夜余火》的读者粉丝表现

2022 年 5 月 20 日，《长夜余火》在起点中文网连载完结，在读者粉丝中引起轰动。作为一部故事内容与叙事结构都与前作《诡秘之主》差异较大的"转型"和"求变"的作品，《长夜余火》在五月份完结时的网络谈论有 139 篇次，尽管《长夜余火》依然展现出作者的功力并受到读者的不少好评，但与前作相比的较大差异，以及日趋激烈的阅读市场竞争和题材创新环境，都使《长夜余火》的影响力较前作无法同日而语，难以成为新的"爆款文"。

百度百家号一个被称为"漫小志"的博主写道：

《诡秘之主》是中国网文的又一个巅峰，它在起点的月票突破了纪录，是毫无疑问的神作。《诡秘之主》完结之后，它的作者"爱潜水的乌贼"写了一部新作《长夜余火》，从 2020 年开始历时一年半，《长夜余火》终于完结了，和广受好评的《诡秘之主》不同，《长夜余火》的结局尘埃落定，就引起了激烈的争议。《诡秘之主》作者要跌落神坛了吗？下面来详细分析下，如下：《长夜余火》完结，微博网友深夜 emo 微博的网友许多都是感性的人，《长夜余火》完结之后，微博的超话一片 emo。刚好《长夜余火》是在晚上完结的，所以超话的小伙伴看了结局，不得不感慨：乌贼可以睡个好觉了，可是我们睡不着啊……也有一些超话的小伙伴，说结局"实在是难以接受"。《长夜余火》的结局为何会让人伤感，小编在这里稍稍剧透

---

① 知乎：《为什么越来越多的人喜欢反派？》https：//www.zhihu.com/question/358630288，2022 年 12 月 17 日查询。

一下——它是一个主角团团灭结局。①

主角的团灭令粉丝猝不及防，话题评论迅速指向了作品的完结是不是一种"腰斩"或"烂尾"。尽管作者曾声明作品结尾是经过设计构思，并非临时起意。但明显在网文的读者本位中，当众多读者无法接受这种"伤感"时，烂尾也就成为《长夜余火》的负赘标签，一时难以扯下。

但是《长夜余火》在连载过程中，先后遭遇了《大奉打更人》与《夜的命名术》等爆款网文的围追堵截，其粉丝热度和传播的力度并不如爱潜水得的乌贼的前作《诡秘之主》那么高。有位网文作者（兼粉丝）在自己的小号中写道：

我的结论是：《长夜余火》与《诡秘之主》相比已经失去了可比性，粉丝们再也不要用逻辑自洽来自我安慰了，故事和人物与当下的热门题材是有出入的，关于争榜的事暂时可以先放一放，大家尽量多多支持乌贼，彩虹屁少吹一点。②

其言下之意是《长夜余火》已经失去了同2021、2022年爆款网文（如《大奉打更人》《夜的命名术》《从红月开始》等）争夺粉丝榜的实力与机会。粉丝们应该做的，是继续支持乌贼的创作，并期待其在后面奉献出更加精彩的网络文学作品。总体上，对《长夜余火》的粉丝期待从"破圈"的现象级作品转向寻求粉丝圈内的认可。但回观圈内的各种评论，关于作品的评价都集中于其"过早"和"团灭"的大结局，粉丝多在争论这种结局是否"过早"，自身对"团灭"能否接受，对作品本身热度的深度解析反而不多。这从某种程度上影响了该作品的热度与影响力。

目前来看，读者本位的视角让争论落点于个人感受，而没有形成较为统一的理性声音。例如，《长夜余火》在故事背景的潜力尚未被完全挖尽的情况下终笔，读者的意见则集中在是否能够接受这种意犹未尽，作品本身影响力的讨论则被忽略掉。而接受与否则更加牵连到读者自身的阅读素养和偏好呈现，却不直接涉及作品本身。于是关于结局的热度无形中便被解构了，留下了个体读者对自身的形象展演和审美表达。关于"团灭"的评论热度更加明显，由于前期故事塑造着墨于较为宏大的故事架构和带有"大灾难"历史的背景设定，将其推入到壮丽史诗的审美视角，并未刻意将主角偶像化，因此读者所关注的主角团团灭，仅表现为主角身份退场的愕然和惊异，而没有明显上升到主角个人形象层面。于是，所谓的"团灭"在性质上仅仅是一种较为稀罕的故事结局出现在一部具有一定热度的网文作品，无法上升到对作品本身的热度。如此说来，《长夜余火》作为一部具有一定网文功力和粉丝关注的作品，反映在受众层面的表面化热度是其难以成为现象级作品的原因。

---

① 腾讯网：《诡秘之主》作者跌落神坛？《长夜余火》完结，被网友质疑烂尾》，https：//new.qq.com/rain/a/20220521A096IQ00，2022年12月25日查询。

② 仓一卫：《〈长夜余火〉：大量真实数据对比》，https：//baijiahao.baidu.com/s？id=1699666691826850238&wfr=spider&for=pc，2022年12月25日查询。

3. 《星门》的读者粉丝表现

《星门》作为大神作家老鹰吃小鸡的近期新作，其关注度和内容本身也与前作具有较高的关联性。由于与前作《万族之劫》《全球高武》等作品有故事与设定上的连续性，因此，《星门》从一开始对世界观和战力等级的设定就较为繁杂精细，而这也成为《星门》的粉丝基本盘。

《星门》作品的故事叙事是从一个无知少年逐渐卷入宏大的世界变化中开始，这种陌生视角和前作故事的背景联系在一起，呈现出一种故事清晰度的虚实张力。一方面主角和读者并不了解表面事件背后的关系牵连，但另一方面读者又透过前作感知着背后的可能性。这种互文阅读给予了《星门》一种读者期待，反映在粉丝表现上，就是一种不影响作品更新进度的话题性热度。例如《星门》在网络中涉及《星门》关键词的话题讨论共有 24516 次，而 2 月 26 日到 3 月 8 日期间则有 2447 次，直接占据三个月内约 10% 的话题讨论度。

这些讨论热度里，将《星门》与其他作品的比较就变得不可避免。出于对老鹰吃小鸡的其他作品的肯定和偏爱，部分粉丝感受到一种 "狗尾续貂" 的冒犯。例如微博某用户便发表评论称：

写不出来可以不提高武的……别拿让你出名的主角来衬托新书……老鹰吃小鸡懂个屁的《全球高武》。①

于是在偏好于某一部作品的粉丝眼中，两部作品间形成了紧张对立。沿用前作设定除了产生互文张力，也对粉丝内部进行了偏好融合，而无法接受这种融合的粉丝便表现出对作品乃至作者的敌意。

关于《星门》的正面评价往往与其前作有关。例如在企鹅号小白聊书发表的网评《为什么很多人认为〈星门〉是〈全球高武〉的后续呢？》里发表感慨：

现在我想起《全球高武》书中方平最后和秦凤阳说的话了：大概意思就是这个世界的能量是有限的，这个问题还没有解决，高手越多，灵力就越少，直到能量没有的那一天。希望高手能突破界壁寻找新的种子，回馈原来世界。所以《星门》这里应该是高武上万年后灵气枯竭的时间，高武的方平应该是去探索新的世界了。②

高手作为 "异世界" 孕育的结果，消耗着世界的灵力。这种更深层的世界规律决定着世界上真正能出现多少高手，而这种带有 "环保" 意识与可持续发展色彩的设定猜想，反映了读者对于 "高武三部曲" 的连贯性的追求与期待，期待在其纷繁呈现的 "帝尊" "合道" "日月" 等等级设定中发现一种超越一般幻想小说线性的台前比拼，而将视角留意到展现剧情后的舞台和环境。于是，粉丝在这种留意中便

---

① 新浪微博：https：//m. weibo. cn/status/4837350817139492，2022 年 12 月 25 日查询。

② 小白聊书：《《星门》和《全球高武》有关联吗？https：//baijiahao. baidu. com/s？id = 1713593204 647622668&wfr=spider&for=pc，2022 年 12 月 25 日查询。

不再局限于对故事本身的喜好和认同，进入对于作品的"情怀"层面。当《星门》的视点从高武世界回归到环境的平凡和承载，粉丝在其中获得对作品本身的元认知，粉丝在价值认同层面能和作品展开互动。例如 B 站用户艾尔天空则发表书评如下：

> 三位主角则是来了一场时光论道，最后更是集合了混沌众生，削去超凡之力，让混沌回归平凡，天方之主最终也在这个过程中找到了自己的答案，欣慰地死去了。而主角团乃至众生，也是各回各家，过起了平凡的生活。①

尽管很多读者对于这个化凡大结局还是能接受的，不过仍让人感觉有些荒诞，就是感觉大家一路打打杀杀，破灭了世界不知凡几，起因却只是战天帝和天方之主的一次时光论道。

对于《星门》的"化凡"结局，读者和粉丝们已然从对故事是否令人舒畅满意，转向对"化凡"是否认同（即价值观认同度）。这也是《星门》在粉丝群体中扎到较深的根部的原因之一。"化凡"结局的设定，除了文本内的必要叙事外，也与作者自身的心境有关：作者老鹰吃小鸡在文末附注了个人感受称"一切归于平凡，时光就在身边，珍惜身边人，江湖留在心中吧"，说明他期待着读者对这种结局和心境的理解和认同。从这个角度看，《星门》具有一定的超越性，这种超越性体现在《星门》虽然无意从文本内容和文学价值的角度为科幻小说和幻想小说争取一席之地，却令幻想与现实融合、作者和粉丝认同的互动关系达到了一种较深的层面。

4. 女性向小说《难哄》的粉丝反响

《难哄》是 2022 年一本热度很高的言情小说。该书的作者"竹已"是晋江的签约作家。虽然"竹已"的多部言情小说在晋江上均有不俗人气，但今年最新完结的《难哄》一文成绩最为亮眼。截至 2022 年 12 月 5 日，在晋江上，该书的点击量为 158 万次，收藏量为 139.8 万，评论量达到 24.9 万次，共有 1.3 万次读者参与打分。此外，《难哄》还登上 VIP 强推榜、年度盘点十佳作品、分站金榜、频道金榜等榜单，在晋江众多言情文中杀出重围。

除订阅与榜单外，读者粉丝的精彩评论也层出不穷。其中，读者"紫台朔漠"发表的长评，获最高点赞数 93 次。该长评以女性视角切入原文细节，对故事主人公"男主温以凡、女主桑延"进行了深入解读，同时总结了该文的主要故事："男女主跨越了时间，跨越了山川和人海，错过和误会，走到了一起的故事"，在内容概括层面上具有代表性，展现了大部分读者粉丝的心态。此外，还有读者"芴茜"的评论值得注意，他（她）将《难哄》成功的原因归纳为了两点，一是"整部小说剧情有起伏，文笔清丽撩人心弦，白开水一样的平淡日常中夹杂了很多矛盾与情感，作

---

① 艾儿天空：《【书评】白金大神老鹰吃小鸡作品《星门》完结，为期两年的封笔之旅开始了》，https://www.bilibili.com/read/cv16701512? from=search&spm_ id_ from=333.337.0.0，2022 年 12 月 25 日查询。

者将霜降的心结和解开心结刻画得细腻动人"，二是"骨架爆满，具有可读性，男女主人设讨喜，一个是人间妄想，一个是人间值得"。① 这篇评论用宏观+微观结合的视角，对《难哄》成功的原因进行了细致的分析，总的来说，其站位高，展现了《难哄》读者中高水平粉丝的风貌。

从读者的评论内容来看，《难哄》读者的年龄构成呈现年轻化的特点，言辞间都流露出女性的感性与坚韧之气。试摘录一段：小说里的少年总是专一而深情，热烈也长情。少女总是光芒万丈，有人默默宠幸。遗憾的是，在现实生活里这样的人少之又少。我们都是普通人，深知自己不会得到聚光灯这样的照耀，也自卑地默默喜欢着自己中意的那个他或她，却一心觉得自己没有任何筹码，能配得上那样的他们。至少在这一点上，我们和他们都一样，骨子里充满犹疑和顾虑。我是普通人，可我爱看这样的故事，我满心期望着我的生命里，也能有这样一个桑延出现，成为他眼里的温霜降。这位读者结合自己的人生感悟，道出自己喜爱该作品的原因，显得情真意切，很好地反映了《难哄》的粉丝心态，有利于我们对读者粉丝心理的整体把握。

此外，评论区的读者还纷纷表达了对作者"竹已"的喜爱。总的来说，读者的喜爱主要与作者动人的文笔和故事设定有关。对此，读者"芴茜"的评论比较典型。"芴茜"认为："竹已的作品并不是很惊艳，没有极为强烈地让人眼前一亮的感觉，但这个作者出圈的原因在于真实和戳人。真诚永远是必杀技。《难哄》也是一样。我和里头的主人公几乎没有相似的遭遇，但它的共情力却摆在那里，让我即使再读一遍，再读一遍，都会有戳中我泪点的地方。"② 该评论获赞超过 40 次，反映出"竹已"受到读者喜爱的共同原因，即其作品的真诚和动人。

除了对作品和作者的肯定之外，读者的讨论中也存在对作品的一些批评意见。综合来看，主要对男女主人设和情节存在脱节的诟病比较多。例如，读者"新一"评论道："感觉男主过于恋爱脑了，就感情出圈点，人生也没啥目标，人物性格挺丰富，但人物很单薄。"③ 该评论的点赞量超过 50 余次，回复楼中的楼中楼数量也不少。可见，广大读者与作者作品间的互动还是有益的，从长远来看，这样的交流方式更利于网文的良性发展。

从全网的情况看，关于《难哄》讨论热度较高的平台主要是客户端、微信、网站。从全年情况看，下半年小说的话题度比较高，9—12 月网络上涉及《难哄》的关键词谈论共计 688229 篇次。

① 数据来源：晋江小说阅读 App，2022 年 12 月 18 日查询。
② 数据来源：晋江小说阅读 App，2022 年 12 月 18 日查询。
③ 数据来源：晋江小说阅读 App，2022 年 12 月 18 日查询。

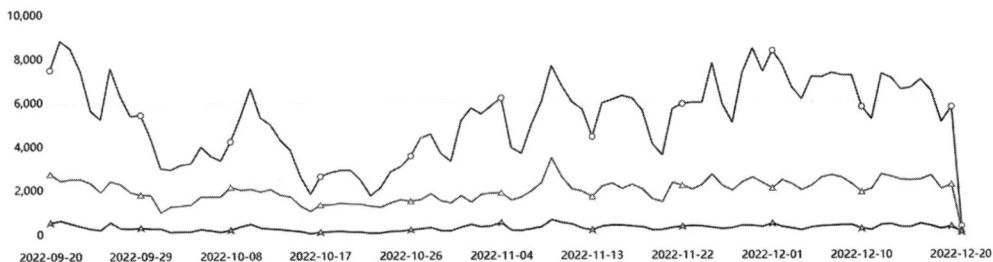

信息来源走势图 ❓

全部 ■微博 ■互动论坛 ▲网站(24284) ▲微信(178695) ●客户端(485250) ◆数字报 ◆视频 ◆互动声量 | ☑全选 [查询]　　传播速度：7480.75条/天

图7　2022 年 9—12 月《难哄》全网讨论走势

（图片来源：新浪舆情通 2022 年 12 月 23 日检索报告）

此外，微博平台的反响也值得关注。《难哄》小说微博主超粉丝有 96.4 万，相关帖子 4.5 万，其余相关副超有 7 个，话题数 9 个。相对来说，在微博上，除了对小说本身情节的讨论外，参与电视剧改编这一话题讨论的网友数量紧随其后。

总体来看，《难哄》小说的读者粉丝交流还是十分热情积极的。在这积极交流背后，一定程度上透视出了当下女性爱情观的转变，以及追求独立、渴望认同的社会心理，对我们把握当下的一些社会问题会有一定帮助。

四、网络文学阅读的特点与趋势

1. 版权保护与盗版阅读的长期斗争

经历了 20 多年的野蛮生长之后，网络文学产业已经进入规范发展、版权保护的新阶段。以网络文学产业龙头企业阅文集团为例，查阅 2017 年至 2021 年的年报数据，阅文实现的收入分别为 40.95 亿、50.38 亿、83.48 亿、85.26 亿和 86.68 亿元；净利润分别为 5.63 亿、9.12 亿、11.12 亿、−45.00 亿以及 18.43 亿元；毛利率也一直徘徊在 50% 上下。从营收不难看见，阅文这三年逐渐告别了高速增长期，进入赛道扩容下半场。由此，阅文有意识地拓展除网文付费阅读外的事业版图，如广告、游戏分销、出授版权、制作影视动漫等。

与此相适应的是，网络文学产业在整个数字文化产业中的头部地位进一步巩固。2021 年，中国数字文化产业规模达到 7841.6 亿元，同比增长 14.7%。网络文学的 IP 全版权运营影响了游戏、影视、动漫、音乐、音频等合计约 3037 亿元的市场，即网络文学及其 IP 运营对数字文化产业的影响范围将近 40%，影响范围比 2020 年增加了约 2 个百分点。

从网络文学产业内部运营模式的调整来看，版权保护的重要性也日益凸显。免费阅读模式影响下，网文不再作为一种标价商品，实质是在后续和广告影视动漫等衍生品一起被"打包出售"了，这导致内容成本大幅增加。同时，由于在线阅读依然存在较强需求，付费内容生态仍不可被边缘化。所以这一切都表明，版权价值在整个网络文学产业价值占据无可替代的地位，版权保护已经成为维护和推动网络文学产业健康和可持续发展的生命线。

正是在此意义上，网络文学版权保护受到了社会各界更为深切地关注。2021 年 5 月 26 日，中国版权协会举办《2021 年中国网络文学版权保护与发展报告》发布会。报告调研显示，随着国家对版权保护力度的持续加大，已有 28.8% 的读者养成只阅读正版网络小说的习惯，40.2% 的读者主要阅读正版网络小说，59% 的用户表示近年阅读正版的频率越来越高。大众版权意识逐渐觉醒，对于推动网络文学正版化发展是一个良好的变化。但报告也客观指出，网络文学在高速发展的同时，正面临着盗版侵权的"三座大山"——盗版平台、搜索引擎和应用市场。2021 年，中国网络文学盗版损失规模为 62 亿元，同比上升 2.8%，保守估计已侵占网络文学产业 17.3% 的市场份额。其中，近 7 成网络文学平台和近 8 成作家认为，搜索引擎是网络文学盗版内容传播的主要途径。①

盗版阅读不仅给网络文学产业带来巨大经济损失，也损害社会整体利益。本来，网络文学产业在传承传统文化、记录时代发展、引领文化出海等方面发挥着越来越重要的作用，但是盗版阅读却严重损害了网络文学产业等应有的社会效益：一是破坏原创内容生态，侵害中国数字文化产业的发展根基；二是打击创作动力，影响平台精品内容供给；三是纵容低俗违规内容传播，危害青少年健康成长；四是侵犯个人隐私，威胁信息和财产安全。② 正因为如此，我们必须不断加大打击盗版阅读的力度。

《2021 年中国网络文学版权保护与发展报告》从"国家治理：全面加强网络版权保护，推动构建新发展格局""行业自律：凝聚版权保护共识，加速网络文学正版化进程""技术赋能：新技术深化应用，攻克版权保护难关"三个方面总结了我国的网络文学版权保护实践，指出在"剑网行动"等对网络侵权盗版行为的持续打击下，2021 年各级版权执法监管部门查办网络侵权案件 1031 件，处置删除侵权盗版链接 119.7 万条，网络版权环境得到有效整肃。

与此同时，网络文学企业也纷纷行动起来，运用法律武器打击盗版行为，维护自身利益。例如，根据 2022 年 11 月 16 日"经济观察网"报道，有自媒体报道称，阅文旗下"起点中文网"运营方上海玄霆娱乐信息科技有限公司针对"UC 浏览器"和"神马搜索"中存在的大量侵犯《夜的命名术》信息网络传播权的盗版链接，并

---

① 北晚在线：《中国版权协会发布〈2021 年中国网络文学版权保护与发展报告〉版权保护引领行业高质量发展》，https://m.takefoto.cn/news/2022/05/27/10094826.shtml，2022 年 12 月 19 日查询。
② 知产前沿：《2021 年中国网络文学版权保护与发展报告》（精简版），http://www.ipforefront.com/m_article_show.asp? id=2050，2022 年 12 月 19 日查询。

向用户推荐、诱导用户阅读盗版的行为，向海南自由贸易港知识产权法院申请诉前行为保全，获得法院支持。据悉，这是网络文学领域的第一个诉前禁令。根据禁令裁定书《海南自由贸易港知识产权法院民事裁定书（2022）琼73行保1号》显示，UC浏览器及其内嵌的神马搜索有大量未经申请人许可的涉案作品链接，如不及时制止侵权行为，将影响申请人的市场交易机会，给申请人造成流量降低、收入减少等难以弥补的损害，故依法于2022年5月24日发出禁令，裁定UC浏览器、神马搜索立即对涉嫌侵害《夜的命名术》信息网络传播权的链接采取删除、屏蔽、断链等必要措施。[1]

同时，网络作家与相关方面也积极行动起来。2022年世界知识产权日刚过不久，中国版权协会携手全国各地网络作家协会、多家网文平台以及匪我思存、天瑞说符、跳舞等522位网络作家共同倡议反对盗版。[2] 2022年7月6日，全国重点网络文学网站联席会议期间，近50家重点网络文学平台负责人、全国省级网络文学组织负责人、知名网络作家和评论家共同发起《网络文学行业文明公约》，呼吁加强网络文明建设，优化网络文学行业生态，推动网络文学高质量发展。[3]

但必须看到，盗版屡禁不止的重要原因之一是"科技手段降低了盗版成本"。[4] 科技在此再一次充分体现了它的"双刃剑"作用。这也预示着，版权保护和打击盗版必将是一项长期的斗争。为此，在管理层面，必须进一步完善版权行政保护体系；在平台层面，必须压实搜索引擎、应用市场等平台的主体责任，从源头切断盗版利益链；在执法层面，必须充分认识网络文学的作品价值，加大判赔和处罚力度，在技术层面，必须加强科技反盗版，探索"创新技术+版权保护"的深度融合。

2. 评价机制的成熟与阅读引导

大体上说，一开始网络文学只有圈内人关注，主要是一种读者评价。随着网络文学的不断发展，文学体量越大，影响就越大，受到的关注就会越来越多，专家学者和各种媒体也开始纷纷发表对它的看法。这样，从不同方面对网络文学作品进行评价的意见也就越来越多。30年间，各种评价、批评方式相互影响、相互作用，就自发形成了网络文学的评价机制。到2022年，网络文学生态中评价机制已经相对成熟，将会对网络文学阅读产生重大影响。

---

① 经济观察网：《网络文学领域首个诉前禁令来了》，http://m.eeo.com.cn/2022/1116/567217.shtml，2022年12月19日查询。

② 扬子江网文评论：《网络文艺一周资讯：522位网络作家联名倡议反盗版，七猫纵横非独家签约唐家三少……》https://mp.weixin.qq.com/s/8W4MoKv2ThEOBvyelvCANg，2022年12月21日查询。

③ 凤凰网：《网络文学界发起〈网络文学行业文明公约〉》，https://ishare.ifeng.com/c/s/8HQvXJRT7qk?_share=weixin，2022年12月19日查询。

④ 知产前沿：《2021年中国网络文学版权保护与发展报告》（精简版），http://www.ipforefront.com/m_article_show.asp?id=2050，2022年12月19日查询。

网络文学评价机制成熟的标志是网络文学排行榜的丰富化。自 2021 年下半年以来，越来越多的网络文学排行榜被发布出来。这其中不仅有"常规操作"，如中国作家协会发布的"中国网络文学影响力榜"、浙江省网络作协发布的网络文学"双年奖"、江苏作协发布的泛华文网络文学"金键盘"奖、成都市互联网文化协会发布的"金熊猫"网络文学奖、辽宁省作协发布的网络文学"金桅杆"奖、艺恩数据联合阅文集团发布的"2021 阅文年度好书榜单"、北京大学网络文学研究论坛发布的"2020—2021｜中国网络文学双年选"榜单等，还有新势力的"新举措"：《青春杂志》与扬子江网络文学评论中心联合多家科研机构发布了 2021 年度"网文青春榜"等。各种榜单的频繁发布，印证了网络文学的持续繁荣，也反映了网络文学的社会关注力度在不断增强。

一类可称之为"数据榜"，即很早就出现的、各大网络文学网站和搜索引擎根据各种实时数据形成的榜单。例如，打开起点中文网的首页，就能看到"月票榜·VIP 新作""畅销榜""书友榜""阅读指数榜""签约作者新书榜"等榜单，点开首页上端的"排行"，还会展现分类更为详细的榜单。晋江文学城则需首先点入不同类型频道中，然后才能打开各种排行榜。番茄小说、书旗小说等免费网络文学平台亦有类似榜单。而百度这样的搜索引擎则在其"百度搜索风云榜"中有专门的小说排行榜。

前文所列举的"中国网络文学影响力榜"等榜单则属于第二类，可以称之为"评选榜"。它们的出现均明显晚于"数据榜"（如"中国网络文学影响力榜"的前身"中国网络小说排行榜"起于 2014 年；"中国网络文学双年选"最开始为年选，于 2015 年开始发布；"阅文年度好书榜单"开始于 2019 年，且该年只有女频榜单，2021 年才同时发布了男频和女频的单)，一般由相关机构参考各种指数和评审意见评选而出。

"数据榜"的影响力已广为人知，只要看看网站中的月票战争夺就知道了。从目前的情况看，"评选榜"对读者的影响力要明显小于"数据榜"。2022 年 8 月 19 日，我们使用"新浪舆情通"的"政企舆情大数据服务平台"对本文所列举的四个"评选榜"的数据进行了抓取（数据抓取的时间范围为 100 天)，结果显示，这些"评选榜"在网上形成的讨论热度总体并不大。以"中国网络文学影响力榜"为例，其信息来源占比图如下：

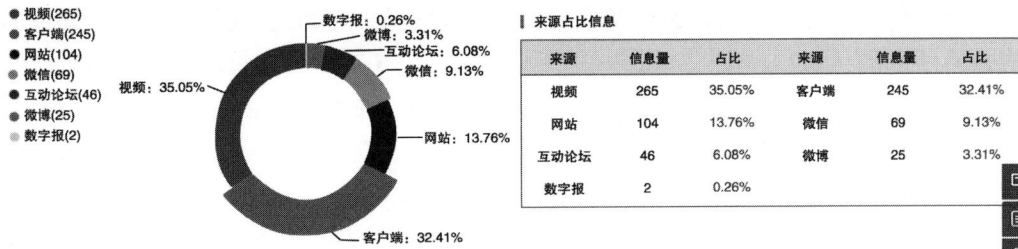

图8　"中国网络文学影响力榜"信息来源占比图
（图片来源：新浪舆情通 2022 年 8 月 27 日检索报告）

可以看到，该类榜单在网络上基本都是以新闻发布的形式存在，发帖者多为与网络文学有关的媒体账号，在普通网友之间基本没有引起讨论。舆情监测系统仅监测到 12 条网络帖子，在微博平台上讨论极少，百度贴吧平台上也未见关键词。在晋江文学城、起点中文网等网络文学网站中也未见讨论迹象。

尽管如此，"评选榜"的重大作用却不容忽视。它通过引入社会公共领域的相关机构介入榜单遴选，发挥了机构蕴含的公信力，产生了更丰富的价值引导作用，从而对网络文学的高质量发展产生着越来越重要的影响。

无论是数据榜，还是评选榜，它们对读者的阅读选择都将产生较大影响。网络文学作品浩如烟海，阅读者该读什么常常显得无所适从，这时候，有征信力的相关机构发布的网络文学榜单，不仅对创作者和网站经营者有标杆和激励作用，对读者消费也有着明显的引导作用。

综合各种评价方式来看，网络文学场域中已经形成了一个由读者在线批评、媒体人批评、专家批评和各类榜单"批评"构成的"四环联动"的网络文学评价机制。它们从不同维度（个人的、市场的、公共的、学理的、机构的……）揭示着网络文学的价值。更重要的是，上述各种批评不是孤立地发挥作用的，而是相互之间存在着或紧或松的联系，进而它们的批评影响也是相互交叠着的。不仅网络文学排行榜的价值评判是综合性的评判，而且，媒体人批评也会反馈普通读者和专家的意见。从专家批评看，越来越重视读者在线批评，有的还将之视为重要的研究对象。读者在评价和选择网络文学作品时，也会一定程度上参考各种榜单的意见。正是因为当前的四种网络文学批评是联系着的、互动着的，我们才说它们一起构成了"四环联动"的网络文学评价机制。在这样的评价机制的运行中，各种网络文学批评影响力也不同程度地交叠在一起。应该说，当前的网络文学发展，某种程度上就是这种交叠影响的结果。

网络文学的评价机制发展到今天，尽管还存在如上所述的一些不足，但是已经发展得相对成熟，在推动网络文学健康发展方面起到了切实作用。而且，由于网络文学生产在整个网络文艺生产体系中占据着头部地位，故而，网络文学的评价机制对于整个网络文艺生产的评价机制而言，是有着示范意义的，我们对于它的重要性应该有清醒的认识。

（鲍远福、蔡悦、穆贵毫、康雯沁、荣杨、周兴杰　执笔）

第六章　网络文学产业

网络文学产业是一种文化创意产业，是网络文学商业属性的市场化呈现。《2021 年中国网络文学版权保护与发展报告》显示，2021 年中国网络文学产业规模达 358 亿元，同比增长 24.1%，行业收入主要来自用户付费和版权运营。2022 年，随着资本的强势介入和新媒体行业的变局，网络文学的 IP 开发成为业界的重点，网络文学产业也形成了以动漫、影视、游戏为主的产业格局。这里分线上产业、线下出版和跨界运营产业链几个方面，对 2022 年度的网络文学产业状况做出描述和介绍。

一、网络文学线上产业

1. "付费+免费"协同发展，新生态趋势凸显

（1）付费阅读：盈利模式多元化，主流地位仍然巩固

总的来说，付费阅读模式在行业收入中占有不小的比例，其主流地位明显。据《2021 年度中国数字阅读报告》显示，数字阅读用户已养成较为成熟的付费习惯，2021 年 92.17% 的用户曾为数字阅读付费，且付费最多的阅读形式为电子阅读，占比 60.07%。收入结构中，订阅收入仍为主体，其中付费订阅占总收入的一半还多。

网络文学公司希望通过获取更多的新增付费用户来提振网文付费业务，但国内网络文学线上阅读市场的收益已进入增长瓶颈期。阅文集团报告显示，2022 年上半年阅文实现总收入 40.9 亿元（人民币，下同），同比下降 5.9%；净利润 2.32 亿元，同比下降 78.5%；毛利 21.46 亿元，下降 6.2%。其中，在线业务为 23.1 亿元，版权运营及其他收入为 17.8 亿元。《2022 年阅读趋势研究报告》提出，中国知识付费用户考量首选的三大要素为：知识付费平台的内容丰富度、知识付费产品的性价比、知识付费平台的口碑。随着数字阅读习惯的养成，越来越多的用户愿意为高质量内容买单，付费意愿高达 86.3%。其中，网络文学付费意愿达到 49.9%，优质内容衍生的影视作品的付费意愿为 37.9%，优质内容衍生的动漫作品的付费意愿为 28.3%。① 可以说，内容付费的商业模式依然十分稳定，主流地位仍然巩固，愿意

---

① 《年度阅读趋势研究报告：知识付费用户规模超 4.77 亿》，澎湃新闻：https://baijiahao.baidu.com/s? id=1745312423155625202&wfr=spider&for=pc. 2022 年 9 月 29 日查询。

为优质内容付费的优质用户不在少数。

决定内容付费用户是否付费的首选要素是平台的内容丰富度，其次是知识付费产品的性价比，新增的用户和新增的收入是成正比例关系的，由于高质量文章的不断沉淀和积累，使得后来者也愿意继续支付年费。以阅文集团为例，2022 年中，集团有《星辰变》和《武动乾坤》动漫新作，动画系列总播放量分别达 40 亿和 30亿；小说有《大奉打更人》《长夜余火》《夜的命名术》等爆款佳作，这些都为付费阅读提供了良好的内容基础。平台期内新增约 30 万名作家和 60 万本小说，新增字数达 160 亿，内容生态继续蓬勃发展，并呈现多元化趋势，他们推出了《人世间》《心居》《风起陇西》《请叫我总监》等口碑之作，以及电影《这个杀手不太冷静》等一系列脍炙人口的优秀作品。2022 年上半年，阅文集团在线阅读整体用户的增长和单个付费用户贡献的收入均呈上升趋势。据财报显示，阅文自有平台和自营渠道的平均月活跃用户从 2021 年上半年的 2.33 亿增长至 2.65 亿。截至 2022 年 6月，阅文月付费用户达 810 万人，每名付费用户平均每月贡献的营收从去年上半年的 36.4 元增长到今年的 38.8 元，同比增长 6.6%。

自起点中文网首推中国网络文学 VIP 付费阅读制度的商业模式以来，付费阅读是网络文学线上产业的主要收入来源和线上产业盈利的主流模式，有效地解决了网络创作回报难的问题。目前国内运营较好的几大小说网站中，其主要盈利模式依然是付费阅读，如起点中文网、纵横中文网、红袖添香等知名网站，这些大平台主要按照和小说作者签约，通过作者为平台提供优质内容，平台引流作品，然后刺激读者花钱订阅。

各阅读网站付费阅读的模式大同小异，一般都是通过充值的方式获得会员身份进行全章节阅读，或是通过包月包年阅读方式。以起点中文网与 17K 小说网为例，网站的收费具体方式如下：

①起点中文网

等级	普通用户	普通会员	高级会员	初级 VIP	高级 VIP
升级条件	——	一次性充值 1 元	12 个自然月内消费满 199 元	12 个自然月内消费满 1200 元	12 个自然月内消费满 3600 元
付费标准	5 分/千字	5 分/千字	5 分/千字	4 分/千字	3 分/千字

②17K 小说网

包月时长	1 个月	3 个月	6 个月	1 年
收费	15 元	40 元	66 元	108 元
续包	19.9 元/月	15 元/月	12 元/月	9 元/月

（2）免费阅读：质与量双向提升，助推网文阅读新生态

如今的网文市场已趋于成熟，付费阅读市场在逐渐饱和的同时，免费阅读泽如火如荼地发展起来。由字节跳动主打免费阅读的番茄小说，已逐渐占据在线阅读产品热度第一。截止到 2021 年 12 月，字节跳动旗下的番茄小说月活用户已达 9327 万，位列行业第一，同比增长 51.4%，高于位列第二的七猫免费小说 6346 万，字节跳动也让免费阅读模式重回主流视线。

如果说在线付费阅读的核心是为用户提供有价值的内容，那么免费阅读的逻辑则更多是注意力经济的盈利模式，即通过投放免费的流量来吸引网民注意，从而快速获得并保持用户留存率。这种免费模式主要是帮助用户养成阅读习惯，利用"免费"来打开下沉市场。面对强大的免费市场，付费阅读市场明显受到了较大冲击，从阅文集团发布的 2021 年的财报可以看出，2021 年 6 月，阅文集团免费阅读平均日活用户从 1300 万提升至 1400 万，增长 7.7%，但在线阅读业务月付费用户却下降 14.7%，降至 870 万人，用户付费收入也稍减至 38.38 亿元。自 2020 年阅文集团经过转型升级后，小说网站的经营模式已从原来的"以付费阅读为主"，转向为"免费+付费协同"的新模式，如 QQ 阅读、微信读书等腾讯系渠道已成为免费阅读的主要构成部分。有数据显示，2019 年至 2021 年，阅读集团免费阅读活跃用户规模从 8140 万增至 1.52 亿，月人均使用时长也从 395 分钟提至 863 分钟。免费阅读所带来的注意力拉动成为吸引阅文等老牌平台网文产业的关键。2021 年，腾讯产品自营渠道在线业务收入同比增长 28.1% 至 8.09 亿元，主要得益于免费阅读的广告收入。从行业格局看，为应对付费阅读的市场份额饱和，以及大量用户逐渐流失的风险，以阅文集团为代表的内容制作上游平台，开始大面积涉足免费阅读。一方面，免费阅读的用户与付费用户并不冲突。两种经营模式有各自的盈利方式，前者注重用户为优质知识付费，后者则分流了原本会被短视频、朋友圈、小红书等软件吸引的用户，实现注意力的把控；另一方面，将盗版平台的用户收编至免费正版阅读平台，有助于保留大量可能成为可付费用户的潜在客户。在流量经济时代，将用户与平台绑定，从免费用户身上获利是一个不得已而为之的有效策略。

（3）线上网文产业的困境与突破："短视频"时代悄然来临

根据 2022 年 5 月 26 日中国版权协会发布的《2021 年中国网络文学版权保护与发展报告》，中国网络文学产业的规模达到 358 亿元，用户规模达 5.02 亿，占网民整体 48.6%，同比增长 9.1%。[①] 网络文学的 IP 运营带动了影视、游戏、动漫、音乐、音频等下游文化产业约合 3037 亿元的市场。网络文学内容上自带传统文化基因，而其生产与消费却天然带有商业属性。网络文学的快速发展得益于其文化产业

---

① 新京报：《2021 年中国网络文学版权保护与发展报告》发布，布 . https：//baijiahao. baidu. com/s? id = 1734040213381417566&wfr = spider&for = pc. 2022 年 5 月 28 日。

的崛起，正是网文发展与产业生态不断优的化调整，为网络文学"付费+免费"协同发展带来了新的发展机遇，产品类型从一元走向多元，体验方式由线上走向线下，产业营收由虚拟走向现实。但网络文学产业化的快速发展却暴露出了一些发展痛点，线上产业下沉所带来的全产业链的开发和运营还比较薄弱，像动漫改编、游戏开发、主题公园、文创产品等衍生品的开发与运营未能科学、合理、有序地合理分配，无法更有效地实现各资源要素之间的协调利用，这就导致网络文学全产业链过度商业化与其产业化发展薄弱之间的矛盾，这也成为制约网络文学产业化健康发展的桎梏之一。

除了全产业链上的薄弱环节影响网文的产业发展外，网络短视频、网络短剧所带来的"短视频"行业也对网络文学的线上产业发展造成了一定的冲击。首先是"短视频"行业所带来的用户分流危机。在"短视频"时代，相比于带有更强感官体验的视听语言形式，文字阅读逐渐降低了对于用户的吸引力，加之，相比于大体量的网络文学，网络短视频、网络短剧等"短视频"与媒介碎片化时代具有一定的异质同构之处，更容易迎合现代人的审美取向。"'短视频+'的文娱生产模式，正在形成一个新的流量漩涡，其旺盛的内容生产能力和广阔的消费前景，诱惑着摩拳擦掌的资本，吸附着新一轮的投注。一个'短视频为王'的时代，也许正在到来"。① 在"短视频"的夹击下，网络文学以及其产业化发展面临着用户分流所引发的诸多困境。2018 年网络文学在各类手机应用中占用时长 7.8%，2019 年为 7.2%，而到 2020 年 6 月，已经减少至 4.6%，在 2022 年这一趋势也成扩大趋向。其次是"短视频"行业所带来的资金分流危机，这从资金链上限制了网络文学产业化的发展。"短视频"的出现，不仅是对网络文艺多样态形式的扩容，而且还助推了新的产业变现模式，即"知识付费"模式的蓬勃发展。2020 年知识付费的市场规模达 394 亿；2021 年市场规模 700 亿；2022 年知识付费市场规模将有望达到 1000 亿。在 2022 年之前，知识付费都处于 1.0 或者 2.0 阶段，随着 2022 年知识付费爆发式的增长，标志着知识付费即将步入 3.0 的发展新阶段。短视频平台不仅为知识付费提供了广阔且便捷的平台，而且短视频强大的用户量也成为知识付费市场巨大的用户孵化基地，短视频所代表的"视频热"也让知识付费向"泛知识"类内容方向发展，纵向延伸了知识付费的产业价值链，这也吸引了更多的企业与资金加入"短视频"行业。

"短视频"行业和泛知识内容需求的大爆发，虽从用户分流和资金分流两个方面限制了网文线上产业的进一步发展，但也为网文铺开了一条新赛道，如何实现优质的网文内容向"短视频"的内容转化，在延长网文 IP 价值链的同时，拓宽网文产业化发展新模式，这是网络文学线上产业发展的新挑战，亦是突破网文产业发展

---

① 贾想：《网络文学"短视频"时代正在到来》，《中国文化报》2022 年 3 月 3 日。

困境的新机遇。

2. 优质内容引领消费，Z世代成为打赏主力

（1）网文造星持续发力，粉丝圈层不断固化

网络文学强烈的"网感"属性与读者的虚拟生存经验相契合，粉丝在阅读过程中与网文作者一同成长，在互动中建立了深厚的情感链接，这使得网络文学的生产与消费带有鲜明的经济粉丝属性。随着VIP付费制度以及充值打赏功能的推广，大大提高了粉丝在网络文学生产与消费过程中的重要力量。网文造星持续发力，粉丝圈层不断固化，便是网文粉丝在2022年网文市场表现的新动向。

网络文学的圈层化首先表现为以性别为中心的读者群划分，特定类型文读者因文结识，通过作品评论区、百度贴吧、微博等与作者或其他读者互动，讨论书中的人物、情节、文笔，互相推荐自己喜欢的小说，进而形成了一个特定的粉丝文化社群，即"饭圈"。① 注意力经济让"注意力""流量"等网络数据成为可兑现的货币，因而与普通读者不同，粉丝圈层不止于"订阅—阅读"这一免费式的消费行为，更青睐于为自己钟爱的网文作家及作品"氪金"，在微博、微信、豆瓣等各大社交平台造势，提升该作品的各种话题性及关注度。"Z世代"群体占比增高引发网文消费群体迭代，网文市场也顺势迎来了"为爱发电""为文氪金"的时代。"饭圈"的出现，更是以强大的共同审美取向大大增强了粉丝与网文作家之间的情感黏度，粉丝圈层也成为影响网文生产与消费的重要介入力量。

2021年5月阅文集团发布了《网络文学作家指数》，该报告为网文作家的影响力和品牌价值的评判提供了一个更科学、更多维、更可量化的评价体系与参考维度。该指数的衡量标准主要是根据作家名下所有作品本年度内的线上影响力（理论稿酬+用户阅读时长）、粉丝热度（月票+评论）、版权价值等维度数据综合加权编制。从这几个评价维度可以看出，作品的热度和市场认可度显示出粉丝黏度之于网文作家商业价值赋能的重要性。

2022年的网文圈更是再次彰显了粉丝为爱"氪金"以及粉丝造星的超强实力。作为网文幻想类题材的当红作家宅猪新书《择日飞升》，2022年5月13日上架24小时的订阅量为43900，并收获了过百万的高额打赏。与此同时，作家宅猪与会说话的肘子两者的粉丝还引发了"猪肘之争"事件。事情起源于起点中文网的20周年庆典，在庆典之前，会说话的肘子新书《夜的命名术》已经连续三个月霸占月票榜第一位置，宅猪的粉丝为拥宅猪的新书《择日飞升》上位，于是与会说话的肘子的粉丝展开了激烈的"氪金"大战。具体说就是各家粉丝用"发红包吸票"的形式，即打赏白银大盟甚至黄金总盟来吸引普通读者投票。纷争当天，两部作品都有收获接近三十万的月票《择日飞升》的粉丝凭借亿盟打赏（一个"亿盟"换算为

---

① 童娣：《网络文学的圈层化现象》，中国社会科学网—中国社会科学报，2022年5月18日。

100万人民币），获得了本次纷争的胜利。此次的"猪肘之争"事件也从另一侧面暴露了网文市场粉丝圈层的固化现象。

（2）"Z世代"引领下的打赏主力军

根据QuestMobile发布的《2022 Z世代洞察报告》显示，相较于其他年龄段的群体，"Z世代"具备更高的线上高消费潜力。有数据显示，2022年线上消费能力在2000元以上的"Z世代"用户占比达到30.8%，同比增长2.7%；在消费取向上，"Z世代"更注重对社交、尊重及自我实现的需求满足；在消费理念上，"Z世代"更注重悦己消费和体验消费。作为数字时代的原住民，"Z世代"具有更灵活成熟的数字化生存体验，因而也更喜欢极具"网感"的新鲜事物。第49次《中国互联网络发展状况统计报告》数据显示：截至2021年12月底，我国网络文学用户总规模达5.02亿，较上年同期增加4145万，占网民总数的48.6%，读者数量达到史上最高水平。2021年，起点读书App"95后"新增用户占比超60%，作为网络文学的阅读主力，"Z世代"充分发挥了该群体在网文市场的消费引领作用。"Z世代"的群体属性、审美趣味、价值取向以及精神特征也成为影响网络文学消费市场的主导力量。

在注意力经济为背景的消费语境下，"Z世代"已成为当今网络文学的消费打赏的主力军。其原因主要有以下几个方面，首先，网络文学的阅读方式创新迎合了"Z世代"群体的审美趣味，进而刺激了他们的消费欲望。现如今各大网文平台不断丰富创新读者的阅读方式，旨在为读者提供更加多样化、趣味化的消费体验。网文的阅读消费方式主要有：点赞、评论、书评区、充值与打赏。这样的阅读方式带有很强的互动性、社群性、趣味性和游戏性，这样的阅读消费方式恰好迎合了"Z世代"群体亚文化的审美趣味。其次，"Z世代"的"悦己"消费取向，也成为为网文充值打赏的主要内在驱动力。2022年5月份，京东消费及产业发展研究院联合腾讯研究院、猫眼研究院、阅文集团、喜马拉雅等联合发起当代年轻人"精神消费"现状调研，结合年轻人在听（音乐、有声书）、看（电影、电子/纸质书籍）以及写作等领域的消费数据，发布《2022年轻人心灵世界与精神消费白皮书》。数据显示，"Z世代"群体比其他年龄段的群体更注重精神层面的消费，总体上在精神消费上呈现出持续增长的状态。可以看出，"Z世代"更注重精神消费对于自身的"心理赋能"，这也正是"Z世代"群体为何可以成为网文消费打赏的主力军的主要原因。作为网络文学读者群体中的主力军，"Z世代"代的审美趣味与价值取向不仅影响了网文消费市场的布局导向，而且还渗透到网络文学的创作之中，让网络文学生态系统呈现出新的气象，体现在内容上则是网文叙事在迈向主流化、经典化叙事的进程中，呈现出趣味性的叙事特征。具体体现为：主流叙事从"生活越来越好"转向"越来越有趣"，网络文学凭借其丰富的想象力以及互动性优势，创作出了一大批受年轻群体喜爱的中国故事。网络文学的这种趣味叙事趋向迎合了"Z世代"对于娱乐化的情感追求，对于"悦己"的情感需要，致使这一群体更愿意为满足自己心灵需求以及情感需要的网文内容买单。

（3）网络文学优质内容的消费与输出

"Z 世代"的群体属性不仅是重构网文创作与消费格局的重要推动力量，而且该群体还愿意为高质量的内容、体验买单，这样的审美取向正推动网络文学更多优质内容的创作与产出。随着网文创作的经典化叙事转向的深入，阅读网文对"Z 世代"群体来说，已经不再是一种纯粹的娱乐化行为，网络文学的优质内容也逐渐成为他们知识学习的入口。随着知识经济时代的到来，优质内容正愈发成为撬动知识经济时代快速发展的有力杠杆。

根据艾媒咨询的数据，2022 年中国知识付费用户规模达 5.3 亿人。在很大程度上，年轻一代在网文市场的充值打赏等消费行为不仅是一种娱乐消费行为，也可看作是一种泛知识付费。因为网络文学中的知识并不像传统意义上的教材内容，具有一定的知识体系化和系统化。但是近几年的网文创作呈现出很强的专业化趋势，越来越多的教师、医生、律师、建筑师等具有一定知识技能的社会群体加入网络文学职业文的创作队伍中，为网文创作贡献了一支高文化、高素质的智商队伍。这使得如今的网络文学在内容上呈现出"泛知识"的特点，网络文学的书评也成为读者进行知识交流与分享的学习区。据阅文集团旗下起点读书 App 统计，仅 2021 年一年，"知识"这一关键词在书评区出现就达 13 万次，"物理"出现 7 万次，"化学"出现 1.6 万次，连"高数"都出现超 5000 次。例如在《学霸的黑科技系统》（晨星 LL）的书评区涌现出了一大批"野生课代表"，他们围绕"周式猜测""孪生素数猜想""角谷猜想"等自发整理知识点、答疑解惑，学习氛围浓厚；在科幻网文《我们生活在南京》的书评区，读者也自发对书中所描写到的无线电知识展开了激烈讨论和相关物理知识的科普。

根据相关数据，"Z 世代"是一个高知群体，他们基本具有大学及以上的学历文凭，因而在内容消费上更倾向于优质内容。根据阅文集团旗下起点读书 App 所提供的数据，科幻题材读者中，95 后占比达六成，现实题材读者"Z 世代"占比超四成。与 2020 年相比，科幻题材付费人数增长率位于全站第一。2022 年上半年，卖报小郎君、黑山老鬼、我吃西红柿、言归正传等知名网络文学作家相继推出科幻题材新作，其中以现代都市生活为背景的科幻小说《灵境行者》上线首日即登顶起点读书五榜第一，24 小时收藏破 20 万，打破起点首订纪录。老鹰吃小鸡的新作《星门》也因其质优和爽点密集，更是收获了亿盟打赏。

"95 后"群体虽具有很强的圈层属性与亚文化特征，但是他们并非一群生活在网络空间上的"不入流"群体，在展现出多元化审美取向的同时，这一群体也彰显出强烈的爱国情怀。根据阅文集团的相关数据，2021 年，"中国"一词在读者评论中累计出现超 30 万次，过去三年累计近百万次。"爱过"提及次数达 1.5 万次。这与"Z世代"的成长环境有着密切联系。我们知道，"Z世代"多指千禧一代，是指出生于20世纪时未成年，在跨入21世纪（即2000年）以后达到成年年龄的一代人。而"Z"世代是指比"Y"世代更为年轻的一代人，他们出生于20世纪90年代末与21世纪初，经常被网友们戏称为"九千岁"，由于这代人的成长几乎和互联网高速发展期相吻合，因此也被称为互联网世代。《2020年度中国网络文学发展报告》报告将"Z世代"定义为"1995年以后出生的群体，包含'95后'及'00后'"。21世纪的中国正处于经济、政治、文化快速发展的黄金时期，逐渐彰显出"大国"姿态，成长于这种环境下的"Z世代"，其爱国情怀与民族自豪感也表现得更为强烈。这种爱国情怀也同样带入了其阅读趣味之中，在很多的书评区，对中国传统文化、科技发展等软硬实力的骄傲之情时有所见。如有读者给阎ZK《镇妖博物馆》留言："字里行间闪耀的，是民族五千年来思想碰撞、锤炼、铸造的光芒。这既是我们民族的历史，也是我们民族曾经的传奇。""Z世代"的爱国情怀也潜移默化地影响着网络文学创作的价值取向与精神风貌，其中表现最为明显的是科幻题材的大力崛起。以阅文集团为例，自2022年初阅文推出"启明星奖""星光奖"系列活动以来，有近两万部作品参与了科幻征文。截至5月，起点科幻平台新作家作品数量较2021年同比增长超112.5%，其中90后、95后占比超70%。像《大国科技》这部科技网文，无处不流露出作者的爱国情怀，用大国科技彰显中国实力，展现出带有"Z世代"审美印记与情感归属的家国叙事。2022年对于网文界最振奋人心的一个消息就是，有16部中国网络文学作品首次被收录至大英图书馆的中文馆藏书目，这些作品涵盖科幻、历史、现实、奇幻等多个网络文学题材，是中国网络文学创作在迈向经典化叙事进程中所涌现出的优质作品。这16部网文作品分别是《赘婿》《赤心巡天》《地球纪元》《第一序列》《大国重工》《大医凌然》《画春光》《大宋的智慧》《贞观大闲人》《神藏》《复兴之路》《纣临》《魔术江湖》《穹顶之上》《大讼师》《掌欢》。这一消息是中国网文创作转向高质量发展的一种象征，同时也极大地鼓舞了网文创作者对优质内容的创作追求。

"Z世代"对优质内容的审美追求助推了网络文学向经典化、主流化的方向迈进，也促使更多的网文创作者积极从现实取材，以贴近大众审美的叙事风格，讲述万千中国普通人的奋斗故事。在家国叙事上，许多创作者从普通人的生活切入，带着"人民文艺"的自觉意识，谱写立体、多元且生动的中国故事，用优质内容彰显网络文学的时代新风貌。

3. 广告经营精准化，深耕广告内容创意

广告收入是网络文学线上产业重要的收入来源之一，随着"免费"小说平台的兴起，广告变现作为其商业模式核心，在网络文学线上产业发展中的作用愈发重要。一方面以起点中文网、晋江文学城为首的传统网络文学网站，沿袭了传统的广告投

放策略，保持了广告投放数量、方式的稳定；与此同时，部分新兴网络文学平台已经熟练运用大数据广告工具实现精准"引流"，并将注意力投向了广告内容的创意之上，这使得网络文学线上广告展现出了"精准化""创意化"的新特征。

（1）固定覆盖：网站投放方式趋稳

网络文学网站是网络文学线上产业的主要阵地，同时也是广告投放的首要场所。近年来，网络文学产业的持续繁荣，不仅为网络文学平台发展积累了大量客户群，也为网站广告提供了庞大的流量和商业前景，在所有主流网络文学网站中均实现了广告的全面覆盖。

应该看到，由于受到网站的整体界面风格、排版、技术等多方面的影响，网络文学网站广告的形式发展较为缓慢，主要可以分为弹窗广告、横幅广告、按钮广告、文字链接、视频广告、浮动图标、鼠标响应、流媒体、全屏广告等几种主要类型。通过对2022年12月主要网络文学网站广告覆盖情况的统计不难发现，对比往年网络文学网站的广告投放情况，2022年网络文学网站的广告数量和投放领域并没有发生显著改变，说明近年来，网络文学网站的广告通过不断筛选试验，已形成较为固定的投放模式。

文学网站广告投发领域主要包括游戏、网文推广、活动比赛、活动抽奖、商品销售以及作家推荐等领域。其中网文推广与活动宣传既是文学网站广告的首要目标，同时也是其主要投放类型，通常被置于网站首页的核心广告位，再辅以精美绝伦的插画和醒目的翻页动画效果吸引访客眼球，以达到为作品引流的宣传目的。与此同时，包括起点中文网、起点女生网在内的文学网站还会以弹窗形式（插页式广告、弹跳广告）进行广告推广。当访客点击进入网站时，会出现半屏大小的弹窗界面，"强制"推送网站优质小说及网站活动。该弹窗会随着鼠标推移而始终存在，持续几分钟后才会自动关闭，以达到对于关键信息的"灌输式"宣传效果。

除了网站作品与作家的推荐广告外，游戏与影视广告也是文学网站广告的重要组成部分。游戏类广告通常以按钮式广告类型为主，凭借精美的动态画面吸引玩家点击进入下载链接，并通过展示视频和新手礼包两种形式吸引实现从网站访客到游戏玩家的引流。影视类的广告主要以横幅广告的形式出现，例如晋江每月会为当月上线的改编影视作品进行宣传造势，通过点击首页的广告窗口进入该作品的宣传专题页面，不仅有针对原著的剧情介绍，同时也对其影视预告、播放平台、首播时间等信息进行详细展示，一定程度上促进了书粉与剧粉的相互转换，有利于实现网络文学产业与影视产业的交叉联动，促进网络文学产业化链条发展。

2022 年 12 月主要网络文学网站广告覆盖情况

编号	网站	广告类型	数量
1	起点中文网	游戏、网文推广、作家推荐	7
2	起点女生网	游戏、网文推广、作家推荐	7
3	昆仑中文网	活动比赛、网文推广	2
4	九天中文网	活动比赛、网文推广	2
5	创世中文网	游戏、网文推广、商品销售	2
6	云起书院	网文推广、活动比赛、作家推荐	6
7	红袖添香	活动比赛、网文推广、作家推荐	2
8	潇湘书院	活动比赛、网文推广	5
9	小说阅读网	活动比赛、网文推广	2
10	言情小说吧	活动比赛、网文推广	2
11	天方听书网	作家推荐、网文推广	1
12	阅文悦读	活动比赛、网文推广	7
13	晋江文学城	影视、网文推广、活动比赛、商品销售	5

（广告数量以单独的广告位为统计对象，不包括封推广告中的网文推荐。）

（2）破圈营销：用户导向的广告变现

从 2003 年起点中文网推出"VIP 付费阅读模式"以来，网络文学创作吸引了众多优秀作者加入，作品数量倍增，使得一部分网络文学成为影视作品、游戏、周边商品的 IP 源头。十余年间，网文"付费模式"逐步发展为主流，但随着移动互联网流量红利见顶，网络文学行业的商业模式也在不断变化，为了加速争夺所剩无几的存量市场。2018 年 5 月，趣头条推出首款正版免费阅读 App"米读小说"，经过一段时间的运营，米读证明了"免费内容+广告展示"的盈利模式的可行性。此后，互联网巨头与数字阅读企业纷纷入局免费阅读赛道，七猫免费小说、连尚免费小说、番茄小说、飞读小说等免费阅读 App 纷纷上线。到 2021 年，我国数字经济已全面进入免费服务+增值服务阶段，免费小说逐渐与付费小说"分庭抗礼"。网络文学产业盈利模式的革新，推动了网络文学产业的广告变革。

免费小说平台在向价格敏感型客户提供免费内容的同时，也会使用户牺牲掉一部分阅读体验，通过大数据推送技术，利用精准广告、广告联盟、大数据推荐等方式，在阅读过程中大量植入广告内容，从广告分成中实现价值变现。这种以用户为导向的广告投放模式，为在线阅读行业带来了广告变现的新空间，打破行业收入天花板。据《2020—2026 年中国免费阅读产业运营现状及发展前景分析报告》，2018年中"免费阅读+广告模式"开始出现，至 2019 年 9 月在线阅读行业的月活跃用户规模已从 2.6 亿增长至 3.6 亿，其中免费阅读类 App 合计月活跃用户规模超过 1 亿。由于下沉市场用户对付费较为敏感，免费阅读模式对这部分用户的吸引力得到数据验证。具有通过下沉形式迅速吸引用户能力的免费阅读 App，其广告投放前景被看好。《2020—2026 年中国免费阅读产业运营现状及发展前景分析报告》对"免费阅读+广告"模式的广告变现空间进行测算，保守估计，行业的广告空间约有 133.6—211.5 亿元，对应单 DAU（月活跃用户数）的广告价值约为 0.39—0.61 元/天，与目前较为成熟的休闲游戏广告变现能力（0.5—1.5 元/DAU/天）可以交叉验证。

当前免费阅读 App 的广告位主要包含开屏广告、发现页推广、底部横幅（Banner）广告和文中贴片广告等。从行业发展角度看，"免费阅读+广告"模式进一步挖掘了阅读这一大流量、长时长品类的商业价值。智研咨询发布的《2020—2026 年中国免费阅读产业运营现状及发展前景分析报告》数据显示，行业两大龙头公司阅文、掌阅的用户付费率都在 4%—5% 左右，意味着在线阅读行业有 95% 的用户流量和时长还未实现有效变现，也恰恰证明了在这片新的蓝海中，还存在着广阔的价值空间，有待网络文学产业广告的进一步挖掘。

（3）爽文爆梗：内容下沉的广告形式

随着短视频的兴起，用户市场不断下沉，短视频平台也逐渐成为网络小说 App 主要的"导流平台"，为了提高广告效益，最大限度降低获客户成本，网络文学产业广告的用户审美与接受习惯也在发生改变。

2020 年名为"龙王赘婿"的系列网文广告一炮而红，仅在 B 站上，关于"龙王赘婿"的视频就超过 1000 条，"歪嘴战神""Nike 笑"的梗更是在各大平台被反复征用。广告中男主角的扮演者管云鹏，也从一个名不见经传的小演员，一跃登上虎扑最喜爱新生代男演员榜第二名，仅次于刚因《穿越火线》口碑翻身的鹿晗。

"龙王赘婿"广告的成功并非无迹可寻，广告沿袭赘婿文的爽感逻辑，遵照"扮猪吃老虎"的情节套路，男主角往往以弱者的姿态出场，在前期受尽凌辱，不是被妻子连扇巴掌，就是丈母娘扬言要将他逐出家门。随之剧情急转直下，忍辱负重的男主角愤而还击："三年之期已到，我要与你刘家恩断义绝！"这时，一群黑衣人从天而降，拜在他的脚下，视频在反派的震惊脸，以及男主角的邪魅一笑中戛然而止。由于广告受众与男频爽文读者的高度重合性，"龙王赘婿"精准把握了目标受众喜好，通过短时间的不断反转，不仅还原了经典男频网文的逆袭爽感，同时还借助短视频的视觉呈现优势，在消费者心中形成更为强烈的刺激，实现了广告的走红破圈，并引领了网文广告新风潮。

网文广告不只局限于赘婿文，包括总裁文、甜宠文、重生文、娱乐圈文、穿越文等爽文中"爆梗"，都成为网文广告素材，其中最吃香的是言情、玄幻类的小说，比如点击量较高的《天才萌宝亿万妻》《都市巅峰高手》《都市玄门医王》《最强修仙高手》《总裁爹地超给力》《我的极品老婆》等等。这一类型的网文广告大多摘取小说中的精华部分，要么强化悬念，要么以连续剧的形式吸引人点击，有的点赞多的还会拍续集，像《都市巅峰高手》就有很多版本的广告。因为预算有限，这些短视频广告的镜头、道具、特效都有些粗糙，不过虽然剧情尴尬，但由于套路的重复性、快节奏以及演员的卖力，反而达到了魔性的效果，不少网友评价"又尴又爽"。

网络文学广告的爆梗出圈，虽在一定程度上对新兴网络文学作品和平台起到了宣传作用，但与此同时，这种为迎合下沉市场而丧失营销底线的广告宣传方式，也引发了一定争议，如何平衡广告的质量与效果，将是网络文学广告未来发展中亟待解决的重要问题。

4. 网文出海纵深推进，全球传播能力提升

千禧年前后，一批网络小说在港台地区出版实体书，并迅速扩展到东南亚，开启中国网络文学海外传播之路。20 年后，名不见经传的中国网络文学已然成为拥有上亿海外市场规模的"世界级"文化现象，不仅与日本动漫、美国好莱坞电影、韩国偶像剧并列为四大文化奇观，同时也成为中国文化产业走出去的新亮点。

（1）网文出海产业化，海外规模稳步提升

早在 2016 年底，"中国网络文学走红海外"便已成现实。国内网络文学网站透过国外粉丝自发形成的翻译网站的发展盛况，窥见了中国网络文学海外延展的巨大潜力空间，并迅速展开全球化布局。2017 年 5 月 15 日，国内网络小说领军企业起点中文网在成立 15 周年之际正式上线海外版业务——"起点国际"，国内文学网站正式全面介入全球范围内中国网络小说的输出延展进程，这意味着中国网文输出真正从内容出海步入生态模式出海阶段。"起点国际"凭借其资金、版权、内容、模式等优势，迅速实现量大质优的中国网络小说翻译作品上线。2017 年 6 月开启国内外同步首发、零时差阅读新纪元，循序渐进推行 VIP 付费阅读制度的海外落地。2018 年，起点国际开放植根于本土的"海外原创"功能，逐步展开授权、控股、收购等多样化深度共营协作，推进 IP 协同出海、海外粉丝社群运营等。中国网络文学的海外输出不再局限于小说作品的零散化出海，而是以同步化、系统化、生成化、IP 化等特征搭配国内生产运营经验的输出，实现中国网络文学产业的全方位出海。

2022 年 9 月，中国作协网络文学中心发布的《中国网络文学国际传播发展报告》显示，截至 2022 年，中国共向海外输出网文作品 10000 余部。其中，实体书授权超 4000 部，上线翻译作品 3000 余部。网站订阅和阅读 App 用户 1 亿多，中国网文市场的海外规模已达到 4.6 亿元，海外用户超过 7000 万人。覆盖世界大部分国家和地区。网络文学产业的用户规模和上市企业营收连年增长。迄今全球已有几百家中国网络文学翻译组织，仅北美就有 100 多家。目前，网络文学已上线英语、韩语、俄语、印尼语、阿拉伯语等 14 个语种版本，覆盖 40 个"一带一路"沿线国家和地区。网络文学作为代表前进中的中国文化自觉、文化自信的战略路径和新文化标签，

在文化产业发展建设中起到了关键作用。推动网络文学产业走出去，既是传承和弘扬中国传统文化的需要，也是繁荣世界文化，构建人类命运共同体的文化要义之所在。

（2）海外布局纵深化，原创力量全球开花

网络文学产业的海外传播经历了一个不断纵深的发展过程。2001年。中国网络文学付费阅读（VIP）机制形成之前，网络小说通过在港台出版实体书获得收益，并迅速扩展到东南亚，由此开启了中国网络文学的海外布局。随后，网络文学产业规模不断扩大，出海形式不断丰富，由网络小说改编的影视剧在国外热播，大量网络小说版权成功输出，多部网络小说改编的动漫、影视、游戏成功出海。2014年底，Wuxiaworld（武侠世界）建立，外国网络爱好者不再满足于官方的输出速度，中国网络文学开始由爱好者自发翻译进行线上传播，一年后，Gravity Tales、Volarenovels 创立；Wuxiaworld 一年内获得百万级英文读者，并催生出众多粉丝翻译网站和翻译小组，网文爱好者无偿为网络文学的海外传播贡献自己的一份力量。

2015年10月掌阅 iReader App 正式上线，Wuxiaworld 也由粉丝组织逐渐转变为商业网站，推动了网络文学海外发展的产业进程。随着阅文集团的起点国际（webnovel.com）正式上线；中文在线在美国推出第一款互动叙事类阅读产品——Chapters；法语、俄语、西班牙语等语种的中国网络文学网站纷纷出现，网络文学产业的海外布局不断壮大。2018年4月，起点国际率先开放海外创作，吸引海外创作者，建立 UGC 模式。掌阅、中文在线、纵横文学平台等也都以不同方式吸引海外作者。目前，中国网络文学的商业模式已在海外落地，形成从线上到线下、从 PC 端到移动端、从文本阅读到 IP 开发的多元化国际传播生态，海外本土化传播成为促进网络文学产业海外发展与传播的生力军。

海外本土化传播既包括由海外网络文学平台进行本土化运营，翻译中国网络文学作品，同时也包括吸引本土作者进行创作，建立本土化运营生态。目前，随着阅文、掌阅、纵横等以不同方式搭建本土作者创作平台，建立作者激励、培养体系，海外原创力量不断壮大。起点国际已拥有 11.5 万海外作者，上线作品 20 万部，用户 7300 万名。作品题材多元，大部分世界观架构深受早期翻译的中国网文影响，比如融合中国的仙侠、道法、武功等传统文化元素，也有在小说中运用熊猫、高铁、华为手机等中国特色现代生活元素，大多网络文学作品仍在模仿学习中国网文常见的写作方法。

海外本土化传播的发展，突破了中国数字文化"走出去"的传统概念，不仅是携带中国文化的中国故事、中国作品实现更大规模的海外传播，而且以海外原创的方式，促使中国文化在被深刻理解与情感认同之后，以基础形态登上国际舞台，实现中外文化深度交流互融之上的生成与延展。

（3）产业开发生态化，构筑多元传播体系

随着网络文学产业布局逐步完善，产业规模不断壮大，以 IP 为核心的网文生态链也在海外逐步形成，中国作协网络文学中心副主任何弘指出，"目前，中国网络文学已形成从线上到线下，从 PC（个人电脑）端到移动端、从文本阅读到 IP（知识产权）开发的多元化国际传播生态。"

线下实体书出版依然是网络文学海外传播体系的核心。根据中国作协网络文学中心统计，截至 2022 年 9 月，国内平台或作者授权国外版权代理商或出版机构，在海外出版发行外文版网络文学书籍，总规模约 4000 部。覆盖国家和地区包括美国、加拿大、俄罗斯、缅甸、泰国、马来西亚、越南、韩国和日本等。晋江文学城是对外授权出版实体书最多的平台之一，现已输出近 3000 部作品。从海外传播市场区域来看，东南亚市场相对较好，泰国平均发行量大约 7000 册，越南大约 3000 册。

网络文学海外线上产业也迎来了蓬勃发展，海外网站、外文 App、移动阅读器等平台的建立，促进了中文网络文学作品的海外传播。目前，起点中文网等海外网络文学平台已经打造海外付费阅读体系，建立起付费订阅、打赏、月票等机制。到 2020 年底，起点国际已翻译 1700 多部网络小说。此外，掌阅国际版 iReader 覆盖全球 150 多个国家和地区，包括 40 多个"一带一路"沿线国家，纵横海外平台 TapRead 注册用户已达百万。

与此同时，以网文 IP 为核心的影视、动漫、游戏等产品，也成为网络文学海外传播的重要力量，不仅极大扩展了网络文学的影响力，同时也提升了网络文学 IP 的活力，《扶摇》《知否？知否？应是绿肥红瘦》《武动乾坤》《天盛长歌》《你和我的倾城时光》《芈月传》《少年的你》等热门网络小说改编的影视作品，在 Youtube、Rakuten Viki、Netflix 等亚洲和欧美主流视频网站及电视台大受欢迎，已成功覆盖亚洲、北美、澳洲等地多达数十个国家和地区。起点国际翻译上线 400 余部漫画作品，包括《修真聊天群》《放开那个女巫》《元尊》在内的 400 余部网文同名改编漫画也在起点国际翻译上线，推动了网络文学 IP 的跨媒介传播，促进了海外网络文学产业生态的形成。

目前，多家网络文学平台通过投资海外网站、文化传媒公司、出版社等方式，与外方形成战略合作关系，扩大中国网络文学国际传播。例如，起点投资韩国原创网络文学平台 Munpia（株式会社文笔雅）、泰国的头部网文平台 OokbeeU、美国 Gravity Tales，与非洲互联服务提供商传音控股、新加坡电信等达成战略合作。与此同时，中文在线投资 Wuxiaworld，掌阅、字节跳动等主要网络文学企业也纷纷与海外平台合作。中国网络文学多元传播体系的建立，推动了中国数字文化生态模式的输出，并以此激活数字时代全球文创能量。这既是中国肩负起大国使命的象征，也为新时代全球数字文化发展提供了切实可行的中国方案。

二、网络文学线下出版

中国网络文学的生产与消费已经成为一种文化产业，形成了相对稳定的产业链条。基于数字形态的网文 IP 被改编为动漫、影视和其他衍生品等不同艺术形式，必然会根据时代性和民族性进行二次创作。网络文学作品的 IP 开发所带来的热点效应，在作品本身传播力与影响力不断扩大的同时，也是一个价值创造的过程。其中，网络文学作品的纸质出版形态则是其价值创造的重要方式。

1. 2022 年网络文学线下出版状况总揽

2022 年度，国内各出版社共出版网络文学作品 478 部（见本章附录清单），网络文学的题材和内容呈现出愈加多元的趋势。在现实题材和科幻题材的引领下，网文出版逐渐形成了玄幻、仙侠、都市、现实、科幻、历史等 20 余个大类型、200 多种内容品类，不仅迎合了不同读者的偏好，还满足了各圈层的需求，更与传统文学作品共同丰富了纸质阅读市场。多年来，网络文学的蓬勃发展促进了网络文学出版业态的增长，网络文学出版也逐渐成为出版业的热点。在这里，资本的力量不断探索网络文学作品作为 IP 运营的各种可能，从内容保护到知识产权迭代、从版权输出到模式输出转变，可以说，网络文学出版物是帮助游走于赛博空间的网络文学走入真实社会的有效途径，这些形形色色的网络文学出版物，极大丰富了文学作品市场，满足了不同消费者的阅读偏好，让读者有了更多的选择。

当当网从建立至今，已成为国内经营图书商品种类最全的网上图书零售店。截止到 2021 年年末，与京东（22.5%）、天猫（17.4%）图书市场份额相比，当当网以 44.9% 的份额仍保持图书线上销售渠道第一的位置。鉴于当当网在网络图书市场上具备图书正版、品类齐全、更新及时等优势，我们拟选取当当网数据为样本（统计数据截至 2022 年 12 月 31 日），对 2022 年度网络文学作品线下出版后的网上市场销售情况进行分析。

在当当网中，网络文学作品线下出版后的图书，主要被归入青春文学系列或小说系列，青春文学系列涵盖了绝大部分网络文学作品。青春文学主要分为 14 类，其中，涵盖绝大部分网络文学作品的类别有 8 个，分别为爱情/情感、古代言情、玄幻/新武侠/魔幻、穿越/重生/架空、悬疑/惊悚、校园、叛逆/成长、爆笑/无厘头。2022 年 1 到 12 月份各类别出版新书数量分别是 70 部、112 部、89 部、102 部、60 部、86 部、136 部、101 部、102 部、80 部、76 部、77 部。

2022 年，网络文学作品荣登 1 月新书热卖榜 TOP 前 500 的图书有 40 部，荣登 2 月新书热卖榜 TOP 前 500 的图书有 42 部，荣登 3 月新书热卖榜 TOP 前 500 的图书有 31 部，荣登 4 月新书热卖榜 TOP 前 500 的图书有 17 部，荣登 5 月新书热卖榜 TOP 前 500 的图书有 20 部，荣登 6 月新书热卖榜 TOP 前 500 的图书有 31 部，荣登 7 月新书热卖榜 TOP 前 500 的图书有 42 部，荣登 8 月新书热卖榜 TOP 前 500 的图书有 46 部，荣登 9 月新书热卖榜 TOP 前 500 的图书有 27 部，荣登 10 月新书热卖榜 TOP 前 500 的图书有 55 部，荣登 11 月新书热卖榜 TOP 前 500 的图书有 23 部，荣登 12 月新书热卖榜的图书有 36 部。通过对图书畅销榜 TOP500 进一步分析可知，作品改编的网剧热播能够带动网络文学纸质书畅销，甚至可与众多种类的畅销书"一较高下"。

近几年网络文学不断向"经典化"方向发展，"观照现实、反映时代"的创作导向成为大潮流和大趋势。2022 年，网络文学线下出版在"经典化"的方向上再攀高峰。从国家新闻出版署和中国作协联合在 2019 年推介的 25 部网络文学佳作可以看出，被提名的作品大多具有一定的社会责任承担能力，能反映时代精神与民族力量。一方面，"经典化"将承担起时代赋予的传承中国文化和民族精神的重要任务；另一方面"经典化"也符合当前时代下人民大众的审美需求和精神需要，如《大江东去》《繁花》《浩荡》《宛平城下》《传国功匠》等，这些作品的共同点是记录中华民族沐风栉雨的伟大历程，的记录中国人民奋斗不息的历史征程的现实题材佳作，具有极高的思想性、艺术性。2022 年 4 月，国家新闻出版署启动"优秀现实题材网络文学出版工程"，从"展现新时代的历史性成就和历史性变革""彰显新时代自信自强、守正创新的精神风貌""讴歌新时代中国人民的拼搏奋斗和实践创造""书写新时代激活中华文化生命力的生动实践"四方面选题着手，鼓励网络文学创作从新时代的伟大实践中吸取精华、积累写作素材，引导网络文学作品反映时代之变、中国之进、人民之呼。经严格评审，最终确定《蹦极》《出路》等 7 部作品入选，详细入选作品目录如表：

2021 年"优秀现实题材和历史题材网络文学出版工程"入选作品目录

序号	作品名称	作者	报送单位
1	蹦极	卢山	逐浪网 江苏凤凰文艺出版社
2	出路	马慧娟	"悦读宁夏"公众号 宁夏人民出版社
3	天圣令	蒋胜男	QQ 阅读 浙江文艺出版社
4	长乐里：盛世如我愿	骁骑校	番茄小说网
5	重生——湘江战役 失散红军记忆	李时新	掌阅科技
6	故巷暖阳	鱼人二代	起点中文网
7	投行之路	离月上雪	创世中文网

以优秀出版作品《蹦极》为例，这部小说讲述了外交官钟良只身一人到热带岛国建立大使馆的故事。通过主人公钟华的心理独白展开，丰盈的情感暗藏在质朴的文字之下，打动人心。与之前畅销的言情、玄幻、修仙等粗放式的"爽文"出版作品不同，《蹦极》作为一部现实题材作品，又兼具较高的主题出版价值。当下，在各种评审机制的引导和激励下，"行业背景现实题材小说"成为新的畅销出版物。

从之前网络文学出版的情况来看，网络文学作品同质化问题突出，仙侠、穿越、后宫题材等网文小说比比皆是，金手指、升级打怪、重生等写作套路鱼龙混杂，后起作品大量跟风，读者出现审美疲劳。网络文学"经典化"写作方式的出现，在一定程度消解了以上问题，许多作者深耕科幻、现实、悬疑等类型小说，写出了许多有深度、有思想、有内涵的作品。文学作品之所以能沉淀为经典，在于它构建了一个能引起时代共鸣的'情感共同体'，那些优秀的现实题材小说将作品内容与时代的发展紧密联系起来，做到传承传统基因，让历史照进现实。这些作品的出版，既有利于增强网络文学的传播力，也丰富了图书阅读市场。

总而言之，2022年是网络文学出版的重要一年，随着出版的方向越来越明晰，能够反映时代精神优秀的网络作品不断涌现。新时代新征程是当代中国文艺的历史方位，以选择、呈现、传播为本质的出版，将在引导网络文学的精品化中发挥更加重要的作用。

2.2022 年网络文学线下出版流程

网络文学是一种大众文学，也是一种消费文化。从数字形态到纸质出版形态的转换过程并不是从网页到书本的复制粘贴。目前，网络文学线下出版已经形成了一套相对成熟的出版流程。总的来说，纸质出版的过程是一个精细化和精品化的操作过程，其出版遵从纸质出版的流程，对内容的选择性加工，有助于网络文学作品内容质量得到提升，扩大读者粉丝群。

网络文学的纸质出版流程如下：

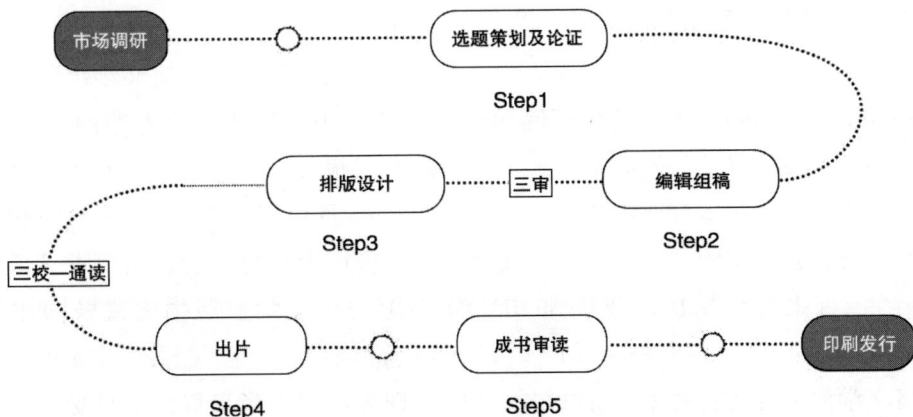

当一部优秀的网络文学作品初露头角时，就会被出版社的编辑发现，在做好充分的市场调研后，即会向出版社提出选题策划，紧接着出版社就会组织严谨且规范的选题论证，对入选的作品，向所属的小说网站商定版权合同，以期获得实体出版权。在出版之前，要对内容进行升级修订，联系作者，并组织团队对作品进行编写、审读和加工，主要是剔除暴力、色情等不合适内容，压缩字数使情节更加紧凑。印刷发行之后，还会围绕作品内容的价值，进一步延伸内容的产业链。人工业题材作品《重卡雄风》由福建省海峡文艺出版社出版于 2022 年发行，从线上连载到线下出版，这部荣获 2020 年度中国好书奖的作品历经两年，在此过程中经历了"精品化"的二次创作，不仅篇幅从最初的 200 多万字精简至 60 余万字，小说的结构和内容也得到了优化升级，大大提高了作品的可读性。2022 年现实热门现实题材小说《蹦极》从完稿到出版也经历了许多步骤。作品被发现具有现实意义又兼出版价值后，出版社当即决定签下作品的纸质出版版权。在出版社选题论证时首先要确定书名，经与作者讨论，多方论证，同时考虑到作品创作时的粉丝读者基础，最终保留《蹦极》原名。由于该作品涉及一定的外交内容，因此在纸质出版时要对该作品进行精细打磨与处理，内容上去掉了其中不恰当的表述，润色故事发展主线和对话内容，进一步增强了作品的可读性。最后根据作品的定位与受众的细分来设计图书形态，出版作品封面的颜色、质感、文案上均有"励志"色彩，这样，一部能和读者情感上同频共振的优秀作品就成功出版了。

网络文学作品的线下出版是 IP 产业链上的重要一环，IP 改编的成功与否不仅可以能直接影响到作家的收益及影响力，也是检验该网文作品成功与否的重要标准。网文出版并不是简单地把网页上的文字照搬到书本上来，还需要作者多次订正，如修改错字病句，网络用语规范等。其内容在升级过后，再配上精美的封面与插画，经过精心的设计及精美的装帧，最后再使用质量较好的实体纸质印刷发行。这样，网文就会成为一个"作品"展现给读者大众。

3. 2022 年网络文学线下出版保护

中国网络文学线下出版逐渐增加，规模连年增长，但是，网络文学出版在蓬勃发展的同时，也面临盗版、侵权等问题。2022 年，中国版权协会发布的《2021 年中国网络文学版权保护与发展报告》（以下称为《报告》）显示，"关联平台加强盗版内容检索能力和版权保护意识，封锁盗版账号/网站/内容"是打击盗版和侵权的最有效方式，其次的"主管部门对搜索引擎、应用市场等平台提出要求，封锁盗版渠道"。《报告》指出，截止到 2021 年中国网络文学盗版损失规模同比上升2.8%，保守估计已侵占网络文学产业 17.3% 的市场份额。自《报告》发布后，我国网络文学损失规模随着监管持续趋严整体表现为稳步下降趋势，主要受产业规模提升较大影响，实际整体损失占比仍表现为持续下降趋势，随着国内政策和相关领域监管覆盖，未来的网络文学产业有望渐趋健康发展。2022年5月，在中国版权协会举办的《2021年中国网络文学版权保护与发展报告》发布会上，网络作家月关作为代表在会上发言，倡议联合社会各界力量，推动网文盗版的全民共治。随后上海市网络作家协会、广东省网络作家协会等20地省级网络作协，晋江文学城、阅文集团、番茄小说、纵横文学等12家网络文学平台，爱潜水的乌贼、烽火戏诸侯、猫腻、priest、唐家三少、吱吱等522名网络作家联名响应倡议。这样，旨在调动全行业力量重点侵权渠道进行集中举报的首个网络文学盗版举报公示平台"全民反盗版联盟"正式上线。对此，中国版权协会副理事长兼秘书长孙悦表示，"全民反盗版联盟"是对网络文学版权保护的有益实践，它的存在势必可以有效监督盗版和侵权行为，为网络文学版权保护的良性循环夯实基础。

中宣部出版局在2022年加强了关于网络出版管理方面的工作。重点围绕网络文学网站平台建立完善选题论证和内容导向的把关机制，并将严格的相关管理条例进一步科学化、制度化、规范化管理网络文学出版。同时，重点加强对出版物汉字使用管理，主要针对汉字使用不规范，用词用语低俗现象进行治理。出版局将统筹协调各个新媒体平台，对涉及出版的业态领域，依法纳入网络出版管理，严格对网络文学出版物及其相关产业链用字情况进行审核把关，推动其规范健康发展。

2022年是中国网络作家村走过的第五个年头，在国家版权局公布的名单中，中国网络作家村荣获了2021年度全国版权示范单位、全国版权示范园区（基地）称号。为进一步完善版权保护体系，中国网络作家村于2021年8月开通了"版权登记绿色通道"。相较于传统版权登记，"网上绿色通道"有速度快、效率高、更便捷等特点。依托于全网爬虫技术，网上绿色通道不仅检测重复文本率精准，还可以作为处理侵权行为时的有力呈堂证供。每一个加入"村庄"的"村民"都可以在网络上完成从创作、改编及维权等全过程，"村庄"也将做到全流程记录、全链路可信、全节点见证。作者身份、作品形成时间及作品内容全部有迹可循、有证可取，有效打击了之前的灰色违法行为。截至2022年8月，中国网络作家村已完成精品著作权登记102件，累计超5000万字，作家蒋胜男的《天圣令》、南派三叔的《南部档案》等一批精品力作得到了版权登记保护。此外，中国网络作家村首届工会委员也会在2022年产生，这是将网络作家首次纳入工会服务的保障体系中来，各个"村民"作家反应热烈，称中国的网络作家终于有了"娘家"。

对网络文学出版保护，其实也就是对作品的数字化形式版权保护。值得一提的是，一部网络文学作品的版权经常是被划分开来的。通常来说，所属网站拥有该作品的电子版版权，出版方则拥有该作品的纸质书版权，作者自己则继续持有影视、动漫等IP改编的相关版权。出版方需要统筹运作全版权，推进IP全链条孵化，让一个好的作品以多种形式长周期、多点爆的形式呈现给观众，这不仅可以充分保护创作者利益，还能激发出作品最大效益，有利于实现其作品本身的文学价值和商业价值。在网络文学出版治理过程中，还形成了社会各部门分工明确、共同建设版权保护的合理机制，读者、作家、网站的网络文学版权保护意识都得到空前提升。目前，已经形成以政府主导、行业自律并相互监督的网络文学版权保护生态。

4. 2022 年度网络文学线下出版作品名录

（见本章附录）

三、网络文学跨界运营产业链

1. 网络小说影视改编

2022 年"提质增效"成为影视行业发展的主题词，随着行业红利的消失，各大平台、制作公司对于影视作品的收益风险的重视程度也不断提升。IP 作为自带流量属性的情感联结，在影视创作中发挥着重要作用。以网络文学为代表的原创 IP 以其丰富的内容储备、多元的叙事品类以及较低的创作成本优势，成为影视剧改编的活水之源。可以说，2022 年是网文改编持续发力的一年，不论是长视频还是短视频，网文改编剧的数量较上年均有所增加，在爱奇艺、优酷、腾讯视频等各大视频平台播放量前十部的剧集中，均占据半壁江山。

（1）网络小说改编电视剧

截至 2022 年 12 月 28 日，优酷视频平台播放量最高的 10 部电视剧中，有五部改编自网络文学，包括《点燃我，温暖你》《炽道》《贺顿的小可乐》《两个人的小森林》《沉香如屑·沉香重华》。其中由 Twentine 小说《打火机与公主裙》改编的网剧《点燃我，温暖你》均集播放量现已突破 1100 万，并持续在播出平台优酷视频连续多日拿下各榜单 TOP1，其中包括剧集热度榜、宠爱剧热榜、小说改编剧热榜等各榜单 TOP1。与之相关的微博话题热搜上榜次数达 178 次，超话新增阅读量达 31.03 亿，而且也屡次登陆抖音热点，视频条数达 24973 条，总播放量 3.96 亿。

而腾讯视频作为视频平台主力军，年初以网文改编影视作品《开端》打响了"开门红"，这部仅 15 集的小成本小体量作品，三天播放量破亿，五天三百个热搜，在豆瓣拿下了 8.2 分的超高评分，最终被韩国买下影视改编版权，实现了中国 IP 的反向输出，可谓是一部口碑佳作。2022 年在排名前十的剧集中，也有四部来自网文改编，包括反映现实题材的行业剧《谢谢你医生》，展现青春校园生活的《谁都知道我爱你》，同时也不乏《昆仑神宫》《月升沧海》等充满奇幻瑰丽想象的大制作幻想类影视作品。在即将上映的电视剧如《择君记》《玉骨遥》《三分野》《与凤行》网文 IP 改编作品，也存在着上榜潜质。总体而言，腾讯视频 2022 年的影视榜单选择，贯彻"时代的触手"与"心灵的捕手"的创作理念，体现了更为成熟的商业布局，以及从"概念"回归"本体"的决心。

2022 年对于爱奇艺来说，是具有重大意义的一年，在第三季度，爱奇艺再度实现了盈利增长，这是对过去一年多依赖爱奇艺奉行的"降本增效"与"自我求变"战略的肯定，说明在影视寒冬中，爱奇艺终于找到了破而后立的有效法则。长期深耕优质内容，是爱奇艺实现业绩逆转的主要原因，在2022年三季度上线的影视作品中，有65%为原创内容，创下历史新高。年初爱奇艺推出的由梁晓声小说改编的现实主义题材正剧《人世间》，不仅成为国民爆款，同时在第31届中国电金鹰奖一举斩获包括最佳男主角、最佳女主角、最佳电视剧导演、优秀电视剧等四项大奖。与此同时，《卿卿日常》《唐朝诡事录》《谢谢你医生》《苍兰诀》《谁都知道我爱你》《千金莫嚣张》等优质网文改编的影视作品，也展现出非凡的吸睛实力，为爱奇艺引来了口碑和热度。

根据2022骨朵热度指数排行榜年榜，改编自网络小说的《卿卿日常》《点燃我，温暖你》《星河长明》《月歌行》《请叫我总监》《云中谁寄锦书来》排名前10，其中由《清穿日常》改编的《卿卿日常》高居榜首，呈现出"高开疯走"趋势，开播的第一天，这部剧就直接空降在了各榜单的前二席位；从第二天起，在猫眼、灯塔、德塔文、云合、骨朵、Vlinkage等多个榜单上，无论是播放指数、有效播放市占率、全网热度、舆情活跃度、日榜、周榜等各种指标，"卿卿"都始终"霸占"榜首。其中，云合正片有效播放市场占有率最高达36.1%；灯塔全网正片有效播放市占率最高达32.34%。上线的第七天，它在爱奇艺站内内容热度峰值突破10000，成为爱奇艺历史最快热度破万剧集。上线十天左右的时间，该剧在社交平台揽获全网热搜超过2000个；在两个主要阵地上，#卿卿日常#微博主话题阅读量超34亿，抖音主话题播放量超36亿。可见，网络文学原创IP在国内影视行业发展中依然起到了关键性作用。

2022年度网络小说改编的影视剧作品见下表：

2022年网络小说改编影视剧名录（74部）

电视剧名称	原作品	原作者	首播时间	出品公司	播出平台
喵不可言	喵不可言	顽岩犹已	2022.01.07	北京翰纳、广州海纳	爱奇艺
开端	开端	祈祷君	2022.01.11	正午阳光	腾讯视频
加油呀，茉莉	加油呀！茉莉	金蕉细雨	2022.01.12	浣江传媒、壹阳文化传媒、养云谷文化传播	腾讯视频、爱奇艺
舌尖上的心跳	舌尖上的心跳	焦糖冬瓜	2022.01.13	浩瀚娱乐	腾讯视频、爱奇艺、优酷视频
潇洒佳人淡淡妆	盛世妆娘	荔萧	2022.01.14	中汇影视、映美传媒	爱奇艺

续表

电视剧名称	原作品	原作者	首播时间	出品公司	播出平台
镜双城	镜双城	沧月	2022.01.16	华策克顿、企鹅影视	腾讯视频
淘金	1986淘金惊魂	来耳	2022.01.18	爱奇艺	爱奇艺
今生有你	爱你是最好的时光	匪我思存	2022.01.18	中央电视台、北京光彩世纪传媒股份有限公司、阿里巴巴影业集团、优酷	优酷
流光之城	流光之城	靡宝	2022.01.20	慈文传媒、艺能传媒、东阳紫风、元纯传媒	腾讯视频
昔有琉璃瓦	昔有琉璃瓦	北风三百里	2022.01.26	完美世界影视、完美远方、优酷	优酷
冰球少年	冰球少年	海瞳	2022.01.30	咪咕公司、慈文传媒、影幻韵成	咪咕视频、芒果TV
你好，神枪手	你好神枪手	莲沐初光	2022.02.02	天浩盛世月文化有限公司、猫眼娱乐、玩嘉娱乐	腾讯视频
惹不起的千岁大人	惹不起的千岁大人	初歌	2022.02.14	果派影视、美霖文化、熙和映画	爱奇艺
骨语2	骨语	鬼才侦探	2022.02.22	企鹅影视	腾讯视频
相逢时节	落花时节	阿耐	2022.02.23	东阳正午阳光	优酷、浙江卫视、东方卫视
平行恋爱时差	平行恋爱时差	苏一姗	2022.02.28	上海钗头凤影业	爱奇艺、腾讯视频
大约是爱2	大约是爱	李李翔	2022.03.06	企鹅影视、上海剧浪影视	腾讯视频、极光TV、爱奇艺
才不要和老板谈恋爱	才不要和老板谈恋爱	叶斐然	2022.03.11	耀客传媒	腾讯视频
余生，请多指教	余生，请多之家	林石匠	2022.03.15	企鹅影视	腾讯视频、湖南卫视
与君初相识·恰似故人归	与君初相识·恰似故人归	九鹭非香	2022.03.17	华策克顿、梦见森林工作室	优酷

续表

电视剧名称	原作品	原作者	首播时间	出品公司	播出平台
烽烟尽处	烽烟尽处	酒徒	2022.03.24	北京金色池塘传媒股份有限公司	腾讯视频、爱奇艺、咪咕
千金难逃	洛阳薄情馆	心千结	2022.03.31	爱奇艺	爱奇艺
我叫赵甲第	老子是癞蛤蟆	烽火戏诸侯	2022.03.31	优酷、浮生若梦影业、兔子洞文化	优酷视频
玉面桃花总相逢	屠户家的小娘子	蓝艾草	2022.04.01	芒果TV、飞宝传媒	芒果TV
特战荣耀	中国特种兵之特别有种	纷舞妖姬	2022.04.05	上海耀客传媒	腾讯视频、爱奇艺、优酷
祝卿好	我的锦衣卫大人	伊人睽睽	2022.04.16	爱奇艺、坦当文化	爱奇艺
且试天下	且试天下	倾泠月	2022.04.18	企鹅影视、西嘻影业	腾讯视频、极光TV
请叫我总监	请叫我总监	红九	2022.04.29	新丽电视文化投资有限公司	优酷视频、东方卫视
良辰好景知几何	良辰好景知几何	灵希	2022.04.30	浙江晟喜华视文化传媒有限公司	优酷
反转人生	反转人生	缘何故	2022.05.05	企鹅影视、联瑞影业	腾讯视频、芒果TV
欢迎光临	我的盖世英熊	鲍鲸鲸	2022.05.18	东阳正午、三次元影业	腾讯视频、东方卫视、北京卫视
法医秦明之读心者	法医秦明尸语者	法医秦明	2022.05.21	阿里影业、金盾影视	优酷视频
二进制恋爱	北大"差"生	破破	2022.05.27	企鹅影视	腾讯视频、爱奇艺
终于轮到我恋爱了	总裁误宠替身甜妻		2022.06.10	乐享影业	爱奇艺
通天塔	偷窥一百二十天	蔡骏	2022.06.22	企鹅影视、猫眼娱乐、荣麦影视	腾讯视频

续表

电视剧名称	原作品	原作者	首播时间	出品公司	播出平台
星汉灿烂	星汉灿烂，幸甚至哉	关心则乱	2022.07.05	企鹅影视、歆光影业	腾讯视频
匆匆的青春	依然是少年	侯镇宇	2022.07.08	幸福蓝海影视、哇吼影视、稻草熊影业、国文影业、国广东方网络	芒果 TV、江苏卫视、浙江卫视
龙一，你要怎样	龙日一，你死定了	小妮子	2022.07.14	浙江九树影视文化传媒有限公司	腾讯视频
沉香如屑·沉香重华	沉香如屑	苏寞	2022.07.20	欢瑞世纪（东阳）影视传媒有限公司	优酷视频
少年派 2	少年派	六六	2022.07.21	贰零壹陆、雷海观浪、西安电影制片厂、芒果 TV	芒果 TV、湖南卫视
天才基本法	天才基本法	长洱	2022.07.22	爱奇艺、腾讯影业、瞳盟影视	爱奇艺
告别薇安	告别薇安	安妮宝贝	2022.07.25	海宁橘子影业、厦门嘉泽皓影	腾讯视频
迷航昆仑墟	迷航昆仑墟	天下霸唱	2022.07.27	爱奇艺、银润传媒、如月之恒影业	爱奇艺、腾讯视频
被遗忘的时光	被遗忘的时光	青衫落拓	2022.07.29	湖南快乐阳光互动娱乐传媒有限公司	芒果 TV
苍兰诀	苍兰诀	九鹭非香	2022.08.07	爱奇艺、恒星引力	爱奇艺
欢乐颂 3	《欢乐颂》	阿耐	2022.08.11	正午阳光	腾讯视频、咪咕视频、东方卫视
简言的夏冬	秘密调查师之家族阴谋	永城	2022.08.24	SMG 尚世影业、颖立传媒、腾讯影业、麦颂影视、悦凯影视	腾讯视频、爱奇艺、优酷、搜狐视频、乐视

续表

电视剧名称	原作品	原作者	首播时间	出品公司	播出平台
消失的孩子	还亏	贝客邦	2022.08.29	湖南快乐阳光互动娱乐传媒有限公司、湖南广播电视台卫视频道、芒果超媒股份有限公司、浙江华谊兄弟影业投资有限公司	芒果TV、湖南卫视
覆流年	覆流年	陆安然穆川	2022.08.31	芒果TV	芒果TV
千金丫鬟	千金丫环：拒嫁腹黑小王爷	花满小楼	2022.09.08	海宁大唐之星文化传媒有限公司、象山丽臻文化传媒工作室	优酷视频
昆仑神宫	鬼吹灯系列	天下霸唱	2022.09.10	企鹅影视、DREAMAU-THOR、7印象	腾讯视频
两个人的小森林	两个人的森林	叶山南	2022.09.15	上海剧酷文化传播有限公司	优酷视频
外星女生柴小七2	外星女生柴小七	果酱人	2022.09.16	企鹅影视、中联传动	腾旭视频
我的卡路里男孩	我有个暗恋和你谈谈	花清之手	2022.09.26	唐德影视	腾讯视频、爱奇艺
唐朝诡事录	唐朝诡事录	魏风华	2022.09.27	爱奇艺、长信影视传媒	爱奇艺
炽道	炽道	Twentine	2022.09.29	阿里巴巴影业	优酷视频
夫君请自重	夫君请自重	倾吾三下	2022.09.30	东阳光之影、追鹿文化、项氏兄弟影业	腾讯视频
我的反派男友	我的反派男友	迷宫烛	2022.09.30	爱奇艺	爱奇艺
一二三，木头人	一二三，木头人，	九穗禾	2022.09.30	华晨美创	优酷视频
乌云遇皎月	乌云遇皎月	丁墨	2022.10.01	企鹅影视、留白影视	咪咕视频、腾讯视频
执念如影	罪瘾者	冷小张	2022.10.07	优酷、宵然影业、警网传媒、柴火传媒	优酷视频
那小子不可爱	最萌保镖	夏桐	2022.10.14	企鹅影视	腾讯视频、爱奇艺视频

电视剧名称	原作品	原作者	首播时间	出品公司	播出平台
谁都知道我爱你	谁都知道我爱你	月下箫声	2022.10.26	企鹅影视、承皓影视	腾讯视频、爱奇艺
点燃我，温暖你	打火机与公主裙	Twentine	2022.11.03	阿里巴巴影业	优酷视频
谢谢你医生	ICU48小时	笙离	2022.11.04	嘉行传媒、万达影业、新媒诚品、恒星引力	腾讯视频、爱奇艺、央视频
卿卿日常	清穿日常	多木木多	2022.11.10	爱奇艺、新丽电视、狂欢者电影制作	爱奇艺
同学今天很和睦	男校豆腐店	国王陛下	2022.11.15	企鹅影视	腾讯视频
你是人间理想	仙女腾天图		2022.11.17	孤岛文化传播、笑脸国际文化传播、恒逸文化传媒、黑马影业、两比特娱乐、耀莱文化	爱奇艺
暖暖遇见你	暖暖遇见你	佳嘻嘻	2022.11.19	芒果TV、北京如花木兰、江苏齐嘉影视、北京时代光影、浙江华朗亿星、北京中广煜盛	芒果TV
贺顿的小可乐	女心理师	毕淑敏	2022.11.23	宇乐乐影视文化有限公司	优酷视频
千金莫嚣张	千金太嚣张	前尘远歌	2022.11.25	天天同乐	爱奇艺
月歌行	奔月	蜀客	2022.12.15	爱奇艺、杭州懿德文化创意有限公司	爱奇艺
时光与他，恰是正好	时光与他，恰是正好	蒋牧童	2022.12.25	企鹅影视	腾讯视频
浮图缘	浮图塔	尤四姐	2022.12.27	爱奇艺、稻草熊	爱奇艺

（2）网络文学改编微短剧

　　智能手机和网络技术的发展，使得当代用户逐渐进入了快节奏、碎片化的时代，短视频和倍速播放功能的盛行，逐渐改变人们的视频浏览习惯。随着影视行业寒冬的来临，微短剧凭借投资成本低、制作周期短、资金回流快等优势，日渐成为许多影视公司入局的首选，同时也成为资本青睐的对象，包括快手、抖音、优酷、腾讯、芒果TV、B站、爱奇艺在内的七大视频平台纷纷入局。互联网大厂也纷纷下海微短剧领域，前有百度旗下七猫推出"七猫微短剧"以及"9月剧场"等短剧业务；后有小米推出短剧产品"多滑短剧",微短剧赛道一时风头无两。

据《2020—2022年微短剧发展观察报告》显示,从2019年各平台发力微短剧开始,近两年微短剧出现了数量井喷与题材的百花齐放。另据相关数据显示,2022年上半年,在广电总局系统进行规划备案的微短剧已达2859部,总集数69234集。在2021年,这一数量仅为398部。更值得一提的是,抖音、快手等短视频平台,由用户个人制作的网络微短剧,只需要播出平台自行审核,这一类型的微短剧并未被纳入广电总局备案的微短剧统计中。这一系列数据背后,与各方对微短剧市场的重视存在紧密联系。

为了推动微短剧的迅速发展,各平台纷纷出台扶持政策,作为最早入局微短剧市场的快手平台,自2019年起便设立甜宠、古风、家庭等主要赛道,并对头部星芒短剧实行扶持推广。2021年抖音也推出"新番"计划,2022年6月又对原先计划进行整合升级,以"剧有引力计划"进军微短剧市场,并根据创作者类型不同,分别打造DOU+、分账、剧星三条赛道。截至2022年8月,抖音上线微短剧已达到267部,题材涉及都市、魔幻、情感等诸多类型。同年,作为短视频领跑者的优酷平台,发布了"扶摇"和"好故事"两大内容计划;芒果TV大芒与喜马拉雅、达盛传媒达成共同开发短剧的战略合作,并推出全新分账模式。B站虽然属短剧的后入局者,但其主打的"轻剧场"从一开始就显露出差异化的特点。轻剧场中的作品整体偏向年轻化,内容几乎都与时下流行文化高度关联,常常用脑洞大开的创意来提升观众的获得感。

在各大平台的扶持之下,部分制作精细的微短剧在商业上证明了自己的价值,也在传播上通过观众自发分享"名场面"实现了"破圈"。2022年的《双世萌妻》《柳叶熙:地支迷阵》《拜托了!别宠我》《念念无明》《致命主妇》《千金丫环》《虚颜》等微短剧作品收获了一众好评,其中《虚颜》累计播放量突破6亿,《拜托了!别宠我》三季上线,最终斩获3249万元分账金额,此外《致命主妇》《千金丫环》等也实现了分账票房破千万的成绩。

当然,尽管各个平台都在强调微短剧的精品化,但微短剧的内容质量与相对创制更成熟的长剧集相比仍存在差距,单从热度来看,在全网热度榜单中,微短剧中的热播剧排名仍较为靠后,从猫眼专业版数据中不难发现,作为微短剧头部作品的《千金丫环》13次获得猫眼短剧热播榜日冠,但在全网热度总榜中最高排名仅为23名。

与此同时,由于前几年的野蛮生长,在微短剧的生产中仍然存在题材同质化、内容低俗化现象,为让微短剧保持高速健康发展,相关政策也在不断跟进完善中,为该市场规范发展带来进一步保障。2022年6月,广电总局规定包括网络微短剧在内的国产重点网络剧片上线播出时,将使用统一的"网标",此前广电总局还发布在重点网络影视剧备案后台新增"网络微短剧",以及其审核跟传统时长网络影视剧同一标准、同一尺度的通知。2022 年 12 月，国家广播电视总局又发布《关于进一步加强网络微短剧管理，实施创作提升计划有关工作的通知》，要求，严肃、扎实开展"小程序"类网络微短剧专项整治，加强规范管理，实施创作提升计划。表明合规化和高质量发展成为大势所趋，微短剧即将告别野蛮生长的乱象，正式进入治理时代。

2022 年度网络小说改编的微短剧作品见下表：

2022 年网络小说改编微短剧名录（45 部）

微短剧名称	原著名称	原作者	播放平台	首播时间	呈现方式
拜托了，别宠我	我凭本事进冷宫	颜一一	腾讯视频	2022.01.07	横屏
从分手开始恋爱	从分手开始恋爱	小越儿	优酷视频	2022.01.10	横屏
我成了恶毒女配	我成了恶毒女配	喜儿大大	优酷视频	2022.01.10	横屏
谎言使用法则	宠婚	鱼泡泡	芒果 TV	2022.01.21	横屏
花颜御貌	拐个王爷来撑腰	寒小小	腾讯视频	2022.01.26	横屏
鲤鱼客栈	鲤鱼客栈	熊掌大姐	优酷视频	2022.01.27	横屏
倾世妖妃	倾世妖妃	千流万溪	优酷视频	2022.01.27	横屏
冥王的宠妃	冥王的宠妃	馨馨蓝	优酷视频	2022.02.03	横屏
不二女县令	不二女县令	东桂笑笑升	优酷视频	2022.02.04	横屏
萌医甜妻	陛下请自重	酒小七	优酷视频	2022.02.10	横屏
重生之嫡女倾城	重生之嫡女倾城	浅铃儿	优酷视频	2022.02.19	横屏
悍妃当道	悍妃在上	假面的盛宴	优酷视频	2022.02.21	横屏
奈何男主爱上我	奈何男主爱上我	时间永恒	优酷视频	2022.02.22	横屏
皇叔大人结缘吧	皇叔：别乱来	年下承欢	芒果 TV	2022.03.11	横屏
前妻别跑	嫁入心扉之前妻别跑	盛朵	腾讯视频	2022.04.20	横屏
独女君未见	浴火毒女	心静如蓝	优酷视频	2022.04.22	横屏
亲爱的太子殿下	亲爱的太子殿下	三分月色	优酷视频	2022.04.22	横屏
真探	真探	照南	优酷视频	2022.05.03	横屏
今天也要努力当只猫	今天也要当只猫	妖妖若火	腾讯视频	2022.05.06	横屏
跨越时光只爱你	豪门弟弟惹人疼	花儿开放	腾讯视频	2022.05.10	横屏
别跟姐姐撒野	霸婚：蓄谋已久	鱼歌	优酷视频	2022.05.13	横屏
总裁的偏爱	总裁的偏爱	妖精本精	优酷视频	2022.06.01	横屏
夜色倾心	穆少，夫人又作死了	星际数科	腾讯视频	2022.07.02	横屏
夏至与你	夏至与你	是鱿鱼优	优酷视频	2022.07.04	横屏
定时之恋	定时之恋	是今	腾讯视频	2022.07.22	横屏

微短剧名称	原著名称	原作者	播放平台	首播时间	呈现方式
亲爱的柠檬精先生2	金牌甜妻，总裁宠婚1314	云起莫离	优酷视频	2022.07.22	横屏
惹不起的公主殿下	惹不起的公主殿下		芒果TV	2022.07.26	横屏
我的1/2男友	学神恋爱攻略	童童吖	腾讯视频	2022.08.02	横屏
你如星河璀璨	你如星河璀璨	城以陈	优酷视频	2022.08.09	横屏
我的萌宝是僚机	我的萌宝是僚机	虫虫爱大米	腾讯视频	2022.08.18	横屏
戏精女主桃花多	嫡女娇妃	怅眠	腾讯视频	2022.08.23	横屏
神探驸马请接嫁	神探驸马请接嫁	陶夭夭	腾讯视频	2022.08.31	横屏
时光不及你温柔	时光不及你温柔	北栎	腾讯视频	2022.09.10	横屏
名媛从大唐来	名媛从大唐来	飞燕草	腾讯视频	2022.09.14	横屏
媒运当头	媒运当头	睡懒觉的喵	腾讯视频	2022.09.25	横屏
反派女友超戏精	藏娇	米螺	腾讯视频	2022.10.06	横屏
冰糖一夏	学霸，请离我远一点	叶秋	腾讯视频	2022.10.10	横屏
冷少的小甜妻	冷少的小甜妻	周周嘟嘟	优酷视频	2022.10.11	横屏
我家娇妻不好惹	重生美妇不好惹	独自喝酒	腾讯视频	2022.11.06	横屏
夫人你逃不掉了	夫人你逃不掉了	亭亭玉立	优酷视频	2022.11.08	横屏
重返1993	重返1993	疯读小说	腾讯视频	2022.11.14	横屏
绝世小狂妃	绝世小狂妃	独笑红尘	优酷视频	2022.11.17	竖屏
厨妻当道	厨妻当道	东木禾	腾讯视频	2022.11.25	横屏
原来我是千金大小姐	原来我是千金大小姐	暖宝	优酷视频	2022.11.27	竖屏
长公主不可以	喜时归	月下无美人	腾讯视频	2022.12.01	横屏

（3）网络小说改编电影

受到疫情的反复冲击，影院的不定期歇业，2022年的电影市场被蒙上了浓浓迷雾。据猫眼专业版数据显示，2022年共有43部电影收获千万票房，较去年的61部出现大幅度下滑。随着年度电影总票房再创新低，全国影院环比数出现了自2014年以来的首次下降趋势。当然，电影产业的低迷与影片数量与质量也不无关系。

截至2022年12月28日，我国全年已上映390部影片，远低于21年的678部，即使考虑到还有新片定档站在年内，影片数量供给也已基本回到八年前的水准（425部）。同时，部分上映电影的质量堪忧，也使观众失去了去影院观影的欲望，影片《林深时见鹿》甚至创下了70元票房的历史最低纪录。在全年的院线电影中，改编自网络小说的仅有《十年一品温如言》与《暗恋·橘生淮南》两部，且从票房和口碑上均未取得理想的成绩。

《十年一品温如言》改编自书海沧生的同名网络小说，女主角温衡幼时走失，十年前第一次回到亲生父母家里时，温家领养女儿温思尔自杀，一时难以融入的温衡便住进了温家世交言家。在这里温衡遇到了言希，并与其发展了一段跨度十年的爱情故事。作为 2011 年风靡网络的言情神作，十年来，此书数次再版，均在豆瓣收获了不错的评分，因此电影版的《十年一品温如言》在上映前便备受关注。但从电影上映第一天起，微博便不断出现"难看"、"退钱"等评论。首日1.46 亿的票房背后是数不清的吐槽视频和长篇差评，并在豆瓣获得了 2.8 分的极低评价。

同为言情片的《暗恋．橘生淮南》改编自八月长安的"振华三部曲"系列，可以算是"青春文学界的名著"。相比于前两部作品，《暗恋橘生淮南》是被翻拍最多的一部，却无一例外的都以差评告终。2019 年网剧版《暗恋橘生淮南》由八月长安亲自担任编剧和导演，剧中由朱颜曼滋饰演的洛枳由于与原著形象十分相符，被网友戏称为"洛枳本枳"，但该剧也仅获得了 6.6 分的豆瓣评分。2021 年再版的电视剧版《暗恋橘生淮南》，由于胡一天、胡冰卿 CP 感不足而被网友所诟病，同时和原著相比有较大的改动也引发了网友的很大不满。定档于 2022 年 5 月20 日的电影版，最终延期上映，虽然揽获了 1 亿票贩，但却依然没有达到及格线，豆瓣评分仅为 4.3 分。

从《十年一品温如言》与《暗恋·橘生淮南》的失败不难看出，优质的 IP 核心与庞大的粉丝群体，已不再是电影口碑的"救命稻草"，随着观众审美品位的提升，以及影视行业的不断内卷，如何在原著的基础上进行有效改编，形成稳定的美学风格和合理的叙事节奏，或许是网文 IP 改编类电影未来的发展方向。

2022 年度网络小说改编的电影作品见下表：

2022 年网络小说改编电影名录（2 部）

电影名称	原作品	原作者	首映时间	出品公司
十年一品温如言	十年一品温如言	书海沧生	2022.02.14	青春光线、光线影业
暗恋·橘生淮南	橘生淮南	八月长安	2022.06.02	中国电影股份有限公司、微风娱乐

（4）网络小说改编网络电影

在经过七年之"养"的红利期后，网络电影在第八个年头迎来了转折。平台的分账策略、供给的核心力量、匹配的商业模式和用户的消费习惯都在发生改变，网络电影行业在主动或被动地持续进行着修正，并演化成了新一轮的蜕变，无论是创作者、演员，还是制片方、视频平台，对这种蜕变都有着切肤之感。一方面，在经济下行、疫情反复的大环境下，影视寒冬还在延续，融资困难、开机率走低、上线量下降，影视行业依然走不出的迷雾，只能原地打转；另一方面，新分账规则的实施，拼播模式渐成气候，PVOD 新商业模式的推行，单片盈利能力提升等一系列变化，又让业界看到了希望，也坚定了信心。

从产业发展整体情况而言，2022 年网络电影呈现出数量下降、票房上行的趋势。全年各大视频平台共上线网络电影 334 部，通过规划备案的网络电影数量为 524 部，较去年同期 1493 部明显收窄。与此同时，片方疯狂"抢注"片名的现象正在消失，行业发展进一步趋于理性。优酷、爱奇艺、腾讯三大平台前十名网络电影的分账票房总额达到 7.23 亿元，相比于去年的 7.19 亿增长了 400 万。其中，《阴阳镇怪谈》《大蛇 3：龙蛇之战》《开棺》《张三丰》《盲战》等网络电影，占据了网络电影年度分账票房榜前五名。

此外网络电影的播出模式也发生了改变。在 2022 年上半年 202 部上新网络电影中，独播作品有 159 部，拼播 43 部。拼播作品占比进一步提升，达到了 27%。具体到各个视频平台，爱奇艺拼播作品占比 43%，腾讯视频拼播占比 34%，优酷拼播作品更高达 86%。很显然，网络电影正在从以往以"独播"为主的发行模式向以"拼播"为主的发行模式转变。虽然整体片量有所下降，但得益于拼播作品的增多，就单个视频网站而言，网络电影片量并未出现太大动荡。拼播模式更像是网络电影发展现状下的必然趋势，在网络电影数量减少的情况下，这种模式既最大限度地满足了多视频网站会员的观影需求，避免了过去视频平台争夺头部作品的过度内卷，又让网络电影的会员覆盖面更广，商业收益更高，不管是对于视频平台还是对于制片方，都是更好的选择。

从网络电影的改编 IP 来看，2018 年到 2022 年分账票房过千万元的网络电影中，"鬼吹灯"依然是最受观众欢迎的核心 IP。其中《鬼吹灯之巫峡棺山》票房 3470.2 万元、《鬼吹灯之湘西密藏》票房 5682.7 万元、《鬼吹灯之龙岭迷窟》票房 3511.5 万元、《鬼吹灯之龙岭神宫》票房 2156.4 万元、《云南虫谷之献王传说》票房 1775.6 万元、《黄皮子坟》票房 3190.2 万元、《黄皮幽冢》票房 2717.9 万元、《摸金玦之守护人》票房 1656.0 万元，8 部"鬼吹灯"IP 网络电影，累计分账票房为 2.41 亿元。其中，2020 年国庆档于腾讯视频独播的《鬼吹灯之湘西密藏》以 5682.7 万元位居目前网络电影分账票房榜榜首。可见具有核心竞争力的网文 IP 依然是带动上下游产业发展的不竭动力。

2022 年度网络小说改编的网络电影见下表：

2022 年网络小说改编网络电影名录（22 部）

电影名称	原作品	原作者	首映时间	出品公司	播放平台
阴阳镇怪谈	阴阳镇怪谈	刀落	2022.01.08	奇树有鱼、造梦师影业、中广天择、精鹰传媒、此木非柴	爱奇艺、腾讯视频
镇魔司：灵源秘术	镇魔司：灵源秘术	勤奋的渔家	2022.01.14	云水方至、源初动漫、天津天盛、优创合影、唯锋娱乐、东衡影业、创维酷开传媒、眨眼传媒、影娱文化、蟋蟀电影	爱奇艺、腾讯视频
阴阳打更人	阴阳打更人	一只毛豆豆啊	2022.01.19	北京开元年影业有限公司、广州新片场影视传媒有限公司、广东精鹰影业有限公司	腾讯视频
老九门之青山海棠	盗墓笔记	南派三叔	2022.02.10	杭州量子泛娱影视文化传媒股份有限公司、南派泛娱股份有限公司	爱奇艺
罗布泊神秘事件	罗布泊神秘事件	洪宇	2022.02.23	北京嘉实幕为影业、造梦师影业、梦想国际影业	爱奇艺、腾讯视频
发丘天宫：昆仑墟	发丘天宫：昆仑墟	斡侑罪	2022.03.20	映美传媒、麦奇影业出品，小墨客影业、映美文化、开沅文化、太古时代、雪兮（上海）文化、麦奇嘉	爱奇艺、腾讯视频
东北往事我叫黄中华	东北往事	孔二狗	2022.03.24	长影集团、北京淘梦网络、上海瀚擎影视、吉林祜莱影业、海南金蟾影视、深圳晞图	爱奇艺、腾讯视频
茅山天师	茅山天师	萧莫愁	2022.04.12	北京竹与舟文化传媒有限公司、佛山市拾盈文化传媒有限公司、广州莱可映相传媒有限公司、北京秒速七点九文化传媒有限公司、广州国丹影视有限公司	爱奇艺

电影名称	原作品	原作者	首映时间	出品公司	播放平台
开棺	开棺	梦小魔	2022.05.02	东阳奇树有鱼、东阳众乐乐影视传媒、广东精鹰传媒	腾讯视频、优酷
青面修罗	刺局	圆太极	2022.05.13	乐视影业	爱奇艺、腾讯视频、优酷、芒果TV
摸金之诡棺伏军	鬼吹灯	天下霸唱	2022.05.27	东阳奇树有鱼、黑电魔力	爱奇艺、腾讯视频
九州青荇纪	九州纪行	一颗眼珠子	2022.06.10	北京易生影视文化传媒有限公司、福建省大上和影视传媒有限公司	爱奇艺
龙岭迷窟	鬼吹灯：龙岭迷窟	天下霸唱	2022.06.17	梦想者电影有限公司、华谊兄弟电影有限公司、北京新片场影业、企鹅影视	爱奇艺、优酷、腾讯视频
奇门异人	奇门异人传	九天尘缘	2022.06.29	浙江张氏影视文化有限公司	腾讯视频
蓬莱龙棺之徐福宝藏	蓬莱龙棺之徐福宝藏	白衣大师	2022.07.28	东莞市十六太保影视传媒有限公司	爱奇艺
九龙镇天棺	九龙镇天棺	余元杰	2022.08.13	东阳奇树有鱼、奇树溢彩、精鹰传媒	腾讯视频
大幻术师	大幻术师	湘西鬼王	2022.08.20	黑岩星球文化传媒有限公司、北京掌文信息技术有限公司	爱奇艺、腾讯视频
鬼吹灯之精绝古城	鬼吹灯：精绝古城	天下霸唱	2022.09.01	天津完美文化传播有限公司、深圳风海兄弟文化传媒有限公司、北京烯易网络科技有限责任公司	腾讯视频
东北往事：我叫赵红兵	东北往事	孔二狗	2022.11.03	长影集团、北京淘梦网络、上海瀚擎影视、吉林祜莱影业、海南金蟾影视、深圳晞图	爱奇艺、腾讯视频

续表

电影名称	原作品	原作者	首映时间	出品公司	播放平台
重启之深渊疑冢	盗墓笔记	南派三叔	2022.11.04	量子泛娱	优酷、腾讯视频
棺山古墓	鬼吹灯：巫峡棺山	天下霸唱	2022.11.12	深圳市平行时空影视传媒有限公司、厦门逻辑熊影视有限公司、麦奇影视文化发展有限公司	腾讯视频、爱奇艺
牧野诡事之卸岭力士	鬼吹灯：牧野诡事	天下霸唱	2022.11.26	东阳向上影业有限公司	腾讯视频、优酷

2. 网络小说游戏改编

根据 Sensor Tower 11 月 3 日发布的《2022 年全球 IP 游戏市场洞察》报告显示，2018 年以来，IP 游戏一直处于收入上升期，其中 2020 年收入增长最为突出，全球增长率高达 24.5%。欧洲与中国大陆是同年收入增长最显著的市场，增长率分别为 31.1%、32.9%；美国、日韩以及东南亚地区收入增长均成功突破 20%。尽管 2021 年全球 IP 游戏总收入增长有所放缓，但仍然超过 2020 年达到 203 亿美元。2022 年 1 月至 9 月期间，IP 游戏已获得 128 亿美元营收，其中苹果市场收入贡献高达 61.7%。从 IP 来源分布看，日本漫画与电子游戏 IP 授权的手游占据全球畅销榜半数以上，美国 IP 游戏产品主要来自漫威与星际迷航，韩国为天堂系列手游，而中国网络文学则成为中国游戏 IP 的主要来源。

网络文学自诞生之初便与网络游戏有着不解渊源，铭刻在网络文学血液之中的网络游戏基因，潜移默化地对其创作方式、叙事结构、审美机制等诸多方面产生影响，并逐渐构筑起网络文学区别于传统文学的想象图景，发展为网络小说不可或缺的特色元素。随着网络文学的不断壮大，丰富的网络文学资源也为网络游戏提供了生存与发展的重要土壤，并反作用于网络游戏产业的发展。包括《斗罗大陆》《诛仙》《斗破苍穹》《海上牧云记》在内具有庞大世界观与复杂故事结构的大型网络小说，不仅为网络游戏的生产提供了想象经验，同时也为游戏角色设定、系统设计、玩法生产等提供了原型参考；与此同时，网络游戏与网络小说重合度极高的用户画像，也促进了书粉向游戏粉丝的转化，使得网络小说成为网络游戏生产当之无愧的源头活水。

在网络小说改编网络游戏的过程中，仍然存在着"换皮""买量"等行业乱象，随着 2016 起游戏版号政策的不断收紧，网络游戏行业对无版号、套版号作品的全面清剿，游戏行业的准入门槛不断提高，打着网络文学知名 IP 旗号的换皮游戏逐渐在游戏市场绝迹。2022 年游戏版号的再次停发缓发，到目前为止全年获得版号审批的新游数量仅为 306 部，其中原创游戏占据了绝大多数，网文改编游戏作品的数量大幅下降，全年公测、上线的游戏数量仅有 7 部。与此同时，网络文学在互动文字类游戏中的创作活力却依然不减，在橙光游戏平台上，畅销前 50 的游戏中，与网络文学及网络文学衍生剧相关的作品高达 15 部，在腾讯的互动游戏平台《一零零一》畅销榜中，《我有一座冒险屋》《天涯明月刀》名列前茅。可见女频网络小说有望成为下一个炙手可热的游戏 IP 改编热门。

2022 年度网络小说改编的网络游戏见下表：

2022 年网络小说改编网络游戏名录（8 部）

游戏	原著	原作者	厂商	详细动态	游戏平台
大周列国志	大周列国志	蓝星落	星岚造意	12 月 2 日不限量删档终测	PC
星元大陆	星元大陆	看灰机灰	追梦狗熊工作室	12 月 18 日上线	手游
修仙人生模拟器	修仙人生模拟器	夹心饼	SKY 工作室	12 月 24 日游戏性测试	手游
杜拉拉升职记	杜拉拉升职记	李可	悠逸时光	11 月 2 日删档计费测试	手游
诛仙世界	诛仙	萧鼎	完美世界	短期技术性删档测试	手游
庆余年	庆余年	猫腻	盛趣网络	2022 年 3 月 21 日上线	手游
延禧攻略之凤凰于飞	延禧攻略	笑脸猫	腾讯	2022 年 2 月 15 日上线	手游
莽荒纪—济宁传奇	莽荒纪	我吃西红柿	Shenzhen xinxin Interactive	2022 年 5 月 22 日上线	手游

3. 网络小说动漫改编

基于互联网重新发展起来的中国动漫行业至今逾 10 年，动画从最早的内容自由探索期到如今逐渐走向成熟，行业也从最初模仿海外成熟市场慢慢找到更适合本土发展的模式，动画精品化创作的要求也在进行不断更新升级。时至今日，"内容为王"已经成为国产动画产业的信条。一方面，更先进的内容产出方式保证了动画制作的产能，另一方面则是不断精进的内容表现，二者相结合对于扩大 IP 本身在年轻受众中的圈层至关重要。在现有的国产动漫生产运营模式中，通过文学—动漫—游戏的稳定 IP 生态链运营，追求高质量的制作效果，才是赢得更多的用户共鸣，产生能够聚集更多价值效应的头部 IP 的方法论创新。

网文 IP 改编动漫的复兴，已经成为 2022 年国产动漫发展的关键词。在热播的年番中,《斗罗大陆》《斗破苍穹》《完美世界》《一念永恒》等作品沿袭了网文 IP 的优势,同时也通过其天马行空的画面想象力与冲击力,使得网文 IP 的魅力不断增殖。在新推出的季番中,《诛仙》《龙族》《神印王座》《三体》等网文改编动画的表现同样可圈可点,无论是美术风格和技术表现,还是播放量与话题热度,都得到了市场的检验与认可,可见网文改编动漫已经成为欣欣向荣的动漫市场中一个不容忽视的现象。

2022 年最具代表性的动画作品,仍是被称为"国漫双斗"的《斗罗大陆》和《斗破苍穹》。2018 年,《斗罗大陆》动画开始于腾讯视频播出,为当时还在拓荒期的国产动画行业带来了大量网文 IP 粉丝的观众。作为首部年番网络动画作品,《斗罗大陆》开创了每周不停更的连载方式,保持长期的作品热度,取得的成绩也证明了其创新尝试的成果。由国内 TOP 级别的 3D 动画公司玄机科技制作,《斗罗大陆》动画无论是场景渲染、人物建模等都是市场上顶级水平,加以对原著中核心情节的出色还原,《斗罗大陆》动画上线仅 2 个月,播放量就突破了 10 亿。先发优势的积累加上持续不断的投入,稳固了《斗罗大陆》在国漫领域的 TOP 地位。除了动画如今超 400 亿的播放量,在微博、小红书等社交平台,抖音、快手等短视频平台,《斗罗大陆》均成功出圈,该动画每进展到关键情节都能引发粉丝的热烈讨论。

同为 10 余年前开始连载的网文作品,《斗破苍穹》改编的动画作品同样表现出色。2021 年斗破第三部特别篇动画《斗破苍穹三年之约》收官后,粉丝先是在 2022 年 7 月迎来了三集《斗破苍穹缘起篇》,随后《斗破苍穹年番》强势接档上线,斗破动画正式进入年番时代。迄今为止,《斗破苍穹》动画已经上线了 5 季番剧,3 部特别篇,将特别篇与番剧衔接贯穿的方式至今业界少有,它能让观众一直觉得斗破动画始终陪在身边。总体来说,两部作品不相上下,至于哪一部能够问鼎巅峰,只能由粉丝去评定。《斗罗大陆》和《斗破苍穹》作为"国漫双斗"的意义,将远不止于动画制作本身的品质,他们带动的是对寒冬中的国漫行业的信心,和坚持下去的决心。

2022 年度网络小说改编的动画见下表:

2022 年网络小说改编动漫名录(36 部)

作品名称	原作品	原作者	载播时间	出品方	制作方	类型
我的异界之旅	我的异界之旅	狼君青木	2022.01.13	bilibili	玄元网络	动画
星辰变 第4—5季	星辰变	我吃西红柿	2022.01.23	阅文集团、 企鹅影视	福煦影视	动画
少年歌行	少年歌行	周木楠	2022.01.26	bilibili、 中影年年、 优酷动漫	中影年年	动画

续表

作品名称	原作品	原作者	载播时间	出品方	制作方	类型
万城之王	万城之王	逆苍天	2022.01.27	爱奇艺、若鸿文化	兴艺凯晨、快映互娱	动画
龙蛇演义	龙蛇演义	梦入神机	2022.01.28	bilibili	万维猫动画、虚拟影业	动画
诸天纪	诸天纪	庄毕凡	2022.01.28	优酷、两点十分	两点十分	动画
永生	永生		2022.01.29	bilibili	天工艺彩	动画
七届第一仙	七届第一仙	流牙	2022.02.24	腾讯视频、索以文化	索以文化	动画
武映三千道	武映三千道	纯情犀利哥	2022.03.27	企鹅影视、唐麟文化	唐麟文化	动画
星河至尊第2季	星河至尊	净云天	2022.04.13	优酷、若鸿文化	流从动画等	动画
开局一座山	我有一座山寨	蛤蟆大王	2022.04.15	企鹅影视、腾讯动漫	启源印画	动画
君有云	君有云	周木楠	2022.04.21	bilibili，君艺心动画	君艺心动画	动画
你真是个天才	你真是个天才	国王陛下	2022.04.23	bilibili	米粒影业	动画
神印王座	神印王座	唐家三少	2022.04.28	企鹅影视、天使文化、悬世唐门	神漫文化	动画
武动乾坤第3季	武动乾坤	天蚕土豆	2022.05.01	企鹅影视、阅文动漫	大呈印象	动画
书灵记第4—6季	书灵记	善水	2022.05.18	企鹅影视、索以文化	索以文化	动画
剑仙在此	剑仙在此	乱世狂刀	2022.05.21	爱奇艺、若鸿文化	兴艺凯晨、快映互娱	动画
史上最强男主角	史上最强男主角	第一光棍	2022.06.05	若鸿文化	若鸿文化	动画

续表

作品名称	原作品	原作者	载播时间	出品方	制作方	类型
剑道第一仙	剑道第一仙	萧瑾瑜	2022..0620	企鹅影视、云漫文化	兴艺凯晨等	动画
星武神诀	星武神诀	发飙的卧牛	2022.06.24	爱奇艺、若鸿文化	若鸿文化	动画
神级龙卫	神级龙卫	花幽单越	2022.06.26	优酷、书旗小说、索以文化	索以文化	动画
仙墓	仙墓	七月雪仙人	2022.06.30	企鹅影视、索以文化	索以文化	动画
我靠充值当武帝	我靠充值当武帝	搬砖	2022.07.05	企鹅影视、索以文化	索以文化	动画
一念永恒第2季	一念永恒	耳根	2022.07.20	企鹅影视、视美影业、武汉唯道	视美影业	动画
仙武苍穹		风圣	2022.07.30		若虹文化	动画
斗破苍穹年番	斗破苍穹	天蚕土豆	2022.07.31	阅文集团、企鹅影视、万达影业	幻维数码	动画
诛仙	诛仙	萧鼎	2022.08.02	企鹅影视	云图动漫	动画
苍兰诀	苍兰诀	九鹭非香	2022.08.07	爱奇艺、恒星引力	上海花原文化	动画
万古神话	万古神话	暗夜幽殇	2022.08.15	爱奇艺、索以文化	索以文化	动画
龙族	龙族	江南	2022.08.19	企鹅影视、洛水花原	洛水花原	动画
力拔山河兮子唐	力拔山河兮子唐	刘阿八	2022.08.29	企鹅影视、极光云梦	风云动画	动画
星域四万年	修真四万年	卧牛真人	2022.10.04	企鹅影视	大呈印象	动画
黎明之剑	黎明之剑	远瞳	2022.10.06	bilibili	中影年年	动画

作品名称	原作品	原作者	载播时间	出品方	制作方	类型
无限世界	无限恐怖	zhtty	2022.11.15	bilibili，万维猫、猫片 Mopi	万维猫动画、核舟文化制作	动画
元龙第2季	元龙	任怨	2022.11.23	bilibili，掌阅影业	中影年年	动画
三体	三体	刘慈欣	2022.12.03	bilibili、三体宇宙、艺画开天	bilibili、三体宇宙、艺画开天	动画

4. 网络小说有声书市场

在后疫情时代，人们的生活方式和阅读习惯发生改变，有声阅读作为一种常见的阅读形式，解放了人们的双手和眼睛，且不受时间、地点的制约，更利于碎片化阅读，因此其被越来越多的人接受和使用。近年来，我国有声书市场快速增长，听书人口也不断扩大。根据艾瑞咨询数据，2021年中国网络音频产业规模已达到123亿元，预计2023年将超过300亿元。中国在线音频用户规模稳步增长，整体迈入成熟发展阶段。截至2021年，主要网络文学网站 IP 有声授权近8万个，占 IP 授权总数的93.13%，其中2021年新增4万余个，同比增长128%，成为目前网络文学存量与增速最大的 IP 类别。

巨大的市场发展空间，让企业纷纷涉足有声阅读平台。目前受众群较多、影响较大的是综合音频平台和垂直听书平台，形成了以猫耳 FM、喜马拉雅、蜻蜓 FM 及懒人听书为代表的头部企业。有声书阅读的火热，使得新入局者增多。为进一步满足市场需求，有声阅读平台除了拓展线上业务，也开始布局线下业务。将音频内容导入商铺、文娱中心等线下生活场景，从线上移动性收听到广播式收听，不仅促进了音频内容的传播，也在一定程度上激活了这些生活场景的活力。比如，Tims 咖啡与蜻蜓 FM 合作推出音浪主题咖啡店，不仅扩大了音频行业领域，而且为用户提供了具有强大社交属性的"音频 + 咖啡"的生活场景。再如，吉林地铁与喜马拉雅合作，打造地铁上的"有声图书馆"，加强了公共文化的推广。

网络广播剧作为听书的一种重要形式，亦被视作 IP 营销与 IP 改编重要的一部分。猫耳 FM 则是首个尝试广播剧付费的平台，其首部付费作品《杀破狼》一经推出，便获得了良好的市场反馈，为广播剧盈利模式开拓了一条新思路。猫耳 FM 与各大文学网站取得了广泛的合作，如晋江文学城、起点文学网，获得了大量极具潜力的 IP 作品版权。公司还主动与白熊阅读、长佩文学网站等文学网站的人气写手签约，购买其作品的广播剧独家版权。在猫耳 FM 拥有独家版权的网络广播剧需要听众付费收听，其付费模式是按季收费。某部广播剧第一季总共有 12 期，听众可选择免费收听前两期，若想要继续收听，就需要在猫耳 FM 购买虚拟货币"钻石"来购买剩下的期数。猫耳 FM 作为二次元音频社区，虽颇受圈层限制，但由于其定位与产品的契合度高，其点播量仍远高于其他平台。截至目前，排名榜首的《魔道祖师》第三季播放量已经达到了 24395.4 万次；《伪装学渣》第一季播放量达到8107.9 次，远高于该广播剧在喜马拉雅 FM 平台的播放量。

2022 年度网络小说改编的广播剧见下表：

2022 年猫耳 FM 广播剧改编作品名录（112 部）

作品	原作者	首集播出时间	版权	承制	出品
白日梦我	栖见	2022.01.03	晋江文学城	张凯工作室	猫耳 FM
游龙随月	耳雅	2022.01.05	晋江文学城	株木琅玛工作室	猫耳 FM
凤凰图腾	淮上	2022.01.12	2k 文学网	729 声工场	猫耳 FM
披着马甲谈恋爱	江月何人	2022.01.18	晋江文学城	两极制作组	酥皮轻番剧
情敌每天都在变美	公子哥于歌	2022.01.19	晋江文学城	浮声绘梦菌	猫耳 FM
重生之将门毒后	千山茶客	2022.01.21	起点中文网	猫耳 FM、吼浪文化、光合积木	猫耳 FM、吼浪文化、光合积木
安知我意	北南	2022.01.26	晋江文学城	火星小说、猫耳 FM、好多家族、吼浪文化、光合积木	火星小说、猫耳 FM、好多家族、吼浪文化、光合积木
你却爱着一个他第一季	水千丞	2022.01.28	晋江文学城	华韵唐屋	中汇影视
烧不尽	回南雀	2022.01.30	长佩文学	猫耳 FM、声罗万象	猫耳 FM、声罗万象
没钱	吕天逸	2022.01.30	晋江文学城	玉苍红	南硕文化 猫耳 FM
可爱过敏原	稚楚	2022.02.13	晋江文学城	玉苍红	猫耳 FM 边江工作室
小豆蔻	不止是颗菜	2022.02.14	晋江文学城	猫耳 FM 729 声工场	猫耳 FM 729 声工场

续表

作品	原作者	首集播出时间	版权	承制	出品
庸俗喜剧	大王叫我来飙车	2022.02.18	海棠文学城	糖仁工作室、琅声工作室	猫耳 FM
嚣张 第 2 季	巫哲	2022.02.19	晋江文学城	猫耳 FM、寻声工作室、北斗企鹅	猫耳 FM、寻声工作室、北斗企鹅
余生皆与彼此有关	番茄非西红柿	2022.02.25	海棠文学城	此声工作室、先森文学	此声工作室、先森文学
营业悖论	稚楚	2022.02.27	晋江文学城	玉苍红	猫耳 FM北斗企鹅
营养过良	芥菜糊糊	2022.03.22	长佩文学	大鸽工作室	咪波文化
你的表情包比本人好看	毛球球	2022.03.23	长佩文学	猫耳 FM	猫耳 FM
哏儿	南北逐风	2022.03.24	长佩文学	猫耳 FM、音熊联萌	猫耳 FM、音熊联萌
烈火浇愁	priest	2022.03.27	晋江文学城	猫耳 FM、边江工作室、声音气球	猫耳 FM、边江工作室、声音气球
我为你翻山越岭	小合鸽鸟子	2022.03.30	长佩文学	好多家族	腾讯音乐
火焰戎装	水千丞	2022.03.31	爱奇艺文学	瞬心文化	瞬心文化
夫人你的马甲又掉了 第 2 季	一路烦花	2022.04.01	起点中文网	光合积木	阅文集团
竹木狼马	巫哲	2022.04.04	晋江文学城	风音工作室	猫耳 FM
恶性依赖	金刚圈	2022.04.05	长佩文学	猫耳 FM、知行天地	猫耳 FM、知行天地
黑月光拿稳 BE 剧本	藤萝为枝	2022.04.07	晋江文学城	微糖工作室	猫耳 FM、729 声工场
穿成反派总裁小情人	林盏司	2022.04.08	晋江文学城	20Hz 工作室	猫耳 FM、729 声工场
SCI 谜案集 第六季	耳雅	2022.04.23	火星小说	株木琅玛君、艺海佳音	火星小说

续表

作品	原作者	首集播出时间	版权	承制	出品
离婚后影帝天天捡垃圾	馨歌	2022.04.29	不可能的世界	大鸽工作室	咪波文化
飞行星球	静水边	2022.05.04	火星女频	株木琅玛工作室	火星小说
粉黛	七英俊	2022.05.05	微博	猫耳FM,星悦文化,知行天地工作室	猫耳FM,星悦文化,知行天地工作室
楚天以南	风不是木偶	2022.05.06	长佩文学	闲色文化、三十分贝工作室	闲色文化、三十分贝工作室
探虚陵	君sola	2022.05.07	晋江文学城	白泽文化,不知蝉社,君sola	白泽文化,不知蝉社,君sola
将进酒	唐酒卿	2022.05.14	晋江文学城	斟酌文创	光合积木
一不小心和醋精结婚了	是一枚纽扣啊	2022.05.16	晋江文学城	桑森文化	猫耳FM
今夜我在德令哈	林子律	2022.05.22	长佩文学	藤韵文化	盛晴夏深工作室
危险人格	木瓜黄	2022.05.27	晋江文学城	玉苍红	猫耳FM
皇潮乐队	王说	2022.06.02	知乎	微糖工作室	猫耳FM、优酷
魔鬼的体温	藤萝为枝	2022.06.05	晋江文学城	玉苍红	猫耳FM、藤韵文化
燃灯	子鹿	2022.06.15	长佩文学	大鸽工作室	咪波文化
不良臣 第3季	十年黛色	2022.06.17	晋江文学城	京城声公府	京城声公府
龙血 第2季	水千丞	2022.06.21	顶点小说网	瞬心文化	瞬心文化
两A相逢必有一O	厉冬忍	2022.06.24	晋江文学城	风音工作室	猫耳FM、729声工场
别来无恙	北南	2022.06.30	晋江文学城	猫耳FM、729声工场	声之翼文化

续表

作品	原作者	首集播出时间	版权	承制	出品
BE 狂魔求生系统	稚楚	2022.07.02	晋江文学城	株木琅玛工作室	七尚文化
好运时间	卡比丘	2022.07.04	长佩文学	猫耳 FM、莘羽文化、729 声工场	猫耳 FM、莘羽文化、729 声工场
君子之交	蓝淋	2022.07.05	晋江文学城	猫耳 FM、SCC7000	猫耳 FM、SCC7000
地球上线	莫晨欢	2022.07.06	晋江文学城	猫耳 FM、瞬心文化	猫耳 FM、瞬心文化
离婚前后	丧心病狂的瓜皮	2022.07.08	长佩文学	北斗企鹅	浮声绘梦
江湖那么大	语笑阑珊	2022.07.08	晋江文学城	风音工作室	猫耳 FM
跨界演员	北南	2022.07.10	晋江文学城	魔渔队	猫耳 FM、音熊联萌
不要在垃圾桶里捡男朋友 第 2 季	骑鲸南去	2022.07.11	晋江文学城	自有定义工作室	猫耳 FM、南硕文化、光合积木
你亲我一下	引路星	2022.07.17	晋江文学城	玉苍红	猫耳 FM、729 声工场
雪豹喜欢咬尾巴	木三观	2022.07.20	长佩文学	琅声工作室	猫耳 FM
黑莲花攻略手册	白羽摘雕弓	2022.07.22	晋江文学城	猫耳 FM、三糙文化	猫耳 FM、三糙文化
迷恋嘉年华	猛猪出闸	2022.07.22	豆腐阅读	V-Clab	V-Clab
纯真丑闻	卡比丘	2022.07.23	长佩文学	边江工作室	边江工作室
洪流	娜可露露	2022.07.25	长佩文学	猫耳 FM、好多家族	猫耳 FM、好多家族
明知故犯	七里	2022.07.26	晋江文学城	光合积木	无意冒饭工作室
前任复活指南	二蛋	2022.07.29	长佩文学	渔娱文化	渔娱文化
桃枝气泡	栖见	2022.07.29	晋江文学城	无声工作室	无声工作室

作品	原作者	首集播出时间	版权	承制	出品
飞灰	余醒	2022.07.30	长佩文学	猫耳FM、729声工场	猫耳FM、729声工场
未得灿烂	高台树色	2022.08.02	长佩文学	大鸽工作室	咪波文化
相见欢	非天夜翔	2022.08.05	晋江文学城	729声工场	729声工场
陷入我们的热恋	耳东兔子	2022.08.06	晋江文学城	忙着可爱制作组	耳东兔子
钟情	静水边	2022.08.10	长佩文学	寻声工作室	猫耳FM
薄雾	微风几许	2022.08.17	晋江文学城	猫耳FM、万代嘉华	猫耳FM、万代嘉华
腹黑和腹黑的终极对决 番外篇	羲和清零	2022.08.21	晋江文学城	认真文化	认真文化
错撩	翘摇	2022.08.23	晋江文学城	微糖工作室	猫耳FM
置换凶途	猫茶海狸	2022.08.30	晋江文学城	安与夜声	安与夜声
老婆粉了解一下 第2季	春刀寒	2022.09.05	晋江文学城	张凯工作室	猫耳FM
不二之臣	不止是颗菜	2022.09.07	晋江文学城	回声漫响工作室	猫耳FM
三十六骑	念远怀人	2022.09.09	纵横中文网	艺海佳音、猫耳FM	艺海佳音、猫耳FM
请君赐轿	远在原著	2022.09.12	起点中文网	长江文艺出版社出版，万物回响Studio	长江文艺出版社出版，万物回响Studio
台风眼	潭石	2022.09.14	长佩文学	猫耳FM、三糙文化	猫耳FM、三糙文化
极速悖论	焦糖冬瓜	2022.09.19	晋江文学城	微糖工作室	猫耳FM、光合积木
等风热吻你	唧唧的猫	2022.09.23	晋江文学城	好多家族	猫耳FM、边江工作室
长风渡	墨书白	2022.09.28	晋江文学城	北斗企鹅	猫耳FM
黑昼	尉迟净	2022.10.07	长佩文学	暗室逢灯文化传媒，On Rec	尚华汉卿

续表

作品	原作者	首集播出时间	版权	承制	出品
附加遗产	水千丞	2022.11.01	晋江文学城	风音工作室	猫耳 FM
逢狼时刻	吕天逸	2022.11.03	晋江文学城	玉苍红	猫耳 FM
这题超纲了	木瓜黄	2022.11.04	晋江文学城	三糙文化	猫耳 FM
一觉醒来听说我结婚了	木瓜黄	2022.11.04	晋江文学城	玉苍红	猫耳 FM、边江工作室
危险人格	木瓜黄	2022.11.05	晋江文学城	玉苍红	猫耳 FM
年花	木更木更	2022.11.05	长佩文学	咪波文化	猫耳 FM
不做软饭男	碉堡堡	2022.11.06	晋江文学城	20Hz 工作室	猫耳 FM
捡星星	不问三九	2022.11.10	晋江文学城	20Hz 工作室	火星小说
撞入白昼	引路星原	2022.11.11	晋江文学城	余音正弦工作室	猫耳 FM
网恋翻车指南第 2 季	酱子贝	2022.11.14	晋江文学城	南星白马工作室、舍鱼文化、猫耳 FM	南星白马工作室、舍鱼文化、猫耳 FM
和豪门大佬网恋后我红了	一颗山柚子	2022.11.14	晋江文学城	桑森文化	桑森文化
轻狂 第 2 季	巫哲	2022.11.14	晋江文学城	猫耳 FM、扶暖文化	猫耳 FM、扶暖文化
0.5 病爱	菟丝子	2022.11.16	晋江文学城	枕边人工作室	枕边人工作室
仙道第一小白脸	一十四洲	2022.11.18	晋江文学城	魔渔队	猫耳 FM、边江工作室
合法违章	罗再说	2022.11.19	晋江文学城	七尚文化	七尚文化
穿成校草前男友	连朔	2022.11.21	晋江文学城	猫耳 FM、音熊联萌	猫耳 FM、音熊联萌
设计师	常叁思	2022.11.22	晋江文学城	鲸韵凯歌	猫耳 FM、寻声工作室
摘星	余醒	2022.11.23	长佩文学	风音工作室	猫耳 FM
深渊巨龙苏醒以后	桑沃	2022.11.23	晋江文学城	大鸽工作室	咪波文化
饱和浓度	芥菜糊糊	2022.11.24	长佩文学	大鸽工作室	咪波文化

续表

作品	原作者	首集播出时间	版权	承制	出品
蓝"盐"知"载"	朝戈	2022.11.27	长佩文学	白月光文化创意工作室	白月光文化创意工作室
我不可能喜欢他	陈隐	2022.11.30	长佩文学	猫耳FM、音熊联萌	猫耳FM、音熊联萌
兼职无常后我红了	拉棉花糖的兔子	2022.12.02	晋江文学城	自有定义工作室	猫耳FM、729声工场
逢狼时刻	吕天逸	2022.12.03	晋江文学城	玉苍红	猫耳FM
明日星程 第2季	金刚圈	2022.12.06	长佩文学	猫耳FM	猫耳FM、声之翼文化
反转人生	缘何故	2022.12.08	晋江文学城	回声漫响工作室	猫耳FM
凤于九天	风弄	2022.12.10	晋江文学城	三淑文化	猫耳FM、吼浪文化、光合积木
那个不为人知的故事	Twentine	2022.12.24	晋江文学城	翼之声	猫耳FM
月亮奔我而来	泊岸边	2022.12.25	长佩文学	音熊联萌	中汇影视
小行星	微风几许	2022.12.28	晋江文学城	猫耳FM	猫耳FM，耳朵拾糖工作室
布天纲	梦溪石	2022.12.29	晋江文学城	猫耳FM、声音气球联合出品	声鎏文化
饱和浓度	荠菜糊糊	2022.12.29	长佩文学	咪波文化	大鸽工作室
仙人跳	四面风	2022.12.29	长佩文学	得月文化	猫耳FM

5. 其他网文衍生产品

随着"元宇宙"概念的走红，若森数字、众策文化、两点十分和七创社等一批中国头部动画公司于2022年3月联合发布了他们的数字藏品计划。该计划从4月20日开始在顺网的数字藏品平台瞬元数藏分批进行售卖。每部国漫作品推出四款数字藏品，每款限量5000份。藏品涉及《灵笼》《斗破苍穹》《斗罗大陆》等知名网络小说IP，这些数字藏品不仅有相关动漫IP的插画，还配上了IP相关定制音频，由于其本身的独特性和稀缺性，这些 IP 相关的数字藏品在二手交易市场中往往能价格上涨 100 倍以上，为收藏者带来可观收益，数字藏品也成为网络文学 IP 衍生品发展的新方向。

周边的生产与设计依然是深挖网络文学 IP 价值、提升 IP 影响力的重要途径。在国内，国内领先的网络文学门户网站——起点中文网率先开启对这一新领域的探索。2017 年 3 月，阅文与麦当劳合作推出《全职高手》主题麦乐卡，上线即遭抢购，麦当劳全职主题餐厅在粉丝中自发形成巡礼热潮，动画主角更成麦当劳代言人，创网络文学产业之首例。2022 年 10 月 27 日，阅文集团授权的《全职高手》动画正版周边再版，并在天猫兑喵喵旗舰店开售，最终所有周边于当日全部售空，可见"全职高手"IP 已经逐渐培养出了其稳定的周边消费群体，网文 IP 价值也在其再生产过程中得到了不断的强化和增殖。近年来网络文学 IP 周边的生产体系越发成熟，周边品类也不断拓展。周边开发需要第一时间抓住 IP 话题热度，将书粉剧粉转化为产品消费者。以年初大热的网文改编剧《开端》为例，腾讯视频官方在第一时间就推出了包括循环图案 T 恤衫以及渔夫帽等周边产品。知名 IP《鬼吹灯》系列则结合其主题风格与时下流行的周边形式，推出解密书，满足 IP 价值的最大化。

此外，线下联名活动也是扩大网络文学 IP 衍生价值的重要途径。《斗罗大陆》与康师傅、娃哈哈、名创优品等快消品牌，以及雪佛兰、上汽荣威等高消费品牌建立了长期商业联名合作。奈雪的茶则与《苍兰诀》进行短期联名合作，推出"霸气东方石榴"新款茶饮，同时上线联名周边、联名套餐、并打造线下联名主题门店，吸引了大批书粉、剧粉前来打卡购买。2022 年 6 月，由腾讯视频主办的"风雅梦华游"主题展，丰富了线下联名活动的形式。活动以同名网络小说改编的热播电视剧《梦华录》为主题，在星城长沙正式落地，第一天便吸引 5500 人到场打卡游玩，游园会不仅高度还原了"梦华录"剧内场景，同时还旨在向观众展示宋"潮"文化，不仅有蹴鞠、锤丸、投壶等传统游艺项目，更有太平坊小吃铺、四时点心铺、半遮面茶坊等美食摊点，让游客们仿佛走进剧集中的世界，在吃吃吃和买买买中，全方位感受当时的社会氛围与民风民俗，以此反哺 IP 自身，扩大了 IP 的影响力。

附：2022 年度网络文学作品出版名录（477 部）

标题	作者	出版时间	出版社
朝俞	木瓜黄	01-01	广东旅游出版社
掌上青梅	藤萝为枝	01-01	湖南文艺出版社
他为星辰	北倾	01-01	江苏凤凰文艺出版社
十年一品温如言	书海沧生	01-01	百花洲文艺出版社
悍夫	咬春饼	01-01	长江出版社

续表

标题	作者	出版时间	出版社
雪意和五点钟	叹西茶	01-01	百花洲文艺出版社
小茉莉	执葱一根	01-01	江苏凤凰文艺出版社
薇拉：夜色降至	薇拉	01-01	湖南文艺出版社
云端之上	不知火	01-01	江苏凤凰文艺出版社
言笑弯弯	总攻大人	01-01	江苏凤凰文艺出版社
滴答，想你	禾中	01-01	江苏凤凰文艺出版社
晴天遇暴雨	明月听风	01-01	长江出版社
钢铁森林2	弃吴钩	01-01	江苏凤凰文艺出版社
南鸢	裸奔的馒头	01-01	广东旅游出版社
你是我的光芒2	水果店的瓶子	01-01	江苏凤凰文艺出版社
华灯初上（完结篇）	扣子	01-01	江苏凤凰文艺出版社
他与风息共缱绻	三川	01-01	江苏凤凰文艺出版社
蝴蝶与鲸鱼	岁见	01-01	百花洲文艺出版社
失忆后我火了	一夜从灯	01-01	花山文艺出版社
两心欢喜	宜草妖花	01-01	广东旅游出版社
我的女友是拳王	罗小葶	01-01	北京时代华文书局
我在梦里拯救你	木小木	01-01	江苏凤凰文艺出版社
不是风动，是心动	森木岛屿	01-01	江苏凤凰文艺出版社
尪世	木苏里	01-01	长江出版社
沧元图12	我吃西红柿	01-01	安徽文艺出版社
沧元图13	我吃西红柿	01-01	安徽文艺出版社
深空彼岸1	辰东	01-01	安徽文艺出版社
春江花月	蓬莱客	01-01	四川文艺出版社
镜 破军	沧月	01-01	江苏凤凰文艺出版社
浪迹江湖	衣冉	01-01	江苏凤凰文艺出版社
青玉案	王小鹰	01-01	上海文艺出版社
朝俞全册（1+2）	木瓜黄	01-01	广东旅游出版社
星夜	奶黄波萝包	01-01	长江出版社
纸墨	牛雪莹	01-01	青岛出版社
梦域空间（1—4）	琴月	01-01	晨光出版社

续表

标题	作者	出版时间	出版社
我有一个朋友，她长得特别美	蔡要要	01-01	万卷出版公司
神探太子妃	卫雨	01-01	长江文艺出版社
流浪一生的末日病例	皮卡第三度	01-12	中国致公出版社
长街	殊娓	01-15	江苏凤凰文艺出版社
长街	殊娓	01-15	江苏凤凰文艺出版社
告白	应橙	01-31	江苏凤凰文艺出版社
山有木兮	非天夜翔	01-31	湖南文艺出版社
如果月亮有秘密	春风榴火	02-01	四川文艺出版社
乖一点岁见	酷威文化	02-01	台海出版社
旧梦 1913	沈鱼藻	02-01	江苏文艺出版社
花滑	菌行	02-01	湖南文艺出版社
案件现场直播 2	退戈	02-01	湖南文艺出版社
行止晚	织尔	02-01	江苏凤凰文艺出版社
盲灯	苏他	02-01	广东旅游出版社
陷落美好	黄鱼听雷	02-01	江苏凤凰文艺出版社
他从暖风来	舞清影	02-01	浙江文艺出版社
送你一个黎明	随侯珠	02-01	湖南文艺出版社
遇你余生皆情深	月初姣姣	02-01	青岛出版社
木吉他的夏天	饶雪漫	02-01	北京时代华文书局
华灯之上（全四册）	扣子	02-01	江苏凤凰文艺出版社
爱丽丝之冬·上	草灯大人	02-01	百花洲文艺出版社
小甜蜜（上）	无影有踪	02-01	江苏凤凰文艺出版社
来不及学坏	饶雪漫	02-01	北京时代华文书局
九州·戏中人	唐缺	02-01	北京联合出版有限公司
长风渡	墨书白	02-01	青岛出版社
千秋	梦溪石	02-01	天地出版社
白月光攻略大魔王	青花燃	02-01	青岛出版社
闲唐	春溪笛晓	02-01	中国言实出版社
日暮倚修竹	龙柒	02-01	北京燕山出版社
山河盛宴·叁完结篇	天下归元	02-01	湖南文艺出版社

续表

标题	作者	出版时间	出版社
黑天 1+2 全 2 册	木苏里	02-01	广东旅游出版社
心狂 2	初禾	02-14	北京联合出版有限公司
花颜策	西子情	02-15	江苏凤凰文艺出版社
民国小商人	爱看天	02-20	羊城晚报出版社
长月无烬 2 完结篇	藤萝为枝	02-24	广东旅游出版社
万相之王 5·金龙气运	天蚕土豆	02-28	中国致公出版社
万相之王 4·暗窟除魔	天蚕土豆	02-28	中国致公出版社
烧不尽	回南雀	03-01	广东旅游出版社
云胡	不喜尼卡	03-01	现代出版社
不悔	朝小诚	03-01	四川文艺出版社
卡牌密室完结篇	蝶之灵	03-01	天地出版社
炽野	简图	03-01	四川文艺出版社
炽野（全 2 册）	简图	03-01	四川文艺出版社
超感觉知觉	素衣凝香	03-01	中国言实出版社
西城往事 1+2	舒远	03-01	孔学堂书局
西城往事 2	舒远	03-01	孔学堂书局
首席拍卖师（全二册）	青芒	03-01	江苏凤凰文艺出版社
晚风漪	钟仅	03-01	江苏凤凰文艺出版社
第三十二封情书	丹青手	03-01	百花洲文艺出版社
一朵棉花糖 2	尼古拉斯糖葫芦	03-01	百花洲文艺出版社
初恋暗号：全二册	陌言川	03-01	江苏凤凰文艺出版社
唤溪	明桂载酒	03-01	湖南文艺出版社
不瞒你说	今様	03-01	江苏凤凰文艺出版社
蝴蝶骨	江小绿	03-01	百花洲文艺出版社
失控	君约	03-01	广东旅游出版社
千分之一喜欢	兜兜有铜钱	03-01	百花洲文艺出版社
我有无边美貌	容光	03-01	中国致公出版社
千帆过境尽余生 3	十里酒香	03-01	四川文艺出版社
去看星星好不好 1	咬春饼	03-01	花山文艺出版社
枕边有你（下）	三水小草	03-01	中国致公出版社

续表

标题	作者	出版时间	出版社
南城待月归	公子衍	03-01	江苏凤凰文艺出版社
星汉灿烂，幸甚至哉	关心则乱	03-01	江苏凤凰文艺出版社
星汉灿烂，幸甚至哉2	关心则乱	03-01	江苏凤凰文艺出版社
沙海 套装（1+2）	南派三叔	03-01	广东旅游出版社
南禅2完结篇	唐酒卿	03-01	长江出版社
一念永恒8	耳根	03-01	安徽文艺出版社
无忧茶馆	谭以牧	03-01	安徽文艺出版社
南禅2	唐酒卿	03-01	长江出版社
深空彼岸2	辰东	03-01	安徽文艺出版社
成何体统	七英俊	03-01	湖南文艺出版社
司南·逆鳞卷	侧侧轻寒	03-01	长江出版社
红妆	刀下留糖	03-01	四川文艺出版社
皇城有宝珠	月下蝶影	03-01	江苏凤凰文艺出版社
苍梧谣完结篇	籽月	03-01	江苏凤凰文艺出版社
四夷译字传奇	小狐濡尾	03-01	安徽文艺出版社
微甜	云鲸航	03-01	中国友谊出版公司
绅士	曲小蛐	03-01	四川文艺出版社
千帆过境尽余生（1-3）	十里酒香	03-01	四川文艺出版社
才不要和老板谈恋爱（全二册）	叶斐然	03-01	江苏凤凰文艺出版社
你是不是演我	毛球球	03-01	上海文艺出版社
解药（1-3）	巫哲	03-01	广东旅游出版社
甜桃乌龙	樱慕松	03-01	浙江工商大学出版社
应白	满河星	03-01	江苏凤凰文艺出版社
你哄我一下（上册）	岁见	03-01	长江出版社
你哄我一下（下册）	岁见	03-01	长江出版社
近在云边	阿莫学长	03-01	中国致公出版社
青梅竹马的正确打开方式	福宝	03-01	天津人民出版社
青春奇妙物语7	两色风景	03-01	中国致公出版社
陈年烈狗：完结篇	不问三九	03-01	花山文艺出版社
陈年烈狗（全二册）	不问三九	03-01	花山文艺出版社

续表

标题	作者	出版时间	出版社
我们的秘密 2	王巧琳	03-01	中国致公出版社
炙热	青梅酱	03-01	北京燕山出版社
我怎么可能输给他 2	墨西柯	03-01	花山文艺出版社
我怎么可能输给他 1+2	墨西柯	03-01	花山文艺出版社
楚天以南：完结篇	大风不是木偶	03-01	北京燕山出版社
子夜十 2	颜凉雨	03-01	中国致公出版社
致命圆桌	笑青橙	03-01	台海出版社
神探王妃 4	浅樽酌海	03-01	百花文艺出版社
一不小心成了白月光	纪婴	03-05	四川文艺出版社
小霄：复读生	小霄	03-05	羊城晚报出版社
你快哄我呀	顾南西	03-15	江苏凤凰文艺出版社
悄悄遇他心 2	图样先森	03-15	江苏凤凰文艺出版社
今天也没变成玩偶呢.卷二	花花了	03-15	广东旅游出版社
将夜	猫腻	03-23	作家出版社
云胡不喜	终章	03-31	现代出版社
西出玉门.上	尾鱼	03-31	四川文艺出版社
西出玉门.下	尾鱼	03-31	四川文艺出版社
第一战场指挥官	退戈	04-01	四川文艺出版社
花滑 2	菌行	04-01	湖南文艺出版社
柠有七分甜	大柠	04-01	百花洲文艺出版社
案件现场直播 3	退戈	04-01	湖南文艺出版社
作对（全二册）	岑力	04-01	长江出版社
繁星降临	莫冷	04-01	江苏凤凰文艺出版社
我可以再等等	走走停停啊	04-01	江苏凤凰文艺出版社
欢迎来到新世界	玄墨	04-01	长江出版社
敦煌有梦	于正	04-01	江苏凤凰文艺出版社
和你的年年岁岁	时行草	04-01	北岳文艺出版社
你是我最甜蜜的心事	顾念	04-01	江苏凤凰文艺出版社
咬春饼系列套装	咬春饼	04-01	长江出版社
讨厌喜欢你	今婳	04-01	江苏凤凰文艺出版社

续表

标题	作者	出版时间	出版社
渡春风	卿玖思	04-01	江苏凤凰文艺出版社
月亮淋了雨	叶浙宝	04-01	江苏凤凰文艺出版社
陌上云暮迟迟归	安以陌	04-01	春风文艺出版社
莲破.2	青花燃	04-01	江苏凤凰文艺出版社
凡人笔谈：杀妖	黄渐	04-01	北京联合出版有限公司
长夜余火2	爱潜水的乌贼	04-01	安徽文艺出版社
横波渡	杨溯	04-01	天地出版社
忽如一夜病娇来	风流书呆	04-01	江苏凤凰文艺出版社
敌敌畏纪事	一世华裳	04-01	长江出版社
春花厌	黑颜	04-01	长江出版社
澹春山	意千重	04-01	江苏凤凰文艺出版社
镜 龙战	沧月	04-01	江苏凤凰文艺出版社
长风几万里	白鹭成双你	04-01	长江出版社
青乌	赵熙之	04-01	安徽文艺出版社
耀眼1+2	时玖远	04-01	花山文艺出版社
狂妄	春风榴火	04-01	江苏凤凰文艺出版社
青春奇妙物语（套装1-6册）	两色风景	04-01	中国致公出版社
我行让我上3	酱子贝	04-01	北京燕山出版社
99套装	奶黄菠萝包	04-01	长江出版社
时间的女儿	八月长安	04-01	北京联合出版有限公司
pubg世纪网恋	酱子贝	04-01	北京燕山出版社
海晏河清	天谢	04-15	北京燕山出版社
折竹2	一十四洲	04-26	广东旅游出版社
山有木兮·终章	非天夜翔	04-30	湖南文艺出版社
在你的世界降落	执葱一根	04-30	江苏凤凰文艺出版社
任清风徐来.2	阿回卅	04-30	三秦出版社
别装	林七年	05-01	长江出版社
你是第三种绝色	顾了之	05-01	江苏凤凰文艺出版社
上天安排的最大啦	春刀寒	05-01	中国致公出版社
我亲爱的法医小姐（全四册）	酒暖春深	05-01	长江出版社

标题	作者	出版时间	出版社
惊鹿：全二册	春刀寒	05-01	天津人民出版社
晚晚	却呀	05-01	安徽文艺出版社
明目张胆偏爱你	姜之鱼	05-01	江苏凤凰文艺出版社
风起时	拂衣	05-01	中国致公出版社
只对你撒娇	诗换花	05-01	花山文艺出版社
你是我的遥遥归期 1	川澜	05-01	安徽文艺出版社
可我偏要 2	画盏眠	05-01	江苏凤凰文艺出版社
厚爱	半截白菜	05-01	江苏凤凰文艺出版社
招惹	迟暮	05-01	花山文艺出版社
余生请别乱指教	苏素	05-01	四川文艺出版社
耀眼的她	公子安爷	05-01	江苏凤凰文艺出版社
撒娇	时星草	05-01	长江出版社
落下星	李丁尧	05-01	江苏凤凰文艺出版社
我亲爱的法医小姐	酒暖春深	05-01	长江出版社
神澜奇域：圣耀珠 1	唐家三少	05-01	阳光出版社
神印王座外传 天守之神	唐家三少	05-01	安徽文艺出版社
一念永恒 9	耳根	05-01	安徽文艺出版社
朕和她	她与灯	05-01	北京联合出版有限公司
乌金坠	尤四姐	05-01	长江出版社
金风玉露	白芥子	05-01	广东旅游出版社
花颜策·完结篇	西子情	05-01	江苏凤凰文艺出版社
与君欢	陈十年	05-01	江苏凤凰文艺出版社
天子谋	青垚	05-01	四川文艺出版社
白月照楚渊	语笑阑珊	05-01	长江出版社
顾合清歌	须弥普普	05-01	江苏凤凰文艺出版社
造作时光	月下蝶影	05-01	江苏凤凰文艺出版社
奔赴山海，奔赴你	抹茶丸子	05-01	孔学堂书局
喜欢两个人	帘十里	05-01	四川文艺出版社
等你下课（全 2 册）	墨西柯	05-01	浙江工商大学出版社
小满.2	烟猫与酒	05-01	广东旅游出版社

续表

标题	作者	出版时间	出版社
浮云白日	蔺巫林	05-01	百花洲文艺出版社
无鞘	隔窗云雾	05-01	广东旅游出版社
薄九	站七少	05-01	广东旅游出版社
群雄逐鹿：2	易修罗	05-01	广东旅游出版社
我"亲爱的"法医小姐.2 完结篇	酒暖春深	05-01	长江出版社
北城有雪	明开夜合	05-01	江苏凤凰文艺出版社
同桌他太厉害了	顾溪山	05-01	北京燕山出版社
锦鲤要出道	墨西柯	05-01	长江出版社
师父他太难了	扶华	05-01	青岛出版社
劝你赶紧喜欢我	圣妖	05-01	青岛出版社
裙下臣	梦筱二	05-01	青岛出版社
不愧是你（1、2）	闪灵	05-01	花山文艺出版社
我的印钞机女友	时镜	05-01	青岛出版社
诡秘博物图鉴.3	绝世猫痞	05-01	江苏凤凰文艺出版社
心狂3	初禾	05-01	北京联合出版有限公司
胡桃树下	夏韭	05-01	台海出版社
你想都不要想	七寸汤包	05-10	湖南文艺出版社
破晓	清韵小尸	05-11	北京燕山出版社
第一辞色	黎青燃	05-14	江苏凤凰文艺出版社
我要上学	红刺北	05-20	中国友谊出版公司
完美恋爱	笑佳人	05-31	北京时代华文书局
春日颂	小红杏	05-31	江苏凤凰文艺出版社
我梦至南洲	南书百城	05-31	江苏凤凰文艺出版社
入池4 完结篇	骑鲸南去	06-01	天地出版社
驻我心间	殊娟	06-01	江苏凤凰文艺出版社
玫瑰予秃鹫	风晓樱寒	06-01	西安出版社
绯闻恋人	昭乱	06-01	百花洲文艺出版社
宇宙第一可爱	叶涩	06-01	长江出版社
有的是时间	舒远	06-01	江苏凤凰文艺出版社
徐徐诱之	北倾	06-01	江苏凤凰文艺出版社

标题	作者	出版时间	出版社
磨牙（全二册）	舒虞	06-01	四川文艺出版社
弦风在耳（全二册）	陈隐	06-01	天地出版社
是心跳说谎	唧唧的猫	06-01	江苏凤凰文艺出版社
水蜜桃味：仰望	水蜜桃味	06-01	安徽文艺出版社
夏日再临（全二册）	夏茗悠	06-01	江苏凤凰文艺出版社
暗恋翻车后	江月年年	06-01	广东旅游出版社
薄荷印记	Paz	06-01	广东旅游出版社
夏至	周弯弯	06-01	青岛出版社
喜欢你时，如见春光	猫尾茶	06-01	北京燕山出版社
夏至玫瑰	猪蝶	06-01	百花洲文艺出版社
低端玩家	金呆了	06-01	长江出版社
听佳音	林桑榆	06-01	江苏凤凰文艺出版社
蔚蓝九万米	林桑榆	06-01	江苏凤凰文艺出版社
我妈不让我谈恋爱	撒空空	06-01	花山文艺出版社
在夏月晚安时想你	叶非夜	06-01	广东旅游出版社
哑舍·陆	玄色	06-01	长江出版社
风波吞天同征路3	肉包不吃肉	06-01	长江出版社
青云台	沉筱之	06-01	江苏凤凰文艺出版社
山青卷白云：女翻译与王维	青溪客	06-01	浙江文艺出版社
春江花月·终章	蓬莱客	06-01	四川文艺出版社
帝台娇	画七	06-01	江苏凤凰文艺出版社
镜 辟天	沧月	06-01	江苏凤凰文艺出版社
请嫁	藤萝为枝	06-01	江苏凤凰文艺出版社
问君侯（上）	希行	06-01	江苏凤凰文艺出版社
问君侯（下）	希行	06-01	江苏凤凰文艺出版社
月歌行	蜀客	06-01	江苏凤凰文艺出版社
美人瓷	苏末那	06-01	重庆出版社
美人谋律	柳暗花溟	06-01	重庆出版社
长明	佐润	06-01	长江出版社
一座城，在等你	玖月晞	06-01	江苏凤凰文艺出版社

续表

标题	作者	出版时间	出版社
公子无奇	长烟	06-01	花山文艺出版社
大奉打更人·税银风波（第一卷）	卖报小郎君	06-01	人民文学出版社
大奉打更人·（第二卷）	卖报小郎君	06-01	人民文学出版社
凤逆天下	路非	06-01	青岛出版社
心眼	北南	06-01	广东旅游出版社
思君不见下渝州	绿野千鹤	06-01	中国致公出版社
逢狼	龚心文	06-01	青岛出版社
子夜十3	颜凉雨	06-01	中国致公出版社
杉杉来吃	顾漫	06-09	九州出版社
妄与她	曲小蛐	06-10	四川文艺出版社
FOG迷雾之中2完结篇	漫漫何其多	06-15	广东旅游出版社
我才不上你的当	酱子贝	06-20	江苏凤凰文艺出版社
告白完结篇	应橙	06-30	江苏凤凰文艺出版社
女将军与长公主	请君莫笑	06-30	北京燕山出版社
山海高中2大结局	语笑阑珊	06-30	广东旅游出版社
人鱼陷落	麟潜	07-01	湖南文艺出版社
天才基本法	长洱	07-01	江苏凤凰文艺
寂静江上	丁墨	07-01	百花洲文艺出版社
拉勾	春风榴火	07-01	江苏凤凰文艺出版社
拉勾（全二册）	春风榴火	07-01	江苏凤凰文艺出版社
她他	映漾	07-01	江苏凤凰文艺出版社
微微一笑很倾城	顾漫	07-01	九州出版社
我只喜欢你的人设	稚楚	07-01	广东旅游出版社
这膝盖我收下了	江山沧澜	07-01	四川文艺出版社
小行星2	微风几许	07-01	湖南文艺出版社
丁墨：半星2完结篇	丁墨	07-01	阳光出版社
偷偷藏匿	知稔	07-01	花山文艺出版社
玫瑰白塔	明开夜合	07-01	四川文艺出版社
火焰戎装-中	水千丞	07-01	长江出版社
一万次心动番外篇	一路烦花	07-01	江苏凤凰文艺出版社

续表

标题	作者	出版时间	出版社
反串	红刺北	07-01	江苏凤凰文艺出版社
沈鱼藻：新词·青玉案	沈鱼藻	07-01	江苏凤凰文艺出版社
遥遥许你	苏钱钱	07-01	北京燕山出版社
你好，这种情况持续多久了	温泉笨蛋	07-01	湖南文艺出版社
千万种心动	时星草	07-01	四川文艺出版社
星河远人	施定柔	07-01	浙江文艺出版社
落入他的溺爱	十度天	07-01	北京燕山出版社
失婚 2	半截白菜	07-01	江苏凤凰文艺出版社
半星 2	丁墨	07-01	阳光出版社
白日梦我+白色橄榄树	栖见、玖月晞	07-01	百花洲文艺出版社
小蘑菇	一十四洲	07-01	北京联合出版有限公司
青云台终章	沉筱之	07-01	江苏凤凰文艺出版社
遇蛇	溯痕	07-01	长江出版社
万艳书 2：一萼红	伍倩	07-01	四川文艺出版社
不要乱碰瓷	红刺北	07-01	长江出版社
金凤华庭	西子情	07-01	重庆出版社
临渊和煦	十具	07-01	江苏凤凰文艺出版社
妙偶天成	冬天的柳叶	07-01	重庆出版社
思浅浅	连玦	07-01	江苏凤凰文艺出版社
江山许你	白芥子	07-01	孔学堂书局
替嫁太子妃	昨夜星辰	07-01	江苏凤凰文艺出版社
高四生	曲小蛐	07-01	百花文艺出版社
同学，年级第一是我的	图样先森	07-01	广东旅游出版社
攻略不下来的星辰	袖侧	07-01	北京联合出版有限公司
除我以外全员在线 2	稚楚	07-01	湖南文艺出版社
伏锦传	满碧乔	07-01	人民文学出版社
刑侦档案 2	清韵小尸	07-01	北京燕山出版社
慕阿难	风吹小白菜	07-04	江苏凤凰文艺出版社
南风知我意 2	七微	07-15	北京联合出版有限公司
大字版 智慧背囊（1—5）	王玉强	07-15	南方出版社

续表

标题	作者	出版时间	出版社
乱世为王	顾雪柔	07-20	羊城晚报出版社
一生几遇	吕亦涵	07-30	北京时代华文书局
吞海	淮上	07-31	广东旅游出版社
盛夏·序章	木苏里	08-01	长江出版社
花滑3	菌行	08-01	湖南文艺出版社
初恋一生	北途川	08-01	百花洲文艺出版社
烈焰鸳鸯（全二册）	咬春饼	08-01	江苏凤凰文艺出版社
对家每天都在变美	公子于歌	08-01	广东旅游出版社
夏日萤火	江小绿	08-01	百花文艺出版社
本能喜欢	应橙	08-01	江苏凤凰文艺出版社
藏不住喜欢	榴莲香菜	08-01	百花洲文艺出版社
十二年初夏秋冬	今日不上朝	08-01	百花文艺出版社
听说我很穷2	苏景闲	08-01	长江出版社
持续热恋	柚子多肉	08-01	江苏凤凰文艺出版社
去看星星好不好2（完结篇）	咬春饼	08-01	花山文艺出版社
去看星星好不好1+2	咬春饼	08-01	花山文艺出版社
二蓝神事务所	明月听风	08-01	长江出版社
烟火热恋	江小绿	08-01	江苏凤凰文艺出版社
好生驾驶	罗再说	08-01	长江出版社
朕和她：大结局	她与灯	08-01	北京联合出版有限公司
良陈美锦	沉香灰烬	08-01	江苏凤凰文艺出版社
嫡谋	面北眉南	08-01	江苏凤凰文艺出版社
镜 神寂	沧月	08-01	江苏凤凰文艺出版社
明月却多情	爱猫咪的小樱	08-01	辽宁人民出版社
狙击蝴蝶	七宝酥	08-01	长江出版社
指尖萤火（全2册）	小孩爱吃糖	08-01	江苏凤凰文艺出版社
偏执	江有无	08-01	广东旅游出版社
狙击蝴蝶	七宝酥	08-01	长江出版社
我的死对头	酱子贝	08-01	广东旅游出版社
旧雨重落	稚楚	08-01	长江出版社

标题	作者	出版时间	出版社
废土与安息	反派二姐	08—01	长江出版社
FOG 迷雾之中 1	漫漫何其多	08—01	北京燕山出版社
限时营救 1	冻感超人	08—01	广东旅游出版社
九叔万福	九月流火	08—01	青岛出版社
追光	狐狸不归	08—01	广东旅游出版社
心狂（全套）	初禾	08—01	北京联合出版公司
我有一个秘密（全二册）	西西特	08—01	湖南文艺出版社
子夜十 4	颜凉雨	08—01	中国致公出版社
心狂·大结局	初禾	08—01	北京联合出版有限公司
赤心巡天	情何以甚	08—04	上海文艺出版社
我喜欢的人被很多人喜欢	小央	08—08	海天出版社
天才女友	素光同	08—12	江苏凤凰文艺出版社
我见烈焰	池陌	08—15	北京燕山出版社
她见青山	阿司匹林	08—19	北京燕山出版社
护心	九鹭非香	08—20	四川文艺出版社
君心终得见	巧克力阿华甜	08—25	江苏凤凰文艺出版社
好运时间	卡比丘	08—30	广东旅游出版社
长公主：全二册	墨书白	08—30	天津人民出版社
曾有一个人爱我如生命	舒仪	08—31	湖南文艺出版社
全世界都在等我们·大结局	不是风动	08—31	广东旅游出版社
唤溪·完结篇	明桂载酒	09—01	湖南文艺出版社
荒野植被	麦香鸡呢	09—01	广东旅游出版社
余情可待	闵然	09—01	宁波出版社
怎敌她千娇百媚（全三册）	伊人睽睽	09—01	中国致公出版社
禁止想象（全二册）	勖力	09—01	江苏凤凰文艺出版社
罐装江先生	顾南西	09—01	重庆出版社
二锅水	烟猫与酒	09—01	长江出版社
温柔刀	梦筱二	09—01	鹭江出版社
苏旷传奇	飘灯	09—01	人民文学出版社
参商·上	梦溪石	09—01	中国致公出版社

标题	作者	出版时间	出版社
寂静深处有人家	Twentine	09-01	四川文艺出版社
他定有过人之处	天如玉	09-01	江苏凤凰文艺出版社
衡门之下	天如玉	09-01	华龄出版社
半面妆	萧十一狼	09-01	中国致公出版社
你好，旧时光	八月长安	09-01	湖南文艺出版社
一别十年	新月万万岁	09-01	百花文艺出版社
这个竹马有点甜	嫣落瑾	09-01	百花文艺出版社
不死者.2	淮上	09-01	长江出版社
她的名字	于雷	09-01	北京联合出版有限公司
延迟热恋	周沉	09-14	文化发展出版社
盛世春光	桩桩	09-16	重庆出版社
别对我动心	翘摇	09-27	江苏凤凰文艺出版社
长街·完结篇	殊娓	09-30	江苏凤凰文艺出版社
祥云朵朵当空飘	九鹭非香	10-01	湖南文艺出版社
今夏	爱看天	10-01	天地出版社
诸事皆宜	木沐梓	10-01	江苏凤凰文艺出版社
他与月光为邻（全二册）	丁墨	10-01	江苏凤凰文艺出版社
和你在一起才是全世界	大柠	10-01	百花洲文艺出版社
云边咖啡馆	猪蝶	10-01	花山文艺出版社
爱意回响	酥皮泡芙	10-01	江苏凤凰文艺出版社
金山蝴蝶	唯刀百辟	10-01	江苏凤凰文艺出版社
不知如何爱你时（全二册）	梦筱二	10-01	四川文艺出版社
厚爱2	半截白菜	10-01	江苏凤凰文艺出版社
不许暗恋我（全二册）	蒋牧童	10-01	江苏凤凰文艺出版社
只念卿卿呀	槐故	10-01	百花洲文艺出版社
师尊	一丛音	10-01	广东旅游出版社
遗臣	刑上香	10-01	长江出版社
尨世2：完结篇	木苏里	10-01	长江出版社
星河	淡樱	10-01	北岳文艺出版社
退退退退下	布丁琉璃	10-01	北京联合出版有限公司

续表

标题	作者	出版时间	出版社
听南	诀别词	10-01	江苏凤凰文艺出版社
予你四季	桃禾枝	10-01	四川文艺出版社
恰逢雨连天·终结篇	沉筱之	10-01	青岛出版社
心陨2	初禾	10-01	长江出版社
月色失格	疯子三三	10-05	海天出版社
护心.完结篇	九鹭非香	10-28	四川文艺出版社
很想很想你	墨宝非宝	10-30	江苏凤凰文艺出版社
仙剑奇侠传四	软星科技苏末那	10-31	中信出版社
将门盛华：吾命为凰	千桦尽落	10-31	重庆出版社
我叫我同桌教你	靠靠	10-31	广东旅游出版社
两小无猜	吕天逸	11-01	九州出版社
白纸与喜欢	十清杳	11-01	四川文艺出版社
乔和	李庸和	11-01	四川文艺出版社
橙色风暴	子鹿	11-01	长江出版社
你有权保持暗恋（全二册）	叶斐然	11-01	江苏凤凰文艺出版社
为了让何玉后悔	番大王	11-01	中国致公出版社
吃点好儿的	三水小草	11-01	中国致公出版社
在你眉梢点花灯	沉筱之	11-01	中国致公出版社
燎原	不问三九	11-01	广东旅游出版社
龙族3.黑月之潮：上中下（修订版）	江南	11-01	人民文学出版社
九重紫	吱吱	11-01	重庆出版社
逃离图书馆	蝶之灵	11-01	天地出版社
法老的宠妃3册套装	悠世	11-01	长江出版社
天地白驹	非天夜翔	11-01	中国致公出版社
重返黎明	王茁源	11-01	广东旅游出版社
破灵	香菇酱	11-01	成都时代出版社
绘心194	皇小小	11-10	知音动漫
密室困游鱼	墨宝非宝	11-10	江苏凤凰文艺出版社
伴星	过蝈	11-11	北京联合出版有限公司
生门	拟南芥	11-30	北京联合出版有限公司

续表

标题	作者	出版时间	出版社
无我不欢	藤萝为枝	12-01	百花洲文艺出版社
轻错	DrSolo	12-01	江苏凤凰文艺出版社
你失信了	十清杳	12-01	四川文艺出版社
终爱	朝小诚	12-01	江苏凤凰文艺出版社
只对你心动	魏满十四碎	12-01	东方出版社
云过天空你过心	沐清雨	12-01	江苏凤凰文艺出版社
冰火魔厨典藏版12	唐家三少	12-01	湖南少年儿童出版社
牧神记1	宅猪	12-01	安徽文艺出版社
牧神记2	宅猪	12-01	安徽文艺出版社
牧神记3	宅猪	12-01	安徽文艺出版社
月下红烟令	薇薇一点甜	12-01	天津人民出版社
少年阳明探案集	云雀	12-01	北京燕山出版社
半糖	墨西柯	12-01	北京燕山出版社
山河念远（全两册）	阿Q	12-01	中国致公出版社
镇魂.全2册	Priest	12-01	国际文化出版公司
子夜十5	颜凉雨	12-01	中国致公出版社
狼镝.狂澜	凉蝉	12-17	海天出版社
折竹：大结局（《小蘑菇》	一十四洲	12-20	广东旅游出版社
无底牌游戏	时非空	12-31	北京联合出版有限公司
重返黎明2	王茁源	12-31	广东旅游出版社
重返黎明3	王茁源	12-31	广东旅游出版社
重返黎明4	王茁源	12-31	广东旅游出版社

（禹建湘、傅开、陈雅佳　执笔）

第七章　研讨会议、社团活动和重要事件

　　2022 年，有关网络文学召开的学术会议、座谈会和行业峰会异彩纷呈，各省市区的网络作家协会和相关机构积极举办各种行业会议、培训班和采风活动等，网络文学相关活动可谓丰富多彩，展现出网络文学蓬勃向上的生命力和强大的传播力。与此同时，网络作家的组织水平和创作才能也得到全方面提升，网络文学人才培养和思想道德建设得到进一步加强。2022 年网络文学的研讨会议、社团活动和重要事件成为中国网络文学健康前行的重要标志。

一、网络文学年度会议

1. 年度网络文学会议清单

　　据统计，2022 年度全国范围内共举办网络文学相关会议 74 次，其中网络文学行业发展相关会议 18 次，网络文学创作相关会议 4 次，地方网络文学发展相关会议 38 次，网络文学海外传播相关会议 4 次，网络文学作品研讨会 8 次，网络文学理论研讨会 2 次。

　　根据会议主题与研讨内容，2022 年度网络文学会议清单如下。

　　（1）网络文学行业发展相关会议

　　1 月 5 日，北京，国家图书馆联合阅文集团举办"甲骨文推广公益项目"主题发布会；

　　3 月 4 日，北京，中国作家出版集团与芒果 TV 举行深化合作座谈会

　　4 月 2 日，北京，《2021 中国网络文学发展研究报告》专家研讨会；

　　4 月 23 日，北京，以"阅读新时代 奋进新征程"为主题的首届全民阅读大会数字阅读分论坛暨第八届数字阅读年会；

　　5 月 26 日，《2021 年中国网络文学版权保护与发展报告》线上发布会；

　　5 月 31 日，浙江杭州，"网络文学 IP 直通车"二周年暨"国际范·高新味·滨江韵"迎亚运数字文化嘉年华主论坛；

　　7 月 6 日，北京，全国重点网络文学网站联席会议；

　　7 月 14 日，北京，"回顾与瞻望：中国网络文艺这十年"研讨会；

　　8 月 5 日，江苏南京，中国网络文学 IP 转化对话会；

8月9日，河南郑州，2022年全国网络文学工作会议；

8月23日，浙江杭州，"中国网络文艺这十年"论坛；

11月3日，上海，2023腾讯在线视频V视界大会；

11月4至6日，江苏苏州，"中国现当代通俗小说与网络小说"学术研讨会；

11月5日，山东淄博，中国文艺理论学会网络文学研究分会第七届学术年会暨"中国网络文学三十年的历史反思与未来发展"学术研讨会；

11月10日，浙江乌镇，2022年世界互联网大会乌镇峰会"疫情下的数字社会"论坛；

11月25日，上海，第二届七猫中文网现实题材征文大赛颁奖典礼暨第四届作者大会；

11月30日，上海，中共阅文集团委员会第一次党员大会；

12月9日至11日，福建厦门，第十届海峡两岸文学笔会；

（2）网络文学创作相关会议

3月14日，北京，中国作家协会与中国人民大学共同举办的首届网络文学研究班开班；

4月18日，北京，鲁迅文学院第二十一期网络文学作家培训班开班；

9月6—9日，江苏连云港，"网络文学青年创作骨干培训班"开班；

9月17日，北京，民族文化网络文学创作论坛；

（3）地方网络文学发展相关会议

1月7日，江苏泰州，泰州市作家协会网络作家分会一届三次理事会；

1月14日，安徽淮南，淮南市网络作家协会团支部成立大会；

1月16日，湖北咸宁，咸宁市网络作家协会"文合天下，筑梦咸宁"主题年会；

1月19日，江苏，江苏省网络作协学习贯彻习近平总书记在中国文联十一大、中国作协十大开幕式上的重要讲话精神座谈会；

1月25日，湖北武汉，湖北省网络作家协会第一届理事会第二次会议；

1月27日，浙江宁波，2022宁波网络作家座谈会；

4月21日，湖南长沙，湖南省网络作协、长沙网络作协团支部第一次主题学习大会；

4月22日，陕西宝鸡，宝鸡市作协网络文学委员会成立大会；

5月24日，云南丽江，丽江市网络作家协会第一次代表大会；

6月8日，湖南，湖南大学中国语言文学学院师生前往中国网络文学小镇调研座谈；

6月29日，新疆巴州，2022年巴州网络文学节；

6月30日，山东济南，山东省网络作家协会成立大会暨第一次会员代表大会；

7月2日，湖南张家界，张家界市网络作家协会成立暨第一次会员代表大会；

7月6日，浙江景宁，景宁县网络作家协会成立大会暨第一次会员代表大会；

7月6日至8日，浙江景宁，丽水市网络作家年会；

7月18—19日，湖北武汉，湖北省网络作家培训班开班；

7月28日，湖南长沙，"奋进新征程 精彩新长沙"第九届"三江笔会"启动仪式暨"生态文学的大江大河"专题研讨座谈会；

8月4日，江苏南京，江苏省网络作协二届二次主席团会和二届二次理事会；

8月4日，辽宁辽阳，辽阳作家协会网络作协分会成立大会；

8月15日，湖南长沙，湖南网络文学现实题材高级研修班开班；

9月18日，北京，"阅见非遗——恭王府博物馆×阅文集团战略合作发布会"；

9月25日，陕西西安，"新时代山乡巨变 文学与你同行"公益沙龙；

11月5日，云南曲靖，曲靖市网络作家分会第一次会员代表大会；

11月7日，江苏泰州，第四届扬子江网络文学发展论坛；

11月7日至11月10日，江苏泰州，第三届扬子江网络文学周；

11月8日，江苏泰州，首届海峡两岸（江苏）青年网络文学周；

11月10日，江西九江，九江市网络作家协会成立大会；

11月12日，湖南长沙，湖南省网络作家协会2022年度第二次主席团会议；

11月12日，上海，上海网络作家协会第三届会员代表大会；

11月17日，云南昆明，公安文联网络文学"边警文"论坛；

11月18日，云南昆明，昆明市五华区网络协会成立大会；

11月20日，江西上饶，上饶网络文学发展座谈会；

11月26日，内蒙古，内蒙古网络文艺家协会召开学习宣传贯彻党的二十大精神交流会；

11月22日，新疆，新疆作家协会网络作家分会第一届主席团第三次会议；

12月5日，云南昆明，云南省作家协会网络作家分会学习宣传贯彻党的二十大精神座谈会；

12月14日，四川成都，"城市与人文共风采"圆桌论坛；

12月16日，宁夏银川，宁夏网络作家协会云上成立会议；

12月16日，宁夏银川，网络文学现实题材创作座谈会；

（4）网络文学海外传播相关会议

2月11日，新加坡，2022全球作家孵化项目启动仪式暨WSA2021颁奖典礼；

9月7日至9月25日，线上举办第七届中欧国际文学节；

10月9日，浙江杭州，第十五期网络文学IP直通车"文化出海"专场活动；

12月15日，韩国"中国文学读者俱乐部"与中国图书进出口（集团）有限公司联合举办中国网络文学作品分享会；

（5）网络文学作品研讨会

1月12日，北京，文学照亮美好生活——2021探照灯年度书单发布暨阅文名家系列研讨启动会；

2月22日，北京，网络剧《开端》研讨会；

5月24日，福建福州，长篇小说《重卡雄风》研讨会；

6月15日，浙江杭州，"网络名家进校园"文化沙龙第二讲"走近烽火戏诸侯的创作世界"；

8月3日，江苏扬州，《大唐琴缘录之歌吹广陵》IP运营发布会暨新书首发式；

8月28日，浙江杭州，七英俊《成何体统》新书分享会；

9月15日，中欧国际文学节天瑞说符专访；

9月18日，广东深圳，"恭王府博物馆×阅文集团网络文学国风作品"研讨会；

（6）网络文学理论研讨会

9月17日，北京，"新时代文艺评论的趋势与建设"研讨会；

11月14日，北京，"网络文学研究现状与学科建设"学术研讨会。

2. 重要会议内容介绍

（1）1月5日，国家图书馆联合阅文集团举办"甲骨文推广公益项目"主题发布会

1月5日，国家图书馆联合阅文集团举办"甲骨文推广公益项目"主题发布会，双方将深化战略合作，共同推动以甲骨文为代表的中国传统文化传播与普及。该项目旨在用网络文学活化古老汉字，结合新技术、新手段，激发创意灵感、丰富文化内涵、表达思想情感，助力中华文化在现代社会焕发生机，让好故事生生不息。以甲骨文呈现的新年关键字在社交平台传播，从甲骨文开始的文字长河展览在天津惊艳亮相，为甲骨文创作的60篇微小说集结上线，用甲骨文更新的网文章节收获热评……新年伊始，该项目以其新颖的形式、丰富的内容，成为吸睛的文化IP。[①]

（2）1月12日，文学照亮美好生活——2021探照灯年度书单发布暨阅文名家系列研讨启动会

1月12日，由《文艺报》、中国现代文学馆、中国社会科学院文学研究所联合主办的"文学照亮美好生活——2021探照灯年度书单发布暨阅文名家系列研讨启动会"在中国现代文学馆落地。作为系列研讨会的第一场，茅盾文学奖获奖作家徐则臣，与阅文集团白金作家爱潜水的乌贼进行了面对面的交流，同时，这也是茅盾文学奖得主与网络文学作家之间的首度同台。共同参与本次研讨会的还有中国社会科学院文学所研究员杨早，阅文集团副总裁、总编辑杨晨，鲁迅文学院研究员、评论

① 人民日报：《甲骨文推广公益项目吸睛，年轻网文作家成创作主力》，https://wap.peopleApp.com/article/6446708/6331528，2022年10月3日查询。

家王祥，北京大学副教授、中国现代文学馆客座研究员丛治辰，他们以乌贼的创作历程为蓝本，共同探讨了网络文学精品频出之于当下的关联。①

（3）2月11日，2022全球作家孵化项目启动仪式暨WSA2021颁奖典礼

2月11日，由阅文集团联合新加坡滨海湾金沙举办的"2022全球作家孵化项目启动仪式暨WSA2021颁奖典礼"在新加坡举行。由阅文旗下海外门户起点国际，联合新加坡国立大学、新加坡南洋理工大学发起的2022全球作家孵化项目（Global Author Incubation Project，简称GAIP）正式启动。同时，Webnovel Spirity Awards（简称WSA）2021年度优秀作品及各奖项也于现场揭晓。②

（4）2月22日，网络剧《开端》研讨会

2月22日，由中国电视艺术委员会主办，腾讯视频、正午阳光承办的网络剧《开端》研讨会日前在京举行。专家谈到，《开端》具有鲜明的底层叙事的特征，具有强烈的现实主义色彩，在循环叙事的类型上创造了一个中国式的样本，在"强假定叙事"中融入社会关怀，在类型创作中将"本格派"与"社会派"进行了有机结合，彰显出中国传统美学对艺术真实的独特追求。作为一部意蕴丰富的心理剧，该剧构建了人物内心世界的丰富性和多面性，最后达到一种治愈的体验。谈及该剧对现实题材创作的启发，有专家强调，在面向生活、书写现实的同时，千万不要忘了想象力这个艺术的本质和灵魂。③

（5）3月14日，中国作家协会与中国人民大学共同举办的首届网络文学研究班开班

3月14日，由中国作家协会与中国人民大学共同举办的首届网络文学研究班正式开班。来自全国各地的35名网络作家成为首批学员。此次研究班既注重理论性，又注重实践性和针对性，学习时间两年，采用集中授课方式，由中国作协与中国人民大学文学院共同选派授课教师。开班式上，中国作协党组成员、书记处书记胡邦胜带领学员学习习近平总书记在中国文联十一大、中国作协十大开幕式上的重要讲话精神，引导学员努力做到心系民族伟业、坚守人民立场、坚持守正创新、讲好中国故事、追求德艺双馨。他强调，中国作协十大提出发展新时代文学，学员要紧跟时代步伐，牢记"国之大者"，在学习中提升理论素养和创作质量，提高书写新时代的能力，以更多更好的精品力作反映新时代的新变化、新人物。④

---

① 虞婧：《茅盾文学奖得主、网络文学名家首度同台：所有的文学都来吧》，中国作家网，http://www.chinawriter.com.cn/n1/2022/0113/c404027-32330892.html，2022年10月5日查询。

② 虞婧：《"2022全球作家孵化项目"启动 加速网文出海》，中国作家网，https://www.chinawriter.com.cn/n1/2022/0213/c404023-32351118.html，2022年10月9日查询。

③ 路斐斐：《网络剧《开端》打造中国式循环叙事新样本》，中国作家网，https://www.chinawriter.com.cn/n1/2022/0228/c419388-32360946.html，2022年10月11日查询。

④ 虞婧：《首届网络文学研究班在京开班》，中国作家网，http://www.chinawriter.com.cn/n1/2022/0315/c404023-32374917.html，2022年10月12日查询。

（6）4月2日，《2021中国网络文学发展研究报告》专家研讨会

4月2日，由中国社会科学院文学研究所主办的《2021中国网络文学发展研究报告》专家研讨会在京举办。网络文学现实题材转向、网络文学与全民阅读等问题成为本次研讨会上专家学者讨论的焦点，多位专家均认为，现实题材转向与全民阅读已经成为网络文学不可分割的"发展横截面"。①

（7）4月23日，以"阅读新时代 奋进新征程"为主题的首届全民阅读大会数字阅读分论坛暨第八届数字阅读年会开幕

4月23日，以"阅读新时代 奋进新征程"为主题的首届全民阅读大会数字阅读分论坛暨第八届数字阅读年会在北京开幕。阅文集团首席执行官、腾讯集团副总裁程武发表了《全面助力全民阅读，打造向上向善的数字文化生态》的主题演讲。全民阅读是传承文明，提高国民素质的重要途径，也是加强社会精神文明建设，实现文化强国战略的重要引擎。做好全民阅读工作，需要创新方法手段，主动适应信息技术条件下数字阅读方式更便捷、更广泛的特点，积极推动全民阅读工作与新媒体技术紧密结合。②

（8）5月24日，长篇小说《重卡雄风》研讨会

5月24日，由中共福建省委宣传部指导，文艺报社、中国作协网络文学中心、海峡出版发行集团主办，福建省作家协会协办，海峡文艺出版社承办的长篇小说《重卡雄风》研讨会顺利举行。与会领导与专家充分肯定了《重卡雄风》的出版意义，认为它的出版遵循了习总书记对网络文艺的重要论述精神，是文艺界与出版界对网络文学主流化与精品化积极引导的成果，具有导向性意义和引领性价值。小说以硬核工业为切入点，丰富和深化了网络文学的现实主义脉络，成为网络文学深层次记录时代发展的鲜明例证。作品弘扬了以爱国主义为核心的民族精神和以改革创新为核心的时代精神，把艺术创造向着第一线劳动者的伟大奋斗敞开，热情抒写中国人民奋斗之志、创造之力、发展之果，展现新时代的精神气象，有力地扛起了时代赋予文学的使命。③

（9）5月26日，《2021年中国网络文学版权保护与发展报告》发布会

5月26日，中国版权协会举办《2021年中国网络文学版权保护与发展报告》发布会，会上，中国版权协会发布了《2021年中国网络文学版权保护与发展报告》。报告指出，网络文学在高速发展的同时，也面临着盗版侵权的"三座大山"——盗

---

① 虞婧：《〈2021中国网络文学发展研究报告〉研讨会在京举办》，中国作家网，http：//www.chinawriter.com.cn/n1/2022/0407/c404023-32393530.html，2022年10月16日查询。

② 中华网：《阅文亮相首届全民阅读大会 以数字文化生态助力全民阅读》，https：//hea.china.com/article/20220426/042022_1056855.html，2022年10月19日查询。

③ 虞婧：《长篇小说〈重卡雄风〉研讨会举行》，中国作家网，http：//www.chinawriter.com.cn/n1/2022/0525/c404023-32430308.html，2022年10月20日查询。

版平台、搜索引擎和应用市场。2021年，中国网络文学盗版损失规模为62亿元，同比上升2.8%，保守估计已侵占网络文学产业17.3%的市场份额。其中，近7成网络文学平台和近8成作家认为，搜索引擎是网络文学盗版内容传播的主要途径。全国政协文化文史和学习委员会副主任、中国版权协会理事长阎晓宏在致辞中表示，要坚决把网络文学的侵权盗版纳入"剑网行动"重点之中，对恶意侵权盗版，达到刑事门槛的，必须依法追究其刑事责任。中国作家协会党组成员、书记处书记胡邦胜指出，网络文学版权治理的当务之急是压实搜索引擎、应用市场、广告联盟等利益相关平台的主体责任，加强打击力度，从源头斩断盗版利益链。①

（10）7月6日，全国重点网络文学网站联席会议

7月6日，中国作家协会在北京召开全国重点网络文学网站联席会议，近50家重点网络文学平台负责人、全国省级网络文学组织负责人、知名网络作家和评论家共同发起《网络文学行业文明公约》，呼吁加强网络文明建设，优化网络文学行业生态，推动网络文学高质量发展。②

（11）7月14日，"回顾与瞻望：中国网络文艺这十年"研讨会

7月14日，由中国文艺评论家协会、中国文联文艺评论中心主办，中国文联网络文艺传播中心协办的"回顾与瞻望：中国网络文艺这十年"研讨会。网络文艺创作界和评论界、学界、业界、传播界代表，以及中国文联所属各全国文艺家协会、有关部门和直属单位，中国文艺评论家协会各团体会员、各专业委员会，中国文艺评论传播联盟成员、中国文艺评论新媒体网友代表等近300人，以线上线下相结合的方式参加了活动。围绕第三届网络文艺评论优选汇的主题"回顾与瞻望：中国网络文艺这十年"，郝向宏、欧阳友权、夏烈、付李琢、胡建礼、蒋胜男、月关、岳淼、谷雨等专家代表进行了主旨发言。回顾总结十年来网络文艺发展的成果、特征、趋势，探讨推动网络文艺高质量发展的方向与路径。③

（12）8月5日，中国网络文学IP转化对话会

8月5日，中国网络文学IP转化对话会在南京的江苏网络文学谷举行。推介座谈会由扬子江网络文学评论中心执行副主任李玮主持，以"探索网络文学IP转化的优化之路"为主题。本次座谈会邀请了网络文学作者、评论家以及广播电视局、影视公司、平台版权方的重要专业人员，进行行业对话，探讨如何将网络文学IP转化

---

① 虞婧：《网络文学行业发起最大规模反盗版倡议，522名网络作家联名反对搜索引擎侵权》，中国作家网，http：//www.chinawriter.com.cn/n1/2022/0526/c404023-32431319.html，2022年10月20日查询。

② 中国作家网：网络文学界发起《网络文学行业文明公约》，http：//www.chinawriter.com.cn/n1/2022/0707/c404023-32468559.html，2022年10月25日查询。

③ 新华报业网：《聚焦"中国网络文艺这十年"第三届网络文艺评论优选汇启动》，https：//news.xhby.net/ly/gdft/202207/t20220715_7617613.shtml，2022年10月29日查询。

做得更精准、更有效益，对当下网络文学产业转化中最尖锐的问题进行回应与解答。①

（13）8月9日，2022年全国网络文学工作会议

8月9日，2022年全国网络文学工作会议在郑州召开。中国作协网络文学中心在会上发布了《2021中国网络文学蓝皮书》。中国作协网络文学中心主任何弘表示，蓝皮书以全国重点网络文学网站联席会议各成员单位为主要统计对象，数据统计尽可能全面准确，分析尽可能深入透彻，力求发现新问题，揭示新动向，旨在全面准确把握网络文学发展状况，充分发挥导向作用，推动网络文学高质量发展。②

（14）9月15日，中欧国际文学节天瑞说符专访

9月15日，在第七届中欧国际文学节上，天瑞说符就网络文学、科幻网文等话题表达了他的看法。天瑞说符曾说，网络作家就是互联网时代的"天桥说书人"，谈及互联网时代"天桥说书人"的特质，天瑞说符强调"首先需要深厚的储备，其次需要敏锐的嗅觉和眼光，然后需要表达能力，最后要贴合大众"。③

（15）9月17日，"新时代文艺评论的趋势与建设"研讨会

9月17日，"新时代文艺评论的趋势与建设"研讨会在首都师范大学举行。研讨会分为三场，着重思考了文学理论原创力之源、艺术的接受价值与成就价值等，探讨了通向文艺精品的路径、新时代文艺评论的新路径等，反思网络文学批评的误区、网络文学的技术与市场境遇、网络文艺评论与情绪资本主义等。大家一致认为，要推进中华美学精神与当代审美追求的深度结合、提升中国文艺评论的价值和品格等。④

（16）9月17日，民族文化网络文学创作论坛

9月17日，由国家民委所属中国少数民族文化艺术促进会和中国纪实文学研究会指导，阅文集团和天成嘉华文化传媒主办的"民族文化网络文学创作论坛暨第二届石榴杯征文颁奖典礼"在北京民族文化宫举行。中国作家协会副主席白庚胜发表视频致辞，全国政协民族和宗教委员会副主任、国家民委原副主任罗黎明等领导与主办单位负责人、专家学者和作家代表参与活动。现场揭晓了第二届石榴杯征文活

① 扬子江网文评论：《探索网络文学IP转化的优化之路：最具IP潜力网络文学推介座谈会》，https：//mp.weixin.qq.com/s/Ik40iLnBeTuuKo-MTg9pDQ，2022年10月31日查询。
② 唐伟：《网络文学如何实现转型升级》，中国作家网，http：//www.chinawriter.com.cn/n1/2022/0903/c404023-32518518.html，2022年11月2日查询。
③ 扬子江网文评论：《网络文艺一周资讯：中欧国际文学节对话天瑞说符，多部IP改编剧物料放送……》，https：//mp.weixin.qq.com/s/TL6_KlQcjBVxfCOAlV6kWg，2022年11月2日查询。
④ 中国文艺评论：《"新时代文艺评论的趋势与建设"学术研讨会综述》，https：//mp.weixin.qq.com/s/8mkKPnF5agN0aQykOl0vzw，2022年11月7日查询。

动的获奖名单。①

（17）9月18日，"阅见非遗——恭王府博物馆×阅文集团战略合作发布会"

9月18日，"阅见非遗——恭王府博物馆×阅文集团战略合作发布会"在恭王府大戏楼举办，文化和旅游部恭王府博物馆与阅文集团达成战略合作，并共同启动"恭王府博物馆×阅文集团中华优秀传统文化推广三年计划"。根据战略合作协议，双方将以恭王府博物馆的历史文化资源和非遗展示平台为基础，依托阅文集团的网络文学数字资源和丰富的 IP 开发经验，通过共同建设网络文学创作基地、举办文学国风作品研讨会、发起网络文学创作大赛、开发具有传统文化特色的实体和电子文创产品等形式，把以非遗为代表的传统文化融入数字文化产业，在跨界融合中探索中华优秀传统文化"年轻化、数字化、IP 化"的有效路径。②

（18）11月4至6日，"中国现当代通俗小说与网络小说"学术研讨会

11月4至6日，由苏州大学社科处、教务处与文学院主办，高等教育出版社协办的"中国现当代通俗小说与网络小说"学术研讨会在苏州召开。会议安排了两个主题：一是围绕"中国现当代通俗小说与网络小说"的创作发展、传播特点、美学特征等热点问题的学术研讨；二是由汤哲声主编、高等教育出版社出版的《中国现当代通俗小说与网络小说》新书发布。会议通过线上、线下结合的方式进行，来自北京、上海、苏州等地的300多位代表参加了会议。苏州大学教授汤哲声、杭州师范大学教授夏烈分别主持开幕式与主题报告会。复旦大学教授陈思和、北京大学教授邵燕君、作家马伯庸、《今古传奇》"武侠版"原主编郑保纯做主题报告。西北大学教授冯鸽做会议总结。③

（19）11月5日，中国文艺理论学会网络文学研究分会第七届学术年会暨"中国网络文学三十年的历史反思与未来发展"学术研讨会

11月5日，由山东理工大学文学与新闻传播学院参与承办的中国文艺理论学会网络文学研究分会第七届学术年会暨"中国网络文学三十年的历史反思与未来发展"学术研讨会隆重召开。11月5日，由山东理工大学文学与新闻传播学院参与承办的中国文艺理论学会网络文学研究分会第七届学术年会暨"中国网络文学三十年的历史反思与未来发展"学术研讨会隆重召开，主会场设在山东理工大学，来自北京、湖南、上海、广东、天津、浙江、安徽、湖北、贵州、四川、江苏、广东、陕西、江西、重庆、广西、福建等地的专家学者代表130余人线上出席了此次会议。

① 虞婧：《第二届石榴杯征文落幕 网络文学展现多彩民族文化》，中国作家网，http：//www. chinawriter. com. cn/n1/2022/0918/c404023-32528728. html，2022 年 11 月 18 日查询。

② 中华人民共和国旅游部：《文化和旅游部恭王府博物馆与阅文集团开展战略合作》，https：//www. mct. gov. cn/whzx/whyw/202209/t20220919_ 936046. htm，2022 年 11 月 23 日查询。

③ 丛子钰：《专家研讨当代通俗小说与网络小说》，中国作家网，http：//www.chinawriter.com.cn/n1/2022/1130/c404023-32577276. html，2022 年 11 月 27 日查询。

此次研讨会的主体部分两个阶段进行，第一阶段大会主旨发言中共有十位专家学者线上报告，由山东理工大学文学与新闻传播学院副院长吕逸新主持，中南大学禹建湘教授评议；第二阶段是安排在下午，八个不同主题的分会场分别线上进行，各有十余名学者代表参与发言讨论。①

(20) 11 月 7 日，第四届扬子江网络文学发展论坛

第四届扬子江网络文学发展论坛在泰州举行，聚焦"主流化与精品化：中国网络文学的高质量发展"这一主题，与会专家从导向、创作、出海、产业四个方面进行了思考和讨论。省作协党组书记、书记处第一书记、常务副主席汪兴国出席论坛，中国网络文学研究院研究员马季和南京师范大学教授李玮主持论坛。中国网络文学如何进一步走向主流化和精品化？这一问题成为论坛所有专家的聚焦点。围绕"主流化与精品化：中国网络文学的高质量发展"这一主题，与会嘉宾从导向、创作、产业和出海四个关键方面展开了研讨和交流。十多位网络作家、网络文学研究者、产业相关方、组织管理者，从不同角度分享了自己关于网络文学主流化和经典化之路的思考。②

(21) 11 月 10 日，2022 年世界互联网大会乌镇峰会"疫情下的数字社会"论坛

11 月 10 日，由中国作家协会主办的 2022 年世界互联网大会乌镇峰会"疫情下的数字社会"论坛在浙江乌镇举行。中国国家互联网信息办公室副主任盛荣华，中国作家协会党组成员、书记处书记胡邦胜，浙江省副省长成岳冲等出席论坛。胡邦胜表示，网络文学是文学在互联网时代创新发展的标志性成果，在人们精神文化生活中的作用日益凸显。进入新发展阶段，网络文学要增强文化自信，坚持守正创新，构建结构合理、题材多样、类型丰富的新发展格局。要推动融合创新，做大做强产业规模，向世界讲好中国故事，提升中华文化影响力传播力，为建设社会主义文化强国作出更大贡献。③

(22) 11 月 10 日，九江市网络作家协会成立大会

11 月 10 日，九江市网络作家协会成立大会在九江胜利召开。中国作协网络文学中心发来贺信，省作协副主席、秘书长兼组联部主任，省网络作协副主席曾清生到会致贺辞，九江市文联党组书记王建新讲话，省网络作协主席李涛（净无痕）致开幕辞。来自九江市 40 余名网络作家、文学工作者代表欢聚一堂，共谋网络文学

---

① 扬子江网文评论：《中国文艺理论学会网络文学研究分会第七届学术年会在山东理工大学举办》，https://mp.weixin.qq.com/s/ZEQSbC12O-QIOOCvGN-8gQ，2022 年 12 月 1 日查询。

② 人民号：《第四届扬子江网络文学发展论坛，在泰州举行》，https://mp.pdnews.cn/Pc/ArtInfoApi/article? id=32222286，2022 年 12 月 7 日查询。

③ 光明网：《2022 年世界互联网大会乌镇峰会"疫情下的数字社会"论坛举行》，https://m.gmw.cn/2022-11/11/content_36151948.htm，2022 年 12 月 15 日查询。

发展。①

（23）11 月 14 日，"网络文学研究现状与学科建设"学术研讨会

11 月 14 日，"网络文学研究现状与学科建设"学术研讨会在京召开。来自中国社会科学院、北京大学、中国艺术研究院、首都师范大学、《光明日报》、《人民日报》海外版、17K 网站等多家单位的专家学者围绕"网络文学研究现状""未来五年有潜力的研究方向和研究课题""未来五年学科建设重点"等议题展开热烈研讨。②

（24）11 月 30 日，中共阅文集团委员会第一次党员大会

11 月 30 日，中共阅文集团委员会第一次党员大会在上海召开，会上正式揭牌成立阅文集团党委。中国作家协会发来贺信，上海市委宣传部、网信办，浦东新区区委组织部、宣传部，上海市网络出版单位党建联盟、浦东新区互联网企业党建联盟，张江科学城综合党委等相关部门负责人参加会议。③

（25）12 月 15 日，韩国"中国文学读者俱乐部"与中国图书进出口（集团）有限公司联合举办中国网络文学作品分享会

在中国作家协会支持下，韩国"中国文学读者俱乐部"与中国图书进出口（集团）有限公司 12 月 15 日联合举办了中国网络文学作品分享会。活动邀请古风文学创作代表作家"大风刮过"，韩国青年汉学家、作家金依莎，以及当地出版人和中国网络文学爱好者近 20 人在线参与。近年来，中国网络小说在海外广受欢迎，仅大风刮过就有近 20 部作品译成英文、韩文、泰文、越南文，或以繁体中文在海外传播。④

二、网络文学年度社团活动

1. 年度网络文学社团活动清单

据统计，2022 年度全国范围内共举办网络文学相关活动 185 次，其中网络文学评奖和推介宣传活动 71 次，网络文学作家研修班活动 27 次，网络文学新设协会、社团机构活动 21 次，调研采风及其他活动 66 次。

按照活动主题与活动内容，2022 年度网络文学社团相关活动清单如下。

① 江西作家网：《九江市网络作家协会成立》，http：//www.jxwriter.com/index/news/content? id = 16，2022 年 12 月 15 日查询。

② 中国社会科学网：《"网络文学研究现状与学科建设"学术研讨会举行》，http：//www.cssn.cn/zx/bwyc/202211/t20221125_ 5566584. shtml，2022 年 12 月 24 日查询。

③ 周志军：《阅文成立党委：加强网络文学创作引导，书写文化自信自强》，文旅中国，https：//www.ccmApp.cn/ccmApp3.0/index.html#/shareDetail? action = opendetail%3Brichtext%3B0d1b4deb－e86d－410b－ab3e－572a9b9a9b6e&terminalid=undefined&siteId=1，2022 年 12 月 25 日查询。

④ 安大网文研究：《十二月网文大事记》，https：//mp.weixin.qq.com/s/XqYHqJw4G8FQ4FQX80YU0w，2022 年 12 月 31 日查询。

（1）网络文学评奖和推介宣传活动

1月1日，起点中文网设立2022科幻"启明星奖"；

1月6日，阅文集团2021年度网络文学榜样作家"十二天王"榜单发布；

1月8日，17K小说网男频玄幻征文获奖名单公布；

1月12日，北京，2021年度中国网络文学影响力榜征集启事；

1月20日，《2021七猫必读榜年度榜单》公布；

1月26日，北京，新华社与中国作协启动"5G新阅读"创作开发计划；

2月8日，番茄小说第一届网络文学大赛各赛道TOP10获奖名单公布；

2月10日，2022年2月《七猫必读榜》榜单出炉；

2月16日，上海，上海市作家协会"现实题材重点创作项目（网络文学）"征集推荐活动入选作品名单公布；

2月21日，四川重庆，豆瓣阅读公布第三季主题征稿"女性视角的悬疑小说"获奖作品公布；

2月22日，2022起点科幻征文第一期活动开启；

2月25日，上海，"上海国际网络文学周"获上海市政府颁发"银鸽奖"；

2月28日，江苏，2022年度江苏省作家协会网络文学重点作品扶持申报通知发布；

3月1日，晋江文学城发布2021年度盘点幻想题材年度佳作·现言组作品名单；

3月3日，中国作家协会网络文学中心发布2022年度网络文学选题指南暨重点作品扶持征集通知；

3月7日，广东深圳，首届"鲲鹏"全国青少年科幻文学奖评选结果揭晓；

3月9日，晋江文学城发布2021年度盘点科幻题材年度佳作·现言组作品名单；

3月10日，起点第一期科幻星光新书奖获奖作品名单公布；

3月15日，四川，2021年度四川省优秀网络小说排行榜征集通知发布；

3月16日，豆瓣阅读"古代言情有奖创作"活动；

3月18日，七猫中文网第一期特色征文活动；

3月25日至4月30日，七猫中文网与华策集团举行"奔腾计划"创意征集大赛；

4月6日，2022年优秀现实题材 网络文学出版工程评选启动；

4月8日，番茄小说网【她·甜宠】&【她&悬疑】征文活动开启；

4月13日，起点第二期"科幻星光"奖项获奖名单公布；

4月23日，北京，首届全民阅读大会开幕；

4月29日，2022年第一季度网络文学新作推介名单发布；

5月19日，第五届"519网络文学读书日"；

5月20日，第13届华语科幻星云奖入围名单公布；

5月21日，首届全球元宇宙征文大赛【科幻赛区】入围名单公布；

5月25日，第四届豆瓣阅读长篇拉力赛第二期关注名单公布；

5月27日，"网文青春榜"2021年度榜单发布暨2022年度五校联合主办启动仪式开启；

6月3日，七猫中文网5月"原创风云榜""原创飞跃榜"榜单出炉；

6月17日，中国作家协会网络文学中心公布《2022年网络文学重点作品扶持选题名单》；

6月24日，起点中文网公布2022原创文学新晋"白金作家"和新晋"大神作家"名单；

6月28日，第四届"金熊猫"网络文学奖征集公告发布；

7月4日，江苏，第三届泛华文网络文学金键盘奖评奖公告发布；

7月5日，江苏南京，"五校网文研究机构联合"网文青春榜第一期发布；

7月6日，中国作家协会网络文学中心发布2022年网络文学重点作品扶持选题名单；

7月8日，第四届辽宁网络文学"金楷杆"奖征集通知发布；

7月14日，"第三届网络文艺评论优选汇"启动；

7月15日，中国作家网发布2022年第二节度网络文学新作推介；

8月2日，"五校网文研究机构联合"网文青春榜第二期榜单发布；

8月5日，江苏南京，首届"扬子江网络文学最具IP潜力榜"发布；

8月11日，第四届豆瓣阅读长篇拉力赛获奖名单公布；

8月16日，第五届牧神计划·新主义悬疑文学大赛获奖名单暨第六届大赛活动开启；

9月1日，上海，第六届现实题材网络文学征文大赛颁奖典礼；

9月2日，"五校网文研究机构联合"网文青春榜第三期发布；

9月3日，2021十大年度国家IP评选获奖名单公布；

9月7日，浙江桐乡，第四届"茅盾文学新人奖"颁奖典礼；

9月16日，首届"奔腾计划"创意大赛活动结果公布；

9月17日，北京民族文化宫，民族文化网络文学创作论坛暨第二届石榴杯征文颁奖典礼；

9月23日，番茄小说新媒体征文活动获奖作品名单公布；

10月4日，"五校网文研究机构联合"网文青春榜第四期发布；

10月9日，浙江杭州，"新时代十年百部中国网络文学作品榜单"评选活动在杭州中国网络作家村举行启动仪式；

10 月 10 日，第六届晨曦杯最终入围名单公布；

11 月 3 日，上海，第二届天马文学奖评奖公告发布；

11 月 7 日，江苏泰州，第三届扬子江网络文学周开幕；

11 月 8 日，江苏泰州，第三届泛华文网络文学金键盘奖颁奖典礼；

11 月 10 日，浙江乌镇，2022 年世界互联网大会乌镇峰会"疫情下的数字社会"论坛活动；

11 月 15 日，"学习二十大 青春著华章"主题征文优秀作品名单公布；

11 月 16 日，国家新闻出版署公布 2021 年"优秀现实题材和历史题材网络文学出版工程"入选名单；

11 月 25 日，上海，第二届七猫中文网现实题材征文大赛颁奖典礼；

11 月 29 日，长佩文学"一千零一页"无 CP 征文获奖名单公布；

12 月 7 日，探照灯好书 11 月中外类型小说榜单发布；

12 月 8 日，#故事存储计划#征文获奖名单公布；

12 月 9 日，浙江杭州，"萌芽计划"第三届全国大学生网络小说大赛颁奖仪式启动；

12 月 10 日，四川成都，第十三届华语科幻星云奖颁奖典礼；

12 月 14 日，四川成都，第四届"金熊猫"网络文学奖颁奖典礼；

12 月 17 日，湖北襄阳，第二届"中国襄阳·岘山网络文学奖"云颁奖典礼；

12 月 22 日，中国作家网书单 2022 年第四季度网络文学新作推介名单公布；

（2）网络文学作家研修班

1 月 21 日，四川省作家协会第一期会员普训班线上活动；

1 月 27 日，浙江宁波，宁波市委网信办举办 2022 宁波网络作家座谈会；

3 月 14 日，北京，首届网络文学研究班开班；

6 月 21 日，黑龙江，黑龙江作协新兴文学群体培训班开班；

7 月 7 日，浙江衢州，首届全国文艺评论新锐力量专题研修班开班；

7 月 13 日，北京，鲁迅文学院湖南省中青年作家高级研修班开班；

7 月 14 日，陕西西安，第二期百名优秀中青年作家扶持计划作家高级研修班在西北大学中华文化干部学院开班；

7 月 16 日，新疆伊犁，"文学润疆"全国多民族作家培训班开班；

8 月 23 日，北京，鲁迅文学院芒果 TV 学习习近平总书记关于文艺工作重要论述培训班开班；

8 月 6 日至 9 日，江西井冈山，江苏省网络作协开展革命传统教育主题实践活动开班；

8 月 15 日，湖南长沙，网络文学现实主义题材高级研修班开班；

8 月 22 日，贵州，贵州省"2022 年'青社学堂'网络作家骨干培训班"在贵州省团校开班；

9月1日，内蒙古网络文学作家培训班；

9月7日，江苏连云港，中国作协网络文学中心，网络文学青年创作骨干培训班开班；

9月19日—25日，湖北武汉，鲁迅文学院湖北作家高级研修班开班；

10月8日至31日，纵横小说"第一期大神训练营"活动开启；

10月11日，湖南长沙，湖南省第二十一期中青年作家研讨班开班；

11月12日，北京，北京老舍文学院第四届中青年作家高级研讨班；

11月14日，北京，中国作协学习贯彻党的二十大精神第一期培训班开班；

11月17日，新时代 新征程 新起点——鲁迅文学院河北青年作家读书班开班；

11月25日，云南昆明，云南公安文学创作培训班在昆明市警察学校开班；

12月2日，中国作家协会2022年度新会员线上培训班开班；

12月3日，陕西西安，陕西网络作家"脱贫攻坚"专题培训班开班；

12月15日，湖南长沙，长沙青年网络作家文学创作高级研修班开班；

12月16日，浙江杭州，青年网络作家培育工程——第五批"新雨计划"活动开启；

12月16日—26日，上海，上海网络文学高层次写作人才研修班开班；

12月19日，河北，第八届河北省中青年文艺评论人才高级研修班开班；

（3）网络文学新设协会、社团机构

1月14日，安徽淮南，安徽省首个作家团支部成立；

1月30日，江苏，扬子江网络文学评论中心在"文学之都"开设专栏；

2月11日，新加坡，2022全球作家孵化项目启动仪式暨WSA2021颁奖典礼举行；

3月4日，北京，中国作家出版集团与芒果TV举行深化合作座谈会；

3月9日，北京，中国作家协会公布第十届网络文学委员会组成人员名单；

4月26日，广东，广东省网络作家协会联合倡议书发布；

5月10日，山东淄博，山东网络文学青春谷揭牌；

5月24日，云南丽江，丽江市网络作家协会成立；

6月29日，上海市文学创作系列网络文学专业高级职称评审工作开始；

6月30日，山东济南，山东省网络作家协会成立；

7月6日，由中国作家协会发起的全国首家中国网络文艺知识产权纠纷人民调解委员会在北京成立；

8月4日，江苏南京，江苏省网络作协召开二届二次理事会；

9月7日，七猫旗下子站"奇妙小说网"上线；

10月9日，浙江杭州，"杭州师范大学·中国网络作家村网络文学产学研基地"

揭牌；

10 月 12 日，海南省网络作家协会发布 2022 年度新会员通知；

11 月 12 日，上海，上海网络作家协会举行第三届会员代表大会；

11 月 15 日，江西九江，江西省九江市网络作家协会成立大会召开；

11 月 20 日，江西上饶，上饶市网络文学创作基地成立；

11 月 21 日，江苏南京，"阅文—南京师范大学文学院网络文学产学研合作基地"成立；

12 月 2 日，上海，中共阅文集团委员会第一次党员大会召开，正式成立阅文集团党委；

12 月 16 日，宁夏银川，宁夏网络作家协会成立；

（4）调研采风及其他活动

1 月 7 日，"让人们拥有奇妙幻想"——七猫中文网女频第一季特色题材征文活动；

1 月 12 日，北京，"文学照亮美好生活"——2021 探照灯年度书单发布暨阅文名家系列研讨启动会；

1 月 13 日，网络作家木浮生受聘为巴金文学院签约作家；

1 月 14 日，中国作家协会《2021 年度中国网络文学影响力榜》征稿启事发布；

1 月 17 日，网文代表作家爱潜水的乌贼受邀参与 2022 央视网络春晚；

2 月 24 日，江苏苏州，起点和苏州市姑苏区达成合作，免费发放 300 万份"起点读书 14 天畅读卡"；

2 月 28 日，江苏，2022 年度江苏省作家协会网络文学重点作品扶持申报通知发布；

3 月 2 日，北京，网络剧《开端》研讨会；

3 月 17 日，四川成都，成都市文联主要领导调研锦江区网络文学产业园；

3 月 22 日，《赘婿》真人剧翻拍权卖给韩国；

4 月 6 日，2022 第八届滇云网络文学大赛活动；

4 月 14 日，知乎故事大赛长篇创作马拉松大赛第二季活动；

4 月 15 日，飞卢"春日读书季"活动；

4 月 20 日，豆瓣阅读第四届长篇拉力赛活动；

4 月 20 日，2022 首都电视节目春推会开幕；

4 月 22 日至 5 月 21 日，阅文与国家图书馆、上海图书馆共推全民阅读活动；

4 月 24 日，起点"5·15"好书节活动；

4 月 29 日，新疆博州，"来到博乐不像走—海棠花开"网络主题传播活动；

5 月 11 日，改编自网络文学作家叶斐然同名小说的都市奇幻爱情剧《才不要和老板谈恋爱》在非洲 ST Sion 戏剧台播出；

5月19日，湖南长沙，湖南省第十一届网络文化节；

5月21日，起点阅读 App 联合上海图书馆以及百家出版单位发起的"全民阅读月"活动；

5月26日，中国版权协会《2021年中国网络文学版权保护与发展报告》发布会；

5月31日，长佩文学网五周年活动；

6月8日，湖南，湖南大学中国语言文学学院师生前往中国网络文学小镇调研座谈；

6月9日，新华社首发网络文学纪录片；

6月21日，"让好书生生不息——女频小说背后的爱情哲学"直播活动；

6月22日，四川成都，四川外国语大学第二届大学生网络文化节活动；

6月23日，潇湘书院发起"全球100位名人的小说邀约"活动；

6月25日，微博读书发起"夏日读书企划"活动；

6月28日，四川，"首届四川省青少年科幻创作征集活动"启动；

7月5日，广西北海，广西文联开展网络文学发展调研活动

7月6日，北京，网络文学界发起《网络文学行业文明公约》；

7月26日，中国作协网络中心举办"喜迎二十大"优秀网络文学作品展示活动；

8月6日，江苏省网络作协组织骨干网络作家赴井冈山开展革命传统教育主题实践活动；

8月8日，安徽合肥，"长江的微笑"安徽知名网络作家采风活动；

8月11日，北京中关村网络作家协会与爱读网达成合作意向；

8月15日，七猫中文网女频特色题材第三季"超级甜宠"征文活动开启；

8月17日，上海，网络作家笔下的百年上海——《转角看见陕西北路》小说集新书发布会；

8月25日，日语版《全职高手》轻小说第一卷正式上线角川电子书商城；

8月28日，晋江文学城"新农村 新青年"原创现言主题征文精品展示活动；

8月31日，第六届晨曦杯活动；

9月3日—4日，广西南宁，第八届广西网络文学大赛文学创作交流采风活动；

9月8日，浙江杭州，浙江建德网络文学创作大赛采风活动；

9月11日，"剑网2022"专项活动开启；

9月13日，大英图书馆收录《赘婿》《大国重工》等16部中国网络小说；

9月15日，第七届中欧国际文学节，著名网络作家天瑞说符接受专访；

9月18日，北京，"阅见非遗——恭王府博物馆×阅文集团战略合作发布会"活动；

9 月 23 日，2022 全球孔子学院日系列活动中国网络文学代表作捐赠仪式举行；

9 月 26 日，湖南长沙，"中国网络文学 30 年国际高峰论坛"嘉宾调研考察中国网络文学小镇；

9 月 27 日，南派三叔新作《良渚密码》收录杭州优秀文化丛书；

10 月 9 日，第十五期网络文学 IP 直通车"文化出海"专场活动在中国网络作家村天马苑举办；

10 月 11 日，2022 年中国作家协会网络文学理论评选支持计划征集公告发布；

11 月 3 日，2023 腾讯在线视频 V 视界大会活动；

11 月 4 日，江苏南京，第五届读书文化节暨首届"阅文杯"活动开启；

11 月 7 日，起点"网文填坑节"活动上线；

11 月 8 日，"陕西网络文学论坛"征稿启事发布；

11 月 12 日，上海，上海网络作家协会第三届会员代表大会在上海市作家协会召开；

11 月 16 日，南京，"网络文学节"开幕式活动；

11 月 18 日，2022 年度中国作协网络文学理论评论支持计划评审结果公告公示；

11 月 24 日，阅文集团获"上海文化企业十强"称号；

11 月 26 日，内蒙古网络文艺家协会召开学习宣传贯彻党的二十大精神交流会；

11 月 30 日，七猫中文网文女频新媒体保底征文活动；

12 月 5 日，[菠萝包轻小说] 第六届冬季征文活动开启；

12 月 9 日，浙江杭州，中国网络作家村五周年村民日活动举行；

12 月 12 日，江苏，江苏网络文学谷组织开展党风廉政教育活动；

12 月 23 日—31 日，起点中文网"用一本书打开 2023 的起点"读书活动。

2. 重要社团活动内容介绍

（1）1 月 6 日，阅文集团 2021 年度网络文学榜样作家"十二天王"榜单发布

1 月 6 日，阅文集团发布了 2021 年度网络文学榜样作家"十二天王"榜单，轻泉流响、百分之七、幼儿园一把手、朕有话要说、阎 ZK、裴不了、更从心、茗夜、佳男、背着家的蜗牛获封"十二天王"称号。作为阅文集团创立的高潜力作家品牌，"十二天王"承载了亿万读者的肯定，也反映着当下网文最前沿的风向和趋势。①

（2）1 月 26 日，北京，新华社与中国作协启动"5G 新阅读"创作开发计划

1 月 26 日，北京，新华通讯社与中国作家协会签署价值阅读战略合作协议，并共同启动"5G 新阅读"创作开发计划，合作打造 5G 融媒价值阅读平台"悦读汇"，

---

① 荀超：《2021 网络文学"十二天王"榜单出炉 看 95 后网文作家如何发出时代强音》，封面新闻，https://k.sina.com.cn/article_ 1496814565_ 593793e5020016q4z.html，2022 年 10 月 2 日查询。

助力文学经典、文学价值、文学力量更有力彰显和有效传播。"5G 新阅读"创作开发计划以"新时代、新平台、新赛道"为主旨，下设"新故事""新知识""新体验"三个主赛道，通过汇聚广大网友和机构创作一批精品力作，实现 5G 时代阅读内容、场景和应用创新，并邀请知名作家打造可交流、可互动的名师讲堂品质课程。①

（3）3 月 14 日，北京，首届网络文学研究班在京开班

由中国作家协会与中国人民大学共同举办的首届网络文学研究班，14 日上午在北京开班。来自全国各地的 35 名知名网络作家成为首批学员，他们当中既有 70 后知名网络作家何常在，也有 80 后作家蝴蝶蓝、希行、柳下挥，还有 90 后作家刘金龙、洛城东、浮屠妖，也有 95 后网文新秀，他们在各自的网络文学题材类型上都取得了很好的创作成绩。此次研究班既注重理论性，又注重实践性和针对性，学习时间两年，采用集中授课方式，由中国作协与中国人民大学文学院共同选派授课教师。②

（4）4 月 6 日，2022 年优秀现实题材网络文学出版工程评选启动

4 月 6 日，国家新闻出版署启动 2022 年优秀现实题材网络文学出版工程评选工作，为鼓励网络文学热忱描绘新时代新征程的恢宏气象，创作出版更多饱含精神力量、彰显时代底色、富有艺术魅力的网络文学精品，此次评选包括四方面选题重点，组织专家进行精读研讨，最终确定不超过 10 部入选作品，推动入选作品质量、提升影响。③

（5）4 月 18 日，江苏南京，首届扬子江网络文学最具 IP 潜力榜发布

8 月 5 日，首届扬子江网络文学最具 IP 潜力榜和江苏省"金本奖"剧本演绎创作大赛颁奖典礼共同在秦淮区举办。经过前期的海选、复评和终评，有 10 部作品入选本届榜单。分别为缪娟《人间大火》、祈祷君《开更》、骁骑校《长乐里：盛世如我愿》、黑山老鬼《从红月开始》、匪迦《北斗星辰》、天瑞说符《我们生活在南京》、罗三观.cs《我能看见状态栏》、顾七兮《你与时光皆璀璨》、沉筱之《青云台》、会说话的肘子《夜的命名术》。④

（6）5 月 19 日，第五届"519 网络文学读书日"活动

第五届网络文学读书日公益活动橙瓜码字联合书旗小说、番茄小说、七猫中文

① 王思北：《新华社和中国作协启动"5G 新阅读"创作开发计划》，中华网，https：//news.china.com/domesticzq/13004215/20220126/41078149.html，2022 年 10 月 4 日查询。
② 虞婧：《首届网络文学研究班在京开班》，中国作家网，http：//www.chinawriter.com.cn/n1/2022/0315/c404023-32374917.html，2022 年 10 月 8 日查询。
③ 孙海悦：《2022 年优秀现实题材网络文学出版工程评选启动》，中国新闻出版广电报，http：//www.chinawriter.com.cn/n1/2022/0406/c404023-32392844.html，2022 年 10 月 11 日查询。
④ 崔欣：《首届扬子江网络文学最具 IP 潜力榜发布》，中国江苏网，http：//jsnews.jschina.com.cn/nj/a/202208/t20220805_3050300.shtml，2022 年 10 月 12 日查询。

网、爱奇艺小说、掌阅科技、咪咕阅读、纵横文学、中文在线、点众科技、塔读文学、连尚文学、掌中云小说、掌维科技、凤凰网文学、奇迹小说、博易创为、网易云阅读、鼎甜文化、刺猬猫、必看小说、作客文学网等原创网文主流平台，共同助力"519网络文学读书日"。行业内众多大神作家也纷纷参与到网络文学读书日公益活动中来，作为创作者进行倡议，各省级网络作协也作为倡议单位，纷纷在官方微信公众号发布519网络文学读书日活动专题文章。①

（7）5月24日，云南丽江，丽江市网络作家协会成立

5月24日，丽江市文艺评论家协会第一次代表大会、丽江市网络作家协会第一次代表大会召开。与会代表表决通过以上两个协会的章程、选举办法、总监票人和监票人，以无记名方式选举产生了第一届理事会理事、副主席、主席，以上两个协会正式宣告成立。②

（8）5月27日，"网文青春榜"2021年度榜单发布暨2022年度五校联合主办启动仪式

2022年5月27日，北京大学网络文学研究中心、中南大学网络文学研究基地、山东大学网络文学研究中心、安徽大学网络文学研究中心和南京师范大学扬子江网络文学评论中心，联合南京出版集团《青春》杂志社，共同主办"网络文学青春榜"2021年度榜单发布暨2022年度五大高校网络文学研究机构联合主办"青春榜"的启动仪式。③

（9）6月17日，中国作家协会网络文学发布2022年网络文学重点作品扶持选题名单

6月17日，中国作家协会网络文学发布2022年网络文学重点作品扶持选题名单，其中新时代山乡巨变主题18部、科技创新和科幻主题7部、中华民族复兴主题8部、人类命运共同体3部、优秀历史传统主题4部。④

（10）6月30日，山东省网络作家协会在济南成立

6月30日，山东省网络作家协会成立大会暨第一次会员代表大会在济南召开。会议审议并通过了《山东省网络作家协会章程》，选举产生了山东省网络作协第一届理事会、常务理事会、会长、副会长。于鹏程（风御九秋）当选为山东省网络作协会长，张荣会（风凌天下）、曹毅（高楼大厦）、高岩（最后的卫道者）、张堃

---

① 橙瓜网文：《行业网站、大神作家及各省网络作协共庆519网络文学读书日，倡导全民读好书》，https：//www.cet.com.cn/itpd/itxw/3182286.shtml，2022年10月16日查询。

② 施震阳：《丽江市文艺评论家协会、丽江市网络作家协会成立》，丽江网，http：//www.lijiang.cn/ljxw/social/2022-05-25/71865.html，2022年10月21日查询。

③ 江苏作家网：《"网文青春榜"2021年度榜单发布暨2022年度五校联合主办启动仪式》，https：//www.jszjw.com/magzine/20220427/165102624413.shtml，2022年10月25日查询。

④ 中国作协：《2021年网络文学重点作品扶持选题名单》，中国作家网，https：//www.chinawriter.com.cn/n1/2022/0617/c403993-32449443.html，2022年10月31日查询。

（青狐妖）、徐清源（飞天）、郑强（傲天无痕）、石瑞雷（黑山老鬼）、孟醒（言归正传）当选副会长，任命尚启元为山东省网络作协第一届秘书长。①

（11）7月6日，由中国作家协会发起的全国首家中国网络文艺知识产权纠纷人民调解委员会在北京成立

7月6日，由中国作家协会发起的全国首家中国网络文艺知识产权纠纷人民调解委员会在北京成立。为营造网络文艺行业发展更好的法治环境，在司法部和北京市司法局的直接指导下，中国作家协会组织知识产权领域资深专家、法律界专业人士、网文平台负责人、人民调解员等组成中国首家专门针对网络文艺知识产权纠纷进行调解的人民调解组织，主要开展普法教育、法律咨询、纠纷调解、维权诉讼等工作，旨在保护网络文艺作品的知识产权，维护网络作家的合法权益。②

（12）7月14日，第三届网络文艺评论优选汇启动仪式举办

7月14日，由中国文艺评论家协会、中国文联文艺评论中心主办，中国文联网络文艺传播中心协办的"第三届网络文艺评论优选汇"启动。第三届网络文艺评论优选汇是中国文学艺术发展专项基金资助项目，拟推选50个优秀网络文艺评论作品和3家优秀组织，其中50个作品包括长评20篇、短评20篇、微评10个。优秀评论作品将通过中国文艺评论新媒体、中国文艺网等数十家合作媒体，多渠道多阵地进行推介。启动仪式上还举行了"回顾与瞻望：中国网络文艺这十年"研讨会。③

（13）7月26日，中国作协网络中心举办"喜迎二十大"优秀网络文学作品展示活动

7月26日上午，中国作协网络文学中心启动"喜迎二十大"优秀网络文学作品联展活动。22家重点网络文学平台设置活动专题页，上线优秀网络小说347部，这些作品将免费向读者开放。本次参展作品全部为现实题材作品，反映了十八大以来党和国家取得的历史性成就、发生的历史性变革，既有《大国重工》《复兴之路》等反映党领导人民凝心聚力实现中国梦的宏大题材作品，也有《传国功匠》《朝阳警事》《扎西德勒》等书写个人梦想融入民族复兴伟大事业中的"时代新人"故事，彰显了网络文学作家心怀"国之大者"的使命感和责任感。④

（14）8月5日，首届扬子江网络文学最具IP潜力榜发布

8月5日，首届扬子江网络文学最具IP潜力榜和江苏省"金本奖"剧本演绎创

---

① 孔然 于铭：《山东省网络作家协会成立大会在济南召开》，闪电新闻网，http：//www.chinawriter. com.cn/n1/2022/0701/c404023-32462949.html，2022年11月4日查询。

② 虞婧：《全国首家网络文艺人民调解委员会在京成立》，中国作家网，http：//www.chinawriter.com. cn/n1/2022/0707/c404023-32468537.html，2022年11月7日查询。

③ 刘星辰：《第三届网络文艺评论优选汇启动》，中国新闻网，https：//www.chinanews.com.cn/cul/2022/07-15/9804438.shtml，2022年11月12日查询。

④ 张兰琴：《中国作协启动优秀网络文学作品联展》，中国青年报，http：//www.gscn.com.cn/sxly/system/2022/08/02/012803204.shtml，2022年11月14日查询。

作大赛颁奖典礼在南京市秦淮区举办，发布了上榜潜力榜榜单的 10 个作品。此次大赛是密切联系网络文学创作和产业转化的第一现场，聚集一支心态开放、年轻，专业又具活力的专家队伍，创造性推出网络文学和产业转化"引导""评价"的新模式。①

（15）8 月 6 日至 9 日，江苏省网络作协开展革命传统教育主题实践活动

2022 年 8 月 6 日—9 日，江苏省网络作协组织骨干网络作家赴井冈山开展革命传统教育主题实践活动。在江苏省作协党组成员、书记处书记杨发孟的带领下，来自全省各地的网络作家共 26 人，在为期四天的时间里，重走红军路，重温伟大革命故事，重现革命者的初心使命，深入感受跨越时空的井冈山精神，接受革命传统和爱国主义再教育。②

（16）8 月 15 日，湖南长沙，网络文学现实主义题材高级研修班开班

8 月 15 日，湖南网络文学现实题材高级研修班在长沙正式开班，68 名来自全国各地的网络作家在长沙集中"充电"，将接受为期 5 天的培训学习。本次培训班由湖南省人力资源和社会保障厅主办，湖南省作家协会、湖南省网络作家协会承办，旨在围绕"培养文学人才、打造文学精品、提高服务能力"三大目标，充分发挥湖南网络文学自身优势，加快网络文学事业建设，加强湖南省网络作家队伍人才建设，培养有信仰、有情怀、有担当的新时代拔尖文艺工作者。③

（17）9 月 1 日，第六届现实题材网络文学征文大赛颁奖典礼举行

9 月 1 日，由上海市新闻出版局支持，阅文集团主办的第六届现实题材网络文学征文大赛颁奖典礼在上海展览中心举行。现场公布了大赛的十四部获奖作品名单。其中，展现中国科技企业崛起的《破浪时代》获特等奖，书写平凡人生活史诗的《上海凡人传》获一等奖。颁奖结束后，第七届大赛宣告正式启动。④

（18）9 月 7 日，第四届"茅盾新人奖"在桐乡颁奖

9 月 7 日，由中华文学基金会、浙江省作家协会与桐乡市人民政府联合主办的第四届"茅盾新人奖"颁奖典礼在桐乡举行。经过专家评审和网上公示，李云雷、马力（马伯庸）等 10 人获评第四届"茅盾新人奖"。王冬（蝴蝶蓝）、任禾（会说话的肘子）、陈徐（紫金陈）、刘勇（耳根）、段武明（卓牧闲）、蔡骏（蔡骏）、叶萍萍（藤萍）、朱乾（善水）、杨汉亮（横扫天涯）、程云峰（意千重）10 人获评第

---

① 首届扬子江网络文学最具 IP 潜力榜发布，中国江苏网，http：//jsnews.jschina.com.cn/nj/a/202208/t20220808_3051260.shtml？isAppinstalled=0，2022 年 11 月 17 日查询。

② 朱军：《江苏网络作家赴井冈山接受革命传统教育》，江苏作家网，http：//www.chinawriter.com.cn/n1/2022/0815/c404023-32502660.html，2022 年 11 月 18 日查询。

③ 胡邦建：《网络作家集中"充电"！湖南网络文学现实题材高级研修班开班》，红网，https：//wenyi.rednet.cn/content/2022/08/15/11721614.html，2022 年 11 月 20 日查询。

④ 虞婧：《第六届现实题材网络文学征文大赛颁奖典礼举行》，中国作家网，https：//www.chinawriter.com.cn/n1/2022/0902/c404023-32518349.html，2022 年 11 月 24 日查询。

四届"茅盾新人奖·网络文学奖"。①

(19) 10月9日,新时代十年百部中国网络文学作品榜单评选启动

"新时代十年百部中国网络文学作品榜单"评选活动9日在杭州中国网络作家村启动,将对10年来中国网络文学创作态势及优秀作品作出系统性、全景化的梳理和评价。最终榜单将由80位全国文学界、学术界、网络文学业界的专家,从国内16家文学门户网站平台结合网络文学专家推荐出的200余部作品中评选而出。评审大致按现实类、幻想类、综合类、IP改编与海外传播类展开工作。目前,评选正值推荐环节,终评结果计划在12月公布。②

(20) 11月16日,国家新闻出版署公布2021年"优秀现实题材和历史题材网络文学出版工程"入选名单

11月16日,国家新闻出版署组织实施了2021年"优秀现实题材和历史题材网络文学出版工程"。经严格评审,最终确定卢山《蹦极》、马慧娟《出路》、蒋胜男《天圣令》、骁骑校《长乐里:盛世如我愿》、李时新《重生——湘江战役失散红军记忆》、鱼人二代《故巷暖阳》、离月上雪《投行之路》7部作品入选,入选作品聚焦现实题材和历史题材,以一个个温暖感人的故事、生动鲜活的形象,反映中华民族的千年巨变,展现伟大时代的万千气象,抒写中国人民奋斗之志、创造之力、发展之果,体现了当前我国网络文学创作出版的较高水准。③

(21) 11月21日,阅文集团与南京师范大学达成战略合作

11月21日上午10点,阅文集团与南京师范大学战略合作签约仪式暨2022年"网络文学节"于南京师范大学仙林校区敬文广场正式启动。阅文集团与南京师范大学签署共建协议,揭牌"阅文—南京师范大学文学院网络文学产学研合作基地",成为全国首个开启网络作协、高校、企业三方共建的合作新模式,旨在为大学生搭建起一个能够分享、交流、阅读、评论精品网络文学的平台,促进大学生群体积极参与网络文学写作及生产过程,共同丰富校园文化与校园生活、推进书香校园建设。④

(22) 11月25日,第二届七猫中文网现实题材征文大赛颁奖

11月25日,由上海市作家协会指导,上海七猫文化传媒有限公司主办,华语

---

① 宋浩:《第四届茅盾新人奖在桐乡颁奖,浙江作家雷默、紫金陈、善水获奖》,潜江晚报,https://k. sina. com. cn/article_ 1700720163_ 655eee23020017a6o. html,2022年11月27日查询。

② 高婷婷:《新时代十年百部中国网络文学作品榜单评选启动》,浙江网,https://news. hangzhou. com. cn/zjnews/content/2022–10/10/content_ 8371264. htm,2022年11月28日查询。

③ 国家新闻出版署:《国家新闻出版署关于公布2021年"优秀现实题材和历史题材网络文学出版工程"入选作品的通知》,https://www. nppa. gov. cn/nppa/contents/279/105610. shtml,2022年12月1日查询。

④ 《开启校企共建新模式 阅文集团与南京师范大学达成战略合作》,中国青年网,https://www. 360kuai. com/pc/98271fa0370e75033? cota =3&kuai_ so =1&sign =360_ 57c3bbd1&refer_ scene =so_ 1,2022年12月6日查询。

文学网协办的 2022 第二届七猫中文网现实题材征文大赛颁奖典礼在上海举办。本届大赛以"写青春颂歌，书时代华章"为主题，鼓励作者们将创作目光投向勇于开拓、敢于奋斗、甘于奉献的青年，书写动人的时代故事，旨在挖掘、推介一批用情用力书写中国故事，呈现青年一代风貌特质的优秀现实题材小说。①

（23）12 月 2 日，阅文集团成立党委

12 月 2 日，中共阅文集团委员会第一次党员大会召开，会上正式揭牌成立阅文集团党委。经本次大会选举，产生了由阅文集团副总裁徐斓等 7 位同志组成的第一届党委委员会班子。阅文集团党委表示，未来将全面加强党的建设，以高质量党建推动网络文学高质量发展，唱响时代主旋律，凝聚发展正能量，书写奋进新篇章。②

（24）12 月 14 日，第四届"金熊猫"网络文学奖颁奖典礼举行

"金熊猫"网络文学奖设立于 2016 年，由成都市互联网文化协会负责培育及运维。第四届"金熊猫"网络文学奖评选活动中，《天下藏局》获第四届"金熊猫"网络文学奖长篇单元金奖、《大明龙州土司》获中短篇单元金奖、《孤城记》获"天府文化城市书写"定向创作单元金奖。此外，还有《暗夜逐凶》《致富北纬 23 度半》等作品分获最具改编价值奖和最具时代精神奖等相关奖项。③

（25）12 月 16 日，宁夏银川，宁夏网络作家协会成立

2022 年 12 月 16 日，宁夏报告文学学会、宁夏网络作家协会成立云上会议在银川分别举行。季栋梁当选宁夏报告文学学会会长。（赵磊）我本疯狂当选宁夏网络文学协会主席。各省省网络作家协会及中国著名网络作家发来视频祝贺。云会议还举办了云上网络作家现实主义题材创作座谈会，为今后宁夏网络文学创作方向奠定基础。④

（26）12 月 17 日，湖北襄阳，第二届"中国襄阳·岘山网络文学奖"云颁奖典礼暨"学习二十大，永远跟党走，奋进新征程"主题活动

2022 年 12 月 17 日，第二届"中国襄阳·岘山网络文学奖"云颁奖典礼暨"学习二十大，永远跟党走，奋进新征程"主题活动在隆中举行。活动揭晓并颁奖了最佳新人奖、最具襄阳元素作品奖、最具影响力作品奖、最佳男频作品奖、最佳女频作品奖、最佳有声改编奖、最佳动漫改编奖、最具影视改编潜力奖、最佳类型奖、

①　虞婧：《第二届七猫中文网现实题材征文大赛颁奖》，中国作家网，http：//www.chinawriter.com.cn/n1/2022/1127/c404023-32575326.html，2022 年 12 月 8 日查询。

②　王笈：《阅文集团成立党委 加强网络文学创作引导》，中国新闻网，https：//www.sh.chinanews.com.cn/dangjian/2022-12-02/106168.shtml，2022 年 12 月 9 日查询。

③　蒋庆：《第四届"金熊猫"网络文学奖及第十届"未来科幻大师奖"闪耀蓉城》，红星新闻，http：//www.chinawriter.com.cn/n1/2022/1215/c404023-32587674.html，2022 年 12 月 16 日查询。

④　胡冬梅：《宁夏报告文学学会宁夏网络作家协会成立》，中国日报中文网，https：//new.qq.com/rain/a/20221216A05V6V00.html，2022 年 12 月 24 日查询。

最佳现实题材作品奖 10 个奖项和对应的 10 个提名奖。①

三、网络文学年度重要事件

1. 总体描述

本次共统计 2022 年度网络文学重要事件 101 个，其中，网络文学行业发展事件 60 个，网络文学重要奖项评定 10 个，网络文学 IP 开发事件 25 个，网络文学年度报告 6 个，具体清单如下。

（1）网络文学行业发展事件

1 月 5 日，国家图书馆联合阅文集团举办"甲骨文推广公益项目"主题发布会；

2 月 11 日，阅文集团联合新加坡滨海湾金沙在新加坡举办"2022 全球作家孵化项目启动仪式暨 WSA2021 颁奖典礼"；

2 月 15 日，起点读书首次跨界 B 站元宵晚会《上元千灯会》；

3 月 14 日，首届网络文学研究班正式开班；

4 月 2 日，2022 年优秀现实题材网络文学出版工程评选启动；

4 月 18 日，鲁迅文学院在北京举行第二十一期网络文学作家培训班开学典礼；

4 月 22 日，阅文与国家图书馆、上海图书馆共推全民阅读；

4 月 23 日，阅文集团在北京召开以"阅读新时代，奋进新征程"为主题的首届全民阅读大会；

4 月 23 日，在第 27 个世界读书日来临之际，搜狗输入法联合起点读书推出"春日读书会"活动；

4 月 26 日，广东省网络作家协会发起知识产权保护倡议书；

5 月 1 日，七猫中文网在 2022 年 5 月 1 日正式开启七猫新人作者训练营，只面向无百万字创作经验的新人作者；

5 月 7 日，第八届广西网络文学大赛正式启动；

5 月 13 日，起点读书 20 周年升级，聚焦网络文学精品化发展；

5 月 21 日，起点读书 App 联合上海图书馆以及百家出版单位发起的"全民阅读月"活动收官；

5 月 27 日，"网络文学青春榜"2021 年度榜单发布暨 2022 年度五大高校网络文学研究机构联合主办"青春榜"的仪式启动；

5 月 31 日，杭州高新区（滨江）"网络文学 IP 直通车"二周年暨"国际范·高新味·滨江韵"迎亚运数字文化嘉年华主论坛开幕；

6 月 1 日，飞卢小说网新增联想查询功能，引领 AI 写作新发展；

---

① 白菲斐：《第二届"中国襄阳·岘山网络文学奖"征集圆满结束》，荆楚网，http://xy.cnhubei.com/content/2022-08/24/content_15004762.html，2022 年 12 月 31 日查询。

6月2日，北京大学中文系举办题为"编码新世界：游戏化向度的网络文学"讲座；

6月7日，@微博热点@微博读书@微博校园联合举办高考#微作文大赛#，人民日报联合微博发起#微作文大赛#；

6月9日，新华社发布《书写时代》网络文学系列微纪录片；

6月23日，阅文集团旗下女生阅读平台潇湘书院宣布全新移动客户端在全网上线，推出全新Slogan"她故事，她力量"，并启用新Logo；

6月23日，潇湘书院全面升级，发起"全球100位名人的小说邀约"活动；

6月27日，文化和旅游部等五部门发文加强剧本娱乐经营场所管理；

6月28日，"首届四川省青少年科幻创作征集活动"正式启动；

6月29日，2022年上海市文学创作系列网络文学专业高级职称评审工作开始；

6月30日，山东省网络作家协会成立暨第一次会员代表大会在济南召开；

7月4日，盗版网站宝书网永久关闭；

7月6日，中国网络文艺知识产权纠纷人民调解委员会在京成立，成立仪式在北京中国现代文学馆举行；

7月6日，中国作家协会在北京召开全国重点网络文学网站联席会议，近50家重点网络文学平台负责人、全国省级网络文学组织负责人、知名网络作家和评论家共同发起《网络文学行业文明公约》；

7月11日，番茄小说第二届网络文学大赛正式开启，2022年7月11日至12月10日开放作家参赛；

7月26日，中国作协网络文学中心启动"喜迎二十大"优秀网络文学作品联展活动；

7月26日，番茄小说网与湖南省网络作家协会等联合举办"仙境张家界 圣地武陵源"玄幻小说征文活动；

7月26日，由中国作协网络文学中心举办，中文在线旗下17K小说网承办的"喜迎二十大"优秀网络文学作品展示活动开启；

7月27日，「故事大爆炸2022」征文大赛开启；

7月27日，谜想计划携手LOFTER联合举办"夏日谜想·悬疑故事大赛"，面向全网征集悬疑故事；

7月27日，由深圳市作家协会和香港作家联会、澳门基金会联合主办的第四届大湾区杯（深圳）网络文学大赛正式启动；

7月28日，晋江文学城发布关于论坛、评论区展示账号IP属地的公告；

7月29日，爱奇艺文学与万禾文化传媒（上海）有限公司、北京东亚圣菲国际文化有限公司以及浙江万犇影视文化发展有限责任公司就"云腾计划S"重点网剧项目达成友好合作；

8月9日，2022全国网络文学工作会议于郑州举行；

8月12日，郑州市将向全国网络作家免费开放历史考古、自然、企业乡村文化景点；

8月19日，中办国办将"鼓励发展网络文学"写入"十四五"发展规划；

8月21日，中国首批网络作家电子会员证面世；

8月28日，晋江文学城"新农村 新青年"原创现言主题征文精品展示，围绕新时代山乡改变，表现农村农业现代化发展新气象，展示新时代新青年新面貌；

8月29日，2023年度"谜想故事奖"悬疑长篇征文比赛启动，推崇立足本土、贴近现实的悬疑小说；

9月1日，阅文集团主办的第六届现实题材网络文学征文大赛颁奖典礼在上海展览中心举行；

9月1日，"阅见非遗"主题征文活动由恭王府博物馆和阅文集团联合举办；

9月7日，中国作协网络文学中心在江苏省连云港市举办"网络文学青年创作骨干培训班"，来自各网络文学平台的40位"90后"网络文学作家参加培训；

9月11日，"剑网2022"行动启动：整治通过搜索引擎传递网络作品等侵权行为；

9月16日，爱奇艺文学与荣信达（上海）文化发展有限公司就云腾计划"S"重点网剧项目达成友好合作；

9月27日，杭州优秀传统文化丛书面世；

10月11日，根据《中国作家协会网络文学理论评论支持计划暂行办法》，现开始征集2022年中国作家协会网络文学理论评论支持计划选题项目；

11月7日，第三届扬子江网络文学周在泰州开幕；

11月16日，阅文集团与南京师范大学中北学院达成合作，共同举办第五届读书文化节暨首届"阅文杯"我是讲书人大赛活动；

11月16日，中国版权协会发布《网络文学领域首个诉前禁令获法院支持》；

11月24日，第四届上海文化企业十强十佳十人十大文化品牌评选在世博会博物馆揭晓；

11月25日，由上海市作家协会指导，上海七猫文化传媒有限公司主办，华语文学网协办的2022第二届七猫中文网现实题材征文大赛颁奖典礼在上海举办；

11月25日，国家新闻出版署公布了2021年"优秀现实题材和历史题材网络文学出版工程"入选的7部作品；

11月30日，中共阅文集团委员会第一次党员大会在上海召开，会上正式揭牌成立阅文集团党委；

12月9日，中国网络作家村五周年村民日暨第十六期"IP直通车"活动在作家村天马苑举行；

12月15日，韩国"中国文学读者俱乐部"举办中国网络文学作品分享会。

（2）网络文学重要奖项评定

1月6日，阅文集团发布2021年度网络文学榜样作家"十二天王"榜单；

1月20日，2021七猫必读榜年度榜单发布；

4月18日，"首届扬子江网络文学最具IP潜力榜"发布；

7月1日，第十届未来科幻大师奖获奖名单公布；

8月5日，首届扬子江网络文学最具IP潜力榜和江苏省"金本奖"剧本演绎创作大赛颁奖典礼共同在秦淮区举办；

8月16日，第五届牧神计划·新主义悬疑文学大赛获奖名单暨第六届大赛正式开启；

9月3日，2021#十大年度国家IP评选#完整获奖名单出炉；

9月17日，第二届石榴杯榜单出炉；

10月9日，"新时代十年百部中国网络文学作品榜单"评选活动在杭州中国网络作家村举办启动仪式；

12月14日，第四届"金熊猫"网络文学奖及第十届"未来科幻大师奖"在成都举行。

（3）网络文学IP开发事件

2月14日，豆瓣阅读言情小说、李尾的作品《但愿人长久》售出影视改编权；

2月28日，匪我思存创作的影视改编剧《乐游原》正式开机；

3月17日，改编自著名网络文学作家九鹭非香小说《驭鲛记》的古装神话剧《与君初相识》于在优酷独播；

3月24日，根据网络文学作家"酒徒"的同名小说改编抗战剧《烽烟尽处》正式在腾讯视频、爱奇艺播出；

3月31日，《我叫赵甲第》改编自"烽火戏诸侯"原著小说《老子是癞蛤蟆》于在优酷视频播出；

3月31日，改编自网络文学作家柏林石匠的小说《写给医生的报告》电视剧《余生请多指教》在湖南卫视和腾讯视频会员收官；

4月16日，改编自伊人睽睽的网络文学作品《我的锦衣卫大人》的电视剧《祝卿好》在爱奇艺播出；

4月30日，改编自网络文学作者灵希的原著小说《倾城之恋》的电视剧《良辰好景知几何》在浙江卫视首播；

7月5日，改编自网络文学作家关心则乱的小说《星汉灿烂，幸甚至哉》的电视剧《星汉灿烂》在腾讯视频上线播出；

7月20日，改编自苏寞的同名小说网络电视剧《沉香如屑》于优酷独播；

7月22日，根据网络文学作家长洱的同名小说改编的《天才基本法》，在央视八套首播，并在爱奇艺同步播出；

7月26日，罗樵森同名小说改编短剧《民间诡闻实录》上线；

7月27日，IP改编剧《迷航昆仑墟》播出；

8月7日，改编自九鹭非香的同名小说《苍兰诀》于在爱奇艺播出；

8月8日，改编自阅文集团知名作家黑山老鬼的同名小说《从红月开始》漫画在腾讯动漫正式上线；

8月8日，由同名IP剧改编（原著是紫金陈的《坏小孩》）《隐秘的角落》试玩上线Steam；

8月19日，改编自江南同名小说的动画《龙族》于腾讯视频独播；

8月29日，改编自豆瓣阅读作者贝客邦的小说《海葵》的影视剧《消失的孩子》于芒果季风剧场湖南卫视、芒果TV双平台独播；

9月20日，改编自网络文学作家天下霸唱的小说《鬼吹灯之昆仑神宫》的影视剧《昆仑神宫》在腾讯视频播出；

10月26日，根据网络文学作家月下箫声的同名小说改编的《谁都知道我爱你》于在腾讯视频、爱奇艺播出；

11月3日，改编自晋江文学城作者Twentine的小说《打火机与公主裙》的IP改编剧《点燃我，温暖你》在优酷视频播出；

11月10日，改编自晋江文学城作者多木木多的小说《清穿日常》影视剧《卿卿日常》在爱奇艺播出；

11月25日，改编自网络文学作家zhtttty的小说《无限恐怖》的动画《无限世界》在bilibili播出；

12月10日，改编自刘慈欣同名小说的《三体》动画在哔哩哔哩全网独家上线；

12月10日，改编自墨宝非宝在晋江文学城的同名小说的多人有声剧《夜阑京华》在喜马拉雅、猫耳FM、漫播、网易云音乐多平台播出。

（4）网络文学年度报告

4月7日，中国社会科学院发布《2021中国网络文学发展研究报告》；

5月26日，中国版权协会发布《2021年中国网络文学版权保护与发展报告》；

8月10日，中国作协在郑州发布《2021中国网络文学蓝皮书》；

10月13日，第三方研究机构艾瑞咨询发布《中国社交媒体ACGN内容发展研究报告》；

11月7日，由中国经济信息社编制的《新华·文化产业IP指数报告（2022）》于北京发布；

12月8日，由《语言文字周报》主办的2022年"十大网络流行语""十大网络热议语"公布结果。

2. 重要事件内容介绍

（1）5月27日，"网络文学青春榜"2021年度榜单发布暨2022年度五大高校网络文学研究机构"青春榜"仪式启动

由北京大学网络文学研究中心、中南大学网络文学研究基地、山东大学网络文学研究中心、安徽大学网络文学研究中心和南京师范大学扬子江网络文学评论中心，联合南京出版集团《青春》杂志社，共同主办"网络文学青春榜"2021年度榜单发布暨2022年度五大高校网络文学研究机构"青春榜"启动仪式。[①]

（2）5月31日，杭州高新区（滨江）"网络文学IP直通车"二周年暨"国际范·高新味·滨江韵"迎亚运数字文化嘉年华主论坛在中国网络作家村·天马苑举办[②]

"网络文学IP直通车"品牌活动是滨江区数字文化发展的创新举措，IP直通车成立以后，确立了以服务为中心点的平台经营思路，一切以作者为中心，解决作者困难、帮助作者转化、鼓励作者提高，进一步打通了网络文学与动漫游戏、影视、广播剧等上下游产业链，推动中国网络作家村正式迈入2.0时代。中国网络作家村成立"摘星园"产业大楼，总投入面积18000多平方米，在滨江区委宣传部、区文创发展中心的大力支持下，产业大楼将用更多的物理空间承载更多的数字内容企业，以形成中国网络作家村数字内容生产、数字产品转化、数字产权保护、数字资产金融等现代文化产业体系。

（3）6月27日，文化和旅游部等五部门发文加强剧本娱乐经营场所管理

文化和旅游部、公安部、住房和城乡建设部、应急管理部、市场监管总局等五部门联合发布《关于加强剧本娱乐经营场所管理的通知》，首次在全国范围将剧本杀、密室逃脱等剧本娱乐经营场所新业态纳入管理。[③]

（4）7月6日，中国网络文艺知识产权纠纷人民调解委员会在京成立，成立仪式在北京中国现代文学馆举行

中国网络文艺知识产权纠纷人民调解委员会由中国作家协会设立，在司法部和北京市司法局的直接指导下，开展普法教育、法律咨询、版权调解、维权诉讼等工作，委员由知识产权领域资深专家、法律从业者、网文行业人士、人民调解员等组成，主要开展普法教育、法律咨询、纠纷调解、维权诉讼等工作。挂牌仪式结束后，

①　江苏作家网：《"网文青春榜"2021年度榜单发布暨2022年度五校联合主办启动仪式》https：//www.jszjw.com/wap/topnews/20220530/1653897018334.shtml，2022年10月5日查询。

②　杭州日报：《链动发展推进文化"作品"向"产品"转化！高新区（滨江）"网络文学IP直通车"交出亮眼成绩单》，https：//baijiahao.baidu.com/s？id＝1734344558852370267&wfr＝spider&for＝pc，10月5日查询。

③　央广网：《五部门发文加强剧本娱乐经营场所管理 强化对未成年人保护》，https：//baijiahao.baidu.com/s？id＝1736756199636269895&wfr＝spider&for＝pc，2022年10月9日查询。

中国作家协会召开全国重点网络文学网站联席会议，近50家重点网络文学平台负责人、全国省级网络文学组织负责人、知名网络作家和评论家共同发起《网络文学行业文明公约》，呼吁加强网络文明建设，优化网络文学行业生态，推动网络文学高质量发展。①

（5）7月28日，晋江文学城发布关于论坛、评论区展示账号IP属地的公告

为响应《互联网用户账号信息管理规定》的要求，保障晋江文学城真实有序的讨论氛围，防治恶意造谣等不良行为，确保传播内容的真实、透明，晋江文学城网站将依据相关法律法规要求逐步开放"展示账号IP属地"功能。相关功能将于近期在PC端和WAP端上线，并预计随下月新版本更新在App端上线。该功能上线后，将在论坛、评论区等位置展示发言账号的IP属地，境内展示到省（自治区、直辖市），境外展示到国家（地区）。②

（6）7月26日上午，中国作协网络文学中心启动"喜迎二十大"优秀网络文学作品联展活动

"每一个时代的文学，都有新的写法"。这十年，网络文学作家群体以习近平新时代中国特色社会主义思想为指导，认真学习和贯彻落实习近平总书记关于文艺工作的重要论述，立志为新时代中国留下"青春印记"；他们希望如同老作家柳青那样，深入基层，深度参与，生动记录，让作品走入观众的心田；在脱贫攻坚的战场，在科技攻关的岗位，在疫情防控的一线，在冬奥竞技的舞台……处处活跃着青年网络作家的身影，网络文学涌现出一大批贴近时代、贴近生活、贴近读者的现实题材力作，社会影响力不断提升。③

（7）8月10日，中国作协在郑州发布《2021中国网络文学蓝皮书》

《蓝皮书》从作家创作、组织建设、理论评论、行业发展、海外传播五个方面全面回顾了网络文学2021年的总体发展状况。《蓝皮书》指出，2021年，网络文学主流化、精品化进程加快，现实题材创作进一步深化。全国主要文学网站新增现实题材作品27万余部，同比增长27%，现实题材作品存量超过130万部，一批优秀现实题材作品反响热烈；新增科幻题材作品近22万部，同比增长23%，科幻作品存量超过110万部；新增历史题材作品22万余部，同比增长11%，历史题材作品存量超过230万部。幻想题材作品彰显家国天下情怀，依然受到很多读者的喜爱。④

① 中国青年网：《第一家，中国网络文艺知识产权纠纷人民调解委员会在京成立》，https：//baijiahao. baidu. com/s？id＝1737571226678195747&wfr＝spider&for＝pc，2022年10月9日查询。

② 蓝鲸财经：《晋江将逐步开放"展示账号IP属地"功能》，https：//baijiahao. baidu. com/s？id＝1739606136774549064&wfr＝spider&for＝pc，2022年10月9日查询。

③ 中国青年报：《中国作协启动优秀网络文学作品联展》，https：//baijiahao. baidu. com/s？id＝1739392634895179547&wfr＝spider&for＝pc，2022年10月9日查询。

④ 中国经济网：《〈二〇二一中国网络文学蓝皮书〉发布》，https：//baijiahao. baidu. com/s？id＝1740819393129458158&wfr＝spider&for＝pc，2022年10月18日查询。

（8）8月19日，中办国办将"鼓励发展网络文学"写入"十四五"发展规划

中共中央办公厅、国务院办公厅印发了《"十四五"文化发展规划》，规划中提到，要鼓励引导网络文化创作生产。其中特别指出："加强各类网络文化创作生产平台建设，鼓励对网络原创作品进行多层次开发。""加强和创新网络文艺评论，推动文艺评奖向网络文艺创作延伸。""要鼓励文化单位和广大网民依托网络平台依法进行文化创作表达，推出更多优秀的网络文学和数字出版产品、服务，发展积极健康的网络文化。"①

（9）8月21日，中国首批网络作家电子会员证面世

上海市网络作家协会发布公告，将为协会会员发放电子会员证，这也是中国首批网络作家电子会员证。据悉，电子会员证将为网络作家提供在线"亮证"服务，只要通过手机就可证明身份，提升了协会日常管理及网络作家出行办事的便利，同时也杜绝了不法分子利用'假证'行骗的可能性。②

（10）9月3日，2021#十大年度国家 IP 评选#完整获奖名单出炉

猫腻的网络文学作品《庆余年》获得文学赛道的银奖，改编自马伯庸所著小说的《风起洛阳》获得影视赛道的银奖。在最佳专项奖中，爱潜水的乌贼所著的网络文学作品《诡秘之主》获得玄幻创意奖，米兰 Lady 所著的网络文学作品《弥楼芳时》获得潜力新声奖。③

（11）9月11日，"剑网2022"行动启动：整治通过搜索引擎传递网络作品等侵权行为

国家版权局、工业和信息化部、公安部、国家互联网信息办公室四部门联合启动打击网络侵权盗版"剑网2022"专项行动，这是全国连续开展的第18次打击网络侵权盗版专项行动。自2005年起，国家版权局等部门针对网络侵权盗版的热点难点问题，聚焦网络视频、网络音乐、网络文学、网络新闻、网络直播等领域开展版权专项整治，查处了一批侵权盗版大案要案，有效打击了网络侵权盗版行为，得到国内外权利人的充分肯定。④

（12）9月17日，第二届石榴杯榜单出炉

由国家民委所属中国少数民族文化艺术促进会和中国纪实文学研究会指导，阅

---

① 中国作家村：《中办国办将"鼓励发展网络文学"写入"十四五"发展规划》，杭州作家，https：//mp. weixin. qq. com/s？＿＿biz＝MzIzNTc0Mzc1OQ＝＝&mid＝2247519618&idx＝1&sn＝07a316bc34c34bb13ccdd42013a9d3c9&chksm＝e8e0b2e2df973bf47cdea469c25da8bcac9191bba962cad41f62910ead982cd93c982ef367a6&scene＝27，2022 年 10 月 18 日查询。

② 网文评论扬子酱：《中国首批网络作家电子会员证面世，起点科幻征文活动开启……》，https：//zhuanlan. zhihu. com/p/558957606，2022 年 10 月 18 日查询。

③ 中国作家网：《网络文艺一周资讯》，http：//www. chinawriter. com. cn/GB/n1/2022/0908/c404023-32522303. html，2022 年 10 月 18 日查询。

④ 中国新闻网：《"剑网2022"行动启动 四方面整治网络侵权盗版》，https：//baijiahao. baidu. com/s？id＝1743347953998438552&wfr＝spider&for＝pc，2022 年 11 月 21 日查询。

文集团和天成嘉华文化传媒主办的"民族文化网络文学创作论坛暨第二届石榴杯征文颁奖典礼"在北京民族文化宫举行。本届石榴杯以"籽籽同心 字字传情"为主题，《7号基地》《月亮在怀里》《画春光》《国民法医》《黜龙》《谁不说俺家乡美》《擎翼棉棉》《合喜》《小千岁》《乘风相拥》10部网络文学作品获得"优秀作品奖"，并将被收录入中国民族文化资源库。①

（13）9月27日，杭州优秀传统文化丛书面世

南派三叔新作《良渚密码》被收录其中。这套丛书包含了一部专著、十个系列，共计108种图书。丛书按照"讲故事、轻阅读、易传播"的要求，邀请了包括王旭烽、南派三叔等在内的专业作者、网文作者参与创作。②

（14）10月9日，"新时代十年百部中国网络文学作品榜单"评选活动在杭州中国网络作家村举办启动仪式

这是国内第一次就新时代十年（2012—2022年）以来的网络文学创作态势及其优秀作品作出系统性、全景化的梳理和评价。活动将从十年来中国网络文学内部多样化的创作流变、现实题材与科幻题材的崛起、与影视动画等下游改编的深度融合、富有影响力的海外传播等方面进行评选梳理。此次评选活动分为三个环节，推荐环节截止到10月15日，预计年底进入终评，将邀请近80位全国文学界、学术界、网络文学业界的专家参与评审。③

（15）10月13日，第三方研究机构艾瑞咨询发布了《中国社交媒体ACGN内容发展研究报告》

近几年，微博平台在优质IP、创作者与爱好者们的共同努力下，每年生产海量优质内容、进行丰富的互动交流。2021年，微博ACGN领域贡献超过6300个热搜话题，拥有超过10万个活跃的ACGN超话社区。报告显示，ACGN行业在中国市场进入成熟发展阶段，已从流量为王逐渐转向品牌化生态化发展。这意味着，ACGN行业越来越意识到IP价值提升的重要性。兼具公域流量和私域运营双重优势的微博，多年深耕社交媒体平台赛道，为其赋能ACGN内容IP，打造品牌生态提供支持。报告显示，微博平台覆盖ACGN全维度热门内容，聚集大规模兴趣用户，每两位微博用户中就有一个是ACGN爱好者，整体用户规模约为3亿。④

---

① 中国作家网：《10部网络文学作品获第二届石榴杯征文奖》，http：//www.chinawriter.com.cn/404022/404023/index3.html，2022年11月21日查询。

② 杭州市人民政府：《"杭州优秀传统文化丛书"108种集中面世》，http：//www.hangzhou.gov.cn/art/2022/9/28/art_812262_59066159.html，2022年11月21日查询。

③ 中国作家网：《新时代十年百部中国网络文学作品榜单评选启动》，http：//www.chinawriter.com.cn/n1/2022/1010/c404023-32542232.html，2022年11月21日查询。

④ 艾瑞网：《中国社交媒体ACGN内容发展研究报告》，https：//report.iresearch.cn/report_pdf.aspx?id=4067，2022年12月22日查询。

（16）11 月 7 日，由中国经济信息社编制的《新华·文化产业 IP 指数报告（2022）》于北京发布

该指数选取了 2021 年 1 月至 2022 年 6 月，有过文学、漫画、动画、影视、游戏、实体衍生等形态改编的作品或该时段的热门新 IP 共 100 个，从消费端、传播端、开发端和拓展端四个维度构建综合评价体系，最终公布了表现前 50 位的 IP，《斗罗大陆》《人世间》《王者荣耀》《斗破苍穹》和《梦华录》位列综合价值榜单前五。①

（17）11 月 16 日，中国版权协会发布《网络文学领域首个诉前禁令获法院支持》

中国版权协会 16 日发布《网络文学领域首个诉前禁令获法院支持》，并公开了今年 5 月份的一份完整裁定书。裁定书显示，UC 浏览器运营方动景公司、神马搜索运营方神马公司，因侵犯阅文旗下热门连载网络文学作品《夜的命名术》信息网络传播权及不正当竞争的相关行为，被海南自由贸易港知识产权法院发出诉前禁令。这成为"诉前禁令"在网络文学版权保护方面的首次应用，紧急制止了正在发生的侵权行为。这是网文版权保护的标志性裁决，是网文行业历史性的一刻。②

（18）11 月 25 日，国家新闻出版署公布 2021 年"优秀现实题材和历史题材网络文学出版工程"入选的 7 部作品

"优秀现实题材和历史题材网络文学出版工程"是国家新闻出版署组织的一项推优工作，自 2020 年开始实施，每年推选不超过 10 部优秀作品，鼓励网络文学平台加强现实题材和历史题材作品创作出版，推出更多书写历史、关注现实、贴近群众、反映生活的优秀作品，推动网络文学提高质量、多出精品。阅文平台作品《故巷暖阳》《投行之路》和阅文集团旗下 QQ 阅读与浙江文艺出版社联合报送的《天圣令》等 3 部作品入选。③

（19）12 月 8 日，由《语言文字周报》主办的 2022 年"十大网络流行语""十大网络热议语"公布结果

上榜 2022 年"十大网络流行语"的有："栓 Q（我真的会谢）""PUA（CPU/KTV/PPT/ICU）""冤种（大冤种）""团长/团""退！退！退！""嘴替""一种很新的 XX""服了你个老六""XX 刺客"等。入选 2022 年"十大网络热议语"的有："冰墩墩（冬奥会）""二十大""中国式现代化""人民至上，生命至上""做核酸""俄乌冲突""刘畊宏女孩/王心凌男孩""数字经济""网课""卡塔尔

① 搜狐网：《文创市集 ｜ 2022 文化产业 IP 价值榜公布！》，https：//business. sohu. com/a/610336924_393486，2022 年 12 月 31 日查询。
② 知网网：《网文领域首个诉前禁令获法院支持》，https：//baijiahao. baidu. com/s？ id = 1749836293170169051&wfr=spider&for=pc，2022 年 12 月 31 日查询。
③ 新民晚报：《网络文学精品化提速《故巷暖阳》等入选"优秀现实题材和历史题材网络文学出版工程"》，https：//baijiahao. baidu. com/s？ id=1750735563422586562&wfr=spider&for=pc，2022 年 12 月 31 日查询。

世界杯"。①

（20）12月15日，韩国"中国文学读者俱乐部"举办中国网络文学作品分享会

在中国作家协会支持下，韩国"中国文学读者俱乐部"与中国图书进出口（集团）有限公司12月15日联合举办了中国网络文学作品分享会。活动邀请古风文学创作代表作家"大风刮过"，韩国青年汉学家、作家金依莎，以及当地出版人和中国网络文学爱好者近20人在线参与。②

（关欣、潘亚婷、丁昊　执笔)

---

① 人民号：《2022年十大网络流行语发布》，https：//mp. pdnews. cn/Pc/ArtInfoApi/article？id＝32888381，2022年12月31日查询。

② 北京日报客户端：《韩国"中国文学读者俱乐部"举办中国网络文学作品分享会》，https：//baijiahao. baidu. com/s？id＝1752627251154706126&wfr＝spider&for＝pc，2022年12月31日查询。

第八章　网络法规与版权管理

2022 年网络文学版权行业发展趋势良好，保护好网络文学版权不仅是业界共识，也成为社会心声。政府部门和司法机关全面加强网络版权保护，出台纲领性文件和完善法律法规，为建设知识产权强国提供制度支撑和法律保障；网络文学平台积极响应号召，与作者通力合作，持续升级版权保护力度；技术第三方加快完善时间戳、数字水印、区块链、人工智能等技术，以科技助力反盗版。可以说，网络文学版权保护步入深度发展阶段，面临的侵权盗版现象十分复杂。"多元共治"格局的逐步形成，有利于推动网络文学产业版权保护与发展工作迈上新台阶。

一、网络文学版权管理年度现状

在高度文明化的现代社会，版权作为知识产权的组成部分、文化的基础资源、创新的集中体现和国民经济的支柱产业，在加快构建知识产权强国的进程中，其地位显得愈发重要。截至 2022 年 6 月，我国网络文学用户规模达 4.93 亿，占网民总数 46.9%，网络文学创作与 IP 开发都呈现高歌猛进之势，但盗版现象的存在依然严重威胁着网络文学以及整个文化产业的良性生态。2022 年，政府职能部门全面加强知识产权保护的决策部署；立法和司法机关对法律法规不断予以完善；作者和网络文学平台合作形成反盗联盟，联合各界力量，依托新技术参与知识产权保护，引领网络文学产业高质量发展。2022 年伊始，国务院知识产权战略实施工作部际联席会议办公室印发《知识产权强国建设纲要和"十四五"规划实施年度推进计划》，以坚定的法律实施来强化知识产权保护，借技术赋能和完善知识产权决策来推进治理能力现代化。学界从制度、技术、责任、路径、对策等角度提出了对网络文学版权保护的相关思考。业界层面的"网络文学+"大会承前启后，在网络文学源流、"经典性"和批评体系健全化等领域继续深入探索。阅文集团将技术破局和全民共治作为版权维护的重要方向，与作家联合搭建"全民反盗版联盟"，齐心协力推动网络文学版权治理。

1. 版权保护环境向好发展

2022 年，网络文学发展继续高歌迈进，已成为社会主义文化强国的鲜明表征之一。8 月 16 日，中共中央办公厅、国务院办公厅印发《"十四五"文化发展规划》，明确提出要"鼓励发展网络文学"。在政府相关会议中，各方代表、企业主体共同呼吁，希望继续加大网络文学版权保护力度，为网络文学的健康有序发展"保驾护航"。

（1）版权保护力度显著加大

良好有序的版权保护环境是网络文学健康发展的关键所在，更是大力发展创新，建设知识产权强国的必然要求。随着网络文学市场规模和读者体量的空前壮大，面临的盗版侵权现象也更为严峻复杂。进一步加大版权保护力度，已成为社会的集体共识。

2022年1月9日，针对国家版权局此前公布的《版权工作"十四五"规划》，中央宣传部版权管理局负责人就有关问题接受了记者采访，强调要做好"十四五"时期版权工作，必须把握以下基本原则：第一，坚持守正创新。坚持正确政治方向，加强党的全面领导；第二，坚持全面保护。不断提高版权工作法治化水平；第三，坚持质量优先。鼓励有益于社会主义精神文明、物质文明建设的作品创作传播，满足人民美好生活需要；第四，坚持开放合作。实施更大范围、更宽领域、更深层次版权开放合作，积极参与版权国际事务；第五，坚持统筹协调。坚持以我为主、人民利益至上、公正合理保护，既严格保护版权，又确保公共利益和激励创新。同时，国家版权局设定了具体指标，计划每年组织开展两次全国性版权执法专项行动；2025年全国作品登记数量超过500万件，目前已实现全国著作权质权登记信息统一查询，持续公布重点影视作品预警名单，以积极行动净化版权生态环境。

4月26日，国务院新闻办公室在京举行发布会，强调在版权执法和监管方面，2022年我国将进一步强化网络重点领域版权监管，如着力规范电商平台销售出版物的版权秩序，重点打击盗版、盗印等违法现象。全国打击侵权假冒工作领导小组办公室主任、市场监管总局副局长甘霖表示，我国保护知识产权工作取得新成效，强化重点领域、重点产品、重点环节治理，有效遏制了侵权假冒势头。中宣部版权管理局局长王志成介绍，2021年，国家版权局等有关部门组织了网络侵权盗版"剑网2021"专项行动，共查办网络侵权案件1031件，处置删除侵权盗版链接119.7万条；最高人民法院民三庭负责人李剑介绍，人民法院已逐步加大知识产权司法保护力度，提升知识产权审判质效，积极营造市场化法治化国际化营商环境。据最高人民法院4月21日在京发布的《中国法院知识产权司法保护状况（2021年）》显示，2021年，人民法院受理、审结知识产权案件数量再创历史新高，双双突破60万件。2021年新收一审、二审、申请再审等各类案件比2020年分别上升22.33%和14.71%，可见国家惩治知识产权领域违法犯罪现象的决心之大，力度之强。此外，最高人民法院还按照《刑法修正案（十一）》的规定，已将侵犯著作权罪最高法定刑期由此前7年提升为10年，并规定了销售复制品罪，将最高刑期提高到5年，从而对盗版行为形成有力震慑。

5月26日，中国版权协会在京发布《2021年中国网络文学版权保护与发展报告》，针对版权保护问题，阎晓宏、胡邦胜、唐家三少、王睿霆等专家作者纷纷建言献策。中国版权协会理事长阎晓宏指出，中国版权协会是中宣部直属的社团组织，协会工作要把围绕中心、服务大局落到实处，有效提高对协会会员单位的服务水平与效能，积极听取协会会员诉求，竭诚做好协会工作，对恶意侵权盗版达到刑事门槛的，必须依法追究其刑事责任，令其金盆洗手。同时，阅文集团副总裁王睿霆表示，集团已将版权保护提升至公司战略高度，接下来将投入10倍人力，重点在技术创新和全民共治两大方向展开探索，联合行业，汇聚广泛的读者力量，共同保护网络文学的原创内容生态。8月30日，最高人民法院、最高人民检察院和公安部联合发布《关于办理信息网络犯罪案件适用刑事诉讼程序若干问题的意见》，划定犯罪范围，规范调查手段，依法推进惩治信息网络犯罪活动。2022年9月至11月，国家版权局、工业和信息化部、公安部、国家互联网信息办公室四部门联合启动"剑网2022"专项行动，继续为强化网络空间治理，打造健康有序的网络版权环境提供强大助力。以上种种，都显现出2022年版权保护力度的显著增大。

（2）**法律体系日益完善**

2022年1月20日，最高人民法院审判委员会审议司法解释、规范性文件共38项，讨论重大疑难复杂案件、指导性案例等139件，进一步明晰了知识产权案件的裁判标准，有力地惩处了侵害知识产权、阻碍创新的不法行为，这对网络文学版权维护势必有所助益。3月8日，最高人民法院院长周强在京作《最高人民法院工作报告》，报告显示，2021年审结一审知识产权案件共54.1万件，同比增长16.1%；破解知识产权维权"举证难、周期长、赔偿低、成本高"等难题已成为当前版权维护的重中之重，出台知识产权惩罚性赔偿司法解释，在895件案件中对侵权人判处惩罚性赔偿；依法适用行为保全制度，以先行判决和临时禁令相结合的方式防止损害扩大，不让权利人赢了官司输了市场。这类举措对于维护网络文学版权生态可谓意义重大。我国许多网络文学作者面对网络文学圈内层出不穷的侵权现象，态度大多比较漠然，究其原因，一方面是因为我国网络文学著作权的侵权案件中，维权成本普遍偏高，尤其是时间成本偏高，但侵权的赔偿相对来说较低，另一方面，是抄袭判断举证困难，剽窃与合理参考、引用的边界以及如何界定侵权等并未获得严格定义。两重因素导致维权者往往无奈选择妥协，也导致了盗版侵权现象的屡禁不止。先行判决和临时禁令相结合的制度则为网络文学作者的权益保护，提供了一层有力保障。

2月27日，十三届全国人大常委会第三十三次会议审议了最高人民法院院长周强作的关于《全国人民代表大会常务委员会关于专利等知识产权案件诉讼程序若干问题的决定》实施情况的报告。会议一致认为，建立国家层面知识产权案件上诉审理机制，是以习近平同志为核心的党中央着眼加强知识产权保护作出的重大改革部署。与会人员谈到，知识产权法庭建设的提出与践行，强化了审判职能作用，丰富和完善了中国特色知识产权司法保护制度，进一步提升了我国知识产权司法保护水平。

3月3日，中宣部版权管理局负责人围接受《中国新闻出版广电报》记者专访，表示将深入推进新修改的著作权法实施工作，修订、制定与著作权法配套的行政法规、部门规章、规范性文件，完善版权法律制度，强化版权顶层设计。在完善著作权法配套法规方面，将加快推进《著作权法实施条例》《著作权集体管理条例》《民间文学艺术作品著作权保护条例》等配套法规的修订、制定工作，为著作权维权提供坚实的规章基础。

5月6日，全国人大常委会发布《全国人大常委会2022年度立法工作计划》，将"网络犯罪防治法"列入预备审议项目，同时修改突发事件应对法、民事诉讼法，决心以日渐完善的法律体系，促进我国知识产权保护工作再上新台阶。

（3）版权意识不断增强

近年来，随着国家在战略层面上进一步高度重视知识产权保护工作，新《著作权法》在内的各项法律法规修订完善，以及在中宣部版权管理局、全国"扫黄打非"办公室和地方各级文化执法部门、公安机关的持续发力下，全社会的版权意识得到了较大提高。2022年，尊重正版，打击盗版的价值观念已被大部分读者认可，并在相关单位的引导下得到显著强化。

4月22日，国家图书馆宣布将挂牌"国家图书馆知识产权信息服务中心"。以此为契机，国家图书馆将多措并举，着力开展知识产权主题展览，普及知识产权保护知识。早在2020年8月31日，拥有百年底蕴的国家图书馆宣布与阅文集团携手合作，阅文集团成为国家图书馆互联网信息战略保存基地，同时，来自阅文平台的百部网文佳作被典藏入馆，向读者开放借阅，这无疑是网络文学史上光彩夺目的一刻。在馆藏资源服务过程中，国家图书馆常常通过口头告知、书面说明、版权声明等方式提醒读者尊重作品的知识产权，进一步促进了"尊重原创，用户正版"的版权意识在读者心中的确立。

5月25日，中国版权协会发布《2021年中国网络文学版权保护与发展报告》。报告显示，调研显示，随着国家对版权保护力度的持续加大，已有28.8%的读者养成只阅读正版网络小说的习惯，40.2%的读者主要阅读正版网络小说，59%的用户表示近年阅读正版的频率越来越高。大众版权意识的逐渐觉醒，无疑是推动网络文学正版化发展的一大关键因素。

2. 多元共治格局日渐成形

版权保护是一个漫长且复杂的过程，无法单靠法律解决问题，需要国家意志和社会力量的配合，平台与作者的通力协作，才能产生成效。推动形成多元共治格局，已成为优化版权生态，抗击盗版侵权的核心要义。

（1）立足"十四五"规划，各部门进一步深化版权生态治理

网络文学领域迄今侵权现象多发，盗版平台的活跃是一层重要因素。据《2021年中国网络文学版权保护与发展报告》显示，截至2021年12月，盗版平台整体月度活跃用户量为4371万，占在线阅读用户量的14.1%，月度人均启动次数约50次。可以说如果没有做好打击盗版平台这项工作，良好的版权运营环境就无从谈起。

1月18日，国家发改委发布《国家发展改革委等部门关于推动平台经济规范健康持续发展的若干意见》，强调要厘清平台责任边界，强化超大型互联网平台责任。建立平台合规管理制度，对平台合规形成有效的外部监督、评价体系。同时，《意见》还提到了要建立互联网平台信息公示制度，增强平台经营透明度，强化信用约束和社会监督。上述举措对净化网络环境无疑将起到重要作用，也必然会对版权生态治理有所助益。

4月8日，国家知识产权局印发实施《2022年知识产权强国建设纲要和"十四五"规划实施地方工作要点》，共涉及31个省（自治区、直辖市）和新疆生产建设兵团，从加强顶层设计、加强知识产权保护、促进知识产权转移转化、优化知识产权服务、推进知识产权国际合作、推进知识产权人才和文化建设等六个方面明确了各地方的主要任务举措。国家知识产权局统筹部署、协同推进，以"一盘棋"的方式推进知识产权大保护，对网络文学版权保护将作出积极贡献。

4月25日，最高人民检察院和国家知识产权局联合发布《关于强化知识产权协同保护的意见》，双方将通过建立常态化联络、信息共享机制和建立重大案件共同挂牌督办等制度，全面强化加强对侵权盗版乱象的打击力度。

10月12日，中国版权保护中心已成功实现作品版权登记全面线上办理业务。申请人无需向中心递交或邮寄登记申请纸介质材料，"足不出户"即可完成作品版权登记。盗版乱象之所以屡禁不止，原因之一就是网络盗版平台密切关注知名网络文学作家的新书动态，一旦作家发布新书预告便闻风而动，抢先注册书名，用劣质内容填充，诱导粉丝阅读。版权登记实行无纸化的新模式则能有效应对这一问题。无纸化登记能使得原创成果保护、版权交易、维权诉讼时作为证明材料使用时更为便利，从而节约大量的时间成本，帮助网络作者更及时地维护自身权益。

（2）为自身权利鼓与呼，作家与平台共建"反盗联盟"

在国内市场网络文学这二十余年的发展历程中，小说网站与盗版之间的"战争"也几乎贯穿了整个网文的历史。2022年网络文学蓬勃壮大的市场势必引得盗版网站和平台寻隙而动，后者相比以往手段更为复杂，渠道也更隐秘，对作者和平台利益的损伤也更为严重。维护自身权益的正义性和确保版权生态良好的紧迫性将作家和平台联系在了一起，"反盗联盟"已成为打击侵权盗版现象的有力武器。

5月26日，《2021年中国网络文学版权保护与发展报告》正式发布，与此同时

522 名网络作家联名签署倡议书，呼吁搜索引擎、应用市场配合打击盗版网络文学网站及应用。网络作家月关作为行业代表在会上发出倡议，呼吁社会各界联合起来对网络文学侵权盗版行为予以曝光、公示，呼吁搜索引擎和应用市场停止侵权，共同保护网络文学的原创内容生态。随后，上海市网络作家协会、广东省网络作家协会等 20 个省级网络作协，晋江文学城、阅文集团等 12 家网络文学平台，爱潜水的乌贼、烽火戏诸侯、猫腻等 522 名网络作家联名响应倡议。这也是网络文学行业最大规模的一次集体呼吁。同时，首个网络文学盗版举报公示平台"全民反盗版联盟"宣布上线。该平台由百位知名作家联合发起，由网文平台提供技术支持，为作家提供"随时发现，随时上传，随时公示"的维权阵地。该平台旨在调动全行业力量，对重点侵权渠道进行集中举报，通过全民监督推动侵权渠道整改。"全民反盗版联盟"的面世，能有效联合社会各界力量，推动网文盗版的全民共治，是网络文学版权保护的有益实践。

面对盗版现象的猖獗，平台和作者相不再一味"被动防守"，而是主动选择了"索敌进攻"。6 月 28 日，界面新闻发布《网络文学反盗版：一场二十年还没赢的战争，他们不想输》一文，记录了阅文平台编辑、技术团队和网文作者共享线索，分级账号，既在技术领域展开激烈攻防，又在法务维权层面不舍昼夜的真实图景。同时，维权团队还通过将侵权链接附入投诉函中发往金山文档、贴吧等平台，进一步铲除了传播盗版内容的滋生土壤。

打击盗版局绝不仅是网文平台和读者的私事，整个互联网和机构单位亦须担一份责任。7 月 14 日，国内最大的搜索平台百度发布相关公告，称将打击盗版网文站点，维护正版站点的排序权益。百度搜索将在近期以技术手段，对有盗版特征（如笔趣阁）的小说、网文站点进行识别和处置，以给更多优秀站点展现空间，共建良性的网络生态环境。

平台的积极行动必须与国家的坚强意志，作者的维权努力相结合才能产生效果。7 月 6 日，全国首家中国网络文艺知识产权纠纷人民调解委员会在北京成立。中国作家协会、司法部、北京市司法局有关领导，知识产权领域资深专家，全国近 50 家重点网络文学平台负责人、知名网络作家和评论家参加了成立仪式，并于会上正式发起《网络文学行业文明公约》，明确提出要优化网络文学行业生态，营造有益创作、风清气正的良好环境，发出了网络文学平台与作者的一致心声。

8 月 26 日，"保护创作者权益，共建良好出版生态——刘亮程作品独家典藏版版权维权座谈会"在北京中国现代文学馆举行。会上，作协领导对平台应如何整治盗版现象，切实维护作者权益都提出了具体意见，增强了作者们的维权信心。

9 月 18 日，作家刘亮程在朋友圈发出呼吁，提示作家们前往各电商平台了解被盗版现状；作家蒋胜男指出，要充分引导网络文学平台充分尊重作家群体权益，建议主管部门在双方合约上进行规范，尽早出台制式合同；作家林阳提出，加强技术改进是电商平台的当务之急，并建议平台直接冻结盗版书销售商的平台账户资金，并严格限制有盗版销售污点的商铺上新链接，做到"一发现，即控制"。

（3）技术升级成为网络文学版权保护的关键性力量

2022年，中国网络版权产业继续在机遇与风险中昂首前行，时间戳、数字水印、区块链、人工智能等新技术的发展成熟，必将为网络文学版权保护提供强有力的技术支持。

《2021年中国网络文学版权保护与发展报告》显示，2021年，中国网络文学盗版损失规模为62亿元，同比上升2.8%，保守估计已侵占网络文学产业17.3%的市场份额，"盗版侵权"乱象亟待重视。随着网络文学IP转化日渐成熟，市场所带来的庞大利润导致了盗版现象的无孔不入。4月23日，阅文集团首席执行官程武在演讲中指出，2021年，经阅文监测，仅10余本重点书就共计发现了超过20万个盗版站点，侵权链接就达到了惊人的160万条；2022年9月，杭州警方破获一起侵权盗版网络小说案件，11名犯罪嫌疑人利用购物平台引流贩卖盗版网络小说，一天就能卖出上百部，涉案金额高达百万。新技术的成熟，对这一局面能起到缓解作用。

《2021中国网络文学发展研究报告》显示，阅文集团的知识产权管理团队不断完善技术监测机制，对PC端、App端、微信公众号、网盘和音频等五个重点渠道全方位监测，现针对第三方盗版平台，日常监测时已对所有侵权盗版行为取证和存档，为后续维权做好准备。自2021年开始，还增加了针对热播IP剧原著的专项盗版扫描和维权行动；掌阅设计搭建了可管理海量内容版权的版权支撑系统，拥有3重预警机制、17项版权风险识别、5种风险应对方案，能够第一时间发现和应对盗版链接和不法平台；爱奇艺、中文在线、咪咕等网站，也在监测和维权服务方面做到了专业化和常态化。

春节前夕，国家知识产权局就提出，要鼓励知识产权保护领域的数字化改革，充分运用云计算、大数据、区块链等新一代信息技术，赋能知识产权保护监管；要凭借智慧、高效、协同的数字化知识产权保护体系来应对越来越隐蔽化、成熟化的盗版产业链。中国出版集团公司副总裁潘凯雄也提出，监管部门应当灵活运用具备追根溯源、不可篡改等特性的区块链等新技术加强知识产权保护，让科技成为反盗版的强大利器。可以说，这些呼吁和建议最终都被政府和平台相继落到了实处。中央网信办、国家版权局等部门联合组织开展"区块链+版权"创新应用试点工作，12家单位被列入创新应用试点，意味着区块链技术即将强势覆盖版权领域的各个角落。

1月26日，人民网版权保护新技术研究中心《2021版权保护新技术应用发展报告》显示，区块链拥有不可篡改的技术特性，权利人可将侵权证据固化到区块链上，从而形成不可篡改的电子证据，作为维权或诉讼的依据。借助区块链技术的可扩展性，引入特征值分析比对算法，在全网进行实时监测，一旦发现疑似侵权行为便可通过截屏、录屏、记录网页源代码的方式即时截留证据，并自动上传区块链，从而实现高效、高可信度、低成本的存证固证。通过跨链技术，将平台相关内容按需接入全国法院司法链，作为电子证据进行司法存证，有利于精简纠纷化解程序。

在司法维权领域，最高人民法院于 5 月 25 日发布了《关于加强区块链司法应用的意见》，以司法解释形式对区块链技术电子存证手段进行了法律确认，并将综合运用区块链、云计算、自动化、多媒体等技术，降低取证成本，提升证据可信度。这寓意了司法存证已正式迈向区块链时代。12 月 20 日，北京市东城法院发布司法助力文化传承发展典型案例，其中"某数据版权公司诉侵害作品信息网络传播权纠纷案"二审宣布否决被告申诉，维持原判。该案被评为北京法院区块链电子存证第一案，并入选最高法院 50 件知产案件典型案例。新技术的不断成熟，对侵权盗版行为将起到有力的遏制作用，能切实维护好著作权人的合法权益。

"中国版权链"正式上线后，以其能为权利人提供数字作品的版权存证、侵权监测、在线取证、发函下架、版权调解、维权诉讼等全流程版权保护服务而被多方认可。8 月 31 日至 9 月 5 日，在 2022 年中国国际服务贸易交易会上，北京中版链科技有限公司推出的"打卡服贸会，版权认证我先行"活动受到了参展商及观众的追捧与好评。北京版权保护中心"版权链"现已接入北京互联网法院"天平链"，被视作打通著作权登记信息与司法审判数据壁垒，实现版权登记信息实时交互、高效调取的关键技术。当事人可在双链查询、验证版权登记、授权、转让、侵权等信息，方便当事人举证，提升电子证据的司法认定效力。版权链在司法系统的成熟运用，对网络文学版权保护存在的确权难、维权难等痛点，能予以有效的针对性解决。

3. 打盗维权任重道远

2022 年，网络文学已成为全民阅读的重要组成部分，并以其对"Z 世代"的影响力，深刻影响着全民阅读的未来。随着网络文学发展成为文化产业重要的 IP 源头，版权保护直接影响着创作高质量发展的稳定性。由于数字化文本形态存在拷贝和转录的便捷，导致网络文学中的盗版现象一直难以被根除，这不仅侵害创作生态，更会侵蚀网络文学行业发展的根基。在政府部门、司法机关、平台和作者的多重合力下，网络文学版权保护取得了相当丰硕的成果，一定程度上挫败了盗版侵权的嚣张气焰，但未来面临的风险和挑战也依然不可小觑。

（1）打击盗版、维护版权成果丰硕

在习近平总书记"全面建设社会主义现代化国家，必须更好推进知识产权保护工作"的讲话精神指引下，政府主管部门和司法机关全力支持，平台和作者携手合作，打击盗版、维护版权生态的伟大事业取得了丰硕的成果。

3 月 8 日，最高人民法院工作报告、最高人民检察院工作报告显示，共审结一审知识产权案件 54.1 万件，起诉 1.4 万人，同比上升 15.4%。发布指导性案例，起诉侵犯商业秘密犯罪 121 人。会同国家版权局等督办 60 起重大盗版侵权案件。办理知识产权民事行政诉讼监督案件 544 件，是 2020 年的 4.1 倍。

9 月 14 日，《中国互联网发展报告（2022）》在京发布，报告显示，自 2021 年 6 月"剑网 2021"专项行动启动以来，各级版权执法监管部门共查办网络侵权案件 445 万件，关闭侵权盗版网站（App）245 个，处置删除侵权盗版链接 61.83 万条；据国家版权局发布信息，截至 9 月底，各级版权执法部门检查实体市场相关单位 40.36 万家（次），查办实体市场侵权盗版案件 1441 件，以高强度的实际行动，给予不法分子以重挫；年初公安部部署全国公安机关深入开展"昆仑 2022"专项行动，先后分两批挂牌督办 76 起重大典型案件，对食药环和知识产权领域犯罪发起凌厉攻势，力求坚决斩断食药环和知识产权领域犯罪利益链条，已获得一系列突出战果。

对于出版机构而言，打击盗版侵权无疑是一项既"苦心"又"苦力"的苦差事。盗版侵权现象此起彼伏，打盗维权需要大量人力、时间、金钱成本。同时，由于正版与盗版直接存在一定的价格差距，一些读者往往自觉或不自觉地被"诱惑"牵引，购买和使用盗版图书，从而给版权维护带来伤害。随着国家政策和相关部门的重视，以及出版机构主动出击的意识增强，这种现象正被扭转。以人民教育出版社为例，2021 年，该社配合各地文化行政执法部门查办盗版案件共计 280 起，配合执法部门和鉴定机构鉴定疑似盗版图书 4819 册，鉴定为盗版的图书占 90%，累计下架盗版图书链接 1 万余条；联合全国"扫黄打非"办公室打击盗版图书仓库，查获盗版图书 8800 余册，逾 40 万码洋；接力社将打盗与限价结合，设立了限价打盗专员这一岗位，执行《限价打盗方案》。通过线上巡查、与第三方公司合作开展打击盗版工作，半年来累计下架盗版图书链接 2607 条。

近一年来，已有 116 家地面书店、67 家某拼团购物平台网上书店经过购买鉴定、公证，以法律手段积极维权，从源头断绝盗版图书销售。多元共治格局的形成，能切实保障作者和平台的核心利益，激发作者创新活力和创作热情，促进网络版权市场良好运行。

（2）盗版传播渠道日益具有隐蔽性，搜索引擎、应用市场主体责任有待加强

随着互联网新技术、新业态的不断发展，盗版行为变得更为潜伏和隐性，其形式更加多样。当下互联网知识产权侵权现象呈现为时间更快、范围更广、受众更多、影响更大等特点，互联网环境下的知识产权保护日趋复杂和严峻。《2021 年中国网络文学版权保护与发展报告》指出，网络文学正面临盗版侵权的"三座大山"，即盗版平台、搜索引擎和应用市场。而盗版传播渠道的隐蔽又可以说是导致维权困难的一大关键因素。

以 2021 年 2 月 IP 改编剧《赘婿》为例，自热播之后，有关"赘婿 TXT"关键词的盗版链接，便已高达 400 万条。盗版平台不仅通过搜索引流等方式将部分新增

读者转化为盗版读者，甚至为了躲避监察，将盗版内容通过自媒体平台、网盘、微博、贴吧、论坛、公众号、TXT 站点下载、问答网站、社群分享等更具有隐蔽性的渠道传播扩散出去。这种隐蔽性的传播渠道使得盗版网文平台成为传播违规、违法内容的温床，严重败坏了网络文学的社会声誉，也导致了维权成本的高昂和追踪的难度加大。

搜索引擎和应用市场作为读者获得网络文学内容的窗口，在版权保护中有着举足轻重的地位。《2021 年中国网络文学版权保护与发展报告》显示，近 7 成网络文学平台和近 8 成作家认为，搜索引擎是网络文学盗版内容传播的主要途径。作为互联网的重要入口，搜索引擎为信息传播提供了便捷性，也成为众多盗版站点的聚集地，其推出的竞价排名、聚合链接和转码阅读等功能又加剧了盗版内容的传播。作家"会说话的肘子"以自己的作品举例，搜索引擎首页会优先显示盗版站点，一旦读者进入盗版网站，嵌入搜索引擎的浏览器又将通过转码阅读功能美化阅读界面，从而"劫持"正版用户。为了吸引流量，一些互联网"大厂"浏览器中的搜索引擎，在自身不直接存储盗版小说看似无责的情况下，通过人工智能算法判断出访问者阅读的网络文学作品，随即便通过技术手段将盗版内容进行阅读"优化"，使得其用户拥有更好的盗版阅读体验，从而以侵权的方式为自身积累"忠实"用户。而部分应用商店和广告联盟，基于其自身的经济利益考虑，并不会主动辨析相关网络文学内容是否存在盗版侵权行为。相关渠道和平台对盗版侵权行为这一默许的态度，正是后者不仅屡禁不止还日渐猖獗的症结所在。读者调研也显示，"搜索引擎显示盗版站点多"正是导致他们不自觉阅读盗版文学作品的主要成因。

网络文学读者的阅读活动多从 App 上展开，但大量的盗版侵权内容正是通过后者得以传播，这也反映出应用市场对于阅读类 App 的管理存在诸多漏洞。目前，应用市场对 App 上架的审核并不严谨，也缺乏对 App 上传者的企业经营属性、过往记录、证照资质、作品授权等方面的追溯和审查，对于 App 侵权行为的管控力度也较弱。《报告》还显示，64.3% 的网络文学平台认为，"搜索引擎、应用市场不愿配合"是维权的主要挑战。分析人士表示，搜索引擎、应用市场作为两大盗版入口渠道，强化平台主体责任对网络文学版权保护有着关键性的作用。5 月 26 日，522 名网络作家联名签署倡议书，呼吁搜索引擎、应用市场配合打击盗版网络文学网站及应用的举动，也昭示出搜索引擎和应用市场必须以"刮骨疗毒"的气魄和精神，在版权保护行动中发挥关键作用。

（3）盗版黑产链条成形，治理难度加大

不法网站盗版手段层出不穷，"取证难"成为网络文学版权保护面临的一大难题。聚焦网络文学盗版侵权的种种乱象，中国出版集团副总裁潘凯雄将症结归于文字作品网络盗版的技术门槛相当低，文字形态简单，容易复制，盗版平台通过文字识别 OCR、爬虫等技术，能够迅速地盗取海量原创内容；搭建盗版平台不仅成本低，而且从网站设计运营、内容导入，到广告联盟的利益获取、搜索引擎的流量分发，都已呈现鲜明的体系化。整个网络文学盗版市场已形成某种产业化和规模化之势。

可以说，盗版平台、传播渠道和搜索引擎已形成了一个攻防一体化的侵权系统，由于平台海量，侵权形式多样，令作家不胜其扰。网络作家剑舞秀曾在连载更新中反映盗版情况，反被对方找上门威胁，扬言"24小时盯着你盗"。更有甚者，部分盗版平台密切关注知名网络作家的新书动态，一旦作家发布新书预告便闻风而动，抢先注册书名，用劣质内容填充，诱导粉丝阅读。更棘手的是，随着新技术的成熟，盗版平台已将服务器转设于境外来规避风险，并在长期发展中积累了大量流量，依赖搜索引擎、移动应用市场、网络广告联盟等利益相关方获取不法收入。复杂的利益输送方式和链条加重了盗版治理的难度。屡禁不止的盗版行为严重干扰了行业发展秩序，给网络文学以及整个文化产业的可持续发展带来了不利影响。

层出不穷的盗版行为背后，是规模化、体系化、产业化的盗版利益链。网络文学盗版从早期的手打复制、截图分享、贴吧搬运，发展到现在已形成"购买软件—搭建网站—宣传推广—获取广告—资金结算"的完整黑产业链条。新技术让盗版产业链隐蔽化、成熟化趋势显著，也使得网络文学版权维护形势依然严峻。

二、网络文学相关政策法规梳理

1.《互联网信息服务管理办法》，国务院，2000年9月25日；

2.《最高人民法院关于审理著作权民事纠纷案件适用法律若干问题的解释》，最高人民法院，2002年10月15日；

3.《互联网著作权行政保护办法》，国家版权局、信息产业部，2005年5月30日；

4.《最高人民法院关于审理涉及计算机网络著作权纠纷案件适用法律若干问题的解释》，最高人民法院，2006年12月8日；

5.《中华人民共和国侵权责任法》，全国人民代表大会常务委员会，2010年7月1日；

6.《互联网文化管理暂行规定》，文化部，2011年4月1日；

7.《最高人民法院关于审理侵害信息网络传播权民事纠纷案件适用法律若干问题的规定》，最高人民法院，2013年1月1日；

8.《中华人民共和国著作权法》，全国人民代表大会常务委员会，2013年3月1日；

9.《中华人民共和国著作权法实施条例》，国务院，2013年3月1日；

10.《信息网络传播权保护条例》，国务院，2013年3月1日；

11.《最高人民法院关于审理利用信息网络侵害人身权益民事纠纷案件适用法

律若干问题的规定》，最高人民法院，2014 年 10 月 10 日；

12.《习近平在文艺工作座谈会上的讲话》，2014 年 10 月 15 日；

13.《使用文字作品支付报酬办法》，国家版权局、国家发改委，2014 年 11 月 1 日；

14.《关于推动网络文学健康发展的指导意见》，国家新闻出版广电总局，2014 年 12 月 18 日；

15.《关于规范网络转载版权秩序的通知》，国家版权局办公厅，2015 年 4 月 17 日；

16.《互联网视听节目服务管理规定》，国家新闻出版广电总局，2015 年 8 月 28 日；

17.《中共中央关于繁荣发展社会主义文艺的意见》，中共中央，2015 年 10 月 3 日；

18.《关于规范网盘服务版权秩序的通知》，国家版权局，2015 年 10 月 14 日；

19.《关于新形势下加快知识产权强国建设的若干意见》，国务院，2015 年 12 月 18 日；

20.《移动互联网应用程序信息服务管理规定》，国家互联网信息办公室，2016 年 8 月 1 日；

21.《中共中央 国务院关于完善产权保护制度依法保护产权的意见》，国务院，2016 年 11 月 4 日；

22.《关于加强网络文学作品版权管理的通知》，国家版权局，2016 年 11 月 14 日；

23.《国务院关于印发〈"十三五"国家战略性新兴产业发展规划〉的通知》，国务院，2016 年 11 月 19 日；

24.《习近平在中国文联十大、中国作协九大开幕式上的讲话》，2016 年 11 月 30 日；

25.《国务院关于印发〈"十三五"国家信息化规划〉的通知》，国务院，2016 年 12 月 15 日；

26.《国务院关于印发〈"十三五"国家知识产权保护和运用规划〉的通知》，国务院，2016 年 12 月 30 日；

27.《版权工作"十三五"规划》，国家版权局，2017 年 1 月 25 日；

28.《文化部关于推动数字文化产业创新发展的指导意见》，文化产业司，2017 年 4 月 11 日；

29.《中华人民共和国网络安全法》，全国人民代表大会常务委员会，2017 年 6 月 1 日；

30.《关于规范电子版作品登记证书的通知》，国家版权局，2017 年 6 月 5 日；

31.《网络文学出版服务单位社会效益评估试行办法》，国家新闻出版广电总局，2017 年 7 月 1 日；

32.《网络文学出版服务单位社会效益试行评估指标和计分标准》，国家新闻出版广电总局，2017 年 7 月 1 日；

33.《国务院关于进一步扩大和升级信息消费持续释放内需潜力的指导意见》，国务院，2017 年 8 月 24 日；

34.《坚定文化自信，推动社会主义文化繁荣兴盛》，习近平在中国共产党第十九次全国代表大会上的报告，2017 年 10 月 18 日；

35.《关于加强知识产权审判领域改革创新若干问题的意见》，十九届中央全面深化改革领导小组，2017 年 11 月 20 日；

36.《知识产权认证管理办法》，国家认监委、国家知识产权局，2018 年 2 月 11 日；

37.《关于加强知识产权审判领域改革创新若干问题的意见》，中共中央办公厅、国务院，2018 年 2 月 27 日；

38.《关于开展打击网络侵权盗版"剑网 2018"专项行动的通知》，国家版权局等，2018 年 7 月 20 日；

39.《关于开展 2018 年优秀网络文学原创作品推介活动的通知》，国家新闻出版署、中国作家协会，2018 年 10 月 23 日；

40.《关于进一步加强广播电视和网络视听文艺节目管理的通知》，国家广播电视总局，2018 年 10 月 30 日；

41.《公安机关互联网安全监督检查规定》，公安部，2018 年 11 月 1 日；

42.《2018 年深入实施国家知识产权战略加快建设知识产权强国推进计划》，国务院知识产权战略实施工作部际联席会议办公室，2018 年 11 月 9 日；

43.《具有舆论属性或社会动员能力的互联网信息服务安全评估规定》，中央网信办、公安部，2018 年 11 月 15 日；

44.《关于对知识产权（专利）领域严重失信主体开展联合惩戒的合作备忘录》，国家发展改革委等 38 个部委，2018 年 12 月 4 日；

45.《关于印发〈国家出版产业基地（园区）管理办法〉的通知》，国家新闻出版总署，2019 年 6 月 19 日；

46.《关于加快推进公共法律服务体系建设的意见》，中共中央办公厅，2019 年 7 月 10 日；

47.《印发〈关于依法加强对境外著作权认证机构常驻中国代表机构管理的意见〉的通知》，国家版权局，2019 年 10 月 17 日；

48.《关于印发〈图书、期刊、音像制品、电子出版物重大选题备案办法〉的通知》，国家新闻出版总署，2019 年 10 月 25 日；

49.《关于强化知识产权保护的意见》，中共中央办公厅、国务院办公厅，2019年11月24日；

50.《网络信息内容生态治理规定》，国家互联网信息办公室，2020年3月1日；

51.《网络安全审查办法》，网信办、发展改革委、工业和信息化部、公安部、安全部、财政部、商务部、人民银行、市场监督管理总局、广电总局、保密局、密码局，2020年4月13日；

52.《2020年地方知识产权战略实施暨强国建设工作要点》，知识产权局，2020年4月20日；

53.《2020年深入实施国家知识产权战略加快建设知识产权强国推进计划》，国务院知识产权战略实施工作部际联席会议办公室，2020年5月13日；

54.《关于进一步加强网络文学出版管理的通知》，国家新闻出版署，2020年6月5日；

55.《关于开展打击网络侵权盗版"剑网2020"专项行动的通知》，国家版权局、工业和信息化部、公安部、国家互联网信息办公室，2020年6月12日；

56.《〈关于进一步加强知识产权维权援助工作的指导意见〉的通知》，国家知识产权局，2020年6月16日；

57.《关于开展2020"清朗"未成年人暑期网络环境专项整治的通知》，国家网信办秘书局，2020年7月9日；

58.《关于印发〈广播电视和网络视听大数据标准化白皮书（2020版）〉的通知》，国家广播电视总局办公厅，2020年8月25日；

59.《关于印发〈知识产权信息公共服务工作指引〉的通知》，国家知识产权局办公室，2020年11月5日；

60.《关于修改〈中华人民共和国著作权法〉的决定》，全国人民代表大会常务委员会，2020年11月11日；

61.《关于发布第一批知识产权行政执法指导案例的通知》，国家知识产权局，2020年12月14日；

62.《中华人民共和国民法典》，全国人民代表大会常务委员会，2021年1月1日；

63.《关于启动〈2021"清朗·春节网络环境"专项行动〉的通知》，国家网信办，2021年2月4日；

64.《关于做好2021年全国知识产权宣传周版权宣传活动的通知》，国家版权局，2021年4月6日；

65.《视听表演北京条约》，世界知识产权组织，2021年4月28日；

66.《关于开展打击网络侵权盗版"剑网2021"专项行动的通知》，国家版权局、工业和信息化部、公安部、国家互联网信息办公室，2021 年 6 月；

67.《中华人民共和国著作权法》生效，全国人民代表大会常务委员会，2021年 6 月 1 日；

68.《关于加快推动区块链技术应用和产业发展的指导意见》，工业和信息化部、中央网信办，2021 年 6 月 7 日；

69.《中国作家协会关于进一步加强文学工作者职业道德建设的意见》，中国作家协会，2021 年 9 月 3 日；

70.《国家广电总局召开广播电视和网络视听文艺工作者座谈会》，国家广电总局，2021 年 9 月 9 日；

71.《关于印发〈知识产权强国建设纲要（2021—2035 年）〉的通知》，国务院，2021 年 9 月 22 日；

72.《关于印发〈"十四五"国家知识产权保护和运用规划〉的通知》，国务院，2021 年 10 月 9 日；

73.《网络文学作家职业道德公约》，国家新闻出版署等，2021 年 10 月 11 日；

74.《关于印发〈"十四五"国家知识产权保护和运用规划〉的通知》，国务院，2021 年 10 月 29 日；

75.《习近平在中国文联十一大、中国作协十大开幕式上的讲话》，2021 年 12月 14 日；

76.《关于发布〈网络短视频内容审核标准细则（2021）〉》，中网网络视听节目服务协会，2021 年 12 月 15 日；

77.《关于印发〈版权工作"十四五"规划〉的通知》，国家版权局，2021 年12 月 29 日；

78. 十三部门修订发布《网络安全审查办法》，国家互联网信息办公室等十三个部门，2022 年 1 月 4 日；

79.《国家知识产权局关于印发〈2022 年全国知识产权行政保护工作方案〉的通知》，国家知识产权局，2022 年 1 月 24 日；

80.《国家互联网信息办公室关于〈互联网信息服务深度合成管理规定（征求意见稿）〉公开征求意见的通知》，国家互联网信息办公室，2022 年 1 月 28 日；

81.《国家版权局关于开展 2022 年全国版权示范创建评选工作的通知》，国家版权局，2022 年 3 月 14 日；

82.《对〈全国人民代表大会常务委员会关于专利等知识产权案件诉讼程序若干问题的决定〉实施情况报告的意见和建议》，全国人大常委会，2022 年 3 月25 日；

83.《国家知识产权局关于持续深化知识产权代理行业"蓝天"专项整治行动的通知》，国家知识产权局，2022 年 3 月 25 日；

84. 《中国作家协会 2022 年"著作权保护与开发主题月"启动》，中国作家协会，2022 年 3 月 31 日；

85. 《国家新闻出版署关于〈开展图书"质量管理 2022"专项工作〉的通知》，国家新闻出版署，2022 年 4 月 7 日；

86. 《2022 年知识产权强国建设纲要和"十四五"规划实施地方工作要点》，国家知识产权局，2022 年 4 月 8 日；

87. 《国家知识产权局关于印发〈推动知识产权高质量发展年度工作指引（2022）〉的通知》，国家知识产权局，2022 年 4 月 18 日；

88. 《最高人民法院关于第一审知识产权民事、行政案件管辖的若干规定》《最高人民法院关于印发基层人民法院管辖第一审知识产权民事、行政案件标准的通知》《中国法院知识产权司法保护情况（2021 年）》，最高人民法院，2022 年 4 月 21 日；

89. 《中共中央宣传部印发〈关于推动出版深度融合发展的实施意见〉》，中共中央宣传部，2022 年 4 月 24 日；

90. 《最高人民检察院、国家知识产权局关于强化知识产权协同保护的意见》，最高人民检察院、国家知识产权局，2022 年 4 月 25 日；

91. 《文化和旅游部关于印发〈"十四五"文化和旅游市场发展规划〉的通知》，文化和旅游部，2022 年 5 月 17 日；

92. 《最高人民法院关于涉及发明专利等知识产权合同纠纷案件上诉管辖问题的通知》，最高人民法院发布时间，2022 年 5 月 20 日；

93. 《中共中央办公厅、国务院办公厅印发关于推进实施国家文化数字化战略的意见》，国务院，2022 年 5 月 22 日；

94. 《最高人民法院关于加强区块链司法应用的意见》，最高人民法院，2022 年 5 月 25 日；

95. 《国家广播电视总局关于印发〈广播电视和网络视听领域经纪机构管理办法〉的通知》，中国网络视听节目服务协会，2022 年 5 月 30 日；

96. 《国家知识产权局关于知识产权政策实施提速增效，促进经济平稳健康发展的通知》，国家知识产权局，2022 年 6 月 10 日；

97. 《国务院办公厅关于印发〈国务院 2022 年度立法工作计划〉的通知》，国务院办公厅，2022 年 7 月 5 日；

98. 《国家知识产权局关于加强知识产权鉴定工作的指导意见》，2022 年 7 月 26 日；

99. 《中共中央办公厅、国务院办公厅印发〈"十四五"文化发展规划〉》，中共中央办公厅、国务院办公厅，2022 年 8 月 16 日；

100. 《关于办理信息网络犯罪案件适用刑事诉讼程序若干问题的意见》，最高人民法院、最高人民检察院、公安部，2022 年 8 月 30 日；

101.《关于公开征求〈关于修改（中华人民共和国网络安全法）的决定｛征求意见稿｝〉意见的通知》，国家互联网信息办公室，2022 年 9 月 14 日；

102.《国家知识产权局办公室、最高人民法院办公厅关于征集 2021—2022 年知识产权纠纷多元调解经验做法和案例的通知》，国家知识产权局办公室、最高人民法院办公厅，2022 年 10 月 11 日；

103.《推进文化自信自强，铸就社会主义文化新辉煌》，习近平在中国共产党第二十次全国代表大会上的报告，2022 年 10 月 16 日；

104.《工业和信息化部关于印发〈网络产品安全漏洞收集平台备案管理办法〉的通知》，工业和信息化部，2022 年 10 月 25 日；

105.《深入实施〈关于强化知识产权保护的意见〉推进计划》，国家知识产权局，2022 年 10 月 28 日；

106.《国家知识产权局办公室关于公布 2022 年知识产权信息服务优秀案例的通知》，国家知识产权局办公室，2022 年 11 月 9 日；

107.《国家广播电视总局办公厅发布关于进一步加强网络微短剧管理，实施创作提升计划有关工作的通知》，国家广播电视总局办公厅，2022 年 11 月 14 日；

108.《关于加强知识产权鉴定工作衔接的意见》，国家知识产权局、最高人民法院、最高人民检察院、公安部、国家市场监督管理总局，2022 年 11 月 22 日；

109.《国家知识产权局办公室关于完善知识产权运营平台体系有关事项的通知》，国家知识产权局办公室，2022 年 11 月 23 日；

110.《互联网信息服务深度合成管理规定》，国家互联网信息办公室、工业和信息化部、公安部，2022 年 12 月 11 日。

三、网络文学版权管理相关报告及学术文献

1. 网络文学版权管理相关报告

（1）中国社会科学院＆阅文集团发布《2021 年中国网络文学发展研究报告》①

2022 年 4 月 7 日，中国社会科学院发布《2021 年中国网络文学发展研究报告》，该报告以阅文集团年度数据和行业公开数据为主要分析蓝本，考察网络文学的题材转向、阅读主体和创作群体的多元化、网文 IP 开发的新路径、版权维护的"多元共治"格局以及"网文出海"的新态势，在宏观与微观相结合的基础上把握 2021 年度网络文学发展状貌。

本报告分为五章，从多个角度对网络文学 2021 年度的变化趋势进行整体把握。

---

① 中国社会科学网：《2021 年中国网络文学发展研究报告》，http：//ex.cssn.cn/wx/wx_yczs/202204/t20220407_5402451.shtml，2022 年 12 月 24 日查询。

第一章指出网络文学正呈现出鲜明的题材转向。区别于以往网络文学玄幻题材的"一家独大",现实、科幻内容正强势崛起。网络文学在变革媒介和创新内容中自觉进行文化传承,并日渐成为普通人记录当代中国的重要载体。第二章凸显网络文学对于"全民阅读"的推动作用,描摹 Z 世代引领下网络文学的鲜活景貌。网络文学已逐步摆脱以往"野蛮生长"的发展态势,而是作为全民阅读的重要组成部分日渐彰显出其不可或缺性。第三章讲述保护和激活创作生态对于网络文学行业健康发展的关键性意义。"Z 世代"作家以其多元化、交叉化的审美和创作特点丰富了网络文学的题材和内容,其网络文学"接班人"的地位进一步得到确证。激活年轻作家的创作活力,并加强版权保护,推动综合治理,已成为观察网络文学创作生态未来发展趋势的重要切口。第四章评点网络文学 IP 全链路系列化高潮迭现的良好态势,凸显网文 IP 对下游文化产业强有力的带动作用。2021 年度网文 IP 开发总体呈现精细化、系列化的发展趋势,网络文学以影视改编、动漫、有声、短剧以及线下文旅和衍生品等多形态联动模式顺利完成了自身的破圈之旅。第五章紧跟"网文出海"新态势,梳理网文出海从作品授权的内容输出到产业模式输出的变化轨迹,"生态出海"的大趋势是中国网络文学出海阶段性跨步的有力证明。从国际传播效果来看,中国网络文学共向海外传播作品总量已超一万部。其中,实体书授权超 4000 部,上线翻译作品 3000 余部;网站订阅和阅读 App 用户 1 亿多,覆盖世界大部分国家和地区。中国网络文学全方位传播、大纵深推进、多元化发展的全球化局面正在快速和有序地形成。

2021 年,大众创作推进"题材转向",网络文学成为反映当下时代生活和社会思潮的一面镜子。在时代和社会综合力量的召唤与引导下,各行各业一线从业者涌入创作队伍,用网文记录行业发展、时代风貌,侧写中国当代的经济腾飞与科技发展,彰显中国精神,展现中国气象。网络文学成为大众创作、普通人记录中国故事的重要手段。据第 50 次《中国互联网络发展状况统计报告》显示,截至 2022 年 6 月,我国网民规模为 10.51 亿,其中网络文学用户总规模达到 4.93 亿,读者数量十分庞大。据阅文集团数据,起点中文网 2021 年的新增用户,95 后占比超 60%。便捷传播的"好故事"飞入千家万户,有效拓展了社会数字阅读的广泛性、精品化和可能性,网络文学在全社会精神文化生活中发挥着越来越重要的积极作用。2021 年,网络文学海内外影响力持续攀升,成为讲述中国故事、建构和传播中国形象的重要载体。一方面,网络文学不断优化自身生产机制,通过全链路开发网文 IP,为影视、动漫、游戏、有声读物等提供优质内容,为下游文化产业的高质量发展夯实了基础,实现了立体化传播和影响力指数级增长。另一方面,网络文学以自身瑰丽的想象、精彩的故事、强烈的代入感,日渐成为外国人了解中国、学习中华文化的一条重要渠道。

（2）中国版权协会发布了《2021年中国网络文学版权保护与发展报告》①

2022年5月26日，中国版权协会在线上举办《2021年中国网络文学版权保护与发展报告》（以下简称"报告"）发布会。该报告再度肯定了网络文学健康发展与网络版权环境的共生关系，以网络文学产业发展概况、网络文学版权保护实践、网络文学版权保护挑战、网络文学版权保护四大章节为切入点，对目前网络文学版权保护的状况和挑战做了深入的阐述与总结，并在总结部分予以建议与展望。

据《报告》显示，2021年中国网络文学产业在传承传统文化、记录时代发展和引领文化出海等方面取得了社会效益和经济效益双丰收。2021年中国网络文学产业规模达到358亿元，同比增长24.1%，用户规模达5.02亿，占网民整体48.6%，同比增长9.1%。网络文学IP全版权运营带动游戏、影视、动漫、音乐、音频等数字文化市场规模达3037亿元，这无疑是一个光华璀璨的伟大成就。但《报告》也指出，网络文学在高速发展的同时，也面临着盗版侵权的"三座大山"——盗版平台、搜索引擎和应用市场。2021年，中国网络文学盗版损失规模为62亿元，同比上升2.8%，保守估计已侵占网络文学产业17.3%的市场份额。

查阅《报告》可以得知，截至2021年12月，盗版平台整体月度活跃用户量为4371万，占在线阅读用户量的14.1%，月度人均启动次数约50次。多数网络文学平台每年有80%以上的作品被盗版；82.6%的网络作家深受盗版侵害，其中频繁经历盗版的比例超过四成。盗版现象的泛滥成灾，必然会造成作家的收入巨大损失，严重打击创作热情。报告显示，96.6%的作家认为盗版会影响创作动力，其中受到严重影响的作家高达64%。另据阅文集团数据，仅2021年因为盗版受影响的作家达到6万名，近万部作品因为盗版不得不断更。盗版已经严重破坏了原创内容生态，更动摇了网络文学行业的发展根基。

《报告》指出，2021年，知识产权工作在国家治理中的战略定位更加明确，知识产权保护工作的前进方向越发明晰。这首先就表现为国家在立法、司法、执法三大层面上持续发力，以《中华人民共和国民法典》和新修订的《中华人民共和国著作权法》等法律法规，为建设知识产权强国提供重要的制度支撑；《刑法修正案（十一）》降低了侵犯著作权犯罪的入刑门槛，最高人民法院发布的《最高人民法院关于审理侵害知识产权民事案件适用惩罚性赔偿的解释》，使得知识产权司法审判专业化趋势加强，进一步加大了版权司法保护的力度；2021年各级版权执法监管部门联合行动，以"剑网行动"对网络侵权盗版行为持续进行打击，共查办网络侵权案件1031件，处置删除侵权盗版链接119.7万条，有效整肃了网络版权环境。

《报告》显示，近年来，政府主管部门大力整治，网络文学平台升级维权，用

---

① 中国版权协会：《2021年中国网络文学版权保护与发展报告》，https://mp.weixin.qq.com/s/GxFOpuy_ ZGXzmmyvo_ DXKQ，2022年12月24日查询。

户版权意识逐步觉醒，网络文学版权保护已迈入"政府主导、行业自律、技术赋能"的生态共治阶段。国家版权局举办"2021 中国网络版权保护与发展大会"，中国版权协会组织"中国网络文学版权保护专家研讨会"，中国"网络文学+"大会举办版权分论坛，为进一步开展版权保护工作提供有益参考；作家们积极维护自身权利，如中国作协组织唐家三少、蒋胜男等 136 名知名网络作家发出《提升网络文学创作质量倡议书》，上海市网络作家协会、广东省网络作家协会等 20 个省级网络作协，晋江文学城、阅文集团、番茄小说、纵横文学等 12 家网络文学平台，爱潜水的乌贼、烽火戏诸侯、猫腻、priest、唐家三少、吱吱等 522 名网络作家联名响应倡议。这堪称网络文学行业最大规模的一次集体呼吁；平台也在积极落实主体责任，如阅文集团发起了正版联盟，掌阅科技研发了版权管理系统，中文在线推动了苹果应用市场加强其版权保护措施，以科技助力反盗维权。

同时《报告》也指出，2021 年，网络版权保护虽然形势一片向好，但仍然存在着不小的问题与挑战，表现为：盗版平台及搜索引擎、应用市场两大入口渠道已经成为网络文学盗版侵权的主要途径。以业界臭名昭著的盗版平台"笔趣阁"为例，其在各家应用市场上有着众多同名或名称相似的 App，少则几款，多则数十款，出现了"盗版也被盗版"的荒谬现象。

对于如何进一步维护网络文学版权，《报告》认为要坚决推进《版权工作"十四五"规划》部署，完善版权行政保护体系；压实搜索引擎、应用市场等平台的主体责任，从源头切断盗版利益链，提高网络文学侵权行为的赔偿金额和追责、处罚力度；要加强科技反盗版，加快完善网络文学版权链，构建起强力有效的版权保护链条。

（3）中国作协发布《2021 中国网络文学蓝皮书》①

2022 年 8 月 10 日，在郑州举行的 2022 网络文学高质量发展（郑州）论坛上，中国作家协会正式发布了《2021 中国网络文学蓝皮书》（下文简称"蓝皮书"）。蓝皮书显示，2021 年，中国网络文学创作数量质量稳步提升，IP 改编热度不减，"网文出海"规模不断扩大，总体一片欣欣向荣之势，仅全国 45 家主要网络文学网站营收便达 200 亿元，但全年因盗版直接损失收益仍超 60 亿之巨。加快做好版权保护工作，已然迫在眉睫。

根据蓝皮书数据，截至 2021 年 12 月底，全国网络文学用户总规模达到 5.02 亿，占网民总数的 48.6%，读者数量达到历史最高水平。网络文学创作中科幻题材、现实题材优秀作品占比提高明显，创新探索成为共识。全国 45 家主要网络文学网站全年新增作品 250 多万部，存量作品超过 3000 万部。其中，现实题材创作积极

---

① 中国作家网：《2021 年中国网络文学蓝皮书》，http://www.chinawriter.com.cn/n1/2022/0822/c404027-32507921.html，2022 年 12 月 24 日查询。

反映读者关切，改革开放、奋斗创业、科技创新、乡村教育、生活婚恋等成为表现热点。2021 年全国主要文学网站新增现实题材作品 27 万余部，同比增长 27%，现实题材作品存量超过 130 万部。"90 后"成为现实题材网文创作主力，占比近五成；科幻题材创作热度居高不下，别具新风格、新气息，"Z 世代"成为网络文学科幻题材创作和阅读的主力，一批知名网络作家投入科幻题材写作中，影响不断扩大。2021 年全国主要网络文学网站新增科幻题材作品近 22 万部，同比增长 23%，科幻作品存量超过 110 万部。网络文学科幻题材在实现数量腾飞的基础上，也实现了质量的"涅槃"。

　　蓝皮书认为，2021 年中国网络文学年度有五大特点：第一，网络文学主流化、精品化进程加快，现实题材创作进一步深化；网络作家队伍组织化程度不断提高，凝聚力、向心力显著增强；理论评论发挥价值引导、精神引领、审美启迪作用，评论生态更趋健康；行业转型升级发展势头延续，IP 改编更加多元；网络文学国际传播更受重视，网文出海形式更加丰富多样。但蓝皮书也指出，尽管大形势一片向好，但局部问题仍然突出，必须引起高度重视，这些行业问题表现为：以免费阅读为主的平台内容同质化严重，"战神文""豪婿文""多宝文""霸总文"成风，其中部分作品宣扬了不健康的价值观；部分作品存在洗稿、融梗、跟风写作等现象，呈现出一定的庸俗创作倾向；部分作品标题、广告较为低俗，有碍网络文学声誉。

　　蓝皮书富有针对性地指出，网络文学之所以仍遭非议，创作者之所以维权困难，很大程度上就在于部分平台垄断版权、签订霸王合同、广告分成模式中数据不透明以及中腰部作者自身话语权不足所致。蓝皮书认为，正是因为行业管理缺乏统筹、简单粗放；新媒体、自媒体发文监管不够，责任主体不明，转换平台相当容易，才导致了低俗以及严重违背生活、科学常识、逻辑的荒腔走板内容的"频繁登场"。这些作品通过抖音、快手、头条、百度等平台大量投放广告，势必严重影响普通读者的阅读选择，也必然造成对网络文学作家权利的侵害。

　　蓝皮书指出，2021 年，网络文学管理引导力度显著加大，文娱领域综合治理全面开展，已经取得了明显的成果，也面对依然严峻的挑战。这表现为网络文学盗版业已经形成庞大产业链，从网站设计运营、内容导入，到广告利益获取、搜索引擎的流量分发，盗版市场已渐具产业化和规模化之势。

　　（4）12426 版权监测中心《2021 年冠勇科技版权保护监测报告》①

　　2022 年 4 月，12426 版权监测中心发布《2021 年冠勇科技版权保护监测报告》。冠勇科技通过区块链、人工智能及大数据等核心技术，统计出 2021 年共新增监测作品总量为 1235.03 万件，相比 2020 年增长 54%，其中文字作品为 193.70 万件。

---

① 12426 版权监测中心公众号：《2021 年冠勇科技版权保护监测报告》，https：//mp.weixin.qq.com/s/f9pC26HdmwHyojdKjPUw7Q，2022 年 12 月 24 日查询。

报告显示，2021 年共监测疑似侵权链接总量为 4491.08 万条，其中文字作品就达到了惊人的 727.42 万条，可见网络文学侵权盗版现象的严重程度。针对版权维权情况，报告不仅特意将发生于 2021 年 6 月的"笔趣阁"盗版文学网站案作为打击盗版的典型案例，同时也指出，2021 年经发函投诉，已成功阻断侵权链接 1517.90 万条，主流平台维权成功率达到 95.1%，可见版权保护工作确实已取得了相当亮眼的成绩。

报告还提到，在 2021 年各领域下线率 TOP10 平台中，文字作品中常见的侵权现象多是因盗版网站、虚假信息潜伏在"神马搜索""夸克浏览器"和"搜狗搜索"等 App 中，并通过大量的推送来诱惑读者所致。这也意味着要维护版权，搜索引擎、浏览器等网络服务商必须积极履行审查义务，压实平台主体责任，才能从根本上斩断盗版利益链。

2. 网络文学版权管理相关学术文献

（1）学术期刊文献

马悦然：《从版权经济角度分析网络文学盗版问题》，《青年记者》，2022 年第 2 期。

熊皓男：《版权链论纲：区块链对网络版权底层规则的重塑》，《科技与法律（中英文）》，2022 年第 1 期。

吴君霞：《网络文学盗版案件刑事诉讼中的代位求偿制度研究》，《出版发行研究》，2022 年第 4 期。

王肃，张钰儿：《论"版权平台化"背景下网络文学作者的权益保护》，《中原工学院学报》，2022 年第 2 期。

杨昆：《我国网络文学出版管理制度的历史与现状》，《出版发行研究》，2022 年第 5 期。

徐淑萍，熊黎：《我国网络版权内容过滤措施的实施路径分析》，《齐鲁学刊》，2022 年第 3 期。

贺银花，刘显新：《文创时代背景下网络文学的版权保护路径》，《宜春学院学报》，2022 年第 5 期。

夏颖：《网络文学版权价值变现中作者权利的边缘化及法律规制》，《新媒体研究》，2022 年第 10 期。

张佳羽：《网络文学知识产权保护的法律价值》，《新纪实》，2022 年第 13 期。

范简：《网络版权经营模式创新发展研究》，《城市党报研究》，2022 年第 7 期。

王静丽：《我国文学 IP 全版权运营的现状与反思》，《科技传播》，2022 年第 7 期。

郭永辉，宋伟锋：《数字版权犯罪中"作品爬取"的刑事评价》，《湖南社会科学》，2022 年第 4 期。

黄先蓉，陈文锦：《试论出版政策法规对网络文学高质量发展的引导》，第 7 期。

潘继华：《论网络时代版权运营模式的选择策略》，《北方传媒研究》，2022 年第 8 期。

陈维超：《区块链新环境下 IP 版权生态圈建构研究》，《中国编辑》，2022 年第 10 期。

邢赛兵，俞锋：《网络文学版权利益分配失衡成因与规制——基于版权格式合同的分析》，《中国出版》，2022 年第 20 期。

张岩，郭瑞婷：《区块链技术在网络版权维权中的应用研究与风险分析》，《未来传播》，2022 年第 5 期。

张紫枫，屈明颖：《同人小说数字出版与商业化侵权问题研究——基于中、美、澳同人小说侵权案例的比较》，《科技与出版》，2022 年第 2 期。

（2）报纸文献

徐平：《打造以版权为支撑的文化经济》，《中国新闻出版广电报》，2022 年 1 月 26 日。

赖名芳：《提升服务质量，以科技助推版权产业繁荣发展》，《中国新闻出版广电报》，2022 年 2 月 18 日。

潘凯雄：《加大力度打击网文侵权盗版行为》，《文艺报》，2022 年 3 月 7 日。

朱丽娜：《加强文娱行业自律，增强版权风险防控能力》，《中国新闻出版广电报》，2022 年 3 月 10 日。

王琼：《打击侵权盗版行为，促进网络文艺健康发展》，《中国艺术报》，2022 年 3 月 14 日。

田红媛、王少波、陈麟：《加大数字传播版权保护，助力全民阅读》，《中国出版传媒商报》，2022 年 3 月 14 日。

许旸：《别让盗版侵权成了网络文学健康发展的"拦路虎"》，《文汇报》，2022 年 3 月 28 日。

张端：《倡导全社会树立保护版权的法律意识》，《西安日报》，2022 年 4 月 21 日。

史晓多：《加强版权保护，推动文化产业高质量发展》，《河北日报》，2022 年 4 月 26 日。

林丽鹏：《知识产权保护显著增强，营商环境优化持续发力》，《人民日报》，2022 年 4 月 27 日。

程武：《加强网络文学版权保护，守护文化创新力》，《中国知识产权报》，2022 年 4 月 29 日。

李俐：《盗版泛滥，打击作家创作热情》，《北京日报》，2022 年 5 月 27 日。

13. 赖名芳：《522 名网文作家响应保护网络文学版权倡议》，《中国新闻出版广电报》，2022 年 5 月 27 日。

陈炜敏：《史上最大规模集体倡议反网文盗版》，《济南日报》2022 年 5 月 31 日。

夏琪：《网络文学行业发起最大规模反盗版倡议》，《中华读书报》，2022 年 6 月 1 日。

庄德通：《建立完善的版权在线管理系统成为当务之急》，《民主与法制时报》，2022 年 6 月 9 日。

肖惊鸿：《建立国家网络文学版权，价值数据库应提上日程》，《南方日报》，2022 年 6 月 12 日。

倪弋：《合力加强网络空间知识产权保护》，《人民日报》，2022 年 6 月 16 日。

赵新乐：《推进治理能力现代化，构建良好出版市场环境》，《中国新闻出版广电报》，2022 年 7 月 5 日。

龚蕊涵：《网络文艺领域不是法外之地》，《光明日报》，2022 年 8 月 6 日。

陈颖婷：《文创版权司法保护之路如何走》，《上海法治报》，2022 年 8 月 15 日。

孙佳山：《新形态的盗版侵权正严重危害网络文学健康发展》，《文艺报》，2022 年 8 月 17 日。

《打击盗版图书侵权需要多方合力》，《中国新闻出版广电报》，2022 年 8 月 29 日。

张译心：《我国版权保护体系不断完善》，《中国社会科学报》，2022 年 9 月 5 日。

张晓娜：《国家版权局等四部门启动"剑网 2022"专项行动》，《民主与法制时报》，2022 年 9 月 14 日。

任文岱，庄德通：《建立视频著作权授权机制，促进版权经济良性发展》，《民主与法制时报》，2022 年 11 月 18 日。

（3）版权管理学位论文

王琳琳：《平台写作背景下的版权授权问题研究——以 2020 年阅文集团合同风波事件为例》，2022 年上海师范大学硕士论文。

吕自愉：《数字时代著作权许可合同主体利益失衡问题研究》，2022 年华中师范大学硕士论文。

向科蓓：《以版权主体为中心的数字版权保护研究》，2022 年山东艺术学院硕士论文。

欧巍：《基于 IP 影响力的网络文学版权价值评估研究》，2022 年云南财经大学硕士论文。

颜宇彤：《网络文学作品的著作权保护研究》，2022 年湖南工业大学硕士论文。

王琳琳：《平台写作背景下的版权授权问题研究——以 2020 年阅文集团合同风波事件为例》，2022 年上海师范大学硕士论文。

王中兴：《网络服务提供者著作权侵权责任研究》，2022 年新疆师范大学硕士论文。

赵强：《区块链解决知识付费版权问题的优势、局限及应对》，2022 年河南大学硕士论文。

张文萱：《区块链赋能知识产权保护的制度解读：逻辑、困境及优化》，2022 年中国矿业大学硕士论文。

胡天雨：《我国著作权集体管理制度研究》，2022 年安庆师范大学硕士论文。

孙诗琦：《网络著作权的刑法保护研究》，2022 年哈尔滨商业大学硕士论文。

吴星宇：《网络著作权的刑法保护》，2022 年中原工学院硕士论文。

卢红洪：《我国著作权技术措施制度研究》，2022 年西南科技大学硕士论文。

王宸祐：《网络环境中版权引诱侵权责任研究——以三个典型案例为视角》，2022 年贵州民族大学硕士论文。

李欣然：《著作权侵权惩罚性损害赔偿的司法适用研究》，2022 年山东政法学院硕士论文。

蔡月：《网络服务提供者的版权内容过滤义务研究》，2022 年广西师范大学硕士论文。

四、网络文学版权管理相关会议

1. 2022 年知识产权"南湖论坛"国际研讨会①

2022 年 4 月 16 日，由中南财经政法大学主办的 2022 年知识产权"南湖论坛"国际研讨会在武汉开幕。本次研讨会聚焦"现代化强国建设与知识产权全球治理"主题，来自美国、德国、日本的知识产权专家和 80 余名国内知识产权实务部门、高校研究机构以及企业界人士通过线下和线上方式参加会议，为我国知识产权事业发展和全球知识产权治理体制构建建言献策。

本届论坛为期两天，设置了数字版权的保护与发展、建立健全中国特色知识产权专门化审判体系、数据知识产权保护、新《著作权法》下惩罚性赔偿制度的适用探讨、地理标志保护制度、知识产权强国建设等六个讨论议题。

国家知识产权局局长、党组书记、中国科学院院士申长雨为论坛发来书面致辞。他表示，此次论坛的主题与我国全面建设社会主义现代化强国、全面开启知识产权

---

① 中国日报网：《2022 年知识产权南湖论坛国际研讨会在武汉开幕》，https://hb.chinadaily.com.cn/a/202204/17/WS625bc585a3101c3ee7ad0d97.html，2022 年 12 月 24 日查询。

强国建设新征程高度契合，具有重要的现实意义，希望与会专家学者聚焦我国知识产权领域的重大理论和实践问题，探索新路径、形成新观点、产出新成果，提出切实可行的政策建议。

全国政协文化文史和学习委员会副主任阎晓宏在书面致辞中指出，我国是知识产权创造和使用的大国，在知识产权全球治理中，既需要基于国际协作的强有力的知识产权保护，也需要建立和完善知识产权创造与使用的平衡体系，应当警惕知识产权的过度垄断，反对知识产权霸权。

中南财经政法大学校长杨灿明在致辞中表示，希望专家学者们围绕会议主题深入探讨，为建设面向社会主义现代化的知识产权制度，建设支撑国际一流营商环境的知识产权保护体系，建设深度参与全球治理的知识产权国际合作格局积极建言献策，为知识产权强国建设提供智力支持。

2.《2021年中国网络文学版权保护与发展报告》发布会①

2022年5月26日，中国版权协会在线上举办了《2021年中国网络文学版权保护与发展报告》发布会。全国政协文化文史和学习委员会副主任、中国版权协会理事长阎晓宏，中国作家协会党组成员、书记处书记胡邦胜，中国版权协会常务副理事长于慈珂，全国政协委员、网络文学作家唐家三少，中国作家协会网络文学中心研究员肖惊鸿，阅文集团公共事务副总裁王睿霆，中国政法大学知识产权法研究所副所长郑璇玉，网络文学作家月关、齐橙及网络文学企业代表、作家代表和专家学者等出席活动。活动由中国版权协会副理事长兼秘书长孙悦主持。

会上，中国版权协会发布了《2021年中国网络文学版权保护与发展报告》（以下简称"报告"）。据中国版权协会常务副理事长于慈珂介绍，报告基于14家主流网络文学平台（涉及40家原创网络文学网站）、400位网络文学作家和1000名网络文学用户的调研数据，并结合第三方机构易观分析的监测统计数据编制而成。共分为网络文学产业发展概况、网络文学版权保护实践、网络文学版权保护挑战等内容。

报告显示，2021年中国网络文学产业规模达358亿元，同比增长24.1%，用户规模5.02亿，占网民整体48.6%，同比增长9.1%，中国数字文化产业规模达到7841.6亿元，同比增长14.7%。网络文学的IP全版权运营影响了游戏、影视、动漫、音乐等合计约3037亿元的市场，即网络文学及其IP运营对数字文化产业的影响范围将近40%。报告调研显示，随着国家对版权保护力度的持续加大，已有28.8%的读者养成只阅读正版网络小说的习惯，40.2%的读者主要阅读正版网络小说，59%的用户表示近年阅读正版的频率越来越高。大众版权意识逐渐觉醒，对于推动网络文学正版化发展是一个良好的变化。

① 中国版权协会：《2021年中国网络文学版权保护与发展报告》，https://mp.weixin.qq.com/s/GxFOpuy_ZGXzmmyvo_DXKQ，2022年12月24日查询。

　　然而，网络文学的发展仍旧未能摆脱盗版侵权的困境。网络文学之所以盗版屡禁不止，究其根本是因为违法成本低，维权成本高。目前网络文学正面临着盗版侵权的"三座大山"——盗版平台、搜索引擎和应用市场。报告指出，2021年，中国网络文学盗版损失规模为62亿元，同比上升2.8%，保守估计已侵占网络文学产业17.3%的市场份额。盗版平台的月活用户量达到4371万，占在线用户阅读量的14.1%。逾八成作家受到侵害，盗版泛滥，不仅直接造成作家的收入损失，还严重打击作者的创作热情。其中96.6%的作家表示被盗版影响了创作动力，82.6%的作家表示深受盗版侵害，42.7%的作家表示频繁遭受盗版，只有25.2%的作家会主动维权。在这盗版侵权的"三座大山"中，66.7%的网络文学平台和75.3%的作家认为，搜索引擎是网络文学盗版内容传播的主要途径。93.3%的网络文学平台和98.3%的作家认为所有盗版平台中"笔趣阁"盗版侵权最严重。60%的网络文学平台和74.2%的作家认为应用市场审核不到位造成了盗版App的泛滥。

　　报告倡导加速综合治理，完善网络文学版权保护生态，从监管、司法、科技、行业四个方面着手，打击盗版，加强网络文学的版权保护。在盗版治理的过程中，加强国家、行业、企业、社会等各方明确分工，协同合作，全面升级版权保护机制，形成"政府主导、行业自律、技术赋能"的网络文学版权保护的生态共治。报告也呼吁，要落实《版权工作"十四五"规划》部署，进一步完善版权行政保护体系；要压实搜索引擎、应用市场等平台的主体责任，从源头切断盗版利益链；要充分认识网络文学的作品价值，加大判赔和处罚力度；要加强科技反盗版，完善网络文学版权链。多管齐下，多方参与，共同建设和完善网络文学版权保护生态，引领产业高质量发展。

　　会上，阎晓宏在致辞中表示，要坚决把网络文学的侵权盗版纳入"剑网行动"重点之中，对恶意侵权盗版，达到刑事门槛的，必须依法追究其刑事责任。中国作家协会党组成员、书记处书记胡邦胜指出，网络文学版权治理的当务之急是压实搜索引擎、应用市场、广告联盟等利益相关平台的主体责任，加强打击力度，从源头斩断盗版利益链。

　　齐橙认为，盗版会严重挫伤创作积极性，部分作家受盗版影响而放弃写作，导致很多创新题材特别是小众题材作品的衰微，不利于原创内容生态发展。郑璇玉表示，报告从启示的角度关注到了方方面面，特别是网络文学从业主体的微单元，为参与网文盗版的社会共治提供了一个新角度。

　　月关则作为行业代表在会上宣读倡议，呼吁社会各界联合起来对网络文学侵权盗版行为予以曝光、公示，呼吁搜索引擎和应用市场停止侵权，共同保护网络文学的原创内容生态。

3. 博鳌亚洲论坛创新与知识产权保护会议①

2022 年 7 月 13 日，博鳌亚洲论坛在广州举办首届创新与知识产权保护会议，并发布《博鳌亚洲论坛创新报告 2021》。全国政协副主席、国际科技与创新论坛大会主席何厚铧出席全体大会。

为了进一步完善全球知识产权体系，加强知识产权保护，加快知识产权运用，以知识产权制度助推全球经济发展，博鳌亚洲论坛专门设立了国际科技与创新论坛大会，并在科创大会框架下举办了以"全球科技创新与知识产权制度建设"为主题的创新与知识产权保护会议。此次会议以线上线下相结合的方式举行，安排了全体大会以及数字经济知识产权分论坛、中国知识产权院长分论坛、粤港澳大湾区绿色发展与知识产权区域创新分论坛等系列活动。首届创新与知识产权保护会议以线上线下相结合的方式举行，包括全体大会以及数字经济知识产权分论坛、中国知识产权院长分论坛、粤港澳大湾区绿色发展与知识产权区域创新分论坛等系列活动。与会嘉宾围绕"全球科技创新与知识产权制度建设"主题，就"把握国际科技创新趋势""完善全球知识产权体系""以知识产权制度支撑世界经济高质量发展"和"知识产权领域面临的挑战与机遇"等议题进行讨论。

同期发布的《博鳌亚洲论坛创新报告 2021》指出，过去十年，中国加强科技创新体系顶层设计，全面推进创新发展体制机制改革，整体国家科技实力正在从量的积累迈向质的飞跃、从点的突破迈向系统能力提升。博鳌亚洲论坛秘书长李保东表示，近年来，亚洲经济体在科技创新与知识产权制度建设上表现突出，中国已确立起全球创新领先者的地位，并成为世界知识产权发展的主要推动力。

4. 第六届中国"网络文学+"大会

2022 年 9 月 22 日，第六届中国"网络文学+"大会在北京举行开幕式。本届大会由北京市委宣传部等单位主办，中国作家协会、中国图书评论学会支持，北京出版集团主承办。本届中国"网络文学+"大会以"文学新时代·人民新史诗"为主题，汇聚北京与全国优质文学资源，开展丰富多彩的文学活动近百场，并首次将中国"网络文学+"大会纳入其中，实现文学内涵的拓展。2022 年 10 月 16 日，第六届中国"网络文学+"大会发布通知，为深入学习宣传贯彻党的二十大，贯彻落实中央关于大力发展网络文艺的要求，引导网络文学精品创作、推动网络文学产业健康发展，助力书香京城和全国文化中心建设，按照相关工作安排，第六届中国"网络文学+"大会期间拟组织开展我国网络文学发展十年回顾展览展示活动。

---

① 人民网：《举办首届创新与知识产权保护会议》，https：//baijiahao. baidu. com/s？ id = 1738276467
718856256&wfr=spider&for=pc，2022 年 12 月 24 日查询。

5. 2022 国际版权论坛①

2022 年 11 月 10 日，2022 国际版权论坛在江西景德镇开幕。论坛由中国国家版权局、世界知识产权组织主办，江西省委宣传部（江西省版权局）承办。

中宣部副部长张建春在致辞中表示，党的二十大擘画了以中国式现代化推进中华民族伟大复兴的宏伟蓝图，也为中国版权事业高质量发展提出了新任务、新要求。中国版权工作将坚持以习近平新时代中国特色社会主义思想为指导，统筹文化强国、知识产权强国、版权强国建设，持续释放版权激发创新创造的更大活力，全面提升版权推动高质量发展的更大动力，充分发挥版权优化营商环境的更大效力，深入挖掘版权促进国际交流合作的更大潜力，不断提升版权治理体系和治理能力现代化水平。他指出，版权兼具创新属性和文化属性，在促进创意产业发展、推动中华优秀传统文化创造性转化创新性发展方面具有天然优势。无论是发展创意产业，还是推进文化繁荣发展，都需要以版权保护为前提和保障，都离不开版权工作的助力和支持。中国国家版权局愿同各国、各方面加强交流合作，运用版权的力量激发文化创新创造活力，推动世界各国深化文明交流互鉴。

世界知识产权组织副总干事西尔维·福尔班在视频致辞中表示，当今世界，创意产业的文化价值、经济价值越来越高，世界知识产权组织期待越来越多的创作者和创意企业能够运用版权提升其作品、产品的文化经济价值，也希望继续与中国合作，推动中国创意产业蓬勃发展、多面开花。

论坛开幕当天启动了世界知识产权组织版权保护优秀案例示范点调研项目"IP与创意产业：景德镇故事"和民间文艺版权保护与促进试点工作，并举办世界知识产权组织版权保护优秀案例示范点、民间文艺版权保护及马拉喀什条约落地实施主题展览。

6. 2022 年中国版权年会②

2022 年 11 月 19 日，2022 年中国版权年会的首场活动暨主论坛——"新时代优秀作品的创作与传播"高峰论坛在远集坊举办。著名史学家阎崇年，全国政协文化史和学习委员副主任、中央社会主义学院原党组书记叶小文，人民文学出版社社长臧永清，阅文集团公共事务副总裁王睿霆，全国政协常委兼副秘书长、民进中央副主席朱永新，北京出版集团党委书记、董事长康伟，抖音集团副总裁、总编辑张辅评等嘉宾出席论坛并做主题发言。中国版权协会理事长阎晓宏主持本次论坛并致辞。

在网络文学方面，王睿霆指出，当今网络文学蓬勃生长，并与新时代、与社会

---

① 国家版权局：《2022 国际版权论坛在景德镇举行，聚焦版权激发文化创新创造活力》，https://www.ncac.gov.cn/chinacopyright/contents/12227/357062.shtml，2022 年 12 月 24 日查询。
② 中国版权协会：《"新时代优秀作品的创作与传播"远集坊高峰论坛在京举行》，https://baijiahao.baidu.com/s? id=1750118791981692154&wfr=spider&for=pc，2022 年 12 月 24 日查询。

主义核心价值观同鸣共振。从 2012 年的不足 2 亿读者到如今约 5 亿，从 3 万多作家到如今的 2000 多万，网络文学汇聚全民创新活力，成为新时代文化的一抹鲜活亮色，并通过多元的 IP 改编作品，丰富人民群众的精神文化生活，向世界讲好中国故事。王睿霆表示，迈向新时代新征程，提升中华文化的影响力、创造力和竞争力，既是新时代文化产业的历史使命，也是网络文学高质量发展的重要着力点。作为网络文学创作平台，阅文将在生态建设、精品创作和产业创新三方面，展开持续探索和努力。在创作生态上，不断推动版权保护，激发文化创新创造活力；在价值立意上，为时代存真、为人民立传，用心用情讲好中国故事；在产业创新上，以 IP 联动提升中华文化的现代竞争力与全球影响力。

165.7 万人通过搜狐、网易、爱奇艺、咪咕、火山、抖音、快手、百度、微信视频号、哔哩哔哩等新媒体平台，观看了本期论坛的同步直播。

五、网络文学版权管理相关行动

1. 最高法启动第 14 次"知识产权宣传周"活动①

2022 年 4 月 21 日，最高人民法院举行新闻发布会，发布《最高人民法院关于第一审知识产权民事、行政案件管辖的若干规定》《最高人民法院关于印发基层人民法院管辖第一审知识产权民事、行政案件标准的通知》以及《中国法院知识产权司法保护情况（2021 年）》，正式启动第 14 次"知识产权宣传周"活动。

2022 年 4 月 26 日是第 22 个世界知识产权日。4 月 20 日至 26 日举行的第 14 个全国知识产权宣传周将主题定为"全面开启知识产权强国建设新征程"。

2. "剑网 2022"专项行动②

2022 年 9 月上旬，国家版权局、工业和信息化部、公安部、国家互联网信息办公室四部门联合启动打击网络侵权盗版"剑网 2022"专项行动，这是全国连续开展的第 18 次打击网络侵权盗版专项行动。自 2005 年起，国家版权局等部门针对网络侵权盗版的热点难点问题，聚焦网络视频、网络音乐、网络文学、网络新闻、网络直播等领域开展版权专项整治，查处了一批侵权盗版大案要案，有效打击了网络侵权盗版行为，得到国内外权利人的充分肯定。

本次专项行动于 9 月至 11 月开展，聚焦广大创新主体版权领域急难愁盼问题，推动规范发展与打击惩治并举，开展 4 个方面的重点整治：一是开展文献数据库、短视频和网络文学等重点领域专项整治，对文献数据库未经授权、超授权使用传播

---

① 最高人民法院：《最高法启动第 14 次"知识产权宣传周"活动，为知识产权强国建设提供有力司法服务和保障》，https：//www.court.gov.cn/zixun-xiangqing-355931.html，2022 年 12 月 24 日查询。
② 国家版权局：《国家版权局等四部门启动"剑网 2022"专项行动》，https：//www.ncac.gov.cn/china-copyright/contents/12222/356942.shtml，2022 年 12 月 24 日查询。

他人作品，未经授权对视听作品删减切条、改编合辑短视频，未经授权通过网站、社交平台、浏览器、搜索引擎传播网络文学作品等侵权行为进行集中整治。二是加强对网络平台版权监管，依法查处通过短视频平台、直播平台、电商平台销售侵权制品行为，坚决整治滥用"避风港"规则的侵权行为，压实网络平台主体责任，及时处置侵权内容和反复侵权账号，便利权利人依法维权。三是强化 NFT 数字藏品、"剧本杀"等网络新业态版权监管，严厉打击未经授权使用他人美术、音乐、动漫、游戏、影视等作品铸造 NFT、制作数字藏品，通过网络售卖盗版剧本脚本，未经授权衍生开发剧本形象道具等侵权行为。四是持续加强对院线电影、网络直播、体育赛事、在线教育、新闻作品版权保护，巩固网络音乐、游戏动漫、有声读物、网盘等领域工作成果，不断提升网络版权执法效能。

国家版权局有关部门负责人表示，专项行动将紧紧围绕迎接宣传贯彻党的二十大这条主线，坚持稳中求进、守正创新，通过推动规范发展与打击惩治并举，加强网络版权全链条保护，加快打造市场化、法治化、国际化营商环境，为促进创业创新、推动平台经济规范健康持续发展、保障和改善民生提供版权工作支撑。

3. "全民反盗版联盟"平台上线①

2022 年 4 月，百位知名作家联合网络文学平台共同推出业内首个网络文学盗版举报公示平台——"全民反盗版联盟"。

长期以来，网络文学盗版侵权愈发猖獗，作家维权无望、长线消耗。"全民反盗版联盟"为作家提供"随时发现，随时上传，随时公示"的维权阵地。旨在调动全行业力量，对重点侵权渠道进行集中举报，通过全民监督推动侵权渠道整改。阅文集团公共事务副总裁王睿霆表示，该联盟的推出是集团运用技术开展版权保护的一个实践。目前，已经有 100 多位作家参与，半个月的时间就征集并公示了千余条盗版线索。阅文集团将在技术创新等方向展开探索，包括升级 AI 加密水印等多种技术，进行智能化治理，与业界共同推进行业正版化。

据了解，"全民反盗版联盟"平台也将与中国版权协会深度合作，在协会的指导下继续发挥更大价值。中国版权协会副理事长兼秘书长孙悦表示，"全民反盗版联盟"联合社会各界力量，推动网文盗版的全民共治，是对网络文学版权保护的有益实践。

作家、读者登录平台可以看到，盗版信息提交后，平台会进行即时曝光，也会展示该盗版渠道多久仍未处理侵权信息。此外，平台会对所有信息进行聚合分析，生成 7 日最热公示举报、渠道黑榜等，揭露主流渠道的侵权现状。过千条曝光信息中，最受诟病的是各路搜索引擎。许多作家举报，在百度搜索自己的作品，优先显

---

① 蓝鲸财经：《首个网文盗版举报平台上线，百度搜索、UC、夸克浏览器位列投诉前三》，https：//www.163.com/dy/article/H8A2IUMD05198R91.html，2022 年 12 月 24 日查询。

示的却是盗版网站的链接。在所有举报公示中，百度搜索占比最高，其次是 UC 浏览器、夸克浏览器等。自 4 月 24 日公示第一条盗版信息以来，平台每日收到近百条侵权线索，一个月内已收到超百位作家提交的信息，累计曝光逾两千条盗版线索。除了会说话的肘子、横扫天涯、林海听涛等作家，也有读者举报。"会说话的肘子"创作的《夜的命名术》被多个渠道侵权，居热度榜首位。据介绍，平台当前处于一期运营阶段，主要面向部分作家开放，后续将陆续开放给全行业的网络作家和读者。

4. 522 名网络作家联名倡议反盗版①

2022 年 5 月 26 日，上海市网络作家协会、广东省网络作家协会等 20 家省级网络作协，晋江文学城、阅文集团、番茄小说、纵横文学等 12 家网络文学平台，爱潜水的乌贼、烽火戏诸侯、猫腻、priest、唐家三少、吱吱、匪我思存等 522 名网络作家联名发起反盗版的倡议。这也是网络文学行业最大规模的一次集体呼吁，作家们将矛头直指搜索引擎和应用市场。

其倡议内容主要有：第一，呼吁科技向善，将技术应用于版权治理，社会各界联合起来对网络文学侵权盗版行为予以曝光、公示，共同保护网络文学的原创内容生态；第二，呼吁搜索引擎严格履行平台责任，及时清理．屏蔽"笔趣阁"等盗版站点，开放权利人直接投诉盗版站点的权限，不为侵权盗版行为提供"转码阅读"等产品优化功能，停止侵权行为；第三，呼吁应用市场提升版权意识，主动强化对开发商的证照资质、主体真实性、权属证明等方面的审查义务，及时清理"笔趣阁"等有侵权盗版行为的阅读 App，停止侵权行为。在此基础上，本次参与倡议的业内人士普遍认为，治理盗版最有效的措施是"关联平台加强盗版内容检索能力和版权保护意识，封锁盗版账号/网站/内容"；关键是推进全国性版权保护监管机制的落地，压实搜索引擎、应用市场等平台的自治责任，从源头切断盗版利益链。

5. 中国作协成立"中国网络文艺知识产权纠纷人民调解委员会"②

2022 年 7 月 6 日，由中国作家协会发起的全国首家中国网络文艺知识产权纠纷人民调解委员会在北京成立。该调解委员会旨在保护网络文艺作品的知识产权，维护网络作家的合法权益，主要开展普法教育、法律咨询、纠纷调解、维权诉讼等工作。

当前，中国网络文学写作者数百万人，受众数亿人，作品上千万部，已成为文化创意产业的龙头，拉动了电影、电视剧、游戏、动漫等文化下游产业总产值超过1 万亿元。在高速发展的同时，网络文学也成为泛文娱产业中盗版最便捷、成本最

---

① 中国新闻出版广电网：《522 名网文作家响应保护网络文学版权倡议》，https：//www.chinaxwcb.com/info/579677，2022 年 12 月 24 日查询。

② 光明网：《全国首家网络文艺人民调解委员会在京成立》，https：//m.gmw.cn/baijia/2022-07-07/35865859.html，2022 年 12 月 24 日查询。

低、规模最庞大、治理最困难的领域。为更好地保护网络文学作品的知识产权，主动化解网络文艺领域的版权纠纷，中国作家协会成立全国第一家中国网络文艺知识产权纠纷人民调解委员会，在司法部和北京市司法局的直接指导下，吸收知识产权领域资深专家、法律界专业人士、网文平台负责人、人民调解员，主要开展普法教育、法律咨询、版权调解、维权诉讼等工作，旨在帮助网络作家化解版权纠纷，维护网络作家的合法权益，保护网络文艺作品的知识产权，增进行业团结自律，促进行业和谐发展。

当日，由中国作家协会主办的全国重点网络文学网站联席会议召开，近 50 家重点网络文学平台负责人、全国省级网络文学组织负责人、知名网络作家和评论家共同发起《网络文学行业文明公约》，呼吁加强网络文明建设，优化网络文学行业生态，推动网络文学高质量发展。此前，中国作家协会已先后组织网络作家、网络文学平台发出《提升网络文学创作质量倡议书》《提升网络文学编审质量倡议书》，从创作和编审方面加强行业团结、推动行业自律。

6. 各省市网络文学版权管理相关行动

（1）甘肃媒体版权服务平台上线①

2022 年 4 月 25 日上午，甘肃媒体版权服务平台正式上线运行，甘肃省知识产权、版权保护工作在媒体版权的保护和运用方面取得了新进展。

甘肃首家媒体版权服务平台是一款基于区块链、大数据、AI 等技术的一站式版权保护综合服务平台。该平台上线后，将通过新闻作品版权确权、侵权监测、存证固证、运营交易、维权服务等多项业务，以实时快速登记确权、全时段侵权监测、原创内容一键自查、多种方式实时取证、高效维权保障等技术手段，"一站式"解决媒体版权保护方面有关问题，为实现甘肃省媒体版权价值合理化提供可靠的技术支撑。同时，平台运行中将对媒体原创作品的权属确认、网络传播、授权转化等流程提供大数据服务，全面打通媒体版权创造、运用、保护、管理、服务全链条，从源头上保护原创作者合法权益，为媒体机构与新闻作品需求者之间搭建起合作沟通的桥梁。

（2）"江西版权云"正式上线②

2022 年 4 月 27 日上午，"江西版权云"上线仪式在江西日报社赣鄱云融媒体中心举行。"江西版权云"由江西省新闻出版局（省版权局）指导，江西日报社、江西报业传媒集团主办，江西新闻客户端、赣鄱云融媒体中心、江西江报融媒体传播

---

① 新华网：《甘肃媒体版权服务平台上线》，http：//gs.news.cn/news/2022-04-25/c_1128593904.htm，2022 年 12 月 24 日查询。

② 新华网：《"江西版权云"正式上线》，http：//jx.news.cn/2022-04-28/c_1128603125.htm，2022 年 12 月 24 日查询。

有限公司运营。该平台依托区块链、大数据、云计算、5G、人工智能等前沿技术，服务于新闻媒体、数字出版、广电影视、文创演艺、数字非遗等行业，提供 7×24 小时全天候包括但不限于音、视、图、文、动漫、游戏等领域的数字版权确权、监测、取证、维权、交易，以及版权培训、版权评价、版权研究等全流程、全链条的综合服务。

启动仪式由江西新闻客户端、赣鄱云及全省 70 个市县级融媒体中心全程联动直播。省委宣传部、江西省新闻出版局（省版权局）、省高院、省检察院及省市和大专院校等有关方面的负责人，及江西日报社主要领导共同开启"江西版权云"。仪式现场，江西江报融媒体传播有限公司分别与华东交通大学知识产权学院、南昌市版权局签署江西版权云共建战略合作协议。同时，南昌市版权局授予"江西版权云"为南昌市版权保护协作基地。

据悉，"江西版权云"集聚了国内顶尖技术公司、专业版权研究机构、权威版权司法及执法机构、版权金融机构等一大批共建单位，将开展版权学术研究、版权指数排行研究、版权白皮书发布、版权知识培训、版权论坛、版权展览等一系列活动，是我省版权保护工作一个至关重要的实操平台。该平台正式上线后，将通过为公众广泛普及版权知识，充分激发全社会参与版权保护的积极性、主动性，营造尊重原创、保护版权的良好社会文化环境，进一步有效提高我省版权确权、追踪、维权、交易全方位服务能力与版权保护能力、市场议价能力，对推进我省版权保护、加强版权社会服务、实现版权经济价值转换，将产生积极而深远的影响。

（3）重庆数字版权链存证公共服务平台上线①

2022 年 7 月 15 日，重庆数字版权链存证公共服务平台上线。该平台将为互联网时代下的数字版权转让、追责、保护等提供技术保障。

据介绍，该平台由重庆数字版权区块链服务中心开发，目前已入选"国家区块链创新应用综合性试点"（重庆市渝中区）重点应用场景之一，上线后，将由福建中科星泰落地重庆的西区总部——弦力场（重庆）数字科技有限公司负责运营。

随着网络的高速发展，数字版权逐渐走入人们视野，音乐、动漫、电子书、摄像视频随处都能看到数字版权的身影。然而在网络背景下，"确权难、举证难、维权难"三大难题仍困扰着版权市场的发展。"依托公司自主、安全、可控的技术体系，平台将推动区块链技术与版权制度紧密结合，通过低成本、高效率的管理模式，着力解决版权产业在确权、用权、维权上的难题。"弦力场（重庆）数字科技有限公司相关负责表示。

"链存证公共服务平台"主要依托中科星泰自研的国产底层区块链系统进行运

---

① 重庆日报：《重庆数字版权链存证公共服务平台上线》，https：//baijiahao.baidu.com/s？id＝17384 70810174244515&wfr=spider&for=pc，2022 年 12 月 24 日查询。

营，该系统通过了工信部电子第五研究所的代码自研率检测，代码自研率超过 90%，属国产自主可替代产品。"区块链技术作为一种新兴技术，具有去中心化、不可篡改、可溯源等技术优势，为版权保护工作带来新的解决方案。"该负责人认为。

此外，他们还将围绕版权应用场景拓展、数字版权海外营收等进行业务探索，夯实技术基础和市场营运机制等，促进数字版权发展。

（4）第五届青岛国际版权交易博览会①

2022 年 7 月 22 日，以"版权互联创意生活"为主题的第五届青岛国际版权交易博览会在青岛国际会展中心开幕。本届版交会为期三天，由中国版权协会、山东省版权局、青岛市政府联合主办。本届版交会汇聚全球顶级版权资源，以服务版权产业发展为核心，通过有效聚合版权资源、促成交易落地、推动版权成果的转化利用，搭建版权展示、交易的高端平台。开幕式上，"中国（青岛）音乐版权交易暨音乐数字藏品运营平台""半岛智媒链版权保护平台"和"体淘淘数字体育智慧平台"三大版权交易平台启动，为各方实现云上版权交易提供一站式服务。

本届版交会探索开辟了"云办展"新路径，依托中国音乐版权交易平台、半岛智媒链版权保护平台和体淘淘数字体育智慧平台，搭建起以音乐、体育、文字图片为核心，覆盖版权全产业链的"青岛国际版交会线上交易平台"，为各方实现云上版权交易提供一站式服务，打通版交会线上线下通道，为版权产业发展注入全新动能。同时在第五届青岛国际版权交易博览会高峰论坛上，多位来自版权领域的代表在高峰论坛环节进行了主题演讲，就"IP 授权如何赋能产业破圈"和"非遗传承与城市 IP 的创新发展"等话题展开了圆桌讨论。

（5）全国第三家"国家版权创新发展基地"落户四川②

2022 年 9 月 24 日，国家版权创新发展基地（四川天府新区）正式授牌。四川天府新区成为继深圳前海、上海浦东之后全国第三家国家版权创新发展基地，将在版权经济全领域探索创新、先行先试、推进"放管服"改革，以点带面推动全国版权营商环境的创新优化。

作为全国首个版权示范城市，成都拥有优质且丰富的版权资源。而作为落户地点的天府新区，近年来在版权创造和管理、知识产权保护法治工作体系等方面已取得不俗的发展成果。

据介绍，天府新区将依托国家级新区的引领地位，充分发挥营商环境、人才引育、创新资源、平台打造、法律服务等方面的显著优势，以"正版认证"为逻辑起点，以系列版权服务、新技术研发、金融支撑为配套，对标国际水准建设国家版权

---

① 国家版权局：《第五届青岛国际版权交易博览会举行》，https：//www.ncac.gov.cn/chinacopyright/contents/12222/356815.shtml，2022 年 12 月 24 日查询。

② 四川省人民政府网：《国家版权创新发展基地落户四川天府新区》，https：//www.sc.gov.cn/10462/10464/10797/2021/9/26/f78cada940a4436ba28194a17f8da629.shtml，2022 年 12 月 24 日查询。

创新发展基地。具体来说，将围绕深化"科技+版权"融合创新、版权服务转型升级、版权综合管理改革、高质量建设西部版权创新发展高地四大愿景展开工作。力争到2025年实现入驻企业300家、服务入驻企业100家、版权登记量10万件、版权产业规模超过100亿元、版权生态产业年产值增速不低于20%，并实现"三个一批"，即建设一批地标性文化设施、打造一批有国际影响力的品牌活动、培育一批全国和世界级的创意研发领军企业。

（6）广西重判重罚"402"跨省制售盗版系列案①

2022年11月11日上午，广西侦破的"402"跨省制售盗版教材教辅案（以下简称"402"案）在广西钦州市灵山县人民法院宣判。法院依法以侵犯著作权罪和非法经营罪对邓某等9名被告人作出一审判决。该系列案覆盖盗版教材教辅和工具书加工制作及销售环节，涉案人数多，侵权产品数量大、案值高，并且跨省区、辐射广，社会影响恶劣，严重扰乱了文化市场的正常秩序，损害了著作权人和消费者的合法权益。根据各被告人犯罪的事实、性质、情节和对社会的危害程度以及认罪认罚态度，一审法院依法作出以下述判决。其中，判处涉案主犯之一邓某有期徒刑七年，并处罚金80万元，其余8名被告人以侵犯著作权罪分别被判处6年6个月至1年6个月不等的有期徒刑，并分别处以200万元至3万元罚金。

"402"案是广西历史上涉案金额最大、打击链条最完整、起诉犯罪嫌疑人人数最多、缴获涉案物品最多的侵犯著作权案。此案被中央宣传部版权管理局等六部门列为2021年度全国38起督办案件、2022年全国青少年版权保护十大典型案件。该案通过深挖扩线、层层抽丝剥茧，挖出了一个跨4省（区）12市特大侵权盗版利益链条，也是依法从重判处刑期最长、处罚金额最多的著作权案件，也是依法从重判处刑期最长、处罚金额最多的著作权案件，是党的二十大以来广西宣判的首个著作权刑事案件。该案的重判重罚，彰显了广西强化版权保护，积极推进知识产权强国、强区建设的决心。

近年来，广西各级版权管理部门和刑事、司法机关不断提高政治站位，以推进创新强国、建设版权强区为己任，深入贯彻落实习近平总书记关于加强知识产权保护工作的系列重要指示论述，不断强化版权保护工作。自治区版权管理部门根据中宣部版权局的部署，持续组织、深入开展对侵权盗版的专项整治，加大版权大案要案查办督办力度，对重大案件坚持持续跟进、一抓到底、抓出成效。

---

① 国家版权局：《重判！广西"4·02"跨省制售盗版教材教辅系列案一审宣判》，https://www.ncac.gov.cn/chinacopyright/contents/12222/357091.shtml，2022年12月24日查询。

六、年度网络盗版侵权典型案例

1.《小南风》涉嫌侵权①

2022 年 3 月 28 日，祖占在其微博发声，称在由作家庄羽首发起的中国华文教育基金会反剽窃基金（下称"反剽窃基金"）的帮助下，她起诉网络小说创作者玖月晞的《小南风》抄袭其作品《越过时间拥抱你》著作权一案正式立案。玖月晞为晋江文学签约作者，创作有《少年的你，如此美丽》《亲爱的阿基米德》等作品，多部作品被改编为影视剧，在业界具有一定的知名度。

祖占称，其于 2014 年底创作完成《越过时间拥抱你》，并于 2015 初开始在晋江文学网连载。小说连载完结后的 2015 年 6 月，她与网站签约。同年 10 月，《越过时间拥抱你》的实体书出版。从 2016 年 2 月开始，祖占的微博陆续接到网友举报，称玖月晞于 2016 年 2 月开始在晋江文学网连载的《小南风》与《越过时间拥抱你》存在雷同情况。祖占表示，她简单翻阅《小南风》，发现了一个接一个的"巧合"。这事引发很多网友关注，2016 年 3 月，有读者将《小南风》与《越过时间拥抱你》的相似情节进行整理，做成"调色盘"，投诉至晋江平台，但该平台认为"不构成借鉴过度或者抄袭"，驳回了投诉，并表示，如果祖占有意维权，站方会依程序配合取证。2021 年 7 月 12 日，祖占将事件大致情况发送给反剽窃基金会，并于 7 月 19 日得到了反剽窃基金会官微的回复。反剽窃基金公开表示，2021 年 7 月接到祖占的援助申请后，出于公允的考虑组建了阅读比对志愿者团队，对祖占进行了经济和法律帮扶，后续会及时跟进案件的进展。

2020 年 12 月，郭敬明就小说《梦里花落知多少》抄袭作家庄羽作品《圈里圈外》一事公开道歉，并承诺赔偿全部相关收益。庄羽提议成立"反剽窃基金"。基金成立后，推出"网络原创文学作者"权益帮扶项目。据了解，截至 2022 年 2 月底，反剽窃基金收到 100 多人次的咨询和求助。基金方表示，该基金将通过组织志愿者对涉及作品进行比对、拨付款项支付律师费等方式帮助遭侵权作者。此案是反剽窃基金成立后，帮扶的所有案例中第一个走到诉讼阶段的。

2. 网络文学领域首个诉前禁令获法院支持②

2022 年 5 月 20 日，阅文旗下"起点中文网"运营方上海玄霆娱乐信息科技有限公司针对"UC 浏览器"和"神马搜索"中存在的大量侵犯《夜的命名术》信息网络传播权的盗版链接，并向用户推荐、诱导用户阅读盗版的行为，向海南自由贸

---

① 中国知识产权资讯网：《〈小南风〉被诉抄袭〈越过时间拥抱你〉，详情是……》，http：//www. iprchn. com/cipnews/news_ content. aspx？newsId＝133693，2022 年 12 月 24 日查询。
② 中国版权协会：《网络文学领域首个诉前禁令获法院支持》，https：//mp. weixin. qq. com/s/Uf2jB 5vc897cilfpaWUt2Q，2022 年 12 月 24 日查询。

易港知识产权法院申请诉前行为保全，获得法院支持。据悉，这是网络文学领域的第一个诉前禁令。

"诉前禁令"即"诉前行为保全"，是指权利人或利害关系人因情况紧急，在起诉前请求法院作出的制止被控侵权人正在实施或即将实施侵权行为的命令，以避免权利人的合法利益遭受难以弥补的损失。

根据裁定书《海南自由贸易港知识产权法院民事裁定书（2022）琼 73 行保 1 号》显示，阅文享有涉案作品《夜的命名术》在全球范围内的信息网络传播权。阅文公司诉称，涉案作品《夜的命名术》于 2021 年 4 月 18 日在"起点读书"App、"QQ 阅读"App 等阅文公司运营或授权的网站、App 上架并持续更新连载。上架后其网络热度非常高，作品粉丝数超 200 万人，互动量高达 100 万次。截至 2022 年 5 月 11 日，涉案作品名列"起点中文网"App 月票榜第一位，畅销榜第二名。

动景公司系"UC 浏览器"的运营者，神马公司为"UC 浏览器"内嵌及默认搜索引擎"神马搜索"的运营方。阅文公司诉称，动景公司、神马公司在其运营的"UC 浏览器"及"神马搜索"中实施了侵犯阅文公司权利作品信息网络传播权并构成不正当竞争的行为。比如在"UC 浏览器"及"神马搜索"中优先展示盗版链接，将相关盗版推荐词汇置于搜索结果顶部或前部，诱导用户阅读涉案作品的盗版链接；优化盗版阅读功能和社区功能，对盗版作品和链接进行推荐；将涉案作品用户诱导至"UC 浏览器"自营的小说阅读服务"UC"小说内等。因涉案作品正处于连载中，情况紧急，且正在持续性受到侵害，阅文公司向法院申请诉前行为保全措施，要求动景公司、神马公司立即对相关站点采取删除、屏蔽、断链等必要措施。

根据《最高人民法院关于审查知识产权纠纷行为保全案件适用法律若干问题的规定》第七条的规定，人民法院审查行为保全申请，应综合考量下列因素：（一）申请人的请求是否具有事实基础和法律依据……（二）不采取行为保全措施是否会导致申请人的合法权益受到难以弥补的损害或者造成案件裁决难以执行等损害；（三）不采取行为保全措施对申请人造成的损害是否超过采取行为保全措施对被申请人造成的损害；（四）采取行为保全措施是否损害社会公共利益；（五）其他应当考量的因素。

法院经审查后认为，阅文公司对涉案作品享有信息网络传播权，权利基础具有稳定性；涉案作品系正在持续更新的作品，具有较强的时效性，属于情况紧急的情形；涉案作品能为阅文公司带来较高的广告流量和会员费、打赏费等收入，动景公司和神马公司涉嫌侵害阅文公司对涉案作品享有的信息网络传播权，如不及时制止，将给阅文公司造成流量降低、收入减少等难以弥补的损害；对涉案作品采取屏蔽、断链、删除等措施，并不会影响动景公司、神马公司的正常生产经营和合法权益，也不会对社会公共利益造成损失。

法院认为，阅文公司所提的诉前行为保全申请符合法律规定，法院应予以支持。

裁定动景公司、神马公司自收到裁定书之日起对其搜索引擎中涉嫌侵犯《夜的命名术》信息网络传播权的链接采取删除、屏蔽、断开链接等必要措施.

从阅文提出诉前禁令申请到法院作出裁定，耗时仅4天时间。多位业内人士对此表示，行业首例诉前禁令意义重大，它突破了漫长的诉讼周期限制，及时制止了搜索引擎、浏览器传播盗版内容的侵权行为，对保护权利人的合法利益起到了及时止损、便捷维权的效果，为网络文学版权保护提供了新的思路。

法院作出裁定后，UC浏览器、神马搜索以"不存在任何侵权行为""不会给阅文的合法权益造成难以弥补的损失或者造成案件裁决难以执行"等为由向海南自由贸易港知识产权法院提交复议申请。经严格审查，法院认定UC浏览器、神马搜索所提的复议申请理由不成立，依法对原裁定予以维持。

3.《诛仙》遭侵权，起点中文网起诉爱奇艺

2022年7月18日，上海玄霆娱乐信息科技有限公司与上海众源网络有限公司等其他不正当竞争纠纷一审民事裁定书公布。文书显示，原告玄霆公司称，两被告未经许可擅自在爱奇艺文学网站、爱奇艺阅读App上提供多部与《诛仙》同名的侵权作品，构成不正当竞争，请求法院判令两被告删除全部侵权作品，赔偿原告经济损失100万元。

被告爱奇艺公司称，起点中文网存在大量涉案作品同名小说，原告放任同名小说的传播，侧面证明涉案作品名称严重同质化。被告运营的小说平台仅提供信息存储空间服务，没有主动设置同名小说的推广、链接和关键词，主观上没有搭便车的故意；同名小说名称下均标注了署名信息，不会造成混淆。被告众源公司称，其仅运营PPS等影视模块，不是适格被告。

法院认为，原告与被告爱奇艺公司均经营网络文学作品相关业务，存在竞争关系。涉案作品在原告运营网络平台中点击量较高且衍生有电视剧、有声书、游戏等，具有一定知名度，被控侵权平台上出现的同名作品可致用户误认并点击阅读。爱奇艺公司应知其网站中出现大量的同名作品极有可能系使用他人享有权益的作品名称、搭他人便车的不正当竞争行为，未尽应有的注意义务，构成不正当竞争。最终，法院判决被告爱奇艺公司赔偿原告经济损失及合理费用共22万元。

4. 荔枝App侵犯《三体》音频著作权案①

2022年8月31日，上海知识产权法院对深圳市腾讯计算机系统有限公司（简称"腾讯公司"）起诉广州荔支网络技术有限公司（荔枝App，简称"荔支公司"）侵犯《三体》著作权案作出二审判决。法院认定，《三体》具有很高的商业价值，荔枝App上有大量《三体》音频，有些音频的标题中有"三体""刘慈欣"

---

① 央才网：《因侵犯《三体》音频著作权，法院判定荔枝App赔偿500万》，https：//baijiahao. baidu. com/s？id=1743929749575383026&wfr=spider&for=pc，2022年12月24日查询。

等字样，且有连续多集，荔支公司容易识别出此类音频是侵权音频。对于独家主播等有影响力的主播，荔支公司对其播出的内容有更高的注意义务。荔支公司明知或者应知其平台主播传播侵权音频，未采取制止侵权的必要措施，构成帮助侵权，应承担相应的民事责任。一审法院综合考虑涉案作品知名度高、侵权规模大及持续时间较长、主观过错明显等因素，判决荔支公司赔偿 500 万元。二审法院认为，赔偿金额在合理范围内，予以维持，荔支公司的其他上诉请求不予成立。

2019 年，腾讯公司因《三体》音频相关著作权权属、侵权纠纷向上海市浦东新区人民法院提起诉讼。一审法院认定，荔支公司未经腾讯公司许可，通过网络公开直播腾讯公司享有著作权的作品，侵犯了腾讯公司的著作权，依法应承担停止侵权、赔偿 500 万元。荔支公司因对一审判决不服，于 2021 年向上海知识产权法院提起上诉。二审法院认为，《三体》是国内具有知名度的科幻小说之一，具有很高的商业价值。荔支公司应当知道，权利人不可能免费许可他人使用该作品。荔枝平台有大量《三体》音频，有些音频的标题中有"三体""刘慈欣"等字样，且有连续多集，荔支公司容易识别出此类音频是侵权音频。

二审法院还认为，荔支公司有众多主播传播《三体》音频，有的主播系排名靠前的主播，包括独家直播主播、独家内容主播、优秀主播等。对于独家主播等有影响力的主播，荔支公司对其播出的内容有更高的注意义务。腾讯公司多次向荔支公司发送侵权通知，但荔枝平台仍有大量侵权音频，包括一些有影响的主播，在腾讯公司发出侵权通知后，均持续在荔枝平台主播传播侵权音频。荔支公司明知或者应知其平台主播传播侵权音频，其未采取制止侵权的必要措施，构成帮助侵权，应承担相应的民事责任。

9 月 13 日，上海市版权局与上海市人民检察院联合召开 2022 年上海版权保护工作新闻发布会。在发布会上，本案入选上海市版权局发布 2021 年度上海版权十大典型案件。

5. 剧本密室游戏侵权《琅琊榜》案①

2022 年 9 月 15 日，正午阳光影业在其微博上发文称，收到上海杨浦法院胜诉通知，认定一剧本密室游戏侵犯正午阳光所拥有的《琅琊榜》改编权，并构成不正当竞争行为，侵权剧本密室被判赔偿 100 万及合理支出 5 万元。该案是全国首例剧本密室游戏侵犯知名 IP 改编案、全国首例剧本密室游戏附知名文学影视 IP 名称不正当竞争案。

剧本密室游戏是一种实景体验的角色扮演游戏，其推理性、悬疑性满足了玩家的推理爱好和表演欲，深受年轻人的喜欢。但是，伴随剧本密室游戏的火爆，相关

---

① 中国知识产权资讯网：《擅自改编《琅琊榜》小说，剧本密室游戏被判赔超百万元!》，http://www.iprchn.com/cipnews/news_content.aspx? newsId=135874，2022 年 12 月 24 日查询。

著作权争议开始浮出水面。

上海市杨浦区人民法院（下称杨浦法院）一审审结了东阳正午阳光影视有限公司（下称正午阳光公司）诉北京叁零壹文化传播有限公司（下称叁零壹公司）、梁某某等著作权侵权及不正当竞争纠纷案，判决叁零壹公司立即停止对《琅琊榜》小说的侵权行为，并赔偿正午阳光公司经济损失等共计 105 万元，梁某某亦需承担连带责任。一审判决作出后，双方均未上诉，该案判决现已生效。

正午阳光公司是一家专业的影视制作公司，推出了《伪装者》《山海情》《欢乐颂》等众多有口碑有流量的影视剧作品。《琅琊榜》是网络作家海晏创作的长篇小说，2006 至 2007 年连载于起点女生网，曾斩获 2016 年中国版权金奖作品奖、2017 年猫片·胡润原创文学 IP 价值榜等多个奖项。2015 年，《琅琊榜》被改编同名电视剧，在北京卫视、上海东方卫视播出，由爱奇艺网播。同时先后获得中国电视剧飞天奖优秀电视剧等荣誉。

正午阳光公司与海晏进行了深入合作，经海晏授权，公司独家享有对《琅琊榜》进行小说改编、摄制和利用小说内容开发桌面游戏及衍生品等权利。目前，其已经根据《琅琊榜》小说摄制了电视剧，并开发了相关游戏、密室、剧本杀等。其中，同名电视剧《琅琊榜》在播出后，斩获口碑和收视率的双丰收。该剧还获得"飞天奖"优秀电视剧奖等众多荣誉。

《琅琊榜》的粉丝发现被告经营的"301·沉浸式超级密室·轰趴馆"中所使用的"琅琊榜之权谋天下"密室游戏使用了《琅琊榜》小说的人物名称、人物关系、主要故事情节等因素，于是私信告诉了正午阳光公司。正午阳光公司称，被告将《琅琊榜》小说改编为沉浸式戏剧作品的行为，涉嫌侵犯了正午阳光公司对小说的改编权。同时，被告在游戏的产品名称、宣传海报、装潢及道具中使用"琅琊榜"标识，涉嫌构成擅自使用他人有一定影响商品名称的不正当竞争行为。据此，正午阳光公司将涉案密室游戏的经营者叁零壹公司及其法定代表人梁某某共同起诉至杨浦法院，请求判令赔偿经济损失等共计 305 万元。

杨浦法院经审理认为，被告所使用的"琅琊榜之权谋天下"密室游戏与《琅琊榜》小说的核心人物姓名一致，且二者的故事主线相同，该具体情节已经上升到《琅琊榜》小说高度独创的核心情节，而非思想范畴，故该情节可以作为表达受到著作权法的保护，涉案密室游戏构成对《琅琊榜》小说改编权的侵犯。同时，在案证据显示，"琅琊榜"名称经过长期的宣传、开发和利用，在文娱行业已具有较高的知名度和美誉度，构成具有一定影响的商品名称。涉案密室游戏大量使用"琅琊榜"标识，构成对他人具有一定影响商品名称的侵犯。

此外，杨浦法院还认为，梁某某作为叁零壹公司的唯一股东，以其个人账户负担密室经营的收入和支出，而未能证明公司财产独立于其个人财产，应当对赔偿义务承担连带责任。基于此，杨浦法院作出上述判决。

近年来，剧本密室游戏行业蓬勃发展，在催生众多原创作品的同时，也出现了抄袭侵权现象。在改编权的侵权认定上，该案主审法官谢玲介绍，关键要看涉案密室游戏是否使用了《琅琊榜》小说所具有的独创性表达。在该案的侵权比对中，法院的主要做法是：一是准确把握改编权的内涵。根据著作权法保护表达而不保护抽象思想的原则，只有在保留原作品基本表达的情况下对原作品进行演绎再创造，才是著作权法意义上的改编行为。但这并不意味着仅有完全抄袭或者照搬原作品的文字表达才能构成改编，如果新作品所使用的人物关系、故事安排、情节推进等具体到一定程度，足以构成原作品独创性表达的情况下，即便两者文字内容不同，新作品亦构成对原作品的改编。二是准确适用整体综合比对的方法。当原作品与新作品的表现形式完全相异时，在进行实质性相似比对时应采取整体综合比对的方法，即不能将单个人物关系或单个故事情节割裂后逐一比对，而是应当将新老作品中角色设置、人物关系及由此展开的故事主线等作为一个整体予以比对和分析。三是准确认识剧本密室游戏产品特性。有别于传统剧本文字或影视剧被诉侵权，该案中，剧本密室游戏是实景类剧本式密室体验活动，主要体现为玩家依据不同身份、任务和不断发现的线索逐步推进剧情演绎的过程，剧本结果呈开放式。因此，在侵权比对时应将密室的故事背景、人物身份、任务介绍以及道具信息中整体呈现的内容进行比对，而不因剧本密室游戏结果与小说不同即认定不构成实质性相似。

在不正当竞争行为的认定上，谢玲表示，在案证据显示《琅琊榜》小说及电视剧在国内文娱市场具有一定的知名度和美誉度，构成具有一定影响的商品名称。涉案剧本密室游戏通过"琅琊榜"主题吸引消费者实际体验密室内容，具有明显攀附的故意，大众点评用户发表的评论中大量出现"基本是按照琅琊榜剧情演绎而来""主题背景就是以琅琊榜为原型""对琅琊榜有情结的朋友值得一来"等混淆内容。因此，涉案密室游戏对"琅琊榜"名称的使用构成不正当竞争行为。

"该案件首次对涉及RPG（沉浸式角色扮演）密室主题的内容结构进行分析并确认改编权侵权，同时对攀附知名作品的不正当竞争行为进行了判定，对有效打击剧本密室游戏的知识产权侵权行为、规制行业乱象具有积极的指导意义。"谢玲表示，要避免侵权隐患，建议密室游戏经营者要切实增强知识产权保护意识，尊重原创，规范授权。此外，相关行业组织应建立内容自审制度，共同促进剧本密室游戏娱乐行业的健康发展。

6. 起点中文网状告《鬼吹灯》外传小说侵权案①

2022年10月14日，上海市浦东新区人民法院向被告北京卿读科技有限公司、褚红生（笔名"糖衣古典"）公告送达合同纠纷案件起诉状副本、开庭传票等。

---

① 新浪财经：《起点中文网诉鬼吹灯外传小说侵权》，https：//cj. sina. com. cn/articles/view/5061229888/m12dac3d40033015jtg? finpagefr=p_ 104_ js，2022年12月24日查询。

公告详情显示，原告上海玄霆娱乐信息科技有限公司请求判决两被告立即停止在"鬼吹灯前传"及"鬼吹灯外传"系列小说中使用"鬼吹灯"名称的不正当竞争，刊登声明以消除影响，共同赔偿原告经济损失 200 万元及合理费用 10.16 万元。该案定于 12 月 9 日开庭审理。

上海玄霆娱乐信息科技有限公司即为起点中文网运营方。2007 年 1 月，张牧野（笔名"天下霸唱"）将《鬼吹灯》原著二部八卷著作权中的财产权全部转让给起点中文所属的玄霆公司，并许可后者进行再创作和开发外围产品。此后，张牧野也曾因在作品《鬼吹灯之牧野诡事》中使用"鬼吹灯"标识被判侵权。

（刘雨、凡哲汝 执笔）

第九章　理论与批评

　　2022 年，中国网络文学的研究持续深入，理论研究和文学批评也更加全面，涉及的内容更贴近中国网络文学发展的历史进程。我们廓清本年度网络文学理论批评总貌，总结年度理论研究热点、摸索研究发展规律、反思理论批评存在的相关症候，旨在推动网络文学理论与批评走向新高度，展现新气象。2022 年度，网络文学经典化研究、网络文学起源问题、评价体系与批评标准研究、网络文学与"元宇宙"概念发展、网络文学产业和网络文学海外传播等，成为学界关注度较高的问题，涌现出一批高质量研究成果。

一、理论与批评年度总貌

　　通过对中国知网（https：//www.cnki.net/）收录文献的统计与分析，2022 年，我国共有 229 家专业学术刊物刊发表网络文学理论与批评相关论文 445 篇①，与 2021 年度共有 203 家学术刊物刊发论文 369 篇的数据相比，发表网络文学理论与批评的学术期刊数量和文章数量都有明显增长，两项数据分别上涨了 12.8% 和 20.6%。其中，2022 年度发表网络文学理论批评相关论文 3 篇及以上的期刊有 56 家，相较 2021 年度的 34 家有较大增长，增幅达到 64.7%。在本年度网络文学理论批评论文中，CSSCI 来源期刊论文有 142 篇，相比 2021 年度的 127 篇增长 11.8%；CSSCI 来源期刊论文占 2022 年度网络文学理论批评论文的 31.9%，相较 2021 年度的 34.4% 占比略有下降，整体高于过去 3 年平均占比 31% 的水平。

　　根据知网数据库统计结果，2022 年我国报纸媒体发表网络文学理论与批评文章共计 195 篇，相较于 2021 年度报纸媒体刊载的 175 篇文章数量也有一定提升。

　　在博硕士论文方面，2022 年度发表的与网络文学问题相关的博士和硕士学位论文达 91 部，其中博士学位论文 4 部，硕士论文 87 篇，相较于 2021 年度 35 篇论文（均为硕士学位论文），数量上有显著增加，总增幅达 160%。

　　2022 年度我国共出版网络文学理论批评著作 25 部，较 2021 年的 21 部有所增加。

　　此外，2022 年度涌现出了一批推送网络文学相关研究的公众号平台，以《网文

---

　　① 因改版等原因，部分论文中国知网不再收录。

界》《安大网文研究》《扬子江网文评论》《中国作家网》《爆侃网文》和《媒后台》等平台为代表的公众号全年累计推出 1109 篇与网络文学相关的文章。

在科研项目上，2022 年度共有 21 个网络文学研究项目获国家社科基金年度项目立项，其中重点项目 1 项、一般项目 18 项、青年项目 2 项，相较于 2021 年度共 10 项一般项目立项有明显提升。2022 年国家社科基金后期资助项目和 2022 年国家社科基金结项项目分别为 7 项和 10 项，相较于 2021 年度 4 项和 5 项也有一定数量上的提升。另外，在国家社科基金艺术学项目上，2022 年度国家社科基金艺术学项目中有 4 项网络文艺项目，其中重点项目 1 项、一般项目 2 项、西部项目 1 项，相较于 2021 年度的 1 项重点项目立项和 4 项一般项目立项，在总数上略有下降。省级课题立项上，2022 年度山西省哲学社会科学规划课题中与网络文艺研究相关的课题数量最多，共有 8 个项目获得立项；.2022 年度江苏省社科基金项目有 5 项与网络文学相关的课题研究获得立项，相较 2021 年度的 3 项也有数量上的提升。此外，山西省、辽宁省、上海市、福建省、江西省、湖北省、广东省、重庆市、甘肃省等省市的社会科学基金项目或社科规划年度课题立项的网络文学相关课题数量均较 2021 年度有所增长。

二、年度成果代表作及代表性学者

（一）年度学术期刊论文代表作①

1. 欧阳友权，《突破网络文学评论的三道屏障》，《吉林大学社会科学学报》，2022 年第 1 期。

2. 单小曦，《新媒介时代的文艺批评反思及数字人文路向》，《吉林大学社会科学学报》，2022 年第 1 期。

3. 贺予飞，《中国网络文学起源说的质疑与辨正》，《南方文坛》，2022 年第 1 期。

4. 贺桂华，《〈尤利西斯〉金隄译本的网上读者接受效果研究》，《上海翻译》，2022 年第 1 期。

5. 鲍远福，《副本模式、游牧身体与生命政治新范式——中国网络科幻小说的"后人类叙事"》，《内蒙古社会科学》，2022 年第 1 期。

6. 许苗苗，《情感回馈与消费赋权：网络文学阅读中的权力让渡》，《中州学刊》，2022 年第 1 期。

7. 吴长青，《异化与解放——中国网络文学批评理论的演进与反思》，《中国当代文学研究》，2022 年第 1 期。

8. 刘西竹，《从〈诡秘之主〉看中国玄幻小说中的"民族性"与"世界性"因

---

① 共选入学术期刊网络文学代表性论文 100 篇，以发表时间为序。

素》，《中国当代文学研究》，2022 年第 1 期。

9. 徐亮红，《网络文学的未来走向与发展困境》，《长春师范大学学报》，2022 年第 1 期。

10. 宁意，《从女性主义视角看当代女频小说》，《文学教育（下）》，2022 年第 1 期。

11. 汤哲声，《网络文学发生机制的关联性研究与批评标准的构建》，《小说评论》，2022 年第 1 期。

12. 肖映萱，《女孩们的"叙世诗"——2020—2021 年中国网络文学女频综述》，《中国文学批评》，2022 年第 1 期。

13. 黄馨怡，《"自我的苦难"与作为自我反身性的"丧"——以 priest 网络小说为例解读"丧文化"》，《文艺理论与批评》，2022 年第 1 期。

14. 黄杨，《网络作家文化自觉意识的崛起与网络小说海外传播》，《当代作家评论》，2022 年第 1 期。

15. 管兴平，《历史·网络·市井·语言——解读〈繁花〉的几重视角》，《当代作家评论》，2022 年第 1 期。

16. 姜梦佳，《新媒体环境谈汉语言文学发展困境》，《汉字文化》，2022 年第 2 期。

17. 茆婕，刘一璐，朱宁，谭秀梅，《商业化背景下网络文学发展困境研究》，《汉字文化》，2022 年第 2 期。

18. 张蓉，杨凤仪，高月琴，《网络流行语语义构建的概念整合理论分析》，《新闻研究导刊》，2022 年第 2 期。

19. 马悦然，《从版权经济角度分析网络文学盗版问题》，《青年记者》，2022 年第 2 期。

20. 罗长青，《从"纯文学"到"创意写作"：文学史视域的当代文学热点切换逻辑》，《西南民族大学学报（人文社会科学版）》，2022 年第 2 期。

21. 张逸凡，《网络小说的创新性书写——以 Priest〈默读〉为例》，《今古文创》，2022 年第 8 期。

22. 张毅，申蕾，《IP 网剧〈隐秘的角落〉的互文叙事研究》，《视听》，2022 年第 2 期。

23. 丁地英，《网络 IP 改编影视作品〈你是我的荣耀〉的成功之道》，《视听》，2022 年第 2 期。

24. 魏家海，李洁，《基于 CiteSpace 的中国文学走出去研究文献计量分析（2011—2020）》，《山东外语教学》，2022 年第 1 期。

25. 范立红，《"网络强国"战略背景下网络文学发展中的问题及对策》，《贵州工程应用技术学院学报》，2022 年第 1 期。

26. 赵继颖，衡丹丹，《"凡尔赛文学"式炫耀消费主义危害及现实规制研究》，《理论观察》，2022 年第 2 期。

27. 张婷婷，《中国网络小说翻译现状》，《理论观察》，2022 年第 2 期。

28. 胡疆锋，刘佳，《2021 网络文艺：在塞壬的歌声里踏浪而行》，《中国文艺评论》，2022 年第 2 期。

29. 唐磊，《浅析"废话文学"》，《汉字文化》，2022 年第 4 期。

30. 都岚岚，《再媒介化：数字媒介中的〈弗兰肯斯坦〉》，《上海交通大学学报（哲学社会科学版）》，2022 年第 1 期。

31. 朱频颖，《女性向网络文学中的女性形象新变与网络女性主义》，《名作欣赏》，2022 年第 6 期。

32. 禹建湘，梁馨月，《生态优化语境下网络文学的主流化趋势》，《怀化学院学报》，2022 年第 1 期。

33. 陈前进，《"十四五"时期中国网络文化"走出去"：构建"网络文化共同体"》，《出版广角》，2022 年第 4 期。

34. 许苗苗，《如何谈论中国网络文学起点——媒介转型及其完成》，《当代文坛》，2022 年第 2 期。

35. 周雨，何金琼，《网络小说改编影视剧的叙事策略研究——评〈文学视域下的网络小说影视改编研究〉》，《语文建设》，2022 年第 5 期。

36. 鲍楠，《在调整提升中守正创新、坚定前行——2021 年网络视听文艺创作发展综述》，《中国电视》，2022 年第 3 期。

37. 孙乔可，李琴，《网文出海何以"走进去"：发展困境与未来想象》，《出版发行研究》，2022 年第 3 期。

38. 李玮，《"主动幻想"：作为新空间形式中的"文学"的剧本杀》，《扬子江文学评论》，2022 年第 2 期。

39. 肖映萱，《不止言情：女频仙侠网络小说的多元叙事》，《扬子江文学评论》，2022 年第 2 期。

40. 欧阳友权，《网络文学评价的美学律令与历史逻辑——兼论恩格斯"美学观点和历史观点"之于网络文学评价的有效性》，《文学评论》，2022 年第 2 期。

41. 欧阳友权，罗亦陶，《我国网络文学发展的新挑战与新趋势》，《天津社会科学》，2022 年第 2 期。

42. 钱一敏，孙慧，钟媛媛，《浅析网络热词"敷衍学"》，《汉字文化》，2022 年第 6 期。

43. 张春梅，《网络文学"现实"的多重变异、未来性与大众美学》，《中国文艺评论》，2022 年第 3 期。

44. 贺予飞，《我国网络小说创作的四大走向》，《当代作家评论》，2022 年第

2 期。

45. 王甜，《网络流行语"凡尔赛文学"语用分析》，《今古文创》，2022 年第 14 期。

46. 朱艳君，《中国网络文学研究的困境与应对探析》，《今古文创》，2022 年第 14 期。

47. 周丽，唐凯欣，《网络文学现实题材的两种写作手法》，《南京师范大学文学院学报》，2022 年第 1 期。

48. 吴亮芳，《中国网络文学融合的演化进路与特征》，《湖南师范大学社会科学学报》，2022 年第 2 期。

49. 韩爽爽，《合作原则视域下网络语言中"凡学"的语用分析》，《汉字文化》，2022 年第 7 期。

50. 韩模永，《从"意识独占"到"感觉独占"——论网络文学"新文类"的存在形态及沉浸式体验的嬗变》，《南京社会科学》，2022 年第 4 期。

51. 马中红，台雪纯，《网络青年亚文化研究热点主题与演进趋势研究——基于 CiteSpace 的可视化分析》，《青年学报》，2022 年第 2 期。

52. 夏德元，严锋，邓建国，《虚拟性与实在性相互建构的历史、现状和未来——关于文学、艺术、传媒与元宇宙的对话》，《文化艺术研究》，2022 年第 2 期。

53. 姜奇平，《不要小瞧网络文学》，《互联网周刊》，2022 年第 8 期。

54. 李旭，何静雯，万芮冰，《近三十年来中国耽美小说的发展历程及其审美特征》，《河北民族师范学院学报》，2022 年第 2 期。

55. 孙晶，《全民写作时代的网络文学与网络文化——从〈2020 年度中国网络文学发展报告〉说起》，《上海文化》，2022 年第 4 期。

56. 骆敏，胡明远，《"废话文学"：从反讽式的戏仿到自我指涉的漩涡》，《东南传播》，2022 年第 4 期。

57. 张敏杰，王长华，《网络流行语"凡尔赛"语义及语用分析》，《今古文创》，2022 年第 17 期。

58. 张红燕，《用户阅读体验视角下网络文学的症候、成因与矫治》，《传播与版权》，2022 年第 5 期。

59. 周冰，《网络文学的"方言"书写、言语社区与修辞幻象》，《语言战略研究》，2022 年第 3 期。

60. 韩传喜，范晓琳，《媒介融合时代网络文学改编剧的坚守与突破——以〈隐秘的角落〉为个案》，《江苏大学学报（社会科学版）》，2022 年第 3 期。

61. 张梦楠，《中国侠文化研究 2021 年年度报告》，《重庆文理学院学报（社会科学版）》，2022 年第 3 期。

62. 王一鸣，董苗苗，《国际传播视野下网络文学海外出版研究》，《出版与印刷》，2022 年第 2 期。

63. 翟欢，《高低语境文化视角下中国网络文学的海外传播与接受——以〈三生三世十里桃花〉英译本为例》，《传播与版权》，2022 年第 6 期。

64. 刘东旭，《国内网络小说崛起与快速发展背景探究》，《黑龙江教师发展学院学报》，2022 年第 6 期。

65. 冯迎霜，《刘慈欣〈三体〉系列海外传播成功动因探析》，《名作欣赏》，2022 年第 18 期。

66. 卓玛草，《新时代网络语言对汉语言文学发展的影响》，《文学教育（下）》，2022 年第 6 期。

67. 雷成佳，《人工智能写作与文学变革：挑战和反思》，《广西社会科学》，2022 年第 6 期。

68. 欧阳友权，游兴莹，《走进中国网络文学的五大热点》，《社会科学战线》，2022 年第 7 期。

69. 黄发有，《网络文学研究的反思与突破》，《中国当代文学研究》，2022 年第 4 期。

70. 金方廷，《数字阅读时代的批评与审查：以豆瓣"小说打分器"小组所见"厌女"批评为样本的观察》，《中国图书评论》，2022 年第 7 期。

71. 李志强，《"网络文学+短视频"的全媒体营销策略研究》，《上海商业》，2022 年第 7 期。

72. 周丹妮，戴卓，《基于 4C 理论的移动阅读 App 营销策略分析——以微信读书为例》，《商业观察》，2022 年第 20 期。

73. 房伟，《时空拓展、功能转换与媒介变革——中国网络小说的"长度"问题研究》，《文学评论》，2022 年第 4 期。

74. 聂茂，《新世纪网络小说的盛世叙事与中国气派》，《文学评论》，2022 年第 4 期。

75. 李晓宇，《元宇宙下赛博人创作数字产品的可版权性》，《知识产权》，2022 年第 7 期。

76. 袁丽梅，薛东玥，《网络小说翻译过程中读者、译者互动及其影响探析——以〈魔道祖师〉的英译为例》，《外国语文》，2022 年第 4 期。

77. 黎杨全，《从网络性到交往性——论中国网络文学的起源》，《当代作家评论》，2022 年第 4 期。

78. 万梦涵，《基于 4I 理论的免费阅读小说平台营销策略分析》，《新媒体研究》，2022 年第 14 期。

79. 金一凡，《作为符号的小狗："小狗文学"中的青年社交文化与人际关系》，《新媒体研究》，2022 年第 14 期。

80. 李玮，《论 2020—2021 年女频网络文学叙事结构的新变》，《江苏社会科学》2022 年第 4 期。

81. 王一朱，《新时代网络语言对汉语言文学发展的影响》，《中关村》，2022 年第 8 期。

82. 韩传喜，郭晨，《嵌入、联结、驯化：基于可供性视角的网络文学媒介化转向考察》，《学习与探索》，2022 年第 8 期。

83. 王飚，毛文思，《中国网络文学海外传播现状探析》，《传媒》，2022 年第 15 期。

84. 崔芃昊，于小植，《"梗""嘻哈"与"弹幕"：论网络亚文化语境中"鲁迅形象"的"脱域"》，《鲁迅研究月刊》，2022 年第 8 期。

85. 戴俊骋，魏西笑，《文化强国使命任务视域下的数字文化消费》，《江西社会科学》，2022 年第 8 期。

86. 顾江，《文化强国视域下数字文化产业发展战略创新》，《上海交通大学学报（哲学社会科学版）》，2022 年第 4 期。

87. 张海涛，焦晨，《移动互联时代中国网络文学的嬗变与展望》，《中国文化研究》，2022 年第 3 期。

88. 何弘，《"网文出海"的现状、问题及对策》，《人民论坛》，2022 年第 16 期。

89. 勾彦殳，《虚拟异托邦：论当代大众文化的受众快感机制及其接受效果》，《文艺理论研究》，2022 年第 4 期。

90. 高佳华，《中国网络文学在法国的传播研究》，《中国出版》，2022 年第 17 期。

91. 樊媚，《"废话文学"探究》，《今古文创》，2022 年第 36 期。

92. 张春梅，《网络文学现实主义的理论问题、当代经验与大众惊奇美学》，《南京社会科学》，2022 年第 9 期。

93. 陈海燕，范容，《数字劳动视域下 IP 微短剧的盈利模式及优化》，《青年记者》，2022 年第 18 期。

94. 朱军，《网络文学"爽点"的合法性的确立及其转型》，《宁夏大学学报（人文社会科学版）》，2022 年第 5 期。

95. 汪永涛，《Z 世代网络文学的阅读方式：以注意力经济为视角》，《中国青年研究》，2022 年第 10 期。

96. 仲兰，《探析网络语言对汉语言文学的影响》，《湖北开放职业学院学报》，2022 年第 19 期。

97. 王婉波，贺麦晓，《中国网络文学的起源及其经典化》，《长江学术》，2022 年第 4 期。

98. 林磊，冯应谦，《自由、自主与抵抗：作为创意劳动的网文创作》，《新闻记者》，2022 年第 10 期。

99. 陈海燕，《博弈与共生：网络文学与短视频产业联动的内在机制》，《贵州师范大学学报（社会科学版）》，2022 年第 5 期。

100. 唐伟，《从"文学+网络"到"网络+文学"——"网络文学"辨析》，《当代文坛》，2022 年第 6 期。

（二）年度报纸文章代表作①

1. 舒晋瑜，《〈2021 阅文年度好书榜单〉显示：年轻人爱上"新国风"》，《中华读书报》，2022 年 1 月 5 日。

2. 鲍远福，《网络文艺学话语范式与学科体系构想》，《中国社会科学报》，2022 年 1 月 12 日。

3. 周志军，《网络文学：让精品文学"照进"现实》，《中国文化报》，2022 年 1 月 14 日。

4. 丛子钰，《让文学照亮美好生活》，《文艺报》，2022 年 1 月 14 日。

5. 谢楚楚，《〈开端〉霸屏背后：无限流为什么火了?》，《经济观察报》，2022 年 1 月 24 日。

6. 文艺报，《2021 探照灯年度书单发布，首度设立"十大网络原创小说"榜单》，《文艺报》，2022 年 1 月 26 日。

7. 昂颖，《海南"网文出海"跃跃欲试》，《海南日报》，2022 年 2 月 14 日。

8. 张熠，《网络文学出海热催生海外"宅作家"》，《解放日报》，2022 年 2 月 14 日。

9. 别君华，《新媒介文艺生产的媒介化批评》，《中国社会科学报》，2022 年 2 月 14 日。

10. 徐健，罗建森，《文学以不同的呈现方式开拓延伸自身价值》，《文艺报》，2022 年 2 月 16 日。

11. 周志军，《十九万"洋作家"汇集中国网文平台》，《中国文化报》，2022 年 2 月 16 日。

12. 周志军，《数字阅读助推全民阅读迭代升级》，《中国文化报》，2022 年 2 月 18 日。

13. 徐子茗，黄楚旋，邱文欣，李贺，《发挥青年力量 勇攀文艺高峰》，《南方日报》，2022 年 2 月 18 日。

14. 孟妮，《海外青年成中国网文创作平台新势力》，《国际商报》，2022 年 2 月 22 日。

---

① 共选入年度报纸刊发的网络文学理论评论文章代表作 100 篇，已发表时间为序。

15. 舒晋瑜，《坚持正确导向，营造清朗的网络文学空间》，《中华读书报》，2022 年 2 月 23 日。

16. 魏沛娜，《网文频出海　资本竞角逐》，《深圳商报》，2022 年 2 月 25 日。

17. 中国艺术报，《推动新时代文艺文联工作高质量发展》，《中国艺术报》，2022 年 3 月 2 日。

18. 沈杰群，余冰玥，《不打卡上班，这些年轻人追求职业新赛道》，《中国青年报》，2022 年 3 月 7 日。

19. 刘瀚潞，廖慧文，孙雯，《"网络文学湘军"成军了吗》，《湖南日报》，2022 年 3 月 8 日。

20. 舒晋瑜，《严惩侵权盗版加强出海扶持　政协委员聚焦网络文学发展》，《中华读书报》，2022 年 3 月 9 日。

21. 李菁，《筹建网络文学博物馆　推进网络文学经典化》，《文艺报》，2022 年 3 月 9 日。

22. 李美霖，洪玉华，张君成，隋明照，《对网络文学侵权盗版加大打击惩处力度》，《中国新闻出版广电报》，2022 年 3 月 10 日。

23. 何晶，《从"出作品"到"出精品"，开拓文艺创作新境界》，《文学报》，2022 年 3 月 10 日。

24. 郑蕊，《内外两手抓　网络文学转型划出关键词》，《北京商报》，2022 年 3 月 10 日。

25. 何晶，《从"出作品"到"出精品"，开拓文艺创作新境界》，《文学报》，2022 年 3 月 10 日。

26. 李美霖，洪玉华，张君成，隋明照，《中国文化走出去大有可为》，《中国新闻出版广电报》，2022 年 3 月 11 日。

27. 沈杰群，《文化自信是中国"网文出海"的根基》，《中国青年报》，2022 年 3 月 11 日。

28. 王琼，《打击侵权盗版行为，促进网络文艺健康发展》，《中国艺术报》，2022 年 3 月 11 日。

29. 宿志红，陈静，《政协委员呼吁斩断网络盗版利益链》，《中国市场监管报》，2022 年 3 月 12 日。

30. 许旸，《别让盗版侵权成了网络文学健康发展的"拦路虎"》，《文汇报》，2022 年 3 月 28 日。

31. 宣晶，《"数字+"新业态遍地开花，"创新变量"跑出"上海速度"》，《文汇报》，2022 年 3 月 28 日。

32. 范玉刚，《以文艺的人民性引导艺术创新》，《中国社会科学报》，2022 年 3 月 29 日。

33. 曾一果，《数字媒介时代呼唤理性文艺批评》，《中国社会科学报》，2022 年 3 月 29 日。

34. 孙海悦，《"村民"从创作到维权全流程得到保护》，《中国新闻出版广电报》，2022 年 3 月 31 日。

35. 刘江伟，《网络文学勾勒火热现实》，《光明日报》，2022 年 4 月 12 日。

36. 石雅彬，《拥抱现实　传播文化》，《石家庄日报》，2022 年 4 月 12 日。

37. 张鹏禹，《"Z 世代"引领网络文学风尚》，《人民日报海外版》，2022 年 4 月 13 日。

38. 孟妮，《网络文学成传播中国故事重要载体》，《国际商报》，2022 年 4 月 13 日。

39. 周志军，《网络文学成为文化传播重要载体》，《中国文化报》，2022 年 4 月 14 日。

40. 赖名芳，《网络文学为全民阅读提供丰富资源》，《中国新闻出版广电报》，2022 年 4 月 15 日。

41. 王传领，《新媒介与当下文艺理论研究的新尝试》，《中国社会科学报》，2022 年 4 月 18 日。

42. 冯圆芳，《好看的故事将永远被渴望》，《新华日报》，2022 年 4 月 21 日。

43. 邢虹，王峰，《网文用户超 5 亿，现实和科幻题材崛起》，《南京日报》，2022 年 4 月 22 日。

44. 关颖，康雅洁，《金融从业者阅读量最大　"00"后喜欢网络电子书》，《西安日报》，2022 年 4 月 24 日。

45. 黄楚旋，《广东成年读者年均读书 6.21 本》，《南方日报》，2022 年 4 月 24 日。

46. 禹建湘，《网络文学批评聚焦的五个问题》，《中国社会科学报》，2022 年 4 月 26 日。

47. 肖姗姗，《2021 年网络文学迎来"Z 世代"》，《四川日报》，2022 年 4 月 29 日。

48. 韩秉志，《数字阅读渐成新风尚》，《经济日报》，2022 年 5 月 4 日。

49. 沈杰群，《元宇宙会给年轻创作者带来哪些机会》，《中国青年报》，2022 年 5 月 9 日。

50. 李子晨，《Z 世代"精神消费力"不可小觑》，《国际商报》，2022 年 5 月 10 日。

51. 徐雪霏，《IP 改编剧大行其道　影视原创是否真的丧失活力?》，《天津日报》，2022 年 5 月 17 日。

52. 魏蔚，《网络文学站在十字路口》，《北京商报》，2022 年 5 月 20 日。

53. 姜天骄，《"网标"对网络影视意味着什么》，《经济日报》，2022 年 5 月 21 日。

54. 舒晋瑜，《王朔：当前网络文学发展遇到了四个瓶颈》，《中华读书报》，2022 年 5 月 25 日。

55. 周志军，《在"键盘江湖"里追逐文学梦》，《中国文化报》，2022 年 5 月 26 日。

56. 魏沛娜，《522 名网络作家联名反盗版》，《深圳商报》，2022 年 5 月 27 日。

57. 李俐，《盗版泛滥，打击作家创作热情》，《北京日报》，2022 年 5 月 27 日。

58. 吴楠，《拓展艺术跨媒介研究的阐释空间》，《中国社会科学报》，2022 年 5 月 30 日。

59. 孟妮，《网络文学行业发起大规模反盗版倡议》，《国际商报》，2022 年 5 月 31 日。

60. 夏琪，《网络文学行业发起最大规模反盗版倡议》，《中华读书报》，2022 年 6 月 1 日。

61. 冯圆芳，王慧，陈洁，《以在场姿态，做好"新批评者"》，《新华日报》，2022 年 6 月 2 日。

62. 段祯，《未来 我们会怎样阅读？》，《成都日报》，2022 年 6 月 2 日。

63. 虞晓，《〈目中无人〉：快意恩仇的底层逻辑》，《中国电影报》，2022 年 6 月 15 日。

64. 卢扬，韩昕媛，《老年网文写手真能月入过万吗》，《北京商报》，2022 年 6 月 17 日。

65. 张丽华，《跨媒体实践：文艺作品改编》，《中国社会科学报》，2022 年 6 月 20 日。

66. 董翔，《南京：在街角巷陌遇见文学》，《新华日报》，2022 年 6 月 27 日。

67. 吴璟薇，《智能新闻时代下的人与机器彼此"驯化"》《中国社会科学报》，2022 年 7 月 7 日。

68. 许旸，《跳出单一"大女主"套路，"她故事"打开新空间》，《文汇报》，2022 年 7 月 9 日。

69. 杨雯，《回顾十年所来径，领峰时代向未来》，《中国新闻出版广电报》，2022 年 7 月 13 日。

70. 中国艺术报，《回顾与瞻望：中国网络文艺这十年》，《中国艺术报》，2022 年 7 月 22 日。

71. 江秀廷，《网络文学原生评论对接受美学的挑战》，《中国社会科学报》，2022 年 8 月 1 日。

72. 吴金娇，《Z 世代"语言面具"：懂我的"梗"，才懂我心》，《文汇报》，

2022 年 8 月 6 日。

73. 万芸芸，《网络文艺这十年》，《江西日报》，2022 年 8 月 10 日。

74. 刘江伟，《〈二○二一中国网络文学蓝皮书〉发布》，《光明日报》，2022 年 8 月 11 日。

75. 吴明娟，《文学网站三题材均呈大增长》，《中国新闻出版广电报》，2022 年 8 月 12 日。

76. 王峰，黄亚芳，《网文作者数量稳居全国前三　河南培养人才有啥秘诀?》，《河南商报》，2022 年 8 月 12 日。

77. 张冬云，《〈2021 中国网络文学蓝皮书〉在郑发布》，《河南日报》，2022 年 8 月 13 日。

78. 宋爽，《古韵新声：网络文学"恋上"传统文化》，《人民日报海外版》，2022 年 8 月 17 日。

79. 王峰，《网络作品走向精品化有了"加油站"》，《南京日报》，2022 年 8 月 19 日。

80. 中国作家协会网络文学中心，《2021 中国网络文学蓝皮书》，《文艺报》，2022 年 8 月 22 日。

81. 王昱娟，《"中国故事"与青年身份认同》，《中国社会科学报》，2022 年 8 月 22 日。

82. 舒晋瑜，《网络文学现实题材比例提高》，《中华读书报》，2022 年 8 月 24 日。

83. 许旸，《现实题材网文崛起，好故事照见人间烟火》，《文汇报》，2022 年 9 月 6 日。

84. 李文慧，何德民《新媒介场景下影视作品促进儒家文化对外传播的思考》《中国电影报》，2022 年 9 月 7 日。

85. 张鹏禹，张明瑟，《网络文学步入转型升级新阶段》，《人民日报海外版》，2022 年 9 月 14 日。

86. 仇宇浩，《现实题材网络文学汇聚"非凡十年"》，《天津日报》，2022 年 9 月 17 日。

87. 李笑萌，《技术进步为网络文艺营造多彩景观》，《光明日报》，2022 年 9 月 17 日。

88. 许旸，《中国故事海外走俏，网文作品首次收入大英图书馆》，《文汇报》，2022 年 9 月 18 日。

89. 邵璐，吴怡萱，《中国网络文学海外改编与翻译新生态》，《中国社会科学报》，2022 年 9 月 20 日。

90. 欧阳友权，《网络文学这十年：追风时代，砥砺前行》，《文艺报》，2022 年

9 月 26 日。

91. 王璐璐，《网络青晚追忆十年》，《中国青年报》，2022 年 9 月 29 日。

92. 张有平，《新媒介催生"两创""出圈"佳作》，《中国社会科学报》，2022 年 10 月 20 日。

93. 李夏至，《网络视听精品"实训营"开全国之先》，《北京日报》，2022 年 10 月 26 日。

94. 郑娜，邹雅婷，张鹏禹，《推动中华文化更好走向世界》，《人民日报海外版》，2022 年 10 月 27 日。

95. 别君华，《"加速时代"的新媒介文艺变革》，《中国社会科学报》，2022 年 11 月 7 日。

96. 程志，《魅影与具身：数字媒介时代的文学"再生产"》，《中国社会科学报》，2022 年 11 月 15 日。

97. 关雨晴，丘瑜，《线上文学"盛宴"开辟"新赛道"》，《南方日报》，2022 年 11 月 20 日。

98. 李敏锐，《网络文学海外传播多样化路径与影响》，《中国社会科学报》，2022 年 11 月 28 日。

99. 李敏锐，《网络文学海外传播多样化路径与影响》，《中国社会科学报》，2022 年 11 月 28 日。

100. 许舒昕，《数字化时代探寻两岸文学的发展与未来》，《厦门日报》，2022 年 12 月 13 日。

（三）年度理论与批评著作

1. 周志雄，《网络文学研究》第 3 辑，安徽大学出版社有限责任公司，2022 年 1 月。

2. 陈定家，《网络文学作家论》，中国社会科学出版社，2022 年 2 月。

3. 肖映萱，邵燕君，《中国网络文学双年选（2020—2021）女频卷》，漓江出版社有限公司，2022 年 3 月。

4. 吉云飞，邵燕君，《中国网络文学双年选（2020—2021）男频卷》，漓江出版社有限公司，2022 年 3 月。

5. 梁鸿鹰、何弘，《中国网络文学研究年编·2020》，安徽文艺出版社，2022 年 4 月。

6. 罗立彬，《网络时代中国文化全球影响力提升路径研究：以网络文学海外传播为例》，北京联合出版有限责任公司，2022 年 4 月。

7. 黄发有，《中国网络文学理论年选（2021）》，海峡文艺出版社，2022 年 6 月。

8. 禹建湘、刘玲武，《网络文学研究视界》（第二辑），中南大学出版社，2022年6月。

9. 王小英，《媒介突围 网络文学的破壁》，商务印书馆国际有限公司，2022年6月。王祥，《人类神话：网络文学神话学研究》，宁波出版社，2022年6月。

10. 周志雄、夏烈，《直面网络文学现场》，宁波出版社，2022年6月。

11. 赖尔，《网络文学创作实战》，南京大学出版社有限公司，2022年6月。

12. 张冬静，《青少年网络文学阅读与自我发展》，华中科学技术大学出版社，2022年6月。

13. 王志刚，《大数据时代网络文学版权运营》，中国社会科学出版社，2022年7月。

14. 黄鸣奋，《人工智能与网络文艺》，宁波出版社，2022年7月。

15. 欧阳友权，《中国网络文学年鉴（2021）》，新华出版社，2022年7月。

16. 白烨，《新世纪文坛与新媒体文学》，宁波出版社，2022年7月。

17. 王祥，《人类神话——网络文学神话学研究》，宁波出版社，2022年7月。

18. 周志雄，《直面网络文学现场》，宁波出版社，2022年7月。

19. 欧阳友权、周志雄、江秀廷，《网络文学观察与评价》，海峡文艺出版社，2022年8月。

20. 单小曦，《网络文学的合作式批评·浙江篇》，浙江工商大学出版社，2022年8月。

21. 周志雄，《网络文学研究》第4辑，安徽大学出版社，2022年8月。

22. 陈定家，《一屏万卷：网络文学理论与媒介文化批评》，浙江工商大学出版社，2022年10月。

23. 何弘、周冰，《中国网络文学研究》，第一辑，成都时代出版社，2022年10月。

24. 安迪斯晨风，《生如稗草：网络文学导读》，百花文艺出版社，2022年10月。

25. 郑焕钊，《网络文艺的本土实践：基于创意与价值观视野的观察 中国现当代文学》，南方日报出版社，2022年11页。

26. 禹建湘、刘玲武，《网络文学研究视界》（第三辑），中南大学出版社，2022年11月。

（四）年度代表性学者①

网络文学在30余年的成长中，形成了三股重要的批评力量：学院派批评、传媒批评家和文学网民的在线批评。

---

① 排名不分先后，且不是完整名单，仅列举2022年度内在网络文学理论与批评领域发表成果较多的代表性学者。

学院派批评力量主要是来自高等院校和文学研究专门机构的学者。2022 年，网络文学理论批评队伍中不仅仅包括在此领域长期深耕的学院派学者，也吸引了一大批年轻学者，为网络文学注入了新鲜血液，从理论到实践推动了网络文学研究的发展。这里仅列举年度内发表成果较多的代表性研究者，他们是：黄鸣奋、南帆、欧阳友权、黄发有、谭天、陈定家、周志雄、邵燕君、黎杨全、夏烈、单小曦、何平、王祥、许苗苗、禹建湘、张春梅、周志强、葛红兵、汤哲声、吴长青、周冰、周兴杰、房伟、李玮、鲍远福、高翔、王小英、孙书文、赖尔、张艳梅、唐冰炎、苏晓芳、徐兆寿、陈立群、张颐武、胡疆锋、韩模永、龚举善、李盛涛、周根红、张邦卫、张学谦、王泽庆、李玉萍、吴俊、葛娟、聂茂、晏杰雄、纪海龙、聂庆璞、刘新少、乌兰其木格、温德朝、刘亚斌、罗先海、何志钧、马婧、范周、张永禄、吉云飞、王玉王、高寒凝、肖映萱、贺予飞、王婉波、乔焕江、王文静、陈海燕、翟羽佳、罗亦陶、游兴莹、吴英文、张浩翔、周才庶、徐亮红、陶东风、吴钊、邓祯、程海威、朱柏安、江秀廷、李强、曾一果、郑焕钊、刘燕南、李忠利、王志刚、李阳冉、任雪婷、田淑晶、项蕾、邵璐、吴怡萱、金恩惠、唐冰炎、蔡翔宇、黄杨等等。

在传媒批评方面，除了作家协会、各类媒体网站工作的网络文学理论批评学者之外，还涌现了一大批在各类媒体工作的青年文艺评论家，他们站在传媒前沿，发网络文艺新声。2022 年，他们在积极探索中国网络文学审美和评价标准的同时，准确把握发展趋势、积极引导舆论走向，推动了中国网络文学批评的生态健康发展。代表性人物有：胡邦胜、何弘、肖惊鸿、唐伟、桫椤、朱钢、陈崎嵘、胡平、何向阳、马季、庄庸、舒晋瑜、王国平、只恒文、张鹏禹、董阳、刘江伟、邱振刚、程天翔、唐伟、王金芝、虞婧、马征、项江涛、汤俏、西篱、许旸、李姝昱、贾国梁、李菁、安迪斯晨风、刘旭东、杨晨、血酬、周志军、陈炜敏、贺成、李煦、臧军、刘硕、孙凯亮、马原、侯小强、何瑞涓、丛子钰、欣闻、魏沛娜、刘旭东、李永杰、李婧璇、杨毅、孙立军、夏义生、王晓娜、汪荔诚、傅小平、胡明宇、邱媛顾、乔燕冰、王琼等等。

数字媒介的兴起，为广大网络文学读者提供了发表话语的平台和权利，他们通过网络社区、论坛、豆瓣评分、书友圈、"本章说"以及微信公众号、微博、QQ 等自媒体平台，实时发表了大量具体网络作家作品的长评、短评、跟帖等即时性评论，是网络文学批评最接地气、最具现实针对性的批评力量，为网络文学的发展作出了不可磨灭的贡献。这些在线批评的读者粉丝或网络文学同仁，隐藏在新媒体中发声，是网络文学批评的"幕后英雄"，我们不时见到他们的评论文字，却很难见到他们的"真容"，很显然，他们是网络文学批评最活跃的存在，代表着网络文学批评的发展方向。

2022 年度在网络文学研究领域的代表性学者及其相关文章主要有：

黄鸣奋：《想象力消费视野下的科幻电影》，当代电影，2022年第1期；《产业视野下的中国科幻电影》，艺术探索，2022年第1期；《残障研究与电影：一个跨学科理论综述》，游长冬，黄鸣奋，当代电影，2022年第6期；《科幻电影美学属性探索》，江西师范大学学报（哲学社会科学版），2022年第4期；《和而不同：女性主义视角下电影〈瞬息全宇宙〉的美学想象》，陈希雅，黄鸣奋，世界电影，2022年第5期；《科幻电影创意视野下的人类文明新形态》，北京电影学院学报，2022年第11期；；《乡村科幻：比较视野下的电影新品》．百家评论，2022年第3期《我国网络科幻小说中的超级科技想象》，长江文艺评论，2022年第1期；《比较视野下的科幻灾难片》，中国海洋大学学报（社会科学版），2022年第3期；《科幻电影评价思想性标准的多维考察》，艺术学研究，2022年第3期；《新技术对科普影响的两种态势：水涨船高与巨浪吞舟》，科普创作评论，2022年第2期等。

欧阳友权：《突破网络文学批评的三道屏障》，吉林大学社会科学学报2022年第1期；《网络文学亟待建立自己的评价体系和标准》，社会科学辑刊2022年第2期；《走进中国网络文学的五大热点》，欧阳友权、游兴莹，社会科学战线2022年第7期；《网络文学批评："线上与线下"识辨》，中国文学批评2022年第3期；《网络文学评价的美学律令和历史逻辑——兼论恩格斯"美学观点和历史观点"之于网络文学评价的有效性》，文学评论2022年第2期；《我国网络文学发展的新挑战与新趋势》，欧阳友权，罗亦陶，天津社会科学2022年第2期；《网络文学思想性评价的标准及语境规制》，中南大学学报2022年第5期；《如何评价网络文学的艺术性》，探索与争鸣2022年第5期；《网络文学这十年：追风时代，砥砺前行》，文艺报2022年9月26日；《网络文学评价体系：维度·指标·实践》，中国网络文学研究，第一辑；《网络文学评价体系的实践与理论依凭》，网络文学研究，第四辑。

黎杨全：《加速、重置与日常化：网络多维时间与艺术变革》，社会科学2022年第2期；《从网络性到交往性——论中国网络文学的起源》，当代作家评论2022年第4期；《从"作品"到"说话"：建构数字时代的大文艺观》，中州学刊2022年第4期；《新媒介文论的理论建构与突破——评单小曦教授〈新媒介文艺生产论〉》，杭州师范大学学报2022年第4期；《网络文学的"架空"与世界的可塑性》，鸭绿江2022年第5期等。

单小曦：《新媒介时代的文艺批评反思及数字人文路向》，《吉林大学社会科学学报》，2022年第1期；《"元宇宙"及其作为文艺的世界要素》，社会科学战线2022年第11期；《放牧诸神的变法宏图——网络文学名作〈牧神记〉细评》，中国当代文学研究2022年第1期；《存在即媒介——海德格尔的媒介存在论及其诗学效应》，文艺理论研究2022年第5期；《与天斗，其乐无穷——网络文学名作〈将夜〉细评》，百家评论2022年第1期；《跨媒介叙事中的人性幽微——网络自制剧〈隐秘的角落〉批评》，南方文学评论 2022 年第 3 辑。

周志雄：《网络小说家的修为》，当代文坛 2022 年第 6 期；《"阅评族""产消者""传受人"——数字媒介时代读者的身份叠合与融合体的生成》，周志雄，江秀廷，社会科学战线 2022 年第 11 期等。

禹建湘：《网络文学的别现代审美特征》，社会科学辑刊 2022 第 2 期；《网络文艺：虚拟与真实博弈下的符号世界》，禹建湘，傅开，湖南大学学报社会科学版，2022 年第 6 期；《生态优化语境下网络文学的主流化趋势》怀化学院学报，禹建湘，梁馨月，2022 年第 1 期；《回归本质，纳入主流——2022 年网络文学理论研究综述》，谢娇，禹建湘，百家评论 2022 年第 2 期等。

许苗苗：《新媒介时代的"大女主"：网络文学女作者媒介身份的转变》，扬子江文学评论，2022 年第 2 期；《"网络英雄传"：网络文学的新面向》，中国当代文学研究，2022 年第 1 期；《情感回馈与消费赋权：网络文学阅读中的权利让渡》，中州学刊，2022 年第 1 期；《如何谈论中国网络文学起点——媒介转型及其完成》，当代文坛，2022 年第 2 期；《网络文学的"重生"与主体的多重人格》，鸭绿江，2022 年第 5 期等。

陈定家：《"被魔与返魅"：网络文学的技术迷思与市场境遇》，中南大学学报（社会科学版），2022 年第 5 期；《"全球对话主义"：理解"文化自信"的一种致思路径》，陈定家，杨新宇，兰州文理学院学报（社会科学版），2022 年第 5 期等。

此外，邵燕君对网络文学作家的访谈：《猫腻，邵燕君. "顺心意"："只做让自己高兴的事"——猫腻访谈录》上、中、下三期分别刊载在名作欣赏 2022 第 1 期、第 4 期和第 7 期。

三、刊载成果的主要期刊、报纸及公众号

1. 发表网络文学论文的主要学术期刊

与 2021 年相比，2022 年刊载网络文学理论与批评论文的学术期刊从 203 家增加到了 229 家，一些核心期刊依旧是刊载网络文学研究成果的重要阵地。其中，2022 年度发表网络文学相关论文 3 篇及以上的期刊有 56 家，它们分别是《当代文坛》《文艺争鸣》《中州学刊》《出版广角》《编辑之友》《百家评论》《传媒》《当代作家评论》《电影文学》《东南传播》《江西社会科学》《今古文创》《科技传播》《科技与出版》《名作欣赏》《南方文坛》《南京师范大学文学院学报》《社会科学辑刊》《探索与争鸣》《外国文学动态研究》《文学教育》《文艺理论与批评》《戏剧之家》《新纪实》《新媒体研究》《粤港澳大湾区文学评论》《粤海风》《中国编辑》《中国当代文学研究》《中国图书评论》《中国文学批评》《中国文艺评论》《大连大学学报》《海外英语》《创作评谭》《出版与印刷》《出版发行研究》《东吴学术》

《文学评论》《大众文艺》《汉字文化》《河北民族师范学院学报》《南京社会科学》《社会科学战线》《新闻传播》《新闻研究导刊》《江苏社会科学》《上海文化》《外国语文》《文化创新比较研究》《文艺理论研究》《西南科技大学学报（哲学社会科学版）》《学习与探索》《中国出版》等。

下面是年度内较多刊发网络文学理论批评文章的部分代表性刊物：

（1）《中国文学批评》

《中国文学批评》由中国社会科学院主管，中国社会科学杂志社与中国文学批评研究会合办，以中国特色社会主义理论为指导，以发展中国特色社会主义文学理论话语体系为目标，重视理论的研讨和批评实践相结合，联系文学创作和鉴赏的实际，打造了一批品牌栏目。2022年刊载了《当下文学理论的功能退化与修复》（张政文，陈龙，2022年第1期）、《"男性向"朝内转——2021—2022年中国网络文学男频综述》（吉云飞，2022年第1期）、《女孩们的"叙世诗"——2021—2022年中国网络文学女频综述》（肖映萱，2022年第1期）、《女孩们的"叙世诗"——2021—2022年中国网络文学女频综述》（吴俊，2022年第2期）、《文学批评的类型指向与范式演变》（任杰，2022年第2期）、《数字人文方法论反思》（李天，2022年第2期）、《构建网络文学批评融合发展机制》（吴长青，2022年第3期）、《网络文学批评形态的区隔与和融》（周兴杰，2022年第3期）、《网络文学批评："线上与线下"识辨》、（欧阳友权，2022年第3期；《文学的流变和批评的责任》（吴俊，2022年第2期）等10篇网络文学相关论文。

（2）《当代文坛》

《当代文坛》于1982年创刊，主要设有名家论坛、对话与交锋理论探索、创作研究小说面面观、作家与作品批评与阐释、诗歌理论与批评海外文坛、海华文学之窗散文艺术谭、女性文学论博士论坛、文艺论著评介影视画外音、艺术广角等栏目。2022年度刊载了《消费读者和无限传播：论后文学时代文学史书写之新变》（千叶万希子，2022年第1期）、《拥抱变化——从"后文学"到"新人文"的实践途径》（刘大先，2022年第1期）、《"后文学"时代网络文艺的辩证批评——兼评〈从后文学到新人文〉》（陈琰娇，2022年第1期）、《如何谈论中国网络文学起点——媒介转型及其完成》（许苗苗2022年第2期）、《穿越于批评与史论之间——黄发有教授访谈录》（黄发有，张惠娟，2022年第5期）、《网络小说家的修为》（周志雄，2022年第6期）、《从"文学+网络"到"网络+文学"——"网络文学"辨析》（唐伟，2022年第6期）、《建构网络小说的类型学批评》（张永禄，2022年第6期）等8篇有关网络文学的论文。

（3）《中国文艺评论》

《中国文艺评论》于1984年创刊，由黑龙江省文联主办，以"以马克思主义文艺观为指导，坚持文艺'双百'方针，追踪和研究当前的文艺创作和文艺理论研究的态势，研究本省文艺创作和理论研究的成就和不足，推动文艺创作和理论建设的健康发展"为办刊宗旨。2022 年度刊载了《界限消弭下的参与体验：网络微短剧的审美趋向》（吴岸杨，2022 年第 1 期）、《2021 网络文艺：在塞壬的歌声里踏浪而行》（胡疆锋，刘佳，2022 年第 2 期）、《面对"元宇宙"，科幻文艺怎样保持批判力》（陈韬，2022 年第 2 期）、《2021 舞蹈：跨界"破圈"中的身体舞动》（张延杰，2022 年第 2 期）、《网络文学"现实"的多重变异、未来性与大众美学》（张春梅，2022 年第 3 期）等 5 篇有关网络文学的论文。

（4）《文艺争鸣》

《文艺争鸣》杂志是由吉林省文学艺术界联合会主办，主要刊发文艺评论和文艺理论类论文的学术刊物。自 1986 年创刊以来，以新观点、新方法、新材料为主题，坚持"期期精彩、篇篇可读"的理念，扶植了一大批国内颇具影响力的中青年理论家和批评家，是文艺理论和文艺批评领域最具影响力的杂志之一。2022 年刊载了《文学出圈：怎样的一个圈？出了做什么？》（何平，2022 年第 2 期）、《新媒介时代文学经典的意义生产》（齐秀娟，2022 年第 5 期）、《数字时代文学文本审美特征的身体化转向及其中的媒介管喻》（吴优，2022 第 6 期）等与网络文学有关的论文。

（5）《出版广角》

《出版广角》于 1995 年创刊，由广西新闻出版局主管、广西出版杂志社主办，以"与中国出版同步，为中国出版服务"为宗旨，定位于大出版文化，实现了学术性、实证性、可读性的统一。2022 年度刊载了《"十四五"时期中国网络文化"走出去"：构建"网络文化共同体"》（陈前进，2022 年第 4 期）、《读者参与视角下中国网络文学海外市场开发机制研究》（赵礼寿，马丽娜，2022 年第 4 期）、《免费VS 付费——网络文学产业阅读模式发展困局》（陈丹，冯硕，2022 年第 12 期）等 3 篇有关网络文学的论文。

（6）《编辑之友》

《编辑之友》创办于 1981 年，由山西出版集团主办，创刊之初为《编创之友》，1985 年正式更名为《编辑之友》，是国内创办最早的出版学编辑学学术刊物。2022 年度刊载了《中国大陆电视剧在全球流散华人媒体网络中的影响力变迁与启示——基于马来西亚地面频道的考察》（梁悦悦，2022 年第 2 期）、《面向跨媒介消费的网络文学 IP 价值开发优化策略》（陆朦朦，2022 年第 10 期）、《文本与媒介融合共生：网络对话体小说 IP 价值链构建路径研究》（王鹏涛，朱赫男，2022 第 10 期）等 3 篇有关网络文学的论文。

（7）《扬子江文学评论》

《扬子江文学评论》由江苏省作家协会主办，是展示当代作家作品研究成果的一个窗口。《扬子江》评论先后设立焦点话题、乡土都市文学与文化评论、名编视野、名刊观察等栏目，集中讨论和研究了诸如"阶层与文学""可持续写作""文学传媒""文学制度""反思 90 年代"等富有现实性、学术创新性的"真问题"。2022年发表了《新媒介时代的"大女主"：网络文学女作者媒介身份的转变》（许苗苗，2022 年第 2 期）、《不止言情：女频仙侠网络小说的多元叙事》（肖映萱，2022 年第 2 期）等 2 篇有关网络文学的论文。

（8）《出版发行研究》

《出版发行研究》杂志创刊于 1985 年，是新闻出版总署主管、中国新闻出版研究院（其前身为中国出版科学研究所）主办的出版行业学术性刊物，它是适应我国出版体制改革、总结出版工作丰富的实践经验、开展出版学理论研究、加强国内外学术交流、探索出版工作规律的需要而创办的，对探索研究出版学科理论建设体系和出版教育发展，起到了促进作用。2022 年发表了《网文出海何以"走进去"：发展困境与未来想象》（孙乔可，李琴，2022 年第 3 期）、《网络文学盗版案件刑事诉讼中的代位求偿制度研究》（吴君霞，2022 年第 4 期）、《网络文学网站编辑队伍现状研究》（崔海教，王飚，毛文思，2022 年第 4 期）、《我国网络文学出版管理制度的历史与现状》（杨昆，2022 第 5 期）、《"走出去"与"在地化"：中国网络文学在泰国的传播历程与接受图景》（郭瑞佳，段佳，2022 年第 9 期）等 5 篇有关网络文学的论文。

（9）《探索与争鸣》

《探索与争鸣》杂志创刊于 1985 年，是以"学术争鸣"为主要特色的综合性思想学术期刊。以"坚持正确方向、提倡自由探索、鼓励学术争鸣、推进理论创新"为办刊宗旨，注重对学术前沿话题和社会热点问题做深层次的理论评析，强调人文性、思想性与争鸣性，是国内学术界进行理论探索、交流、争鸣的重要园地。2022年共发表 3 篇有关网络文学的论文，有《数字时代粉丝文艺批评的"新感受力"与价值反思——兼与李雷教授商榷》（钱烨夫，徐剑，2022 年第 3 期）等有关网络文学的论文。

（10）《南方文坛》

《南方文坛》于 1987 年创刊，现由广西文联单独主办，被誉为"中国文坛的批评重镇"。致力于充满活力的高品位的学术形象和批评形象的建设，设置具有前沿性的话题批评。本年度共发表关于网络文学研究的论文 7 篇，有《媒介融合驱动文艺创新的语义阐释》（范玉刚，崔文斌，2022 年第 1 期）、《中国网络文学起源说的质疑与辨正》（贺予飞，2022 年第 1 期）、《历史总结中的"老问题"与"新进展"——2021 年度当代文学前沿问题研究述要》（徐刚，2022 年第 3 期）、《作为粉丝的批评家——论邵燕君的文学批评》（赵勇，2022 年第 3 期）、《早期互联网技术驱动和当代文学虚拟空间拓展——论中国网络文学的缘起》（王金芝，2022 年第 4 期）、《类型小说是网络文学的主潮——从中国网络文学的起源论争说起》（吉云飞，

2022 第 5 期）、《"港风文"：网络文学中的香港想象与城市书写》（金方廷，2022 年第 6 期）等。

（11）《中州学刊》

《中州学刊》创刊于 1979 年，是由河南省社会科学院主管、主办的以"崇尚科学、追求真理、提倡原创、打造精品"为办刊理念的综合性人文社会科学类国际学术交流期刊。《情感回馈与消费赋权：网络文学阅读中的权力让渡》（许苗苗，2022 年第 1 期）、《云中漫步还是退而却步——论社交媒体与文艺评论的转型》（胡疆锋，刘佳，2022 年第 4 期）、《从"作品"到"说话"：建构数字时代的大文艺观》（黎杨全，2022 年第 4 期）等 3 篇有关网络文学的论文。

（12）《社会科学辑刊》

《社会科学辑刊》于 1979 年 3 月创刊，由辽宁社会科学院主办，是一家坚持学理性、创新性、前沿性、现实性并重，突出问题意识和专题策划，注重基础理论研究和应用研究的学术刊物。2022 年刊载了《网络文学亟待建立自己的评价体系和标准》（欧阳友权，2022 年第 2 期）、《网络文学的别现代审美特征》（禹建湘，2022 年第 2 期）《当代的读者与今天的网络文学》、（沃尔夫冈·顾彬，2022 年第 2 期）、《论中国特色文艺评论的"守正创新"：理论、路径与任务》（段吉方，2022 年第 4 期）等 4 篇有关网络文学的论文。

（13）《文艺理论与批评》

《文艺理论与批评》创办于 1986 年，由文化部主管、中国艺术研究院主办，倡导以跨学科的、综合的文艺学和社会科学的理论框架来分析和评论中国以及世界的文艺现象和思潮。2022 年共发表了 3 篇有关网络文学的论文，有《主体的透明化与现实的游戏化——以系统医疗文〈大医凌然〉为例》（王鑫，2022 年第 1 期）、《"自我的苦难"与作为自我反身性的"丧"——以 priest 网络小说为例解读"丧文化"》（黄馨怡，2022 年第 1 期）《浪漫的现代传奇——新世纪国产侦探类文艺作品中理性的个体化表达》（谭雪晴，2022 第 2 期）等。

（14）《中国图书评论》

《中国图书评论》创办于 1986 年，由中宣部出版局主办，以"大张旗鼓地宣传好书，旗帜鲜明地批评坏书、实事求是地探讨有争议的图书"为办刊宗旨。2022 年发表了《文化研究：等风来——2021 年度中国内地文化研究类图书盘点》（时豆豆，胡疆锋，2022 年第 3 期）、《学术批评体系的科学性何以建构——读汤哲声主编的〈百年中国通俗文学价值评估〉》（杨剑龙，2022 年第 5 期）、《数字阅读时代的批评与审查：以豆瓣"小说打分器"小组所见"厌女"批评为样本的观察》（金方廷，2022 年第 7 期）等 3 篇有关网络文学的文章。

2. 发表网络文学理论批评文章的主要报纸

根据知网数据库统计结果，2022 年我国报纸媒体发表网络文学理论与批评文章共计 195 篇。① 刊发的主要报纸有：《人民日报》《光明日报》《文艺报》《文汇报》《中国社会科学报》《中国青年报》《新华日报》《中国新闻出版广电报》《中国艺术报》《中国文化报》《中华读书报》《文学报》《人民政协报》《解放日报》《北京日报》《湖南日报》《湖北日报》《重庆日报》《贵州日报》《黑龙江日报》《甘肃日报》《南方日报》《经济日报》《中国出版传媒商报》《深圳商报》等。

《文艺报》2022 年共刊载网络文学研究相关文章超百余篇：《讲好中国故事，展现中国形象》（王觅，康春华，1 月 21 日）、《网络文学主流化：传承民族、文化与时代精神》（文艺报，1 月 28 日）《加强以人民为中心的现实题材文艺作品创作力度》（许莹，3 月 9 日）、《筹建网络文学博物馆，推进网络文学经典化》（李菁，3 月 9 日）、《王宏伟：担当起用作品服务时代的使命职责》（路斐斐，4 月 15 日）、《中国作家协会召开纪念毛泽东同志〈在延安文艺座谈会上的讲话〉发表八十周年研讨会》（王觅，罗建森，5 月 23 日）、《全面展现新时代新成就新气象，积极推动新时代文学高质量发展罗建森》（罗建森，9 月 16 日）、《网络文学这十年：追风时代，砥砺前行》（欧阳友权，9 月 26 日）；《讲好中华民族伟大复兴伟业中的中国故事》（刘鹏波，10 月 13 日）、《以"问题意识"衡量文学的"最佳可能"》（陈泽宇，10 月 26 日）等。

《光明日报》：《严肃文学改编暖意融融》（牛梦笛，2 月 18 日）、《电视剧〈人世间〉广受好评，充分证明了文学的巨大价值》（刘江伟，3 月 2 日）、《网络文学勾勒火热现实》（刘江伟，4 月 12 日）、《历史剧：连接历史，观照现实》（牛梦笛，5 月 5 日）、《影视改编如何向优质文学借力》（牛梦笛，5 月 9 日）、《〈二〇二一中国网络文学蓝皮书〉发布》（刘江伟，8 月 11 日）、《技术进步为网络文艺营造多彩景观》（李笑萌，9 月 17 日）《文学艺术：像泉水一样奔涌 像星空一样灿烂（刘江伟，9 月 21 日）、《文学艺术：扎根生活沃土 铸造精品力作》（刘江伟，王国平，10 月 14 日）。

《中国新闻出版广电报》：《对网络文学侵权盗版加大打击惩处力度》（李美霖，洪玉华，张君成，隋明照，3 月 10 日）、《网络文学为全民阅读提供丰富资源》（赖名芳，4 月 15 日）、《回顾十年所来径，领峰时代向未来》（杨雯 7 月 13 日）、《文学网站三题材均呈大增长》（吴明娟，8 月 12 日）、《视听文艺创作从"高原"迈向"高峰"》（杨雯，9 月 27 日）、《讲好中国故事 展现可信可爱可敬的中国形象》（丛子钰，10 月 22 日）等。

《中国艺术报》：《推动新时代文艺文联工作高质量发展》（中国艺术报，3 月 2 日）、《打击侵权盗版行为，促进网络文艺健康发展》（王琼，3 月 11 日）、《主旋律

① 因改版等原因，中国知网现今收录的报纸文章数较少，经多渠道数据搜集统计可知，2022 年我国报纸媒体发表网络文学理论与批评文章数超过 300 篇。

影视作品面向青少年传播的策略与环境》（马李文博，3月25日）、《"直面和深耕网络舞评这片新天地！"》（乔燕冰，7月6日）、《强化知识产权保护 激发文艺创新活力（三）》（中国艺术报，7月15日）、《回顾与瞻望：中国网络文艺这十年》（中国艺术报，7月22日）等。

《中国文化报》：《网络文学：让精品文学"照进"现实》（周志军，1月14日）、《十九万"洋作家"汇集中国网文平台》（周志军，2月16日）、《数字阅读助推全民阅读迭代升级》（中国文化报，2月18日）、《网络文学成为文化传播重要载体（周志军，4月14日）、《在"键盘江湖"里追逐文学梦（周志军，5月26日）、《数字文化企业"出海"，推动中华文化走出去》（张影，8月18日）等。

《中国社会科学报》：《网络文艺学话语范式与学科体系构想》（鲍远福，1月12日）、《新媒介文艺生产的媒介化批评》（别君华，2月14日）、《创造艺术精品 引领时代风尚》（杨杰，何煦，2月17日）、《"泛文学化"的挑战与机遇》（黄文虎，2月8日）、《以文艺的人民性引导艺术创新》（范玉刚，3月29日）、《数字媒介时代呼唤理性文艺批评》（曾一果，3月29日）、《新媒介与当下文艺理论研究的新尝试》（王传领，4月18日）、《网络文学批评聚焦的五个问题》（禹建湘，4月26日）、《〈西游记〉跨媒介改编创意的跃迁》（赵敏，4月27日）、《拓展艺术跨媒介研究的阐释空间》（吴楠，5月30日）、《跨媒体实践：文艺作品改编》（张丽华，6月20日）、《网络文学原生评论对接受美学的挑战》（江秀廷，8月1日）、《虚拟现实艺术：一种新型独立的艺术形态》（顾亚奇，8月24日）、《突破"人的尺度"：数字时代的媒介与人类文明》（中国社会科学报，8月29日）、《推进新时代文艺批评自我革新》（段丹洁，9月14日）、《中国网络文学海外改编与翻译新生态》（邵璐，吴怡萱，9月20日）、《"加速时代"的新媒介文艺变革》（别君华，11月7日）、《魅影与具身：数字媒介时代的文学"再生产"》（程志，11月5日）、《正向引领元宇宙传播效能》（雷霞，11月17日）、《网络文学海外传播多样化路径与影响》（李敏锐，11月28日）等。

《中国青年报》：《不打卡上班，这些年轻人追求职业新赛道》（沈杰群，余冰玥，3月7日）、《文化自信是中国"网文出海"的根基》（沈杰群，3月11日）、《元宇宙会给年轻创作者带来哪些机会》（沈杰群，5月9日）、《网络青晚追忆十年》（王璐璐，9月29日）等。

3. 年度转发网络文学研究与评论的公众号

网络文学研究与评论的微信公众号作为中国网络文学前沿新声的创造现场，信息的即时、高效且精准，是网络文学传播和推广的有效渠道，也为网络文学研究者和爱好者获取最前沿理论和资讯提供了便利，是推动中国网络文学生态健康发展不可忽视的重要力量。

2022 年转发网络文学研究与评论的公众号主要有：《网文界》《安大网文研究》《扬子江网文评论》《中国作家网》《爆侃网文》和《媒后台》等。

《网文界》：主办单位是中国作协网络文学委员会中南大学研究基地、中国文艺理论协会网络文学研究分会。本年度共发表关于网络文学相关推文 40 篇。

《安大网文研究》：安徽大学网络文学研究中心位于安徽合肥，致力于新媒体和网络文学等各项研究。本年度共发表关于网络文学相关推文 73 篇。

《扬子江网文评论》：2021 年 5 月，由中国作协网络文学中心指导，江苏作协、南京师范大学和南京秦淮区政府合作建设的全国首家网络文学评论中心"扬子江网络文学评论中心"于南京正式成立。本年度共发表关于网络文学相关推文 324 篇。

《中国作家网》：中国作家网是中国作家协会官方网站，由中国作家出版集团管理运营。致力于推介优秀作品，服务广大作家及文学爱好者。是"汇聚最多作家信息、发出最强作家声音、展示最美文学魅力"的重要平台。本年度共发表关于网络文学相关推文 245 篇。

《爆侃网文》：爆侃网文成立于 2014 年，是国内首家网络文学、数字阅读行业资讯媒体，平台专注最新网络文学行业动态、聚焦第一手网文圈、数字阅读行业资讯、为网文圈从业人员以及文学爱好者乃至行业外的人员提供最具公信力、中立及时、权威的网文行业资讯平台。本年度共发表关于网络文学相关推文 328 篇。

《媒后台》：媒后台是北京大学网络文学论坛的官方微信。致力于研究学术、文艺与新闻的运作机制，在新媒体与网络文学领域进行探索与实践。本年度共发表关于网络文学相关推文 99 篇。

四、年度硕博论文和科研项目

1. 年度博硕士学位论文

（1）闫浩，《跨文化视域下中国网络玄幻小说在英语国家的传播与接受度研究》，西北大学硕士论文，2022 年。

（2）吴琳琳，《新媒介与文学批评话语权主体转型》，浙江大学硕士论文，2022 年。

（3）路林飞，《大众文化视域中的网络文学批评研究》，广西师范大学硕士论文，2022 年。

（4）杨睿琦，《Z 世代"爽文"消费机制研究》，黑龙江省社会科学院硕士论文，2022 年。

（5）王昭，《泛娱乐化现象下的网文 IP 动画发展研究》，景德镇陶瓷大学硕士论文，2022 年。

（6）颜宇彤，《网络文学作品的著作权保护研究》，湖南工业大学硕士论文，

2022 年。

（7）李羊羊，《免费网络文学阅读平台内容生产模式研究》，兰州财经大学硕士论文，2022 年。

（8）张平，《人工智能时代数字媒体艺术创新发展研究》，湖南工业大学硕士论文，2022 年。

（9）唐婧晗，《阅文集团并购新丽传媒绩效研究》，中国财政科学研究院硕士论文，2022 年。

（10）张晓琪，《跨媒介视野下青少年的认知发展研究》，广西师范大学硕士论文，2022 年。

（11）梁雨威，《诗歌的新媒体传播研究》，广西师范大学硕士论文，2022 年。

（12）房家宝，《网络文学实体出版研究》，广西师范大学硕士论文，2022 年。

（13）陈翌阳，《红色文化故事世界的跨媒介建构》，安徽财经大学硕士论文，2022 年。

（14）杨韵文，《新世纪仙侠小说的传播研究》，西安工业大学硕士论文，2022 年。

（15）蔡月，《网络服务提供者的版权内容过滤义务研究》，广西师范大学硕士论文，2022 年。

（16）吕想，《互动小说的创作与接受研究》，广西师范大学硕士论文，2022 年。

（17）成容，《跨媒介叙事下哪吒形象的多元形态与重构》，广西师范大学硕士论文，2022 年。

（18）刘畅，《媒介融合背景下传统出版业 IP 运营策略研究》，广西师范大学硕士论文，2022 年。

（19）张莉莉，《IP 全产业链运营模式下阅文集团绩效研究》，兰州财经大学硕士论文，2022 年。

（20）郭枫，《中国传统文化的绘本转化与媒介再生产》，河南大学硕士论文，2022 年。

（21）宋文丹，《凯尔纳媒体文化理论视域下文学影视奇观研究》，陕西理工大学硕士论文，2022 年。

（22）李瑞，《影视主导下文学的跨媒介传播研究（1988—1999）》，河南大学硕士论文，2022 年。

（23）卫安昌，《平台经济视域下我国电子书出版产业市场结构研究》，河南大学硕士论文，2022 年。

（24）王嘉琪，《〈三体〉广播剧：科幻世界的听觉呈现》，河南大学硕士论文，2022 年。

（25）明美（ThirayadaTiptara），《电视剧〈锦心似玉〉在泰国的传播与接受研究》，哈尔滨师范大学硕士论文，2022年。

（26）农诗慧，《猫腻小说架空世界的建构》，广西师范大学硕士论文，2022年。

（27）王秀翠，《电影与文学中的空间叙事比较研究》，山东艺术学学硕士论文，2022年。

（28）陈曦曦，《新媒介文学理论创新发展研究》，江西师范大学硕士论文，2022年。

（29）马文惠，《虚拟交互绘本的视觉叙事与审美体验研究》，山东艺术学学硕士论文，2022年。

（30）乔慧，《新时代中国前沿电影理论批评的"元批评"》，山东艺术学学硕士论文，2022年。

（31）王晓，《媒介融合环境下幼儿绘本阅读理解研究》，山东师范大学硕士论文，2022年。

（32）张素素，《亚文化视域下的耽美网络剧叙事研究》，广东技术师范大学硕士论文，2022年。

（33）刘雅婕，《互联网数字阅读企业价值评估研究》，江西财经大学硕士论文，2022年。

（34）丁乐聪，《网络文学作品的跨媒介传播研究》，山东艺术学学硕士论文，2022年。

（35）王思敏，《从艺术家到受众：超文本艺术的批评转向》，贵州大学硕士论文，2022年。

（36）吴彩萍，《新世纪现实题材网络小说中的上海书写》，江南大学硕士论文，2022年。

（37）蒋卡春，《新世纪架空历史小说叙事策略研究》，江南大学硕士论文，2022年。

（38）僧建芬，《基于EVA动量的掌阅科技企业价值提升研究》，云南财经大学硕士论文，2022年。

（39）赵子悦，《阅文集团并购新丽传媒协同效应案例研究》，哈尔滨商业大学硕士论文，2022年。

（40）刘君宜，《全产业链商业模式对阅文集团财务绩效的影响研究》，哈尔滨商业大学硕士论文，2022年。

（41）王梦莹，《跨文化视角下太极拳数字化传播的实践与思考》，中原工学院硕士论文，2022年。

（42）刘峥，《图里翻译规范理论视角下仙侠小说〈三生三世十里桃花〉中韩翻译规范探究》，北京外国语大学硕士论文，2022年。

（43）刘凡嘉，《新媒介文学生产研究》，陕西理工大学硕士论文，2022 年。

（44）高源，《数字电影艺术的审美研究》，吉林大学博士论文，2022 年。

（45）肖雅琪，《并购定价合理性及商誉减值风险问题研究》，北京外国语大学硕士论文，2022 年。

（46）戴城乡，《〈刘三姐〉传播生态与美生理想的耦合对生研究》，广西民族大学硕士论文，2022 年。

（47）陈依罕，《从文本到媒介：国产悬疑类型网络自制剧的叙事研究》，云南师范大学硕士论文，2022 年。

（48）尤琪，《场域理论视阈下数字图书的象征资本与权力生成》，青岛科技大学硕士论文，2022 年。

（49）陈怡童，《"她阅读"视角下女性网络文学出版发展浅析》，青岛科技大学硕士论文，2022 年。

（50）张小旋，《网络种田文的叙事研究》，中国矿业大学硕士论文，2022 年。

（51）张玉泽，《新时代文艺育德思想指引下的网络娱乐文化规范性治理研究》，外交学学硕士论文，2022 年。

（52）饶芷维，《融媒体视域下"跨媒介阅读与交流"任务群教学研究》，河北师范大学硕士论文，2022 年。

（53）管明静，《价值网视角下网络文学出版企业核心竞争力研究》，华东师范大学硕士论文，2022 年。

（54）李晨煜，《QD 中文网签约作家劳务报酬体系构建研究》，东北财经大学硕士论文，2022 年。

（55）欧巍，《基于 IP 影响力的网络文学版权价值评估研究》，云南财经大学硕士论文，2022 年。

（56）李长庭，《网络文学汉英机器翻译译后编辑研究》，贵州民族大学硕士论文，2022 年。

（57）乔丽，《互联网视域下网络文学生产及传播策略研究》，沈阳师范大学硕士论文，2022 年。

（58）潘琴，《消费文化视角下数字读物的出版场景化研究》，华东师范大学硕士论文，2022 年。

（59）杨瑞，《中信出版集团 IP 化经营策略研究》，华东师范大学硕士论文，2022 年。

（60）刘亚琴，《以社会主义核心价值观引领网络文艺健康发展研究》，兰州大学硕士论文，2022 年。

（61）刘景函，《中国网络文学批评中的学院派批评研究》，长春师范大学硕士论文，2022 年。

（62）顾植敏，《起点国际平台网络文学海外输出与读者反馈研究》，兰州大学硕士论文，2022年。

（63）刘延霞，《网络红色小说的叙事研究》，广西大学硕士论文，2022年。

（64）任晴雪，《用户价值视角下网络文学阅读平台价值评估研究》，河北经贸大学硕士论文，2022年。

（65）师刘杰，《数字人文视域下史诗〈格萨尔〉传播媒介变迁研究》，西北民族大学硕士论文，2022年。

（66）杜杰，《现实题材网络小说的现实书写研究》，湖北师范大学硕士论文，2022年。

（67）刘惠敏，《中国IP电影的格式化与生产机制研究（2014—2021》），哈尔滨师范大学硕士论文，2022年。

（68）戴洪虹，《中国网络文学在欧美国家的译介和文化传播》，西南科技大学硕士论文，2022年。

（69）郭洋，《网络小说的图像叙事研究》，西南科技大学硕士论文，2022年。

（70）王震，《反思与重建的契机》，吉林大学硕士论文，2022年。

（71）肖悦，《2015年—2021年中国神话题材动画电影的现代性研究》，安徽工程大学硕士论文，2022年。

（72）贺棋炜，《原著作者改编影视剧作类型分析》，上海戏剧学学硕士论文，2022年。

（73）吴梦，《跨媒体批评实践研究》，四川省社会科学院硕士论文，2022年。

（74）翟欢，《跨文化传播视域下〈三生三世十里桃花〉英译本的海外传播效果研究》，北京印刷学学硕士论文，2022年。

（75）李烁铃，《网络原创文学数字出版定价研究》，四川省社会科学院硕士论文，2022年。

（76）章雨姵，《假作真时真亦假》，中国社会科学院大学硕士论文，2022年。

（77）杨鑫雨，《解构主义视域下〈庆余年〉的文本策略研究》，成都大学硕士论文，2022年。

（78）胡珍平，《想象与真实：网络玄幻小说〈诡秘之主〉的空间叙事研究》，西华大学硕士论文，2022年。

（79）陈之奕，《跨媒介叙事视域下〈封神演义〉及改编作品的互文性研究》，西华大学硕士论文，2022年。

（80）徐曼，《网络小说的当代"大国叙事"研究》，上海师范大学硕士论文，2022年。

（81）梁丽雪，《〈魔道祖师〉的跨媒介叙事研究》，黑龙江大学硕士论文，2022年。

（82）郭一鸣，《网络写作的类型演变》，湖北大学硕士论文，2022 年。

（83）董秋辰，《网络文学作品 IP 影视化价值评估研究》，重庆理工大学硕士论文，2022 年。

（84）朱雅文，《新媒体时代非虚构写作内容生产研究》，上海师范大学硕士论文，2022 年。

（85）真晓娜，《我国网络穿越小说影视改编的审美特质研究》，黑龙江大学硕士论文，2022 年。

（86）王琳琳，《平台写作背景下的版权授权问题研究》，上海师范大学硕士论文，2022 年。

（87）仇文倩，《IP 时代下"网文"文学观念的演变及成因探析》，天津师范大学硕士论文，2022 年。

（88）刘露雅，《〈杯雪〉（节选）汉英翻译实践报告：网络武侠小说中武功术语的翻译难点及对策》，浙江工商大学硕士论文，2022 年。

（89）司长强，《困局与出路：中国影视批评的文化主体性问题研究》，南京艺术学院博士论文，2022 年。

（90）邢馨月，《新时期小说听觉叙事研究》，东北师范大学博士论文，2022 年。

（91）张雪莲，《詹姆逊后现代审美文化观研究》，黑龙江大学博士论文，2022 年。

2. 年度科研项目

（1）2022 年国家社会科学基金年度项目

媒介融合视域下新世纪文学的伦理规制研究，张邦卫，重点项目，浙江传媒学院，22AZW023。

社交媒体时代网络文艺中的"玩劳动"研究，许苗苗，一般项目，首都师范大学，22BZW023。

网络短视频的生成机制与美学问题域研究，张良丛，一般项目，长江师范学院，22BZW028。

明清经典小说与当代网络小说关系研究，胡晴，一般项目，中国艺术研究院，22BZW097。

少数民族网络文学与中华民族共同体意识研究，乌兰其木格，一般项目，北方民族大学，22BZW184。

神经网络机器翻译质量提升研究，戴光荣，一般项目，广东外语外贸大学，22BYY042。

面向人工智能的微观语言结构与语言网络复杂性研究，赵怿怡，一般项目，厦门大学，22BYY082。

媒介物质性视域下网络视频平台的影像生产实践研究，王喆，一般项目，浙江传媒学院，22BXW080。

网络纪录片讲好中国故事的发展策略与创新路径研究，崔莉，一般项目，中国艺术研究院，22BXW082。

新媒介视域下的文学阐释学研究，王艳丽，一般项目，吉林省社会科学院，22BZW006。

人工智能文艺的具身问题研究，欧阳灿灿，一般项目，杭州师范大学，22BZW042。

媒介生态中的中国新诗流变研究，余蔷薇，一般项目，武汉大学，22BZW171。

新媒介文艺的"中国图像"研究，刘欣，一般项目，杭州师范大学，22BZW196。

美国二十世纪中叶"新诗"跨媒介诗学研究，张逸旻，一般项目，浙江大学，22BWW064。

19世纪英美小说的媒介技术诗学研究，于雷，一般项目，北京外国语大学，22BWW072。

数字媒体时代中国故事和中国声音的计算叙事研究，王成军，一般项目，南京大学，22BXW032。

新媒体环境下红色文化转化创新的版权保护研究，张祥志，一般项目，华东交通大学，22BXW067。

中华优秀传统文化转化创新的数字媒介实践研究，刘琛，一般项目，湖南大学，22BXW072

电视媒体虚拟现实媒介叙事手段建设与创新研究，杨状振，一般项目，河北大学，22BXW076。

新媒体环境下传统文化的时空转化与创新研究，沈丹妮，青年项目，浙江理工大学，22CXW024。

中国当代科幻文学的想象力研究，彭超，青年项目，中国石油大学（北京），22CZW057

（2）2022年度国家社科基金重大项目

中国当代作家写作发生与社会主义文学生产关系研究，张学昕，辽宁师范大学。

（3）2022年度国家社科基金艺术学项目

事件理论视阈下的中国网络文艺批评研究，胡疆锋，重点项目，首都师范大学，22AA001。

数字媒介语境下的艺术传播理论体系研究，汤筠冰，一般项目，复旦大学，22BA023。

人工智能时代的艺术文化消费，李辉，一般项目，山东师范大学，22BH151。

电影强国建设背景下网络文学影视改编的伦理建构研究，骆平，西部项目，四川师范大学，22EC196。

（4）2022年国家社科基金后期资助项目

中国网络文学的文化传承：叙事·记忆·镜像，张春梅，一般项目，江南大学。

游戏、社群与价值：网络游戏价值生态研究，关萍萍，一般项目，浙江传媒学院。

界面生产视域下新媒介文艺转型机理研究，刘亚斌，一般项目，浙江外国语学院。

新媒介时代文艺理论的当代发展与核心议题，王传领，一般项目，聊城大学。

媒介变革中的影像话语流变研究，杜志红，一般项目，苏州大学。

数字媒体背景下影视观看的四维研究，贺艳，一般项目，西南政法大学。

社交媒体时代三线建设集体记忆的个人书写，辛文娟，一般项目，四川外国语学院。

（5）2022年国家社科基金结项项目

网络著作权侵权证明责任研究，包建华，辽宁师范大学，16CFX060。

2020年国家社科基金结项项目，亮月，内蒙古自治区社会科学院，16BZW181。

媒介融合背景下的我国网络剧产业发展模式创新研究，李星儒，北京第二外国语学院，17CXW032。

新媒体时代著作权制度的应对和变革研究，刘鹏，华东政法大学，16CFX051。

传统媒体和新兴媒体融合发展中的版权授权机制研究，付继存，中国政法大学，16CXW011。

网络视频供需错配的困局破解及优化治理研究，朱旭光，浙江传媒学院，17BXW072。

网络新词生成与存在的语言哲学研究，谢萌，黑龙江大学，17CYY039。

"一带一路"背景下中国网络游戏在东盟的跨文化传播研究，薛强，广西大学，17CXW005。

中国网络流行语发展史研究（1994—2018），于鹏亮，宁夏大学，18CXW023。

数字青年网络阅读行为模式识别及引导策略研究，张文亮，东北师范大学，17CTQ008。

（6）2022年度中国作家协会网络文学理论评论支持计划入选名单

数字文艺迭代背景下元宇宙内容生产研究，刘业伟（叶炜）。

中国网络文学生产机制的生成，吉云飞。

网络小说的类型化生产及其批评范式，李震。

中国网络文学创作"现实转向"问题研究，陈海燕。

赛博空间的共同体建构研究，段建军、储方舟。

从中作梗：数码人工环境的语言与主体，王鑫。

专项：

中国网络文学年鉴（2022），中国作协网络文学中南大学研究基地

中国网络文学理论评论年选2022，中国作协网络文学山东大学研究基地

中国网络文学阅评计划，扬子江网络文学评论中心

（7）2022年河北省社会科学基金年度项目

艺术社会学视域下网络小说生产惯例研究，孟隋，河北大学。

大数据时代主流意识形态话语的网络表达创新研究，李敏，河北大学。

河北红色文化的媒介呈现与传播研究，刘莹，河北大学。

数字媒介生态下河北红色文化视听传播研究，陈丹丹，河北大学。

（8）2022年度山西省哲学社会科学规划课题

新媒体时代山西优秀传统文化遗产影像化书写的结构性短板及对策研究，张蕊，山西师范大学。

乡村振兴视野下山西农村青年短视频的文化生产与价值引导研究，王晓璐，山西师范大学。

媒体融合视阈下黄河流域山西段乡村振兴故事的传播与创新研究，张自清，太原师范学院。

乡村振兴背景下山西农村自媒体短视频生产机制及传播效果研究，董晓玲，运城学院。

山西长城文化的媒介叙事和融合传播研究，赵琳，山西师范大学。

数字时代山西红色文化空间的认知传播机制研究，张盼盼，太原师范学院。

山西短视频创作与传播创新研究，韩大海，山西传媒学院。

数字时代山西红色文化的声音传播研究，宋思霖，山西传媒学院。

（9）2022年度辽宁省社会科学规划基金项目

新媒体视域下辽宁非物质文化遗产对外译介与传播研究，曹艳春，沈阳工程学院。

（10）2022年上海市社科规划年度课题

新媒体艺术的现场问题研究，段似膺，一般课题，上海大学。

人工智能视阈下上海方言韵律结构实证研究，凌璧君，一般课题，同济大学。

电影媒介视域下现代主义小说中的声音研究，张倩，青年课题，同济大学。

（11）2022年度江苏省社科基金项目

新世纪江苏网络文学的影视改编研究，朱怡森，南京师范大学，重点项目。

英国当代奇幻文学的跨媒介改编与文化传播研究，于敏，淮阴工学院，一般项目。

语言学视域下的媒体手语词汇和语法特征研究，刘俊飞，江苏师范大学，一般

项目。

江苏红色文化短视频生产及在青年群体中的传播效果研究，周钰楣，扬州大学，一般项目。

江苏形象与江苏文化的数字化国际传播研究，董甜甜，东南大学，一般项目。

（12）2022年度福建省社会科学基金项目

跨圈层形态下网络文艺的文化传承与传播研究，刘桂茹，福建社会科学院，一般项目。

（13）2022年江西省社会科学基金项目

媒体融合纵深发展背景下党媒短视频的传播力研究，程前，江西师范大学，重点项目。

媒介变革视域下的电子游戏文本研究，雷雯，江西师范大学，一般项目（联合资助）。

数字化背景下的文艺融合传播研究，李旭，江西财经大学，一般项目（联合资助）。

（14）2022年湖北省社科基金一般项目（后期资助项目）

视觉媒介与中国现代文学的生成与发展，余迅。

讲好中国故事背景下"IP故事世界"的跨媒介叙事研究，宋发枝。

中国新媒体艺术传播场域研究，黄磊。

（15）2022年度广东省社科规划常规项目

"许可证时代"网络电影的内容生态与价值引领研究，陈希，华南理工大学，一般项目。

融合艺术媒介的新型教育质性方法论研究，黄万飞，华南师范大学，青年项目。

（16）2022年度重庆市社会科学规划项目

网文出海与中华文化对外传播策略研究，刘熹，重庆第二师范学院，一般项目。

（17）2022年度甘肃省哲学社会科学规划项目

国际传播视域下甘肃民间故事译介研究，张巧平，兰州文理学院。

五、年度理论批评点评

1. 网络文学研究年度热点及主要贡献

（1）网络文学高质量发展与经典化研究

伴随着中国网络文学的高质量快速发展，当前阶段的理论批评研究也更多将视野放在了网络文学的高质量发展进程中，更多关注中国网络文学经典作品的建构问题。禹建湘和梁馨月指出，经过近30年的发展，网络文学的生态不断优化，政府出台多项政策规范网文行业秩序，引领行业健康发展，网文平台与网文作家在磨合中探索新型关系，网文企业创新版权衍生业务谋求新破局，各界合力打通版权保护"最后一公里"。与此同时，网络文学百家争鸣，作品类型不断破圈，现实题材佳作频出，现实题材"整体性崛起"。这表明，网文以内容为王，趋向主流化、经典化是其发展必然结果。① 王婉波认为，现在谈论的网络文学和早期相比发生了一定变化。目前长篇类型小说作为网络文学的主流，是中国大陆网络文学发展的一个重要特点。而网络文学的学术评价以及它的商业模式是中国网络文学的真正特点。网络文学内部可以有"严肃"和"通俗"之分，而与纸质文学的差异主要在于其互动性。近几年纸质文化数字化的快速发展，也使得网络文化与纸质文化的区分变得更加复杂。在网络文学经典化与主流化发展过程中，数字资料的保存工作十分重要，应注重思考网络文学的自身规律并保存其原生样态，保留好其在线性、互动性特点，避免网络文学一旦开始"经典化"就成为"离线文本"。② 齐秀娟提出，20 世纪 90年代开始，媒介的变化、数字和网络媒介的出现，改变了文学经典生存的传统文化环境，在此基础之上，引发了系列的文化现象：网络经典文学的批量复制、粘贴式生产，对经典文学的二次甚至三次创造，包括对文本内容的嫁接产生各种次生文本等。这种文化现象一方面看是对文学经典性的消解以及经典意义的结构，引发了大众对经典的焦虑，从另一方面看，则是跨越时空下不同阐释者对文学经典的多重解读，他们基于不同的人生经历、身份视域对经典做出了创造性的理解，文学经典经过反复的过滤，它的意义也不断得到丰富，在新媒介环境下经典的生命力得以延续。③ 翁再红指出媒介环境学作为近年来颇受关注的传播学流派之一，为文学经典建构提供了一个以媒介为中心的研究路径。由此出发，文学作品的经典化进程理应从如下三个维度予以系统性地考察：其一，媒介环境维度，文学作品的经典化进程既在各种物质媒介复杂共生的传播语境中展开，又通过由媒介编织而成的动态文化网络，历时性地得到层层推进。其二，媒介形态维度，尽管文学作品以语言为基础媒介，但其经典化之路作为多重媒介形态共同参与的动态过程，又在一个跨媒介的艺术传播语境中不断建构。其三，媒介技术维度，文学经典的建构过程不仅通过一种技术范式上的媒介分类系统得以展开，而且更具现实针对性地指向当代文化实践，从而为文学经典的当代传播与传承增添了有益的理论参照系。④ 侯瞳瞳认为，中国网络文学最根本的特质，是"网络性"与"跨文化性"的重叠。这种特质使得网络文学能够打破地域与文化疆界的藩篱，构筑一个独一无二的跨文化空间。网络文学跨文化空间中的经典形成机制，包含以作品艺术价值的可共鸣性和跨媒介阐释空间的可延展性为代表的内部因素、以学术界话语的倾斜与变迁为代表的外部因素、以

① 禹建湘，梁馨月：《生态优化语境下网络文学的主流化趋势》，《怀化学院学报》2022 年第 1 期。
② 王婉波：《中国网络文学的起源及其经典化》，《长江学术》2022 年第 4 期。
③ 齐秀娟：《新媒介时代文学经典的意义生产》，《文艺争鸣》2022 年第 5 期。
④ 翁再红：《论媒介环境学视野下的文学经典建构》，《南京社会科学》2022 年第 7 期。

跨文化读者的能动性参与为代表的中介因素三个方面。对网络文学经典性的研判，应当从空间和时间两个维度来把握。跨文化空间中的网络文学经典传播探索，则可以从基本伦理、话语模式、文本策略三个层面展开。①

（2）网络文学起源研究

2022 年关于中国网络文学起源的问题讨论，续接了上一年的高关注度，引发了更多研究者和批评家的关注。1991 年为起点的中国网络文学 30 年发展背景下的争鸣，持续成为讨论热点，与此同时，在中国网络文学成熟发展的语境中，关于中国网络文学多样侧面的探究也都绕不开关于起源的探究。可以看到，中国网络文学批评在抵达了一个学界共识后，日渐走向深化，学者们也有了各自独立的反思和思考。于是，关于网络文学起源的研究论争不再局限于网络文学起源究竟为何的单纯探究，而是通过对网络文学起源的探析来推动网络文学理论批评的多种视角。许苗苗认为，综合梳理和总结反思基于技术变迁视角、文学故事视角和体制建设视角下对网络文学起源探究的观点，提出了可以将在 20 世纪 90 年代的语境作为网络文学整体的出发点的观念，创新性地从媒介格局的转换出发，将 2000 年看作中国网络文学的起点。② 黎杨全从网络文学同印刷媒介编辑逻辑下的传统文学进行充分比较，肯定了邵燕君和吉云飞提出的以一个原创社区的诞生为标志的观点，探究了让网络文学批评摆脱一直困扰网络文学研究的印刷文学观念的方式。③ 吉云飞提出对起源的判定要落在媒介问题上，由此论述了在网络文学的生产机制中，类型小说将成为网络文学的主潮，并提出了网络类型小说不但与现代以来的文学传统终将殊途同归，更是与现代以前的文学经典有着相似的进路。④ 贺予飞对中国网络文学作品起源说、事件影响起源说和平台功效起源说的问题分别提出了质疑，并从中国网络文学的定义、性质、基本要件与定位等方面对"网生"起源进行了论述和肯定。⑤ 王婉波和贺麦晓（荷兰）通过对话方式，在探讨中国网络文学起源的问题基础上，分析了中国网络文学"何以存在""如何存在"的真相，提出了要保留好其在线性、互动性特点，避免网络文学一旦开始"经典化"就成为"离线文本"。⑥

（3）网络文学评价体系与批评标准研究

中国网络文学的发展需要运用一定的标准去解读、评价、引导和规范，因此对网络文学评价体系和批评标准建构的理论研究始终是年度中国网络文学的研究热点。

---

① 侯瞳瞳，鄢楚茜，单世联：《跨文化空间中的网络文学经典化》，《江西师范大学学报》（哲学社会科学版）2022 年第 4 期。

② 许苗苗：《如何谈论中国网络文学起点——媒介转型及其完成》，《当代文坛》2022 年第 2 期。

③ 黎杨全：《从网络性到交往性——论中国网络文学的起源》，《当代作家评论》2022 年第 4 期。

④ 吉云飞：《类型小说是网络文学的主潮——从中国网络文学的起源论争说起》，《南方文坛》2022 年第 5 期

⑤ 贺予飞：《中国网络文学起源说的质疑与辨正》，《南方文坛》2022 年第 1 期。

⑥ 王婉波：《中国网络文学的起源及其经典化》，《长江学术》2022 年第 4 期。

欧阳友权认为，线上与线下"二元结构"构成了我国网络文学批评的整体格局。两大批评阵地均十分活跃，它们特色各具却功能分殊，如主体身份有别致使二者批评时的持论立场不同，表达方式有异导致评价的着力点不一样，不同传播路径让批评的影响力场域有别。基于网络媒体强大的整合力，两大批评空间的互动与融通有其必要性，也具有必然性，未来的网络文学批评尤其需要建强线上批评阵地，以更好地贯彻"以读者为中心"的文学理念，增强网络文学批评的朝气和锐气，让人民大众成为网络文学审美及其评判的真正主体。① 同时，欧阳友权也指出恩格斯提出的"美学观点和历史观点"之于网络文学评价具有广泛的适应性和充分有效性。美学评价与历史评价的逻辑环扣构成网络文学评价本体的"魂"与"根"。廓清网络评价对象的美与审美，关注历史在线与文学在场，谨防美学缺席与历史虚无，规制着网络文学评价能否自觉践行审美对历史的文学承诺。走出"网文例外"的评价舒适区，避免"脱网谈美"和"离文谈史"，把握美学评价的"坐标"，勘准历史评价的"锚点"，方能厘清网络文学评价标准的内容边界，从学理原点上建构网络文学评价的美学律令与历史逻辑。② 黄发有指出，21世纪以来，学院空间里的文学研究受学术考核制度的影响，感觉少了一些鲜活的、有趣的东西。在量化评价的指标体系中，学术成果成为表格里划分各种等级的冰冷数字，越来越多的论著跟文学、人、社会都缺乏实质性的关联，只是在考核或评审中被记过工分，然后被迅速遗忘。就学术文体来看，同质化倾向日益明显，缺乏多样性。③ 张永禄指出，中国的网络小说作为现象级存在，创造了文化工业的世界奇迹。网络文学的强劲发展改变了当代文学的力量布局和生态景观，如何对网络小说文本展开批评和研究，是当代批评面临的重要课题。借用小说类型学理论，开展对网络小说的类型学批评，值得尝试和推进。该方法在理论上可以帮助类型小说的鉴别和推进类型的创新，利于网络小说的入史写作，为小说史积累方法和成果；在实践上为出版社和文学网站提供方法指导，推进文化市场上对网络小说及其文化延伸产品的可持续开发。但这个理论建构和实践工作才刚刚起步。④ 周兴杰认为，网络文学批评内部存在线上与线下的形态区隔。这一区隔的形成主要基于媒介场域、主体构成和话语系统三方面的原因。为突破区隔，网络文学批评应进行线上批评的"出圈"和专家学者"入场"线上的和融建构。这一建构有助于开创网络文学批评新格局，推动形成新时代文艺批评工作新局面，对文学批评的整体发展也有积极意义。⑤ 张春梅认为当批评家在大量的

---

① 欧阳友权：《网络文学批评："线上与线下"识辨》，《中国文学批评》2022年第3期。

② 欧阳友权：《网络文学评价的美学律令与历史逻辑——兼论恩格斯"美学观点和历史观点"之于网络文学评价的有效性》，《文学评论》2022年第2期。

③ 黄发有，张惠娟：《穿越于批评与史论之间——黄发有教授访谈录》，《当代文坛》2022年第5期。

④ 张永禄：《建构网络小说的类型学批评》，《当代文坛》2022年第6期。

⑤ 周兴杰：《网络文学批评形态的区隔与和融》，《中国文学批评》2022年第3期。

"理论库"中彷徨四顾遭受轰炸之时，中国网络文学的批评理论建构正走在路上，那种放之四海而皆准的"理论"因为变化了的"现实"和海量文本显得有些捉襟见肘，相较于以纸媒为书写载体的"传统文学"（这一称呼几乎成了言谈网络文学时的必然参照，姑且借用），网络文学批评遇到的问题可能更多，也更突出。以"网络"来限定"文学批评"，既在"现有文学体系之内"，又因为特殊的媒介而"出乎其外"。无论是谈"理论性"还是"历史化"，都必须注意这一"内外"的辩证关系。① 吴长青认为，网络文学线上批评和线下批评存在较大的区别。为了更好地提升网络文学批评质量，应积极寻求线上批评和线下批评的融合发展之路，这是目前研究视角转换、研究者身份转向以及整体把握网络文化生态的需要。建立和谐的批评话语空间、凸显网络平台的"中介"作用、发挥媒体批评的调节与补充作用、扩大网络文学批评公共空间建设，则是探究网络文学批评线上线下融合发展的有效路径。②

（4）科幻网络文学与"元宇宙"研究

中外文艺理论年会上，网络文学、新媒介与元宇宙成为论坛重要板块。元宇宙和网络科幻文学十年的提法暗示在惯常认知的文学写作范式之外，面向未来、依托科技的写作正成为网络文学的新面向，里是现实变异和随之而来的观念变迁。张春梅认为，作为一种当代文化现象和媒介社会化产物，网络文学构建了虚拟空间的"新现实"，这一现实以写者、受众、平台共在一个虚拟空间为前提。其生产本身是一个鲜明的当代经验的呈现过程。基于互联网空间的写者与受众的共谋、不同类型文本的叠加、文学话语权的下沉，经过不同层面的公共评价过程，形成重大的公共问题。围绕文本的各方处在共同搭建的"现实"世界，体现出丰富的当代文化内涵、当代人情感结构和大众惊奇美学。对网络文学呈现出的"现实"，不能简单以现实主义法则论之，要以阐明对象的特性为前提。③ 张艳梅认为，元宇宙加速发展的现实基础是人类认知与技术迭代。文学为元宇宙提供了基本构想和叙事拓展，元宇宙为文学叙事创建了与现实社会平行的异质生活空间和虚拟文化生态。元宇宙时代的文学艺术具有此在性、交互性、具象性和共时性特征，以跨媒介、多载体方式融合文字语言和视听语言，实现创作的多主体参与、文本的多形态呈现以及全链条传播。元宇宙文学对现实的突破表现在观念重塑、世界设定和沉浸式全息体验，支点还是人与现实，意义在于对社会生活和元宇宙互为镜像的批判性观照与建构性反

---

① 张春梅：《中国网络文学批评理论建构：在不断重返历史"现场"与当下情境之间》，《创作评谭》2022 年第 2 期。

② 吴长青：《构建网络文学批评融合发展机制》，《中国文学批评》2022 年第 3 期。

③ 张春梅：《网络文学现实主义的理论问题、当代经验与大众惊奇美学》，《南京社会科学》2022 年第 9 期。

思。① 胡疆锋和刘佳指出，人们使用各种物质或方式（宗教、做梦、药物、走神等）获得虚拟体验有着悠久的历史，网络媒介和元宇宙可能只是其中最重要也最切近的一种。元宇宙的火爆与疫情息息相关——疫情常态化后，虚拟与现实的边界日趋模糊，人与人之间的交往关系呈现为虚拟现实化，元宇宙恰好印证和满足了这种生活状态和需要。不过，需要指出的是，限于目前的技术条件，元宇宙目前只是共享虚拟现实互联网或全真互联网的未来形态。可悲的是，元宇宙在当下社会语境下似乎成了一个大筐，什么都能往里面装，似乎一切皆可元宇宙，元宇宙已逐渐成为一个巨大的泡沫，其中资本炒作的意味越来越明显，祸福难测。② 夏德元、严锋和邓建国认为，人类生存既是实在生存，也是虚拟生存，但更多的是一种虚拟生存。因为只有人具备虚构的能力，能够通过想象和符号系统来实现群体的联系，借助媒介从自然界获取信息和能量，并按照自己的想象来改造自然，赋予实在界以意义。一部人类文明史，就是人的生存的虚拟性与实在性相互建构的历史。当然，由于生产力低下，人类长期受制于媒介资源的匮乏，虽然也在文学、艺术等领域创造了不朽的作品，但是人们的精神生活总体上始终是局促和窘迫的。科学技术的进步，带来了人类物质生活条件的改善，使人的感觉器官乃至大脑的功能得到延伸和拓展。电子媒介的发明，尤其是互联网的普及，使时间和空间高度压缩，逐渐把人从繁重的体力劳动中解放出来，并为人类摆脱物理时空的限制，得以在虚拟时空放飞梦想创造了条件。构成元宇宙的虚拟现实、增强现实、数字孪生等技术的日趋成熟，则进一步凸显了虚拟的力量，并为人类的游戏化生存和自由而全面的发展提供了新的可能路径。③ 焦宝指出，在智能传播时代，人工智能与人的智能成为人类传播活动的两大主体，极大地改变了文学传播生态的基本面貌。文学传播的主体变化，催生了新的文学样式。文学传播的基本逻辑从以文本为中心转向以媒介为中心，媒介本身作为文本和文本的存在形式，以交互的方式改变着文学生产，以算法的逻辑改变着文学传播。在虚实交融的状态下，文学传播的现实时空关系逐渐崩解，虚拟时空关系和现实时空关系交错完成了文学传播在智能传播环境下的时空建构，以虚实、身体与时空为核心，文学传播重归身体，以再身体化的方式实现了虚实时空中的全感官文化转向，最终以一种"元宇宙"状态的异托邦现实化了文学传播的乌托邦。④

（5）网络文学产业研究

网络文学不仅是作为文学的作品，同时也是文学产业的组成部分，作为网络媒介中的产物，其发展与网络产业和文学产业有着密切关系。年度理论研究重点关注

① 张艳梅：《对现实的突破与想象重置——元宇宙时代的叙事拓展》，《传媒观察》2022 年第 6 期

② 胡疆锋；刘佳：《2021 网络文艺：在塞壬的歌声里踏浪而行》，《中国文艺评论》2022 年第 2 期。

③ 夏德元，严锋，邓建国：《虚拟性与实在性相互建构的历史、现状和未来——关于文学、艺术、传媒与元宇宙的对话》，《文化艺术研究》2022 年第 2 期。

④ 焦宝：《智能传播时代文学传播生态的革命性转向》，《学习与探索》2022 年第 8 期。

了网络文学产业相关的研究问题。欧阳友权和罗亦陶认为，作为当代中国广受关注的文学现象，网络文学以其海量的生产规模和跨文化传播的"中国风"在国内外产生了巨大影响。新时代的网络文学面临新的挑战，并呈现出值得关注的发展趋势。其中，短视频引流的"增量焦虑"、免费阅读对线上付费订阅人气的冲击，以及现实题材创作如何赋能文学"抓地力"问题，是当下网络文学必须面对的三个挑战；网文 IP 文创产业链的"下游倚重"、网络文学批评的在线化与数据化，以及 5G 商用与人工智能兴起不断催生新型业态，或将是网络文学未来发展的新趋势。① 陈海燕认为，从表层呈现而言，短视频在用户规模、使用时长、活跃用户等方面，都体现了对网络文学生态位的争夺。深层次探究，可见短视频占领的是文学阅读难以企及的部分下沉市场。作为文化产业领域的两大类头部应用，网络文学和短视频在生态位的争夺呈互动发展而非此消彼长的替代关系。网络文学为短视频提供优质 IP、为其导流、突破盈利困境等；短视频也为网络文学带来用户的下沉、IP 改编风险降低、作品"破圈"等便利。同时，网络文学与短视频的"影文联动"造就了 IP 微短剧的兴盛，火爆的市场反响彰显其巨大的发展潜力。网络文学与短视频的合作性博弈，将推动网络文学向上生长，借助新的媒体形态创新发展模式，同时还将引导短视频向纵深推进，从野蛮生长转向内部挖掘，摆脱内容匮乏与算法依赖的困境，培育新的内涵。②朱春阳和毛天婵认为，在数字经济平台反垄断问题成为社会关注点之际，如何重建平台与产业的积极关系显得尤其重要。文章认为，创新网络治理现代化是平衡平台企业垄断与创新激励的价值所在。文章聚焦数字内容生产平台演化进程，讨论 IP 如何成为平台、创作者及用户之间的利益配置中枢，又如何影响平台创新网络的演化。研究发现，基于 IP 这一利益关系协调枢纽，权益分配作为创新动力机制发挥作用，进而影响着平台创新网络的进化效率；同时，伴随着平台创新网络从以生产者为中心转向以资本巨头为中心，平台创新能力受到明显的抑制。因此，平台与产业积极关系的建立必须解决当前面临的 IP 创新失灵问题，需要让 IP 重返创新激励的价值领地，形成对作为创新者的生产者利益的优先保护。③ 邢赛兵和俞锋撰文指出，网络文学平台版权格式合同争议频发，其根本原因在于我国版权产业尚未完成向"内容为王"的转型，掌握流量资源的平台方长期处于版权合同的主导地位。综合我国现行立法的体系安排和互联网发展的时代趋势，应坚持立法完善，优化促进网络文学持续健康发展的制度体系；创新行政监管，多措并举强化平台垄断的预防性监管；强化源头治理，合理调整网络文学产业利益分配格局；促进

---

① 欧阳友权，罗亦陶：《我国网络文学发展的新挑战与新趋势》，《天津社会科学》2022 年第 2 期。

② 陈海燕：《博弈与共生：网络文学与短视频产业联动的内在机制》，《贵州师范大学学报（社会科学版）》2022 年第 5 期。

③ 朱春阳，毛天婵：《数字内容生产平台化进程中的创新网络治理现代化研究——以 IP 为关系协调枢纽的考察》，《学术论坛》2022 年第 3 期。

协同治理,多维度扫除作者维权障碍并筑牢司法救济底座。① 冯硕和陈丹认为,"五五断更节"显露了网络文学产业中,作者、平台、用户之间的利益冲突。随着免费阅读的迅速扩张,"读者—平台"的付费行为逐渐替代了"读者—作者"的模式,消解了付费阅读以"内容生产为王"的粉丝化阅读语境。破除本末倒置的平台方的垄断与强势地位,构建平台方与作家群体双方互惠共利的平等地位,明晰网络文学产业定位,找寻商业性与文学性共处模式,构建良好的创作环境,改进阅读模式,构建付费阅读和免费阅读良性互补的新型阅读模式,实现创作能动力与作品质量挂钩,是当下网络文学产业阅读模式困局下的破解之道。②

(6)网络文学海外传播研究

中国网络文学的海外传播是近年来的研究热点,本年度针对海外传播的模式及问题研究的成果显著增多。王飚和毛文思认为,在"一带一路"倡议等国家战略机遇下,网络文学在传播中国文化、塑造中国形象方面发挥了重要作用,网络文学海外市场持续开拓,覆盖范围逐渐广泛,实现从作品、产品、平台、模式等日益多元的"走出去"路径,提出了网络文学携带中国文化基因走出国门,步伐逐渐遍及世界的各个角落,作为中国走向世界的一张灿烂名片,向全世界展示着新时代下中国文化独特魅力与风采,在传播中国文化、塑造中国形象、坚定文化自信,促进中外文化交流互鉴、增进文化认同感方面发挥日益重要的作用。③ 何弘认为,目前,中国网络文学的商业模式已在海外落地,开始网络文学的海外本土化传播,形成从线上到线下、从 PC 端到移动端、从文本阅读到 IP 开发的多元化国际传播生态,应尽快成立中国网络文学国际传播协调统筹机构,制定统一对外传播规划,解决对外平台建设、推广、维权等方面的问题。重点加强创作规划和人才培养,打造海外推送平台,拓展网络文学海外输出渠道,鼓励和支持网络文学平台"走出去",引导重点网络文学企业加大在国际传播方面的投资,参与全球资源整合,扩大网络文学国际传播规模和效果。④ 吴赟和林轶从协作翻译的视角提出,译者可以一边翻译,一边与目标读者沟通,同时召集多位译者校对修改,翻译过程更为民主和效率。当纯人工翻译不能满足网络时代巨大的阅读需求时,人工智能和机器也成为网络文学译介的"主体"之一。⑤ 黄杨认为,由于时代的要求及网络文学自身发展的规律,网络小说正在变得越来越成熟,在市场的推动下,网络作家的文化自觉意识越来越强。但我们仍然要看到,在网络小说的巨大库存量面前,具有高度文化自觉的作家只是

---

① 邢赛兵,俞锋:《网络文学版权利益分配失衡成因与规制——基于版权格式合同的分析》,《中国出版》2022 年第 20 期。

② 冯硕,陈丹:《免费 VS 付费——网络文学产业阅读模式发展困局》,《出版广角》2022 年第 12 期。

③ 王飚;毛文思:《中国网络文学海外传播现状探析》,《传媒》2022 年第 15 期。

④ 何弘:《"网文出海"的现状、问题及对策》,《人民论坛》2022 年第 16 期。

⑤ 吴赟,林轶:《在线协作下的中国网络小说英译》,《小说评论》2022 年第 6 期。

少数，大部分网络作家还处于文化意识的不自觉状态中。他指出网络文学作家只有在意识层面发生转变，我国的原创网络文学的整体素质才能得到提升，并且具备更强的文化竞争力，在海外文化传播中起到重要作用。①

从网络文学在海外的出版产业机制建构来看，学者们从各种评价指标和视角提出了不同的对策建议。赵礼寿和马丽娜认为，随着海外网络文学市场的发展，中国网络文学作品将面临愈来愈激烈的竞争，因此，采取科学的机制来推进中国网络文学海外市场的有效开发十分必要。他们从价值共创理论出发，为中国网络文学海外市场的开发提供了一种新的方法，赋予文化企业和海外读者在市场中的平等地位，从共创驱动因素、共创互动过程和共创生态系统三个维度，分析了中国网络文学海外市场应以海外读者的阅读需求为核心，文化企业与读者价值共创为基础，让海外读者积极参与中国网络文学海外市场开发的全过程，为中国网络文学海外市场的有效开发奠定基础，从而促进中国网络文学海外市场的可持续发展。② 孙寿山认为，数字出版海外传播体系建设有三个着力点：一是要加强以数字出版和网络传播为基础的中华文化海外传播战略研究；二是要建立健全中华优秀特色文化的内生联动机制和精品内容生产体系；三是要推动构建健康有序、多元立体的中华文化海外传播体系和支撑保障体系。③ 陈洁和陈企依认为，具有网络化、全球化等特性的自出版在中国出版"走出去"的创新与发展中潜力巨大，其中尤其以网络文学的表现亮眼，实现了"内容+制度"的双重出海。网络文学海外出版的作品影响着异质文化读者对中国国家形象的认知，是重塑中国国家形象的重要窗口。因此，要把好质量关，以积极话语分析理论为基础设定筛选标准，并让译者、读者、编辑等多主体参与到筛选环节中，建立完善的内容筛选机制，将"中国性"与"世界性"结合，以全球性的眼光与普世性的价值解决文化壁垒问题，有效传播正面的国家形象。整合发行资源、渠道资源、硬件和软件等资源，为出版平台的作者、读者提供完善的服务，搭建自我循环的完整产业链与跨文化交流的自由空间。④ 王一鸣和董苗苗认为，网络文学海外出版为中国故事国际传播提供了一种新的可能，推动了中国文化和中国故事的创造性转化和创新性表达。面对当前存在的翻译困境和版权困境，人工智能技术在提高翻译效率、翻译质量，降低翻译成本，以及网络文学海外出版产业链的上下游都展现出巨大的潜力和新效能。在未来的海外出版实践中，网络文学仍要借助文化和技术的翅膀，植根精品内容，通过对产业链的全方位布局，打通网络文学创作、译介、传播、接受等多个环节，以形成产业规模更加庞大、产业生态更加

① 黄杨：《网络作家文化自觉意识的崛起与网络小说海外传播》，《当代作家评论》2022年第1期。
② 赵礼寿，马丽娜：《读者参与视角下中国网络文学海外市场开发机制研究》，《出版广角》2022年第4期。
③ 孙寿山：《我国数字出版海外传播体系建设的意义及路径》，《现代出版》2022年第2期。
④ 陈洁，陈企依：《国际传播视角下网络文学自出版内容筛选机制研究》，《编辑学刊》2022年第3期。

健全、传播渠道更加畅通高效的海外出版体系。①

2. 网络文学研究的不足

（1）网络文学研究队伍相对薄弱

研究力量的壮大对于网络文学研究意义重大。随着网络文学的发展，网络文学理论批评队伍不断扩大，有更多的学者加入网络文学研究中，且原有的研究积累不断丰富，研究水平也不断提高，如黄鸣奋、欧阳友权、黎杨全、单小曦、马季、邵燕君、周志雄、禹建湘等学者在本年度都发表了诸多质与量等优的论著。同时，有更多的学术报刊和网络平台开设了网络文学研究的栏目或版块，让网络文学研究成果有了更多的发表空间。同时也应该看到，网络文学研究力量仍有待加强，主要体现在两个方面：一是在研究队伍上，新加入网络文学研究行列的主要以青年学人为主，他们的理论基础相对薄弱，研究能力还不够强，尤其对网络文学的研究视野不够开阔，对研究关键问题的把握也不够准确，影响了研究的质量。传统文学领域的学者却较少涉足网络文学研究，加上网络文学跨学科特性，亟待有更多理论功底深厚的传统文学研究者和具备多学科基础的研究者加入，才能为网络文学研究的发展奠定良好基础。二是研究平台上，网络文学研究尚少有专门的期刊，刊发网络文学论文的期刊占比也还不够高。对部分期刊而言，对网络文学相关论文的刊发还存在顾虑。在刊发内容选择上，对于创新性的内容发掘不够。因此，网络文学研究一方面需要得到更多学科领域的学者关注和加入，另一方面也期待有更多的平台，更包容的学术环境，为网络文学研究创造更好条件。

（2）网络文学研究方法相对陈旧

网络文学是依托于互联网技术发展而生产和发展起来的，互联网技术日新月异，也让网络文学的生产过程与艺术风貌不断变革。比如在网络文学发展初期，主要是自娱自乐式的写作；而在付费阅读兴起之后，网络文学就更多受到资本的影响，并逐步发展成了超长篇幅的"类型文"形态。由于算法技术的兴起，原来无以为继的免费模式又得以发展，成为市场趋于饱和的付费阅读的重要补充和平台效益新的增长点。但面对不断变化的网络文学和日新月异的媒介技术，研究界的响应则显得较为迟缓，一方面浅层次的讨论较多，切中肯綮的深入研究偏少；另一方面是研究方法陈旧，不能适应已经产生较大改变的网络文学。网络文学体量巨大，作品的篇幅长、数量多，作品持续更新而长时间处于未完成状态，作者的更帖与读者的回帖共同生成其艺术形态。因此，以往文学研究中针对纸质文本的细读细评的方式，在网络文学研究中已经不太适应。网络文学的生产、营销、消费等各环节涉及的数据十分惊人，四亿多的读者基数，以及算法支持下的分发与营销模式变革，使得传统的

---

① 参见王一鸣，董苗苗：《国际传播视野下网络文学海外出版研究》，《出版与印刷》2022年第2期。

研究方法难免陷入先入为主和主观臆断中。网络文学需要更为客观的数据库系统，也需要更为高效客观的量化方式来确保其研究的客观性和科学性。采用量化研究来辅助网络文学研究，提高其客观性、可视性和科学性，是未来研究特别需要倡导的。现在，真正科学有效的量化研究还不多，在巨大的作品体量面前，个体研究者观察的局限性常常制约着网络文学研究的拓展。

（3）网络文学理论批评主体性相对较弱

目前，网络文学理论批评的自我理论建设还相对滞后，网络文学的学科间性呼唤跨学科研究。网络文学本身就关涉到媒介性、商业性、艺术性，与文学、传播学、计算科学、经济学、管理学、社会学等多学科相关，网络文学研究体现出学科间性特征。只有从多学科融合的视角出发，才能真正把握网络文学生产、传播、经营、评价等全过程。由于网络文学的研究者大多专业基础是文学学科，对网络文学的研究常常体现出学科上的局限性，有些研究者虽然从跨学科角度关注网络文学的其他特性，但由于知识结构的隔膜而男中肯綮。因此，网络文学的研究应该聚集多学科力量，从更多样化的视角开展跨学科研究，这样才能进一步丰富其研究内容，开拓其研究视角。同时，由于传统观念的束缚，网络文学的理论研究也缺乏创新思维，尚未形成网络文学理论批评的真正的主体性与理论的自觉性。

（禹建湘、张浩翔、颜术寻　执笔)

第十章　中国网络文学海外传播

中国网络文学既深耕于民族文化的沃土，亦与世界流行文化同频共振，凭借奇幻的想象与精彩的故事打通全球读者的"快感通道"，成为互联网时代中国文化出海的弄潮儿。历经十余年的发展，中国网络文学海外传播已从实体版权输出为主的萌蘖期、IP 多元化传播的积累期，步入到海外产业业态布局的高速发展期，成功实现"三级跳"。在国家引导、业界主动、学界联动传播格局的赋能下，中国网络文学的出海规模持续扩增，传播版图日益扩大，全方位传播、大纵深推进、多元化发展的传播局面正在形成。中国网络文学海外传播承担着讲好中国故事，构建立体化国家形象，助力文化外贸的重任。妥善化解网文出海中的翻译困境、文化误读、跨国版权维护、发行推广渠道疏浚等问题，将有助于中国网络文学在全球文化市场竞争中进一步建立自身影响力，打造展现中国文化软实力的亮丽名片。

一、网络文学海外传播年度概况

据中国作家协会发布的数据显示，2021 年网络文学海外市场规模突破 30 亿元，海外用户达 1.45 亿。[①] 网文出海已逐步实现从内容到模式、从区域到全球、从作品到生态的结构性转换。中国社会科学院文学研究所 2022 年 4 月在京发布的《2021中国网络文学发展研究报告》指出，2021 年中国网络文学出海已实现阶段性跨步，出海规模化效应显现，累计向海外传播的作品已逾万部，网站订阅和阅读 App 用户达 1 亿多，海内外原创作者队伍不断增长，AI 翻译功能增强，创作、翻译与阅读的产业链延展顺畅，传播范围覆盖 40 多个"一带一路"沿线国家，涉及英、法、俄、日、韩等 20 多个语种，潜在市场规模或超过 300 亿元，尤其是以网文为创意源头的IP 影视、游戏、动漫、有声读物等流行文化业态，已经在国际市场显示出巨大发展潜能。[②]

---

① 中国作家协会网络文学中心：《2021 中国网络文学蓝皮书》，《文艺报》，2022 年 8 月 22 日，第 003 版。

② 中国社会科学网：《2021 中国网络文学发展研究报告》，http：//www.cssn.cn/wx/xslh/202212/t20221231_ 5576959. shtml，2022 年 10 月 9 日查询。

1. 网络文学海外传播环境

（1）国家政策良性引导，"中国故事"落地有声

2022年，在文化强国战略的大背景下，国家接续出台了一系列相关政策举措，赋予网文出海以讲好中国故事、繁荣文化产业的重要使命，引导中国网络文学海外传播向好发展。2022年1月12日，国务院发布的《"十四五"数字经济发展规划》指出，我国数字经济国际合作不断深化，"丝路电商"合作成果丰硕，数字经济领域平台企业加速出海，影响力和竞争力不断提升，但同时也面临创新能力不足、产业链供应链受制于人、数字鸿沟未有效弥合等挑战。该规划明确将有效拓展数字经济国际合作，推动"数字丝绸之路"深入发展作为一项重点任务，支持我国数字经济企业"走出去"，积极参与国际合作，为中国网文企业拓展海外业务、优化海外布局提供政策指引。2022年5月22日，中共中央办公厅、国务院办公厅印发《关于推进实施国家文化数字化战略的意见》，提出"发展数字化文化消费新场景，大力发展线上线下一体化、在线在场相结合的数字化文化新体验"的重点任务，凸显了中国网络文学海外传播以数字化推动中华文化全景呈现，以数字化拓展中华文化的国际影响力的重要作用。2022年7月18日，《商务部等27部门关于推进对外文化贸易高质量发展的意见》发布，提出要培育文化贸易竞争新优势，大力发展数字文化贸易，积极培育网络文学、数字出版等领域出口竞争优势，加强国际化品牌建设，提升文化价值，打造具有国际影响力的中华文化符号。2022年8月9日，全国网络文学工作会议在郑州召开，会上发布的《2021中国网络文学蓝皮书》提出，近年来网络文学界贯彻落实习近平总书记关于国际传播能力建设的重要讲话精神，加速布局海外市场，着力提高网络文学国际传播影响力，"网络作家和网络文学工作者在新时代新征程上，将进一步增强历史主动，成为建设民族的科学的大众的中华民族新文化的生力军"。2022年8月16日，中共中央办公厅、国务院办公厅印发了《"十四五"文化发展规划》，强调要繁荣文化文艺创作生产，扩大中华文化国际影响力，"统筹推进对外宣传、对外文化交流和文化贸易，增强国际传播影响力、中华文化感召力、中国形象亲和力、中国话语说服力、国际舆论引导力，促进民心相通，构建人文共同体"，鼓励有国际竞争力的网文出海企业稳步提高境外文化领域投资合作规模和质量，创新对外合作方式，优化资源、品牌和营销渠道。2022年9月5日，"千帆出海—网络文学走出去论坛"在京举办，该论坛由中国外文局、中国新闻出版研究院、中国作家协会网络文学中心主办，围绕网络文学海外传播、内容创作、版权运营、对外文化贸易等方向展开研讨。同日，"海外翻译与传播应用能力培养计划"在中国外文局正式启动，该计划有助于提升翻译出版人才业务水平和综合能力，加强多语种翻译人才队伍和国际传播人才队伍建设，推动网络文学加快走出去，全面提升国际影响力。2022年10月16日，习近平总书记在党的二十大

报告中指出，要"增强中华文明传播力影响力，坚守中华文化立场，提炼展示中华文明的精神标识和文化精髓，加快构建中国话语和中国叙事体系"，指引中国网络文学在国际传播中用情用力讲好中国故事、传播好中国声音，展现可信、可爱、可敬的中国形象。2022年11月9日，国家主席习近平向2022年世界互联网大会乌镇峰会致贺信中强调，中国愿同世界各国一道，携手走出一条全球数字发展道路，"加快构建网络空间命运共同体，为世界和平发展和人类文明进步贡献智慧和力量"。在国家政策的保驾护航下，中国网络文学的海内外影响力持续攀升，成为向世界展现中国人文精神与时代风貌，言说中国故事的重要流行文化载体。

（2）疫情催生全球网文新机遇，企业出海意愿大幅提高

由于后疫情时代全球范围内居家文化消费需求的持续高涨，全球网络文学市场进入新的机遇期。据Sensor Tower的数据报告显示，近年来全球网文和漫画应用收入逐年攀升，全球网文和漫画应用总收入在2020年增长57%的基础上，2021年再度提升46%，突破24亿美元。2022年的前8个月，全球网文和漫画应用收入达18亿美元，较去年同期上涨14%。其中，北美市场的网文应用收入增长尤为强劲。[①] 反观国内网络文学市场则因产能溢出、用户量趋于饱和而增幅放缓，且面临头部企业日益激烈的竞争，因而越来越多的中国企业选择进军海外网文市场，或深耕产品运营品牌，或打造细分领域的产品矩阵，抑或整合资源提供全流程出海服务，一同分食网文出海的行业"大蛋糕"。据App Growing 2022年发布的《2021网文漫画出海买量白皮书》显示，2021年，海外45个主要市场中平均每月有667款图书类App投放了移动广告，其中有94款为当月新投放App，每月新入局产品占比约为14%，其中网文小说类App广告投放量远超漫画等其他品类。在全球主要市场图书类App投放量TOP10中，网文小说类App凭借超高的广告投放量占据了绝大多数席位。其中无限进制和掌阅科技两家网文出海厂商买量表现最为突出，旗下多款产品在全球通投，并多次占据北美、东南亚、欧洲、日韩、中东、南美各地区投放量TOP10。[②] 除竞相买量、"跑马圈地"外，推出差异化产品，包括传统数字阅读服务商、新兴出海厂商、国内互联网厂商在内的各大网文出海企业也在不断细化产业链分工，推出更多差异化产品，加速布局多语种市场。且近两年内容商和技术服务商出海也开始增多，在市场链路拓展中发挥承上启下作用，帮助更多中小出海企业走稳全球化战略。下面分别介绍几家中国网文出海头部企业的海外年度发展动向：

阅文集团。阅文集团自2017年5月15日上线国内网文企业在海外的首个付费

---

① 白鲸出海：《网文出海正当时：市场规模两年增长超100%，TOP 5厂商出海成绩一览》，https：//www.baijing.cn/m/article/id-41418，2022年11月20日查询。

② App Growing：《2021年网文漫画出海买量白皮书》，https：//Appgrowing.net/blog/2021e7%bd%91%e6%96%87%e6%bc%ab%e7%94%bb%e5%87%ba%e6%b5%b7%e4%b9%b0%e9%87%8f%e7%99%bd%e7%9a%ae%e4%b9%a6/，2022年11月20日查询。

阅读的正版平台起点国际（Webnovel）以来，出海业务逐年拓增。截至 2022 年 6 月，阅文集团旗下起点国际平台已上线约 2600 部中国网络文学的翻译作品，覆盖英语、西班牙语、印尼语、印地语、马来语、韩语、泰语等多个语种，同时吸引了 200 多个国家和地区的 20 多万名海外创作者，创作出海外原创网络文学作品约 42 万部，类型涵盖奇幻、言情、魔幻、现实等，站点累计访问用户现已近 1 亿。[①] 在出海战略上，阅文集团一开始并未像掌阅、无限进制等其他出海厂商以多款 App 产品打入不同市场，而是专注起点国际，凭借其在内容资源上的突出优势，把在中国环境里生长出来的"起点模式"输送到海外，主打品牌建设，走精品化路线。在 Google Play 平台，起点国际曾进入过 97 个国家和地区的图书类畅销榜 TOP1。据 Sensor Tower 的数据显示，2022 年，起点国际稳居中国书籍漫画应用发行商海外收入榜 TOP2。[②] 进入 2022 年，阅文集团也开始跟投多矩阵策略，1 月份在全球 99 个国家和地区上线了一款名为 Chereads 的英文小说 App，主推总裁、狼人等题材的网络言情小说，目标定位为海外女性读者群体。Chereads 目前的广告投放主要集中在 Facebook，投放地区主要是北美、澳洲、欧洲等。[③] 2022 年 9 月，16 本出自阅文集团旗下起点读书的中国网络文学作品首次入藏大英图书馆。此外，阅文集团也在积极推进网络文学 IP 全生态，全力启动影视、动漫等多元衍生品开发，探索更多全球合作模式。

掌阅科技。掌阅科技自 2015 年推出 iReader 国际版，开始涉猎阅读出海业务，近几年间又陆续上线了 Noveful、Storyroom、Storysome、Storyaholic 等多款数字阅读类 App，打造出海产品矩阵。截至目前，掌阅科技阅读出海业务累计用户已达 3500 万，覆盖了全球 150 多个国家和地区，其中包括 40 多个"一带一路"沿线国家，支持英、法、西、韩、印、泰在内的 10 多个语种。旗下产品在多个国家的 Google Play 和 App Store 市场中，长期稳居前列。据《2021 年度掌阅数字阅读报告》显示，2021 年"一带一路"沿线国家和地区数字阅读规模增速大幅上涨，掌阅海外用户中新增用户占比达到 28.07%，其中 18—24 岁的年轻用户上涨最快。Google Play 平台数据显示，iReader 国际版曾经进入过 16 个国家和地区的图书类畅销榜 TOP1，在 96 个国家和地区进入过畅销榜前 5。2022 年 2 月，掌阅科技成立子公司海读科技，从事网络文学出海翻译相关服务。[④] 掌阅科技自开启出海战略以来，在扩大业务体量的同时持续向上游发力，加快构建本地化内容生态，海外优质作者和作品数量稳步

---

① 阅文集团：《推动网文出海》，https：//www.yuewen.com/aboutSea.html，2022 年 11 月 20 日查询。

② 白鲸出海：《网文出海正当时：市场规模两年增长超 100%，TOP 5 厂商出海成绩一览》，https：//www.baijing.cn/m/article/id-41418，2022 年 11 月 20 日查询。

③ 白鲸出海：《时隔 5 年，Webnovel 之外阅文再推新 App》，https：//www.baijing.cn/m/article/38398，2022 年 11 月 25 日查询。

④ 掌阅科技：《掌阅科技大力推动东南亚等新兴市场布局，阅读出海业务持续增长》https：//baijiahao.baidu.com/s？id=1742483370372400697，2022 年 11 月 30 日查询。

提升。

中文在线。中文在线作为致力数字内容出海老牌厂商，凭借旗下 Chapters、Spotlight、Kiss 等多款热门互动阅读应用，连续多年蝉联中国书籍漫画应用发行商海外收入冠军。据中文在线发布的 2021 年年报显示，2021 年公司实现营业收入的 11.89 亿元中，有 5.9 亿元来自海外业务，同比增长 19%。从 Google Play 平台数据来看，Chapters 曾经进入过 11 个国家和地区的图书类畅销榜 TOP1，在 89 个国家和地区进入过畅销榜 TOP5。截至目前，Chapters 已经拥有英语、德语、西语、俄语、法语、日语、韩语、波兰语等 13 大语种版本。2021 年 5 月，中文在线投资了 TTS 和数字虚拟人制作科技公司倒映有声，通过研发"AI 主播"，将 2000 余部文学作品录制为有声小说，极大加速了网络文学到音频内容的生产能力，在网文传播方面实现降本增效。此外，中文在线还推出的面向全球优秀作家的"元宇宙征文大赛"，将评选出第一批具备元宇宙内容形态的故事 IP，迄今已收到 10000 余部元宇宙文学作品。2022 年，中文在线开启海外业务 2.0 战略，在全球范围内投资新设子公司，力图塑造多元化国际传播生态，一方面结合落地国的强势产业与本土市场特征，输出符合当地文化背景的优质 IP；另一方面也强化国际业务之间信息与资源协同，打造全方位、立体化的对外传播体系，为更大规模的海外业务增设保障。

新阅时代。北京新阅时代科技有限公司成立于 2020 年，作为网文出海领域的后起之秀，近年来旗下数字阅读出海应用推新力度强劲，且在全球图书类应用中表现亮眼。自 2020 年 4 月起，新阅时代旗下的出海网文平台 GoodNovel 在 Google Play 和 App Store 双端上线。据 Sensor Tower 数据显示，GoodNovel 上线 5 个月后即位列 Google Play 全球 50 多个英语国家图书畅销榜前茅，在上线仅 8 个月后在双端平台的下载量已达 30 万。据广大大《2022 网文漫画出海应用观察》的数据显示，2022 年 1 月至 4 月出海图书 App 合计收入 TOP3 中，GoodNovel 凭借 1230 万美元的收入，一举超过阅文旗下的 Webnovel，占据了第二名的位置。① 新阅时代同时也积极投放其他市场空间较大的非英语市场，其推出的西语网文应用 BueNovel 上线第一个月即在西语区图书类畅销榜位居榜首。新阅时代旗下的有声读物产品 GoodFM 也与 GoodNovel 和 BueNovel 一同入榜 2022 第三季度 App Store 的海外泛娱乐应用买量 TOP10。此外，新阅时代旗下奇幻、恐怖类网文平台 MegaNovel 也在 2022 年 10 月空降 iOS 端买量第 15 名。近年来，新阅时代凭借旗下以 GoodNovel 为主打的多产品矩阵，在北美、欧洲等地区大肆投放，成为全球泛娱乐出海应用中的一匹黑马，目前的出海产品以 UGC 的原创模式为主，辅以国内的翻译网文。

除上述出网文企业外，旗下有 Fizzo 平台的字节跳动、打造 Webfic 平台的点众

① 广大大：《2022 网文漫画应用出海洞察》，https://www.guangdada.net/academy/Apps-2022-reading-comics-report，2022 年 12 月 1 日查询。

科技、以 Dreame 为代表作的无限进制和拥有 MoboReader 等多语种矩阵产品的畅读科技等企业的海外网文业务也在年内增势迅猛。另外，近年来 Wattpad、Wuxiaworld 等国际网文厂商全球性业务拓展，也不断助力中国网络文学作品的海外译介传播。

（3）海外竞争加剧，合规性要求升级，网文出海迈入"深水区"

随着 Z 世代用户引领的媒介消费新潮流，全球网文产品出海市场在近几年间迅猛增长。据 Apptopia 网站统计，Webtoon、Dreame 等欧美市场七大网文漫画平台的应用内支付额，在一年内增长了近 50%。据 Fortune Business Insights 提供的数据预测，全球网络漫画市场预将从 2021 年的 73.6 亿美元增长到 2028 年的 111.2 亿美元，预测期内复合年增长率达 6.1%。在这样的行业前景下，韩国、美国等地的巨头互联网企业也开始纷纷布局、拓展网文业务，加速向全球市场渗透。这使得中国网络文学的出海征途，除了面临国内企业的相互竞争，更要应对海外本土巨头的赛道争夺。

自 2021 年 7 月起，美国亚马逊在 Kindle 直接出版平台的基础上，正式推出了自家的网文平台 KindleVella。亚马逊不断为该平台寻找作者，扩充内容库，上线不久后，平台的签约作者数已超千名。为鼓励签约，亚马逊还先后推出了两笔共 65 万美元的"创作者基金"，依照作品在平台上的购买、点赞和阅读数量等指标，分配给旗下作者。与中国网文模式不同，Kindle Vella 在重金招募网文作者外，更偏向于鼓励传统出版的作者转向网文，例如平台上热文《婚姻拍卖》的作者，即是发表过 30 部小说的畅销书作家。在商业模式上，Kindle Vella 采用付费阅读、按字收费的变现方式。平台读者通过购买"点券"，来解锁新的内容章节，每 1.99 美元可以购买 200 点券，每 1 点券可以解锁 100 字数。为获客拉新，Kindle Vella 还为每位新用户提供 200 点券免费的促销活动。① 尽管总体而言，亚马逊旗下这款网络文学平台仍处在一个非常早期的阶段，目前用户量尚少，但这家公司凭借覆盖线下书店的垄断业务和在内容出版和图书销售方面非常多的本土经验，很难说是否会在未来成为美国网文行业的又一巨头。近两年间，韩国 KaKao 和 Naver 两家互联网大厂先后收购了 Wattpad、WuxiaWorld、Radish 多家热门海外网文平台，Naver 还成立了影视制作公司 Wattpad Webtoon Studios，专门负责旗下 Webtoon、Wattpad 平台上人气作品的出版及影视化改编。以所收购的 Wattpad 为例，该 App 早在 2006 年就已上线，截至目前，Wattpad 上的原创网文已超 10 亿，月活跃用户已达 9000 万，支持 50 种语言，受众群体遍布全世界。且 Wattpad 在全球性网文 IP 开发上也走在前列，收购前其影视合作资源已遍及各个大洲，其中包括美国的 Sony Pictures Television、法国的 Mediawan 和新加坡的 MediaCorp 等，由旗下网文作品〈After〉和〈The Kissing Booth〉改

---

① 品玩：《亚马逊杀入网文》，https：//baijiahao. baidu. com/s？id = 1712108120739686763&wfr = spider&for =pc&searchword=%E6%8D%AE%20Apptopia%20%E7%BB%9F%E8%AE%A1，2022 年 12 月 5 日查询。

编的两部电影都获得国际赞誉。2022 年 10 月，Naver 在收购之余，又推出了自家网文应用 Yonder，力图通过集合 Wattpad 和 Naver 版权库中的人气作品，签约人气作者，整合头部的英语创作者资源，走精品化路线。截至目前，Yonder 已拥有超 700部作品，涵盖爱情、悬疑、科幻和奇幻等多种类别，面向菲律宾和美、加、澳几个英语市场。2022 年，韩国最大的网文平台 Joara 也与美国本地化公司 Culture Flipper达成合作，为其在北美市场的网文 IP 改编业务开辟道路。拥有 14 万作者、超过 50万部网文的 Joara 平台继与泰国、印尼等东南亚地区内容平台合作后，又加速向英语市场渗透。① 与海外泛娱乐的头部大厂相比，中国网络文学的海外传播虽在出海网文应用的推广、营收方面卓有成效，但在海外知名 IP 的塑造，以及海外 IP 全产业链的形成上都处在比较初级的阶段。中国网文想在海外泛娱乐市场的激烈竞争中突出重围，真正扛起文化输出的大旗，仍有很长的路要走。

随着全球跨境出海行业的迅猛发展，各国监管机构对于泛娱乐出海应用的合规性审查也越来越严格。中国网络文学的出海应用想要在海外不同国家和地区的泛娱乐市场行之长远，须更加重视内容合规、数据合规、隐私合规、宗教合规等多方面的合规要求。2020 年，特朗普政府一度签署了针对 TikTok、Kwai 等中国应用在美国境内禁止下载和使用的禁令，尽管一年后拜登政府撤销了此项禁令，但又迅速出台了"对外国软件进行更为广泛的安全审查"的新行政令，加大对与中国有关的出海应用的审查力度。2021 年，以埃及为首的中东地区国家也开始对海外社交产品进行更为严格的内容审查，要求社交应用持牌运营。除政府外，合规性的压力还来源自谷歌、Meta、亚马逊等海外巨头平台。例如在 2019 年，触宝、百度等中国开发者旗下的一百多款应用就因广告投放不合规而被谷歌单方面下架。2020 年苹果隐私新政的推出也为 App Store 上网文应用的广告追踪与定制增添难度。随着海外网文的市场竞争日益激烈，出海网文应用在文化内容和引流广告等方面的合规性风险不断增加，高速增长下的网文出海正逐渐向"深水区"迈进，买量打法之外，中国网络文学的海外传播尚需在版权、技术、IP 开发、产业链协同等方面多维度整合本地化生态资源，寻求更深层次的出海"破圈"之道。

2. 网络文学海外传播的年度进程

（1）出海规模稳步扩增，多形态输出全面展开

据 2022 年 8 月中国作家协会发布的《2021 中国网络文学蓝皮书》显示，中国网络文学全球影响力不断扩大，截至 2021 年，中国网络文学共向海外输出网文作品10000 余部。其中，实体书授权超 4000 部，上线翻译作品 3000 余部。网站订阅和阅读 App 用户 1 亿多，覆盖世界大部分国家和地区。据头豹研究院发布的数据预

---

① 白鲸出海：《韩国网文加速英语市场渗透，最大平台 Joara 与美国本地化公司达成合作》，https：//www.baijing.cn/m/article/id-41692，2022 年 12 月 5 日查询。

测，至 2025 年，网文出海用户规模有望上涨至 13.29 亿人，中国网文出海行业市场规模将达到 193.35 亿元。从 2020 年到 2025 年，年复合增长率 74%。① 网文出海规模稳步扩大，在海外的市场占有率不断增加，IP 衍生水平不断提高，呈现出良好发展态势。

在网络文学版权输出方面，对外授权出版的实体书总量不断增多，仅晋江文学城即已输出近 3000 部作品。版权输出的作品题材日益丰富。2021 年晋江文学城海外版权输出签约数量已超 500 部。中文在线出海作者数接近 2000 名，输出语种包括英文、越南文、韩文、泰文、德文、西班牙文、俄文和法文等多种。2021 年 5 月，现实题材网络小说《长干里》英文版在加拿大出版，在亚马逊、谷歌等平台热销，并连续获得美国《纽约书评》的推荐。在网络文学 IP 改编出海方面，IP 影视剧、漫改作品的海外影响力持续走高。《穿越女遇到重生男》在韩国 Naver Series 平台大火，同期冲到韩国动漫榜单的第二位，电视剧《司藤》获泰国播出平台冠军，MyDramaList 评分达 8.8，在俄罗斯、葡萄牙、西班牙等地广受称赞。电视剧《你是我的城池营垒》入选上海市"中华文化走出去"专项扶持资金项目，发行至日本、韩国、新加坡、泰国等多个国家和地区。电影《少年的你》获得奥斯卡"最佳国际影片"提名。②

在网络文学海外门户搭建方面，App 出海成为网文出海厂商的主战场，海外本土化传播体系初步建立。国内网络文学网站纷纷搭建海外平台，打造海外付费阅读体系，建立付费订阅、打赏、月票等机制，翻译中国网络文学作品，吸引本土作者进行创作，建立本土化运营生态。据统计，2022 年 8 月，在 Google Play 的出海移动应用（非游戏）月收入排行榜上，新阅时代的 GoodNovel、无限进制的 Dreame 和阅文集团的 Webnovel 赫然在前十之列。据点点数据显示，2022 年第三季度，在国外 App Store 和 Google Play 两大应用市场的图书类 App 下载量 TOP20 榜单上，番茄小说海外版 Fizzo 以 1142 万的下载量夺冠，成为海外下载量最高的图书类应用。哔哩哔哩漫画应用海外版 BILIBILI COMICS 收获超 750 万的下载量排名第五。中国厂商网文应用 Dreame 和 Goodnovel 也分别以第 7 名和第 11 名的成绩登榜。在海外两大应用市场图书类应用的第三季度收入榜上，新阅时代的 GoodNovel 以超过一千四百万美元的收入排在第 5 名，成为 2022 年第三季度海外营收最高的中国网文 App。Dreame 和 Webnovel 也在第三季度图书类应用收入榜上分列第 8 名和第 12 名。③ 无论在下载量还是在营收方面，中国网络文学出海应用都增势显著，在国际文化传播

---

① 头豹科技创新网：《行业概览：2021 年网文出海行业研究》，https://www.leadleo.com/mobile/report/reading? id=61d5194265d14247a55d4703，2022 年 12 月 10 日查询。

② 中国作家协会网络文学中心：《2021 中国网络文学蓝皮书》，《文艺报》，2022 年 8 月 22 日第 003 版。

③ 白鲸出海：《Q3 海外图书应用 | 番茄小说海外版 Fizzo 登顶下载榜，新阅旗下网文应用双端表现亮眼》，https://www.baijing.cn/m/article/id-41766，2022 年 12 月 10 日查询。

市场中表现亮眼，这意味着网文出海的本地化商业模式逐渐走向成熟。

（2）海外创作者队伍壮大，"生态出海"成为大趋势

随着起点国际等代表性的中国网文国际传播平台将付费阅读和作家培养模式输出海外，涵盖创作、运营、消费全链条的中国网文业态异域生根，全方位"生态出海"已成为中国网络文学向海外发展的必然趋势。近年来，随着全球数字阅读用户群体的快速崛起，海外网络文学作家队伍不断壮大，海外原创作品数量呈爆炸式增长。据阅文集团历年财报显示，2019 年到 2021 年间，起点国际上的本地语言原创文学作品数量已由 8.8 万部增长至约 37 万部，增幅达到了 320%。截至 2022 年 6 月，起点国际凭借站点内约 2600 部中国网文翻译作品，已成功吸引了 200 多个国家和地区的近 30 万名海外作者参与中国式网文的创作，推出海外原创网络文学作品约 42 万部，涵盖奇幻、言情、魔幻、现实等多种类型，累计访问用户约 1 亿。①

现阶段，以起点国际为代表的出海网文厂商主要通过 Wattpad 等国际社交平台联络、吸纳本土作者，并通过"低保"、各类奖项、征文活动等方式给予作者资金和流量扶持，发掘和培养海外潜力作者，建立海外作家成长机制，为海外优秀原创网络文学 IP 提供多种孵化载体。2022 年 2 月，阅文集团旗下起点国际联合新加坡国立大学、新加坡南洋理工大学发起的"2022 全球作家孵化项目"（GAIP）正式启动，同时揭晓了 WSA2021 征文大赛的获奖榜单。目前，WSA 作为起点国际推出的全球年度有奖征文品牌活动，已成为该平台创建网络文学写作人才社区，建立作者生态的重要一环。据统计，WSA2021 征文大赛的参与者共提交了近 8 万部小说，为历届之最，其中 68% 的作家为首次在起点国际平台发布作品。此次大赛中，Elyon、XIETIAN、KazzenIX 三位外国作家分别凭借作品《重生之最强系统》《天启：血术士征服之旅》和《情迷》获得本次大赛金奖。② 通过 WSA 多元的优质作品征集，起点国际将为海外作者提供专业的网络文学创作辅导，为作品提供更广泛的读者和更长期的生命链，帮助更多全球作家实现创作梦想。据起点国际发布的《2021 海外网文作家趣味数据》显示，近年来，海外作家增幅超 3 倍，"00 后"及"95 后"在平台海外作家中占比超过八成。从海外原创作品类型整体分布来看，奇幻、游戏、言情是最热门的创作类型，其中占比 69% 的奇幻类为男性作家的最爱，占比 54% 的言情类为女性作家的最爱。这些海外原创作品题材多元、内容丰富，大部分作品的世界观架构深受早期翻译的中国网络文学的影响，运用"系统流""无限流"等在中国网络小说中常见的写作套路，蕴含中国网络文学中常见的奋斗拼搏、尊师重道、兄友弟恭等主题，小说还出现了熊猫、高铁、华为手机等中国元素。

---

① 阅文集团：《推动网文出海》，https：//www.yuewen.com/aboutSea.html，2022 年 11 月 15 日查询。

② 读创：《阅文启动"2022 全球作家孵化项目"！"00 后"成海外网文创作绝对主力》，https：// baijiahao.baidu.com/s? id=1724546004250046770&wfr=spider&for=pc&_ =%E4%B9%8B%E6%9C%80，2022 年 11 月 15 日查询。

掌阅科技自开拓海外原创业务的一年多以来，也在不断推动海外产品内容本地化，探索由"文化出口"向"文化模式出口"的进阶之路。近期，掌阅科技还与海外原创作者群体合作，尝试将国内优质的网文作品提纲化，向海外作者发起协同写作邀请，结合海外受众的需求对中国网文进行再创作，旨在通过本地化的文学作品，让海外用户逐步了解中国特色的历史文化、人文社会等。① 14 纵横文学的海外平台 TapRead 自上线以来，目前已有百余部由海外作家参与创作的外文作品。此外，近年来也有不少海外中国网文翻译网站开设原创专区。如法译平台 XIAOWAZ 上发布了 3 部法国读者的原创作品，这些作品借鉴了中国网络小说的转世、穿越、修仙和逆袭等元素。② 中国网络文学的海外传播从内容输出到业态输出的模式升级进展顺利，出海产业链和海外原创持续发力，"生态出海"成为进一步扩大中国网络文学的全球影响力的必由之路。

（3）改编作品海外走俏，IP 出海捷报频传

2022 年，网文 IP 影视出海渐成规模，网文 IP 改编的漫画、游戏、有声读物、短视频等多形态作品的也在海外风生水起，IP 出海呈现出综合创新趋势。以阅文集团、中文在线为首的多家网络文学企业在继续向海外输送 IP 改编作品之余，也在通过出售 IP 改编权、投资海外平台和海外文化传媒公司等方式，与外方形成战略合作关系，将产业链下游链条转移至国外，促进网文 IP 本土化开发与推广，进一步彰显了中国网文 IP 跨文化、跨媒介传播的强劲实力。

2022 年，《赘婿》《斗罗大陆》《锦心似玉》《雪中悍刀行》等 IP 剧集，已先后登上 YouTube、viki 等欧美主流视频网站，在全球上百个国家和地区热播。2022 年 1 月，韩国确认购买网络小说改编短剧《开端》的播出版权，将采用原音加字幕形式台网双播。据韩媒爆料，网文 IP 剧《且试天下》也将在韩国线上播出。2022 年下半年蹿红的国风 IP 剧《苍兰诀》接连登上东南亚六国热搜，并上架 Netflix。改编自网络小说《打火机与公主裙》的网剧《点燃我，温暖你》在优酷国际版同步上线 9 种语言的配音版本，发行覆盖北美、欧洲、澳洲、东南亚等国家和地区，此后还将登陆 Netflix。该剧在播出后登顶越南流媒体平台 VieON 全球影视播放 TOP 榜，在北美流媒体平台 Viki 同期跟播的剧集排行榜里最高单日位列第一。《请君》《星汉灿烂》等多部 IP 改编网剧也陆续于 2022 年 10 月下旬在越南、泰国等多国的流媒体平台、电视频道上线。现实题材 IP 剧《大江大河》在国际互联网平台全剧播放总量达 3308 万次，好评率达 88.43%。

2022 年 1 月，中文在线旗下 17K 小说网同名作品改编的漫画《混沌剑神》上线

---

① 掌阅科技：《掌阅科技大力推动东南亚等新兴市场布局，阅读出海业务持续增长》，https：//baijiahao. baidu. com/s? id=1742483370372400697&wfr=spider&for=pc&searchword，2022 年 11 月 15 日查询。

② 高佳华：《中国网络文学在法国的传播研究》，《中国出版》，2022 年第 17 期。

日本 TOP 级漫画平台 Piccoma，反响热烈。中文在线成功孵化的《万古第一神》《九星霸体诀》《修罗武神》等头部小说的同名漫画作品也在布局海外出版和发行。IP 漫画《恰似寒光遇骄阳》《放开那个女巫》等在日韩市场进入人气榜单前列。2022 年，快看漫画海外版 App 正式上线，旗下漫画作品《大医凌然》《闪婚总裁契约妻》《人鱼陷落》等分别持续占位韩国、英语国家、泰国等地各大漫画平台人气榜。2022 年 9 月，修仙类网文 IP 手游《一念逍遥》正式推出韩语版，随即跃居韩国手游下载榜第 2 名。喜马拉雅国际版有声书应用 Himalaya 已覆盖 5000 万海外用户。2022 年，海外头部社交媒体 TikTok 的图书分享社区 BookTok 上荐书相关视频播放量已近 900 亿次，使短视频推文在海外也形成一股热潮。

阅文集团网文作品《许你万丈光芒好》向越南授权影视改编后，被越方改编为剧集《惹火娇妻》，近来掀起当地追剧热潮。2022 年 1 月，IP 剧《赘婿》正式向韩国流媒体平台 Watcha 授出影视剧翻拍权。此外《步步惊心》《太子妃升职记》《致我们单纯的小美好》《簪中录》等网络小说改编的影视剧也已被韩国购入版权翻拍。2021 年 1 月起在富士电视台播出的日剧《灰姑娘上线啦!》翻拍自《微微一笑很倾城》，该剧还发行为 DVD，广受日本观众的欢迎。2022 年 10 月，中文在线作为《岛上书店》的联合出品方与国际一线的影视公司好莱坞达成合作，参与全球发行的好莱坞影片，正式开启"国际化 2.0 战略"，为日后更多优质内容 IP 的出海打下良好基础。① 中国的网络文学 IP 的海外分发并未停留于输出改编作品，而是通过与全球产业各方的开放协作，不断成为海外泛娱乐产品的内容源头。

（4）东南亚、北美地区仍为出海主阵地，中东、非洲等地区喜添新的增长点

当前，中国网络文学的海外传播从东南亚、东北亚、北美扩展到欧洲、非洲，到现在已遍布全球。出海版图日益扩大，海外翻译语种涵盖英、法、俄、印尼、阿拉伯等多达十几种语种。其中东南亚、北美地区凭借先发优势目前仍是网文出海的主要聚集地，中东、非洲等地区随着更多小语种网文 App 的出现正在成为新的增长点。"一带一路"沿线国家在中国网络文学平台建设方面取得可喜进展。中国网络文学全方位传播、大纵深推进、多元化发展的全球化局面正在形成。

据 Sensor Tower 的数据报告显示，亚洲和北美市场是全球网文漫画类应用收入的主要来源。2019 年至 2022 年，来自两个市场的收入占比接近九成，其中美国市场的收入增长尤为强劲，近三年来分别实现 171.6%、110.2% 和 33.5% 的同比增速。北美网文市场的迅猛增长，与在其中占主导地位的中国公司产品的带动密不可分。在 App Store 的图书类应用畅销榜上，Goodnovel、Webnovel、MoboReader 等来自中国的网文应用长期活跃在美国图书类应用畅销榜的前列。数据显示，在 Webnovel 的海

---

① 同花顺金融研究中心：《中文在线：〈岛上书店〉由公司旗下的好莱坞著名制片人 Hans Canosa 担任影片导演兼制片》，https：//m.10jqka.com.cn/20221014/c642266048.shtml，2022 年 12 月 10 日查询。

外营收中，美国市场的贡献占比 63%。掌阅科技 iReader 国际版和中文在线旗下 Chapters 的海外营收中，美国市场的贡献率达也接近一半。① 相对而言，网文出海的美国市场更趋成熟，用户付费率较高，因此也吸引了更多实力雄厚的中国网文出海企业在北美地区纷纷加码。以近来在应用商店网文 App 畅销榜上赶超 WebNovel 等大厂产品 Goodnovel 为例，北美市场在其收入来源中占比超过七成，成为帮助 Good-Novel 后来居上的重要力量。中国网络文学作品在北美已形成了一批较为稳定的粉丝群落。目前在 Wuxiaworld 等北美网文平台的热度榜上，《帝霸》《修罗武神》之类的中国网文名列前茅。而与中国文化亲缘、地域接近的东南亚国家，俨然也成了网文出海的"应许之地"。据白鲸研究院的数据显示，仅菲律宾、印尼、马来西亚三国的用户下载量就占到 Webnovel 全部下载量的 43%。2022 年第三季度登顶海外图书 App 下载榜的番茄小说海外版 Fizzo 的出海首站即设在东南亚，其中印尼以 85.8% 的比率成为其主要下载增长地区。② 在东南亚，中国网络文学除了在出海平台上大量获取当地用户外，也同时以版权贸易、投资并购、IP 衍生等多种方式合力掀起传播热潮。阅文集团即出资收购了泰国网文公司 OBU 百分之二十的股份，与泰国方合营多个网文平台，打出一套从作品、文化传播到产业输送的出海组合拳。

据《2022 网文漫画应用出海洞察》显示，2022 年 1 月到 4 月，中东、非洲地区的图书类投放素材占比分别达到了 16.39% 和 17.18%，两者都超过了以往的网文出海重地北美地区。③ 后续发力的网文应用为了规避头部厂商的先行壁垒，在出海战略上已从攻克单一市场，转向加速多语种布局，使中东、非洲等地区成为网文出海的新宠。Dreame、Joyread、iReader 国际版等中国网文应用纷纷在这些地区买量营销，且效果显著。据 data.ai 的数据显示，2022 年 5 月 26 日沙特安卓端书籍类应用畅销榜 TOP10 中，Goodnovel、Webnovel、Webfic 等中国网文应用占据了一半席位。点众科技旗下的 Webfic 在 2022 年 9 月 15 日登上卡塔尔 Google Play 图书类目畅销榜 TOP1，在沙特阿拉伯、阿曼、阿联酋等国也位列图书类目畅销榜单 TOP5。不过，网络文学在沙特等国的热销与当地数以百万计的东南亚裔务工人口也有密切关联，例如菲律宾语网文应用 Yugto 就在沙特图书应用畅销榜中排到第二名。④ 用对应语种的 App 去获取目标地区市场的垂类人群，成为网文应用出海的新趋向。在非洲地区，阅文集团与手机企业传音控股合作推出针对非洲读者的阅读应用 Ficool，使当

---

① 白鲸出海：《网文出海正当时：市场规模两年增长超 100%，TOP 5 厂商出海成绩一览》，https://www.baijing.cn/m/article/id-41418，2022 年 12 月 10 日查询。

② 白鲸出海：《Q3 海外图书应用 ｜ 番茄小说海外版 Fizzo 登顶下载榜，新阅旗下网文应用双端表现亮眼》，https://www.baijing.cn/m/article/id-41766，2022 年 12 月 10 日查询。

③ 广大大：《2022 网文漫画应用出海洞察》，https://www.guangdada.net/academy/Apps-2022-reading-comics-report，2022 年 12 月 15 日查询。

④ 白鲸出海：《2022 年网文出海又变了：美国卷不动了去中东，阅文屈居第 3 名？》，https://www.baijing.cn/m/article/id-39016，2022 年 12 月 15 日查询。

地网络文学受众规模迅猛增长。通过"中非创新合作提升工程"等项目的持续实施，国产剧在非洲的热播也让一些网络文学 IP 收获更多非洲粉丝。多语种、多模态的出海方式让中国网络文学的传播半径正不断延伸至更多"一带一路"沿线的国家和地区。

3. 网络文学海外传播的读者画像

（1）从结构特征来看，中国网络文学的海外读者构成多元，学历层次较高，女性、中青年、欠发达地区读者居多。

在性别分布上，近年来海外女性读者数量激增，目前占比已达 67.8%；在年龄结构上，呈年轻化趋势，目前 35 岁以下的中青年读者占比超 62%，其中"95 后"的占比达到 31%；在地域分布上，来自印度、菲律宾、印度尼西亚、马来西亚、越南等欠发达地区的读者占比 81%；在受教育程度上，海外读者整体上学历水平较高，本科及以上学历占比达 58.7%；在职业情况上，学生占比达 22%，家庭主妇占 9.5%，超 42%的读者有稳定工作；在情感状况上，单身读者最多，占比达 42.2%，已婚已育的读者占比为 33.5%。

（2）从行为特征来看，中国网络文学海外读者接触翻译网文的主要渠道是社交网络，手机 App 成为主要阅读方式，阅读黏性较高，消费意愿不断上升，按章付费成为主流付费方式。

在接触途径上，海外读者主要通过互联网社交平台和广告、搜索引擎、亲友推荐、论坛 BBS 等渠道接触中文翻译网文，其中经由社交网络接触到中国网文的读者占比 53.6%；在阅读动因上，67.5%的读者是为了缓解压力，还有近半数的读者是被中国网文新奇的情节和独特的文化元素所吸引；在接触时长上，超过半年的稳定读者占比为 83.4%，其中三年以上占 15.9%，六个月以下的新读者占比达 12.3%；在阅读量上，阅读 10 本以及以上中国网文作品的读者有 63.9%，阅读 6 本到 9 本的读者占 27.7%；在阅读渠道上，使用手机 App 阅读的读者占比达 86%，移动设备网页阅读占比 36.9%，使用电子书阅读器的读者占 16%；在阅读场景方面，海外读者更多利用碎片时间进行阅读，在工作、学习闲暇时阅读的占比高达 72%，利用睡前时间进行阅读的占 60.1%；在阅读频率和时长方面，几乎每天都阅读中国网文的海外读者人数占比高达 83.4%，每次阅读时长大于 2 小时的用户占比超过 57%，每次阅读时长 3 小时以上的用户占比 42.5%；在互动情况上，54.9%的读者会在留言区评论，42.2%的读者会将小说分享给其他朋友，其中东南亚地区的读者互动比例更高。在付费意愿上，海外读者为中国网文作品的付费率达到 48.4%，欧美读者付费率高于东南亚读者，整体消费意愿呈上升趋势，消费金额在 30 美元以下的轻度消费用户占比 71.9%，消费金额在 50 美元以上的重度消费用户占比 20.8%；在付费方式上，按小说章节付费的海外读者占比最高，达 78.6%，其次是整本小说付费，占比

24.6%，之后是充值网站会员，占 23.8%，以及打赏译者和作者，占 14.8%。

（3）从文化偏好来看，中国网络文学海外读者更喜爱言情类、幻想类作品，对作品 IP 的影视化改编期待度较高，作品内容、翻译质量和更新速度成为影响海外读者评价的重点。

在题材偏好上，言情小说和幻想小说分别以 82.4% 和 55.3% 的喜爱比例成为最受海外读者欢迎的中国网文作品类型，其次是喜爱度占比 28.2% 的都市现代题材，占比 26.6% 的恐怖悬疑题材和占比 23.6% 的科幻题材，其中言情小说在海外女性读者中喜爱度高达 95%，成为主导女频文的类型，幻想小说在海外男性读者中喜爱度高达 76%，成为主导男频文的类型。在 IP 衍生偏好方面，最受海外读者期待的中国网文改编形式依次是喜爱度占比 59.3% 的电影、占比 55.5% 的电视剧、占比 27.9% 的动画电影、占比 19.4% 的漫画和占比 14.0% 的互动阅读等。在挑选网文作品的条件上，67.3% 的海外读者表示优先关注作品的情节内容，54.7% 的读者表示注重作品的翻译质量，52.2% 的读者关注作品题材，44.1% 的读者关注作品的更新速度。在阅读体验上，海外读者对中国网文翻译质量的满意度达 88.1%，对更新速度的满意度达 84.4%，半数以上的海外读者认为收费太高、更新太慢或突然停更是影响中国翻译网文阅读体验的主要问题。①

二、网络文学海外传播的主要业绩

网文出海始自于我国优秀网络文学作品在海外的版权出售，历经十几年，已由原本单一的版权出海、文本出海，发展到现在的生态出海，出海指数成倍增长，热度大幅提升。目前，中国网络文学的海外传播包括对外授权出版、知识产权（IP）改编传播、海外平台投资等多种形式，传播区域涵盖亚洲、北美、欧洲、非洲等世界各地。以起点国际为首的头部平台进一步挖掘与培养海外本土作家，生产海外优质原创内容，通过 WSA、"全球作家孵化项目"等活动，力图注入网文生产新血液，搭建全球网文新生态。不过，中国网文出海的进程也不是像我们想象的那样一帆风顺，美日韩等国的加入使中国网文出海平台受到了一定程度的冲击，影响网文国际竞争市场形成。2021 年韩国厂商 Kakao 和 Naver 分别收购了美国的小说阅读平台 Wattpad 和 Radish，表明国际竞争进一步加剧。

1. 海外传播网站平台年度进展

中国网络文学的海外传播离不开网站平台建设，目前网络文学海外传播平台主要分为两类：其一是以阅文集团、掌阅科技等为代表的国内网文企业所搭建的"本土型"海外平台，如 webnovel 等；其二是以 Wuxiaworld、Novel Updates 等为代表的

---

① 艾瑞咨询：《2021 年中国网络文学出海报告》，https：//report. iresearch. cn/report_ pdf. aspx？id = 3840，2022 年 12 月 15 日查询。

海外翻译平台。两种平台的并行输送，共同建构了外语语境下的东方文化，形成了海外网文新市场。2022 年，阅文集团、掌阅科技、晋江文学城等头部网文企业海外传播业务激增，"出海"力量呈现集团化趋势。

下面将对中国网络文学海外传播的几个主要平台进行简要介绍。

（1）中国主导搭建的海外平台

起点国际（webnovel. com）。起点国际是阅文集团推出的国际化网文阅读平台，作为网络文学出海领域的先行者，它是所有网文出海平台中最早尝试商业变现的一家正版文学平台。2017 年 5 月 15 日，阅文集团海外门户起点国际（WebNovel）正式上线，成为中国网络文学海外传播的第一个官方平台，并陆续在东亚、东南亚、非洲、欧美等地进行产业布局。目前起点国际以英文版为主打，将逐步覆盖泰语、韩语、日语、越南语等多语种阅读服务，并提供跨平台互联网服务。除了 PC 端外，Android 版本和 iOS 版本的移动 App 也已同步上线。2018 年 4 月 10 日，起点国际对用户开放了原创功能，使中国网文的国际发展模式从作品授权的内容输出，提升到了产业模式输出，实现了网文创作生产的跨域际转化。疫情期间，海外网文作家数量增长超 3 倍，其中 00 后占比接近六成，东南亚和北美成为"盛产"网文作家的重要地区。[①] 根据阅文集团发布的 2022 年中期财报，截至 2022 年 8 月，起点国际上线约 2600 部中国网络文学翻译作品，约 42 万部当地原创作品。[②] 2021 年 2 月 11 日，阅文于新加坡启动"2022 全球作家孵化项目"（Global Author Incubation Project 简称 GAIP），该项目由起点国际与新国立、南洋理工联合孵化，旨在培育海外原创网络文学主力军，推动网文出海迈上新高度。同时，海外业务方面，生态持续繁荣。除自有品牌 WebNovel，阅文还投资了海外头部的在线阅读平台，如泰国的 Ookbee U、韩国的 Munpia；在非洲，阅文与传音成立合资公司，来推广非洲的阅读市场；此外阅文还跟新加坡电信建立了新加坡网络文学的业务合作。[③] 2022 年初，韩国 Watcha 购买《赘婿》真人剧翻拍权，成为阅文首部被海外国家翻拍的 IP 作品；迪士尼获《人世间》海外播映权。出海监管方面，阅文集团 IP 出海获得官方认可。2021 年，阅文第四次入选相关部委和广电总局共同认定的 2021—2022 年度国家文化重点出口企业。《庆余年》在海外的发行运营名列 2021—2022 年度国家文化出口重点项目。

中文在线（www. col. com）。中文在线数字出版集团股份有限公司是我国第一家

---

① 中国社会科学网：《2021 中国网络文学发展研究报告》https：//baijiahao. baidu. com/s？id = 172 9858988715096522&wfr=spider&for=pc，2022 年 12 月 18 日查询。

② 阅文集团：《一图看懂阅文 2022 年中期财报：在好故事里坚定生长》https：//mp. weixin. qq. com/s/i-cZlMBZuITeinKCdOJ-cg，2022 年 12 月 18 日查询。

③ 未来智库：《2022 年阅文集团研究报告》https：//www. vzkoo. com/read/20220913b170fa01d78800 6f0acc9a9d. html，2022 年 12 月 18 日查询。

网络文学上市企业，2000 年成立于清华大学，拥有数字内容资源超过 510 万种，驻站网络作者超过 440 万名。除公司原有的强势全品类平台 17K 小说网外，四月天、万丈书城以及 2021 年重点发力的奇想宇宙科幻站、谜想计划悬疑站等垂直站，共同形成了多维度发展的内容平台矩阵，构建了中文在线的内容壁垒。作为中国数字文化内容的开创者之一，中文在线积极探索，在数字内容市场的原创内容生产、全渠道销售、版权衍生及运营、知识产权保护等方面拥有多重优势。自战略股东腾讯、阅文、百度七猫加入后，中文在线的数字阅读业务加速发展。依托上述优势，2017 年布局海外，推出互动叙事类阅读产品 Chapters，产品推出后在德国、法国、巴西、西班牙等多地实现细分品类排名第一。同时，海外公司持续聚焦新阅读的需求变化，陆续推出动画产品 Spotlight、浪漫小说平台 Kiss，产品覆盖多类型用户群体，形成了丰富的内容矩阵，依托已上线的 UGC 功能，帮助用户创作，提升创作者经济。[1] 随着中国网络文学海外趋势的发展及公司业务的深化，中文在线升级海外业务，充分利用既有优势，结合自有海量内容和优质 IP，全球范围内多点布局，在美国、日本等地设立子公司及分支机构，启动"国际化 2.0 战略"探索。[2] 积极加强与国际一线影视公司及头部流媒体平台的合作，参与影片《岛上书店》的联合出品。《天盛长歌》《混沌剑神》等 IP 在海外取得不俗成绩，积累了海外市场经验，为日后更多优质内容 IP 的出海打下良好基础。

掌阅国际版（iReader App）。作为中国数字阅读企业出海"先行者"，掌阅科技于 2015 年开启"走出去"战略，推出掌阅 iReader 国际版，涉猎阅读出海业务，多次荣列"国家文化出口重点企业"，成为文化出海企业的代表。目前，掌阅科技阅读出海业务累计用户已达 3500 万，覆盖了全球 150 多个国家和地区，支持英、法、西、韩、印、泰在内的 10 多个语种，在多个国家的 Google Play 和 App Store 市场中，长期稳居前列。据掌阅海外阅读报告显示，掌阅海外用户组成趋于年轻化，增速显著，其中，一带一路沿线国家和地区及非洲地区国家用户增长最为明显；用户日均在线时长同比上涨 25.97%，达 97 分钟，黏性进一步提升。从用户分布上看，美国、泰国、英国、澳大利亚、加拿大分列 AppStore 用户占比前五位，泰国、印度尼西亚、马来西亚、美国、老挝分列 Google Play 用户占比前五位。[3] 2 月，基于掌阅科技此前自研的基于神经网络的协作式 AI 翻译平台"掌阅翻译猿"，成立了从事网络文学出海翻译相关服务的子公司北京海读科技，旨在为公司出海业务发展提供更有

① 界面新闻：《中文在线：蝉联〈2022 书籍与漫画应用市场洞察〉网文应用海外收入冠军》https：//www.jiemian.com/article/8270060.html，2022 年 12 月 20 日查询。
② 搜狐：《中文在线"出海"布局 联合出品影片〈岛上书店〉》https：//business.sohu.com/a/591486871_ 121119387，2022 年 12 月 20 日查询。
③ 掌阅精选：《掌阅科技重磅发布〈2021 年度掌阅数字阅读报告〉》https：//mp.weixin.qq.com/s/6mNhrP6eAIhCQ245sJ9xgQ，2022 年 12 月 20 日查询。

利的条件。通过翻译优质作品，掌阅开启了中国数字阅读出海的新阶段，在东南亚等新兴市场的布局日趋完善，本地化内容生态加快构建，优质作者和数量得以提升。

晋江文学城（www. jjwxc. net）。晋江文学城创立于 2003 年，是中国大陆范围内具有较高影响力的女性向原创文学网站之一。全球有近 200 个国家和地区的用户访问晋江，其中美国、加拿大、澳大利亚等发达国家占有很大比重，海外用户流量比重超过 10%。自 2008 年起，晋江文学城开始进行作品的繁体版权（中国台湾）输出，2011 年签署了第一份越南合同，正式开启了海外版权输出。至今已与包括泰国、越南、韩国、日本、马来西亚、加拿大、美国、俄罗斯、缅甸、匈牙利、德国等在内的十余个国家或地区的近百个合作方建立了版权合作渠道。目前正在积极开拓欧洲、美洲市场。晋江对外输出部门目前有专职的工作人员对作品文案进行包括但不限于英文、日文、韩文翻译，以每周不少于 10 篇作品向外国出版方进行推荐。截至 2022 年 5 月，网站已有 3300 余部作品签约繁体及海外输出合作合同，输出类型包括纸质书出版、海外电子书授权、海外动漫广播剧等改编形式的授权，以及授权国内改编的影视作品在海外播出等。为开拓国际市场，晋江独立研发的海外站也进入内测阶段，正伺机正式上线运营。

Dreame。Dreame 是星阅科技于 2018 年推出的阅读产品，主打女性向言情小说，借助对于海外市场的洞察和强大的原创内容能力，成功打入东南亚网络文学市场；2020 年，陆续输出产品打造差异化产品矩阵，进一步开拓全球市场扩大用户体量。Dreame 平台在 2021 年已冲顶 Google Play 的图书类畅销榜的第一名，近两年间在 Facebook 上的全球下载量也已超过 4300 万，跻身在全球原创网络文学平台的前三之列，成为出海小说的头部应用之一。[①] Dreame 抓住了疫情期间电子阅读的增长机会，按章节收费的商业模式为星阅带来了丰厚收入。

（2）英译文学平台

武侠世界（WuXiaWorld）。该网站由美籍华人外交官赖静平（RWX）创办，于 2014 年 12 月 22 日正式上线。这是第一家中国网络文学翻译网站，第一年就收获了百万英文读者，并衍生出众多粉丝翻译网站和翻译小组，包括西班牙语、法语、俄语等多语种翻译，当前已成为全球最大的中文小说英译网站之一。读者地域分布为北美第一，占据 24%，菲律宾、印尼分别占比 8% 和 6%，全球 100 多个国家和地区的读者来这里寻找他们喜欢的网络小说，读者总量 3000 万左右，平均月浏览量约 1 亿次，日活跃用户约 30 万人次，中文在线作品《修罗武神》全平台总点击量第一。2021 年 12 月 16 日韩国互联网巨头 Kakao 旗下负责娱乐业务的 Kakao Entertainment 宣布，通过其不久前收购的美国子公司 Radish Media（旗下的产品有头部网文 App

---

　　① 艾瑞咨询：《2021 年中国网络文学出海报告》，https：//www. iresearch. com. cn/Detail/report？id＝3840&isfree＝0，2022 年 12 月 21 日查询。

Radish Fiction）收购了玄幻网络小说平台 Wuxiaworld，也就是国内所熟知的武侠世界，来扩充其内容业务。

小说更新网（Novel Updates——Directory of Asian Translated Novels）。Novel Updates 是一个将亚洲地区小说的英文翻译汇总的导航网站。它最早的内容发布在 2006年，早期主要是导向日本轻小说翻译网站，直到"武侠世界"网站建立，上面的中国网络小说才逐渐增加，并最终占据了主导地位。网站链接了 47 家翻译网站，提供 2000 余本小说的链接，是所有中国网络小说对外供应平台中内容数量最大、类型最全的网站。另外，除了中国网络小说，该平台还提供日本、韩国、菲律宾等亚洲国家的网络小说。它在首页按时间显示所有最近更新的译作，读者可以通过相应的链接直接跳转到翻译网站追更，同时它也为用户提供交流社区，展现了一种不同于翻译网站的新的传播和生产机制。

书声 Bar（shushengbar. net）。书声 Bar 创建于 2012 年 8 月，是一个面向越南等东南亚国家，集中介绍中国言情网文的英文网站。网站采用了"书评区"和"链接区"两者相结合的结构，除了在属于本网站的书评区中进行讨论，发表意见、获得关于书的简介和评论等有效信息之外，人们还可以通过网站给出的链接，链接到各种专业翻译者或翻译组的网站，浏览译文、加入翻译组，也可以欣赏由小说改编的二次创作作品。目前，已有 735 部中国现代言情小说译文的链接，676 部中国古代言情小说译文的链接，5 个武侠小说网站的链接，1 个轻小说和 BL 小说网站的链接，7 类网文改编影视剧视频链接。网站中的小说类型包括古代、耽美、校园、总裁文、宫廷、重生、民国、武侠、仙侠等 17 种类型。目前，受欢迎的书目有：《浮图塔》《老婆粉了解一下》《打火机与公主裙》《听说你喜欢我》等。受欢迎的作家有：八月长安、丁墨、板栗子、春刀寒等。

（3）其他文学平台

俄语集体翻译网站（Rulate）。Rulate 网站是一个建立于 2012 年的"社群自助式"小说翻译网站，网站的名字就是"集体翻译系统"的意思，这是一个俄罗斯网民自发将海外网络文学作品翻译为俄文后发布的网络平台。网站主要翻译中日韩的流行文学，其中数量最多和最受欢迎的都是中国网络小说，直译和转译的中国网络小说为 3914 部，其中直译达 929 部，主题涵括仙侠、穿越、言情、科幻等。Rulate 拥有稳定译者 12205 人，形成了 781 个翻译团队。它是由网站创建者、管理员及代理人组队。译者自己组成小组，或加入其他人召集的小组进行合作翻译。考虑到网站应对译员保持一定监管，Rulate 创立了一个指标——Karma，并设置隐私保护，若译员被发现私自破解 karma，试图获取个人评价等级信息，则立即对其封户，且直接降低其诚信度。需要指出的是，Rulate 译介机制和运营机制皆非其独创，而是脱胎于美国 Wuxiaworld（武侠世界）网站。① 在翻译——捐助体系之外，网站以章节为单位收取费用，一般每章 10 卢布（约合人民币 1 元），同时也提供免费章节吸引读者。此外，俄罗斯粉丝还制作出了数十部中国网络小说的有声读物。②

小说帝国（L'Empire des novels）。目前，小说帝国（L'Empire des novels）是法国最重要的网络小说翻译网站。网站资源主要来自"武侠世界"网站，法国网民在英译版本的基础上对小说进行再次翻译。在 L'Empire des novels 中，中国网络小说占据主流，《全职高手》《盘龙》《天火大道》《斗罗大陆》等备受欢迎。同时，网站也翻译有部分韩国、日本的作品。虽然 L'Empire des novels 的翻译团队由爱好者组成，但已形成译者、编辑与校对的明确分工。为激励译者进行快速、优质的翻译，网站目前初步建立起了类似众筹的打赏机制，接受募集的热门作品多为中国网络小说。为满足读者的进一步需求，L'Empire des novels 开辟了创作区板块。法国网民在阅读中国网络小说之余，开始进行同人创作和风格模仿式的原创写作。③ 运营者们还开设了一个名为"引申资源"（Resources）的板块，用来解释网文情节中触及的中国传统文化相关词汇，例如，奉天承运的圣旨，金枝玉叶的意蕴内涵，中国的四大神兽（神明）青龙、白虎、朱雀、玄武等，令法国读者在阅读中国网络文学的同时能够洞察中华文明的历史底蕴。中国网络文学远渡重洋，与法国本土的网络小说创作相融合，形成了如今法国网络文学的独特风景。

网络轻小说法语翻译网（LNR-Web Light Novel en Français）。网络轻小说法语翻译网（LNR-Web Light Novel en Français）是规模较大的中国网络文学综合性法译网站。截至 2021 年 12 月，此网站共推出 180 部法译版中国网络小说，题材几乎覆盖中国网络文学的所有大类。不仅如此，它还显露出法译体量大、更新篇幅多、受欢迎程度高的传播格局。此网站法译版更新章节超过 1000 的中国网络小说有 143 部，约占书目总量的 80%。《武炼巅峰》的法译完成章节更是高达 6046 个，《最强升级系统》为 5542 个，《丹道独尊》为 5426 个。在这个网站上，每一本上线的法译中国网络小说均获得了法语读者的阅读与点赞，其中，4 部法译中国网络小说点赞已超过 1000 次。在法译规模、传播力度与读者喜爱度等方面均取得不错成绩。④

除了以上网站，2022 年，字节跳动旗下的海外网文平台 Fizzo（番茄小说海外版）、小米旗下的 Wonderfic 等新晋网文平台也纷纷上线，加速了网文出海的步伐。韩国网文平台 Joara、Munpia，法国翻译社区 Team Dragonfly、Chireads，面向东南亚

① 搜狐：《听说，俄罗斯网友也躲不过中国网络小说？》https://www.sohu.com/a/588139731_121119390，2022 年 12 月 22 日查询。

② 邵燕君，吉云飞，肖映萱：《媒介革命视野下的中国网络文学海外传播》，《文艺理论与批评》2018 年第 2 期。

③ 邵燕君，吉云飞，肖映萱：《媒介革命视野下的中国网络文学海外传播》，《文艺理论与批评》2018 年第 2 期。

④ 高佳华：《中国网络文学在法国的传播研究》，《中国出版，》2022 年第 17 期。

地区的英译网站 Hui3r 等网站平台，也在网文出海中发挥着重要作用。

2. "网文出海"代表性作品

据 2021 年 8 月 10 日发布的《2021 中国网络文学蓝皮书》显示，2021 年，网络文学国际传播更受重视，网文出海形式更加丰富多样。中国网络文学全球影响力不断扩大，海外本土化传播体系初步建立。目前，中国网络文学共向海外输出网文作品 10000 余部。其中，实体书授权超 4000 部，上线翻译作品 3000 余部。网站订阅和阅读 App 用户 1 亿多，覆盖世界大部分国家和地区。①

在作品外译方面，"人机共舞"模式逐渐成为主流。外译作品题材广泛、类型多样，武侠、奇幻、科幻、都市、言情题材广受追捧，其中《诡秘之主》《超神机械师》《超级神基因》《抱歉我拿的是女主剧本》《天道图书馆》《许你万丈光芒好》《大医凌然》《全职高手》等优秀作品影响巨大。截至 2022 年 8 月，起点国际上线约起点国际上线约 2600 部中国网络文学翻译作品，培育海外原创作品约 42 万部，分布在以北美、东南亚为代表的世界各地的译者团队已超过 300 人。

在网络小说 IP 改编方面，网文 IP 影视出海渐成规模。《锦心似玉》《雪中悍刀行》等 IP 剧集在全球上百个国家和地区产生影响，同时，很多 IP 影视作品没有停留于海外播放，还成为海外剧集的内容源头。2022 年初，韩国的媒体平台购买了《赘婿》真人剧的翻拍权，成为这个平台首部翻拍的作品，《人世间》海外播放权也授权给了迪士尼。阅文 IP 改编的电视剧《庆余年》，在海外发行运营荣获 2021—2022 年度的国家文化出口重点项目。值得注意的是，网文 IP 出海的成功还进一步巩固了外译授权合作优势，如《余生有你，甜又暖》《择天记》《斗罗大陆》等名作，在多语种外译过程中均有不俗表现。

同时，2022 年 9 月，中国网络文学作品首次被收录至世界最大的学术图书馆之一——大英图书馆的中文馆藏书目中。这些网络文学作品共计 16 本，其中，2021 年改编成剧集大热的《赘婿》也在其中，此外，《赤心巡天》《地球纪元》《第一序列》《大国重工》《大医凌然》《画春光》《大宋的智慧》《贞观大闲人》《神藏》《复兴之路》《纣临》《魔术江湖》《穹顶之上》《大讼师》和《掌欢》等也在其列，这 16 本网文作品既涉及了科幻、历史、现实、奇幻等多个网络文学题材，也涵盖了中国网络文学 20 余年从初期到当下的经典作品。

下面我们来看看几部"网文出海"代表性作品的具体情况。

《赘婿》。《赘婿》是阅文集团作家愤怒的香蕉创作的历史架空小说，于 2011 年首发于起点中文网。2021 年 2 月 14 日，由小说改编的同名电视剧在爱奇艺播出。播出期间，该剧在爱奇艺站内内容热度峰值突破 1 万，在超 1.8 亿台设备上播放过，

---

① 中国作家网：《2021 中国网络文学蓝皮书》http://www.chinawriter.com.cn/n1/2022/0822/c404027-32507921.html，2022 年 12 月 18 日查询。

弹幕总量超过 1600 万，并在全网创造了超 900 个热搜话题，"拼刀刀""苏宁毅购"等诸多"赘婿梗"破壁出圈，引发了一场全民"追剧+玩梗"的热潮，成为 2021 年的现象级爆款。在国内成功的同时，《赘婿》开启了海外发行的征程。这部电视剧跨越了语言和地域的差异，继在马来西亚、柬埔寨、韩国、日本等国热播之后，又登录美洲、澳洲、印度半岛三地的 youtube、viki、italkbb、amazon 等四家流媒体平台。然而，它的出海步伐并未止步于此，2022 年 3 月 22 日晚间，阅文集团公布了 2021 年全年业绩报告，《赘婿》的真人剧翻拍权已授权给韩国流媒体平台 Watcha。从爱奇艺平台史上最快热度破万的作品，到独得 2021 亚洲影艺创意大奖的"最佳喜剧节目"，再到成为韩国流媒体平台 Watcha 首部真人翻拍作品，接力《庆余年》的《赘婿》呈现给阅文集团投资者的是 IP 出海的更多可行性和版权业务持续突破的可能性。①

《大国重工》。《大国重工》是齐橙创作的一部都市类网络小说，于 2016 年 10 月首发于起点中文网。小说讲述了年轻有为的国家重大装备办处长冯啸辰穿越到了 1980 年，用自己专业知识、丰富的经验和超越时空的眼界，克服种种困难，推动我国的重工业迅速发展，达到世界领先水平的故事。小说一经发布便登上了起点首页的强力推荐榜，随后斩获首届"天马文学奖"、第五届中国出版政府奖"网络出版物奖"等诸多荣誉。2022 年，与《地球纪元》等 15 本作品一起被收录进大英图书馆的中文馆藏书目之中。

《庆余年》。《庆余年》是首发于起点中文网的一部架空历史小说，作者是猫腻。2019 年 11 月，由网文 ip 改编成剧，其后热度进一步走高。据猫眼统计，该剧单平台播放量均在 2 亿左右，腾讯视频总播放量已经达到 41 亿；在豆瓣近 17 万用户参与打分，它的评分稳定在 8.0 左右，成为同期评分最高的国产剧，在中国引发全民追剧热潮。口碑及流量双丰收的同时，它加紧海外出口步伐，其海外发行运营获评 2021—2022 年度国家文化出口重点项目。在登陆全球五大洲 27 个国家和地区的多个新媒体平台和电视台后，吸引大量海外观众并获得很高评价，在 Rakuten Viki 和 Mydramalist 两大平台分别斩获 9.5 和 9.1 的高分。韩文版《庆余年》在韩国上市后，迅速卷起了当地的"庆余年热"，一举荣登韩国搜索引擎和门户网站 NAVER "畅销书"、韩国最大线上书店 YES24 "话题性新书榜"、韩国大型线上书店 Aladin 图书实时搜索排行第一名等多个榜单前列。

《开端》。《开端》是祈祷君创作的现代悬疑小说，首发于晋江文学城。作品讲述了游戏架构师"肖鹤云"和在校大学生"李诗情"遭遇公交车爆炸后死而复生，在时间循环中并肩作战，努力阻止爆炸、寻找真相的故事。2022 年 1 月 11 日，由

---

① 雪球：《爆款 IP〈赘婿〉出海，阅文版权业务发展空间进一步扩大》https：//xueqiu.com/33 00065034/209650057？page＝2，2022 年 12 月 26 日查询。

小说改编的同名电视剧在腾讯播出，播出后热度持续走红，不仅带动的翻红，还开启了一股无限流"循环热"。除了国内口碑和数据方面非常乐观外，《开端》的海外口碑也十分火爆。在 YouTube（油管）上，《开端》由"优优独播剧场"、"YoYo English Channel"分别进行中、英版本上传，前者最高播放量 153 万+、点赞量 1 万+、评论 1200+，后者最高播放量 57 万+、点赞量 9400+、评论 360+。《开端》的播映权在剧集还未在中国上线前，就已经被韩国购买，目前确定将于 AsiaN、A+Drama 双台播出。同时，4 月 1 日起，海外用户可以在流媒体平台 Netflix 上观看此剧。电视剧的爆火一定程度上助推了原著在海外的热销。

《天道图书馆》。《天道图书馆》是由阅文集团作家横扫天涯创作的玄幻小说，作品讲述的是主人公张悬穿越到异界，脑海中出现神秘的图书馆，借此成为名师，叱咤风云的故事。作品于 2016 年 11 月 1 日发行，2017 年被翻译至起点国际，英译名《Library of Heaven's Path》（《在天堂道路上的图书馆》），随后连续霸榜，至今仍在排行榜前列。截至目前，《天道图书馆》在起点国际上的粉丝数为 272.2K，全站粉丝数排行第三，阅读量 1.77 亿，排行全站观看量第三，收藏量高达 160 万。

《蜜汁炖鱿鱼》。《蜜汁炖鱿鱼》是由作家墨宝非宝于 2014 年 11 月 25 日起在晋江文学城连载的一部青春励志言情小说，主要讲述了热血青年韩商言蛰伏多年，在女主佟年的鼓励下回归电竞圈，带领团队为国出战的事情。2019 年 7 月，由小说改编的电视剧在各大卫视热播，引发国内外甜宠大潮。在日本电视台 BS12 播出时期，亚马逊网站亚洲剧 DVD 销售排行榜上，该剧一直保持前 3 名，在 Viki、MyDramaList 等视频网站均获得了较高评分，10 月 19 日再次登陆泰国平台。许多剧迷慕名而来购买与阅读原著，在书声 bar、hui3r 等平台点击量居高不下，斩获一众东南亚书迷。

《逆天邪神》。《逆天邪神》是网络作家火星引力创作的东方玄幻类网络小说，首发于纵横中文网，并由 WuXiaWorld 网站翻译出海。主要讲述一代少年云澈继承邪神之血，走上了逆天之途的故事。小说节奏紧凑，布局宏大，伏笔众多，点击率与收藏率居高不下，在泰国网站 kawebook 上凭借其亿级阅读量名列前茅，甚至在 WuXiaWorld 斩获过年度小说排行榜第一的好成绩。

《第一序列》。《第一序列》是由阅文集团作家会说话的肘子创作的科幻废土小说，于 2019 年 4 月 15 日发表于起点中文网。小说讲述了以任小粟为代表的主角团通过吸收正能量一步步崛起，在灾后世界幸存的同时逐渐改变了世界的故事。小说连载期间打破同类题材作品的多项纪录，后被国家图书馆永久典藏。2021 年 9 月 16 日，《第一序列》被列入"中国网络文学影响力榜：网络小说影响力榜"。改编的同名漫画作品上线 8 天人气突破 8000 万。2022 年，与《大国重工》等 15 本作品一起被收录进大英图书馆的中文馆藏书目之中。

《恰似寒光遇骄阳》。《恰似寒光遇骄阳》是网络作家囧囧有妖创作于云起书院的一部现代重生言情小说，讲述的是重生少女叶绾绾在失去爱人、亲人、尊严、自由后的绝地反击。文章继承了囵囵有妖一贯的风格，拥有其相对固定的"趣缘社区"，一上线便收获了无数粉丝的芳心。以 4.6 的评分、1.3 亿的浏览量名列起点国际女频区推荐票榜第三名。在小说火爆的同时，囵囵有妖作品的 IP 改编进程也在提速。由《恰似寒光遇骄阳》改编的同名漫画，暑假期间稳坐爱奇艺月票榜 TOP3，在日韩市场进入人气榜单前列。

《大医凌然》。《大医凌然》是由阅文集团签约作家志鸟村创作的都市职场小说，首发于起点中文网。小说讲述了医学院校草凌然，在进入医院实习后，以高超医术救死扶伤、克服各种危机走向更高目标的独特经历。书籍相关微博话题阅读量超 1 亿，在读书榜话题热度排名前三。作为"起点中文网"评分 9.0、推荐数 450 万+、点击数近 6200 万的优质网络小说，在国内备受欢迎的同时，在海外亦影响巨大。2022 年，与《大国重工》等 15 本作品一起被收录进大英图书馆的中文馆藏书目之中。

3. "网文出海"年度重要事件

据统计，2022 年度全国范围内共举办网络文学相关事件数十次，其中有关网络文学海外传播的事件共 11 次，按时间顺序排列主要有：

（1）2 月 11 日，由阅文集团联合新加坡滨海湾金沙举办的"2022 全球作家孵化项目启动仪式暨 WSA2021 颁奖典礼"在狮城正式举行。现场，由阅文旗下海外门户起点国际联合新加坡国立大学、新加坡南洋理工大学发起的 2022 全球作家孵化项目（Global Author Incubation Project 简称 GAIP）正式启动。据悉，该项目将在内容储备、编辑培养、资源整合等方面进行全线升级，进一步激活创作者生态。作为起点国际推出的从 0 到 1 培养原创作家的项目，全球作家孵化项目旨在培养海外原创网络文学生力军，推动网文出海迈上高质量发展的新阶段。[①]

（2）4 月 7 日，中国社会科学院发布《2021 中国网络文学发展研究报告》（以下简称《报告》）。该报告以行业数据为分析蓝本，从内容题材、内容消费、创作生态、网文 IP 和网文出海五个层面分析网络文学的发展脉络和趋势特征。《报告》指出，全方位传播、大纵深推进、多元化发展的全球局面正在形成，出海模式从作品授权的内容输出，提升到了产业模式输出，"生态出海"的大趋势已崭露头角。以"起点国际"为例的网站开放原创功能，使中国网文的国际发展模式从作品授权的内容输出，提升到了产业模式输出，实现了网文创作生产的跨域际转化。疫情期间，海外网文作家数量增长超 3 倍，其中 00 后占比接近六成，东南亚和北美成为"盛产"网文作家的重要地区。同时，中国网文 IP 出海进一步巩固了外译授权合作优势且明显呈现出综合创新趋势，从改编出海、海外改编到海外翻拍的跨越，进一

① 腾讯网：《阅文启动"2022 全球作家孵化项目"加速网络文学出海》https://view.inews.qq.com/k/20220212A06XEH00? web_ channel=wap&openApp=false，2022 年 12 月 18 日查询。

步彰显了中国网文 IP 的影响力。①

（3）4 月 23 日，中国音像与数字出版协会发布了《2021 年度中国数字阅读报告》（以下简称报告）。报告显示，2021 年我国数字阅读用户规模达 5.06 亿，同比增长 2.43%，增速有所放缓。日益增长的用户规模带动着市场的发展，2021 年数字阅读市场整体营收规模达 415.7 亿元，同比增长 18.23%；出海方面，2021 年我国数字阅读出海作品总量在 40 万以上，主要出海地区为北美、日韩、东南亚，题材类型以都市职场、玄幻奇幻、武侠仙侠为主，已呈现多地区、多语种、多题材、多类型、多模式的发展态势。② 出海拓展创新成效显著，优化海外战略布局成为新的着力点。

（4）7 月 1 日，《中国网络文学年鉴（2021）》出版。《中国网络文学年鉴（2021）》记录了 2021 年我国网络文学的发展情况，是我国研究网络文学最为详细、完备的工具书，具有较高的收藏和参考价值。本书一共十章，书中详细地收录了 2020 年网络文学有关研讨会议、社团活动以及大小事件，并对网络文学相关内容进行了系统的辨析和梳理。其中，第十章以"中国网络文学海外传播"为主题，对网络文学海外传播的概况、主要业绩、意义与局限做了系统阐述，详细梳理了网络文学海外传播历程，并对中国网络文学海外传播的核心企业、重要门户网站及其代表性作品进行了介绍。

（5）7 月 20 日，为推进对外贸易高质量发展、推动中华文化走出去工作，商务部等 27 部门印发了《关于推进对外文化贸易高质量发展的意见》。意见提出：大力发展数字文化贸易、扩大出版物出口和版权贸易，发挥国内大市场和丰富文化资源优势，加强数字文化内容建设，促进优秀文化资源、文娱模式数字化开发；支持数字艺术、云展览和沉浸体验等新型业态发展，积极培育网络文学、网络视听、网络音乐、网络表演、网络游戏、数字电影、数字动漫、数字出版、线上演播、电子竞技等领域出口竞争优势，提升文化价值，打造具有国际影响力的中华文化符号；积极发展版权贸易，扩大版权出口规模，提升版权出口质量，优化内容品质和区域布局，拓展版权出口渠道和平台。

（6）8 月 9 日，由中国作家协会网络文学中心主办，河南省文联、中共郑州市委宣传部承办的 2022 年全国网络文学工作会议在郑州召开。会议期间，全国各省市作协负责人就"如何做好网络文学工作""如何为网络作协开展工作提供保障"等话题展开讨论，探索网络文学工作新的保障机制和办法；网络作协负责人就"网络作协如何发挥作用""网络作协负责人如何履职尽责"等话题进行交流。网络文学

---

① 中国社会科学网：《2021 中国网络文学发展研究报告》，https：//baijiahao. baidu. com/s？id = 17298 58998715096522&wfr = spider&for = pc，2022 年 12 月 18 日查询。

② 人民日报：《2021 年度中国数字阅读报告》https：//baijiahao. baidu. com/s？id = 173104733541799 4465&wfr = spider&for = pc，2022 年 12 月 20 日查询。

专家、网络文学平台负责人就"网络文学需要解决哪些突出问题"建言献策，对当前网络文学的现状和发展趋势进行分析、研判。①

（7）8月10日，中国作协网络文学中心在河南郑州发布《2021中国网络文学蓝皮书》（以下简称《蓝皮书》），《蓝皮书》从作家创作、组织建设、理论评论、行业发展、海外传播五个方面全面回顾了网络文学2021年的总体发展状况。《蓝皮书》指出，2021年，网络文学国际传播更受重视，网文出海形式更加丰富多样。中国网络文学全球影响力不断扩大，海外本土化传播体系初步建立。目前，网络文学海外市场规模突破30亿元，海外用户1.45亿人，覆盖世界大部分国家和地区，共向海外输出网文作品1万余部，其中实体书授权超4000部、上线翻译作品3000余部。②

（8）9月，据英国媒体报道，中国网络文学作品首次被收录至世界最大的学术图书馆之一——大英图书馆的中文馆藏书目之中。据大英图书馆公开资料介绍，大英图书馆会根据读者需求和书籍本身价值贡献等来选择收藏作品，这16本网络文学作品入选大英图书馆中文馆藏，显示出中国网络文学正成为极具时代意义的内容产品和文化现象。

（9）11月5日，由山东理工大学文学与新闻传播学院参与承办的中国文艺理论学会网络文学研究分会第七届学术年会暨"中国网络文学三十年的历史反思与未来发展"学术研讨会隆重召开。中南大学欧阳友权教授、中国社会科学院陈定家教授等著名学者在会上就中国网络文学三十年的历史经验与反思、世界网络文学视野中的中国网络文学、中国网络文学的跨文化跨媒介传播、网络文学出海等重大的理论与实践问题进行了深入探讨。

（10）11月10日，2022年世界互联网大分乌镇峰会重要平行论坛之一的"疫情下的数字社会"在浙江乌镇召开。专家学者、网络名人、互联网平台负责人等嘉宾围绕新冠肺炎疫情对数字社会发展进程产生的深刻影响，以及数字技术在助力疫情防控、便利社会生产生活等方面发挥的积极作用进行深入交流探讨，并就数字技术对媒体形态、内容传播、网络文学、影视行业、智能化发展等领域带来的影响和机遇分享了观点与思考，提出了展望与建议。③ 中国作家协会党组成员、书记处书记胡邦胜，中国作协全国委员会委员、浙江省网络作协副主席李虎等学者与作家就网络文学的高质量发展、IP改编、海外传播等核心问题展开讨论。

---

① 潇湘晨报：《全国网络文学工作会议在郑召开推动网络文学在新时代健康发展》https：//baijiahao. baidu. com/s? id=1740737767694381503&wfr=spider&for=pc，2022年12月18日查询。

② 中国作家网：《2021中国网络文学蓝皮书》http：//www. chinawriter. com. cn/n1/2022/0822/c404027-32507921. html，2022年12月18日查询。

③ 光明网：《"疫情下的数字社会"论坛举办：数字社会赋能美好生活》https：//m. gmw. cn/baijia/2022-11/11/36154327. html，2022年12月20日查询。

（11）11月7日，第四届扬子江网络文学发展论坛在泰州举行，聚焦"主流化与精品化：中国网络文学的高质量发展"这一主题，与会专家从导向、创作、出海、产业四个方面进行了思考和讨论。江苏师范大学教授温德朝、阅文海外业务合作部负责人王博、江苏省网络作协理事童童等著名学者与网络作家就网络文学的海外输出与传播的相关问题进行了探讨。

4. "网文出海"相关理论研究成果

（1）报刊文章

李敏锐，《网络文学海外传播多样化路径与影响》，《中国社会科学报》，2022年11月28日。

侯奕茜，《中国网络文学海外译介模式研究——以 WebNovel 网站为例》，《齐齐哈尔大学学报（哲学社会科学版）》，2022年第10期。

陈定家，《"被魅与返魅"：网络文学的技术迷思与市场境遇》，《中南大学学报（社会科学版）》，2022年第28卷第5期。

郭瑞佳，段佳，《"走出去"与"在地化"：中国网络文学在泰国的传播历程与接受图景》，《出版发行研究》，2022年第9期。

何弘，《"网文出海"的现状、问题及对策》，《人民论坛》，2022年16期。

褚晓萌，《网络文学讲好中国故事的现实基础和实践路径》，《荆楚理工学院学报》，2022年第37卷第4期。

王飚，毛文思，《中国网络文学海外传播现状探析》，《传媒》，2022年第15期。

张允，卢慧，《中国网络文学海外传播的在地关系建设研究》，《中国编辑》，2022年第7期。

翟欢，《高低语境文化视角下中国网络文学的海外传播与接受——以〈三生三世十里桃花〉英译本为例》，《传播与版权》，2022年第6期。

王一鸣，董苗苗，《国际传播视野下网络文学海外出版研究》，《出版与印刷》，2022年第2期。

雷成佳，《网络文学的"中华性"及其建构与传播》，《粤港澳大湾区文学评论》，2022年第3期。

陈洁，陈企依，《国际传播视角下网络文学自出版内容筛选机制研究》，《编辑学刊》，2022年第3期。

孙乔可，李琴，《网文出海何以"走进去"：发展困境与未来想象》，《出版发行研究》，2022年第3期。

赵礼寿，马丽娜，《读者参与视角下中国网络文学海外市场开发机制研究》，《出版广角》，2022年第4期。

杨堉卉，马悦雯，吴亚诺，陈玉，王钰静，《中国网文出海的现状、困境及其前景探究——以翻译方面为例》,《国际公关》,2022 年第 4 期。

梁悦悦,《中国大陆电视剧在全球流散华人媒体网络中的影响力变迁与启示——基于马来西亚地面频道的考察》,《编辑之友》,2022 年第 2 期。

黄杨,《网络作家文化自觉意识的崛起与网络小说海外传播》,《当代作家评论》,2022 年第 1 期。

王筱,董越,《译介学视角下的中国网络奇幻小说英译研究》,《哈尔滨职业技术学院学报》,2022 年第 5 期。

高佳华,《中国网络文学在法国的传播研究》,《中国出版》,2022 年第 17 期。

戴俊骋,魏西笑,《文化强国使命任务视域下的数字文化消费》,《江西社会科学》,2022 年第 42 卷第 8 期。

袁丽梅,薛东玥,《网络小说翻译过程中读者、译者互动及其影响探析——以〈魔道祖师〉的英译为例》,《外国语文》,2022 年第 38 卷第 4 期。

欧阳友权,游兴莹,《走进中国网络文学的五大热点》,《社会科学战线》,2022 年第 7 期。23. 吕叶,《产业视角下网络文学的发展困境与突围之道》,《合肥学院学报（综合版）》,2022 年第 39 卷第 3 期。

张雨萌,《网络玄幻小说在海外的跨文化传播解读》,《传媒论坛》,2022 年第 5 卷第 13 期。

黄明波,《"讲好中国故事"视域下中国网络小说海外传播叙事话语》,《黎明职业大学学报》,2022 年第 2 期。

陈洁,陈企依,《国际传播视角下网络文学自出版内容筛选机制研究》,《编辑学刊》,2022 年第 3 期。

谢超仪,沈芳婷,《玄幻网文译介助推中国对外话语体系建设》,《吕梁教育学院学报》,2022 年第 39 卷第 1 期。

孙乔可,李琴,《网文出海何以"走进去"：发展困境与未来想象》,《出版发行研究》,2022 年第 3 期。

赵礼寿,马丽娜,《读者参与视角下中国网络文学海外市场开发机制研究》,《出版广角》,2022 年第 4 期。

杨培卉,马悦雯,吴亚诺,陈玉,王钰静,《中国网文出海的现状、困境及其前景探究——以翻译方面为例》,《国际公关》,2022 年第 4 期。

李颖,《跨文化视角下中国言情小说的文化认同建构》,《新闻传播》,2022 年第 4 期。32. 梁悦悦,《中国大陆电视剧在全球流散华人媒体网络中的影响力变迁与启示——基于马来西亚地面频道的考察》,《编辑之友》,2022 年第 2 期。

（2）硕博论文

闫浩,《跨文化视域下中国网络玄幻小说在英语国家的传播与接受度研究》,西北大学硕士,2022 年。

顾植敏，《起点国际平台网络文学海外输出与读者反馈研究》，兰州大学硕士，2022。

戴洪虹，《中国网络文学在欧美国家的译介和文化传播》，西南科技大学硕士，2022 年。

翟欢，《跨文化传播视域下〈三生三世十里桃花〉英译本的海外传播效果研究》，北京印刷学院硕士，2022 年。

周亚东，《中国网络小说的海外传播》，上海外国语大学硕士，2022 年。

三、网络文学海外传播的贡献与局限

新时代以来，中国网络文学的海外传播成功实现了由自发性作品出海到自觉性业态输出的本土化、由集中区域向全方位拓展的全球化、由"单打独斗"到"集结成军"的规模化演进，以充沛的生机活力立足于文化传播的世界舞台，在面向世界讲好中国故事、构建立体化中国形象、助力文化外贸等方面发挥日益重要的作用。习近平总书记强调："中国不乏生动的故事，关键要有讲好故事的能力"。当前，中国网络文学这一众人书写、体量宏大的中国"故事库"已然成为向世界读者传递中国声音、扩大中华文化全球影响力的重要民间渠道。推动网文出海由"走出去"向"走进去"的嬗变，仍需攻克网文出海在本地化译介、合规性把控、跨国版权维护以及国际产业链合作等方面的诸多难题。

1. 网络文学海外传播的年度贡献

（1）讲好中国故事，传播中国声音

随着"网文热"的持续走高以及各平台、机构的有效监管与督促，许多兼具娱乐性、文学性和思想性的作品涌现，如今历经淘洗，网络文学在承载弘扬中华优秀传统文化、出海讲述中国故事以及建设文化强国方面发挥越来越重要的作用。习近平总书记在主持中共中央政治局第三十次集体学习时强调："讲好中国故事，传播好中国声音，展示真实、立体、全面的中国，是加强我国国际传播能力建设的重要任务。要深刻认识新形势下加强和改进国际传播工作的重要性和必要性，下大气力加强国际传播能力建设，形成同我国综合国力和国际地位相匹配的国际话语权，为我国改革发展稳定营造有利外部舆论环境，为推动构建人类命运共同体作出积极贡献。"① 相比严肃文学，网络文学凭借其娱乐性与"去政治性"更易被外国读者所接受，具有潜移默化的优势，借助网络文学的海外传播，可以更好地实现文化和意识形态的柔性输出。这些年，网文出海的步伐一刻不停，出海范围涵盖五大洲，并在东南亚地区与欧美建立起了极大的影响圈层，显示出中华文化巨大的感染力与影响力。"修炼""仙侠""中医"等中国文化元素随着中国故事而走入千家万户，以

① 新华社：《加强和改进国际传播工作展示真实立体全面的中国》，《人民日报》2021 年 6 月 2 日 001 版。

自身的魅力化有形为无形，将中国声音步步传去更深的远方。如何面向世界讲好中国故事、彰显中国风范，成为网络文学新的使命与任务。

（2）推动文明互鉴，构建立体化中国形象

改革开放以来，中国的经济实力不断增长、对国际事务的影响力不断提升，但与国家综合实力相比，国际话语权尚待提高。从国际范围来看，西方话语长久以来占据强势地位，部分西方国家固守强权政治和霸权主义思维，试图通过恶意误读引导对华舆论战争。网络文学具有极佳的文化传播优势与异域亲缘性，突破文化阻隔，成为我国海外文化输出和软实力建设的载体。在尊重东西方文化差异性的前提下，规避了文化的直接冲突，促发了新意义生成的策略和智慧，在多元文化背景下实现不同主体间的意义共享和认同建构。神秘且具有差异性的文化有着强烈的异国情调和巨大的吸引力，赢得了海外受众的追捧，也激发了海外受众对中国文化的自发性学习与认同。与此同时，中国网文也在出海的过程中不断汲取百家之长。在《超神机械师》等作品中，东西方元素碰撞融合，何尝不是当今文化多元化现状下"你中有我、我中有你"的浓缩体现。较之于"政治中国""经济中国"，"文化中国"更具稳定性、包容性与持久性，"强调本体性的真实存在，不因国家力量的消长与国际关系的亲疏而变化"①。独特的东方文化元素输出溶解了严肃官方的对外传播，构成了中国文化基于个性的传播基础。② 通过"软文化"的硬输出，中国将形象建构的主动权掌握在自己手中，推动不同文明交流互鉴，为国家形象的海外传播和国际传播体系的打造提供着巨大助力。

（3）用文创产业助力文化外贸，缓解文化贸易逆差

"文化折扣"的存在与意识形态的壁垒让我国的文化产品贸易一直处于逆差状态，据《中国版权年鉴》统计，多年来，我国的图书进出口比例约为10∶1，而且出口的图书主要销往亚洲国家和中国港、澳、台地区，面对美、英、德、法、加拿大等欧美主要发达国家的逆差则达到100∶1 以上。③ 随着内容出海持续走热，并推动以 IP 改编为主的生态出海步伐，国内网络文学产业产能溢出，企业向外寻求发展，文化贸易逆差在一定程度上得到好转。2021 年 10 月，中国作协发布的《中国网络文学国际传播发展报告》指出，中国网络文学共向海外传播作品 10000 余部，网站订阅和阅读 App 用户 1 亿多。④ 中国作家协会副主席白庚胜指出："文学和科技结合、文学和市场结合是必然趋势。中国文化要进入世界舞台的中心，其中最年轻、

---

① 金元浦：《重塑文化中国形象》，载于慎之：《大变革时代下，中国将如何通往繁荣的未来之路》，东方出版社 2017 年版，第 156 页。

② 张雨萌：《网络玄幻小说在海外的跨文化传播解读》，《传媒论坛》2022 年第 5 期。

③ 姜智芹：《中国文学海外传播的几组辩证关系》，《南方文坛》，2014 年第 4 期。

④ 中工网：《〈2021 中国网络文学发展研究报告〉发布》https：//baijiahao．baidu．com/s？id=1729858988715096522&wfr=spider&for=pc，2022 年 12 月 11 日查询。

和技术联系最密切的就是网络文学这支大军。"在市场运作与资本驱动下，网络文学早已成为影视、游戏、动漫及其他周边文化衍生品改编开发的核心 IP。在 IP 开发的过程中，网络文学文本中的中华元素自然随着各种文化产品的生成而传播，在实现中华文化创造性转化的同时，以大众喜闻乐见的形式接纳吸收，其传承与弘扬的渠道得以拓展。

2. 网络文学海外传播的年度局限

（1）文化负载词本地化翻译难，规模化外译作品质量存忧

在中国网络文学的海外传播中，翻译是至关重要的一环。据艾瑞咨询的联机调研数据，半数以上的海外读者会将翻译质量作为选择网文作品的优先考量标准。在当下以众包翻译、人机共舞的在线协作翻译模式为主流的中国网络文学外译实践中，对中国网文里大量的文化负载词和中式表达习惯翻译的不准确、不统一、难于理解，是造成海外受众阅读障碍、导致"文化折扣"的一个主要原因。译有《我欲封天》《一念永恒》等中文玄幻小说英文版的外国译者 Deathblade 表示，中国网文作品中的各种门派、境界、功法等专有名词、单复数人称以及原文中的错别字，让他在阅读和翻译过程中饱受困惑。[①] 针对网文作品中大量极具民族特色的文化元素与表达方式，目前已有部分网文平台与译者合作相继建立了针对中国网络文学作品的翻译词库，其中包含许多常见的中国文化负载词和网文专有名词的翻译方法和译例，对平台译者开展翻译工作起到了一定的指导和规范作用。但随着网文出海不断向多语种、多题材、多类型的传播趋势迈进，翻译所涉及的中国网文术语门类日益纷杂且更迭频繁，现有的语料库难以做到全面覆盖和及时更新，且各平台的各自为战也使得译者能力参差不齐、翻译标准难以统一，标准化、规范化的外译体系仍待建立。

当前中国网络文学的翻译平台大体上可分为两种类型，一种是以 Wuxiaworld 等海外自建网站为代表的粉丝社群主导模式，另一种是以 Webnovel 等国内网文企业出海平台为代表的商业化逻辑驱动模式。相对而言，前者在翻译作品和翻译策略的择取上更加贴近爱好者群体的需求，但普遍面临译文作品更新速度慢、不稳定、数量不足，以及存在版权纠纷的困局。许多法译、俄译等小语种地区翻译网站还存在由非中文版本多次转译的问题，译文质量和信度难以得到保证。后者在翻译作品时更偏向于选择文化属性较弱、贴合世界主流流行文化的题材，多采取以归化为主导的本地化翻译策略来打入海外市场，并通过 AI 翻译与人工编辑相结合的方式来提升翻译规模和翻译效率，但这种译介方式为迎合读者而过多舍弃了源文的中国文化负载，在文化与情感层面折损了网络文学的中国风韵。当前，中国网络文学翻译作品总数

---

① 新浪财经：《美国译者翻译中国小说，难点在哪？》，https：//cj. sina. cn/article/norm＿detail？url＝http%3A%2F%2Ffinance. sina. cn%2F2022－02－10%2Fdetail－ikyakumy5227911. d. html&autocallup＝no&isfromsina＝yes，2022 年 12 月 17 日查询。

虽多，但缺乏真正能在海外"出圈"的高质量翻译作品，网文外译的文化出海之路依然任重而道远。

（2）对落地国政策法规欠缺了解，跨国版权维护困难颇多。

中国网络文学的跨境出海之路并非坦途，在文化合规、数据合规、宗教合规、版权维护等方面的"水土不服"成为网文企业部署海外业务的"拦路虎"。当前，世界各国对出海应用隐私安全、数据保护、知识产权保护、内容审查、跨境支付的监管渐趋严格，且受政策、宗教、文化等影响，各地区风控重点参差各异，中国网络文学的出海平台在所面向的不同地区有各自需要重点关注的问题。据《2020互联网出海趋势及法律政策报告》显示，全球194个国家中已有132个对数据和隐私的保护进行了立法，还有部分国家的相关立法正在进行中，各国的执法活跃度差距较大，其中北美、欧洲等地区立法相对健全。此外，Google Play和App Store等应用商店作为绝大多数海外App的上架入口，在出海App的数据和内容审核上也有仅次于政府立法的话语权。在拓展海外业务时，网文企业在收集海外用户个人信息和数据安全评估等方面须谨遵各方的相关规定。在东南亚地区，复杂的政治体制和宗教背景使得各国有特殊的内容禁忌。例如在泰国，王室与君主制享有崇高的地位，当地政府专门立法禁止亵渎王室和君主制。印尼则对色情和涉及伊斯兰教的相关内容尤其敏感。马来西亚、新加坡对色情暴力等言论的监管非常严格。因而网文作品中与之有关内容呈现须特别注意。在北美地区，互联网信息的内容监管对未成年人相关问题十分谨慎，网文应用在未成年人有关内容的呈现上须特别注意当地《儿童在线保护法案》《儿童互联网保护法案》等法案的规定。中东地区穆斯林用户众多，宗教氛围浓厚，宗教警察会对逾越或者违反宗教规条的平台和用户进行惩罚，网文产品在当地需要特别注意严控宗教和暴恐的相关内容。① 此外，盗版猖獗也是中国网络文学传播与发展的附骨之疽。中国版权协会发布的《2021年中国网络文学版权保护与发展报告》指出，2021年中国网络文学盗版损失规模同比上升2.8%，保守估计已侵占网络文学产业17.3%的市场份额。盗版平台、搜索引擎和应用市场已成为盗版侵权的"三座大山"。

作为互联网的重要入口，搜索引擎为信息传播提供了便捷性，也成为众多盗版站点的聚集地，其推出的竞价排名、聚合链接和转码阅读等功能又加剧了盗版内容的传播。而应用市场对于阅读类App的管理也存在较多漏洞。② 盗版平台屡禁不止。困扰中国网络文学多年的盗版问题在海外也依旧存在，且因全球版权政策和司法体系的差异以沟通不便等问题，网络文学的跨境维权更是难上加难。许多境外翻译网

---

① 网易新闻：《白鲸出海 & 融云：2022社交泛娱乐出海白皮书》，https：//3g.163.com/dy/article/HIRJ71520511B3FV.html，2022年12月20日查询。

② 新京报：《〈2021年中国网络文学版权保护与发展报告〉发布》，https：//baijiahao.baidu.com/s？id=1734040213381417566&wfr=spider&for=pc&searchword，2022年12月20日查询。

站在未取得版权许可的情况下就大量翻译国内的网文作品，并形成了体系化规模化的盗版利益链条。其中东南亚、拉美等地区一些国家因付费能力和知识产权司法保护力度不足，盗版问题尤为严重。境外盗版平台和内容严重侵害国内网文企业、版权方的利益，一些盗版网站充斥的内嵌广告和不健康内容也严重影响中国网络文学的声誉。然而网络文学内容盗版成本低，侵权行为向隐蔽化、地下化发展，跨境取证追责十分困难。目前，中国网络文学要想解决跨境盗版治理的难题，须不断加强同他国在知识产权领域的合作，积极同出海服务商、全球头部应用商店等海内外产业链各方沟通协作，提升海外版权保护的技术手段和宣传力度。

（3）海外发行推广渠道不成熟，巨大市场潜能尚待发掘。

中国网络文学的海外传播，已从最初的版权出海、内容出海，跨越到联动海内外各方共建全球产业链、共同进行内容培育和 IP 开发的新阶段。尽管我们的出海之路不断进化、越走越宽，但海外发行渠道狭窄、不畅通、营销推广力度不足，以及受海外巨头垄断等问题，始终是制约中国网络文学海外影响力和文化渗透率提升的一块短板。与全球强势文化输出品牌相比，中国网络文学海外发行推广的渠道建设仍显滞后，与海外本土宣发渠道的合作不够深入，系统化的国际传播机制尚待健全。当前中国网络文学的海外线下宣传渠道多集中于国际书展、粉丝见面会以及相关学术活动等，如阅文集团的在新加坡举办的 WSA 颁奖典礼、"网络文学海外传播高峰论坛"等，但我们的许多活动在海外宣传频率并不高、范围也不够广泛，难以深入到海外读者的日常生活。一些线上宣传则严重依赖 Facebook、YouTube、Twitter、TikTok 等主流国际社交媒体平台，营造热点话题则主要依靠海外网文粉丝的"自来水"，中国网文平台官方号在海外社交媒体的账号运营、宣传推广等多显乏力。网文应用和电子书的全球发行推广则受到 Google Play、App Store 和亚马逊 Kindle 商店等海外巨头的垄断，这使得中国网文产品在流量获取、广告投放等方面受到不少限制。此外，中国网络文学在 IP 改编与衍生开发方面与海外知名影视、动漫公司以及流媒体平台的合作也不够深入，尽管有单个优质 IP 被 Netflix、Watcha 等海外方买下翻拍权和播出权，但目前还未能与海外头部影视传媒公司和流媒体平台建立长期稳定的合作关系。相比之下，有经验的海外泛娱乐公司对于国际影视合作资源显然更为重视，例如近来韩国 NAVER 在收购海外知名网文平台 Wattpad 的同时，即在美国洛杉矶成立了专门负责平台人气作品出版及影视化改编的公司 Wattpad Webtoon Studios。截至 2022 年 6 月，NAVER 在 Wattpad Webtoon Studios 上的累计投入达 1 亿美元，这个数字是 Wattpad 收购总价的六分之一，足以见到 NAVER 对于网文漫画 IP 改编的倚重。[①] 其运用投资、收购、合作以及建立海外 IP 运作专门公司等手段对于

---

① 白鲸出海：《TikTok "卖书"火了，韩国网文厂商出手抢人》，https://www.baijing.cn/m/article/id-41425，2022 年 12 月 23 日查询。

国际影视合作资源积累与开发的经验，值得中国网络文学厂商借鉴。面对中国网文出海规模性推广力量缺乏等诸多困境，全国政协委员、中国作家协会副主席阎晶明提出，需从国家层面推动中国的基建、智能硬件、互联网产品、文化平台等各方出海力量协同合作，帮助文化产品进一步融入各国，获得全方位、本土化的发展。①中国网络文学符合 Z 世代全球读者共通的精神需求，海外市场潜能巨大，海外传播前景光明。打通网文出海的技术、渠道壁垒，深化与海外产业链各方的跨界合作，将助力中国网络文学不断扩大在全球流行文艺版图中的领地，构建海外输出生态圈，以类型丰富、形式多样的中国好故事扣动更多世界受众的心弦，进一步提升中华文化的国际传播力与竞争力。

（魏楚航、曾一　执笔）

---

① 光明网：《阎晶明委员：建议进一步激发网络文学 IP 生产力讲好中国故事》，https：//baijiahao. baidu. com/s？id＝1726715652835206574&wfr＝spider&for＝pc&searchword，2022 年 12 月 23 日查询。

附录：2022 年网络文坛纪事

一月

1月1日

韩国互联网巨头 Kakao 旗下负责娱乐业务的 Kakao Entertainment 于 2021 年 12 月 16 日宣布，通过其不久前收购的美国子公司 Radish Media（旗下的产品有头部网文 App "Radish Fiction"）收购了玄幻网络小说平台 "Wuxiaworld"，也就是国内所熟知的 "武侠世界"，来扩充其内容业务。

1月1日

起点中文网 2022 科幻 "启明星奖" 设立。

1月2日

2021 年 12 月 22 日，上海市作协、华东医院和上海七猫文化传媒有限公司（以下简称 "七猫"）举行三方战略合作签约仪式，三方将发挥各自资源优势，共启推动医务社会工作在特殊群体中的实践与应用等重点项目合作。

1月5日

澎湃新闻发布 "2021 年最想推荐的 10 本网文" 书单：

序号	作品	作者
1	《重塑千禧年代》	渔雪
2	《穿进赛博游戏后干掉 BOSS 成功上位》	桉柏
3	《钢铁火药和施法者》	尹紫电
4	《这游戏也太真实了》	晨星 LL
5	《侵入人间》	发条橙之梦
6	《从红月开始》	黑山老鬼
7	《术师手册》	听日
8	《某霍格沃茨的魔文教授》	韩游思
9	《演员没有假期》	关乌鸦
10	《我们生活在南京》	天瑞说符

1月5日

国家图书馆联合阅文集团举办 "甲骨文推广公益项目" 主题发布会，共同推动以甲骨文为代表的中国传统文化传播与普及，用网络文学这一新时代文艺活化古老汉字，让中华优秀传统文化成为文艺创新的重要源泉，结合新技术、新手段，激发创意灵感，让好故事生生不息。发布会现场举办了"甲骨文与网络文学的跨千年交汇"对谈沙龙。国家图书馆古籍馆金石组组长、副研究馆员赵爱学与作家子与2共同探讨文字与故事的流变。

此前，阅文集团旗下起点读书、QQ 阅读 1 月 1 日在两个客户端正式上线《唤醒甲骨文之古字新说》，60 篇微故事摘选自"万物俱有形，甲骨会说话"主题征文活动的优秀作品，每篇微故事约 500 字。本次征文活动吸引了 2200 多人参与，约 7 成是 90 后和 00 后创作者，年轻一代的创作赋予甲骨文全新的趣味。

1 月 6 日

阅文集团发布 2021 年度网络文学榜样作家"十二天王"榜单。

天王称号	作者	作品
95 后玄幻新锐爆款王	轻泉流响	《不科学御兽》
2021 轻小说反套路王者	百分之七	《我就是不按套路出牌》
2021 都市娱乐题材王者	幼儿园一把手	《这个明星很想退休》
2021 古典仙侠新生代领军者	贰更	《我在斩妖司除魔三十年》
2021 都市生活人气王	朕有话要说	《弃婿当道》
2021 悬疑幻想精品王	阎 ZK	《镇妖博物馆》
2021 奇幻轻小说最强新秀	听日	《术师手册》
95 后爆笑仙侠新人王	裴不了	《我不可能是剑神》
2021 游戏创意王	更从心	《末日拼图游戏》
2021 都市畅销王	茗夜	《穿越八年才出道》
2021 武侠题材第一人	徍男	《金刚不坏大寨主》
2021 历史新媒体卖座王	背着家的蜗牛	《从今天开始做藩王》

1 月 7 日

江南、玄色《中国原创类型文学精品书系》项目入围《出版业"十四五"时期发展规划》。

1 月 11 日

由腾讯光子工作室群研发，烽火戏诸正版授权的正版开放世界武侠手游《雪中悍刀行》高品质游戏 CG 正式上线，同步再现绝世剑仙东海决战名场景，隔空呼应电视剧收官剧情。

1 月 12 日

由《文艺报》、中国现代文学馆、中国社会科学院文学研究所联合主办，腾讯集团、阅文集团协办的"文学照亮美好生活——2021探照灯年度书单发布暨阅文名家系列研讨启动会"在中国现代文学馆落地。中国作家协会副主席李敬泽，腾讯集团副总裁、阅文集团副总裁、总编辑杨晨，中国社会科学院文学研究所数字信息室主任祝晓风等出席活动并为阅文名家系列研讨会启幕。茅奖得主徐则臣，网文作家爱潜水的乌贼首度同台，通过分享自己的创作经历开启了首场阅文名家系列研讨。

活动现场还公布了2021探照灯书评人好书榜年度榜单，项目首次设立了"十大网络原创小说"榜单，评选出10部口碑与人气兼具的网文作品，这十部作品为：《表小姐》《超神机械师》《大奉打更人》《逢春》《亏成首富从游戏开始》《猎雁》《临渊行》《万族之劫》《我有一座冒险屋》《越界招惹》。

1月12日

由纵横作家烽火戏诸侯作品《雪中悍刀行》改编的电视剧在腾讯视频收官，在CCTV-8于1月15日收官。目前，该电视剧在腾讯视频的累计播放量61.7亿次。

1月13日

由中文在线主办的"首届全球元宇宙征文大赛"正式公布具体赛制及评委阵容。

1月14日

掌阅科技发布《2021年度掌阅数字阅读报告》。

1月19日

何常在新书《隐者慧医》近日正式出版发行。

1月20日

南派三叔改编剧《藏海花》定于2月8日开机。

1月20日

2021七猫必读榜年度榜单发布。榜单评选出了2021年七猫全站100部最有阅读价值的小说（男生、女生频道各50部），为读者提供了一份阅读指南。

附：2021七猫必读榜年度榜单（前十）

男频必读榜

排序	作品	作者	源站
1	《一剑独尊》	青鸾峰上	纵横中文网
2	《重返1988》	关外西风	中文在线
3	《雪中悍刀行》	烽火戏诸侯	纵横中文网
4	《盖世神医》	狐颜乱语	七猫中文网
5	《九星霸体诀》	平凡魔术师	中文在线
6	《剑来》	烽火戏诸侯	纵横中文网

排序	作品	作者	源站
7	《寒门枭士》	北川	七猫中文网
8	《民间诡闻实录》	罗樵森	七猫中文网
9	《逍遥小地主》	堵上西楼	中文在线
10	《踏星》	随散飘风	纵横中文网

女频必读榜

排序	作品	作者	源站
1	《在他深情中陨落》	浮生三千	七猫中文网
2	《惜花芷》	空留	咪咕阅读
3	《大佬总想跟我抢儿砸》	江墨甜	七猫中文网
4	《爹地妈咪又跑了》	Q. 果果	玫瑰文学网
5	《神医毒妃不好惹》	姑苏小七	七猫中文网
6	《王妃她不讲武德》	棠花落	七猫中文网
7	《快穿之女配又跪了》	本宫无耻	3G 书城
8	《大佬们的小奶团 是朵黑心莲》	君忆	玫瑰文学网
9	《你的情深我不配》	恋简	七猫中文网
10	《重生之不负韶华》	宝妆成	纵横中文网

1 月 21 日

2021 年纵横年终盘点结束。结果如下：

最佳男频作品：《剑来》《边月满西山》《道断修罗》

最佳女频作品：《不负韶华》《三世芳菲皆是你》《盛世婚宠：帝少难自控》

最佳男频作者：萧瑾瑜、乱世狂刀、沙漠

最佳女频作者：雨中枫叶、安玙莯、乱步非鱼

年度畅销作者：青鸾峰上、宝妆成

年度崛起之星：超爽黑啤、铁马飞桥、萧瑾瑜

年度月票王：乱世狂刀

年度更新王：流氓鱼儿、帝霜

超级盟主：刀剑之御天

年度优秀现实、科幻题材：《闪光吧！冰球少年》《群星为谁闪耀》

年度最佳影视改编：《雪中悍刀行》《试婚 99 天》《卸岭秘录》

年度最佳有声改编：《一剑独尊》

年度优秀动漫改编:《盖世帝尊》《逆天邪神》《人间最得意》

年度优秀海外传播:《一剑独尊》《林家有女初修仙》《天骄战纪》

1月27日

随着国家乡村振兴和共同富裕的战略部署推进,越来越多优秀作家也投入到讲述中国社会发展、反映基层奋斗者、时代共建者精神风貌的文学创作中。近日,中国作家协会会员、阅文集团白金作家意千重深入腾讯公益"回响计划"多个乡村振兴公益项目进行探访。

1月28日

由阅文集团旗下起点中文网、昆仑中文网、九天中文网、起点女生网等多平台联合打造的微信公众号平台"作家助手"发布2021年度盘点(作家版)。

- ·起点最快10万均订纪录,被《夜的命名术》打破
- ·起点24小时首订纪录被接连打破,目前纪录保持者为《深空彼岸》
- ·起点最快10万首订纪录,被《夜的命名术》刷新
- ·阅文首日收藏最高纪录及七日收藏最高纪录,被《星门》打破
- ·阅文新媒体女频单书销售纪录,被《退婚后大佬她又美又飒》刷新
- ·2021年,阅文诞生了5部总销售破亿的作品、近50部总销售破千万的作品
- ·年度稿费超十万的作家数量,较2021年增加25%
- ·年度稿费超100万的作家数量,较2020年增加37%
- ·2021年,千余部作品依靠免费渠道收益翻番

1月29日

书旗小说启动"2022阅读狂欢节"活动。

1月30日

"新批评"专刊携手北大网络文学研究团队,发布"北京大学网络文学研究论坛双年度篇目(2020—2021)"。

男频卷

排序	作品名称	作者	发布网站
1	《绍宋》	榴弹怕水	起点中文网
2	《战略级天使》	白伯欢	小红花阅读网
3	《赛博剑仙铁雨》	半麻	有毒小说网
4	《芝加哥1990》	齐可休	起点中文网
5	《亏成首富从游戏开始》	青衫取醉	起点中文网
6	《大奉打更人》	卖报小郎君	起点中文网
7	《从红月开始》	黑山老鬼	起点中文网

续表

排序	作品名称	作者	发布网站
8	《变成血族是什么体验》	神行汉堡	起点中文网
9	《超神机械师》	齐佩甲	起点中文网
10	《大道朝天》	猫腻	创世中文网

女频卷

排序	作品名称	作者	发布网站
1	《小蘑菇》	一十四洲	晋江文学城
2	《薄雾》	微风几许	晋江文学城
3	《异世常见人口不可告人秘密相关调查报告》	郑小陌说	晋江文学城
4	《欢迎来到噩梦游戏》	薄暮冰轮	晋江文学城
5	《寄生之子》	群星观测	晋江文学城
6	《爱呀河迷案录》	扶他柠檬茶	微博
7	《装腔启示录》	柳翠虎	豆瓣阅读
8	《十六和四十一》	三水小草	晋江文学城
9	《美人挑灯看剑》	吾九殿	晋江文学城
10	《成何体统》	七英俊	微博

二月

2 月 9 日

工业文"写实流"顶级作家齐橙在起点中文网发布都市类新作《沧海扬帆》。

2 月 11 日

由阅文集团联合新加坡滨海湾金沙举办的"2022 全球作家孵化项目启动仪式暨 WSA2021 颁奖典礼"在新加坡举行。

2 月 11 日

"扬子江网文评论"点评豆瓣阅读言情小说 2021 年度榜单，试图观察：网络文学能否"更文学"？

2 月 14 日

海南日报记者从省作协获悉，2021 年度取得海南省艺术系列中初级专业技术资格人员名单公布，有 8 名网络文学作家名列其中。2021 年新修订的《海南省艺术系列专业技术资格评审条件》，将网络文学作家纳入职称评定人群。

2 月 15 日

"拼多多看小说赚钱"活动引发争议。拼多多尚未有网络文学相关部门组建，但接入了第三方，从首页的"多多果园"即可进入拼多多小说频道，"套路"频多，引发网友投诉。

2月15日

科幻世界首部自制剧本杀——《提托诺斯之谜》举行线上试玩会。

2月15日

元宵佳节，起点读书首次跨界 B 站元宵晚会《上元千灯会》，共同点亮年轻人喜爱的元宵盛会。

2月16日

为迎接党的二十大胜利召开，根据市委宣传部相关指示精神，上海市作家协会于 2021 年下半年开展了"现实题材重点创作项目（网络文学）"征集推荐活动。该项目作为"红旗颂——建党百年·百家网站·百部精品"的延伸活动，旨在持续发挥网络文学传播优势，进一步鼓励引导广大网络作家积极创作讴歌党、讴歌祖国、讴歌人民的优秀作品，持续提升网络文学软实力、影响力、竞争力，推动网络文学更好地讲述中国故事。经公开征集、会议评审，并报请市作协党组审议通过，现将入选名单予以公示。

名单如下：

现实题材重点创作项目（网络文学）

序号	作品名称	作者
1	《世纪大道东》	骁骑校
2	《三万里河东入海》	何常在
3	《我寄人间》（又名《与你书》）	吉祥夜
4	《嘉梦》	血红
5	《关键路径》	匪迦
6	《大国重器2智能时代》	银月光华
7	《你是冰上暖阳》	如涵
8	《秘森》	寒烈
9	《远航》	陈佶
10	《一卷封神》	君天
11	《擎翼棉棉》	牛莹
12	《上海凡人传》	和晓
13	《冷链二十年》	树下小酒馆
14	《蔬果香里是丰年》	棠花落
15	《你好，新时光》	闲听落花

序号	作品名称	作者
16	《机智的陪读爸爸们》	安如好
17	《破浪时代》	人间需要情绪稳定
18	《医警仁心》	徐婠
19	《大国机修》	半部西风半部沙
20	《余生好好过》	猫熊酱

2月20日

祈祷君的新作《开更》正式完结。

2月21日

豆瓣阅读公布第三季主题征稿"女性视角的悬疑小说"的获奖作品名单。徐暮明的《心隐之地》获特邀合作方选择奖，酸菜仙儿的《二次缝合》获编辑部选择奖，南山的《寻找金福真》获最佳新人奖。

2月22日

2022 年起点科幻征文第一期活动正式开始。

2月22日

七猫中文网四部原创作品入选"现实题材重点创作项目（网络文学）"名单分别是：匪迦的《关键路径》、银月光华的《大国重器 2 智能时代》、君天的《一卷封神》和棠花落的《蔬果香里是丰年》。

2月23日

《相逢时节》定档 2 月 23 日。

2月23日

字节在日本上线漫画 App 布局海外漫画市场。

2月24日

由中国共产主义青年团江苏省委员会、江苏省作家协会联合指导的第一届江苏省剧本演绎创作大赛评选正式启动。初赛获奖的作品包括《AI》《赤伶》《催眠师》《第五个变节者》《无名之辈》等。

2月25日

唐家三少作品《神印王座》正式动漫化，并推出漫画系列数字藏品。

2月25日

"上海国际网络文学周"获上海市政府颁发"银鸽奖"。

2月25日

《相逢时节》播出，引发热议。

2月26日

由玄色创作的《哑舍》韩文版正式发布。

2月26日

意千重公益主题作品上线。

2月28日

2022年度江苏省作家协会网络文学重点作品扶持申报通知发布。

三月

3月1日

晋江文学城发布2021年度盘点幻想题材年度佳作·现言组作品，推荐了《重生之大画家》《穿成校园文男主的后妈》《科学占星，唯物算命》《六零年代大厂子弟》《女配专治不服［快穿］》等十篇幻想题材·现言组年度佳作。

3月2日

由中国电视艺术委员会主办，腾讯视频、正午阳光承办的网络剧《开端》研讨会日前在京举行。

3月3日

中国作家协会网络文学中心发布2022年度网络文学选题指南暨重点作品扶持征集通知，给出新时代山乡巨变主题、科技创新和科幻主题、中华民族复兴主题等六个选题指南。

3月3日

番茄小说网自2021年3月起上线"魁星计划"。

3月4日

中国作家出版集团与芒果TV深化合作座谈会在京举行。

3月4日

3月4日，中国进入两会时间，两会代表关于"网络文学"在两会上提出相关议案，其中，全国政协委员、中国网络作家村名誉村长陈崎嵘准备了3个提案，一是建议筹建中国网络文学博物馆，二是建议成立全国性网络作家组织，三是建议设立中国诗词日。全国人大代表、网络作家蒋胜男提出，应确定网络文艺为专门文艺类别，完善中国文艺发展格局。全国政协委员、中国作家协会副主席闫晶明提出要激发网络文学IP生产力，讲好中国故事，加强出海扶持力度。全国政协委员、江苏省作协名誉主席范小青提出，网络文学与传统文学并非"零和博弈"而要"百家争鸣"。

3月5日

知乎发布2月盐选好文。

3月7日

首届"鲲鹏"全国青少年科幻文学奖评选结果揭晓。一等奖作品有彭林芳的

《灯塔》等作品，二等奖有孙梦阳的《白色星星》等作品，三等奖有马凌宇的《星溯时光》等作品。

3 月 8 日

番茄小说玄幻仙侠创作保障金计划上线。

3 月 9 日

中国作家协会书记处公布第十届中国作家协会网络文学委员会组成人员名单。名单如下：

主　任：陈崎嵘

副主任：何弘、陈村、欧阳友权、唐家三少

委　员：马季、马文运、王朔、王祥、月关、风凌天下、朱钢、血红、庄庸、刘旭东、杨晨、肖惊鸿、何平、张富丽、阿菩、邵燕君、周冰、周志雄、周志强、夏烈、黄发有、桫椤、曹启文、蒋胜男、程天翔、谢思鹏、跳舞

3 月 9 日

晋江文学城发布 2021 年度盘点科幻题材年度佳作·现言组作品。

3 月 10 日

起点第一期科幻星光新书奖出炉。

3 月 10 日

《校花的贴身高手》连载十二年突破 10000 章。

3 月 11 日

近日，国家版权局公布了 2021 年度全国版权示范单位、示范单位（软件正版化）和示范园区（基地）名单。其中，中国网络作家村获"全国版权示范园区（基地）"称号。"中国网络作家村"成立于 2017 年 12 月 9 日，落户杭州滨江。是由中国作协授牌、由高新区（滨江）与中国作协网络文学研究院、浙江省作协、杭州市文联等多方力量共建。

3 月 11 日

近日，中国作家协会书记处研究决定，原作家权益保障委员会更名为著作权保护与开发委员会，并公布委员会名单。著名网络作家管平潮、爱潜水的乌贼担任中国作家协会著作权保护与开发委员会委员。

3 月 14 日

由中国作家协会与中国人民大学共同举办的首届网络文学研究班，14 日上午在北京开班。来自全国各地的 35 名知名网络作家成为首批学员。

3 月 14 日

近日，由点众文学联合睡前消息共同发起"我们应当设想的未来"科幻题材征文大赛已经圆满落下帷幕。大赛共评选出二十部获奖作品，以武侠故事结合现代科技的《心法》获特等奖，讲述如何突破生物科学的上限《N 的救赎》获一等奖。

3 月 14 日

《人物》对话网络文学作家蒋胜男。

3 月 15 日

中国作家出版集团与芒果 TV 联合举办"新芒 IP 计划"征文大赛，面向全球汉语作家、文学爱好者征稿。

3 月 15 日

网络文学作家的别样身份——紫金陈成为"宁波市消协维权公益宣传大使"，会说话的肘子被授予"洛阳文化旅游推广大使"称号。

3 月 17 日

改编自著名网络文学作家九鹭非香小说《驭鲛记》的古装神话剧《与君初相识》于 3 月 17 日在优酷独播，由迪丽热巴、任嘉伦领衔主演。

3 月 17 日

国务院新闻办公室，于 3 月 17 日下午 3 时举行关于 2022 年"清朗"系列专项行动新闻发布会，国家互联网信息办公室副主任盛荣华介绍了这次"清朗"行动的 10 个方面重点任务。

3 月 17 日

爱奇艺小说男女频新媒体征文活动开始。

3 月 17 日

近日，抖音和搜狐达成二创版权合作。

3 月 18 日

"点众文学"发布 2 月榜单，推荐 13 部月度好书。

3 月 18 日

七猫中文网特色征文活动（第一期）开始，本期特色征文的类型为"直播文"，在直播类型不断丰富和常态化的发展下，直播已成为一种新兴的娱乐形态、文化需求和社交方式，同时也在网络文学行业中逐渐崛起，成为一种新兴的小说类别。征文时间为 2022 年 4 月 1 号——2022 年 6 月 30 号，征文福利含提价奖励与创意奖金等。

3 月 18 日

爱奇艺小说 2022【奇心妙恋】主题征文活动开始，此次征文活动将聚焦网剧女性向热门题材，直接对标云腾项目需求，携手爱奇艺影视打造网剧 IP。

3 月 19 日

快手短剧《长公主在上》收官。近日，于快手平台连载更新的古偶短剧《长公主在上》正式收官，播出期间引发热议，被一些网友看成另一种形式的"网文小说"。

3 月 22 日

3 月 22 日晚间，阅文集团公布了 2021 年全年业绩报告，在报告中透露除了《人世间》的海外播映权已授权给 Disney 之外，网络文学作家"愤怒的香蕉"同名作品《赘婿》的真人剧翻拍权也已授权给韩国流媒体平台 Watcha。

3 月 23 日

第五届扬子江网络文学作品大赛开启。

3 月 24 日

抗战剧《烽烟尽处》正式在腾讯视频、爱奇艺播出。

3 月 24 日

日前，书旗签约作家晨飒的现实主义题材小说《重卡雄风》由海峡文艺出版社正式出版。

3 月 25 日

咪咕文学奇想空间厂牌"无垠杯"科幻征文大赛开启。

3 月 25 日

2021 十大年度国家 IP 评选活动结束网络投票阶段，正式进入评委评审阶段。此前，改编自网络文学作品的《风起洛阳》《开端》等影视作品均已入选候选作品名单。

3 月 25 日

华策集团联合浙江省网络作家协会、七猫中文网，启动实施"奔腾计划"创意大赛，推动影视行业高质量发展。大赛报名时间为 3 月 25 日至 4 月 30 日，创意形式包括但不限于小说、剧本等。

3 月 28 日

择天记定档越南。由鹿晗、古力娜扎、吴倩等主演的《择天记》于 3 月 28 日登陆越南 ANTVHD 电视台。

3 月 28 日

作家祖占起诉玖月晞侵犯著作权一案正式立案。

3 月 30 日

《鬼吹灯 1》新版有声剧上线。

3 月 31 日

《关于征集"喜迎二十大"主题优秀网络文学作品的通知》发布。

四月

4 月 1 日

影视剧《开端》上线"网飞"。2022 年初的爆款热剧，改编自祈祷君同名网络文学作品的电视剧《开端》登陆 Netflix，上线地区台湾，上线国家新加坡、越南、马来西亚、文莱，上线时间为当地时间 2022 年 4 月 1 日零点。

4月1日

第二届 Webnovel·出海作品征文大赛举办。本次征文分为出海女频和原生女频两个赛道。出海女频赛道欢迎创作者创作国内流行的热门题材，如古早霸总文、千金马甲文、重生复仇文等类型，原生女频赛道推荐作者直接按照类型范式创作符合海外阅读偏好的故事，有西方幻想言情文、西方皇室宫廷文等类型。

4月2日

近期，由中国文联网络文艺传播中心组织编写的《中国网络文艺发展研究报告（2020—2021）》（以下简称《报告》）由社会科学文献出版社以"网络文艺蓝皮书"的形式出版。《报告》全文35万字，全面呈现了2020至2021年网络文艺发展的整体面貌。

《报告》显示，从总体上看，2020和2021两年，网络文艺在调整中进步、在创新中发展，艺术与技术相辅相成，事业和产业齐头并进，并以丰富多样的作品有效满足人民群众多样化、个性化的审美需求，充分展现了新生事物的蓬勃朝气和新兴文艺形态的生机活力。其中，创作生产积极反映时代发展和社会变革，题材、类型丰富多样，类型化生产向纵深推进，IP开发多样化、精细化，质量为王意识日益增强，文艺产业保持较快发展势头，新形态、新业态不断涌现，文艺"出海"持续推进，呈现稳步发展、创新发展的总体基调。

4月6日

国家新闻出版署近日启动2022年优秀现实题材网络文学出版工程评选工作，鼓励网络文学热忱描绘新时代新征程的恢宏气象，创作出版更多饱含精神力量、彰显时代底色、富有艺术魅力的网络文学精品，以新风貌新作为迎接党的二十大胜利召开。此次评选包括四方面选题重点：展现新时代的历史性成就和历史性变革；讴歌新时代中国人民的拼搏奋斗和实践创造；彰显新时代自信自强、守正创新的精神风貌；书写新时代激活中华文化生命力的生动实践。

4月6日

2022第八届滇云网络文学大赛启动。

4月7日

近日，中国社会科学院发布《2021中国网络文学发展研究报告》，并针对报告在京举办研讨会。

据课题组负责人陈定家介绍，《2021中国网络文学发展研究报告》共分为五个部分，分别从网络文学实现题材转向、网络文学推动全民阅读、保护激活创作生态、网络文学IP全链路开发、网络文学出海等角度综合分析梳理了2021年度网络文学行业及其上下游的整体变化态势，全面而细致地展示了行业的发展全貌。

报告指出，2021年中国网络文学在蓬勃发展的同时，展现出不俗的社会价值与文化责任感，也呈现出继往开来、气象一新的风貌特质，已成为大众创作、全民阅读的中国故事新形态。大众创作推动网络文学题材转向，科幻、现实题材增速飞快，与玄幻、仙侠、历史等品类逐步成并驾齐驱之势，网络文学内容题材多元化格局业已形成；网络文学已是全民阅读的重要组成部分，并凭借其对 Z 世代的吸引力，持续为其注入新活力。同时，网络文学出海纵深推进，海外影响力持续攀升，成为书写和传播中国故事的重要载体。

4 月 8 日

番茄小说网正式启动【她·甜宠】&【她·悬疑】征文活动。

4 月 8 日

知乎此前发起的"科幻脑洞"题材征文活动"如何以'糟糕，我被困在了平行世界'为开头写一个故事？"获奖榜单公布，上榜作者有满目山河依旧、小妖 UU、顾笙、时夷、阿洛 5 位。

4 月 12 日

近日，豆瓣阅读现实题材小说、伊北作品《对的人》售出影视改编权。由伊北代表作《小敏家》改编的同名电视剧已于 2021 年播出。

4 月 14 日

都市悬疑烧脑网剧《异物志》将于 4 月 14 日起在腾讯视频全网独播。

4 月 16 日

国家新闻出版署近日启动 2022 年优秀现实题材网络文学出版工程评选工作，推动网络文学描绘新时代新征程，以新风貌新作为迎接党的二十大胜利召开。

4 月 18 日

在江苏省作家协会指导下，由扬子江网络文学评论中心组织开展，由江苏省网络作家协会、南京师范大学文学院和南京秦淮区江苏网络文学谷具体承办的首届"扬子江网络文学最具 IP 潜力榜"重磅发布。

活动在经由个人自荐、平台推荐，评论家推荐等产生的近千部作品中，挑选出了 10 部作品。入选作品平台涉及阅文集团、晋江文学城、七猫中文网、咪咕阅读、番茄小说、火星小说六家国内重要网文平台网站。作品类型包括现实类、科幻类、古言、都市幻想、都市言情、悬疑、奇幻等多个类型。题材涉及包括心理科幻、时间科幻、都市职场、苏绣文化、医疗、历史悬疑等颇具特色的领域。

获奖名单如下（排名按作品名称笔画）：

扬子江网络文学最具 IP 潜力榜

序号	作品	作者	发布网站
1	《人间大火》	缪娟	（咪咕阅读）
2	《开更》	祈祷君	（晋江文学城）
3	《长乐里：盛世如我愿》	骁骑校	（番茄小说）

续表

序号	作品	作者	发布网站
4	《从红月开始》	黑山老鬼	(起点中文网)
5	《北斗星辰》	匪迦	(七猫中文网)
6	《我们生活在南京》	天瑞说符	(起点中文网)
7	《我能看见状态栏》	罗三观.cs	(起点中文网)
8	《你与时光皆璀璨》	顾七兮	(火星小说)
9	《青云台》	沉筱之	(晋江文学城)
10	《夜的命名术》	会说话的肘子	(起点中文网)

4 月 18 日

4 月 18 日，鲁迅文学院第二十一期网络文学作家培训班开学典礼在京举行。中国作协副主席吴义勤出席并讲话。开学典礼由鲁迅文学院常务副院长徐可主持。鲁迅文学院副院长李东华、中国作协网络文学中心副主任朱钢等出席。

4 月 22 日

为迎接即将到来的第 27 个世界读书日，阅文集团联合国家图书馆、上海图书馆以及人民文学出版社、人民邮电出版社、北京大学出版社、中国青年出版总社等 100 家出版单位共推全民阅读。

4 月 23 日

以"阅读新时代 奋进新征程"为主题的首届全民阅读大会在北京开幕。

4 月 26 日

值此第 22 个世界知识产权日来临之际，为推动网络文学逐步走上主流化、精品化的高质量发展道路，参与推动数字化产业的全面发展，广东省网络作家协会向全省网络作家发起知识产权保护倡议。

4 月 26 日

4 月 26 日是第 22 个世界知识产权日。

4 月 27 日

近日，图书《重卡雄风》由福建省海峡文艺出版社出版发行，这部工业题材作品是 2020 年度中国好书奖唯一获奖的网络文学作品。

4 月 29 日

2022 年起，中国作家网书单栏目增设"网络文学新作推介"专栏，邀请多家重点网络文学网站，为读者推介近期新开书或者新完结的作品，涵盖多种题材，故事多元丰富有正能量。2022 年第一季度网络文学新作推介名单如下：

2022 年第一季度网络文学新作推介名单

作品	作者	网站来源	类型
《开更》	祈祷君	晋江文学城	现实题材；现代言情
《老兵新警》	卓牧闲	起点中文网	现实题材；警务小说
《一念觉醒》	胡说	七猫中文网	科幻；未来幻想
《吾家阿囡》	闲听落花	云起书院	古代言情
《野马屿的星海》	姚璎	火星女频	现实题材；现代言情
《仙穹彼岸》	观棋	17K 小说网	东方玄幻
《赛博正义》	赖尔	咪咕阅读	科幻
《小城大医》	暗香	番茄小说网	现实题材；职场；医疗
《璞玉记》	半夏谷	掌阅小说网	古代言情；种田文
《金牌学徒》	晨飒	书旗小说	现实题材；工业
《相逢少年时》	亲亲雪梨	纵横文学	现实题材；青春励志
《地火》	韩太明	逐浪小说网	现实题材

五月

5 月 1 日

蒋胜男《天圣令》读者见面会在温州书城举办。蒋胜男以新作长篇历史小说《天圣令》为例解读宋韵文化，分享了背后的历史选择，与读者交流宋韵文化深远意义。

5 月 4 日

第 17 届"江苏青年五四奖章"评选结果揭晓，网络作家周丽（赖尔）获奖。

5 月 11 日

近日，第七届广西网络文学大赛颁奖暨第八届启动仪式顺利举行。仪式首次采用 AI 主播主持、线上启动的方式进行。

5 月 13 日

阅文集团旗下起点读书宣布品牌升级，推出新主张："每一本好书，都是新的起点"。此次升级以"让好书生生不息"为产品使命，并启用新 Logo，标志着起点读书将以好书为核心，聚焦网络文学精品内容的创作和 IP 孵化。

5 月 15 日

阅文集团旗下起点读书成立 20 周年之际，玄雨、萧鼎、林海听涛、骷髅精灵、血红、我吃西红柿、天下霸唱、圣骑士的传说、吱吱、风凌天下、宅猪、希行、横扫天涯、远瞳、鹅是老五、莞尔 wr、子与 2、天瑞说符、会说话的肘子、历史系之狼等 20 位网文作家，讲述了自己伴随网文和读者共同成长的故事，致敬网络文学行业。

5月18日

爱潜水的乌贼作品《长夜余火》正式宣告完结。

5月20日

第13届华语科幻星云奖入围名单出炉。《开端》获2021年度长篇小说银奖。

5月21日

起点读书App联合上海图书馆以及百家出版单位发起的"全民阅读月"活动收官。活动期间，有133万人一起参与线上读好书活动，总阅读量超过1亿。平均每天约有75万人在线阅读，每天人均阅读时长约105分钟。在全民阅读的大背景下，数字阅读正在以创新的技术手段和广泛的用户基础，为全民阅读源源不断带来新增量，助力建设书香社会。

网络文学阅读人气TOP10名单如下：

网络文学阅读人气TOP10

书名	作家
《大奉打更人》	卖报小郎君
《凡人修仙传》	忘语
《超神机械师》	齐佩甲
《我就是神！》	历史里吹吹风
《修复师》	打眼
《学霸的黑科技系统》	晨星LL
《开局顶流的我怎么会糊》	别人家的小猫咪
《保护我方族长》	傲无常
《稳住别浪》	跳舞
《赘婿》	愤怒的香蕉

5月24日

由中共福建省委宣传部指导，文艺报社、中国作协网络文学中心、海峡出版发行集团主办，福建省作家协会协办，海峡文艺出版社承办的长篇小说《重卡雄风》研讨会顺利举行。会议采取线上线下相结合的方式，就现实题材网络文学创作、《重卡雄风》的出版价值和现实意义等方面进行深入研讨。

5月26日

中国版权协会举办《2021年中国网络文学版权保护与发展报告》发布会，全国政协文化文史和学习委员会副主任、中国版权协会理事长阎晓宏，中国作家协会党组成员、书记处书记胡邦胜及作家、专家学者和网络文学企业代表等出席活动。

会上，中国版权协会发布了《2021 年中国网络文学版权保护与发展报告》。报告指出，网络文学在高速发展的同时，也面临着盗版侵权的"三座大山"——盗版平台、搜索引擎和应用市场。2021 年，中国网络文学盗版损失规模为 62 亿元，同比上升 2.8%，保守估计已侵占网络文学产业 17.3% 的市场份额。其中，近 7 成网络文学平台和近 8 成作家认为，搜索引擎是网络文学盗版内容传播的主要途径。

阎晓宏在致辞中表示，要坚决把网络文学的侵权盗版纳入"剑网行动"重点之中，对恶意侵权盗版，达到刑事门槛的，必须依法追究其刑事责任。中国作家协会党组成员、书记处书记胡邦胜指出，网络文学版权治理的当务之急是压实搜索引擎、应用市场、广告联盟等利益相关平台的主体责任，加强打击力度，从源头斩断盗版利益链。

网络作家月关作为行业代表在会上发出倡议，呼吁社会各界联合起来对网络文学侵权盗版行为予以曝光、公示，呼吁搜索引擎和应用市场停止侵权，共同保护网络文学的原创内容生态。随后，上海市网络作家协会、广东省网络作家协会等 20 个省级网络作协，晋江文学城、阅文集团、番茄小说、纵横文学等 12 家网络文学平台，爱潜水的乌贼、烽火戏诸侯、猫腻、priest、唐家三少、吱吱等 522 名网络作家联名响应倡议。这也是网络文学行业最大规模的一次集体呼吁。

5 月 27 日

"网文青春榜"2021 年度榜单发布暨 2022 年度五校联合主办启动仪式在南京市武定门登城口"青春会客厅"举办。

2021"青春榜"年榜揭晓，12 部网络文学作品上榜，包括《女商》（南方赤火）、《我们生活在南京》（天瑞说符）、《青云台》（沉筱之）、《稳住别浪》（跳舞）、《开更》（祈祷君）、《观鹤笔记》（她与灯）、《霓裳夜奔》（云住）、《从红月开始》（黑山老鬼）、《第九特区》（伪戒）、《夜的命名术》（会说话的肘子）、《逃脱记录》（高级鱼）。

南京师范大学扬子江网络文学评论中心，联合北京大学网络文学研究中心、中南大学网络文学研究基地、山东大学网络文学研究中心、安徽大学网络文学研究中心，与南京出版社集团《青春》杂志社一起，发布 2021 年度"网文青春榜"，并开启"五校联合"活动。6 月开始，各高校将轮流推选和发布当月值得关注的月榜作品，一年后在月榜基础上以大学生和顾问专家共同投票的方式推出 2022 年"网文青春榜"年榜。

5 月 30 日

近日，网络文学作家唐家三少和纵横小说签约，正式入驻。签约后，读者可在纵横小说、七猫免费小说、熊猫看书、手百小说等百度旗下阅读平台，阅读唐家三少的最新作品《斗罗大陆 V 重生唐三》。

据悉，此次合作签约创新了作者签约模式，并未采用网络文学行业内常见的独家签约，而是采用了非独家签约模式，即作者的同一作品可与不同网络文学平台签约。行业发展证明，多元作者需要多元化的签约模式。近年来，优质内容 IP 的头部作者与平台的版权冲突时有发生。非独家签约模式或可成为更适合成熟的网络作家的选项。

六月

6月9日

新华社发布《书写时代》网络文学系列微纪录片，走进三位现实题材网文作家齐橙、卓牧闲、令狐与无忌的创作故事，讲述作品背后令人动容的现实原型。

6月13日

浙江省作协副主席、中国仙侠代表作家管平潮受邀，在浙江中医药大学（富春校区）为大学生们做了一场题为《网络文学的过去、现状与未来》的精彩讲座。

6月17日

2022 年中国作家协会网络文学重点作品扶持项目共收到 235 项有效申报选题。经重点作品扶持项目论证委员会论证，报中国作家协会书记处书记办公会审核，确定 40 项选题入选。

2022 年中国作协网络文学重点作品扶持选题名单
（按作品名称首字笔画排列）

作品名称	作者
一、新时代山乡巨变主题（18 部）	
《十月缨子红》	雾外江山
《七色堇》	李子燕
《儿孙绕心》	仇若涵
《人间有微光》	楚清
《小山恋》	八匹
《山河》	风御九秋
《千年飞天舞》	王熠
《大河之源有人家》	懿小茹
《风华时代》	本命红楼
《月亮在怀里》	囧囧有妖
《沪漂媳妇》	季灵
《高阳》	海胆王
《野马屿的星海》	姚璎
《琼音缭绕》	湘竹 MM

续表

作品名称	作者
《粤食记》	三生三笑
《富起来吧，神农架》	陆月樱
《新英雄湾村》	静夜寄思 山涧清秋月
《澄碧千顷》	李子谢谢
二、科技创新和科幻主题（7 部）	
《中轴》	柠檬羽嫣
《当分子原子起舞时》	唐墨
《安得广厦》	月下狼歌
《我们生活在南京》	天瑞说符
《夜的命名术》	会说话的肘子
《党员李向阳》	王鹏骄
《镜面管理局》	横扫天涯
三、中华民族复兴主题（8 部）	
《万里黄河第一隧》	飞天
《小城大医》	暗香
《女检察官》	冰可人
《每个人的人生总会燃烧一次Ⅱ》	高楼大厦
《虎警》	黑天魔神
《穿越星河热爱你》	刘金龙
《桃李尚荣》	竹正江南
《贾道先行》	水边梳子
四、人类命运共同体主题（3 部）	
《万里敦煌道》	凉城虚词
《沧海归墟》	我本纯洁
《逆行的不等式》	风晓樱寒
五、优秀历史传统主题（4 部）	
《吾家阿囡》	闲听落花
《赤壤》	七月新番
《琉璃朝天女》	锦沐
《登堂入室》	吱吱

6 月 20 日

由中国作家协会网络文学中心、江苏省作家协会指导，江苏省网络作家协会主办的"最江南"主题网络文学作品征文活动开启，以全面展示、深入挖掘、大力弘扬江南文化的丰富内涵和精神实质，进一步推动江南文化品牌建设。

6 月 23 日

阅文集团旗下女生阅读平台潇湘书院宣布全新移动客户端在全网上线，推出全新 Slogan "她故事，她力量"，并启用新 Logo。同时，潇湘书院发布"紫竹计划"，该计划将投入一亿资金与资源扶持女性创作者，聚焦精品女频作品原创和 IP 孵化，打造反映新时代女性精神的新经典。

6 月 26 日

5 月，在国家广电总局发放"网标"试运行取得良好社会反馈之后，6 月 1 日起，《网络剧片发行许可证》也开始在各省陆续发放。

6 月 30 日

第四届"金熊猫"网络文学奖发布征集公告。

6 月 30 日

七猫中文网正式启动"注目家园，书写时代荣光与梦想"第三届百万奖金现实题材征文大赛。征文题材包括"家园与过去（社会变迁）""家园与现在（民生关切）""家园与未来（科技科幻）""家园与自然（环境生态）"四个方面。

七月

7 月 1 日

《中国网络文学年鉴（2021）》将于近日由新华出版社出版，欧阳友权教授主编，是研究 2021 年中国网络文学发展情况的志书。全书内容包括：网络文学年度综述；文学网站；活跃作家；热门作品；网络文学阅读；网络文学产业；研讨会议、社团活动与重要事件；网络法规与版权管理；理论与批评；中国网络文学海外传播；2021 年网络文坛纪事等专题。

7 月 5 日

江苏省网络作家协会将举办第三届泛华文网络文学金键盘奖评奖活动。

7 月 6 日

由中国作家协会发起的全国首家中国网络文艺知识产权纠纷人民调解委员会在北京成立。

7 月 6 日

中国作家协会在北京召开全国重点网络文学网站联席会议，近 50 家重点网络文学平台负责人、全国省级网络文学组织负责人、知名网络作家和评论家共同发起《网络文学行业文明公约》，呼吁加强网络文明建设，优化网络文学行业生态，推动网络文学高质量发展。

7 月 8 日

由北京大学、中南大学、山东大学、安徽大学、南京师范大学等"五校联合"发表的网络文学青春榜第一期榜单发布。

"五校联合"网文青春榜第一期榜单

序号	作者	作品	连载网站
1	红刺北	《将错就错》	晋江文学城
2	撸猫客	《求生在动物世界［快穿］》	晋江文学城
3	大姑娘浪	《世无双》	豆瓣阅读
4	鹳耳	《恐树症》	豆瓣阅读
5	阎 ZK	《镇妖博物馆》	起点中文网
6	十四郎	《云崖不落花与雪》	晋江文学城
7	更从心	《病名不朽》	起点中文网
8	油爆香菇	《退下，让朕来》	潇湘书院
9	陈之遥	《铜色森林》	豆瓣阅读
10	河流之汪	《柯学验尸官》	起点中文网

7 月 14 日

中国作家网推介的 2022 年第二季度网络文学新作名单发布。

中国作家网推介 2022 年第二季度网络文学新作

作者	作品	来源网站	题材类型
红九	《蜜语记》	晋江文学城	现实题材，都市情感
橡皮泥	《直播之我在北极当守冰人》	七猫中文网	科幻，直播
伪戒	《永生世界》	17K 小说网	科幻，元宇宙
冰天跃马行	《敦煌：千年飞天舞》	咪咕阅读	现实题材，山乡巨变
志鸟村	《国民法医》	起点中文网	刑侦
奕辰辰	《慷慨天山》	纵横小说	现实题材，中华民族复兴
葵田谷	《来到你的身边》	火星女频	现代言情，悬疑
唐墨	《当分子原子起舞时》	逐浪小说网	现实题材，科技创新
画骨师	《蔚蓝盛宴》	掌阅文化	现实题材，言情
是童童吖	《月球之子》	番茄小说网	科幻

7 月 14 日

由中国文艺评论家协会、中国文联文艺评论中心主办，中国文联网络文艺传播中心协办的"第三届网络文艺评论优选汇"启动。

启动仪式上还举行了"回顾与瞻望：中国网络文艺这十年"研讨会。网络文艺创作界和评论界、学界、业界、传播界代表，以及中国文联所属各全国文艺家协会、有关部门和直属单位，中国文艺评论家协会各团体会员、各专业委员会，中国文艺评论传播联盟成员、中国文艺评论新媒体网友代表等近 300 人，以线上线下相结合的方式参加了活动。围绕第三届网络文艺评论优选汇的主题"回顾与瞻望：中国网络文艺这十年"，郝向宏、欧阳友权、夏烈、付李琢、胡建礼、蒋胜男、月关、岳淼、谷雨等专家代表进行了主旨发言。

活动由中国文艺评论家协会副秘书长、中国文联文艺评论中心副主任杨晓雪主持。

7 月 15 日

由辽宁省作家协会主办，辽宁作协网络文学研究中心承办的网络文学专项奖，将进行 2022 年第四届辽宁网络文学"金桅杆"奖评选。

7 月 26 日

深圳市作家协会和香港作家联会、澳门基金会联合举办第四届大湾区杯（深圳）网络文学大赛开始征集公告发布。

八月

8 月 2 日

由北京大学、中南大学、山东大学、安徽大学、南京师范大学等"五校联合"发表的网络文学青春榜第二期榜单发布。

"五校网文研究机构联合" 网文青春榜第二期榜单

序号	作者	作品	连载网站
1	桉柏	《穿进赛博游戏后干掉 boss 成功上位》	晋江文学城
2	火茶	《女寝大逃亡》	晋江文学城
3	芜菱姑娘	《伊尔塔的农场》	晋江文学城
4	清越流歌	《汴京生活日志》	晋江文学城
5	Twentine	《无何有乡》	晋江文学城
6	喵太郎	《我本以为我是女主角》	知乎盐选
7	我会修空调	《我的治愈系游戏》	起点中文网
8	关乌鸦	《演员没有假期》	起点中文网
9	历史里吹吹风	《我就是神!》	起点中文网
10	榴弹怕水	《黜龙》	起点中文网

8 月 4 日

江苏省网络作协在南京召开二届二次主席团会和二届二次理事会，总结 2021 年主要工作，研究部署 2022 年重点任务。

8 月 5 日

首届扬子江网络文学最具 IP 潜力榜和江苏省"金本奖"剧本演绎创作大赛颁奖典礼在我市秦淮区举办，发布了上榜潜力榜榜单的 10 个作品。

8 月 9 日

全国网络文学工作会议在郑州召开。会议旨在深入贯彻习近平总书记在中国文联十一大、中国作协十大开幕式上的重要讲话精神，把中国作协十代会的工作部署落到实处，推动网络文学把握新发展阶段，贯彻新发展理念，构建新发展格局，积极参与"新时代山乡巨变创作计划""新时代文学攀登计划"，成为新时代文学当之无愧的生力军，承担文化强国建设的使命任务，实现高质量发展。

8 月 10 日

《2021 中国网络文学蓝皮书》正式发布，从作家创作、组织建设、理论评论、行业发展、海外传播五个方面全面回顾了网络文学 2021 年的总体发展状况。

8 月 11 日

近日，北京中关村网络作家协会与爱读网达成合作意向，双方将在人才、平台建设和创作资源上进行深度合作，在主办网站的基础上将围绕科幻和现实题材深耕网络文学重点类型，形成具有一定影响力的突破。

8 月 11 日

豆瓣阅读第四届长篇拉力赛获奖名单公布：

总冠军《纸港》作者：任平生

言情组冠军《忘南风》作者：周板娘

亚军《在春天》作者：法拉栗

季军《红泥小火炉》作者：Judy 侠

女性组冠军《纸港》作者：任平生

亚军《棠姑妈的新生活》作者：尼卡

季军《三重赔偿》作者：诀别词

悬疑组冠军《恐怖网红店开业指南》作者：不明眼

亚军《雾都夜话》作者：包包鱼

季军《鼠狗之辈》作者：桩乐

幻想组冠军《定制良妻》作者：金牙太太

亚军《我在地府兼职判官》作者：第九杯茶

季军《恋爱复习手册》作者：腊八椰子

8 月 12 日

河南省人民政府官网发布消息，河南省会郑州市将向全国网络作家免费开放历史考古类、自然文化类、企业乡村类文化景点和实践点。

8月15日

近日，江苏省网络作协组织骨干网络作家赴井冈山开展革命传统教育主题实践活动。

8月15日

湖南网络文学现实题材高级研修班在长沙正式开班，68名来自全国各地的网络作家在长沙集中"充电"，将接受为期5天的培训学习。

8月15日

阅文集团公布了2022年中期财报，业绩报告显示，2022年上半年阅文集团总收入为40.9亿元，其中在线业务收入为23.1亿元，版权运营及其他业务收入为17.8亿元。在线业务方面，源源不断孵化精品；好故事出海远航；升级版权保护。版权运营及其他方面，IP生态链视觉体系化能力突出，持续输出爆款；联动行业探索IP商品化，让好故事走进现实。

8月24日

上海市作家协会签约网络作家2022年申报工作自7月中旬始，截止到8月中旬。通过签约网络作家评审委员会评审，共有9人获得签约网络作家资格。

名单如下（按姓氏字母排序）：

黄元元（万花筒梅花六）、李健（寒烈）、李泽民（步枪）、李之星（蛇发优雅）、王旻昇（君天）、王小磊（骷髅精灵）、叶婧（白小葵）、岳敏（月壮边疆）、周剑敏（玉帛）

8月25日

"中国网络文艺这十年"论坛日前举办，30多位学界和业界专家、网络文艺创作者于其中围绕"技术革新与艺术开拓"展开思考与讨论，回顾总结新时代这十年中国网络文艺蓬勃发展的新貌和态势，研究探讨对网络影视、网络文学、网络展演等新兴文艺的导向指引、评论介入和产学研路径。

8月31日

今年8月，飞卢小说网向北京市公安局通州分局报案，淘宝店铺"飞卢刺猬猫17K杂货铺"存在非法倒卖飞卢点券、账号等侵权行为。经警方调查后，店铺相关人员已被依法刑事拘留，案件也在进一步侦办中。

九月

9月1日

由上海市新闻出版局支持，阅文集团主办的第六届现实题材网络文学征文大赛（以下简称"大赛"）颁奖典礼在上海展览中心举行。上海市委宣传部副部长王亚元和主办单位负责人、作家代表、专家学者等出席活动。

现场公布了大赛的十四部获奖作品名单。其中，展现中国科技企业崛起的《破浪时代》获特等奖，书写平凡人生活史诗的《上海凡人传》获一等奖。现场公布了大赛的十四部获奖作品名单。颁奖结束后，第七届大赛宣告正式启动。王亚元在致辞中提到，网络文学在巩固壮大主流舆论、满足人民精神文化需求、提升国家文化软实力等方面发挥了积极作用，做出了重要贡献。他勉励广大创作者，要始终坚持以人民为中心的创作导向，不断推出鼓舞人心的时代精品。

典礼上，上海市新闻出版局、阅文集团联合发布了《2022 现实题材网络文学发展趋势报告》（以下简称《报告》）。《报告》显示，自 2015 年首届大赛举办以来，阅文集团现实题材作品 7 年复合增长率达到 37.2%，增速位列全品类第 2。在政府倡导、内容平台积极响应和网络作家的共同努力下，现实题材网络文学快速崛起，成为用情用力书写中国故事的重要载体。

附：第六届现实题材网络文学征文大赛获奖名单

特等奖：

《破浪时代》　　人间需要情绪稳定

一等奖：

《上海凡人传》　　和晓

二等奖：

《巨浪！巨浪！》　　荆泽晓

《都市赋格曲》　　花潘

优胜奖：

《茶滘往事》　　李慕江

《警探长》　　奉义天涯

《老兵新警》　　卓牧闲

《塌方少女重建指南》　　时不识路

《他以时间为名》　　殷寻

《一抹匠心瑶琴传》　　鱼人二代

《与云共舞》　　令狐与无忌

《在阳光眷顾的大地上》　　阿加安

《智游精英》　　荷风细语

《中心主任》　　衣山尽

9 月 1 日

中国互联网络信息中心（CNNIC）31 日在京发布了第 50 次《中国互联网络发展状况统计报告》（以下简称《报告》）。《报告》显示，截至 2022 年 6 月，我国网民规模为 10.51 亿，互联网普及率达 74.4%。我国网民规模持续提升，网络接入环境更加多元。互联网应用也在持续发展。

9 月 2 日

近日，作客文学网发布新锐作家计划，承诺将给予作者各大平台的测试机会，与大神级别的配套内容调整方案等。

9月2日

"五校网文研究机构联合"（北大、山大、安大、中南、南师大）网文青春榜第三期发布。本期榜单由山东大学网络文学研究中心主推，并联合北京大学网络文学研究中心和中山大学中国语言文学系（珠海）的部分青年学生共同完成。秉持"青春榜"突显新世代大学生对网络文学的新审美、捕捉当下网文创作中的新世界建构、新经验表达的原则，以团队工作的方式，推举出2022年内有过连载的数十部作品，并最终遴选出十部可以用"无CP""新女性""新科幻"三个关键词统摄的作品——这也是目前各大高校文学专业的女大学生们在阅读网文作品时普遍关注的三个新维度。榜单如下：

"五校网文研究机构联合"网文青春榜第三期名单

序号	作者	作品	连载网站
1	七英俊	《山海之灰》	新浪微博/爱奇艺文学
2	搞对象和飞升两手抓	《修仙恋爱模拟器》	晋江论坛
3	群星观测	《寄生之子》	晋江文学城
4	羊羽子	《如何建立一所大学》	晋江文学城
5	妖鹤	《女主对此感到厌烦》	晋江文学城
6	江月年年	《我想在妖局上班摸鱼》	晋江文学城
7	苏他	《我来自东》	晋江文学城
8	冰临神下	《星谍世家》	起点中文网
9	机器人瓦力	《夜行骇客》	起点中文网
10	严曦	《造神年代》	豆瓣阅读

9月2日

《中国网络文学研究名家论丛》（第一辑）陆续付梓。论丛第一辑共9种，分别为《新世纪文坛与新媒体文学》（白烨）、《人工智能与网络文艺》（黄鸣奋）、《人类神话——网络文学神话学研究》（王祥）、《直面网络文学现场》（周志雄）、《有无之间——网络文学与超文本研究》（陈定家）、《故事与场域——以网络文艺为中心》（夏烈）、《中国网络文学简史》（马季）、《网络文学的两个世界——男频和女频名作比较》（肖惊鸿）、《网络文学青创爆款方法论》（庄庸）。其中前4种已于2022年7月出版。

9月3日

综合专家评审意见与网络投票排名，最终评选出2021十大年度国家IP，以及文学、影视、文博等十六个赛道大奖，同时包括微博人气奖、潜力新声奖等特别单项奖。

9月7日

中国作协网络文学中心在江苏省连云港市举办"网络文学青年创作骨干培训班"，来自各网络文学平台的40位"90后"网络文学作家参加培训。

9月7日

由中华文学基金会、浙江省作家协会与桐乡市人民政府联合主办的第四届"茅盾新人奖"颁奖典礼在桐乡举行。

9月8日

七猫中文网为满足用户需求，秉持"让人们拥有奇妙幻想"的经营使命，决定开启全新子站"奇妙小说网"，采用"全分成"的签约模式，设有基础全勤奖、创作进阶奖和奇妙畅销奖。

9月9日

纵横中文网将推出全新的"脑洞星球"板块，给予作家更加自由的创作土壤。

9月10日

四月天小说网15周年站庆。

9月11日

近日，国家版权局、工业和信息化部、公安部、国家互联网信息办公室四部门联合启动打击网络侵权盗版"剑网2022"专项行动，这是全国连续开展的第18次打击网络侵权盗版专项行动。

9月13日

近日，据英国媒体报道，中国网络文学作品首次被收录至世界最大的学术图书馆之一——大英图书馆的中文馆藏书目，共有16部作品：《赘婿》《赤心巡天》《地球纪元》《第一序列》《大国重工》《大医凌然》《画春光》《大宋的智慧》《贞观大闲人》《神藏》《复兴之路》《纣临》《魔术江湖》《穹顶之上》《大讼师》《掌欢》等，囊括科幻、历史、现实、奇幻等多个网络文学题材。中国网络文学作品入选大英图书馆中文馆藏，代表了网络文学正在成为一种重要的世界文化现象。

9月14日

阅文集团旗下潇湘书院发布全新作家福利，升级推出潇湘开站四大福利，含保底稿酬月入过万，全年全书最高36万元奖金激励等。

9月14日

爱奇艺短篇作品征集计划启动，本次计划征集作品类型广泛，共有推理悬疑、职业悬疑、现实情感、女性言情、灵异和青春伤痕六类。

9月15日

桉柏的天灾网游类小说《穿进赛博游戏后干掉BOSS成功上位》正文完结。

9月15日

爱奇艺发布多部IP改编剧预告片。

9 月 16 日

第五届脑洞故事板虚构小说创作大赛正式开启。

9 月 16 日

由华策集团联合浙江省网络作家协会、七猫中文网共同举办的首届"奔腾计划"创意大赛结果出炉。

获奖名单：

《日出珊瑚海》　圆月四九

《云霄之眼》　千羽之城

《三重奏》　陈洪英

《大汉钱潮》　杨军

《玉谋不轨》　扬了你奶瓶

《腾格里的记忆》　白马出凉州

《一个人的消防队》　李宇飞

《中年少女》　周小渔

《春风绿古镇》　钱铮

《立春》　符利群

9 月 17 日

爱奇艺文学与荣信达（上海）文化发展有限公司就云腾计划"S"重点网剧项目达成友好合作。

9 月 18 日

"阅见非遗——恭王府博物馆×阅文集团战略合作发布会"在恭王府大戏楼举办，文化和旅游部恭王府博物馆与阅文集团达成战略合作，并共同启动"恭王府博物馆×阅文集团中华优秀传统文化推广三年计划"。

9 月 19 日

江南新书《龙王：世界的重启》于 2022 年 9 月 19 日在 QQ 阅读独家上线，每周一、周四连载更新。

9 月 19 日

9 月，微博文学升级【网络文学微博发光计划】，全新启动【网文超新星】计划。

9 月 20 日

天下霸唱原著网文改编剧《昆仑神宫》开播。

9 月 21 日

纵横小说"大神训练营"特别活动开启，对全网作家开放。

9 月 21 日

豆瓣阅读#百变幻想#主题征稿活动开启。

9 月 22 日

天瑞说符新书《保卫南山公园》上线。

9 月 23 日

番茄小说新媒体征文活动大奖揭晓。

获奖作品名单：

《高手下山，从跟未婚妻退婚开始》　天崖明月

《盖世龙婿》　三七的七

《千术》　陈初尧

《神医下山：开局被绝色大小姐逆推》　我就是叶辰

《赌石狂徒》　老鬼 63

《此番南下，耀我军人荣光》　吉祥妹妹

《天眼神医》　钦天

《我的倾城大小姐》　七月在野

《都市修罗狂婿》　凡加

《此番下山，护我大夏山河》　第一杯奶茶

9 月 26 日

艾瑞咨询发布《中国社交媒体 ACGN 内容发展研究报告》。

9 月 27 日

杭州优秀传统文化丛书正式面世。这套丛书包含了一部专著、十个系列，共计 108 种图书。

9 月 30 日

知乎故事大赛·长篇创作马拉松第二季获奖作品公示。

十月

10 月 1 日

著名读书大 V、网络文学评论家安迪斯晨风的《生如稗草：网络文学导读》出版。

10 月 6 日

南派三叔作品《花夜前行》开启预售。

10 月 9 日

10 月 9 日下午，"新时代十年百部中国网络文学作品榜单"评选活动在浙江杭州中国网络作家村举行启动仪式。这是国内第一次就新时代十年（2012—2022 年）以来的网络文学创作态势及其优秀作品作出系统性、全景化的梳理和评价。

10 月 9 日

香网最新福利上线。

10月9日

10月9日下午,第十五期网络文学IP直通车"文化出海"专场活动在中国网络作家村天马苑举办。

10月10日

豆瓣阅读作者李尾的新书《相爱后动物感伤》上线。

10月11日

2022年中国作家协会网络文学理论评论支持计划征集公告发布。

10月12日

由阅文集团和天成嘉华文化传媒主办的"民族文化网络文学创作论坛暨第二届石榴杯征文颁奖典礼"在北京举行。本届石榴杯以"籽籽同心 字字传情"为主题,《7号基地》《月亮在怀里》《画春光》《国民法医》《黜龙》《谁不说俺家乡美》《擎翼棉棉》《合喜》《小千岁》《乘风相拥》等10部网络文学作品获得"优秀作品奖",并将收录入中国民族文化资源库。

2022石榴杯征文活动获奖名单

序号	书名	作者
1	《七号基地》	净无痕
2	《月亮在怀里》	囧囧有妖
3	《画春光》	意千重
4	《国民法医》	志鸟村
5	《黜龙》	榴弹怕水
6	《谁不说俺家乡美》	舞清影
7	《擎翼棉棉》	牛莹
8	《合喜》	青铜穗
9	《小千岁》	月下无美人
10	《乘风相拥》	Hera轻轻

10月13日

阅文集团白金作家言归正传的仙侠作品《天庭最后一个大佬》正文完结。

10月15日

阅文集团白金作家忘语新书《仙者》上线。

10月17日

近日,#没想到长辈看小说比我还野#这一话题在网络上被热议,连续几天都出现在微博的热搜榜。

10月17日

第四届"金熊猫"网络文学奖初评入围名单公布及复审环节开启。

10 月 19 日

爱奇艺小说再度确定 9 部作品版权合作。

10 月 19 日

脑洞星球"次元同人"主题征文大赛第二期开启。

10 月 19 日

豆瓣阅读作者贝客邦的全新悬疑小说《白鸟坠入密林》纸书现已上市，由南海出版公司出版、新经典文化出品。

10 月 20 日

影视剧《星汉灿烂·月生沧海》改编自网络文学作家关心则乱的小说《星汉灿烂，幸甚至哉》在腾讯视频播出。11 月，《星汉灿烂·月生沧海》将在中国台湾播出，引起大家的期待。

10 月 20 日

匪我思存新文《潜心于墨》在其个人微信公众号开启连载，讲述一个关于"霸道总裁"的故事，目前仅更新一章。

10 月 22 日

近日，起点中文网举行"女神"主题——百万征文大赛，内容要求以女生为中心，男女频用户均可阅读的作品。

10 月 24 日

奇妙小说网第一届征文活动开启。

10 月 25 日

漫画《全球诡异时代》关注破 200 万。改编自飞卢小说网作者黑白茶的原创小说《此刻！全球进入恐怖时代》，是首部中西结合的系统文改编的末世题材漫画。

10 月 26 日

动画《无限世界》改编自网络文学作家 zhtty 的小说《无限恐怖》，是国内网络原创文学"无限流"的第一本作品。动画《无限世界》由 bilibili、万维猫动画出品，万维猫动画、核舟文化制作，全 16 集，将于 11 月 25 日起每周五 10 点在 bilibili 播出。

10 月 26 日

近期，喜马拉雅平台举行首届原创悬疑小说大赛，大赛特邀悬疑创作大咖周浩晖、张震、侧侧轻寒担任评委，大赛总奖池达 50 万元。

10 月 26 日

改编自桐华同名网络小说的电视剧《步步惊心》和改编自潇湘冬儿网络小说《11 处特工皇妃》的电视剧《楚乔传》即将登陆 Netflix，《步步惊心》将于 11 月 18 日上线，《楚乔传》将于 11 月 11 日上线。这两部电视剧在"网飞"的上线，继续加速着国产网络文学改编剧出海的步伐。

10 月 27 日

改编自天瑞说符《我们生活在南京》的末世科幻有声剧由边江工作室制作，在喜马拉雅平台上线。

10 月 28 日

近日，豆瓣阅读发起网文读者访谈活动，招募热爱阅读网文的读者来参与，被选中参与调研活动的读者可以获得 200 元的现金奖励。

10 月 29 日

10 月 29 日晚，哔哩哔哩举办了 2022—2023 国创动画作品发布会，重磅宣布《三体》动画定档于 12 月 3 日，并将开启《三体》动画全球共创计划。同时，B 站推出了 49 部国创作品新内容，公布了《傲世九重天》《她不当女主很多年》《凡人修仙传·第三季》《一世之尊》《大道朝天》《洪荒志之青丘劫云》《临渊行》《十方武圣》《寡人无疾》《大道独行之蝶龙变》等网络作品改编动画预告片。

10 月 31 日

近日，阅文集团和银钥秘社联合出品，爱潜水的乌贼《诡秘之主》官方联名首发众筹周边。

10 月 31 日

番茄小说第二届网络文学大赛晋级赛 10 月获奖公示。番茄小说第二届网络文学大赛于 2022 年 7 月 11 日正式开启，自 9 月起大赛进入晋级赛赛段，综合作品星值数据和评委会打分，共有 15 部作品脱颖而出获得 10 月月度新星/潜力新星称号。

番茄小说第二届网络文学大赛晋级赛入选名单

奖项	赛道	书名	作者名
月度新星	男频玄幻	天渊	沐潇三生
	男频都市	一哥	小小旺仔
	女频现言	雾缠云绕	简兮
	女频古言	狂妃靠近，王爷在颤抖	爱吃兰花蟹
潜力新星	男频玄幻	恐怖修仙路	头很大的 T 君
		无尽龙城	音速九万里
	男频都市	离婚当日，绝美女总裁求我娶她！	努力攀登
		徒儿下山去吧，你无敌了	只身闯小说
		刚出狱，我的身份震惊全世界	一百元素
		十年征战，荣耀战神竟被无情拒婚	拾伍
	女频现言	深度陷落	楼小舟
		得尝	十月未凉
		天生皇后命	酥柒玖

续表

奖项	赛道	书名	作者名
	女频古言	身体互换：战神王爷替我宅斗	清风海棠
		清穿：贵妃娘娘她灭了德妃成太后	卿我意

十一月

11月1日

微博文学全新启动#网文超新星计划#，第一期获奖名单现已公布。

11月1日

番茄小说＆番茄畅听【她·悬疑】征文活动获奖作品揭晓。

番茄小说＆番茄畅听【她·悬疑】征文活动获奖作品名单

排名	作品	作者
1	小山河	北斗二娘
2	天命仙骨女相师	两个小油瓶
3	渡魂灯	七月妻
4	自首	琉璃栾华
5	龙王聘	王权月初
6	棺材娘子	柒小年
7	灵异小天师：内卷从娃开始	诚挚的面盆
8	蛊娘	西极冰
9	您有新的命案订单	呆a瓜
10	318特案行动	南至
优胜奖	奶奶的阴阳眼	陌檠
优胜奖	开雀门	天方野谭
优胜奖	蛇婚	小火炎

11月2日

2022年起点科幻征文第二期获奖名单公布。

11月2日

由中国经济信息社编制的《新华·文化产业IP指数报告（2022）》在北京发布。《报告》选取了2021年1月至2022年6月，有过文学、漫画、动画、影视、游戏、实体衍生等形态改编的作品或该时段的热门新IP共100个，从消费端、传播端、开发端和拓展端四个维度构建综合评价体系，最终公布了表现前50位的IP。

新华·文化产业 IP 指数报告（2022）热门新 IP 名单（TOP50）

序号	项目名称	原生类型
1	斗罗大陆	文学
2	人世间	文学
3	王者荣耀	游戏
4	斗破苍穹	文学
5	梦华录	文学
6	赘婿	文学
7	你好，李焕英	影视
8	庆余年	文学
9	开端	文学
10	长津湖	影视
11	原神	游戏
12	一人之下	动漫
13	鬼吹灯	文学
14	你是我的荣耀	文学
15	风起陇西	文学
16	狐妖小红娘	动漫
17	唐人街探案	影视
18	半妖司藤	文学
19	雪中悍刀行	文学
20	1921	影视
21	古董局中局	文学
22	觉醒年代	影视
23	庶女攻略	文学
24	星辰变	文学
25	我和我的父辈	影视
26	凡人修仙传	文学
27	明日方舟	游戏
28	武动乾坤	文学
29	诡秘之主	文学
30	大王饶命	文学
31	这个杀手不太冷静	影视

续表

序号	项目名称	原生类型
32	大奉打更人	文学
33	阴阳师	游戏
34	君九龄	文学
35	夜的命名术	文学
36	画江湖之不良人	动漫
37	两不疑	动漫
38	时光代理人	动漫
39	完美世界	文学
40	刺客伍六七	动漫
41	山海情	动漫
42	叛逆者	文学
43	灵笼	动漫
44	恋与制作人	游戏
45	心居	文学
46	悬崖之上	影视
47	一念永恒	文学
48	余生请多指教	文学
49	大理寺日记	动漫
50	扬名立万	影视

11 月 3 日

IP 改编剧《点燃我，温暖你》播出，改编自晋江文学城作者 Twentine 的小说《打火机与公主裙》。

11 月 3 日

豆瓣阅读"百变幻想"第一期短名单于今日正式公布，共 10 部作品。

11 月 3 日

为深入学习贯彻党的二十大报告中建设文化强国和网络强国重大战略，进一步加强对新文艺组织、新文艺群体的团结引导，把握正确的创作导向，鼓励广大网络作家创作出更多反映新时代、增强人民精神力量的优秀作品，在中国作家协会网络文学中心指导和上海市新闻出版局支持下，上海市作家协会、中共上海市虹口区委宣传部共同启动第二届天马文学奖。

11月3日

2023腾讯在线视频V视界大会举办，发布了"2023鹅厂片单"，涵盖电视剧、电影、综艺、动漫等多品类内容。

11月3日

起点读书联合YY直播推出的《超级主角》活动上线。

11月3日

鲜见创投第三季正式启动，鲜见创投将联动爱奇艺文学、粒粒橙传媒，在IP与宣传资源上给到优质短剧项目以帮扶，助力优质短剧项目落地。

11月4日

近日，网络文学作家南派三叔"盗墓笔记重启"番外系列电影的第二部——《重启之深渊疑冢》宣布定档11月4日，在优酷和腾讯视频上线。

11月4日

《谢谢你医生》于2022年11月4日在央视八套播出，并在爱奇艺、腾讯视频、优酷视频、央视频同步播出，是卫健委重点项目，拥有高热度话题和口碑。

11月4日

"新芒IP计划"征文大赛终评委员会以线上线下相结合的方式召开终评会，经过充分讨论评议，最终评选出《大厝·三落刊》（作者：孙照宇，笔名乐安生）、《沈阳青蜓》系列（作者：唐聪）等11部作品分别获得二、三等奖和优秀奖（一等奖空缺），获奖作品题材多样、类型丰富。

11月5日

由山东理工大学文学与新闻传播学院参与承办的中国文艺理论学会网络文学研究分会第七届学术年会暨"中国网络文学三十年的历史反思与未来发展"学术研讨会隆重召开。

11月7日

第三届泛华文网络文学"金键盘"奖在泰州颁奖。本届评奖自2022年6月启动，共收到推荐及申报作品482部。经资格初审，并邀请30位全国著名网络文学评论家、重要文学网站总编、影视文化公司内容总监和著名作家组成评审工作委员会，推荐入围作品15个类别76部作品。9月30日，终评会以无记名投票方式，评选产生14个类别24部获奖作品。与往届相比，本届评奖类别增设优秀网络文学评论作品，旨在发挥文学评论的导向引领作用，推动网络文学健康发展。

第三届泛华文网络文学"金键盘"奖获奖名单

奖项	作品	作者
现实题材类优秀作品奖	《长乐里：盛世如我愿》	骁骑校
	《扎西德勒》	胡说
	《2.24 米的天际》	行知
	《扫描你的心》	红九
玄幻仙侠类优秀作品奖	《沧元图》	我吃西红柿
	《有请小师叔》	横扫天涯
都市幻想类优秀作品奖	《重回 1990》	关外西风
	《非洲酋长》	更俗
军事历史类优秀作品奖	《血火流殇》	流浪的军刀
	《长宁帝军》	知白
现代言情类优秀作品奖	《寂寞的鲸鱼》	含胭
	《烈焰》	尼卡
古代言情类优秀作品奖	《墨桑》	闲听落花
	《穿成极品老妇之后只想当咸鱼》	寸寸金
悬疑科幻类优秀作品奖	《千年回溯》	火中物
	《砸锅卖铁去上学》	红刺北
优秀影视改编作品奖	《御赐小仵作》	清闲丫头
	《半妖司藤》	尾鱼
优秀有声改编作品奖	《一剑独尊》	青鸾峰上
优秀动漫改编作品奖	《绝世武魂》	洛城东
优秀翻译输出作品奖	《冬有暖阳夏有糖》	童童
优秀实体出版作品奖	《蹦极》	卢山
最佳故事创意作品奖	《第九特区》	伪戒
优秀网络文学评论作品奖	《编码新世界：游戏化向度的网络文学》	王玉玊

11 月 7 日

第五届脑洞故事板虚构小说创作大赛新主题公布。

11 月 7 日

第四届扬子江网络文学发展论坛在泰州举行。

11 月 8 日

首届海峡两岸（江苏）青年网络文学周在泰州开幕。

11月8日

近期，咪咕文学院高研班特别推出"短剧实战班"，主收主题为都市战神、赘婿、神医和重生，学员创作的优秀剧本将由咪咕出资拍摄及投放。

11月8日

作为关注女性成长的女性原创小说平台，潇湘书院发起#为她发声计划#。

11月10日

近日，由中文在线主办，17K小说网、奇想宇宙和微博读书等平台联合承办的"首届全球元宇宙征文大赛"颁奖典礼圆满结束。

11月10日

近日，爱奇艺旗下"东北新文学"首届"爱奇艺文学杯"征文大赛正式开始。

11月14日

2022年11月12日上午，上海网络作家协会第三届会员代表大会在上海市作家协会召开。大会审议并通过了《上海网络作家协会工作报告》和《上海网络作家协会财务报告》。其中《上海网络作家协会工作报告》从九个方面总结了过去四年的主要工作。大会选举产生上海网络作家协会第三届理事47人和新一届负责人。

11月14日

微博文学#网文超新星计划#第二期活动开启。

11月14日

近期，每天读点故事App启动"100个好故事计划"全新征文活动，向全网征集100个扣人心弦的好故事。

11月14日

2022年7月，"ONE一个"App联合亭东影业、阿里影业、网易文创·人间工作室、未来事务管理局，共同发起了"故事大爆炸2022"征文大赛。

11月15日

七猫中文网女频特色题材第四季"宫闱宅斗"征文开始。

11月15日

"学习二十大 青春著华章"主题征文活动优秀作品名单公布。

11月15日

第二季"谜想故事奖"悬疑短篇征文比赛获奖名单公布。

11月15日

即日起，番茄小说面对全网作者开放热点导向的原创短故事征文活动，作者可通过抖音App（不限于抖音）的热点话题获得创作灵感，并结合话题热点进行短故事创作，可创作的热门话题包括但不限于新闻热点、社会热点话题、购物、直播等板块热点话题。

11 月 16 日

晋江法务打击盗版"刑事案"取得第 3 次胜利。

11 月 16 日

网络文学领域公开首个诉前禁令。

11 月 16 日

2022 年 11 月 16 日上午十点半，南京师范大学与阅文集团战略合作签约仪式暨 2022 年"网络文学节"开幕式于南京师范大学仙林校区敬文广场成功举办。"阅文—南京师范大学文学院网络文学产学研合作基地"揭牌，在全国首次开启网络作协、高校、企业三方共建的合作模式。

11 月 17 日

番茄小说"她·星动"女频系列创作活动开启。

11 月 18 日

漫画《星门》上线。

11 月 18 日

四川省网络作家协会 2021 年度四川网络小说排行榜发布仪式在成都举行。

2021 年四川网络小说排行榜·完结作品榜

序号	作品名称	作者
1	《我靠氪金无敌万界》	庄十三
2	《武道霸主》	蜀狂人
3	《馆长先生》	刘采采
4	《霸道总裁深深宠》	安小晚
5	《高危职业二师姐》	言言夫卡
6	《一起深呼吸》	一言
7	《奶爸的异界餐厅》	轻语江湖
8	《皇城有宝珠》	月下蝶影
9	《猎杀档案》	何马
10	《美食供应商》	会做菜的猫

2021 年四川网络小说排行榜·未完结作品榜

序号	作品名称	作者
1	《滑雪后我成了大佬》	静舟小妖
2	《和影帝协议结婚之后》	故筝
3	《透视医婿》	神无踪

序号	作品名称	作者
4	《女帝成神指南》	玉萧令
5	《我能召唤诸神》	卢照发
6	《宝藏猎人》	厄夜怪客
7	《最初进化》	卷土
8	《我的师长冯天魁》	楼下水如天
9	《万相之王》	天蚕土豆
10	《长夜余火》	爱潜水的乌贼

11 月 22 日

赛博桃源暨第五届脑洞故事板虚构小说创作大赛 32 强名单公布。

赛博桃源暨第五届脑洞故事板虚构小说创作大赛 32 强名单

作品名	作者 ID	平均分
《占据》	长腿柯基十七	29.13
《淡水鲨》	丹云炒饭	28.97
《引我入山林》	肉质筋道	28.87
《生死哲学·女法医勘查手记》	火罐大公举	28.23
《花盆》	满世界与你有关	28.07
《囍》	张树几	28.07
《桃源号已归航》	风小餮 TIE	27.28
《平原上的花火》	恩佐斯焗饭	26.97
《谋杀预镜》	安澜悠然	26.89
《雾城》	十月孤犬	26.87
《野蛮潮风》	鬼三清	26.63
《桃花源记·MBTI》	今朝_ 白夜偶书	26.47
《赛博封神榜》	应弦下西楼	26.30
《时间行者》	那年 DE 晓雪初晴	26.18
《来杯奶茶》	十加仑纸片	26.13
《拾荒星》	藤原雪仔	26.06
《向死而婚》	逸都初云	26.02
《花疑》	_ 步川珺子_	25.88
《藏龙山》	卡有一万种借口	25.87

续表

作品名	作者 ID	平均分
《无罪的冠军》	江春泥	25.65
《圣婴探索传奇》	毒舌 NBA	25.60
《无地自容（已完结）》	西门必得 666	25.46
《以自杀之名》	没有提线的木偶	25.37
《超梦格杀》	未澜末北	25.23
《L 的悲剧》	是小杨吖啊	25.19
《恩典》	黑鹿指挥家	25.12
《废墟之上》	牛之远	24.78
《盗画》	火烧-白菜	24.63
《张问陶奇案记》	天下第一刑名	24.25
《器官共享》	猫云七	24.13
《念》	莲玖 0929	23.77
《谜一般的少女》	MR_ 陆樊先生	23.77

11 月 22 日

为助力平台签约作品版权开发，番茄小说与芒果 TV 联合开展影视征文活动。活动分为两个赛道，赛道一是人间冷暖、万家灯火；赛道二是轻偶现实、都市情感。

11 月 22 日

为深入学习贯彻党的二十大精神，新疆作家协会网络作家分会第一届主席团第三次会议以线上形式举办。

11 月 23 日

IP 改编剧《风吹半夏》定档。

11 月 23 日

由中文在线发起的"首届全球元宇宙征文大赛"颁奖典礼近日在澳门举行。

11 月 23 日

第四届大湾区杯（深圳）网络文学大赛评审结果（以作者姓氏笔画为序）

序号	作者	作品名
一等奖		
1	风青阳	《太古第一仙》
二等奖		
1	水边梳子	《伪装死亡》

序号	作者	作品名
二等奖		
2	丽端	《潘安传》
3	端端如诗	《我们正当年》
三等奖		
1	月影风声	《火星漫游》
2	乌衣	《春风里》
3	求之不得	《王府幼儿园》
4	银河灿烂	《明宫小食光》
5	淡漠 D 石头	《流浪在仙界》
入围奖		
1	马驰千里	《长河涛影》
2	凤凰栖	《长安铜雀鸣》
3	风御九秋	《长生》
4	江风易客	《女人花》
5	伪戒	《永生世界》
6	李孟	《拯救太阳哥哥》
7	尚启元	《刺绣》
8	都满弘	《起航 1998》
9	淡樱	《星河》
10	傅九	《越界招惹》

11 月 25 日

国家新闻出版署 2021 年"优秀现实题材和历史题材网络文学出版工程"入选作品揭晓。

2021 年"优秀现实题材和历史题材网络文学出版工程"入选作品名单

序号	作品名称	作者	报送单位
1	蹦极	卢山	逐浪网 江苏凤凰文艺出版社
2	出路	马慧娟	"悦读宁夏"公众号 宁夏人民出版社

续表

序号	作品名称	作者	报送单位
3	天圣令	蒋胜男	QQ 阅读 浙江文艺出版社
4	长乐里：盛世如我所愿	骁骑校	番茄小说网
5	重生——湘江战役失散红军记忆	李时新	掌阅科技
6	故巷暖阳	鱼人二代	起点中文网
7	投行之路	离月上雪	创世中文网

11 月 29 日

长佩文学"一千零一页"无 CP 征文获奖名单正式公布。

11 月 29 日

近日，第七期中国网络作家村 & 咪咕文学院高级研修班在杭州滨江举办。

11 月 30 日

11 月 30 日，中共阅文集团委员会第一次党员大会召开，会上正式揭牌成立阅文集团党委。

11 月 30 日

"回首峥嵘过往，续写时代华章"番茄小说现实题材征文活动经过 6 个月的激烈角逐圆满结束。

11 月 30 日

哔哩哔哩漫画小说板块上线，发布小说征集令。

11 月 30 日

七猫中文网女频新媒体"甜婚虐爱"主题征文活动正式启动，征稿要求为开篇足够吸睛，整体代入感强，文风更加匹配新媒体市场的现言/古言，题材包括甜宠向、虐恋向和爽文向。

十二月

12 月 1 日

11 月 25 日，七猫于浦东香格里拉举行了 2022 第二届七猫中文网现实题材征文大赛颁奖典礼暨第四届作者大会，发布了征文大赛获奖名单。

第二届七猫中文网现实题材征文大赛获奖名单

奖项	作品名称	作者
金七猫奖	《苍穹之盾》	伴虎小书童
最佳 IP 价值奖	《关键路径》	匪迦
	《奔涌》	何常在

奖项	作品名称	作者
最佳 IP 潜力奖	《蜀绣》	慕十七
	《遇见品牌官》	谷甘
	《冰冠之上》	陆肆儿
分类一等奖	《丝路繁华》	赢春衣
	《如果文物会说话》	岑小沐
	《正值当年》	六十七
	《地星危机》	红胜
分类二等奖	《焊花耀青春》	春笋
	《天山的炊烟》	轻雨初晨
	《你好动物学家》	林听禾
	《你好，义肢师》	苾林
	《奔向太阳的彩虹》	舍予
	《直挂云帆济沧海》	乔薇安
	《人类落日》	琅翎宸
	《记忆陷阱》	翡翠青葱
优秀作品奖	《蔬果香里是丰年》	棠花落
	《她山之石》	猫小彤
	《野庙碑》	范剑鸣
	《桃李尚荣》	竹正江南
	《糖心主播》	伊朵
	《文化秘藏》	李珂
	《一卷封神》	君天
	《纸上问青》	林淮岑
	《出狮》	一言
	《冰刃上的天鹅》	冬青丸子
	《军魂永不褪色》	达庸
	《步履不停》	梦春秋
	《黑洞移民》	慕温颜
	《芯青年》	关中闲汉
	《交往吧，外星人》	陌上人如玉

12 月 2 日

2022 年 12 月 2 日，浙江网信 11 月执法处置通报，网文老牌论坛龙的天空被通报关闭。

12 月 3 日

"新中心杯"第三届青年创意家·网络文艺评论奖发布征文启事。

12 月 4 日

会说话的肘子作品《夜的命名术》完结。

12 月 7 日

"探照灯好书"由阅文集团主办，QQ 阅读、微信读书、腾讯新闻协办，探照灯书评人协会承办。

12 月 8 日

12 月 8 日，由《语言文字周报》主办的 2022 年"十大网络流行语""十大网络热议语"公布结果。上榜 2022 年"十大网络流行语"的有："栓 Q""PUA（CPU/KTV/PPT/ICU）""冤种（大冤种）""团长/团""退！退！退！""嘴替"等。入选 2022 年"十大网络热议语"的有："冰墩墩（冬奥会）""二十大""中国式现代化""人民至上，生命至上""做核酸""卡塔尔世界杯"等。

12 月 9 日

12 月 9 日，中国网络作家村五周年村民日暨第十六期"IP 直通车"活动在作家村天马苑举行。活动以"新时代 新文化 新未来"为主题，采用线上线下相结合的方式举办。多位行业大咖聚焦数字文化的发展，各抒己见，为网络文学的发展注入了新的动力与活力。

在本次活动现场，举行了"萌芽计划"第三届全国大学生网络小说大赛颁奖仪式。"萌芽计划"第三届全国大学生网络小说大赛共收到 546 篇参赛文稿，经过层层筛选，最终有 60 篇优秀作品进入终审，并经过终审评出一二三等奖共 8 篇，优秀奖共 30 篇。同时"萌芽计划"第四届全国大学生网络小说大赛正式启动。

活动现场，还举行了重要的签约仪式：中国网络作家村与恺英网络、咪咕数媒、《山海经》杂志社进行"上元欢"IP 的签约；浙大城市学院传媒与人文学院与中国网络作家村共建产学研基地合作签约；以及中国网络作家村和浙江省电魂公益进行"文化公益"战略合作签约。

12 月 10 日

《三体》动画在哔哩哔哩全网独家上线。

12 月 10 日

近日，第十三届华语科幻星云奖在成都揭晓。

12 月 11 日

由快手短剧主办的 2022 第三届金剧奖在浙江湖州举办。

12 月 15 日

在中国作家协会的支持下，韩国"中国文学读者俱乐部"与中国图书进出口（集团）有限公司联合举办了中国网络文学作品分享会。

12 月 15 日

近日，微博发起了 2022#好书大赏#活动，此次活动公布了"年度最受欢迎文学IP"和"年度人气新书"入围名单。

12 月 16 日

第四届辽宁网络文学"金桅杆"奖终评结果公示：

优秀作品奖：

《扎西德勒》 刘金龙（胡说）

《锈蚀花暖》 徐向南（徐江小）

《生命之巅》 甘海晶（麦苏）

《孤 凰》 徐彩霞（阿彩）

《敦煌：千年飞天舞》 王熠（冰天跃马行）

《人间大火》 纪媛媛（缪娟）

《东风擎》 阮德胜

《逆行的不等式》 李宇静（风晓樱寒）

新人奖：

张芮涵

尚启元

12 月 16 日

宁夏作家协会报告文学学会、宁夏网络作家协会云上成立会议在银川分别举行。云会议还举办了"网络文学现实题材创作座谈会"，为加强宁夏网络文学现实题材创作给予理论支持。

12 月 16 日

近日，起点中文网发布了 2023 年起点月票新规则。

12 月 17 日

12 月 17 日，第二届"中国襄阳·岘山网络文学奖"云颁奖典礼在隆中举行，现场揭晓"中国襄阳·岘山网络文学奖"的 10 个奖项和 10 个提名奖。

第二届中国襄阳·岘山网络文学奖获奖名单

奖项	作品	作者
最具影响力作品奖	《扎西德勒》	胡说
最佳男频作品奖	《超凡从撕剧本开始》	燃冷光
最佳女频作品奖	《龙图骨鉴》	楚清
最佳类型作品奖	《怪谈协会》	西门瘦肉
最佳有声改编奖	《都市至尊战神》	惊蛰落月
最佳现实主义题材作品奖	《逆行的不等式》	风晓樱寒
最具影视改编潜力奖	《探组壹玖柒》	猎衣扬
最佳漫画改编奖	《兽黑狂妃》	青扇
最具襄阳元素作品奖	《汉水诡案录》	文飞
最佳新人奖	《大明宝藏》	陈谷子

提名奖名单

奖项	作品	作者
最具影响力作品奖·提名奖	《从八百开始崛起》	汉唐风月
最佳男频作品奖·提名奖	《老师快来》	夜独醉
最佳女频作品奖·提名奖	《初一阳光》	leidewen
最佳类型作品奖·提名奖	《蝉雀游戏》	风声鹤唳
最佳有声改编奖·提名奖	《解密杀人游戏》	墨九墨宸
最佳现实主义题材作品奖·提名奖	《毕业后我回家养蜂了》	兰拓
最具影视改编潜力奖·提名奖	《极限失控》	赤蝶飞飞
最佳漫画改编奖·提名奖	《我躺着升级》	王不偷
最具襄阳元素作品奖·提名奖	《天地战神》	张家三哥
最佳新人奖·提名奖	《许你一片晴空》	朱随心

12 月 20 日

豆瓣公布了豆瓣 2022 年度读书榜单，共有 "2022 年度图书" "2022 年度中国文学（小说类）" "2022 年度再版佳作" 等 29 个不同主题的图书、作家、出版社榜单。

12 月 22 日

中国作家网书单：2022 年第四季度网络文学新作推介

序号	作品名称	作者	网站来源	类型
1	《江湖夜雨十年灯》	关心则乱	晋江文学城	武侠
2	《卧牛沟》	风圣大鹏	咪咕阅读	现实题材
3	《保卫南山公园》	天瑞说符	起点中文网	科幻
4	《亲爱的雷特宝贝》	阿顺	掌阅文化	现实题材
5	《冉冉似朝阳》	林潇潇	火星女频	现实题材
6	《亲爱的请入剧》	吉祥夜	潇湘书院	现代言情
7	《合伙之路》	木木言	豆瓣阅读	女性，职场
8	《长生仙游》	四更不睡	17K 小说网	古典仙侠
9	《小山河》	北斗二娘	番茄小说网	悬疑刑侦

12 月 22 日

番茄小说网公布 2022 番茄原创年终总结报告。

12 月 23 日

起点中文网发起#用一本书打开 2023 的起点#活动。

12 月 23 日

番茄小说第二届网络文学大赛已于 12 月 10 日结束收稿，12 月获奖作品评选结果出炉。

12 月 27 日

近日，浙江省网络作家协会发布《关于申报青年网络作家培育工程——第五批"新雨计划"人才库人选的通知》，正式开启第五批人才库人才评选工作。

12 月 30 日

第四届辽宁网络文学"金桅杆"奖颁奖仪式以线下线上相结合的方式同步举行。

12 月 30 日

由中国小说学会主办、江苏省兴化市委宣传部承办的"中国小说学会 2022 年度好小说"评议会在线上举行。

中国小说学会 2022 年度好小说·网络小说入选名单

序号	作者	作品	发表网站	完结时间
1	卓牧闲	《老兵新警》	起点中文网	2022 年 1 月完结
2	青鸾峰上	《一剑独尊》	纵横中文网	2022 年 7 月完结

序号	作者	作品	发表网站	完结时间
3	黑山老鬼	《从红月开始》	起点中文网	2022 年 1 月完结
4	堵上西楼	《公子凶猛》	中文在线	2022 年 10 月完结
5	老鹰吃小鸡	《星门：时光之主》	起点中文网	2022 年 5 月完结
6	竹已	《折月亮》	晋江文学城	2022 年 4 月完结
7	远瞳	《黎明之剑》	创世中文网	2022 年 3 月完结
8	天瑞说符	《我们生活在南京》	起点中文网	2022 年 3 月完结
9	龙渊	《大明第一狂士》	掌阅小说网	2022 年 3 月完结
10	童童	《月球之子》	番茄小说网	2022 年 5 月完结

12 月 30 日

南派三叔新书《天才与疯子的狂想》开启预售。

12 月 30 日

2022 "云+" 奖年度榜单公布。

2022 年网络文学十大关键词

2023 年 1 月 16 日，阅文集团发布了《2022 网络文学十大关键词》，从网络文学的创作生态、内容发展及文娱行业热点入手，以十大关键词的形式展现中国网络文学内容创作的发展趋势。

第一个：中国故事。 2022 年，大英图书馆首次收录中国网文作品，包括《赘婿》《大国重工》等在内的 16 部佳作，而且在这一年，阅文培育了超 30 万名海外原创作家，彻底把网文的魅力，散发到了全世界。

第二个：科幻。 你可能没发现，在过去一年里，有着科幻元素的小说，在年度月票榜前十名中，占了一半儿，这意味着未来很长一段时间，科幻元素可能会占据网文主流。

第三个：克苏鲁。 谁能想象得到，美国小说家创造的神话世界，竟然在加入了中国特色后，变成了网文中最受欢迎的世界。自《诡秘之主》之后，这种怪诞的事件让人是意外沉迷。什么叫 "东方克苏鲁"？《道诡异仙》看过没有？那就是将克苏鲁和东方民俗完美结合的神作。

第四个：无限流。 无限流小说在被 Z 大创作出来之后，火了 16 年，终于迎来了流派巅峰，过去一年，在阅文签约的无限流网文，将近有 1 万部，而《轮回乐园》更是被称为无限流集大成之所。

第五个：重生。 整个 2022 年仅起点用户，仅在站内搜索重生，就高达 2 亿次，而经过了十几年的发酵，重生对于网文来说，似乎已经成了先决的必要条件。

第六个：龙傲天。《一年一度喜剧大赛 2》播出之后，龙傲天在起点站内搜索量高达 40 万次，就因为那一句"我龙傲天，誓死守护刘波儿"。

第七个：女强。虽然我女频看得少，但看数据就可以知道，在去年阅文女频新增作品中，"女强"标签排名第一，包括但不限于医生、律师、商业天才等。总之，女频小说里女主，已经开始进化了，从傻白甜玛丽苏变成了女强人。

第八个：斗破苍穹。我确定我没看错，你也没听错，写出来 13 年之后，斗破再度成了网文圈顶流，尤其是动画版一出，让那句"莫欺少年穷"，又唤醒了无数大老爷们，内心封印的记忆。

第九个：副业。据统计，2022 年上半年，仅在阅文就新增了大约 30 万名作家，而整个中国的网文作者数量，已经超过了 2000 万人，已经有越来越多的人，选择了把其网文当成一种副业。

第十个：跨界。别人能跨行写网文，那网文作者必然也能跨出去。灵异文小王子崔走召，成了专业的灵异片编剧，包括但不限于《山村狐妻》《龙云镇怪谈》《河神：诡水怪谈》《伏妖白鱼镇》等。

2022 年网络文学 10 件大事

3 月 14 日

由中国作家协会与中国人民大学共同举办的首届网络文学研究班，14 日上午在北京开班。来自全国各地的 35 名知名网络作家成为首批学员。

4 月 7 日

中国社会科学院发布《2021 中国网络文学发展研究报告》，并针对报告在京举办研讨会。

5 月 27 日

"网文青春榜"2021 年度榜单发布暨 2022 年度五校联合主办启动仪式在南京市武定门登城口"青春会客厅"举办。

7 月 6 日

由中国作家协会发起的全国首家中国网络文艺知识产权纠纷人民调解委员会在北京成立。

8 月 9 日

全国网络文学工作会议在郑州召开。

8 月 25 日

"中国网络文艺这十年"论坛日前举办，30 多位学界和业界专家、网络文艺创作者于其中围绕"技术革新与艺术开拓"展开思考与讨论。

9 月 13 日

近日，据英国媒体报道，中国网络文学作品首次被收录至世界最大的学术图书馆之一——大英图书馆的中文馆藏书目之中，共有《赘婿》《赤心巡天》《地球纪元》《第一序列》《大国重工》《大医凌然》《画春光》《大宋的智慧》《贞观大闲人》《神藏》《复兴之路》《纣临》《魔术江湖》《穹顶之上》《大讼师》《掌欢》16 部作品，囊括科幻、历史、现实、奇幻等多个网络文学题材。

10 月 9 日

10 月 9 日下午，"新时代十年百部中国网络文学作品榜单"评选活动在浙江杭州中国网络作家村举行启动仪式。

11 月 5 日

由山东理工大学文学与新闻传播学院参与承办的中国文艺理论学会网络文学研究分会第七届学术年会暨"中国网络文学三十年的历史反思与未来发展"学术研讨会隆重召开。

11 月 16 日

"阅文—南京师范大学文学院网络文学产学研合作基地"揭牌，在全国首次开启网络作协、高校、企业三方共建的合作模式。